COLLECTION FOLIO

Orhan Pamuk

Mon nom est Rouge

Traduit du turc
par Gilles Authier

Gallimard

Le traducteur et les Éditions Gallimard remercient
Levent Yilmaz, pour son aide précieuse.

Titre original :
BENIM ADIM KIRMIZI

Orhan Pamuk est né en 1952 à Istanbul. Il a fait des études d'architecture, de journalisme et a effectué de longs séjours aux États-Unis (Université d'Iowa, Université Columbia).

Ses livres, traduits en plusieurs langues, ont remporté trois grands prix littéraires en Turquie. *Le livre noir* (Folio nº 2897) a reçu le prix France-Culture 1995 et *Mon nom est Rouge* le prix du Meilleur livre étranger en 2002.

À Rüya

Lors, vous avez commis un meurtre et vous vous le renvoyez les uns aux autres.

La Vache, 72

Il n'y a rien de commun entre l'aveugle et le voyant.

Le Créateur Intégral
ou *Les Sages*, 19

À Dieu l'Orient et l'Occident.

La Vache, 19

1

Je suis mon cadavre

Maintenant, je suis mon cadavre, un mort au fond d'un puits. J'ai depuis longtemps rendu mon dernier souffle, mon cœur depuis longtemps s'est arrêté de battre, mais, en dehors du salaud qui m'a tué, personne ne sait ce qui m'est arrivé. Mais lui, cette méprisable ordure, pour bien s'assurer qu'il m'avait achevé, il a guetté ma respiration, surveillé mes dernières palpitations, puis il m'a donné un coup de pied dans les côtes, et ensuite porté jusqu'à un puits, pour me précipiter par-dessus la margelle. Ma tête, déjà brisée à coups de pierre, s'est fracassée en tombant dans le puits ; mon visage et mon front, mes joues se sont écrasés, effacés ; mes os se sont brisés, ma bouche s'est remplie de sang.

Voilà quatre jours que je ne suis pas rentré : ma femme, mes enfants sont en train de me chercher ; ma petite fille ne doit même plus avoir la force de pleurer, elle regarde vers la porte du jardin ; ils m'attendent tous, les yeux tournés du côté de la rue, de la porte.

Est-ce que vraiment ils m'attendent, je n'en sais trop rien. Si cela se trouve, ils se sont habitués. Comme c'est affreux ! Parce que, une fois qu'on est ici, on a le sentiment que la vie qu'on a laissée derrière soi continue de s'écouler comme elle le fait depuis toujours. Avant que je naisse s'étendaient derrière moi des temps infinis. Après ma mort, le temps s'étalera à nouveau, sans fin et sans limites ! De mon vivant, je n'avais jamais pensé à ces choses : j'avançais dans la vie comme dans la lumière, entre deux zones d'ombre.

J'étais heureux, du moins je crois : c'est maintenant que je le comprends ; dans l'atelier de peinture de notre Sultan, c'est moi qui faisais les plus belles enluminures, et je dirais même qu'il n'y avait pas d'enlumineur dont le talent approchât le mien. Quant aux ouvrages que j'exécutais hors de l'atelier, ils me rapportaient par mois neuf cents pièces d'argent. Cela aussi, bien sûr, me rend la mort encore plus insupportable.

Je ne faisais que les miniatures, et aussi les enluminures ; après avoir orné les marges, à l'intérieur du cadre je posais les couleurs, je rehaussais, de feuilles bariolées, les branchages, les roseraies, y parsemant les fleurs et les oiseaux ; je fignolais des brouillards, embrouillés à la chinoise, des rinceaux compliqués, des sous-bois chatoyants où se gîtent les algazelles, et des galères et des sultans, des bosquets et des palais, des chevaux, des chasseurs... Jadis, il m'arrivait de peindre l'intérieur d'un plat, le revers d'un miroir, le creux d'une cuiller, le plafond d'une villa ou d'un pavillon au bord de l'eau, sur le Bosphore, ou encore un couvercle de coffre... Ces dernières années, toutefois, je n'ai travaillé que sur des pages de manuscrits, car le Sultan donne beaucoup d'argent pour les livres de miniatures. Et je n'irais pas dire que, en rencontrant la Mort, j'aie compris que l'argent n'eût aucune importance.

Même quand un homme n'est plus en vie, il connaît encore l'importance de l'argent.

En voyant ce prodige — que vous entendez ma voix, malgré l'état où je suis — je sais ce que vous allez penser : « Laisse de côté pour l'instant combien tu gagnais quand tu étais en vie, et raconte-nous les choses que tu as vues là-bas : est-ce que tu vois ce qu'il y a après la mort, où se retrouve ton âme, comment sont l'Enfer et le Paradis, ce qui s'y trouve ? Et la mort, comment est-ce ? est-ce que ça fait mal ?... » Vous avez raison. Je sais que de leur vivant les hommes sont très curieux de ce qui se passe de l'autre côté. On raconte l'histoire d'un homme qui, poussé par cette seule curiosité, se promenait sur les champs de bataille, au milieu du sang et des cadavres, avec l'idée qu'il en rencontrerait bien un, parmi tous ces guerriers agonisant dans leurs sanies, pour mourir et ressusciter, afin de lui révéler les arcanes de l'autre monde ; les soldats de Tamerlan, ayant pris ce fouineur pour un ennemi, le tranchèrent par le milieu, dit-on, d'un seul coup d'épée... Sans doute se sera-t-il dit que c'est le sort qui nous attend, une fois passés dans l'Au-Delà.

Or, il n'en est rien. Je peux même vous dire que ceux qui ont perdu la tête ici ont vite fait de la retrouver là-bas. Mais, contrairement aux affirmations des impies et des mécréants, des libertins et autres suppôts de Satan, il existe bien un autre monde, Dieu merci. Et pour preuve, c'est de là que vous m'entendez vous parler. Je suis mort, mais, comme vous voyez, je n'ai pas cessé d'exister. D'un autre côté, je suis forcé d'admettre que je n'ai point rencontré ce dont on parle dans le Coran : ni Paradis où les rivières arrosent des pavillons d'or et d'argent, ni ramées gigantesques remplies de fruits mûrs, ni jolies vierges sous les arbres. Au demeurant, je me souviens encore très bien combien de fois, et avec quelle délectation ! j'ai moi-même représenté ces houris du Paradis aux yeux immenses, dont il est question dans la sourate de l'Événement. Quant aux quatre fleuves, de lait, de vin, d'eau douce et de miel, que décrivent, pleins d'enthousiasme, les visionnaires comme Ibn Arabî — mais non le Coran Vénérable —, je ne les ai bien sûr pas trouvés. Pour être juste, il me faut bien vous préciser que tout cela est lié à ma situation particulière, car je ne voudrais pas précipiter dans la mécréance tous ces gens qui vivent avec cet espoir, avec ces belles images de l'autre monde : mais n'importe quel croyant un tant soit peu versé dans cette ques tion de la vie après la mort admettra qu'il soit difficile, dans ces tourments sans trêve qui sont mon lot aujourd'hui, d'entrevoir les fleuves du Paradis.

En bref : bien connu dans la section des peintres et parmi les maîtres de miniatures sous le nom de Monsieur Délicat, je suis mort, mais n'ai pas encore été enterré. C'est pourquoi aussi mon âme n'a pas encore tout à fait quitté mon corps. Pour pouvoir rejoindre le Paradis, l'Enfer, ou quelque lieu que ce soit que le sort me réserve, il faut qu'elle puisse sortir de mon corps abject. Ma situation, bien qu'exceptionnelle, n'est pas unique ; elle expose mon âme à des affres terribles. S'il est vrai que je ne sens pas mon crâne fracassé, ni, de mon corps rompu et déchiré, la très lente putréfaction dans cette eau glaciale, je perçois en revanche les lancinantes souffrances de mon âme luttant pour le quitter : comme si le monde entier se concentrait au-dedans de moi, coincé comme dans un étau.

Cette sensation de resserrement, je ne peux la comparer qu'à celle, soudain, d'espace, de dilatation à cet instant précis de ma mort. Quand ma tempe s'est fendue sous le choc imprévu du caillou, bien que j'aie tout de suite compris que ce salaud voulait me tuer, je n'ai pas pu croire qu'il y parviendrait. Je gardais toutes mes espérances, un trait de caractère que ma vie si terne entre l'atelier et mon foyer ne m'avait absolument pas permis de noter. J'ai donc tenté de m'accrocher à la vie à force de poings et d'ongles, à la force de mes dents qui le mordaient sans lâcher prise... mais je ne veux pas vous ennuyer plus longtemps avec le récit horrible de toutes ces atrocités...

Quand j'ai compris, avec chagrin, que j'allais bien mourir, un incroyable sentiment d'espace m'a donc envahi, et c'est avec cette sensation que j'ai vécu l'instant du franchissement : mon arrivée de ce côté se faisait en douceur, facile comme le rêve d'un homme qui rêve qu'il est en train de dormir. En tout dernier, j'ai vu les chaussures pleines de boue et de neige de ce salaud, mon assassin. J'ai fermé les yeux comme pour dormir, et je suis passé, doucement, de l'autre côté.

Ce dont je me plains maintenant, ce n'est point de mes dents, éparpillées comme des pois chiches grillés dans ma bouche sanguinolente, ni de mon visage tellement fracassé qu'il en est devenu méconnaissable, ni même d'être coincé là, tout au fond d'un puits, c'est de savoir qu'on me croit encore en vie. Que les gens qui m'aiment pensent à moi sans cesse, en imaginant que je suis encore en train de me distraire d'une façon stupide dans un bas quartier d'Istanbul, ou même qu'en ce moment je cours après une autre femme que la mienne : voilà, vraiment, ce qui me fait mal et empêche mon âme de trouver le repos. Ah ! que l'on retrouve mon cadavre au plus vite, qu'on récite la prière, et qu'on me fasse enfin des funérailles et un enterrement ! Et, surtout, que l'on trouve mon assassin ! Tant que ce salaud n'est pas découvert, je veux que vous sachiez qu'on peut toujours m'enfouir sous le plus somptueux des mausolées, je me tournerai et retournerai dans ma tombe sans jamais trouver la paix, et je n'aurai de cesse de vous inoculer à tous un désespoir impie. Retrouvez-le-moi, ce fils de pute, et je veux bien vous raconter tous les détails de ce que je vais y voir, dans l'Autre Monde ! Mais quand vous l'aurez découvert, il faudra lui en donner, de la torture, lui briser huit ou dix os dans un étau, de préférence les côtes, en les faisant craquer lentement l'une après l'autre, et ensuite vous lui arracherez ses cheveux gras et dégoûtants un à un, jusqu'à ce qu'il crie bien fort, tout en lui faisant écorcher par les bourreaux la peau du crâne, avec les grandes aiguilles faites exprès.

Qui est ce meurtrier qui m'inspire tant de rage, et pourquoi m'a-t-il tué ainsi, sans prévenir ? Vous pouvez vous creuser la tête ! Le monde est plein de criminels de bas étage, alors pourquoi pas untel plutôt qu'un autre ? Laissez-moi juste vous avertir dès maintenant : derrière ma mort se cache un répugnant complot contre notre vision du monde, nos coutumes, notre religion. Ouvrez les yeux, et tâchez d'apprendre pourquoi les ennemis de l'Islam et de la vie telle que nous la vivons, à laquelle nous croyons, m'ont fait la peau, et pourquoi ils pourraient bien vous tuer, vous aussi, un jour. Chacune des prédictions du grand prêcheur d'Erzurum, Nusret Hodja, dont je buvais chaque parole avec des larmes dans les yeux, se réalise exactement. Ce qui nous arrive, laissez-moi vous le dire même si l'on en faisait un récit pour l'écrire dans un livre, le plus talentueux des enlumineurs serait bien incapable de le représenter. Tout comme pour le Coran Vénérable — qu'on n'aille surtout pas interpréter de travers mes paroles ! —, la force surprenante de ce livre viendrait de ne pouvoir jamais être mis en images. Je ne suis d'ailleurs pas sûr que vous pourrez comprendre cela.

Notez que, du temps où j'étais apprenti, même si j'avais peur des réalités cachées et des voix venues de l'Au-Delà, je n'y faisais pas attention et m'en moquais plutôt. Et voilà que j'aurai fini au fond d'un cul-de-basse-fosse ! Le même sort pourrait bien vous échoir : ouvrez l'œil et le bon ! Quant à moi, je n'ai rien d'autre à faire qu'espérer que, peut-être, si je me mets à pourrir comme il faut, on me retrouvera à l'odeur atroce.. En attendant, j'imagine les tortures que quelque personne charitable voudra bien faire subir, quand on l'aura trouvé, à mon ignoble assassin.

2

Mon nom est Le Noir

Douze ans après, c'est comme un somnambule que je suis rentré à Istanbul, la ville où je suis né et où j'ai grandi. On dit que la terre appelle ceux qui vont mourir, moi, c'est la mort qui m'appelait. En entrant dans la ville, j'ai pensé tout d'abord n'y trouver que la mort, et puis j'y ai rencontré l'amour ; mais cet amour, au moment où je rentrais à Istanbul, était devenu aussi lointain et brouillé que mes souvenirs de la cité. Douze ans avant, j'avais été amoureux de ma cousine, qui était encore une enfant.

Quatre années seulement après avoir quitté Istanbul, alors que je voyageais à travers les steppes interminables de l'Iran, les montagnes enneigées et de tristes bourgades, portant des missives ou collectant les impôts, je m'étais rendu compte que j'avais, insensiblement, oublié le visage de cette petite fille que j'y avais aimée. Cela m'a inquiété d'abord, et je faisais de grands efforts pour me rappeler ce visage, avant de comprendre enfin que l'homme, quel que soit son amour, finira toujours par oublier un visage qu'il n'a plus l'habitude de voir. Au bout de six ans passés à voyager comme secrétaire de divers pachas, je savais déjà que le visage maintenu en vie par mon imagination n'était plus celui de celle que j'avais aimée. En oubliant celui-là, vers ma huitième année d'exil, je savais que mon souvenir devait s'être encore modifié. Après douze ans, de retour dans ma ville, âgé de trente-six ans déjà, j'avais péniblement conscience d'avoir tout à fait oublié le visage de mon amour, depuis bien longtemps.

Beaucoup de mes amis, parents ou voisins de quartier, étaient morts pendant ces douze ans. Je me suis rendu au cimetière qui surplombe, sur la Corne d'Or, où j'ai prié pour ma mère et mes oncles, décédés en mon absence. J'ai été frappé par une odeur de terre mouillée. Quelqu'un avait cassé le vase à fleurs près de la tombe de ma mère, et je ne sais pourquoi, en regardant les morceaux brisés, je me suis mis à pleurer. Était-ce pour les défunts que je pleurais, ou parce que après tant d'années je me trouvais encore au seuil de la vie ? ou peut-être au contraire sentais-je que j'arrivais au bout du voyage... Une neige à peine visible s'était mise à tomber. J'allais m'en aller, plonger au milieu des flocons que le ciel crachait çà et là, me perdre sur la route indiscernable de mon existence, quand j'ai aperçu, dans un endroit abrité du cimetière, un chien tout noir qui me fixait.

Mes larmes se sont arrêtées de couler, je me suis mouché, et suis sorti du cimetière en regardant ce chien noir, qui agitait la queue en signe d'amitié. Plus tard, je suis allé louer une des maisons occupées depuis longtemps par l'un de mes parents du côté de mon père, et j'ai pris mes repères dans mon nouveau quartier. La femme du propriétaire m'a trouvé une ressemblance avec son fils mort à la guerre contre les Safavides. Elle fera le ménage, et la cuisine.

Je suis sorti dans les rues, comme si je venais non pas de rentrer à Istanbul, mais de m'installer, de façon provisoire, dans une ville arabe au bout du monde, et comme pour visiter un endroit nouveau et plein de surprises. J'ai marché longtemps, longtemps, à satiété. Les rues avaient-elles rétréci, ou n'était-ce qu'une impression ? J'étais forcé, par endroits, dans les ruelles qui se faufilaient à travers les maisons se faisant front, de raser les murs et les portes, afin d'éviter les chevaux et les attelages. Et les riches étaient-ils devenus plus nombreux ou était-ce aussi une impression ? J'ai vu une voiture d'apparat comme il n'y en a pas en Arabie ou en Perse : on aurait dit, tirée par des chevaux superbes, une forteresse attelée. J'ai vu aussi, près de la Colonne Brûlée, serrés les uns contre les autres au milieu des odeurs agressives du marché aux Volailles, des mendiants déguenillés et obscènes. L'un d'eux, aveugle, regardait en souriant la neige tomber.

Si l'on m'avait dit qu'Istanbul était devenu plus pauvre, plus petit et plus heureux, je ne l'aurais bien sûr pas cru, et c'est pourtant ce que mon cœur me soufflait. Car la maison que j'avais laissée derrière moi, celle de ma bien-aimée, était bien à sa place, enfouie au milieu des tilleuls et des châtaigniers — mais quand j'ai demandé à la porte, quelqu'un d'autre y vivait. Ma tante maternelle, la mère de celle que j'avais aimée, était morte, mon Oncle, son mari, et leur fille avaient déménagé, et comme me l'ont dit aussi les gens à l'entrée — qui ne remarquent pas, dans ce genre de circonstances, combien ils piétinent cruellement votre cœur et vos rêves —, ils avaient essuyé bien des revers de fortune. Je ne vais pas maintenant vous en faire le récit, mais je voudrais dire qu'on voyait, suspendus aux branches des tilleuls dans le jardin, des glaçons gros comme des doigts, et que j'avais, de regarder, triste et désolé sous la neige, ce jardin que je me rappelais verdoyant sous le chaud soleil des jours d'été, la mort dans l'âme.

Je savais toutefois une partie de ce qui leur était arrivé par une lettre que mon Oncle avait envoyée à Tabriz. C'est dans cette lettre qu'il me rappelait à Istanbul, disant qu'il avait besoin de mon aide afin de préparer un mystérieux livre, pour le Sultan. Il avait entendu dire qu'à Tabriz j'avais, pendant un temps, été rédacteur pour des pachas ottomans, des gouverneurs de province, des dignitaires de la cour. En fait, à Tabriz, je prenais les commandes des intermédiaires en me faisant payer d'avance, puis je trouvais les peintres et les calligraphes qui n'étaient pas encore, redoutant les hasards de la guerre et les armées ottomanes, partis pour Qazvîn et les autres villes de Perse, et je donnais à copier, illustrer puis relier les pages à tous ces grands artistes qui gémissaient sur la misère et l'indifférence du public, avant d'envoyer l'ouvrage à Istanbul. Et, sans doute, je n'aurais jamais pu me consacrer à ce travail sans l'amour de la peinture et des beaux manuscrits que mon Oncle m'avait communiqué quand j'étais encore tout jeune.

Le barbier du bout de la rue où mon Oncle habitait, du côté qui donne sur le marché, officiait toujours dans sa boutique, au milieu des mêmes miroirs, rasoirs, aiguières et des blaireaux. Nous nous sommes retrouvés face à face, mais je ne saurais dire s'il m'a reconnu. J'ai revu avec émotion la bassine remplie d'eau chaude pour laver les cheveux, qui se balançait au bout d'une chaîne, avec le même mouvement de pendule qu'autrefois.

Parmi les quartiers et les rues où je me promenais dans ma jeunesse, certains se sont, avec les incendies, envolés en cendres et en fumée, laissant à leur place des terrains vagues calcinés où l'on croise des chiens, et des clochards illuminés qui font peur aux enfants ; d'autres quartiers se sont couverts d'opulentes villas, qui, sur les gens venus de loin comme moi, ne manquent pas de faire un drôle d'effet. Les fenêtres de certaines sont en cristal de Venise. J'en ai vu plusieurs dans ma rue, de ces riches demeures à deux étages construites pendant mon absence avec leurs hautes murailles et leurs claires-voies.

Comme dans beaucoup d'autres villes, l'argent à Istanbul a perdu quasiment toute valeur. À l'époque où je suis parti pour l'Est, on avait, pour une pièce blanche, un énorme pain de quatre cents drachmes tout chaud sorti du four ; aujourd'hui, pour le même prix, on vous en donne la moitié, avec un goût saumâtre sans le moindre rapport avec le souvenir du pain frais de notre enfance. Si ma défunte mère voyait qu'il faut payer les œufs trois blancs la douzaine, elle dirait : « Partons de cet endroit où l'on gave les poulets pour qu'ils nous chient sur la tête », mais je sais que la hausse des prix est pareille partout. On a prétendu que les navires marchands venus des Flandres ou de Venise étaient pleins de coffres remplis de ces pièces de mauvais aloi. Alors que jadis, pour battre cinq cents blancs, on fondait cent drachmes d'argent, maintenant, avec la guerre contre la Perse qui n'en finissait pas, on s'était mis à en battre huit cents : et quand les janissaires ont vu que les pièces dont on les paie, si on les laisse tomber dans la Corne d'Or, se mettent à flotter comme les haricots secs qu'on débarque sur le quai des maraîchers, ils se sont mutinés et ont mis le siège sous les murs du palais impérial, comme si c'était une forteresse ennemie.

Au milieu de toute cette débauche, de la vie chère, des crimes et des brigandages, un certain Nusret Alî, investi du prêche à la mosquée de Bajazet, et qui se donne pour descendant du Prophète, a réussi à se faire un nom. Ce prédicateur, originaire d'Erzurum, dit-on, explique toutes les calamités qui accablent Istanbul depuis dix ans — l'incendie de la Porte des Jardins et du quartier des Chaudronniers, la peste qui emporte dix mille habitants à chaque passage, la guerre sans issue contre la Perse avec tous ses morts, et, à l'ouest, telles petites forteresses tombées aux mains des chrétiens soulevés — par les écarts répétés sur la voie du Prophète : les commandements du Coran qu'on néglige, la bonne entente avec les chrétiens, le vin en vente libre et la musique dans les couvents de derviches.

Le marchand de cornichons marinés qui me donnait ces renseignements parlait avec chaleur de ce prédicateur d'Erzurum, et de même, disait-il, que se répandait au bazar toute cette monnaie contrefaite, les nouveaux ducats, les florins frappés du lion, ces pièces dont la teneur en argent baissait de jour en jour, de même tous ces Circassiens, Abazas, Mingréliens, Bosniaques, Géorgiens et Arméniens qui encombraient nos rues, entraînaient le peuple sur la pente abrupte et définitive du vice. Il assurait d'ailleurs aussi que les cabarets étaient pleins de débauchés et de contestataires, qui passaient toutes leurs nuits à déblatérer. Ces individus mal identifiés, au crâne rasé, fumeurs d'opium à moitié fous, derviches errants comme on n'en fait plus — et notez qu'ils appellent tout ça la voie de Dieu, dans leurs couvents —, dansaient jusqu'au petit matin au son de la musique, se transperçaient avec des aiguilles sur tout le corps, et après s'être ainsi livrés à toutes les dérives, finissaient par forniquer, entre eux et avec des petits garçons.

C'est alors que j'entendis les suaves accords d'un luth, et je ne sais si je les ai suivis par envie d'en entendre plus, ou si, plutôt, ils m'ont offert l'issue espérée, vu l'aigreur venimeuse de ce marchand insupportable, et ces propos, trop opposés à mes pensées et mes désirs ; je constate en tout cas, quand on aime une ville et qu'on s'y promène beaucoup, que ce n'est pas seulement la raison mais le corps aussi bien qui, des années après, dans un moment de mélancolie, reconnaît de lui-même les rues : vos jambes vous portent d'elles-mêmes en haut de votre colline préférée, à travers la neige qui tombe.

C'est ainsi que, m'écartant du marché aux Forgerons, à côté de la mosquée de Soliman, je me suis retrouvé à contempler les flocons qui tombaient sur la Corne d'Or. Sur les toits orientés au nord, sur le côté des coupoles exposé au vent de borée, la neige se maintenait. Les voiles d'un navire de retour au port, comme on les amenait, semblaient me saluer en frissonnant. Elles avaient la même couleur de plomb et de brume que la surface de l'eau. Les cyprès et les platanes, la vue des toits, la tristesse du soir qui tombe, les voix qui montent de l'intérieur des quartiers, avec les cris de vendeurs ambulants ou des enfants qui jouent dans la cour de la mosquée, il n'est pas étonnant que tout cela réuni m'ait persuadé que je ne pourrais plus vivre ailleurs. Un moment j'ai cru que le visage oublié de ma bien-aimée allait réapparaître devant moi.

J'ai descendu la rue en pente et me suis fondu dans la foule. Après l'appel à la prière du soir, dans une cantine déserte, je me suis rassasié de foie grillé. J'écoutais avec attention les propos du propriétaire, qui me nourrissait comme il aurait nourri son chat, en suivant amoureusement des yeux les morceaux que je dévorais. Sur sa suggestion, et grâce à ses directives — car les rues étaient maintenant parfaitement obscures —, j'ai pris un des étroits chemins de traverse, derrière le marché aux Esclaves, et réussi à trouver le fameux cabaret.

Il y avait foule à l'intérieur, et l'on y avait chaud. Au fond avait pris place, à côté du foyer et un peu en hauteur, un conteur comme j'en ai vu beaucoup à Tabriz et dans les villes d'Iran, de ceux qu'on appelle satiristes, plutôt que panégyristes. Il avait affiché au mur le dessin d'un chien, croqué en vitesse et sur une méchante feuille, mais d'un art consommé. Il montrait de temps en temps ce chien, et nous disait son histoire, prêtant sa voix à l'animal.

3

Moi, le chien

Comme vous le voyez, mes canines sont tellement longues et pointues qu'elles tiennent à peine dans ma gueule. Je sais que cela me donne une apparence effrayante, mais j'aime ça. Une fois, un boucher s'est permis de dire en voyant mes boutoirs :

« Ma parole, ce n'est pas un chien, c'est un sanglier. »

Je lui ai mordu la jambe de si belle façon que j'ai senti, au bout de mes crocs, après le gras de la viande, la dureté du fémur. Pour un chien, il n'y a rien de plus savoureux que d'enfoncer rageusement et férocement ses canines dans la chair d'un ennemi exécré. Quand une telle occasion se présente, qu'une victime digne d'être mordue passe, stupide, devant moi : mes pupilles noircissent de convoitise, mes dents grincent à m'en faire mal, et ma gorge se met à émettre, involontairement, des grognements terrifiants.

Je suis un chien..., bien sûr vous vous demandez, bêtes que vous êtes, comment il est possible que je me mette à parler. Et pourtant vous ajoutez foi, semble-t-il, à une histoire où les morts parlent, et où l'on emploie des mots que les héros ne connaissent même pas. Les chiens parlent pour ceux qui savent les entendre.

Il était une fois, il y a bien longtemps, dans l'une des plus grandes mosquées de la capitale du royaume — allez, disons-le, il s'agissait de la grande mosquée de Bajazet —, un prédicateur assez mal léché à peine débarqué de sa province. Puisqu'il vaut mieux lui prêter un autre nom, nous l'appellerons, voyons... Husret Hodja. Pour le reste, on peut me croire sur parole, c'était un abruti parfait que ce prédicateur ; mais, bien qu'il n'eût qu'un petit pois dans la tête, sa langue était, sans conteste, d'une faconde prodigieuse. Il enflammait littéralement, tous les vendredis, l'assemblée des croyants, la précipitant d'abord dans les larmes du hourvari, puis la faisant défaillir, délirer jusqu'à pâmoison. Qu'on ait garde de se méprendre : contrairement aux autres prédicateurs forts en gueule, il gardait, pour sa part, les deux yeux bien au sec ; tous ces gémissements attisaient son ardeur, il semblait s'acharner, toujours impassible, sur ses ouailles éplorées, faisait, du sanglot général, gorge chaude et curée. Tous ceux qui aiment qu'on les rappelle à l'ordre, jardiniers, valets de chambre et confiseurs, la canaille, quoi, toute la chiourme au grand complet, sans compter beaucoup de ses collègues prédicateurs, tous s'étaient attachés à lui corps et âme. Et comme notre homme n'est pas chien, que donc il est sujet à se tromper, la vue de ces foules en délire lui donna l'idée et le goût non seulement de faire pleurer, mais de faire peur. Sans compter que c'est plus efficace pour faire bouillir la pâtée. De là tout un galimatias, des envolées du genre :

« La cause unique de la vie chère, des épidémies et des coups du sort, c'est notre allégeance coupable à des livres qui se réclament faussement de l'Islam, et l'oubli de l'Islam du temps de notre Saint Prophète... Où a-t-on vu à l'époque de Mahomet ces récitations de prières ? et ces débauches de pâtisseries et de gourmandises pour les quarante jours du défunt ? Est-ce qu'on chantait le Coran sur de la musique orientale, au temps du Prophète ? Et cette coquetterie de monter en haut d'un minaret pour appeler à la prière avec une voix de castrat, en affectant une diction plus maniérée que celle même des Arabes ? On va dans les cimetières pour implorer les morts et leur demander de l'aide, on fait des sanctuaires pour y adorer des pierres, comme les idolâtres, on accroche des chiffons pour faire des vœux et on pratique des sacrifices ! Et ces confréries qui donnent des conseils, est-ce qu'elles existaient, au temps de Mahomet ? Ibn Arabî, l'insidieux inspirateur de toutes ces sectes soufies, s'est rendu criminel en jurant que Pharaon était mort Croyant. Toutes ces sectes gyrovagues, Derviches Tourneurs, Reclus, Errants, qui récitent le Coran accompagnés d'instruments, et qui, sous prétexte que la prière se fait en commun, s'amusent follement, en fait, à batifoler, à se trémousser avec les petits jeunes, des païens, purement et simplement ! Il faut démolir leurs couvents, et, pour qu'on puisse à nouveau y faire la prière, il faudra aussi en arracher les fondations, et déverser les gravats en pleine mer. »

Husret Hodja aurait alors, paraît-il, perdu toute contenance, et vous, Croyants, devez savoir ce qu'il a osé dire, la bave au bord des badigoinces : que boire du café était impur, et que, si notre Prophète n'en buvait pas, c'est parce qu'il savait que c'est un hochet dans les mains du diable, un excitant du cerveau qui perfore l'estomac, cause des hernies et rend stérile ; que les maisons où l'on en boit, qui prolifèrent aujourd'hui pour régaler jouisseurs et riches voluptueux dans l'intempérance et la fornication, devraient être fermées, avant même les couvents.

Les pauvres, a-t-il dit, n'ont pas plutôt gagné quelque fifrelin qu'ils s'en vont le boire au café, de ce café qui tourne la tête, qui leur fait prendre des vessies pour des lanternes, comme par exemple quand ils croient entendre le chien parler avec sa chienne. Et il ajoute que c'est être un chien en effet que de parler cyniquement de lui, ou de sa religion !

Avec votre permission, je souhaite répondre à ce que Monsieur ce Prédicateur a dit en dernier. Vous n'êtes pas sans savoir que tous ces imams, hodjas, hadjis et autres marchands de prêche ne nous portent pas dans leur cœur, nous les chiens. À mon avis, cela remonte à l'anecdote de notre Prophète tranchant le pan de son habit pour ne pas réveiller un chat qui dormait dessus. En rappelant sa délicatesse à l'égard des chats, plutôt qu'avec nous les chiens, on veut accréditer son hostilité envers nous. Tout cela à cause de la haine séculaire qui nous oppose à ces créatures dont l'ingratitude est au demeurant connue du dernier des imbéciles. Le résultat de cette glose, aussi fallacieuse que malveillante, c'est qu'on nous interdit l'accès aux mosquées, sous prétexte de ne pas souiller les ablutions, et que depuis des siècles, les bedeaux qui nettoient la cour passent leur temps à nous chasser à grands coups de manche à balai.

Je veux vous remettre en mémoire l'une des plus belles histoires du Livre, dans la sourate de la Caverne. Vu que l'assistance exquise de ce cabaret très chic ne compte personne d'inculte ou illettré, il s'agit pour moi juste de rafraîchir vos souvenirs d'école coranique : la sourate en question raconte l'histoire de sept jeunes gens lassés de vivre au milieu des idolâtres. Ils partent donc, et dans leur fuite, entrent dans une caverne, où ils s'enfoncent dans le sommeil. Dieu scelle leurs oreilles, et les fait dormir trois cent neuf ans. Quand ils se réveillent, l'un d'eux, en retournant parmi les hommes, comprend que toutes ces années sont passées, parce que, en voulant dépenser une pièce d'argent qu'il détient, il se rend compte qu'elle n'a plus cours. Et les sept jeunes gens de s'émerveiller... Je m'autorise humblement, dans cette admirable sourate, de ce qu'elle dit, à côté des hautes considérations sur la miraculeuse sollicitude de Dieu pour l'espèce humaine, le temps qui s'enfuit et les délices d'un profond sommeil, de ce chien évoqué au dix-huitième verset : il était couché en travers du seuil, gardant l'entrée de cette caverne où dormaient les jeunes gens, et qu'on appelle maintenant la Grotte des Sept Dormants. Tout le monde ne peut pas se flatter d'être cité dans le Saint Coran. Les chiens, eux, peuvent s'en vanter, et leurs ennemis de la clique d'Erzurum, ceux qui nous traitent de sales corniauds, feraient bien, avec l'aide de Dieu, de s'y reporter

Car quelle est la raison d'une telle animosité envers les chiens ? Pourquoi nous assimilez-vous à l'ordure, pourquoi, quand un chien entre dans une maison, vous mettre ainsi à la récurer, du sol au plafond ? Pourquoi notre contact souille-t-il les ablutions rituelles, pourquoi faut-il, si jamais le bout de votre manteau touche le pelage d'un chien mouillé, le laver sept fois, comme une femme hystérique ? Raconter que « si un chien lèche une casserole, soit elle est bonne à jeter, soit il faut l'amener à rétamer », ce sont des saletés dignes de la langue d'un rétameur. Ou de celle des chats, évidemment.

À partir du moment où l'homme a renoncé à vivre en transhumant dans la steppe pour habiter des villes, les chiens, eux aussi, de bergers sont devenus sédentaires, et répugnants, car mangeurs de charogne. Avant l'Islam, l'un des douze mois était le mois du chien, et maintenant le chien est de mauvais augure. Toutefois, mes chers amis, puisque vous êtes venus dans cette soirée avec le désir de vous instruire agréablement, je ne voudrais pas la gâcher avec la bile que me donne la hargne de ce Monsieur le Prédicateur.

Car, si je vais dire que Husret Hodja est bâtard, qu'irez-vous penser ? Oh ! on me l'a déjà renvoyée, celle-là, le : « Et toi, c'est quoi ta race ? Si tu donnes ainsi libre cours à tes chienneries contre le prédicateur d'Erzurum, c'est parce que tu protèges ton maître le satiriste, celui qui raconte des histoires à partir de dessins qu'il affiche au fond d'un café. Allez, fous le camp ! » Mais jamais de la vie, non, je n'attaque personne... Simplement, j'aime beaucoup les cafés comme le nôtre, et vous savez, je ne m'afflige pas trop d'être un pauvre corniaud, ni d'être dessiné sur une feuille de papier bon marché ; non, ce qui me chiffonne, c'est de ne pas pouvoir m'asseoir au milieu de vous pour boire mon café, comme un chien bien élevé. Nous serions pourtant prêts à mourir pour ce breuvage et pour ces lieux où l'on en sert... mais que vois-je ? ne voilà-t-il pas que mon maître tend vers moi la cafetière et m'en offre ! A-t-on jamais vu un dessin prendre son café ? et pourtant, regardez, oui ! le chien se met à laper son café !

Ah ! qu'est-ce que ça fait du bien ! ça réchauffe les

tripes, ça aiguise la vue, ouvre l'esprit, et d'ailleurs regardez ce qui s'y présente, à mon esprit : savez-vous ce que le Doge de Venise a envoyé à la Sultane Nurhayat, Lumière de la Vie de son père, notre vénéré Maître, outre plusieurs coupons de soie et un service en porcelaine de Chine à fleurs bleues ? Une coquette petite chienne française au pelage plus doux que la soie ou la zibeline ! Il paraît qu'elle est tellement douillette qu'elle doit porter un petit gilet de brocart rouge. Je tiens cela d'un de mes amis qui se l'est faite, la levrette — car figurez-vous qu'elle ne se laisse jamais monter toute nue ! Au demeurant les chiens ont tous, dans ces pays d'Europe, un accoutrement du même type. L'anecdote rapporte même que, là-bas, la femme d'un Grand voyant un jour un chien déshabillé — le chien lui-même ou son bidule plus précisément, je ne sais trop —, elle se soit évanouie en criant : « Mon Dieu, un animal à poil ! » Chez les Infidèles d'Occident, tous les chiens ont un maître. Les malheureux sont enchaînés par le col comme les plus vils esclaves, et on les traîne en spectacle dans les rues, tout seuls, un par un. Ces gens forcent même les pauvres bêtes à pénétrer dans les maisons, et les portent avec eux jusque dedans leur lit. Pas question pour deux chiens de se laisser aller aux petites privautés du reniflage, et encore moins de se monter dessus. Quand ils se croisent dans la rue, en laisse, c'est bien le maximum si, dans leur état pitoyable, ils peuvent échanger quelque œillade de chien battu. Que, ici à Istanbul, notre troupe s'ébatte librement en petites assemblées, barre les rues en menaçant qui bon lui semble, ou que chacun de nous aille se rouler à son aise dans un coin plus ensoleillé, ou se couche à l'ombre pour dormir comme un bienheureux, et fasse sa crotte où il veut, et morde qui il veut, sont des choses du dernier étrange pour ces horribles Infidèles. Et je ne suis pas sans penser que c'est peut-être bien la raison pour laquelle les partisans du Hodja d'Erzurum sont si remontés contre la pratique de jeter de la viande aux chiens errants, en disant une prière, sous couleur d'aumône légale, et proposent plutôt, en guise de charité efficace, l'établissement de fondations pieuses. Si je flaire bien que l'intention de ces fondementalistes fanatiques est d'accuser notre peuple très cré-chien, vindieu ! de traîtrise et de mécréance, je dois rétorquer que c'est leur rage envers la nation canine qui sent sérieusement le bûcher. D'ailleurs, quand ces coquins monteront sur l'échafaud, dans pas trop longtemps j'espère, je compte bien, comme cela arrive parfois pour servir d'exemple, que nos amis bourreaux nous convieront aux agapes.

Je voudrais dire juste une chose pour terminer : Mon maître précédent était un Monsieur plein d'équité. Quand nous sortions la nuit pour marauder, c'était partage des tâches : je me mettais à aboyer, il égorgeait notre victime. Comme ça, on n'entendait pas les cris du type. En échange, une fois réglé son compte à ce mauvais sujet, il le découpait, il le faisait cuire, puis me le donnait à manger. Moi, je n'aime pas la viande crue. Dieu veuille que l'exécuteur des hautes œuvres qui se chargera du prêcheur d'Erzurum y pense lui aussi, que je ne m'esquinte pas l'estomac avec cette viande coriace.

4

On m'appellera l'Assassin

Si l'on m'avait dit, même juste avant que je n'estourbisse cet imbécile, que je prendrais un jour la vie de qui que ce soit, je ne l'aurais pas cru. C'est pourquoi, sans doute, l'acte que j'ai commis semble s'éloigner peu à peu de moi, comme un lourd vaisseau qui disparaît derrière la ligne d'horizon. Parfois même, il me semble n'avoir commis aucun crime. Voilà quatre jours que j'ai dû, sans l'avoir prémédité, éliminer mon pauvre frère Délicat, et je commence à m'habituer à la situation.

J'aurais vraiment voulu pouvoir régler l'enquiquinant problème qui s'est posé soudain sans en arriver à tuer quelqu'un, mais j'ai tout de suite vu qu'il n'y avait pas d'alternative. J'ai donc expédié l'affaire, et j'en porte l'entière responsabilité. Je n'allais pas laisser toute la communauté des peintres se faire tailler des croupières par ce calomniateur stupide.

Mais c'est quand même difficile de s'habituer à la condition d'assassin... Je ne supporte pas de rester chez moi. Et quand je sors, je ne supporte pas de rester dans ma rue, je passe de l'une à l'autre, il faut que je change de place tout le temps ; quand je dévisage les passants, j'aperçois bien que beaucoup se croient innocents, pour la seule raison que l'occasion de commettre un crime ne s'est pas encore présentée. Pourtant, il est difficile de croire que ce simple petit basculement de la chance ou du Destin m'ôte, à moi seul, la bonté et le sens moral échus à la plupart des gens. Tout au plus le fait de ne pas avoir encore perpétré de crime leur donne-t-il un air un peu plus stupide, et, comme tous les stupides, ils ont l'air bien intentionnés. Il m'a suffi de quatre jours à déambuler dans les rues d'Istanbul pour comprendre que tous ceux dont les yeux reflètent une lueur d'intelligence, ou qui portent sur leur visage une ombre de leur âme, sont autant d'assassins en puissance. Seuls les idiots sont vraiment innocents.

Ce soir par exemple, pendant que je me réchauffais en buvant mon café derrière le marché aux Esclaves, alors que je me laissais aller à rire avec tout le monde en écoutant l'histoire du chien que l'on découvrait sur le mur du fond, j'ai eu la sensation que mon voisin de table était assez patibulaire pour faire un parfait assassin. Lui aussi riait aux propos du satiriste, mais, soit du fait de certaine proximité fraternelle, son bras étant appuyé contre le mien, soit à cause de l'agitation nerveuse de ses doigts serrant la tasse de café, j'ai décidé qu'il devait être de la même espèce que moi, et je me suis retourné pour le fixer attentivement. Il s'est immédiatement troublé, a rougi. À l'heure de la fermeture, un autre qui le connaissait l'a attrapé par le bras, et lui a dit : « Les gars de Nusret Hodja finiront sûrement par faire une descente. »

Mon voisin lui fait signe alors de se taire, d'un haussement de sourcils. Leur peur est communicative. La méfiance règne ; chacun s'attend à être trahi par les autres.

Le temps s'est encore refroidi et au coin des rues, au pied des murs, la neige tient et s'accumule. Dans le noir le plus aveugle, mon corps trouve sa route à travers les ruelles étroites comme grâce à un sixième sens. Parfois, la lumière pâle d'une chandelle encore allumée filtre à travers les volets fermés des fenêtres obscures, condamnées par de lourds contrevents, et se reflète au-dehors, sur les congères ; mais, la plupart du temps, je ne vois rien, et je ne repère ma route qu'en prêtant l'oreille au bruit des pierres sous le bâton des veilleurs de nuit, au hurlement des bandes de chiens furieux, et aux gémissements à l'intérieur des maisons. Parfois, au milieu de la nuit, il semble que cette lueur surnaturelle de la neige illumine les bas-fonds sinistres de la ville, et, dans la pénombre, je crois apercevoir les fantômes qui hantent, depuis des siècles, les terrains vagues d'Istanbul, ses ruines hirsutes et ses buissons maigres. Parfois encore, j'entends les plaintes des désespérés ; des pauvres gens qui toussent, qui se mouchent, qui pleurnichent, et qui hurlent dans leur sommeil plein de cauchemars ; ou des couples qui se jettent l'un sur l'autre pour s'étrangler, à côté des enfants qui pleurent.

Afin de m'amuser un peu, de me rappeler le bonheur qui était le mien avant de devenir un meurtrier, je me suis donc rendu à ce cabaret un ou deux soirs d'affilée, pour y écouter le satiriste. La plupart de mes frères artistes y passent le plus clair de leurs soirées. Mais depuis que j'ai écrabouillé cet idiot, avec qui j'ai peint côte à côte depuis notre enfance, je ne veux plus les voir. Il y a beaucoup de choses qui me gênent dans la façon de vivre de mes confrères, incapables de se voir sans rivaliser de ragots, et, dans l'atmosphère de cet endroit, d'une gaieté suspecte. Pour éviter qu'ils ne me trouvent arrogant et m'agressent, j'ai fait moi aussi un ou deux dessins pour le satiriste, mais je ne pense pas que cela suffira à apaiser leur jalousie à mon égard.

Il faut dire qu'ils ont de quoi être jaloux : pour le mélange des couleurs, les cadres et les marges tracés à la règle, la composition de la page et le choix du sujet, le dessin des visages ou l'agencement des scènes de foule à la guerre ou à la chasse, pour la peinture des animaux, des rois, des navires et des chevaux, des guerriers ou des amoureux, pour reproduire en une image toute l'âme de la poésie, et même pour les enluminures, je suis sans égal. Si je vous dis cela, ce n'est pas pour me vanter, mais simplement pour que vous me compreniez. Avec le temps, la jalousie de ses rivaux devient pour un grand peintre un instrument aussi nécessaire et indispensable que sa palette.

Au milieu de mes errances, qui s'allongent à mesure que je deviens plus nerveux, il m'arrive de tomber nez à nez sur l'un de mes coreligionnaires, de ceux qui sont encore parfaitement purs et innocents, et c'est alors que se dessine en moi cette idée terrible : si je me mets à penser que je suis un assassin, celui qui est en face de moi le verra sur mon visage.

C'est pourquoi je m'efforce de penser à d'autres choses ; exactement comme, adolescent, je me retenais tant bien que mal et plein de honte de penser à des femmes faisant la prière. Mais, contrairement à mes crises juvéniles d'âcre concupiscence, qui, elles, ne me laissaient aucun répit, je parviens parfois à oublier mon crime.

Vous comprenez bien que je vous raconte toutes ces choses parce qu'elles ne sont pas sans rapport avec mon affaire. Il suffirait qu'une pensée, une seule, s'affiche à mon esprit pour que tout devienne clair pour vous. Elle me ferait passer à vos yeux de l'état de vague spectre anonyme à celui plus ordinaire de coupable identifié, pris la main au collet, qu'il ne reste plus qu'à envoyer à l'échafaud. Aussi me permettrez-vous d'être sélectif avec mes pensées et de garder quelques indices par-devers moi : de même que des personnes subtiles sauront retrouver un voleur à ses traces, essayez donc de découvrir qui je suis d'après mes mots et mes couleurs. Ce qui nous amène à la question du style, tellement à la mode aujourd'hui : Un peintre a-t-il, peut-il avoir un style personnel, une couleur, et comme une voix particulière ?

Prenons une miniature de Bihzâd, le plus grand des maîtres, le père vénérable de tous les peintres. J'ai trouvé cette merveille, qui s'applique bien à notre situation puisqu'il s'agit d'une scène de meurtre, parmi les pages d'un irréprochable manuscrit de Hérat, vieux de quatre-vingt-dix ans, et provenant de la bibliothèque d'un jeune prince d'Iran, mort assassiné dans une de leurs impitoyables querelles de succession, qui racontait l'histoire de Shirine et Khosrow. Vous connaissez la fin de Khosrow et Shirine : je veux dire, pas celle donnée par Firdawsî, plutôt celle de Nizâmî :

Après maintes aventures et tempêtes, les deux amants se marient, mais Shîrûyé, fils du premier mariage de Khosrow, tel un démon, ne saurait les laisser tranquilles. Le jeune prince convoite, aussi bien que le trône, la jeune épouse de son père. L'avide Shîrûyé, que Nizâmî décrit « puant la convoitise comme un lion affamé », trouve le moyen de faire séquestrer son père et de prendre sa place. Une nuit, il entre dans la chambre où celui-ci repose auprès de Shirine, trouve le lit en tâtonnant dans l'obscurité, et transperce les entrailles de son père avec son poignard. Ce dernier, jusqu'à l'aube, répand son sang dans le lit nuptial, et finit par mourir, près de la belle Shirine qui dort paisiblement.

Ce tableau du Grand Maître Bihzâd représente aussi la peur que j'ai portée en moi pendant des années, jusqu'à cette histoire : la terreur de me réveiller au milieu de la nuit, et d'entendre, dans le noir d'encre de la chambre, quelqu'un d'autre. Vous l'entendez faire du bruit ! Vous imaginez déjà qu'il est armé d'un poignard, que, de l'autre main, il vous a déjà pris à la gorge. Les cloisons artistement décorées, les ornements de la croisée et de son embrasure, les arabesques du tapis, d'un rouge strident comme le cri qui s'étouffe dans votre gorge oppressée, et la profusion incroyable de fleurs jaunes et mauves — si minutieusement, si gaiement reproduites — sur la magnifique couverture brodée que froissent les pieds sales de votre assassin pendant qu'il vous tue, tous ces éléments tendent à un même but : tout en exaltant la beauté du tableau que vous contemplez, ils rappellent non seulement la beauté de la chambre où vous agonisez, mais celle de ce monde que vous quittez. En admirant cette image, le sens fondamental du tableau vous apparaît, qui est l'indifférence à votre mort des beautés de ce monde et de leurs représentations, et votre solitude absolue dans la mort — même avec une belle épouse à vos côtés.

« C'est un Bihzâd », me disait donc, il y a vingt-cinq ans, le vieux maître qui regardait avec moi ce livre que je tenais d'une main tremblante. Son visage était illuminé, moins par la bougie près de nous que par le plaisir de contempler. « C'est tellement évident, qu'il n'y a pas besoin de signature. »

Et parce que Bihzâd savait cela, il n'a laissé de signature dans aucun coin caché du tableau. Le vieux maître voulait voir en cela une marque de pudeur et de modestie. Mais le véritable talent d'un grand maître, c'est de peindre des chefs-d'œuvre inégalables, en sachant aussi ne pas laisser trace de son identité.

Parce que je craignais pour ma propre vie, j'ai exécuté ma malheureuse victime dans un style, si j'ose dire, ordinaire et grossier. Ces questions de style commencent d'ailleurs à me laisser tout à fait froid, depuis que je m'en reviens nuitamment au terrain vague, pour y chercher si je n'ai pas laissé quelque indice qui puisse me trahir par mes œuvres. Cette chose à laquelle on tient tellement sous le nom de style, ce n'est que l'erreur de laisser apparaître nos signes d'identité.

Même sans la clarté diffuse de la neige qui tombe, je pourrais retrouver l'endroit, parmi les ruines de maisons brûlées, où j'ai assassiné mon camarade de vingt-cinq années. La neige a effacé en les recouvrant toutes les traces visibles qui auraient pu être ma signature. Cela prouve bien que Dieu est d'accord avec Bihzâd et moi-même sur cette question du style et de la signature. Car si collaborer à ce livre nous avait rendus coupables, même à notre insu, d'un crime inexpiable — comme le prétendait l'autre imbécile —, Dieu, ce soir-là, à nous les peintres, ne nous aurait pas témoigné tant de sollicitude.

Cette nuit-là, il ne neigeait pas encore quand je

suis rentré dans le terrain vague avec Monsieur Délicat. Nous entendions au loin les hurlements des chiens qui se répondaient.

« Pourquoi venons-nous ici ? a-t-il dit. Qu'est-ce que tu veux me montrer à une heure pareille ?

— Plus loin il y a un puits, et à douze pas de là, un trésor que j'ai enterré il y a plusieurs années, ai-je répondu au malheureux. Si tu veux bien ne répéter à personne ce que je t'ai raconté, Monsieur l'Oncle et moi-même saurons te marquer notre reconnaissance.

— Donc tu reconnais que tu savais depuis le début ce que tu faisais..., a-t-il dit avec passion.

— Oui, ai-je menti et comme s'il m'en coûtait.

— Tu sais que le tableau que vous exécutez est un très grand péché ? a-t-il dit naïvement, une impiété et un blasphème inouïs. Vous irez brûler tout au fond de l'Enfer, et vos tourments horribles n'auront pas de fin. Et vous voulez faire de moi votre complice. »

En entendant ces mots, j'ai réalisé avec effroi qu'il risquait de convaincre beaucoup de gens. Car sa conviction était communicative, et il pouvait intéresser et séduire ceux qui préfèrent voir toutes ces prédictions se vérifier sur leur prochain. On n'était d'ailleurs pas en mal de rumeurs de ce genre sur Monsieur l'Oncle, à propos de ce livre secret qu'on lui avait commandé, et de l'argent qu'il était prêt à dépenser. Et puis il était détesté de Maître Osman. Je m'étais même dit que les blâmes de notre frère enlumineur étaient hypocrites, et ne faisaient que reprendre ceux des autres, plus sincères. Comment savoir si lui était sincère ?

Je l'ai forcé à répéter les reproches qu'il proférait de façon si dangereuse pour notre bonne entente. Il n'y est pas allé avec le dos de la cuiller. Aussi éloquent qu'autrefois, quand c'est lui qui me demandait de ne pas révéler au Grand Maître Osman telle ou telle bêtise qu'il avait commise, pour échapper à la bastonnade. Je ne doutais jamais, à l'époque, de sa sincérité. Car, alors, non seulement il ouvrait ces mêmes grands yeux innocents, mais ceux-ci ne s'étaient pas encore rétrécis de moitié à force de travailler sur ses enluminures. Je n'avais toutefois aucune intention de m'attendrir, dès lors qu'il était prêt à tout révéler.

« Tu vois, lui dis-je en affectant un air ennuyé, nous enluminons les pages en les rehaussant d'or et de mille couleurs, nous ornons les marges, tirons les lignes, et nous égayons avec la même perfection un coffret ou le panneau d'une armoire ; nous faisons cela depuis des années, c'est notre métier ; on nous passe commande, en spécifiant ce qu'il faut dessiner dans le cadre, comment le disposer : tantôt un navire, tantôt un chevreuil, un roi, des oiseaux, ou des hommes, telle scène du livre et tels personnages ; et nous exécutons. Mais cette fois-ci, vois-tu, Monsieur l'Oncle m'a demandé de dessiner un cheval "qui vienne de moi". J'ai donc passé trois jours à dessiner, sur le modèle des grands maîtres anciens, des centaines de chevaux, afin de comprendre ce que signifiait un cheval "qui vienne de moi". » J'ai fini par lui montrer une série de chevaux tracés au crayon, comme exercice, sur une feuille de lourd papier de Samarcande. Il a pris la feuille avec intérêt et s'est mis à l'examiner aux rayons de la lune, en l'approchant de ses yeux. Je lui ai rappelé ce qu'affirmaient les anciens maîtres de Shîrâz et Hérat : que pour être à même de dessiner un cheval tel qu'il est vu par le regard de Dieu, il faut passer cinquante ans à dessiner des chevaux, et qu'en outre le meilleur dessin de cheval doit pouvoir être exécuté dans l'obscurité complète, car le maître authentique, au bout de cinquante ans, est tout à fait aveugle, et sa main dessine toute seule.

Il plongeait de tous ses yeux, se perdait dans mon dessin : je le voyais à ce regard plein d'innocence que je lui ai toujours connu, depuis notre enfance, et qu'il avait alors, en contemplant mes chevaux.

« On nous passe commande, nous tâchons de dessiner le cheval le plus mystérieusement parfait, selon la tradition. Il est injuste de nous tenir rigueur des œuvres qu'on nous a commandées.

— Je ne sais pas si tu as raison, a-t-il dit. Nous aussi nous avons une responsabilité, une volonté. Moi, je ne crains personne en dehors de Dieu. Il nous a donné l'intelligence pour que nous distinguions le bien du mal. »

Ma réponse était prête :

« Dieu voit tout et sait tout..., ai-je commencé en arabe. Il comprendra que nous n'avons, toi et moi, pas été informés de ce que nous accomplissions. À qui veux-tu dénoncer Monsieur l'Oncle ? Ne comprends-tu donc pas que derrière cette œuvre se tient notre vénéré Sultan ? »

Il ne répondait rien.

Je pensais : Est-il bête à ce point, ou a-t-il vraiment une telle crainte de Dieu qu'il en perd tout sang-froid et commence à radoter ?

Nous nous sommes arrêtés au bord du puits. Comme si j'avais pu le voir dans l'obscurité, j'ai compris qu'il avait peur. J'avais pitié de lui. Mais les dés étaient jetés. Je priais Dieu qu'il m'apporte la preuve que celui que j'avais en face de moi était non seulement un couard, mais une petite ordure.

« Tu vas creuser le sol, à douze pas d'ici.

— Et ensuite, qu'est-ce que vous ferez ?

— Je parlerai à Monsieur l'Oncle, il brûlera les dessins. Que pouvons-nous faire de plus ? Si jamais les fanatiques de Nusret Hodja d'Erzurum apprennent que nous parlons comme cela, c'en est fait de nous et du Grand Atelier. Va prendre cet argent maintenant, afin que nous soyons sûrs que tu ne nous dénonceras pas.

— Combien y a-t-il ?

— Vingt-cinq pièces d'or vénitiennes dans un pot à cornichons. »

On voyait bien pourquoi les ducats de Venise, mais je ne comprends pas comment m'est venue l'idée du pot à cornichons. C'était tellement ridicule que cela faisait vrai. C'est là que j'ai compris encore une fois que Dieu était à mes côtés, au moment même où, poussé par cette convoitise qui n'a fait que croître en lui avec les années, mon vieux camarade d'études se mettait déjà à compter les douze pas dans la direction indiquée.

Deux choses alors m'ont passé par l'esprit. D'abord, puisqu'il n'y a pas le moindre ducaton à déterrer là-bas, si je ne lui donne pas l'argent, cet abruti, ce traître va sûrement précipiter notre perte. J'ai pensé un moment me jeter au cou de cet idiot pour l'embrasser, comme je faisais quand nous étions apprentis, mais les années nous avaient tellement éloignés l'un de l'autre ! Je me suis demandé aussi avec quoi il allait creuser. Avec ses ongles ? Mais ces deux pensées ne m'ont occupé que le temps d'un clin d'œil.

J'ai soulevé avec précaution une grosse pierre posée à côté du puits. Et après l'avoir rejoint au sept ou huitième pas, je l'ai frappé de toutes mes forces, derrière la tête. La pierre a heurté son crâne si soudainement, si durement, que j'ai eu l'impression que c'était moi qu'on frappait, et que j'ai eu un sursaut, comme sous l'effet d'une douleur.

Cependant, afin de ne pas m'attendrir devant la besogne, j'ai voulu terminer au plus vite ce que j'avais commencé. Car il s'était mis à se débattre par terre, et j'avais quand même des raisons de m'inquiéter.

C'est seulement bien après l'avoir basculé au fond du puits que j'ai réalisé qu'il y avait dans mon acte, certainement, un côté grossier, vraiment pas conforme à l'image raffinée qu'on se fait d'un miniaturiste.

5

Je suis votre Oncle

Pour Le Noir, je suis Monsieur son Oncle, mais les autres m'appellent l'Oncle, simplement. À une époque, sa mère avait tenu à ce que Le Noir s'adresse à moi de cette façon, puis tout le monde, pas seulement lui, s'y est mis. Il a commencé à fréquenter chez nous il y a maintenant trente ans, quand nous habitions dans cette rue derrière Palais-Blanc, obscure et humide, assombrie par les châtaigniers et les tilleuls. Si l'été je partais en campagne avec Mahmud Pacha, quand je revenais à Istanbul en automne, je découvrais que Le Noir et sa mère s'étaient installés chez nous. Sa mère — que Dieu la garde avec elle — était la sœur aînée de mon épouse regrettée. Parfois aussi, quand je rentrais chez moi les soirs d'hiver, je trouvais sa mère et la mienne embrassées et occupées à se plaindre ensemble de leurs malheurs. Son père, qui faisait le maître dans de petites écoles privées, n'y restait jamais longtemps, étant violent, colérique et porté sur la bouteille. Le Noir avait six ans à l'époque, et il pleurait en voyant sa mère pleurer, se tenait coi quand elle se taisait, et me regardait, moi son Oncle, avec crainte.

Je me réjouis de constater qu'il est devenu à la

fois un adulte sûr de lui et un neveu respectueux. Ce respect qu'il me témoigne, sa façon de me baiser la main, de me dire, en me donnant cet encrier mongol qu'il m'a rapporté en cadeau « exclusivement pour le rouge », sa posture bien sage et soignée, genoux serrés, quand il se tient assis devant moi, tout cela n'est pas sans me rappeler, outre ce qu'il veut me montrer, qu'il est maintenant un homme mûr, pondéré, et que je suis devenu, quant à moi, le vieil homme vénérable que j'aspirais à être.

Il ressemble à son père, que j'ai vu une ou deux fois : grand et mince, avec des mouvements nerveux des mains et des bras, mais qui lui vont bien. Sa façon de poser ses mains sur ses genoux, de me regarder attentivement dans les yeux avec l'air de dire : « Je comprends, je suis tout ouïe », quand je prononce quelque chose d'important, le balancement de sa tête, sur un rythme mystérieux qui semble scander mes propos, tout est parfait. À l'âge où j'arrive, je sais que le vrai respect ne vient pas du cœur, et procède plutôt d'un assemblage de petites règles observées et de soumissions consenties.

Pendant ces années où sa mère, percevant qu'il y avait un avenir pour son fils dans notre maison, l'y amenait sous n'importe quel prétexte, sa passion pour les livres nous a rapprochés, et suivant l'expression des gens de la maison, j'en ai fait mon « apprenti ». Je lui expliquais comment un nouveau style était apparu à Shîrâz, à partir du moment où l'on s'était mis à peindre la ligne d'horizon tout en haut de la page. Je lui racontais comment le Grand Maître Bihzâd — alors que tous les autres représentent Majnûn, fou d'amour pour Leylâ, hirsute et errant à l'abandon dans le désert — a réussi au contraire à souligner encore mieux sa solitude, en le plaçant au milieu d'une foule de femmes sur le pas de leurs tentes où elles font la cuisine, et soufflent sur des brindilles pour attiser le feu. Je lui faisais sentir le ridicule que se donnent la majorité des peintres qui, n'ayant pas lu Nizâmî pour la plupart d'entre eux, choisissent comme bon leur semble, dans la scène où Khosrow contemple à minuit Shirine se baignant toute nue dans un lac, les couleurs pour la robe des chevaux et la mise des personnages, en lui faisant comprendre qu'il n'y a aucune raison, si un peintre est à ce point indifférent au texte qu'il ne prend pas la peine de le lire et le comprendre, de le payer plus que le prix de son calame et de son pinceau.

Je me suis réjoui de voir que Le Noir avait bien compris la règle principale des arts et de la peinture, qu'il ne faut pas les considérer comme un vulgaire métier, sous peine de s'exposer à des désillusions. Quels que soient le talent et le mérite personnel, il vaut mieux chercher ailleurs le profit et la reconnaissance, et si on n'est pas récompensé à la hauteur de son labeur, ce n'est pas une raison pour se retourner contre son art.

Il m'a raconté que les peintres et les calligraphes de Tabriz, qu'il connaît personnellement puisque c'est lui qui leur faisait copier et illustrer les manuscrits destinés aux puissants et riches notables d'Istanbul et des provinces, vivaient misérables et désespérés. Et que non seulement à Tabriz, mais aussi à Mashhad et Alep, la pauvreté et l'indifférence des commanditaires ont fini par contraindre énormément de peintres à abandonner la peinture de manuscrits, pour se mettre à produire de simples dessins sur une seule page, des images indécentes ou des monstres pour amuser les voyageurs venus d'Europe. Il a entendu dire que le livre offert à notre Souverain par Shah Abbas à l'occasion du traité de paix aurait été dépecé, et les miniatures réutilisées pour un autre ouvrage. Le sultan des Indes, Akbar, se serait mis par ailleurs à dépenser des fortunes pour un nouveau gros ouvrage, de sorte que les peintres les plus brillants de Tabriz et Qazvîn ont laissé leur travail en plan pour rejoindre sa cour.

En me racontant ces histoires, il y glisse agréablement des anecdotes, par exemple l'histoire amusante du retour d'un prétendu Mahdî, ou bien il me fait rire en me décrivant l'embarras des Safavides, quand le jeune prince débile qu'ils avaient donné en otage aux Ouzbeks, comme gage de la paix, attrapa une mauvaise fièvre et mourut en trois jours. Mais à une ombre qui passe dans son regard, je comprends que le difficile problème qu'il n'aborde pas et qui nous effraie tous les deux n'est pas près d'être résolu.

Ayant ses entrées dans notre demeure, et se tenant au fait de ce qu'on racontait sur nous, Le Noir, comme tout jeune homme au courant, même de loin, de l'existence de ma fille unique, était naturellement tombé amoureux de ma jolie Shékuré. Comme je m'y attendais il n'a pas été capable de tenir sa passion sous le boisseau et, en s'ouvrant à ma fille, sans plus attendre, de la flamme qui brûlait en lui, il a commis une erreur et une inconvenance.

À la suite de quoi il a fallu mettre un terme à ses visites.

Je pense qu'il sait que trois ans après qu'il avait quitté Istanbul, ma fille, à la fleur de l'âge, a épousé un lieutenant de cavalerie, que celui-ci, après lui avoir fait deux enfants, s'est mis en tête de repartir à la guerre, d'où il n'est jamais revenu, et que personne n'en a de nouvelles depuis quatre ans. Je me dis qu'il sait tout cela moins par les rumeurs et les commérages qui vont bon train dans la ville, que par ce qu'il peut lire dans mes yeux pendant nos moments de silence. Même quand il se tient penché sur le *Livre de l'Âme* ouvert sur le pupitre, je sens bien qu'il tend l'oreille aux voix des enfants qui courent dans la maison, et qu'il sait que ma fille, depuis deux ans, est revenue pour vivre ici avec ses deux petits.

Nous n'avons, lui et moi, jamais abordé le sujet de cette nouvelle maison que j'ai fait construire pendant son absence. Il est fort probable que Le Noir, comme pourra le sentir tout jeune homme déterminé à se frayer un chemin vers la réussite et l'aisance, considérerait comme une grave erreur tactique d'aborder ce sujet. Je lui ai pourtant fait la remarque dans les escaliers, alors qu'il venait tout juste d'entrer dans la maison pour la première fois, que mon installation au premier étage, qui est toujours sec, n'est pas une mauvaise chose pour mes douleurs de dos. En disant « à l'étage », j'ai d'ailleurs ressenti une certaine gêne... Pourtant je puis vous assurer que, bientôt, le moindre militaire gratifié de son lot de départ en retraite pourra faire construire une maison à étage.

Nous nous trouvions dans la pièce que j'utilise comme atelier pendant l'hiver. J'ai senti que Le Noir devinait la présence de Shékuré dans la pièce d'à côté. Sans plus tarder, j'ai abordé la raison essentielle de la lettre que je lui ai envoyée à Tabriz pour le faire revenir à Istanbul.

« Je suis en train de diriger la confection, par des

peintres et des calligraphes, d'un livre de miniatures, exactement comme tu le faisais à Tabriz. Mon commanditaire n'est autre que notre Vénéré Sultan, Pilier de l'Univers. Comme c'est un ouvrage qui doit rester confidentiel, notre Sultan m'a consacré, de sa cassette, des fonds secrets, par l'intermédiaire du Grand Trésorier. Je me suis entendu avec chacun des meilleurs artistes du Grand Atelier impérial. Et j'ai fait peindre aux uns et aux autres qui un chien, qui un arbre, qui des nuages à l'horizon pour orner une bordure, qui, encore, les chevaux. Les choses que je leur ai fait peindre, je voulais qu'elles mettent en scène le monde sous le règne de notre Sultan, comme dans les tableaux des maîtres vénitiens. Mais au lieu de faire figurer en premier lieu les biens et les richesses, comme le font les Vénitiens, il allait de soi que c'étaient les richesses intérieures, les choses aimées ou redoutées dans le monde de notre Prince, qui devaient être représentées. Si j'ai fait peindre l'Or, c'est pour mieux le flétrir, et j'ai mis le Diable ainsi que la Mort comme exemples de nos terreurs. Je préfère ignorer les commérages. Ce qui m'importe, c'est que l'arbre, avec son immortel feuillage, les chevaux, dans leur lassitude, et même les chiens, avec toute leur impudence, représentent notre Souverain et son règne ici-bas. J'ai demandé à Cigogne, Olive, Délicat et Papillon de choisir leurs sujets à leur guise ; et dans les plus froides et les plus sinistres nuits d'hiver, il y a toujours eu un des peintres de notre Sultan pour venir jusque chez moi me montrer sa contribution.

« Comment nous avons réalisé ces images et pourquoi elles sont comme elles sont, c'est ce que je ne saurais te dire. Non que je veuille te cacher quoi que ce soit. La vérité est que je ne sais pas moi-même ce que veulent dire ces miniatures. Je sais seulement qu'elles devaient être peintes d'une certaine manière. »

J'avais appris le retour de Le Noir à Istanbul quatre mois après avoir envoyé ma lettre, par le barbier de mon ancienne rue, et je l'ai invité à la maison. Je savais que le récit que j'allais lui faire établirait entre nous ce genre de lien que promettent la joie ou la peine.

« Toute image raconte une histoire, lui dis-je. Pour embellir un livre, le peintre retiendra la plus belle scène de chaque histoire. La première rencontre des amants ; le héros Rustam coupant la tête d'un monstre démoniaque ; la douleur du même Rustam réalisant que l'étranger qu'il a tué n'était autre que son fils ; Majnûn, le fou d'amour, perdu dans la nature sauvage et désertique, au milieu des biches, des chacals, des tigres et des lions ; Alexandre dans la forêt, lisant l'avenir dans le vol des oiseaux, avant une bataille : sa tristesse à la vue d'un aigle déchirant une bécassine ; nos yeux, fatigués de lire ces histoires, se délassent par les images. Et si quelque chose, dans une histoire, fait difficulté, pour notre intelligence ou notre imagination, l'image vient à notre secours ; l'image se fleurit des couleurs du récit, si bien qu'un tableau sans histoire est inimaginable !

« Inimaginable, ou du moins je le croyais, ai-je ajouté comme à regret. Mais réalisable, oui. Il y a deux ans je suis retourné à Venise comme ambassadeur de la Porte. Là-bas, j'allais toujours regarder les peintures de visages. Sans savoir quelle histoire et quelle scène ils illustraient, j'essayais de comprendre, de deviner l'histoire. Jusqu'au jour où l'un de ces tableaux, sur le mur d'un palais, m'a figé sur place

« Il s'agissait, avant toute chose, de l'image de quelqu'un, quelqu'un comme moi. Un Infidèle, évidemment, pas quelqu'un comme nous ; et pourtant, en le regardant, je me sentais son semblable. Il ne me ressemblait pas du tout, au demeurant : son visage était rond et mou, sans pommettes, sans le moindre signe de mon imposante mâchoire ; il ne me ressemblait pas, donc, et pourtant, devant ce tableau, je sentais mon cœur s'émouvoir comme si c'était moi.

« J'appris par le maître des lieux, qui me faisait les honneurs de ce palais, que ce tableau sur le mur était celui d'un de ses amis, illustre membre, comme lui, d'une des grandes familles de Venise. Il avait fait représenter, dans ce tableau, tout ce qui lui était important et cher dans la vie : à l'arrière-plan, par la fenêtre, on voyait une ferme dans un paysage, un village en bordure d'un bois, dont les couleurs, le feuillage se mêlaient comme dans une vraie forêt. Sur la table, au premier plan, une montre, des livres, le temps, le mal, la vie, une plume, une carte, une boussole, des pièces d'or dans un coffret, et quantité d'autres choses, tout un bric-à-brac qui inspirait et confondait à la fois mon intelligence... Sans doute l'ombre du Malin, ou d'un Génie ; et enfin, à côté de son père, une jeune fille ravissante de beauté.

« Quelle était donc l'histoire pour laquelle ce tableau avait été peint ? En le contemplant, je compris qu'il racontait sa propre histoire. Ce n'était pas l'illustration, le prolongement ou l'ornement d'un récit, mais un objet pour lui-même.

« Je n'arrivais plus à faire sortir de mon esprit le

tableau qui l'avait si vivement frappé. Je suis sorti du palais, et, revenu à ma résidence, j'ai passé toute cette nuit-là perdu dans les réflexions qu'il m'inspirait. Je voulus d'abord être peint moi aussi de cette façon. Mais je me suis ravisé : tout cela dépassait mon humble personne, et c'est notre Sultan qu'il fallait faire représenter de cette manière nouvelle ! Le représenter Lui, avec toutes les choses du monde qui l'entourent et qui le représentent. Je me suis dit qu'il fallait faire un livre d'après cette idée.

« Le maître italien avait peint le noble Vénitien de façon qu'on sache immédiatement quel grand seigneur il était, en particulier. Si tu n'avais jamais vu le personnage, et que l'on t'ait demandé de le retrouver dans la foule, tu aurais pu l'identifier, grâce au tableau, au milieu de milliers d'autres. Les peintres italiens ont découvert des méthodes et des techniques pour distinguer n'importe quelle personne d'une autre, non pas à partir de sa tenue et de ses médailles, mais de la forme de son visage. Ils appellent cela faire un Portrait.

« Si l'on peignait ne serait-ce qu'une seule fois ton visage de cette manière, plus personne ne pourrait t'oublier. Même si tu partais au loin, on te sentirait tout près, d'un seul regard au tableau. Et même ceux qui ne t'auraient pas connu de ton vivant auront le sentiment de ta présence, et d'être en face de toi, bien des années après ta mort. »

Nous sommes restés un long moment sans rien dire. De la petite fenêtre du palier, dont j'avais récemment bouché la partie supérieure avec de la toile cirée, et dont on n'ouvrait plus le volet du bas, un rayon de lumière semblait laisser filtrer le froid de la rue qui nous faisait frissonner.

« J'avais un peintre, ai-je repris, qui travaillait lui

aussi à ce manuscrit secret pour le Sultan, et qui venait chez moi de nuit, comme les autres, pour y travailler jusqu'à l'aube. Il était le meilleur pour les enluminures à la feuille d'or. Le pauvre Monsieur Délicat est sorti d'ici une nuit, et n'est jamais arrivé chez lui. Je crains fort qu'on n'ait tué mon enlumineur. »

6

Moi, je m'appelle Orhan

Monsieur Le Noir a dit : « Ils l'ont vraiment tué ? »

Il est grand et maigre Le Noir, et il fait un peu peur. Juste au moment où j'arrivais, mon pépé a dit : « Ils l'ont tué », et alors il m'a vu. Il m'a dit : « Qu'est-ce que tu fais ici ? »

Mais il me regardait gentiment, alors j'ai pas hésité et je suis allé m'asseoir sur ses genoux, mais il m'a fait descendre tout de suite et il m'a dit : « Baise la main de Monsieur Le Noir. » Je lui ai baisé la main. Elle sentait rien.

« Il est adorable, a dit Le Noir en m'embrassant sur la joue. Ce sera un vrai lion.

— Celui-ci c'est Orhan, il a six ans. Il a un frère aîné, Shevket, qui en a sept, et qui est une tête de mule.

— Je suis passé par votre rue, au Palais-Blanc, a dit Le Noir. Il faisait froid et tout était gelé et sous la neige, mais on dirait que rien n'a changé.

— Tout a changé, il ne reste rien en état, a dit grand-père. Rien de bien, je t'assure », et en se tournant vers moi : « Où est ton grand-frère ?

— Chez le relieur.

— Et toi, pourquoi est-ce que tu es là ?

— Il m'a dit que c'était bien et que je pouvais partir.

— Tu es revenu tout seul ? a dit grand-père. Il fallait que ton grand-frère te ramène. » Ensuite il a dit à Le Noir : « Deux fois par semaine après l'école ils vont chez un de mes amis pour apprendre la reliure.

— Tu aimes faire de la peinture comme ton grand-père ? » m'a demandé Le Noir.

Je lui ai pas répondu.

« Bien sûr, a dit grand-père. Allez, va-t'en maintenant, veux-tu ? »

Comme il faisait bien chaud à côté du poêle, c'était très agréable, alors je voulais pas les quitter : je suis resté un peu pour sentir la peinture et la colle. Ça sentait aussi le café.

« Est-ce qu'on voit d'une façon différente si l'on peint d'une façon différente ? a dit grand-père. C'est pour cela qu'ils ont tué l'enlumineur, le malheureux. Lui, il travaillait à l'ancienne. Je ne sais pas vraiment s'ils l'ont tué, mais il a disparu. Les peintres de Maître Osman travaillent en ce moment au *Livre des Réjouissances pour la Circoncision des Princes*. Chacun travaille chez soi. Maître Osman, lui, reste au Grand Atelier. Je voudrais que tu ailles le voir là-bas, tout d'abord, et que tu ouvres bien les yeux sur tout ce qui s'y trouve. Je crains fort que leurs querelles ne les aient amenés à s'entre-tuer, finalement. Ils portent encore les noms que Maître Osman leur a donnés il y a de cela bien des années : Papillon, Olive, Cigogne... Ceux-là, tu iras ensuite les voir chez eux. »

J'allais descendre l'escalier, mais je suis allé d'abord dans la chambre où il y a le grand placard et où Hayriyé dort, parce que j'avais entendu un bruit. En entrant, ce n'est pas Hayriyé que j'ai vue, c'était maman. Elle a été gênée en me voyant ; elle était encore à moitié dans le placard. Elle m'a dit .

« Où étais-tu, toi ? »

Mais elle le savait bien où j'étais. Dans le placard y a un trou par où on voit dans le bureau de mon pépé ; si sa porte est ouverte, on voit aussi le palier, et même dans la chambre où il dort, si la porte de sa chambre est ouverte aussi.

« J'étais avec pépé. Et toi, maman, qu'est-ce que tu fais, ici ?

— Est-ce que je ne t'ai pas dit que nous avons un visiteur, et qu'il ne faut pas les déranger ! » Elle me criait dessus, mais sans faire de bruit, comme si elle voulait pas que notre visiteur l'entende. Et puis en prenant un air gentil, elle m'a demandé : « Qu'est-ce qu'ils faisaient ?

— Ils sont assis, mais ils font pas de la peinture. Y a pépé qui raconte, et l'autre, il écoute.

— Comment est-ce qu'ils sont assis ? »

Et hop ! je me suis mis par terre, et j'ai imité comment le visiteur il était assis : Regarde, maman, comme je suis sérieux, comme je fais bien attention à ce que dit mon pépé, et comment je balance la tête en rythme, comme s'il me chantait le Coran, à un enterrement.

« Descends, m'a dit maman. Et dis à Hayriyé que je l'appelle. Tout de suite. »

Elle a pris une écritoire et elle s'est assise pour écrire quelque chose sur un petit papier.

« Maman, qu'est-ce que tu écris ?

— Dépêche-toi de descendre, je t'ai dit, et appelle Hayriyé. »

J'ai été à la cuisine. Mon grand-frère était arrivé.

Hayriyé lui avait mis une assiette avec du riz qu'elle a préparé pour l'hôte.

« Lâcheur, m'a dit mon grand-frère. Tu es parti en me laissant tout seul avec le maître. Il a fallu que je fasse toutes les pliures pour la reliure. Maintenant j'ai les doigts tout bleus.

— Hayriyé, y a ma maman qui t'appelle.

— Tu vas voir quand j'aurai mangé. Ça va être ta fête. Je vais t'apprendre à me laisser tomber, sale feignant. »

Dès que Hayriyé a été partie, il a même pas fini son riz et il m'a tombé dessus. J'ai pas pu m'échapper. Il m'a attrapé le poignet et il a commencé à me tordre le bras.

« Arrête, Shevket, arrête, tu me fais mal !

— Tu partiras plus en me laissant tout le travail ?

— Plus jamais.

— Jure-le.

— Je jure.

— Sur le Coran.

— Sur le Coran. »

Mais il ne m'a pas lâché. Il m'a traîné par le bras jusqu'au plateau, et il m'a forcé à m'agenouiller à côté de lui. Il est tellement plus fort que moi que d'une main il pouvait tenir sa cuiller et terminer son riz, et de l'autre main continuer à me tordre le bras.

« Veux-tu arrêter de torturer ton frère, espèce de tyran », a dit Hayriyé en revenant. Elle avait mis un manteau pour sortir. « Allez, lâche-le, maintenant.

— Toi, te mêle pas, esclave, a dit mon frère en continuant à me tordre le bras. Où est-ce que tu vas d'abord ?

— Je vais acheter des citrons, a dit Hayriyé.

— Menteuse, a dit mon grand-frère, y en a plein dans le buffet, des citrons. »

Il a desserré mon bras et je me suis échappé en lui donnant un coup de pied. J'ai attrapé un bougeoir, mais il s'est jeté sur moi, et en me faisant tomber par terre il a fait tomber le bougeoir, et le plateau s'est renversé.

« Mon Dieu, mais ce n'est pas vrai, ça ! » a dit maman en se retenant de crier, pour que le visiteur l'entende pas. Tiens, comment elle a fait, pour passer par le palier et descendre l'escalier sans que Le Noir la voie ? Elle nous a séparés. « Mais c'est que vous n'arrêtez pas de me faire honte, petits vauriens !

— Aujourd'hui Orhan, il a menti, a dit Shevket, et puis il m'a laissé chez le relieur avec tout le travail à faire.

— Tais-toi », a dit maman en lui donnant une gifle.

Elle était pas forte, la gifle, et il a pas pleuré, mon frère Il a dit : « Je veux mon papa. Quand mon papa rentrera, il prendra la grande épée rouge de l'oncle Hassan, et il viendra nous chercher pour nous ramener dans la maison de l'oncle Hassan.

— Tais-toi, je t'ai dit. » Elle était tellement en colère qu'elle l'a traîné par le bras jusqu'au fond de la cuisine. Moi aussi j'y suis allé. Elle a ouvert la porte du cellier qui donne du côté sombre et pavé de la cour, et quand elle m'a vu derrière eux, elle a dit :

« Allez, fourrez-vous là-dedans, tous les deux.

— Mais, maman, j'ai rien fait, moi ! » j'ai dit, en entrant quand même dans le cellier.

Et puis elle a fermé la porte sur nous. Il faisait tout noir, même si on voyait un peu de lumière pardessous le volet, du côté où y a le grenadier. J'avais peur. J'ai crié :

« Maman, ouvre la porte. J'ai froid !

— Arrête de pleurer, froussard. Tu vas voir, elle va ouvrir. »

Maman a rouvert la porte. « Vous promettez de bien vous tenir jusqu'à ce que le visiteur soit parti ? Bon, alors jusqu'à ce que Le Noir soit parti, vous resterez assis dans la cuisine, près de la cheminée, sans remonter dans les chambres.

— Mais on va s'ennuyer, là, a dit Shevket. Où elle est partie, Hayriyé ?

— Mêle-toi un peu de tes affaires ; ça commence à bien faire, à la fin. »

On a entendu un cheval dans l'écurie qui hennissait, pas très fort. Et puis une deuxième fois. C'était pas le cheval de pépé. C'était celui de Le Noir. On se sentait tout joyeux et tout excités, comme si on avait été un jour de fête, ou de défilé. Maman a souri, on aurait dit qu'elle voulait qu'on sourie nous aussi. Elle est allée jusqu'à la porte un peu plus loin, celle qui donne du côté de l'écurie.

« Frrr », on a entendu encore.

Elle est revenue nous chercher et elle nous a forcés à rester assis tous les deux près de Hayriyé dans la cuisine ; ça sentait la friture, et puis il y avait des souris. « Tant que notre visiteur n'est pas parti, vous ne sortez pas d'ici. Je ne veux pas qu'en vous voyant vous disputer il pense que vous êtes des petits capricieux mal élevés.

— Maman, j'ai dit avant qu'elle ferme la porte. Tu sais, maman, ils ont tué l'enlumineur de pépé, le pauvre. »

7

Mon nom est Le Noir

Dès que j'ai vu son fils, j'ai compris ce qui était faussé dans le souvenir que j'avais du visage de Shé kuré. Comme celui d'Orhan en effet, son visage était mince, mais avec un menton plus allongé sans doute que dans mon souvenir. Par conséquent, sa bouche devait être plus petite et étroite que celle que je m'étais rappelée pendant toutes ces années. Durant ces douze années passées par monts et par vaux, mon imagination vagabonde avait retouché, à loisir, sa bouche en plus large, avec des lèvres plus nettement dessinées, vision irrésistiblement désirable parfois d'une énorme et éclatante cerise de chair.

Si j'avais eu auprès de moi un portrait à la vénitienne de son visage aimé, je ne me serais sans doute pas senti à ce point exilé, banni, à force de ne pas réussir à me remémorer, dans ces contrées où mes tribulations m'entraînaient, le moindre détail de celle que j'avais laissée derrière moi. Car si l'image de l'être aimé reste vivante dans votre cœur, le monde entier est votre maison.

Voir son fils, lui avoir parlé, l'avoir embrassé, avait réveillé en moi un désir impétueux, comparable uniquement à la passion désespérée des criminels et des assassins. Une voix semblait me dire : « Allons, vas-y, va voir Shékuré ! »

Je me sentais parfois sur le point de planter là mon Oncle, de sortir sur le palier — sur lequel je pouvais déduire que ne donnaient pas moins de cinq portes sombres, pour un seul escalier — et d'ouvrir l'une après l'autre chacune de ces portes, jusqu'à trouver Shékuré.

Mais pour avoir jadis osé lui ouvrir mon cœur imprudemment et trop tôt, j'étais justement resté douze longues années loin de ma bien-aimée. J'ai donc attendu, l'air de rien, et j'ai continué d'écouter mon Oncle, sans piper mot, mais en observant ces meubles qu'elle avait dû toucher, ces coussins où elle avait dû s'asseoir tant de fois.

Son père m'a expliqué que le Sultan voulait que le livre soit prêt pour le millénaire de l'Hégire, le Souverain du Monde souhaitant prouver à l'occasion de cette date de notre calendrier que Lui et Son empire étaient capables de maîtriser les arts de l'Europe aussi bien que les Européens. Il avait d'autre part ordonné que les maîtres de peinture, déjà fort accaparés par le *Livre des Réjouissances*, ne devaient plus se rendre au Grand Atelier, où le va-et-vient les aurait gênés, mais resteraient dorénavant à travailler chez eux. Il était bien sûr dans le secret de leurs convocations nocturnes chez mon Oncle.

« Tu iras voir le Grand Maître de Peinture Osman, m'a-t-il dit. Certains prétendent qu'il est aveugle, d'autres affirment qu'il est gâteux ; à mon avis il est les deux à la fois. »

Le fait que mon Oncle, qui n'avait pas le titre de Maître de Peinture, et qui à vrai dire était loin d'être rompu aux arcanes de cet art, ait obtenu l'autorisation et les encouragements de notre Sultan pour superviser toute la confection de cet ouvrage, n'était pas pour améliorer ses relations avec Maître Osman.

En regardant avec attention le mobilier, je me suis mis à penser à mon enfance. Le kilim bleu foncé par terre, l'aiguière en cuivre avec le plateau et le seau en cuivre, le service à café, ce service en porcelaine dont ma tante ne se faisait jamais faute de répéter fièrement qu'il avait été rapporté de Chine par les bateaux portugais, étaient les mêmes que douze ans plus tôt. Ces objets, comme le pupitre en marqueterie de nacre, le porte-turban au mur et le coussin de soie rouge dont mes doigts n'avaient pas oublié la mollesse, venaient eux aussi de la maison de Palais-Blanc où j'avais passé ce temps si heureux de notre enfance, avec Shékuré, et reflétaient encore quelque chose de ces lointaines journées, passées à peindre et dessiner dans une lumineuse félicité.

Être heureux et dessiner. Je voudrais que les aimables lecteurs qui s'intéresseront à mon histoire et à mes peines retiennent ces deux choses comme premiers principes de ma vision du monde. Car il y a eu une époque de ma vie où j'ai connu un vrai bonheur dans cette maison. au milieu des calames, des livres et des miniatures. Puis je suis tombé amoureux, et j'ai été chassé de ce paradis. Pendant mes années d'exil, j'ai souvent pensé que j'étais redevable à mon amour malheureux pour Shékuré de m'avoir forcé à être optimiste, à espérer toujours en ce monde, en la vie. Avec la naïveté d'un enfant, je ne doutais pas que ma passion fût partagée, et, plein d'assurance, je regardais le monde comme un lieu enviable. D'ailleurs, ma passion pour les livres vient de là, puisque je m'y suis intéressé afin de complaire à mon Oncle, qui m'y incitait, à côté de mes heures comme maître d'école, ou consacrées au dessin et à la peinture. Je dois donc la partie ensoleillée, joyeuse, créatrice de ma formation à cet amour pour Shékuré, tandis que la partie sombre m'est venue ensuite, une fois rejeté : mon désir infatigable, toujours renaissant, comme les flammes des braseros au milieu des nuits glaciales passées dans des auberges ; mes noires songeries, après l'amour, à côté d'une femme avec qui je venais de me rouler dans l'abîme, et ma déréliction. Tout cela, je le devais à Shékuré.

« Après la mort, a repris mon Oncle après un long silence, nos esprits peuvent encore aller retrouver ceux d'ici-bas, quand les corps des vivants sont ensevelis dans le sommeil de leur lit. Savais-tu cela ?

— Non, lui ai-je dit.

— Après la mort, il y a un long voyage. C'est pour cela que je n'ai pas peur de mourir. Mais j'ai peur de mourir sans avoir terminé le livre pour notre Sultan. »

Je pensais à la fois combien j'étais plus fort, plus raisonnable, plus fiable que mon Oncle, et au prix que m'avait coûté le manteau que je venais d'acheter pour cette visite à celui qui m'avait jadis refusé la main de sa fille. Sans parler de la selle damasquinée et du mors en argent. Il était d'ailleurs temps de prendre congé et de descendre reprendre mon cheval à l'écurie.

J'ai promis de lui rapporter tout ce que je parviendrais à apprendre du côté des peintres. Je lui ai baisé la main, l'ai portée à mon front, et je suis descendu par l'escalier. En sortant dans la cour, le froid de la neige m'a rappelé que je n'étais ni un enfant ni un vieillard, mais un homme qui ressent le poids du monde sur ses épaules. Le vent se fit sentir alors que je fermais la porte de l'écurie ; en passant sur le pavage de la cour, mon cheval, que je tirais et maintenais par la bride, a bronché : avec ses fortes jambes aux veines saillantes, son impatience, il m'a semblé à ce moment que j'étais du même caractère, rétif et difficile. Au moment même où je m'engageais dans la rue, j'étais sur le point de sauter en selle et d'enfiler la venelle, comme un héros de roman — chevalier sans retour —, quand une énorme bonne femme, surgie de nulle part, une Juive habillée en rose de la tête aux pieds, m'est tombée dessus avec son ballot sous le bras. Elle était si grande et large qu'on aurait dit une armoire à linge. Avec cela, déliée, accorte, et même un tantinet minaudière.

« Mon lion, mon héros, mais c'est que tu es vraiment aussi beau que l'on m'avait dit ! me lança-t-elle. Marié ? célibataire ? secrètement amoureux ? Tu prendras bien un petit mouchoir en soie de la première colporteuse d'Istanbul, Esther, pour te servir ?

— Non.

— Une ceinture en satin grenat, peut-être ?

— Non.

— Comment non, toujours non ? Je voudrais voir qu'un beau lion comme toi n'ait pas une petite fiancée, une idylle cachée. Il doit y en avoir beaucoup, des éplorées qui se consument pour un gaillard aussi fringant ! »

Tout à coup, aussi souple qu'une acrobate, elle me colle d'encore plus près, et fait jaillir d'on ne sait où, avec l'agilité d'un joueur de bonneteau, une lettre dans sa main. Je m'en saisis tout aussi furtivement, et comme si j'avais été dressé à ce manège depuis des années, j'ai vite fait de la glisser sous le pli de ma ceinture. C'était une lettre de belle taille, et malgré ce froid glacial, sur toute la largeur de mon ventre, je sens, à même la peau, sa brûlante douceur.

« Allons, cavalier, remonte en selle, m'a dit l'entremetteuse. Tourne sur la droite au pâté de maisons, pousse ton cheval au pas, mine de rien ; quand tu seras à la hauteur d'un grenadier, lève les yeux vers la maison dont tu viens de sortir, et regarde la fenêtre devant toi. »

Un instant plus tard, elle était repartie : disparue ! J'ai sauté sur mes étriers, mais comme un débutant qui monte pour la première fois. Mon cœur battait la chamade, l'émotion me tournait la tête, mes mains ne savaient plus comment tenir les rênes, mais tandis que je serrais mes jambes contre les flancs de ma monture, miracle, celle-ci a semblé hériter, en quelque sorte, de ma présence d'esprit et, en véritable cavale émérite, s'est avancée comme l'avait indiqué Esther, droit devant tout d'abord, puis à droite.

À ce moment, j'ai senti que j'étais beau, réellement. Oui, je sentais que, comme dans les contes, toutes les filles du quartier m'admiraient derrière les volets de leurs claires-voies et que j'étais tout près de me jeter à nouveau dans le brasier de l'amour. Était-ce vraiment ce que je souhaitais ? Une rechute, après tant d'années ? Soudain le soleil est apparu et j'ai tressailli.

Où était le grenadier ? Était-ce ce petit arbre triste et rabougri ? Oui ! Je me suis tourné un peu sur ma selle. Il y avait bien une fenêtre devant moi, mais vide. Cette enjôleuse d'Esther s'était moquée de moi ! me disais-je déjà..

Mais le volet s'est ouvert, en faisant éclater

bruyamment les verrous de glace qui le tenaient fermé, et dans le cadre de guingois de la fenêtre ensoleillée, j'ai vu ma beauté adorée, douze ans après, son beau visage enfin visible à travers les branches alourdies de neige. Ses beaux yeux noirs me regardaient-ils, ou au-delà de moi, vers une autre vie ? Était-elle triste ? souriait-elle ? Ou souriait-elle tristement ? je n'aurais pas su le dire. Ah, mon cheval, imbécile ! N'écoute pas le galop de mon cœur, et ralentis un peu ton allure ! Je me suis encore une fois retourné sur mes arçons, sans vergogne, afin d'épier langoureusement, jusqu'à ce qu'il se perde derrière le lacis des branches enneigées, ce délicat et fin visage, tout empreint de mystère.

Quand j'ai compris plus tard, en découvrant le dessin dans la lettre que Shékuré m'avait fait parvenir, combien cette scène — moi sur mon cheval, elle à sa fenêtre, et bien qu'entre nous il y eût cet arbre mélancolique — était identique à celle, mille fois mise en peinture, où Khosrow vient rendre hommage à Shirine, j'ai senti en moi, aussi brûlante que celle évoquée dans nos livres favoris, ces livres qui jadis nous faisaient pâmer de bonheur la flamme de l'amour.

8

Mon nom est Esther

Je sais que vous êtes tous curieux de ce qui est écrit dans la lettre que j'ai glissée à Le Noir. Comme j'ai eu la même curiosité, il se trouve que je sais tout. Vous voudrez donc bien faire comme si vous tourniez les pages de votre récit en sens inverse, et, moi, je vais vous raconter ce qui s'est passé avant même que je l'aie remise, cette lettre.

C'est le soir, et nous nous trouvons, mon mari Nessim et moi, dans notre maison du quartier juif, sur la rue qui descend vers la Corne d'Or, deux petits vieux perclus qui rajoutons des bûches pour tenter de nous réchauffer. Ne vous fiez pas trop à ma façon de me présenter comme une simple petite vieille, car avec ma camelote coincée sous le bras, colliers, bagues et boucles d'oreilles enfouis au milieu des mouchoirs de soie, des écharpes, des gants et des chemises bariolées que m'apportent les navires portugais, tout ce dont raffolent les femmes d'ici, à tous les prix et pour toutes les bourses, il n'y a pas de ruelle qui me soit restée fermée, et si Istanbul est une grande marmite, c'est Esther qui tient la louche ! Pas une lettre, pas un ragot dont je ne me sois chargée personnellement, et en passant ainsi de porte en porte, c'est moi, mine de rien, qui ai marié une bonne moitié des femmes d'Istanbul. Mais mon propos n'est pas de me faire de la publicité, et je disais donc que nous étions assis bien tranquilles un soir... toc toc toc, on frappe à la porte, et je vais pour ouvrir : cette grosse bête de Hayriyé ! (La servante de Shékuré.) Elle me tend une lettre et m'explique, en tremblant comme une feuille — je ne sais trop si c'était à cause du froid ou de l'émotion —, ce que Shékuré attend de moi.

J'ai été surprise, car je m'attendais à ce que la lettre soit pour Hassan. Parce que si la belle Shékuré a un mari, qui ne revient toujours pas de la guerre — à mon avis il y a belle lurette qu'il s'est fait trouer le cuir, le malheureux —, elle a aussi un beau-frère qui est un vrai furieux celui-là, qui s'appelle Hassan. J'ai donc fini par comprendre que la lettre n'était pas pour Hassan, mais pour un autre. Vous pensez comme la vieille Esther n'en tenait plus de savoir ce qu'il y avait dedans ! Et finalement, j'ai réussi à la lire.

Nous ne nous connaissons pas encore très bien, vous et moi et, à vrai dire, je suis un peu gênée et confuse, tout d'un coup. Il faut que je vous dise comment je l'ai lue, cette lettre, pendant que vous faites de gros yeux sur ma vilaine curiosité, comme une chose monstrueuse — comme si vous n'étiez pas vous-même aussi curieux que ces pipelettes de barbiers ! Je vais juste vous dire ce que j'ai entendu quand on m'a lu la lettre. Voici ce qu'écrivait cette sucrée de Shékuré :

Monsieur Le Noir,

Vous profitez de votre intimité avec mon père pour venir chez moi. Mais ne croyez pas recevoir jamais aucun signe de moi. Il s'est passé bien des choses depuis votre départ. Je me suis mariée, et j'ai deux fils, forts comme des lions. L'un s'appelle Orhan, il semble que vous vous soyez rencontrés, tout à l'heure. Voilà quatre ans que j'attends le retour de mon mari, et je n'ai pas d'autre pensée. Il est possible que, me retrouvant seule avec deux enfants et un père fort âgé, sans défense, et démunie, je ressente le besoin d'un homme fort pour nous protéger, mais ne croyez pas qu'il y ait à prendre un quelconque avantage de cette situation. Aussi veuillez, s'il vous plaît, ne plus frapper à notre porte. Vous m'avez déjà fait honte une fois, et quelle peine n'ai-je pas eue ensuite pour me justifier aux yeux de mon père ! Je vous renvoie, avec cette lettre, le dessin que vous m'avez jadis envoyé, dans un moment d'égarement, car il est vrai que vous étiez fort jeune alors. Cela afin que vous ne nourrissiez aucun espoir, et ne tiriez pas de conclusions erronées. Les gens qui croient qu'on peut tomber amoureux en regardant une image se trompent. Ne revenez donc plus céans, c'est le mieux.

Ce n'est pas ma pauvre petite Shékuré qui aurait étalé en bas de la feuille, comme un bey, un pacha ou les hommes en général, une signature prétentieuse ! Elle y a juste, comme la patte tremblante d'un petit oiseau, posé la première lettre de son nom.

Qui dit signer dit cacheter. Et vous vous demandez évidemment comment je fais pour ouvrir et refermer ces lettres cachetées à la cire. C'est que tout simplement elles ne sont pas cachetées ! Car, de fait, ma chère Shékuré se figure qu'Esther la Juive est trop ignorante pour y voir goutte dans les caractères du Coran. Sans doute, mais si je ne peux pas les lire, je peux me les faire lire. D'ailleurs, je les lis fort bien, vos lettres. Vous avez du mal à me suivre, non ? Laissez-moi éclairer la chandelle des moins subtils d'entre vous.

Une lettre ne s'exprime pas seulement par les mots écrits. Pour lire une lettre, comme un livre, il faut également la sentir, la toucher, la manipuler. C'est pourquoi les habiles diront : « Voyons un peu ce que me dit cette lettre », quand les imbéciles se contentent de dire : « Voyons ce qui est écrit. » Tout l'art est de savoir lire non seulement l'écriture, mais ce qui va avec. Allons, écoutez donc ce que dit aussi la lettre de Shékuré :

1. Même si j'envoie cette lettre en secret, le fait que j'en charge la colporteuse Esther, dont c'est la profession et le péché mignon, veut dire que mon intention n'est pas vraiment que cette lettre reste secrète.

2. La façon dont la lettre est pliée plusieurs fois, comme un des petits papiers où nous les Juifs écrivons nos prières, suggère le secret, et le mystère, oui... mais elle n'est même pas fermée ! Sans compter qu'elle est accompagnée d'un dessin de belle taille. Cela semble dire : « C'est notre secret à nous, cachons-le aux autres », et sied plus à une lettre d'encouragement que de refus.

3. Cela est confirmé par l'odeur de la lettre. Une odeur trop évanescente pour que le destinataire puisse décider si elle a été délibérément ajoutée, mais suffisamment sensible pour ne pas passer inaperçue (comme disait Attar, le poète-parfumeur : « Est-ce un parfum, ou l'odeur de sa main ? »), et qui a suffi pour tourner la tête à celui à qui je l'ai fait lire. J'imagine qu'elle tournera la tête à Le Noir de la même façon.

4. C'est vrai, sans doute, que je n'ai pas la chance de savoir lire ni écrire, et pourtant, le délié appliqué de cette écriture, le frémissement qui semble animer chaque lettre sur sa ligne, comme sous l'effet d'une brise délicate, contredisent formellement la désinvolture, l'indifférence affectée de cette plume qui fait mine de se dépêcher. Et malgré l'expression « tout à l'heure », à propos de la rencontre avec Orhan, qui semble vouloir dire qu'elle écrit juste après et d'un premier jet, il est clair qu'elle a fait un brouillon, on le sent à chaque ligne.

5. Quant au dessin envoyé avec la lettre, même moi, Esther la Juive, je connais l'histoire qu'il raconte : comment la belle princesse Shirine, contemplant un portrait du roi de Perse Khosrow, en tomba amoureuse ; toutes les dames rêveuses d'Istanbul raffolent de cet épisode, mais c'est la première fois que j'en vois une l'envoyer avec une lettre, comme illustration.

Vous qui avez la chance de savoir lire et écrire, il vous arrive souvent ceci : quelqu'un qui ne sait pas lire arrive en vous suppliant de lui lire une lettre qu'on vient de recevoir, et vous le faites. Ce qui est écrit s'avère si beau et si émouvant, si poignant, que le destinataire de la lettre, malgré sa pudeur, sa honte de vous introduire ainsi dans son jardin secret, vous prie de la relire encore une fois. Et vous relisez. À la fin la lettre a été lue tant de fois que vous la connaissez par cœur tous les deux. Ensuite cette personne reprend sa lettre, mais vous demande de lui indiquer où se trouve tel mot, telle expression, et contemple au bout de votre doigt, sans les comprendre, les lettres que vous lui désignez. Et tandis qu'elles observent le dessin compliqué de ces mots que, sans pouvoir les lire, elles connaissent par cœur, parfois, je me sens tellement proche d'elles, quand ces jeunes filles se mettent à pleurer doucement sur leur lettre en oubliant qu'elles ne savent ni lire ni écrire, que l'envie me prend de les embrasser sur les joues.

Nous en avons aussi, de ces maudits liseurs, à qui je vous demande de ne pas ressembler, quand, à ces jeunes filles qui leur demandent de leur faire voir et toucher à nouveau l'endroit où tel mot est dit, ils ont pour toute réponse, ces bestiaux : « À quoi bon regarder encore une fois ? tu ne sais pas lire ! » Il y en a même qui refusent de rendre la lettre, comme si elle était à eux, et c'est moi, Esther, que vous, mes filles, vous venez trouver pour la récupérer, cette lettre. Et comme elle est bien bonne, Esther, après tout, si vous me plaisez, je fais mon possible pour vous aider.

9

Moi, Shékuré

Pourquoi étais-je à ma fenêtre, quand Le Noir est passé juste en face, monté sur son cheval blanc ? Pourquoi ai-je ouvert les volets à ce moment précis, et pourquoi, à travers les branches couvertes de neige du grenadier, l'ai-je regardé si longuement ? C'est ce que je ne saurais vous dire, au juste. Esther me l'avait fait savoir par Hayriyé, que Le Noir allait passer par là. C'est donc que je le savais. J'étais montée dans la chambre où se trouve la penderie, pour y chercher des housses de couverture dans le coffre, et qui est aussi celle dont la fenêtre donne sur le grenadier. Quand j'ai senti monter en moi ce besoin d'ouvrir le contrevent, j'ai dû y aller de toutes mes forces et, brusquement, le soleil a envahi la chambre ; puis, comme je me trouvais dans l'embrasure de la fenêtre, nos yeux se rencontrèrent, et c'est Le Noir qui m'a éblouie, autant que le soleil. Il était si beau !

Il avait grandi, mûri, pris sur lui une allure avantageuse et fière : une belle jeunesse, vraiment. Regarde, m'a dit mon cœur, Le Noir n'est pas seulement beau, si tu regardes ses yeux, tu verras que son cœur est pur, comme celui d'un enfant, et débordant de solitude. Marie-toi avec lui. Pourtant, je lui ai envoyé une lettre pour lui dire tout le contraire.

Avec douze ans de moins (j'avais moi-même douze ans) j'étais clairement plus mûre que lui, à l'époque ; et lui, au lieu de se comporter en homme face à moi, de dire : « Je ferai ceci, et cela », « je me jetterai », ou « j'attaquerai... », semblait toujours gêné et préférait plonger le nez dans ses livres et ses miniatures comme pour s'y cacher. Enfin il est tombé amoureux de moi, lui aussi. Il m'a déclaré sa flamme avec un dessin. Nous étions pourtant grands, tous les deux. J'avais beau avoir déjà douze ans, il avait honte, je le sentais, de me regarder droit dans les yeux, et que je comprenne combien il se languissait, si jamais je croisais son regard. En me disant des choses indifférentes, comme, par exemple : « Tu me passes ce joli couteau à manche d'ivoire ? », au lieu de me regarder — car il était vraiment incapable de regarder mon visage — il regardait le couteau. Ou encore si je lui demandais : « Il est bon, ton sorbet à la cerise ? » il était incapable de me répondre, comme quand on a la bouche pleine, par un gentil sourire, ou juste une expression, que, oui, c'était vraiment très bon. Il fallait qu'il me crie à toute force : « Oui ! » comme si j'avais été sourde ! La peur l'empêchait de lever les yeux sur moi ! C'est que j'étais vraiment très belle, à l'époque. Quelles que soient la distance, l'épaisseur et la quantité des rideaux, des portes ou des paravents, si une fois ils m'avaient aperçue, tous les hommes tombaient amoureux de moi. Je ne dis pas cela pour me vanter, mais pour mieux vous raconter, et vous faire partager mon histoire et mes peines.

Dans la légende, que tout le monde connaît, de

Khosrow et Shirine, il y a un moment dont nous parlions souvent, Le Noir et moi. C'est quand le fidèle Shahpour s'arrange pour les rendre amoureux l'un de l'autre. Un jour, alors que la princesse se promène dans la campagne en compagnie de ses suivantes, il accroche en cachette, à la branche d'un des arbres sous lesquels elles se reposent, un portrait du roi Khosrow. La princesse Shirine, en voyant le portrait du beau Khosrow accroché à un arbre de ce beau jardin, en tombe amoureuse. Ce moment, ou comme disent les peintres, cette scène, qui montre le ravissement de Shirine admirant le portrait de Khosrow, a été fort souvent mis en peinture. Le Noir, quand il travaillait avec mon père, en avait vu bien des exemples, et les avait copiés lui-même, sans rien changer, une ou deux fois. Puis quand il est devenu amoureux de moi, à la place de Khosrow et Shirine, il se représentait lui-même, avec moi : Le Noir et Shékuré. D'ailleurs, s'il n'avait pas éprouvé le besoin d'écrire sous le dessin, en guise de légende, que le jeune homme et la jeune fille du dessin étaient nous, j'aurais été la seule à le comprendre (il avait cette façon de nous dessiner moi et lui, sous les mêmes traits et les mêmes couleurs à chaque fois, lui en rouge, moi en bleu). Mais cette fois, en écrivant nos noms, il s'est trahi. Là-dessus, il s'était enfui comme un voleur, en laissant le dessin à un endroit où je pourrais le voir. Je me rappelle qu'il m'observait pendant que je regardais notre image, guettant ce que j'allais faire ensuite.

Comme j'étais certaine de ne pas pouvoir tomber amoureuse de lui autant qu'une Shirine, je n'ai fait semblant de rien ; mais vers le soir d'une de ces journées d'été que nous avions passée à essayer de nous rafraîchir en buvant des sirops de cerise refroidis avec la glace des montagnes, très loin sur la rive asiatique, Le Noir était reparti chez lui, j'ai dit à mon père qu'il m'avait déclaré son amour. Le Noir à cette époque venait juste de finir le collège de théologie. Il était maître d'école dans un quartier voisin, et tâchait, moins de son propre chef que pour obéir à mon père, de s'introduire auprès du très puissant et très en vue Naim Pacha. Alors que l'opinion arrêtée de mon père avait toujours été qu'il n'était pas bon à grand-chose, et que même si Le Noir réussissait, grâce à ses efforts à lui, mon père, à obtenir ne serait-ce qu'un poste de secrétaire dans la suite de Naim Pacha, il avait peu de chances, à son avis, d'en tirer grand avantage, sous-entendant même par là que c'était du gâchis ; mon père, ce soir-là, avait déclaré en nous désignant du regard : « Je me demande si mon neveu sans le sou ne guigne pas un peu trop haut pour lui. » Et sans plus d'égards pour ma mère, il avait dit aussi, devant elle : « Peut-être même qu'il est moins bête que je croyais. »

Ce que mon père a fait dans les jours qui ont suivi, comment j'ai moi-même évité Le Noir, et comment il s'est d'abord abstenu de nous rendre visite, puis même gardé de passer dans notre quartier, je ne m'en souviens qu'avec tristesse, et je ne souhaite pas vous le raconter : vous risqueriez de nous détester, mon père et moi. Croyez-moi, c'était le seul remède. Un amour sans espoir doit finir par comprendre qu'il est sans espoir, un cœur rebelle à toutes les règles ne peut pas ignorer qu'il y a, partout dans le monde, des limites, et les gens avisés, dans de telles circonstances, savent dire, crânement, « qu'on n'a pas reconnu leur mérite », et que « c'est comme ça », dans leur propre intérêt. Je ne dois pas oublier de dire que ma mère, plusieurs fois, a dit : « Pourvu que le pauvre petit n'ait pas le cœur brisé. » Le petit dont ma mère parlait ainsi, Le Noir, n'avait pas moins de vingt-quatre ans, et moi la moitié. Et je voyais l'ombrage qu'avait pris mon père de cette déclaration intempestive : il lui était impossible d'exaucer ce que ma mère appelait secrètement de ses vœux.

Quand nous avons appris son départ d'Istanbul, même si nous ne l'avons pas complètement oublié, il était du moins déjà totalement sorti de nos cœurs. Comme nous ne recevions aucune nouvelle, de quelque ville que ce fût, il était normal, je pense, puisque ce n'était plus pour moi qu'un souvenir de petite fille, le témoignage d'une amitié d'enfants, que je conserve ce dessin qu'il m'avait envoyé ; j'ai juste, pour ne pas inquiéter mon père, et surtout mon militaire de mari, s'il avait trouvé ce dessin, avec le risque de déclencher une crise de jalousie, recouvert la légende en bas — Le Noir et Shékuré — en y disposant artistement de petites gouttes d'encre de Chine, dérobée à mon père, pour la transformer en une précieuse bordure de fleurs. Aujourd'hui, maintenant que je lui ai retourné ce dessin, s'il y en a parmi vous qui veulent me faire du tort en interprétant comme cela leur plaît mon apparition soudaine à la fenêtre, juste en face de lui, je leur dis qu'ils devraient avoir honte, et qu'ils feraient mieux de réfléchir un peu.

Quand je lui suis réapparue soudain, cet après-midi, à ma fenêtre, après ces douze années, je suis restée un long moment, dans les rayons flamboyants du soleil, à contempler avec ravissement le jardin plongé dans cette couleur orangée, presque rouge, jusqu'à ce que je prenne froid. Il n'y avait pas la plus légère brise. Si un passant, dans la rue, ou si mon père m'avait vue à ma fenêtre, ou si Le Noir faisant faire volte-face à son cheval, était repassé par là... ma foi, peu m'importait ce qu'ils auraient pu dire. Mesrûré, une des filles de Ziver Pacha, avec qui je m'amusais tant, chaque semaine, quand nous nous rendions ensemble au hammam (elle était tellement gaie, et elle avait toujours un mot drôle pour me faire rire au moment le plus inattendu !), m'a dit une fois que l'on ne peut jamais savoir avec certitude ce qu'on pense, pas même soi-même... C'est ce que je pense aussi : parfois je dis une chose, je conçois en la disant que c'est cela que je pense, et, le temps de concevoir cette pensée, j'en arrive à l'opinion contraire.

De tous les peintres que mon père reçoit à la maison, et dont je ne vous dissimulerai pas que je les ai examinés un par un, je regrette bien que ce soit le pauvre Monsieur Délicat qui ait disparu, comme mon mari. Il était pourtant le plus vilain et le plus pauvre d'esprit.

J'ai refermé le contrevent, et je suis sortie de la chambre pour descendre à la cuisine.

« Maman, Shevket t'a pas écoutée, a dit Orhan, pendant que Monsieur Le Noir reprenait son cheval dans l'écurie, il est allé dans la cour pour le regarder par un trou !

— Et alors ? a dit Shevket en levant son poing, maman le regarde bien, elle aussi, par le trou qui est dans le placard !

— Hayriyé, pour ce soir, tu peux leur faire des dorées avec le pain aux amandes, dans un peu de beurre. »

Orhan s'est mis aussitôt à sauter de joie, et Shevket n'a plus rien dit. En remontant, dans l'escalier je jouais à chat avec eux : quel tohu-bohu ! « Allons, doucement, ai-je dit en riant de plus belle. Ouh, les petits diables ! » et je leur faisais des gros guili-guili sous les côtes.

Comme c'est bon, quand vient le soir, d'être chez soi avec ses enfants. Mon père ne faisait pas de bruit, tout absorbé dans son livre.

« Notre hôte est parti. J'espère qu'il ne vous a pas ennuyé.

— Non. Il m'a diverti. Toujours aussi respectueux envers son Oncle.

— C'est bien.

— Mais il est devenu prudent, et réfléchi. »

Cela était dit d'un ton un peu méprisant, et moins pour mesurer ma réaction, sans doute, que pour clore le sujet.

En une autre occasion, j'aurais sûrement trouvé quelque réplique bien tournée. Mais à ce moment-là l'image de ce cavalier monté sur son cheval blanc m'est revenue à l'esprit, et m'a fait frissonner.

Plus tard, je ne sais plus comment, j'étais dans la chambre où il y a le placard en train de faire un câlin avec Orhan ; Shevket est venu se mettre entre nous deux, ils se sont disputé la place un moment — ça y est, c'est reparti pour la bagarre, me suis-je dit — et nous nous sommes retrouvés roulés en boule sur les tapis. Je les ai dorlotés, comme une chienne avec ses chiots, je leur faisais des bisous dans les cheveux, derrière le cou, je les écrasais sur ma poitrine, pour sentir leur poids contre mes seins.

« Beurk, vous avez les cheveux qui sentent. Demain vous irez au hammam avec Hayriyé.

— Moi, je veux plus aller au hammam avec Hayriyé ! a dit Shevket.

— Ah bon ! parce que tu es trop grand ?
— Maman, pourquoi tu as mis ce beau chemisier violet ? » a-t-il alors demandé.
Je suis allée dans la penderie pour enlever ce chemisier. J'ai remis le vert, qui est un peu passé, parce que je le porte tout le temps. J'ai eu froid en me changeant, mais, en même temps que j'avais la chair de poule, je me sentais le feu aux joues, et j'avais l'impression que mon corps se réveillait, s'étirait. J'avais un peu de rouge au coin de la joue — sans doute ça avait coulé pendant qu'on jouait à se pousser et à s'embrasser avec les enfants —, j'ai léché la paume de ma main et me suis remise au net en frottant. Vous savez, toutes mes parentes, la famille, les femmes que je rencontre au hammam, me disent sans arrêt que je ne ressemble pas à une femme de vingt-quatre ans, mère de deux enfants, mais plutôt à une jeune fille de seize ans. Je vous demande de leur faire confiance, et de le croire vous-mêmes, n'est-ce pas ? Sinon je ne vous raconterai plus rien, compris ?

Surtout ne trouvez pas étrange que je m'adresse à vous, comme ça. Depuis tant d'années que je regarde les images des livres de mon père, que j'y cherche — même si elles sont rares, il y en a — les femmes, les belles femmes... Elles sont invariablement timides et réservées, se regardent entre elles, ou au loin, avec en permanence un air de s'excuser. Bien sûr, elles ne sauraient, comme les hommes, comme les guerriers ou les rois, se tenir le front haut et regarder en face le monde qui les entoure ; mais on trouve aussi, dans certaines productions bon marché, par une inadvertance de l'artiste qui a dû peindre cela très vite, des femmes qui, au lieu de regarder soit par terre, soit un objet contenu dans le tableau, une coupe, par exemple, ou encore leur amant, semblent regarder directement le lecteur. Et je me demande à chaque fois : Qui peut bien être ce lecteur ?

Quand je pense, aussi, à ces manuscrits du temps de Tamerlan, deux fois centenaires, que des collectionneurs chrétiens achètent ici à prix d'or pour les emporter dans leur pays, il me vient un frisson : un jour sans doute, quelqu'un, dans un royaume tout aussi lointain, écoutera cette histoire qui est la mienne. N'est-ce pas pour ce désir de passer dans les livres, pour ce frisson, que tous les rois, tous les vizirs, prodiguent leur or à ceux qui écrivent des livres qui racontent leur histoire, ou qui portent leur nom ? Si je sens en moi ce frisson, c'est que je désire, moi aussi, comme ces belles qui regardent à la fois dans le livre de leur vie, et hors du livre, oui je désire m'entretenir avec vous qui me suivez des yeux, depuis qui sait quelle distance d'espace et de temps. Je suis belle, avisée : votre regard sur moi n'est pas pour me déplaire ; et si de temps en temps, de loin en loin, je vous dis un petit mensonge, c'est juste pour que vous ne vous fassiez pas une mauvaise opinion de ma personne.

Vous l'avez sûrement deviné, mon père a pour moi une immense affection. Avant moi, il a eu trois fils, mais Dieu les lui a repris un à un, et n'a épargné que moi, sa seule fille. Mon père m'adore, et pourtant, ce n'est pas lui qui a choisi mon mari : j'ai épousé un lieutenant de cavalerie, qui m'a plu au premier regard. S'il n'avait tenu qu'à mon père, mon mari aurait dû être non seulement le plus savant des hommes, mais s'y connaître en peinture et en arts ; être puissant et respecté ; et enfin riche comme le Coré du Coran : une chose en somme qu'on ne trouve nulle part, même pas dans ses livres d'images, et que j'aurais pu me morfondre à attendre, chez moi, pendant des années.

Mon mari était un homme qui faisait jaser les pipelettes sur sa tournure avantageuse ; je me suis arrangée, grâce à certaines entremises, pour le croiser en revenant du hammam ; et je l'ai vu : ses yeux lançaient du feu, je m'en suis éprise immédiatement. Il était brun, la peau blanche, il avait les yeux verts ; il était aussi plein de force et bien découplé, mais toujours, à vrai dire, sage et silencieux comme un enfant endormi. Comme il dépensait toute son énergie à la guerre, à tuer et piller sans relâche — et je dois dire qu'il gardait parfois comme une vague odeur de sang —, à la maison il restait calme et doux comme un agneau. Mon père, d'abord, n'avait pas voulu entendre parler de ce soldat sans le sou, mais comme j'ai menacé de me suicider, il a bien dû consentir à mon mariage avec cet homme ; lequel, à force d'exploits héroïques et de glorieuses victoires, s'est vu offrir un fief militaire qui vaut dix mille pièces d'argent, et que tout le monde nous envie.

Quand, il y a quatre ans, à la fin de la guerre contre les Safavides, il n'est pas rentré avec le reste de l'armée, dans un premier temps, je ne me suis pas affolée. Il restait sans doute comme expert militaire, il avait des affaires à régler, de plus riches butins à conquérir, d'autres soldats à recruter... On trouvait aussi des témoins pour nous dire qu'il s'était séparé, avec ses hommes, de la colonne en marche, et qu'ils avaient gagné les montagnes. Dans les premiers temps, je me flattais toujours qu'il allait rentrer incessamment ; puis, en deux ans, peu à peu, je me suis habituée à son absence ; sachant combien de femmes de militaires, à Istanbul, ont perdu leur mari tout comme moi, j'ai fini par accepter ma situation.

La nuit, dans notre lit, je serrais mes enfants contre moi, et nous pleurions à qui mieux mieux. Pour les consoler un peu, j'inventais des fariboles, des mensonges : qu'untel avait dit que leur père rentrerait au printemps, que c'était tout ce qu'il y a de sûr. Ensuite, le bruit circulait à l'entour, et, de bouche à oreille, il revenait aux miennes, et j'étais la première à bien vouloir y croire.

Avec le père de mon mari, un noble Caucasien, qui n'a jamais eu que des revers de fortune, mais très écouté, et son deuxième fils, qui a lui aussi les yeux verts, nous avons emménagé dans une location, vers la Porte du Marché. En l'absence de mon mari, principal soutien de la maison, les ennuis ont commencé. Mon beau-père a dû, à son âge, reprendre son métier de miroitier, qu'il avait laissé quand son fils aîné s'était enrichi à la guerre. Mon beau-frère, célibataire, travaillait aux douanes, mais en commençant à rapporter plus d'argent à la maison, il s'est mis à se prendre pour un homme. Un hiver nous avons eu peur de ne pas pouvoir régler le loyer, et ils sont allés en hâte au marché aux Esclaves pour vendre la servante qui s'occupait du ménage ; après quoi ils m'ont demandé de faire la cuisine et la lessive à sa place, et même de sortir pour faire les courses au bazar. Je n'ai pas fait remarquer que je n'étais pas une femme à qui on impose ce genre de corvées, mais j'en avais gros sur le cœur. Et quand Hassan, qui n'avait plus la servante à faire coucher dans sa chambre, s'est mis à vouloir forcer la porte de la mienne, je n'ai plus su quoi faire.

Évidemment, j'aurais pu tout de suite revenir ici, chez mon père, mais vu que, pour le juge, mon mari était légalement toujours en vie, si je prenais le risque de les mettre en colère, ils étaient capables non seulement de me ramener de force, avec les enfants, chez mon beau-père, c'est-à-dire chez mon mari, mais d'avoir le toupet de nous faire condamner tous les deux, moi et mon père. D'ailleurs, à bien y regarder, j'aurais fort bien pu faire l'amour avec Hassan, que je trouvais plus humain et plus intelligent que mon mari, et qui en vérité était amoureux de moi jusqu'aux yeux. Mais si je me laissais aller sans aucune prudence, bien loin de faire de moi son épouse, cela n'aurait jamais fait de moi que sa servante — ce qu'à Dieu ne plaise ! Car, vu qu'ils craignaient plus que tout que je ne m'en retourne chez mon père avec ma dot, mes enfants, et en réclamant ma part de l'héritage de mon mari, ils n'étaient pas près d'admettre une décision du juge qui eût déclaré mon mari décédé. Et sans ce jugement, je ne pouvais pas plus épouser Hassan que qui que ce soit d'autre, ce qui explique qu'ils aient considéré que cette situation bancale, qui me retenait liée à eux par un mari simplement « disparu », était, de leur point de vue, largement préférable. Car je le répète encore : j'étais bonne pour toutes les corvées, de la cuisine à la lessive, sans compter la passion furieuse que me vouait l'un d'eux.

La meilleure solution pour mon beau-père et pour Hassan était que j'épouse ce dernier, mais pour cela, il fallait convaincre le juge, préalablement. Or si eux, les plus proches parents de mon mari disparu, acceptaient l'idée qu'il était mort, si son père et son frère ne faisaient plus obstacle à la reconnaissance de cet état de fait, on pouvait facilement, moyennant quelques pièces d'argent distribuées à de faux témoins qui déclareraient avoir vu son cadavre sur un champ de bataille, persuader le juge de rendre ce verdict. Le principal obstacle était donc pour moi de convaincre Hassan que je n'allais pas, une fois déclarée veuve, quitter le foyer, réclamer l'héritage — ou davantage d'argent pour accepter de l'épouser ; et surtout du fait que je l'épouserais en vertu d'un sentiment sincère. Pour cela, j'avais conscience que je devais non pas simplement coucher avec lui, mais le faire d'une façon assez convaincante pour qu'il soit assuré que je m'abandonnais purement par amour, et non pour obtenir son consentement au divorce d'avec mon mari...

En faisant un effort, j'aurais bien pu tomber amoureuse de Hassan. Il a huit ans de moins que mon mari, et quand mon mari était encore parmi nous, il était comme un frère, pour moi, ce qui nous rapproche, naturellement. Et puis j'aimais bien sa façon sans prétention d'être épris, d'aimer jouer avec mes enfants, et cet air mélancolique quand il me regarde : on dirait qu'il meurt de soif et que je suis un sorbet à la cerise... Mais comme j'aurais bien du mal à tomber amoureuse de quelqu'un qui n'a pas honte de me faire faire la lessive et de m'envoyer faire les courses comme une servante, comme une esclave, je me suis dit que cela risquait d'être quand même un peu fort de café. À cette époque, je revenais souvent chez mon père pour aller contempler les godets de couleurs, alignés dans son atelier, et la nuit, je pleurais dans le lit, entre mes deux fils blottis contre moi ; et Hassan ne me laissa jamais le loisir de m'éprendre de lui. Comme il n'était pas assez sûr de lui, qu'il ne croyait pas que cette condition indispensable — que je devienne amoureuse de lui — puisse se réaliser, il a fini par se mal comporter. Il chercha à me coincer, à m'embrasser, ses mains s'égarèrent, tout ça en me disant que mon mari ne reviendrait jamais, en menaçant de me tuer, en pleurant comme un bébé, et j'ai compris, en voyant cette précipitation, qu'il ne prenait pas le temps de cultiver une flamme honorable et pure — comme c'est pourtant bien expliqué dans les livres —, que je ne l'épouserais pas.

Une nuit qu'il essayait de forcer la porte de la chambre où j'étais couchée avec les petits, sans même me demander si j'allais les effrayer, je me suis mise à hurler aussi fort que j'ai pu, en disant que les djinns étaient entrés dans la maison. Cela a réveillé mon beau-père et je lui ai montré Hassan, dont l'état d'excitation était encore visible, tout en continuant à crier sous l'effet de la panique. Au milieu de mes vociférations hystériques et de mes cris de possédée, le vieil homme a réussi à discerner la banale et terrible vérité : son garçon était entiché, et venait de faire des avances irrespectueuses à sa propre belle-fille, mère de ses deux petits-enfants. Il n'a pas relevé quand j'ai dit que j'étais incapable de me rendormir, et que j'avais l'intention de monter la garde, afin de protéger mes fils contre les djinns, jusqu'au petit matin. Mais dès potron-minet, j'ai annoncé que je retournais avec eux chez mon père, qui avait besoin de mes soins, et cela pour un certain temps. Hassan a dû accepter sans broncher. Et je me suis rapatriée dans mes pénates de jeune fille, avec pour tout souvenir de ma vie d'épouse l'horloge à carillon — partie du butin de Hongrie, que mon mari n'a jamais cédé à la tentation de monnayer —, le fouet en nerfs d'étalons arabes — inestimable —, l'échiquier en ivoire de Tabriz, dont les enfants utilisent les pièces pour jouer aux petits soldats, et les chandeliers en argent raflés à la bataille de Nakhitchevan, que j'ai défendus bec et ongles quand il a été question de les vendre.

Après que j'ai eu quitté le domicile de mon mari, les privautés intempérantes et vulgaires dont m'avait accablée Hassan se sont changées, comme je m'y attendais, en une espèce de brasier aussi noble que désespéré. Comme il savait ne pas pouvoir compter sur le soutien de son père, plutôt que des menaces il s'est mis à m'envoyer des lettres d'amour, ornées aux écoinçures d'oiseaux bavards, de gazelles mélancoliques, de lions en pleurs. Je ne vous dissimulerai pas que ces lettres, qui, pour autant qu'il ne les ait pas fait écrire et dessiner par quelque peintre et poète de ses amis, témoignent en sa faveur d'une richesse intérieure que je ne soupçonnais pas du temps où nous vivions sous le même toit, je me suis mise à les relire, encore et encore. Dans les dernières, il m'explique que, comme il gagne beaucoup d'argent, il fera faire les tâches domestiques par un serviteur... ces mots respectueux, doux et aimables, dans ma tête, se bousculaient et s'ajoutaient aux cris incessants de mes enfants qui se chamaillaient, de mon père geignant sans arrêt... J'ai voulu ouvrir la fenêtre pour admirer le monde, et j'ai poussé le contrevent.

Avant que Hayriyé n'apporte le plateau pour le repas du soir, j'ai préparé pour mon père un fortifiant à base de fleurs de palme, en y mélangeant une cuillerée de miel et un peu de jus de citron. Quand je suis entrée, il était en train de lire le *Livre de l'Âme*, et je me suis mise en silence devant lui, sans me faire remarquer, comme une âme.

Il m'a demandé : « Est-ce qu'il neige ? » avec une voix si triste, si faible ! que j'ai compris que c'était la dernière neige que verrait mon pauvre papa.

10

Je suis l'arbre

Je suis l'arbre, et je suis très seul. À chaque fois qu'il pleut, je pleure. Veuillez, pour l'amour de Dieu, prêter l'oreille à l'histoire que je vais vous raconter. Buvez votre café, qu'il chasse votre sommeil, et que vos yeux s'ouvrent : regardez-moi, laissez-vous fasciner, et je vous raconterai pourquoi je suis tellement seul.

1. Si j'ai été tracé à la va-vite sur une vilaine feuille de papier grossier, c'est juste pour qu'il y ait un dessin d'arbre derrière votre satiriste. C'est vrai. Je n'ai maintenant, à mes côtés, ni arbres délicats, ni bruyères des steppes, ni roches pleines de recoins, qui les font ressembler au diable ou à un homme, ni nuages de Chine qui se tortillent dans le ciel. Juste la terre, le ciel, l'horizon, et moi. Mais mon histoire est plus compliquée.

2. En tant qu'arbre il importe peu que je n'appartienne à aucun livre. Mais en tant que dessin d'un arbre, n'être pas une page de livre m'ôte absolument le repos. Je me dis que si je ne sers pas à illustrer quelque récit, les idolâtres et les infidèles vont accrocher mon dessin sur un mur et se prosterner devant moi pour m'adorer. Il vaut mieux que les gars du Hodja d'Erzurum ne m'entendent pas : car, en

secret, j'en tire quelque orgueil, mais, ensuite, je tremble de honte et de confusion.

3. La raison principale de ma solitude, c'est que je ne sais pas moi-même à quelle histoire j'appartiens : j'étais destiné à être un fragment d'une histoire, et voilà que j'en suis tombé, je m'en suis détaché comme une feuille morte. Laissez-moi vous faire le récit :

COMMENT JE SUIS TOMBÉ DE MON HISTOIRE COMME UNE FEUILLE TOMBE D'UN ARBRE

Le shah d'Iran Tahmasp, le plus grand à la fois des ennemis de notre Empire et des rois amateurs de peinture, commença, voilà quarante ans, à devenir sénile, et sa passion pour les plaisirs, le vin, la musique, la poésie et la peinture se refroidit. Finalement, quand il en vint à arrêter le café, sa tête s'arrêta de fonctionner : assombri par ses lubies, le visage austère, il transporta sa capitale de Tabriz, qui était alors encore persane, à Qazvîn : afin, disait-il, d'être plus loin de l'armée ottomane. Prenant encore de l'âge, il fut un jour la proie d'un djinn. À la suite de cette crise, il renia d'un coup le vin, les jeunes garçons et la peinture, ce qui est bien la preuve que ce grand roi, en perdant le goût du café, avait aussi perdu l'esprit.

Alors, il y a quarante ans, les cinquante plus grands relieurs, calligraphes, doreurs et peintres de ce monde, après avoir créé tant de merveilles, s'égaillèrent depuis Tabriz, de ville en ville, comme une nichée de petites perdrix. Le sultan Ibrahîm Mirzâ, qui était le neveu et le gendre de Shah Tahmasp et gouverneur de Mashhad, y fit venir les plus brillants d'entre eux, installa leurs ateliers dans une très vaste demeure, et entreprit de leur faire peindre et recopier les sept cycles de fables des *Sept Trônes de la Grande Ourse*, œuvre de Djâmî, le plus grand poète de la cour des Timourides à Hérat. Partagé entre son affection et sa jalousie pour ce cousin bon et éclairé, à qui il regrettait d'avoir donné sa fille, Shah Tahmasp, ayant eu vent de ce projet, en conçut un violent dépit, et exila son cousin de Mashhad à Kaïn, puis, dans un surcroît de rage, jusque dans la bourgade de Sabzivâr. Alors les calligraphes et les peintres de Mashhad se dispersèrent à nouveau dans d'autres villes, d'autres royaumes, au service d'autres princes et d'autres sultans.

Mais, par miracle, l'histoire du livre d'Ibrahîm Mirzâ ne se finit pas là, car son bibliothécaire, un esthète à part entière, monta sur son cheval et entreprit, pour retrouver le meilleur artisan doreur, de se rendre à Shîrâz ; ensuite de porter à Ispahan deux pages pour le copiste dont la graphie persane était reconnue pour la plus délicate ; puis, passant les montagnes et jusque chez le Khan des Ouzbeks à Bukhârâ, il y fit établir, par le grand maître qu'il y retrouva, la composition, puis peindre les personnages ; redescendant à Hérat, il fit spécialement peindre, cette fois par un maître de l'ancienne école à moitié aveugle, les friselis contournés des feuillages et des pelouses ; et toujours à Hérat, il fit tracer à l'or, en écriture gracile, l'inscription du cadre audessus du dessin. Revenu à Kaïn, il présenta les quelques pages à moitié achevées, fruits d'un voyage de six mois, et reçut les félicitations du sultan déchu Ibrahîm Mirzâ.

On comprit toutefois qu'à ce rythme le livre ne serait jamais fini, et l'on embaucha des messagers tatars. Chacun d'eux se voyait confier, avec les pages à compléter, une missive à remettre à l'artiste, décrivant le travail demandé. C'est ainsi que les messagers, traversant tout le pays d'Iran, le Khurâsân, et passant par le royaume des Ouzbeks jusqu'aux routes caravanières de la lointaine Transoxiane, emportèrent les pages du livre. Celui-ci, maintenant, progressait à la vitesse des chevaux. Parfois, par une nuit d'hiver, dans une auberge où l'on entendait hurler les loups, la cinquante-neuvième page rencontrait la cent soixantième, et, faisant connaissance, on se rendait compte qu'on travaillait pour le même ouvrage, on allait chercher dans la chambre les pages, pour tâcher de comprendre, en les comparant, dans quelle histoire elles allaient, à quelle épopée elles se rapportaient.

J'aurais dû moi aussi être une page de ce livre dont j'apprends aujourd'hui avec tristesse qu'il est terminé. Quel dommage que, par une froide journée d'hiver, des brigands embusqués dans un défilé rocheux aient coupé la route à mon messager tatar. Ils commencèrent par le battre, puis, selon la coutume des brigands, le mirent tout nu, et après lui avoir fait sa fête, ils tuèrent sans pitié ma pauvre estafette. C'est pourquoi je ne sais pas de quelle page je suis tombé. Question à vous, qui me regardez : devais-je, à votre avis, donner de l'ombre à Majnûn dans le désert, quand, en costume de berger, il rend visite à Leylâ sous sa tente ? Et devais-je me fondre dans la nuit, pour exprimer l'obscurité du doute et du désespoir en son âme ? Comme j'aurais aimé assister au bonheur des amants, qui, fuyant le monde, après avoir franchi les montagnes, trouvent enfin la paix dans une île pleine d'oiseaux et de fruits ! J'aurais voulu prêter mon ombre aux derniers moments d'Alexandre, quand il meurt en saignant du nez, victime d'une insolation pendant sa conquête des pays de l'Indus. À moins que je n'eusse été conçu pour signifier l'âge et la force d'un père donnant à son fils des préceptes sur l'amour et sur la vie... dites, à quelle histoire aurais-je ainsi fait gagner en profondeur, en délicatesse ?

L'un des brigands qui, après avoir tué mon Tatar, se saisirent de moi et m'emportèrent à travers villes et montagnes, était assez subtil pour reconnaître ma valeur et comprendre que regarder le dessin d'un arbre vaut mieux que regarder un arbre, mais, vu qu'il ignorait à quel récit je me rapportais, il s'est vite lassé de moi. Contrairement à ce que je craignais, ce hors-la-loi, plutôt que de me déchirer et me jeter, me vendit dans une auberge, pour une cruche de vin, à un homme fort maigre. Parfois, la nuit, à la lueur d'une bougie, celui-ci me regardait en pleurant. Quand il fut mort de chagrin, on mit ses biens à l'encan, et grâce au maître satiriste, qui m'acheta, je suis arrivé à Istanbul. Maintenant, je suis très heureux : quel honneur en effet d'être ici ce soir, parmi les peintres et les calligraphes impériaux, aux mains expertes, au regard d'aigle, à la volonté de fer, aux poignets si sensibles, à l'âme délicate ! Et je vous en prie, pour l'amour de Dieu, ne croyez pas ceux qui disent que j'ai été dessiné par un des peintres ici présents, à la va-vite et sur du mauvais papier, pour être affiché sur un mur.

Voyez les calomnies, les mensonges éhontés que certains se permettent : vous vous souvenez que, pas plus tard qu'hier soir, mon auteur a collé sur ce mur le dessin d'un chien et s'est mis à narrer les aventures de cette bête impudique, puis celles aussi d'un certain Husret Hodja, d'Erzurum. Eh bien, les sectateurs de Nusret Hodja ont tout interprété de travers ; ce serait lui, Son Excellence, Sa Sainteté, qui aurait été visé ! Et comment pourrions-nous, au grand jamais, dire que notre grand prédicateur est de père incertain ? Fichtre ! Je voudrais voir qu'une chose pareille me passe par la tête ! Y a-t-il une meilleure façon de semer le trouble et la perdition ? Voilà des histoires bien malsonnantes, et si l'on peut sans vergogne confondre ainsi les hodjas Husret et Nusret, tous les deux d'Erzurum, je m'en vais pour ma part vous raconter l'*Histoire de l'arbre et de Nedret Hodja*, l'Aveugle de Sivas.

Non content de jeter l'anathème sur la peinture et sur l'amour des jolis garçons, ce Hodja disait que le café est une chose diabolique, et que celui qui en boit va droit en Enfer. Dis donc, toi, le bouseux de Sivas, as-tu oublié comment ma grosse branche s'est tordue ? Je vais vous raconter ça, mais jurez-moi de ne le répéter à personne, car Dieu me garde des calomnies. Un beau matin, je vois le susnommé Hodja qui empoigne mon enfourchure, en compagnie, fort bonne ma foi, d'un athlète bâti comme un grand minaret, avec des bras comme des pattes de lion : tous les deux se cachent dans l'épaisseur de mon feuillage, et se mettent, si vous me passez l'expression, à faire crac-crac. Incontinent, j'entends le beau démon, dont j'ai bien compris qu'il s'agissait de Satan, dire en susurrant, pendant qu'il le besognait et baisait passionnément la mignonne oreille de notre Hodja : « Le café est impur, le café est un péché... »

Il est bien évident que celui qui se rend à de telles sornettes sur la nocivité du café, loin d'obéir aux commandements de notre belle religion, se rend aux arguments du diable.

Je vais dire pour finir un mot des peintres d'Occident, pour la gouverne de leurs infâmes imitateurs, s'il s'en rencontre parmi vous. Ils se sont, paraît-il, mis à peindre les visages des rois, des prêtres et des seigneurs, et même de leurs femmes, d'une façon telle que, en voyant leur image, on peut les reconnaître dans la rue. D'ailleurs, dans la rue, leurs épouses s'y promènent comme elles veulent, et vous pouvez imaginer le reste. Mais comme si cela ne suffisait pas, on emploie, on embauche, on débauche ladite peinture, « en reconnaissance » comme une marieuse...

Un jour, un de leurs grands peintres se promenait avec son collègue dans une prairie, et ils devisaient de leur art, quand ils arrivent en vue d'une forêt. Celui qui était le plus avancé dans leur art aurait dit à l'autre : « Si l'on veut peindre à la manière nouvelle, il faut peindre chacun des arbres de cette forêt de façon qu'un amateur qui s'y rendrait puisse tous les reconnaître. »

Moi que vous voyez je ne suis qu'un pauvre arbre, et je remercie Dieu de n'avoir pas été peint d'aussi docte manière. Ce n'est point que j'appréhende, si j'étais dessiné à la manière franque, que tous les chiens d'Istanbul, me prenant pour un vrai arbre, ne viennent me pisser dessus. Mais j'aspire, plutôt qu'à être un arbre, à en être le signe

11

Mon nom est Le Noir

Il avait commencé à neiger la veille, sans arrêt jusqu'au matin. J'avais passé toute la nuit à relire la lettre de Shékuré. À bout de nerfs, je marchais de long en large dans la chambre vide de cette maison déserte, revenant sans cesse à la lueur tremblante et jaune de la bougie, afin d'observer le tremblement nerveux des caractères tracés avec colère par ma bien-aimée, la progression contournée des boucles qui, de droite à gauche, se tordent et se nouent pour mieux ourdir leurs tromperies. On aurait dit que l'auvent de sa fenêtre s'entrouvrait pour me laisser voir, avec son visage, ce sourire triste que depuis six ou sept ans je portais en moi, et qui, à force de se métamorphoser, avec cette bouche de cerise finissant par prendre toute la place, m'était devenu méconnaissable quand j'avais revu son vrai visage.

Au milieu de la nuit, je me suis adonné à des rêves de mariage. Je n'y avais plus aucun doute en mon amour pour elle, ni dans le fait que j'obtiendrais une réponse. Le mariage avait ainsi lieu pour notre plus grand bonheur, et puis ce bonheur imaginaire, installé dans une maison pleine d'escaliers, devenait glissant et amer : je ne trouvais pas de travail, nous nous querellions, elle ne me laissait plus placer un mot... Vers le milieu de la nuit, comprenant que ces sombres chimères provenaient, pour partie, de la *Résurrection des Sciences* de Ghazzâlî, que j'avais lue en Arabie pendant mes longues nuits de célibataire, je me suis souvenu aussi que les mêmes pages consacrées au mariage sont beaucoup plus prolixes sur ses avantages. Mais en dépit de tous mes efforts, je ne parvins pas à me rappeler plus de deux de ceux-ci : d'abord, que le mariage introduit l'ordre dans un ménage ; or dans la maison pleine d'escaliers de mon rêve, il n'y avait aucun ordre ; et le deuxième argument était que j'échappais par là au vice du plaisir solitaire, et à celui, pire encore, de me laisser entraîner, dans l'obscurité des allées de traverse, sur les pas d'une entremetteuse, à la recherche d'une prostituée.

Cette idée m'a ramené, alors que la nuit s'avançait vers les une heure du matin, à m'amuser à cinq contre un. Souhaitant garder les idées claires et m'ôter ces obsessions de la tête le plus vite possible, je suis allé me mettre dans un coin de la chambre, comme d'habitude, pour comprendre finalement que je n'arriverais pas à me calmer de cette façon : douze ans après, j'étais de nouveau amoureux.

Cette preuve — inébranlable si j'ose dire — me causa une telle émotion, mêlée de crainte, que je marchais maintenant à travers la pièce en tremblant moi-même, comme la lueur de la bougie. Si vraiment, avec cette lettre, Shékuré m'ouvrait une sorte de fenêtre, pourquoi fallait-il que les mots qu'elle employait semblent me dire le contraire ? Pourquoi son père, si la fille voulait si peu de moi, m'invitait-il ? Pourquoi jouaient-ils ainsi avec moi, tous les deux, le père et la fille ? En arpentant la chambre, il me semblait que les grincements de la porte, de la cloison, du plancher, en imitant le bégaiement de mes pensées, cherchaient à m'apporter des réponses.

Je me suis mis à regarder mon vieux dessin, de Shirine qui tombe amoureuse de Khosrow en voyant son portrait accroché à la branche d'un arbre. Je m'étais inspiré à l'époque d'un modèle pris dans un volume de qualité médiocre, récemment rapporté de Tabriz, qui se trouvait chez mon Oncle. Ce dessin, contrairement au souvenir qu'il m'avait laissé tout au long de ces années, et comme il était naturel vu la naïveté du trait et de la déclaration d'amour en question, ne me faisait plus honte ; mais il n'éveillait pas non plus le souvenir d'une jeunesse heureuse. J'ai réussi à me contrôler jusqu'au petit matin, et j'ai interprété son geste — me renvoyer le dessin — comme une sorte d'offensive sur l'échiquier de l'amour. Finalement, je me suis levé, et j'ai écrit une réponse.

Dans la matinée, après avoir redormi un peu, j'ai mis la lettre contre mon sein et je suis sorti dans la rue. J'ai marché longtemps. La neige avait fait fuir la cohue habituelle, et semblait avoir élargi les rues étroites d'Istanbul. Tout était silencieux et immobile, comme dans mon enfance ; et comme dans mon enfance, j'imaginais qu'une armée de corbeaux avaient pris leurs quartiers d'hiver sur les toits, les coupoles et les jardins enneigés. Je marchais vite, en écoutant le bruit amorti de mes pas, en regardant le brouillard qui sortait de ma bouche, heureux de savoir que cette bâtisse où mon Oncle m'avait demandé de me rendre, et où se trouve le Grand Atelier impérial, serait aussi silencieuse que les rues. Sans entrer dans le quartier juif, par l'intermédiaire d'un jeune garçon, j'ai fixé à Esther, qui devait remettre ma lettre à Shékuré, un lieu de rendez-vous avant la prière de midi.

Je suis arrivé en avance au bâtiment où se trouve l'atelier, derrière Sainte-Sophie. Dans l'aspect de ce bâtiment, où j'avais, par l'entremise de mon Oncle, été admis un certain temps pour faire mon apprentissage, puis gardé mes entrées, rien ne semblait avoir changé, mis à part les glaçons qui pendaient des corniches.

Un bel et jeune apprenti est venu m'ouvrir le chemin. Nous sommes passés au milieu des vieux maîtres relieurs, au cerveau enivré par les effluves de l'adragante, des jeunes maîtres peintres prématurément voûtés, et des petits broyeurs de couleurs, indifférents à leur besogne, leurs yeux tristes fixés sur les flammes du poêle. Je vis dans un coin un vieillard occupé à colorier soigneusement un œuf d'autruche posé sur ses genoux, et un plus jeune à côté, qui peignait avec bonne humeur un tiroir de commode : un apprenti suivait leurs gestes avec respect. Par une porte ouverte, je vis des élèves, qu'on venait sans doute de réprimander, car ils avaient le visage tout rouge, et qui, le nez penché sur leur feuille de papier, cherchaient à comprendre où était l'erreur qu'ils avaient commise Dans une autre cellule, un apprenti mélancolique, oubliant ses couleurs et sa feuille, regardait tristement la rue par où je venais d'arriver, plein d'émotion, sous la neige. Les autres, assis devant la porte ouverte de leur cellule, occupés l'un à copier une scène, l'autre à préparer des pochoirs et des couleurs, ou à tailler des crayons. m'observaient, moi l'étranger, avec hostilité.

Nous avons gravi l'escalier verglacé, et longé les pièces du premier étage sous la galerie couverte, qui bordait les quatre faces intérieures du bâtiment. En contrebas dans la cour enneigée, deux grimauds, grelottant visiblement de froid malgré leur gros manteau de laine rêche, attendaient quelque chose, sans doute qu'on leur administre une correction. Je me souvins des coups de baguette, et du bâton sur la plante des pieds, jusqu'à ce que la peau éclate, pour les cancres trop négligents ou ceux qui gaspillaient des pigments dispendieux.

Nous avons pénétré dans une pièce chauffée, où les peintres étaient tranquillement agenouillés, mais c'étaient des jeunes gens à peine sortis de l'apprentissage, non les maîtres confirmés que j'avais espérés. Maintenant que les grands noms — les artistes à qui Maître Osman avait attribué un pseudonyme — travaillaient chez eux, cette pièce, qui jadis suscitait en moi des transports de vénération passionnée, ne m'apparaissait plus comme le Grand Atelier de notre riche souverain, mais comme une sorte de réfectoire de caravansérail, perdu dans le silence des montagnes de l'Est.

Sur le côté, devant une estrade, le Grand Maître Osman, que je revoyais pour la première fois après quinze années, me fit l'effet d'un spectre surgi des ténèbres. Pendant mes voyages, chaque fois que je pensais à la peinture, le Grand Maître me revenait à l'esprit, auréolé de prestige comme un fantôme de Bihzâd. Et à cet instant, dans la lumière blanche qui tombait verticale sur ses longs vêtements blancs, de la fenêtre donnant sur Sainte-Sophie, il paraissait en effet arriver directement de l'Autre Monde. J'ai baisé en me prosternant sa vieille main tavelée, et me suis présenté. Je me suis rappelé à son souvenir en lui disant que mon Oncle m'avait fait entrer ici enfant, puis que la vie, parce que je préférais le calame aux pinceaux, m'avait conduit à être secrétaire de généraux dans les villes de l'Est, à tenir les registres et les comptes ; que j'avais, avec des calligraphes et des peintres rencontrés à Tabriz, fini par faire des livres, là où je me trouvais, que ce fût Bagdad, Alep, Van ou Tiflis — pour le Serhat Pacha entre autres — et que j'avais connu la guerre.

« Ah, Tiflis ! a dit alors le Grand Maître en regardant à travers la toile cirée de la fenêtre la lumière blanche du jardin. Je me demande s'il neige, là-bas. »

Il se comportait comme ces anciens maîtres persans dont sont remplies les légendes, et qui, passé un certain âge, rendus aveugles par leur travail, passent le restant de leur vie moitié saints, moitié fous. Je pouvais cependant discerner, dans ses yeux vifs comme des djinns, quelque chose de la haine féroce qu'il vouait à mon Oncle, et une certaine défiance à mon égard. J'ai expliqué comment, dans les déserts d'Arabie, la neige recouvre aussi les vieux souvenirs, alors que, ici, la neige ne semble tomber que sur la grande mosquée de Sainte-Sophie... Je lui ai décrit aussi comment, quand il neige sur la forteresse de Tiflis, sur les bords fleuris de la rivière chantent des lavandières, et les enfants qui mettent la glace sous des couvertures, pour faire des sorbets en été.

« Raconte-nous ce qu'on dessine et ce qu'on peint dans les pays où tu es allé », dit-il.

Un jeune peintre rêveur, qui traçait mélancoliquement des lignes à la règle dans son coin, leva la tête de son pupitre et me regarda, comme les autres, avec l'air d'attendre de moi que je lui fasse le plus vrai, le plus authentique des récits merveilleux. Tout ce petit monde, j'en étais bien convaincu, même s'il ignorait généralement le nom de l'épicier du quartier, pourquoi ce dernier ne s'entendait pas avec son voisin le marchand de légumes, et jusqu'au prix de la livre de pain, était parfaitement au courant des tableaux commandés à Tabriz, à Qazvîn, Shîrâz ou Bagdad, de l'argent dépensé pour tel volume par tel khan, roi, sultan ou prince du sang, et les commérages du métier, surtout, qui se répandent à la vitesse de la peste, étaient ici déjà rebattus. Je voulus bien toutefois faire le récit qu'on me demandait, puisque aussi bien de cet Orient, de ces contrées d'Iran où depuis des siècles se fabriquent ces dessins et ces peintures, où s'écrivent les meilleurs poèmes, et dont chaque jour apporte le bruit de nouvelles armées en guerre, de princes qui se font étrangler les uns les autres, de villes pillées, livrées aux flammes, de nouvelles batailles et de nouveaux traités, j'en revenais, moi, justement.

« Comme vous le savez, Tahmasp Shah, après cinquante-deux ans de règne, oublia dans ses dernières années son amour des livres et de la peinture, tourna résolument le dos aux poètes, peintres et calligraphes, et se confit en dévotion, jusqu'à sa mort, qui amena au trône son fils Ismaïl. Le jeune roi, que son père avait maintenu enfermé pendant vingt ans en raison d'un caractère instable et querelleur, commença par assouvir sa rage sur ses frères cadets en les faisant tous étrangler, non sans parfois leur faire d'abord crever les yeux. Ses ennemis perfides réussirent pourtant, en l'empoisonnant peu à peu avec de l'opium, à se défaire de lui, et installèrent sur le trône son frère aîné débile Muhammad Khudâbandah. Sous ce dernier, tous les princes du sang, leurs demi-frères, les gouverneurs des provinces, et jusqu'aux Ouzbeks, se révoltèrent et, tournés de notre côté contre le Serhat Pacha, firent une guerre impitoyable à l'Empire, non sans mettre l'Iran à feu et à sang ; ils n'en laissèrent que des ruines fumantes. Le shah actuel, sans argent ni fortune, faible d'esprit et presque aveugle, n'est pas à même de faire copier ou peindre de nouveaux livres. C'est ainsi que les peintres fameux de Hérat et de Qazvîn, les vieux maîtres et les apprentis qui avaient produit les chefs-d'œuvre de la bibliothèque de Tahmasp Shah, dont les pinceaux lançaient sur la page des chevaux au triple galop et en faisaient sortir des vols de papillons, les meilleurs dessinateurs, coloristes, relieurs et calligraphes se sont tous retrouvés sans travail et sans appui, sans ressources et sans argent, sans toit et sans patrie. Ils se sont exilés, qui au nord chez les Shaybanides, qui en Inde, l'autre ici à Istanbul ; d'autres ont changé de métier, sacrifiant leur honneur et leur raison d'être ; d'autres ont accepté, pour le compte de petits gouverneurs et de princes perpétuellement en guerre, de commettre de ces volumes qui tiennent dans la paume, avec quatre ou cinq pages de miniatures au maximum. Ces livres bon marché, copiés vite fait, mal illustrés, répondent au goût des soldats du rang, de généraux poltrons et de princes dégénérés : ils se sont répandus partout.

— Et pour combien les vend-on ?

— On raconte que l'immense Sadiqî Bey a illustré, pour un vulgaire cavalier ouzbek, un exemplaire des *Créatures merveilleuses* moyennant quarante pièces d'or seulement. J'ai vu de mes yeux à Erzurum, dans la tente d'un de ces généraux dépourvus de tout courage qui revenait d'une campagne en Orient, une anthologie galante, richement peinte et enluminée, semble-t-il, pour certaines pages, de la propre main du ténébreux Grand Maître Siyâvûsh. Certains grands maîtres qui n'ont pas encore renoncé au métier, vendent des dessins à l'unité, sans rapport avec une histoire ou un livre. Quand on regarde ces dessins isolés, on est incapable de dire de quelle scène il s'agit, de quelle histoire. On apprécie et on paye le peintre pour, comme ils disent, la beauté du sujet, par exemple pour un cheval, juste pour le plaisir de contempler et de dire : "Que c'est beau, un cheval parfait !" Les images de guerre ou pornographiques sont très demandées. À côté de cela une grande scène de bataille ne dépasse pas trois cents écus, et d'ailleurs personne n'en commande. Certains vont même, pour faire baisser le prix et trouver preneur, jusqu'à faire, sur du papier grossier non préparé, des dessins sans couleurs, en noir et blanc.

— Nous avions un doreur de grand, très grand talent, qui respirait la joie de vivre, dit Maître Osman. Son travail était d'une telle délicatesse, que nous l'appelions Monsieur Délicat. Mais il nous a abandonnés. Voilà six jours qu'on ne l'a plus vu. Disparu sans laisser de trace.

— Mais qui pourrait vouloir quitter cet atelier, qui est comme un foyer heureux dont vous êtes le père ? demandai-je.

— Quatre de mes jeunes maîtres — Papillon, Olive, Cigogne et Délicat —, qui étaient ici depuis la fin de leur apprentissage, exercent désormais leur art chez eux, sur instruction de notre Sultan », répondit Maître Osman.

En apparence, il s'agissait de leur permettre de travailler plus au calme pendant que tout l'atelier était affairé à confectionner le fameux *Livre des Réjouissances*. Mais le Sultan, une fois n'est pas coutume, au lieu d'affecter à leur usage particulier un pavillon dans la cour du palais, les avait assignés chez eux pour la confection d'un livre très particulier. Il m'apparut immédiatement que cette disposition devait avoir été prise pour le livre dirigé par mon Oncle, mais je n'ai rien dit de plus. Et qui sait si Maître Osman n'évoquait pas le sujet en toute connaissance de cause ?

Il appela pour s'amuser « Monsieur le Clair », un peintre tout courbé et blafard, qui s'appelait Nûrî, et lui demanda de faire les honneurs de la visite au « Sieur Le Noir ».

La Grande Inspection, du temps où le Sultan suivait de près les moindres choses concernant son atelier des peintures, avait lieu tous les deux mois, sous forme d'une visite en grand apparat au bâtiment des ateliers. Accompagné du Grand Trésorier Hazim, du Grand Historiographe Lokman et du Grand Maître des Peintures Osman, notre Sultan se voyait expliquer quel artiste travaillait sur quelle page, de quel livre, à quelle dorure, à la pose de quelle couleur, et chacun des travaux exécutés par chacun de ces peintres, doreurs, et jusqu'au moindre traceur de lignes, par toutes ces mains douées de si grands talents.

Comme le vénérable Grand Historiographe Lokman, qui avait fait le texte de la plupart des livres de l'atelier, était relégué chez lui par son grand âge, que le Grand Maître Osman semblait le plus souvent égaré dans ses vapeurs furieuses et intraitables, que Papillon, Olive, Cigogne et Délicat, les quatre grands noms de l'atelier, travaillaient désormais à domicile, et que le Sultan avait cessé de se passionner pour son jouet, cette parodie d'une cérémonie qui n'avait plus cours me rendit triste. Mon accompagnateur Nûrî Efendi — Monsieur le Clair — avait vieilli en pure perte, ne parvenant pas à la maîtrise dans son art sans avoir eu non plus l'occasion de vivre ; toutefois il n'était pas devenu bossu tout à fait en vain : car il me passa en revue toute l'histoire de l'atelier, sans omettre de rendre hommage à une image ou son auteur.

C'est ainsi que j'ai pu admirer enfin ces merveilleuses pages du *Livre des Réjouissances*, qui retracent les fêtes de la circoncision des Princes impériaux. Le bruit de ces cérémonies, qui s'étaient prolongées cinquante-deux jours, et à l'occasion desquelles tous les métiers et corporations d'Istanbul avaient rivalisé de talent, était arrivé à mes oreilles jusqu'en pays d'Iran, et j'avais entendu parler du livre en question alors qu'on en était encore à le fabriquer.

Sur la première image qu'on m'a mise sous les yeux, notre Sultan, Protecteur du Monde, assis dans la loge royale du palais de feu Ibrahîm Pacha, suivait d'un regard satisfait les réjouissances, sur la place d'armes. Son visage, qu'on n'aurait pas distingué des autres par des détails, était soigneusement, scrupuleusement dessiné. Sur le côté droit du tableau, aux fenêtres et aux galeries faisant face au Sultan à gauche, on reconnaissait les vizirs, les généraux, puis les ambassadeurs de Perse, de Tartarie, d'Europe et de Venise. À la différence du Sultan, leurs yeux avaient été peints vite fait, sans application, leurs regards ne s'appliquant eux-mêmes à rien, sinon à l'agitation générale du spectacle. Je retrouvai ensuite, dans d'autres compositions semblables, qui répétaient celle-ci, des variations dans les décorations murales, les essences des arbres, la forme ou la couleur des carreaux de faïence. C'est ainsi qu'une fois réunies les feuilles d'écriture et d'images, la reliure recelait, proposait au lecteur de ce *Livre des Réjouissances*, à mesure qu'il en tournait les pages, un spectacle bariolé, toujours mouvant, de la même place d'armes sous le regard immuable du Sultan et de la foule des invités.

Et je vis, moi aussi, la bagarre autour des centaines de bols de riz, et la panique provoquée par les lièvres et la sauvagine jaillissant d'un bœuf tout rôti ; les représentants de la corporation des maîtres forgerons passant devant le Sultan, sur un chariot à grandes roues, qui abattaient avec précision leurs marteaux sur une enclume posée sur la poitrine de l'un d'eux, allongé, sans blesser celui-ci. Sur un autre char, je vis les artisans verriers fabriquer des verres ornés d'œillets et de cyprès, puis les confiseurs récitant de sirupeux ghazals, avec leurs chameaux chargés de douceurs, et dans leurs cages, à croquer elles-mêmes, des perroquets en sucre ; de vieux serruriers, en déplorant l'insécurité d'aujourd'hui, qui voulait toutes ces nouvelles portes, faisaient néanmoins leur profit des verrous, cadenas et poternes ; sur le dessin des saltimbanques, Papillon, Cigogne et Olive avaient tous les trois apporté leur touche : un jongleur faisait passer des œufs du bout d'une baguette à l'autre, sans plus les faire tomber que sur une plaque de marbre, pendant que son collègue faisait vibrer un tambourin. L'amiral de la flotte, Kilitch Ali Pacha, avait fait élever aux captifs de sa dernière campagne une montagne de boue représentant la Terre Infidèle, montée sur le même char qu'eux, et quand ils passaient sous les yeux du Sultan, une charge de poudre faisait exploser le pays de ces mécréants, au milieu de leurs gémissements, comme lorsqu'il avait rasé leurs États à coups de canon ; je vis aussi, revêtus de leur tenue à rayures rose et aubergine, brandissant leur couperet, les jeunes bouchers, souriant comme des jeunes filles avec leurs visages sans barbe ni moustache, qui hissaient au bout d'une perche crochue la carcasse rose de moutons écorchés ; un lion qu'on faisait enrager, amené enchaîné au-devant du Sultan, rugissait de fureur, les yeux injectés de sang, et les spectateurs applaudissaient quand le lion, représentant l'Islam, se mettait à poursuivre sur l'autre page un porc à couenne rose et gris, figurant ces cochons de chrétiens. Après avoir encore regardé tout mon soûl la miniature où un barbier, suspendu au plafond par les pieds, rase un client pendant que son apprenti, tout de rouge accoutré, et tenant dans une main la coupelle en argent pleine de savon parfumé, tend de l'autre un miroir au client, en attendant son pourboire, je me suis enquis de l'auteur de cette œuvre magnifique.

« Que le tableau, en rendant hommage par sa beauté à la richesse de la vie des hommes, à l'amour, et aux couleurs du monde tel que Dieu l'a créé, nous exhorte à la piété et au recueillement, c'est cela qui est important. Pas l'identité de son auteur. »

Ce Nûrî avait décidément de réelles clartés. Avait-il compris, pour faire preuve d'une telle prudence, que j'étais envoyé ici par mon Oncle, ou répétait-il simplement les paroles du Grand Maître Osman ?

« Ces dorures sont-elles toutes de la main de Monsieur Délicat ? demandai-je. Et qui fait les dorures à sa place maintenant ? »

Des cris désespérés d'enfants nous parvinrent soudain, depuis la cour, par la porte donnant sur la galerie. En bas, un des surveillants faisait allonger, pour la bastonnade sur la plante des pieds, les deux qui tout à l'heure attendaient en tremblant dans le froid, coupables, sûrement, d'avoir dissimulé dans du papier une feuille d'or, ou de la poudre de grenat au fond de leurs goussets. Les élèves peintres, saisissant une bonne occasion de s'amuser, se précipitèrent au spectacle.

« Une fois que les apprentis auront fini de peindre la poussière de l'hippodrome dans le rose carmin que leur a prescrit notre Maître pour cette image, notre frère Délicat, quand il sera revenu, terminera, si Dieu veut, la dorure de ces deux pages. En effet, Maître Osman à demandé à Délicat que l'on peigne chaque fois la poussière d'une couleur différente : rose carmin, vert indien, jaune safran ou caca d'oie Car l'œil, en regardant la première image, comprend qu'il s'agit de la place, que le sol doit en être d'une certaine couleur ; mais pour accepter de s'attarder sur la deuxième et la troisième, il réclame d'autres couleurs. Les images sont faites pour égayer les pages. »

Dans un coin traînait une page d'un *Livre de Victoires*, où l'on voyait appareiller la flotte impériale. Son auteur, un des grands parmi les apprentis, avait sûrement accouru aux cris de ses petits camarades pour les voir se faire lacérer la plante des pieds. Ces navires, tous recopiés à l'identique à l'aide d'un modèle en carton, ne semblaient même pas flotter sur la mer, mais la hideur de cette flotte et de ces voiles, où l'on ne sentait rien de la force du vent, tenait moins au modèle qu'à la maladresse du jeune peintre. Et j'ai pensé avec tristesse que le modèle avait dû être sauvagement déchiré, extirpé d'un volume — sans doute un recueil de morceaux choisis — dont je ne parvenais pas à déterminer le sujet. Maître Osman, visiblement, ne supervisait plus grand-chose.

Comme nous arrivions à son estrade de travail, Monsieur Nûrî m'a dit avec fierté qu'il venait de finir la dorure d'un firman sur laquelle il avait peiné pendant trois semaines. J'ai contemplé avec respect cette dorure, et le paraphe lui-même, déployé au bas d'une feuille vierge pour ne pas dévoiler sa destination, ou le nom du destinataire. Je ne suis d'ailleurs pas sans savoir qu'à l'Est bien des pachas turbulents ont, à la seule vue de ce superbe paraphe impérial, qui respire autant la force que la noblesse, oublié toute envie de révolte.

Nous admirâmes les dernières créations achevées par le calligraphe Djemal, et pour ne pas donner raison aux ennemis de la peinture et de la couleur, qui affirment que la calligraphie est l'art fondamental et que l'enluminure n'est qu'un prétexte pour la mettre en valeur, nous sommes passés rapidement au suivant.

Le traceur de lignes Nasir était en train de saccager, sous couleur de la restaurer, une page d'un recueil des *Cinq Romans* de Nizâmî datant de l'époque timouride, où l'on voyait Khosrow surprenant Shirine au bain, nue dans le bras d'une rivière.

Un vieux maître de quatre-vingt-douze ans à moitié aveugle, qui n'avait d'autre histoire à raconter que celle d'avoir baisé la main, soixante années avant, de Bihzâd, le légendaire maître de Tabriz, qui, disait-il, était alors déjà aveugle et dérangé, nous montra d'une main tremblante le nécessaire de calligraphe qu'il s'apprêtait à offrir dans trois mois, une fois terminé, pour la fête de notre Sultan.

Un silence de plomb s'était abattu sur tout l'atelier où travaillaient, dans leurs cellules du premier, près de quatre-vingts peintres, jeunes apprentis et élèves de tous âges. Je connaissais trop bien ce silence qui fait suite aux bastonnades, rompu de loin en loin par un pouffement de rire ou une plaisanterie, ou quelques sanglots qui m'en rappelaient d'autres, des pleurs étouffés, des gémissements de novices, dont les maîtres se souvenaient aussi. Et devant ce vieux maître de quatre-vingt-douze ans, j'ai eu la sensation, furtive mais profonde, qu'ici, loin des troubles et des batailles, chaque chose arrivait à son terme ; et qu'au jour du Jugement et de la Résurrection régnerait le même silence.

La peinture est silence pour l'esprit et musique pour l'œil.

En baisant la main de Maître Osman pour prendre congé, je ressentais en mon âme, à côté d'un grand respect, un trouble d'un autre ordre, cette sorte de pitié mêlée d'enthousiasme que vous éprouvez face à la sainteté : un sentiment étrange de culpabilité. Sans doute parce que mon Oncle, en prétendant qu'on imitât plus ou moins ouvertement la façon des peintres d'Europe, était son rival et lui faisait de l'ombre.

En même temps j'ai décidé que, voyant peut-être pour la dernière fois le Grand Maître, mais aussi par souci de lui être agréable, de lui faire plaisir, je lui poserais une dernière question :

« Vénéré Grand Maître, qu'est-ce qui distingue un vrai grand peintre ? »

Je m'attendais à ce que le Maître de Peinture, habitué à ce genre de questions complaisantes, me réponde de façon évasive, s'il n'avait pas déjà purement et simplement oublié ma présence.

« Un grand peintre ne se laisse pas facilement distinguer, même par un seul critère, d'un peintre sans foi ni talent, prononça-t-il avec gravité. Cela change avec le temps. Contre les mauvais procédés qui menacent notre art, il est important de savoir à quoi s'en tenir sur les mœurs et le mérite d'un peintre. Aujourd'hui, avec un jeune, pour savoir si j'ai affaire à un vrai peintre, je lui pose trois questions.

— Lesquelles ?

— D'abord s'il veut avoir un style propre, une façon de peindre qui lui soit propre, comme c'est la tendance, hélas, avec cette influence des Chinois et des Européens. Est-ce qu'il est peintre pour avoir une manière, une atmosphère à lui, différente de celle de tous les autres, et cherche-t-il à le prouver en apposant sa signature dans un coin, comme les maîtres occidentaux ? Je m'enquiers donc en premier de son style et de sa signature.

— Et ensuite ? demandai-je encore, bien respectueusement.

— Ensuite je veux apprendre ce que ressent ce peintre à l'idée que nos œuvres sont, à d'autres époques, réutilisées dans d'autres livres, une fois qu'on les a arrachées d'un volume qui a lui-même changé de main, après la mort de nos commanditaires, rois ou sultans. C'est une question sensible, selon moi, à laquelle on ne saurait répondre par la joie ou l'affliction. C'est pourquoi j'interroge le peintre sur le Temps. Le Temps des peintres, et le Temps de Dieu. Comprends-tu cela, mon fils ? »

Non, je ne comprenais pas, mais sans répondre je suis passé à la troisième question.

« La troisième question porte sur la cécité ! » dit le Grand Maître Osman. Comme il se taisait après ces mots qu'il semblait trouver trop évidents pour nécessiter un commentaire, je repris, très embarrassé :

« La cécité... c'est-à-dire ?

— La cécité, c'est-à-dire le silence. Si tu mets ensemble la première question posée avec la seconde, on obtient le point aveugle. C'est-à-dire, à l'endroit le plus profond du tableau, quand on voit Dieu apparaître dans toute son obscurité. »

Je suis sorti sans rien ajouter, et j'ai descendu lentement l'escalier recouvert de glace. Je savais qu'en posant à Papillon, Olive et Cigogne les trois grandes questions du Maître, il ne s'agirait pas seulement d'une conversation. Il s'agissait surtout pour moi de comprendre, derrière ces légendes vivantes, mes contemporains.

Pourtant, je n'ai pas pris immédiatement le chemin des demeures des trois fameux artistes. Près du quartier juif, à l'endroit du nouveau bazar qui surplombe la Corne d'Or, je suis tombé sur Esther, toujours en grands conciliabules, affublée de la tenue rose qu'on impose aux siens, sa grosse masse agile perdue au milieu de la foule des servantes et des bonnes femmes des quartiers pauvres en caftan défraîchi, lestées de leurs cabas de navets et de coings, de carottes et d'oignons. Après m'avoir, à sa manière enjouée, décoché force œillades sur l'arc de son épais sourcil, elle éclipse, d'un mouvement preste, ma lettre dans les profondeurs de ses grègues à grands soufflets, mystérieuse comme si tout le marché avait eu les yeux rivés sur nous ; elle ajoute que Shékuré pense bien à moi, prend ma pièce, et, en indiquant son barda, se plaint d'être trop débordée : elle n'aura donc pas le temps de faire passer ma lettre avant midi. Je lui ai demandé de faire au moins savoir à Shékuré que j'irais, d'ici là, rendre visite aux trois jeunes maîtres de peinture

12

On m'appelle Papillon

C'était avant la prière de midi. On frappe. Je vais voir qui c'est, j'ouvre la porte : Monsieur Le Noir ! À l'époque où j'étais encore apprenti, il a passé quelque temps avec nous, au Grand Atelier... On s'embrasse, on se fait la bise, et je me demande à part moi s'il ne viendrait pas de la part de son Oncle, mais il déclare que c'est pour voir mes œuvres, regarder mes dessins, une visite d'amitié quoi, et surtout qu'il a une question à me soumettre, de la part de notre Sultan, un genre d'épreuve. Mais naturellement, et quelle est-elle, cette question pour moi ? Mais bien sûr ! c'est entendu :

STYLE ET SIGNATURE
donc...

Aussi longtemps que se multiplieront tous ces artistes bons à rien, plus attirés par la gloire et l'appât du gain que par le service de leur art et la contemplation, nous n'avons pas fini d'en voir, de ces horreurs et ces grossièretés qu'entraîne cette nouvelle manie du « style » et de la « signature ». Ainsi ai-je commencé pour faire bonne mesure, parce que ça me semblait un bel exorde, et tant pis pour ce que j'en pensais. La vérité, en effet, c'est que ni la soif maudite de l'or ni même l'appétit de gloire ne sauraient corrompre l'art authentique et le réel talent. La vérité, s'il faut la dire tout haut, c'est que la fortune et la gloire sont l'apanage mérité des grands artistes, tels que moi, et que c'est là ce qui nous motive. Mais si je criais cela sur les toits, mes collègues, qui crèvent tous de rage et d'envie, me sommeraient de rendre des comptes ; alors, pour démontrer que j'ai plus de conscience professionnelle, il me faudrait, pour pensum, peindre un arbre sur un grain de riz. Je suis persuadé que cette passion du « style » et pour les « signatures » est une importation d'Orient, et même, en fait, de l'Occident, par l'intermédiaire de certains maîtres chinois enténébrés par l'influence des Européens, et de leurs images, cette contrebande des jésuites ! Je propose donc de vous raconter un ensemble de trois histoires sur ce sujet :

TROIS CONTES EXEMPLAIRES SUR LE STYLE ET LA SIGNATURE

Alif

Il était une fois un jeune Khan mongol dans sa forteresse des montagnes, au nord de l'Hindû-Kûsh, passionné de peinture et de dessin. Parmi les femmes de son harem, il n'en aimait qu'une seule, mais à la folie, et celle-ci, jeune Tatare, belle parmi les belles, était aussi éperduement amoureuse de lui. À longueur de nuit, et jusqu'aux petites heures du matin, ils s'adonnaient, à perdre haleine, à de si brûlants ébats, se délectaient d'un tel bonheur qu'ils auraient voulu que cette vie inimitable fût aussi éternelle. Aussi bien avaient-ils découvert que la meilleure façon de réaliser ce souhait était de regarder pendant des heures, à longueur de journée, sans relâche, les merveilleuses et parfaites images de l'amour qu'ils trouvaient dans les livres des maîtres anciens. Et en effet, à force de contempler toujours les mêmes illustrations sans défauts des mêmes histoires d'amour, ils sentaient leur félicité égaler peu à peu celle de ces récits des temps heureux de l'Âge d'Or. Or, dans l'atelier de miniatures du prince, un peintre, maître parmi les maîtres, chargé de produire et reproduire toujours la perfection des mêmes images des mêmes ouvrages, cultivait les usages consacrés, pour peindre les tourments de Farhad et Shirine, les regards éperdus, désolés, échangés par Majnûn et Leylâ, et la langueur profuse dans les clins d'œil lourds de sous-entendus et de secrets intimes, qu'au milieu d'un jardin beau comme celui du Paradis se renvoient Shirine et Khosrow, en prenant, quel que fût le livre, la page à illustrer, toujours, pour modèle des amants, son souverain et la belle Tatare. Le Khan et sa compagne, persuadés par la contemplation de ces pages que leur bonheur n'aurait jamais de fin, inondaient notre peintre d'or et de louanges. Mais l'excès de faveur et d'or, à la fin, eut raison de la raison du peintre : oubliant que la perfection de ses œuvres n'attestait que sa dette envers les modèles anciens, il s'écarta de leur voie, séduit par les prestiges du Diable : il eut la vanité de croire qu'à mettre un peu de lui-même dans ses miniatures, celles-ci plairaient davantage. Or, ces innovations personnelles, les vestiges qu'il laissa de son style ne firent que troubler le Khan et sa compagne : ils n'y trouvèrent que des imperfections. En sentant que, du charme de ces images, quelque chose était rompu, que ces miroirs parfaits de leur bonheur étaient brisés en quelque sorte, le souverain mongol conçut, pour sa compagne d'une histoire ancienne, dont les pages semblaient tournées, une forme de jalousie. Pour la rendre jalouse, il coucha avec une des suivantes. Les commérages firent le reste, et si bien que la belle et jeune Tatare, sans rien dire, se pendit à la branche d'un cèdre dans la cour du harem. Comprenant son erreur, et qu'elle était due à ce « style » du peintre séduit par le Diable, sur-le-champ il lui fit crever les yeux.

Ba

Dans un royaume de l'Orient vivait heureux un vieux Padishah, amateur de peintures, dont le bonheur s'était récemment accru d'une épouse chinoise, belle parmi les belles. Cependant, un de ses fils d'un premier lit, très beau, et cette très belle et jeune épouse tombèrent amoureux l'un de l'autre. Le fils, honteux de sa traîtrise envers son père, et redoutant qu'il ne découvre cette idylle défendue, s'enferma dans un atelier, et s'adonna à la peinture. Comme il peignait sous l'emprise d'un violent chagrin d'amour, chacune de ses œuvres était si magnifique que ceux dont elle ravissait la vue ne pouvaient la distinguer d'une œuvre des maîtres anciens. Le Padishah était fier de son fils, mais sa jeune épouse chinoise, en voyant les images, disait : « Oui, c'est très beau, mais les ans passeront, et s'il ne signe pas son œuvre, plus personne ne saura qu'il est l'auteur de ces beautés. » Le Padishah la reprit une fois : « Si mon fils ajoute sa signature, ne sera-t-il pas présomptueux, de sa part, de s'attribuer en propre les techniques et le style de ses maîtres anciens, qu'il ne fait qu'imiter ? Sans compter que, s'il signe, cela peut vouloir dire : "Ma peinture porte trace de mes insuffisances." » La jeune épouse, comprenant qu'elle ne réussirait pas à persuader son vieux mari sur cette question de la signature, convainquit en revanche le fils, reclus au fond de l'atelier. Mortifié qu'il était d'avoir à celer son amour, il se rendit, en un moment, aux considérations de sa jolie et jeune belle-mère, et à la voix du Démon. Il écrivit son nom dans un coin du tableau, entre la pelouse et le mur, là où, s'imaginait-il, on ne remarquerait rien. Cette première miniature qu'il signa était une scène de Khosrow et Shirine ; vous savez : après leur mariage, Shîrûyé, fils de Khosrow d'un premier lit, tombe amoureux de la belle Shirine ; et une nuit, s'étant glissé dans leur chambre par la fenêtre, il plonge son poignard dans le foie de son père, couché auprès de Shirine endormie. En contemplant l'œuvre de son fils, le vieux Padishah se rend compte que quelque chose ne va pas. C'est qu'il a vu la signature, mais comme il arrive souvent, quand nous ne percevons pas clairement un détail ; de même, il pensa seulement : « Il y a une faute dans cette miniature. » Car ce n'était plus une image que les maîtres anciens auraient pu avoir peinte, et le Padishah fut pris d'un doute affreux. Le livre qu'il contemplait ne rapportait plus une histoire, une légende, mais quelque chose d'absolument inadmissible dans un livre : une réalité. Et au moment où il comprend, le vieil homme a une vision d'horreur : son fils, son illustrateur, vient d'entrer par la fenêtre, comme dans sa propre miniature, et sans même affronter les yeux exorbités du père, lui enfonce, comme dans le tableau, un poignard énorme dans le cœur.

Djim

Dans sa volumineuse Histoire, Rashiduddîn de Qazvîn, il y a de cela deux siècles et demi, se félicite de pouvoir écrire que dans sa ville, à son époque, l'enluminure, la calligraphie et la miniature étaient les arts les plus prisés. Le shah d'Iran, dont la cour était alors justement à Qazvîn, suzerain de quarante royaumes, de Byzance à la Chine (et le secret de sa puissance, sans doute, résidait précisément dans son amour de la peinture), se trouvait cependant n'avoir pas d'enfant mâle. Pour éviter que ces royaumes qu'il avait subjugués ne fussent, à sa mort, dispersés, il résolut de trouver pour sa fille un mari, et qui fût peintre de surcroît ; il ouvrit donc un concours entre les trois peintres de son atelier qui s'avéraient être à la fois talentueux, jeunes, et célibataires. S'il faut en croire Rashiduddîn, l'épreuve était fort simple : à qui produirait la plus belle miniature ! Tout comme notre historien, les trois jeunes peintres savaient bien que cela signifiait « peindre comme les maîtres anciens » et tous trois représentèrent la scène favorite de leurs modèles : dans un jardin paradisiaque, au milieu des cèdres et des cyprès, parmi les hirondelles fébriles et les lièvres craintifs, une jeune beauté, les yeux baissés, se pâme d'angoisse et d'amour. De ces trois peintres qui tous, sans s'être concertés, en reproduisant exactement le modèle classique, avaient produit le même tableau, un seul, le plus désireux de se voir distinguer, mais également afin d'ajouter une marque de propriété à la simple beauté de son œuvre, dissimula, dans le fouillis de narcisses et de glaïeuls qui occupaient un coin reculé du jardin, sa signature. Cette insolence, si contraire à la tradition d'humilité des maîtres anciens, lui valut d'être immédiatement exilé au fin fond de la Chine et l'on organisa un deuxième concours pour les deux peintres restants. Ceux-ci, cette fois, représentèrent, chacun de son côté, une scène belle comme un poème : cavalière sur son palefroi, au milieu d'un jardin de rêve. Mais l'un des deux peintres — sans que l'on sache si son pinceau avait glissé, ou s'il était conscient de ce qu'il faisait — fit à la blanche monture que montait la belle — celle-ci avait bien sûr les yeux bridés, et les pommettes saillantes comme une Chinoise — des naseaux d'une forme insolite : ce défaut blessa aussitôt les yeux du père comme de la fille. Car s'il est vrai que ce peintre n'avait pas signé de son nom, il avait introduit, dans son œuvre superbe, un très habile défaut, au niveau des naseaux du cheval, qui lui permettait de se distinguer. Le Shah déclara que le style est un rejeton de l'erreur, et il exila ce peintre à Byzance. Il y a un dernier détail intéressant dans cette histoire laborieusement relatée par Rashiduddîn : au cours des préparatifs du mariage entre la princesse et le dernier peintre, celui qui avait peint selon la norme classique, sans faire d'écart ni mettre aucune signature, la fille du Shah resta prostrée, pendant tout un après-midi, à scruter douloureusement l'image peinte par ce peintre, qui était jeune et beau, et qu'elle devait épouser le lendemain. À la nuit tombante, elle s'en fut voir son père, et lui dit : « Il est vrai que les maîtres anciens représentent toujours les belles jeunes filles en Chinoises, et que c'est une règle absolue, qui nous vient d'Orient, dit-elle, mais quand ils étaient amoureux, quelque part, dans les yeux, les sourcils, les lèvres, les cheveux, le sourire, voire jusque sur les cils de la beauté qu'ils dessinaient, ils déposaient toujours quelque chose, une trace de leur bien-aimée. Ce défaut caché, ajouté au tableau, était un signe de reconnaissance, un secret partagé par les seuls amants. Papa, j'ai regardé toute la journée cette image d'une belle jeune fille à cheval, et il n'y a pas la moindre trace de moi ! Ce peintre est sûrement un grand maître, et de surcroît un beau jeune homme, mais il n'est pas amoureux de moi. » Alors le Roi annula les noces, et le père et la fille vécurent ensemble tout le reste de leur vie.

« Donc, si l'on en croit ce troisième conte, ce qu'on appelle le "style" est le fruit d'une imperfection, reprit Le Noir d'un ton poli et respectueux. Et le fait que le peintre soit amoureux se retrouve sous forme de "signe" dissimulé dans le visage, les yeux ou le sourire de sa bien-aimée ?

— Certainement pas, ai-je répondu d'un ton assuré et comme piqué dans mon orgueil, car à la fin, ce qui passe de la bien-aimée dans l'image qui la représente c'est la règle qu'elle incarne, sans aucun défaut. La preuve, c'est que, avec le temps, elle devient le modèle que tous les autres peintres auront à cœur d'imiter à leur tour. »

Il y a eu un silence, et j'ai compris que Le Noir, qui m'avait écouté avec une attention sans faille tout au long de mes trois récits, était maintenant distrait par les frôlements produits par mon épouse en passant sur le palier, puis dans la pièce à côté. Je l'ai fixé droit dans les yeux

« Le premier conte veut montrer que le "style" n'est qu'une erreur, ai-je poursuivi. Ensuite, le deuxième conte démontre qu'une peinture parfaite n'a pas besoin de signature. Finalement, le troisième conte démontre conjointement les deux idées que signature et style n'expriment qu'un ridicule et naïf orgueil de ses propres défauts. »

Mais que pouvait comprendre à la peinture cet ignorant à qui je prodiguais la grâce de mon enseignement ? J'ai demandé : « As-tu compris, à partir de mes contes, quelle personne je suis ?

— Tout à fait », a-t-il répondu, mais sans bien me convaincre.

Pour que vous ne restiez pas limités à son regard à lui, à sa perception, pour comprendre qui je suis, permettez-moi de vous le dire directement. Rien ne m'est impossible. Comme les anciens maîtres de Qazvîn, je dessine et je colorie... en riant et en m'amusant ! Et — je souris en le disant — je n'ai pas mon pareil. Et je n'ai rien à voir avec ce qui motive la visite de Le Noir, je veux dire, si du moins j'en crois mon intuition, avec la disparition de notre enlumineur, Monsieur Délicat.

Puis il m'a interrogé sur la compatibilité entre le mariage et l'exercice de mon art.

À vrai dire je travaille beaucoup et j'aime mon travail. Et je viens d'épouser la plus belle fille du quartier. À tout moment, quand je ne peins pas, nous faisons l'amour comme des fous. Puis je me remets au travail. Mais ce n'est pas ce que je lui ai dit. « C'est une grave question, ai-je répondu. Si le pinceau d'un peintre engendre des chefs-d'œuvre, il fera, du côté de sa femme, une piètre besogne ; et à l'inverse, s'il est bien dru et sait ravir les sens d'une charmante épouse, son pinceau et son art restent tout desséchés. » Évidemment, Le Noir a cru ces belles paroles, à l'instar de tous ces gens qui, comme lui, sont envieux des peintres.

Il m'a dit vouloir regarder les dernières pages de ma production. Je l'ai installé à ma table de travail, au milieu des godets, des encriers, des pierres ponces, des pinceaux, des calames et des planches pour les tailler. Le Noir était en train d'admirer la double page que j'étais sur le point de finir, pour le *Livre des Réjouissances*, et je m'étais assis, à côté de lui, sur le coussin rouge où ma jolie femme, peu de temps auparavant, avait pressé elle-même la chaleur de son entrecuisse, pendant que mon calame s'affairait à bien faire sentir les tourments des prisonniers devant notre Sultan, en s'affairant ellemême avec dextérité sur mon autre roseau...

Le thème de cette miniature était la grâce accordée aux emprisonnés pour dettes et à leurs familles, par notre Sultan. Impérial, celui-ci se tenait, comme j'avais moi-même pu l'observer à l'occasion d'une semblable cérémonie, dans le coin d'un tapis jonché de sacs pleins de pièces d'argent. Derrière lui j'avais mis son Grand Trésorier, reprenant et énonçant les listes de leurs dettes. J'avais prêté aux condamnés, que des chaînes et des carcans attachaient les uns aux autres par le cou, des faces douloureuses, allongées et toutes crispées, parfois des larmes dans les yeux ; et aux deux musiciens, le luth et le tambour, qui accompagnaient les louanges récitées en action de grâce pour le don magnifique de notre Souverain, consacré au rachat qui sauvait tous ces malheureux d'un emprisonnement assuré : des visages béats, dans des nuances de rouge. Pour bien mettre en valeur le malheur, l'infamie, et quelle délivrance était opérée par l'acte magnanime, à côté du dernier condamné, j'avais eu l'idée, non préméditée, de faire figurer sa femme, la mine défaite, décomposée, dans une robe pourpre et souillée, à côté de leur fille aux longs cheveux lâchés, belle encore dans son chagrin, et drapée d'une étole écarlate. J'allais lui expliquer, à ce Le Noir qui semblait bien perplexe et obtus, afin qu'il comprenne bien que peindre, c'est aimer la vie, pourquoi j'avais déroulé sur deux pages la chaîne de ces prisonniers ; et la logique interne du rouge dans l'image ; et ces détails que nous nous étions plu, ma femme et moi, à relever en la contemplant, comme par exemple le fait — que pas un peintre ancien n'atteste — d'avoir octroyé au chien, dans un coin du tableau, la même couleur précisément que le manteau de brocart du Sultan... mais il m'a interrompu par une bien sotte et inconvenante question :

Est-ce que je savais, par hasard, où pouvait se trouver le pauvre Monsieur Délicat ?

Et pourquoi donc « le pauvre » ? Je me suis abstenu de dire que cet enlumineur n'était qu'un copieur, un gagne-petit qui ne pensait qu'à l'argent, et sans une once d'inspiration... « Non, ai-je répondu, je ne sais pas. »

Et avais-je jamais eu l'idée que les voyous qui gravitent autour du Hodja d'Erzurum aient pu s'en prendre à Monsieur Délicat ?

Je me suis retenu de lui faire remarquer que ce dernier était de la même clique, justement. « Non, ai-je seulement dit, pourquoi ? »

La recrudescence de la misère, des épidémies, la prolifération de l'immoralité et la racaille n'ont certainement pas d'autre cause que ces répugnantes nouvelles coutumes qui nous éloignent de la voie tracée jadis, du temps de notre Saint Prophète ; en particulier tout ce qui vient d'Europe : c'est tout ce que se contente de dire ce prêcheur d'Erzurum ; mais ses ennemis, en l'accusant d'attaquer les couvents de derviches où l'on joue de la musique, cherchent à faire croire à notre Sultan qu'ils profanent les sépultures des saints sur lesquelles ils sont construits. Ils savent que je n'ai, contrairement à eux, pas d'animosité particulière envers Sa Sainteté d'Erzurum, et donc voilà pourquoi ils viennent me demander, de manière détournée et polie, « si ce ne serait pas moi par hasard qui aurais tué Monsieur Délicat » ?

Je me suis rendu compte soudain que ces rumeurs sur moi devaient circuler depuis longtemps parmi mes chers collègues. Ce ramassis de ratés, sans talent, sans inspiration, s'en payait donc une tranche derrière mon dos, en répandant le bruit que je n'étais qu'un ignoble assassin. J'ai été à deux doigts de fracasser un encrier sur sa sale tronche d'aristocrate rien que pour lui apprendre, à ce Le Noir, à prendre comme ça au sérieux les calomnies de cette flopée d'envieux.

Il inspectait mon atelier, et semblait enregistrer jusqu'au moindre détail ; il observait soigneusement mes longs ciseaux à papier, les grands pots en terre cuite pour le pigment jaune, ceux pour la peinture, la pomme où je croque de temps en temps, pendant que je peins ; ma cafetière, sur le bord du poêle, au fond de la pièce, et les tasses ; et puis les coussins, la lumière qui filtre par l'embrasure de la fenêtre, le miroir qui me sert pour vérifier une symétrie, mes chemises ; et là-bas, par terre, où elle l'a laissée tomber comme une pièce à conviction en quittant précipitamment la chambre quand Le Noir a frappé à la porte, la ceinture rouge de ma femme.

J'ai gardé pour moi le fond de mes pensées, et j'avoue avoir laissé son regard intrusif et sans gêne faire irruption dans ma peinture, dans le lieu où je vis. Mais au risque de vous choquer par la franchise de mon orgueil, vu que je suis celui qui gagne le plus, je suis aussi le meilleur des peintres ! Dieu a sûrement voulu que la peinture existe comme forme de ravissement de façon à montrer que, pour qui sait regarder, le monde est un ravissement.

13

On m'appelle Cigogne

Vers la prière de midi, on frappe à ma porte, et j'avise Le Noir. Cela faisait une paye depuis notre enfance ! on s'est embrassés. Comme il avait froid, je lui ai dit d'entrer, sans lui demander comment il avait trouvé le chemin jusque chez moi. Ce devait être son Oncle qui l'envoyait, histoire d'enquêter un peu sur la disparition de Monsieur Délicat ; de m'interroger, en somme. En fait ce n'était pas tout. Il avait aussi une commission de Maître Osman, une question, pour être précis. La chose qui distingue un peintre, qui le rend remarquable, c'est, dit Maître Osman, sa vision du temps ; le temps de la peinture. Et moi, qu'est-ce que j'en pensais ? Eh bien je vais vous le dire :

LA PEINTURE ET LE TEMPS

Comme chacun sait, jadis, les peintres de toute cette partie de la terre, y compris les peintres arabes, regardaient le monde de la même façon que les Infidèles d'Europe aujourd'hui, et peignaient les choses du point de vue, selon le cas, d'un clochard ou de son chien, d'un marchand de légumes ou d'un pied de céleri. Indifférents à cette fameuse perspective qui fait de nos jours toute la fierté — l'arrogance — des peintres d'Europe, leur monde était aussi étroitement limité et ennuyeux que ces chiens ou ces pieds de céleri. Et puis quelque chose a changé, et leur monde a changé du même coup. Je vais donc commencer par là, en vous racontant

TROIS HISTOIRES SUR LA PEINTURE ET LE TEMPS

Alif

Il y a trois cents ans, pendant une journée froide de février, Bagdad tomba aux mains des Mongols, qui la pillèrent de fond en comble ; les rayons de la célébrissime bibliothèque de Bagdad contenaient déjà, malgré son jeune âge, vingt-deux manuscrits, surtout des Corans, du plus illustre et remarquable calligraphe non seulement arabe, mais des nations de l'Islam : le grand Ibn Shâkir. Persuadé que ses œuvres lui survivraient jusqu'au Jugement dernier, celui-ci vivait dans l'idée d'un temps insondable illimité. En quelques jours pourtant la soldatesque de Hulagu a eu fini de tout déchirer, arracher et brûler ou jeter dans les flots du Tigre, tous ses merveilleux manuscrits aujourd'hui inconnus, et sur le dernier desquels il avait peiné, héroïquement, tout au long de la dernière nuit, à la lueur d'une bougie. Suivant l'exemple des copistes arabes ceux-là mêmes qui croyaient naïvement à l'immortalité des livres et de la Tradition, qui avaient coutume, depuis cinq siècles, chaque matin à l'aube, de fixer l'horizon pour prévenir la cécité — vers l'ouest, en tournant le dos au soleil levant —, le grand Ibn Shâkir était monté, dans la fraîcheur de l'aube, au minaret de la Grande Mosquée, et depuis le parapet, il avait pu contempler la fin de cinq cents ans de tradition et d'écritures. Il vit le premier les troupes sanguinaires du Grand Khan entrer dans la ville, et resta prudemment sur son minaret. De là-haut, il suivit les pillages et les destructions, les massacres en pagaille, l'assassinat, après cinq siècles de pouvoir, du dernier calife Abbasside, les femmes violées, l'incendie des bibliothèques, et les milliers de volumes jetés au Tigre. Deux jours plus tard, il vit, parmi l'infection des cadavres et les cris des agonisants, que l'eau du fleuve virait au rouge, de l'encre diluée des livres, de ses livres qu'il avait copiés lui-même, de sa belle main, et qui n'avaient servi à rien pour arrêter cet horrible carnage, toutes ces dévastations. Alors il jura de ne plus jamais écrire. Non seulement cela, mais il ressentit le besoin d'exprimer sa douleur devant ce spectacle de catastrophe par l'art de la peinture, qu'il avait jusqu'alors non seulement méprisé, mais tenu pour un blasphème. Et il utilisa la provision de feuilles qu'il portait comme toujours sur lui pour dessiner ce qu'il voyait, depuis le haut du minaret. Nous devons à cet heureux miracle le grand regain qui suivit l'invasion mongole dans les arts ornementaux de l'Islam, et cela sans interruption depuis trois cents ans : cette particularité qui nous distingue des idolâtres et des chrétiens, à savoir, cette vision profondément pathétique du monde vu d'en haut, du point de vue de Dieu, jusqu'à perte de vue. Nous sommes redevables à cette ligne d'horizon aperçue ce jour-là, mais aussi au voyage, entrepris vers le nord, ses cartons sous le bras, d'un Ibn Shâkir transformé : la vision du massacre avait éveillé son désir de peindre, et le désir d'aller là-bas, d'où venaient les Mongols, pour apprendre cet art à la source chinoise. C'est ainsi que la notion d'éternité, qui avait habité le cœur des copistes arabes depuis le siècle de l'Hégire, devait se réaliser, finalement, non pas dans l'écriture, mais dans l'art du dessin. La preuve en est dans ces miniatures faites pour illustrer des histoires dans des livres, que l'on arrache, qui disparaissent, mais qui reparaissent dans de nouveaux livres, pour de nouvelles histoires, à l'infini, éternelles, sans jamais cesser de faire voir le monde, le royaume de Dieu.

Ba

Jadis, naguère, tout n'était que répétition du même, à l'infini. En ce temps-là, s'il n'y avait eu la décrépitude de l'âge et la mort au bout, les hommes n'auraient pas eu la conscience du temps, ne voyant pas le monde passer comme il va, mais suivant la série, immuable, des histoires et des images, répétées à l'infini. Jusqu'au jour où, selon la *Brève Chronique* de Salim de Samarcande, la petite armée de Fâkhir Shah « fit mordre la poussière » aux soldats du Khan Salâhuddîn. Fâkhir Shah vainqueur, après avoir capturé et fait mourir sous la torture son ennemi Salâhuddîn, se rendit séance tenante, selon la coutume, à la bibliothèque et au harem, afin d'y faire poser son sceau sur ces nouvelles acquisitions. Dans la bibliothèque, le relieur expert de l'ancien maître des lieux était déjà occupé à découdre les livres du souverain vaincu, à réarranger les pages pour en faire des ouvrages nouveaux. Les calligraphes remplacèrent la dédicace « Salâhuddîn Toujours Vainqueur » par celui de « Victorieux Fâkhir

Shah », et les peintres se mirent au travail pour substituer, sur leurs miniatures magnifiques, aux superbes portraits de feu Salâhuddîn, dont les traits s'effaçaient déjà de leur mémoire, celui, plus jeune, de Fâkhir Shah. En pénétrant dans le harem, ce dernier n'eut pas à chercher longtemps pour trouver la plus belle des épouses, mais, comme il est naturel pour un homme raffiné, amateur de peinture et de beaux manuscrits, Fâkhir Shah, s'abstenant de forcer son corps, résolut de séduire son cœur, par le biais de la causerie. Aussi la sultane Narimân, la belle veuve de Salâhuddîn, eut-elle, malgré toutes ses larmes, le loisir d'adresser une requête à son nouvel époux : que sur une page où figurait la passion de Majnûn et Leylâ — cette dernière étant figurée sous ses propres linéaments — le visage de son défunt mari, dans le rôle de Majnûn, ne fût pas effacé. Ainsi sur une page au moins, faisait-elle valoir, l'immortalité, que le défunt avait cherché à conquérir pendant des années par ces livres, lui serait concédée. Le vainqueur, généreusement, octroya la requête, et les grattoirs des peintres épargnèrent ce portrait-là. Si bien que Narimân et Fâkhir purent faire l'amour immédiatement, et qu'en peu de temps, tout à leur amour, ils oublièrent les horreurs du passé. Pourtant, Fâkhir Shah ne laissait pas de se rappeler cette image du livre de Majnûn-Leylâ. Ce n'était pas par jalousie, ou parce que sa femme y figurait à côté de son ex-mari : non, ce qui l'inquiétait, c'était la pensée que, n'étant pas lui-même peint avec elle sur ce chef-d'œuvre, au milieu des belles histoires, il risquait de ne pas partager de concert son immortalité. Rongé et dévoré par une telle inquiétude, au bout de cinq années, après une nuit toute consacrée, avec Narimân, aux joies répétées de la volupté, il s'empara d'une chandelle, et se rendit, comme un voleur, dans sa propre bibliothèque. Il ouvrit le roman de Majnûn-Leylâ, et à la place du portrait du premier mari de sa femme, il tâcha de se peindre lui-même en Majnûn. Mais comme beaucoup de khans passionnés de peinture, il était fort maladroit comme peintre, et bien en peine de dessiner son propre visage. Au matin, le bibliothécaire, qui nourrissait quelque soupçon, ouvrit le livre et vit en place du portrait de Salâhuddîn, aux côtés de Narimân en Leylâ, non pas le visage de Fâkhir, mais les traits, selon lui, de son grand ennemi, le beau et jeune Shah Abdullah. Ce scandale atteignit le moral de l'armée, et donna de l'audace à l'ardent Abdullah, nouveau souverain et voisin, qui entra en campagne et défit, à la première tentative, puis captura et fit mourir Fâkhir Shah, en prenant possession de ses livres et de son harem, et devint le nouvel époux de l'éternellement jeune et belle Narimân.

Djim

À Istanbul, le grand miniaturiste Mehmet le Long, connu en Perse sous le nom de Muhammad de Khurâsân, est cité dans notre métier comme exemple de peintre aveugle et centenaire. Toutefois, sa légende illustre aussi bien ladite question du temps et de la peinture. Si l'on considère rétrospectivement l'ensemble de sa carrière de cent dix années, commencée, en tant qu'apprenti, à l'âge de neuf ans, l'originalité qui saute aux yeux chez ce peintre, qui ne devint jamais aveugle, c'est justement l'absence d'originalité. Et je ne dis pas cela pour faire un mot à ses dépens : je l'entends comme je vous le dis, et c'est un compliment. Mehmet le Long, comme tous les autres, dessinait d'après les canons classiques, et cela suffisait à faire de lui le plus grand des peintres. Son humilité, sa dévotion parfaite à l'art de la peinture, puisqu'il la considérait comme un sacerdoce, le tenaient préservé des disputes qui agitaient les ateliers où il travailla, ainsi que du désir, pourtant prévisible à son âge, d'en saisir un jour les rênes. Tout au long de sa vie d'artiste, il peignit sans relâche, pendant cent dix années, tous les moindres détails des bordures de tableau : les brins d'herbe, tous les feuillages, les nuages entortillés ; et les crinières des chevaux, qu'il faut peigner au crin par crin, et les faïences des carrelages, sur les murs, et tous ces motifs qui se répètent, qui varient à l'infini ; sans compter les innombrables, les milliers de beaux visages, aux yeux bridés, au fin menton, toujours pareils, de pleine lune. Il était content de son sort, toujours discret et réservé, ne se mettait pas en avant, et ne revendiqua jamais un style original. Pour lui, chaque atelier de prince ou de seigneur où il vint à œuvrer était chaque fois sa maison, et il faisait partie des meubles. Les khans, les shahs pouvaient bien s'étrangler entre eux, et leurs artistes attitrés, leurs épouses, passer de ville en ville, de harem en harem, sous la coupe de nouveaux maîtres : le style, chaque fois, du nouvel atelier transparaissait dans chaque feuille, chaque recoin de ses rochers, dans les contours mystérieusement empreints de sa patiente docilité. Quand il fut octogénaire, les gens cessèrent de le croire mortel, et disaient qu'il vivait dans les légendes qu'il dessinait. C'est pourquoi, sûrement, certains lui attribuèrent une existence hors du temps, une vie affranchie de la mort, exempte de décrépitude. Les uns disaient que s'il ne perdait pas la vue, bien qu'il vécût toujours hors d'un quelconque foyer, préférant dormir dans les locaux, parfois de simples tentes, qui faisaient fonction d'atelier, et passant le plus clair de son temps à regarder des pages, c'était par ce prodige que le temps, pour lui, avait suspendu son vol. Les autres affirmaient qu'il était bien aveugle, mais que, dessinant de mémoire, il n'avait plus pour peindre aucun besoin de voir. Cet artiste extraordinaire, qui de toute sa vie ne s'était ni marié, ni rendu au concile d'amour, rencontra un beau jour le modèle de garçon — yeux en amandes, menton pointu, visage de lune — qu'il avait toujours dessiné, en la personne d'un sang-mêlé de Chinois et de Croate, apprenti dans l'atelier de Shah Tahmasp à Tabriz, un garçon âgé de seize ans, quand lui en avait cent dix-neuf. Comme il est bien normal, il tomba amoureux ; et pour séduire le sublime éphèbe, il fit comme n'importe quel peintre, et se lança à corps perdu dans les querelles et les intrigues, les manœuvres, les fourberies. Le grand maître du Khurâsân fut d'abord comme revigoré par l'effort pour se mettre à jour des tendances nouvelles, chose dont il avait réussi à s'abstenir absolument pendant plus de cent ans ; mais ce zèle, en retour, le coupa de l'éternité à laquelle il avait puisé dans ses légendes. Un jour, en fin d'après-midi, alors qu'il était abîmé dans sa contemplation de la beauté de ce garçon, par une croisée ouverte, le vent froid de Tabriz lui fit attraper mal ; le lendemain, il eut un fort éternuement qui le rendit aveugle ; deux jours plus tard, il tomba du haut des marches d'un grand escalier de pierre, et mourut sur le coup.

« J'avais entendu parler de Mehmet le Long de Khurâsân, mais je ne connaissais pas cette légende », a dit Le Noir.

Cette remarque visait subtilement à montrer qu'il comprenait que l'histoire était finie, et que, maintenant, il réfléchissait. Je me suis tenu coi pendant un long moment, pour qu'il puisse épier mes gestes à sa guise. J'avais en effet, dès le début de mon second récit, ressaisi mes pinceaux pour ne pas laisser mes mains oisives trop longtemps, et repris ma page là où je l'avais laissée, quand Le Noir s'était présenté. Mon joli apprenti Mahmûd, qui est toujours tout contre moi pour mélanger mes couleurs, tailler mes calames, voire, quand cela arrive, essuyer mes coulures, restait à l'écart, et silencieux, à écouter et regarder. De l'intérieur de la maison, on entendait s'affairer mon épouse.

« Oh, a dit Le Noir, mais le Sultan s'est levé ! »

Il regardait ma page avec étonnement, tandis que je faisais comme si ce n'était rien du tout, comme s'il n'y avait pas sujet de s'étonner. Et pourtant, allez, je vous le dis, rien qu'à vous : il est vrai que sur chacune des deux cents miniatures où votre serviteur a collaboré à cette célébration des Réjouissances pour la Circoncision des Princes, notre Sultan sublime apparaît, pour contempler le défilé des artisans, des marchands, et la populace, les soldats et les brigands captifs, à la fenêtre, en bas, de la loge du baldaquin érigé pour cette occasion, toujours assis. On ne le voit debout que sur cette unique page où je l'ai peint jetant à pleines poignées des florins de sa bourse, à la foule, en bas sur la place. J'ai voulu par là exprimer la surprise, la précipitation de tous ces gens qui se prennent à la gorge, qui se battent à coups de poing, à coups de pied, pour attraper au vol quelques-unes des pièces, et rampent sur le sol le cul en l'air pour les ramasser.

« Si l'amour est le thème d'une miniature, il faut la peindre avec amour, ai-je commencé à expliquer. Et si le thème est la douleur, cette douleur doit s'y faire sentir sans que ce soit par le truchement des personnages ou de leurs larmes, mais plutôt par une harmonie interne, d'abord obscure, qui peu à peu devient sensible, émane d'elle. Je n'ai donc pas retenu de peindre "la surprise", qui est un thème rebattu depuis la nuit des temps, à l'instar de centaines de peintres célèbres, en faisant mettre aux personnages le bout d'un doigt dans leur bouche ouverte, non : toute l'image évoquait la surprise, et cela grâce à mon idée de peindre cette fois notre Empereur debout. »

Je me suis rendu compte qu'il fouillait du regard tous mes meubles et mes affaires, mes outils de peinture — mon cadre de vie —, au point que j'en venais à voir ma maison par ses yeux.

Il y a ainsi des vues de palais, de hammams, de forteresses que nous devons aux écoles de Shîrâz et Tabriz : le regard du peintre y est parallèle à celui du Très-Haut, qui comprend tout et qui voit tout, et le peintre y fait figurer — comme s'il avait pu découper, ouvrir en deux, d'un coup d'immense rasoir magique, la demeure choisie — tous les plus subtils détails intérieurs, invisibles du dehors, la vaisselle de toute taille, et les festons aux murs, les perroquets dans leurs cages, les tentures, les recoins les plus isolés, et au fond des appartements, inclinée sur des matelas — nous la voyons, elle qui ne voit jamais le jour —, la plus belle des belles. Le Noir était comme un lecteur curieux, captivé par ma belle image, et il examinait mes pigments, mes papiers, mes livres et mon apprenti, et les pages de mon album sur les costumes, celui destiné au voyageur venu d'Europe, et mes recueils hétérocli tes — surtout celui où j'ai expédié, pour le compte d'un pacha, une série d'images paillardes pleines de scènes de fornication — et tous mes récipients à couleurs, en verre, en bronze, en céramique, et l'ivoire de mes couteaux, l'or des manches de mes pinceaux, et le beau regard absorbé de mon jeune et bel apprenti.

« À l'inverse des anciens maîtres, il m'a été donné de voir de fort nombreuses batailles, ai-je dit pour meubler et lui rappeler ma présence, les machines de sièges, les canons, les armées, les cadavres... J'avais en effet pour tâche d'orner les dais de notre Sultan et des généraux, quand ils étaient en campagne, logés sous la tente. Une fois la guerre terminée, de retour à Istanbul, j'ai été celui qui se rappelait tous les détails de nos combats, visions que les autres devaient oublier : les corps tranchés par le milieu, les mêlées furieuses, la terreur dans les yeux des pauvres Infidèles, en haut des tours des citadelles, quand nous allions les bombarder, puis l'armée montant à l'attaque, et les rebelles décapités, et l'assaut de la cavalerie renversant tout sur son passage. Tout reste gravé au fond de mon esprit : un nouveau moulin à café, un grillage de fenêtre au dessin original, une bombarde plus moderne, l'innovation d'une gâchette sur un mousquet européen, et le costume que portaient les convives lors d'un mariage, et ce qu'il ont mangé, et tous leurs gestes enfin.

— Quelle est la morale de tes trois histoires ? a

demandé Le Noir pour conclure, comme si j'avais des comptes à lui rendre.

— Alif, ai-je dit, la première histoire, avec le minaret, met en relief le fait que seul le temps peut engendrer une image sans défaut, abstraction faite du talent de l'artiste. Quant à Ba, celle avec le harem et la bibliothèque, elle montre que le seul moyen de s'affranchir du temps, c'est d'exercer son talent par la peinture. Maintenant, à ton tour, pour la dernière histoire !

— Djim ! dit Le Noir, cette troisième histoire, sur le peintre âgé de cent dix-neuf ans, fait la synthèse des précédentes, Alif et Ba, pour démontrer que pour qui s'écarte de la vie — et de la peinture — irréprochable, le temps cesse et ne laisse place qu'à la mort. »

14

On m'appelle Olive

C'était après la prière de midi ; j'étais délicieusement occupé à croquer de jolis visages de garçons, quand on a frappé à la porte. Ma main a tremblé d'émotion, j'ai posé mon calame. J'ai également mis de côté la planche à dessin que j'avais sur les genoux, et j'ai couru, comme porté par des ailes, juste le temps de dire une prière avant d'ouvrir la porte : Mon Dieu !... Ce que je vais vous confier, c'est bien parce que vous, qui m'entendez vous parler depuis l'intérieur de ce livre, je sais combien vous êtes plus proches de Dieu que nous au fond de ce monde infâme et répugnant qui nous entoure, misérables esclaves de notre Sultan : on ne saurait rien vous cacher. Akbar, le Grand Mogol des Indes, le souverain le plus opulent de la terre, est en train de confectionner un livre fabuleux. La nouvelle s'est répandue aux quatre coins de l'Islam qu'il appelle tous les peintres les plus brillants à le rejoindre. Ses émissaires à Istanbul sont venus hier chez moi, afin de m'inviter à partir pour les Indes. Mais cette fois-ci, j'ai trouvé devant ma porte non pas eux, mais (je l'avais oublié, depuis notre enfance) Le Noir. Il n'était pas, à l'époque, de très bonne compagnie : c'est qu'il enviait notre petit groupe. « Oui ? » ai-je fait.

Il était « venu bavarder », « en camarade », et voir mes peintures. Je lui ai dit de faire comme chez lui, que je lui montrerais tout ce qu'il voudrait. Il a ajouté qu'il revenait juste d'une visite à Maître Osman. Le Grand Maître, après lui avoir laissé baiser ses mains, lui avait donné un beau sujet de méditation : à savoir, que la qualité d'un peintre se révèle dans sa manière d'appréhender la cécité et la mémoire. Je m'expliquerai donc sur :

CÉCITÉ ET MÉMOIRE

Avant la peinture, il y avait les ténèbres, et après la peinture, il y aura les ténèbres ; par nos couleurs, notre talent, par notre passion nous commémorons ce que Dieu nous a enjoint de voir. Connaître, c'est se souvenir de ce que l'on a vu. Voir, c'est reconnaître ce qu'on a oublié. Peindre, c'est donc se souvenir de ces ténèbres. Les grands maîtres, que fédère leur passion pour la peinture, ont compris que la vue, la couleur sont fondées sur les ténèbres, et leur aspiration fut de revenir aux ténèbres, par les couleurs : aux ténèbres de Dieu. Les artistes sans mémoire ne se souviennent ni de Dieu ni de ses ténèbres. Tous les grands maîtres, en revanche, recherchent dans leur œuvre, derrière les couleurs, l'obscurité profonde qui reste hors du temps. Je vais, si vous me permettez, expliciter ce que veut dire cette « mémoire des ténèbres » que l'on trouve chez les illustres peintres de l'école de Hérat. Voici

TROIS HISTOIRES SUR LA MÉMOIRE ET LA CÉCITÉ

Alif

Dans l'élégante traduction turque, due au très Brillant Lamiî, des *Doux Parfums de l'Amitié* de Djâmî — ouvrage dans lequel le grand poète persan traite d'hagiographie —, il est écrit que dans l'atelier de Shah Djahân, souverain de la Horde du Mouton Noir, le fameux Sheïkh Ali de Tabriz avait illustré un magnifique exemplaire du *Khosrow et Shirine*. D'après ce qu'on m'a dit, ce célèbre manuscrit, auquel le grand maître voua onze années de son existence, laissait éclater un tel talent, un tel art, donnait à voir de si splendides images, que seul Bihzâd, parmi les grands noms de la peinture ancienne, aurait pu l'égaler. Et Shah Djahân comprit, avant même que le merveilleux ouvrage soit terminé, qu'il allait être possesseur d'un livre sans pareil au monde. Aussi vivait-il dans la crainte du jeune souverain de la Horde du Mouton Blanc, Hassan le Long, qu'il ne pouvait souffrir, le proclamant son ennemi principal. Comme de plus il réalisait qu'en dépit de l'immense prestige que ce livre lui vaudrait une fois achevé, une version encore meilleure pouvait toujours en être produite, pour le compte cette fois de Hassan Mouton Blanc, Shah Djahân, donc, le Mouton Noir, qui était de ces hommes jaloux qui gâchent le pain de leur félicité en remâchant celle des autres, se persuada que si une telle meilleure version voyait le jour en effet sous le pinceau de son virtuose, elle serait immanquablement pour son grand ennemi, le Mouton Blanc Hassan le Long. Aussi, pour empêcher quiconque de détenir un plus beau livre, Shah Djahân résolut de faire assassiner notre maître miniaturiste, une fois l'ouvrage terminé. Mais une belle Circassienne appartenant à son harem, n'écoutant que son bon cœur, lui fit remarquer que lui ôter la vue serait bien suffisant. Shah Djahân se rendit à cette bonne idée, dont il fit part aux courtisans, de sorte que la rumeur en revint aux oreilles de Sheïkh Ali. Pourtant, ce dernier, contrairement à ce qu'auraient fait d'autres peintres plus vulgaires, eut garde de laisser en plan son livre pour mieux se sauver. Pas davantage il n'eut recours au subterfuge de ralentir le progrès de son ouvrage, voire d'enlaidir sa peinture, pour éviter que, trop parfaite, elle ne lui coûte les yeux de la tête ! Même, au contraire, il n'en travailla qu'avec plus d'ardeur, de foi et de concentration. Chaque matin, dès la première prière, dans la maison où il vivait reclus, il perpétuait, plus que jamais, les mêmes chevaux, les mêmes cyprès, et les amants et les dragons, et les beaux princes charmants, jusqu'à faire jaillir, au milieu de la nuit, des flots de larmes de ses yeux rougis. Il consacrait le plus clair de son temps à admirer de belles images, et à les recopier sur une autre feuille, à côté, sans la regarder. Quand il eut achevé l'ouvrage destiné à Shah Djahân le Mouton Noir, le vieux peintre, comme prévu, après avoir été couvert d'éloges et noyé sous les pièces d'or, eut les deux yeux crevés au moyen d'une longue aiguille à panacher les turbans. Ses souffrances étaient encore vives, que Sheïkh Ali avait déjà fui Hérat pour se mettre au service du Mouton Blanc, Hassan le Long. « Je suis aveugle, lui dit-il, c'est vrai, mais je garde en mémoire toutes les merveilles, chaque trait de calame ou touche de pinceau que j'ai mis dans ce manuscrit depuis plus de onze ans : je n'y vois plus, mais je les connais, ma main les connaît de mémoire. Très Grand Roi, je puis illustrer, pour toi, le plus beau des livres qui fût jamais réalisé. Mes yeux ne seront plus distraits par l'ordure du monde, et je pourrai dépeindre la plus pure Idée, la Beauté dont je garde le souvenir, qui est celle de Dieu. » Hassan le Long accorda toute sa confiance au grand maître miniaturiste ; et ce dernier réalisa, comme il s'y était engagé, de mémoire le plus beau livre qui fût jamais, pour le compte du Mouton Blanc. Il n'est personne qui ignore que ce livre fut le renfort, le surcroît de force morale qui permit à Hassan le Long de triompher du Mouton Noir, et de tuer son rival Shah Djahân, après la grande défaite qu'il lui infligea au lieu-dit des Mille Lacs. Ce chef-d'œuvre, parmi tant d'autres que Sheïkh Ali avait auparavant produits pour la bibliothèque de Shah Djahân, passa dans les collections du Trésor des Ottomans quand Hassan le Long, le Triomphateur, fut défait à son tour, à la bataille des Pâturages, par Mehmet le Conquérant, qu'il repose en paix. Ceux qui savent voir verront et sauront.

Ba

Soliman le Magnifique, qui est bienheureux au Paradis, préférait aux peintres les calligraphes, et les peintres malchanceux de son époque recouraient à l'histoire que je m'apprête à raconter pour réaffirmer la supériorité de leur art sur celui de la calligraphie. Mais, comme le percevra tout public attentif, cette anecdote porte en fait sur la mémoire et la cécité. Après la mort de Tamerlan, le Maître du Monde, ses fils et petits-fils se divisèrent et se firent la guerre entre eux, sans la moindre pitié, quand l'un d'eux parvenait à prendre à un autre quelque chef-lieu, son premier soin était de battre monnaie à son effigie, et de faire prononcer le sermon de la mosquée principale en son nom. Immédiatement après venait le dépeçage des livres qui leur étaient tombés entre les mains et l'inscription de nouvelles dédicaces, qui les proclamaient « Maîtres du Monde » à leur tour, puis de nouveaux colophons, en attendant une reliure neuve qui finirait d'attester, de faire croire en tout cas à qui pouvait les voir, que le possesseur de tels livres possédait le monde également. Parmi ceux-ci, Abdullatif, fils d'Ulughbek le Timouride, s'empara de Hérat et mit tant de hâte à mobiliser les bataillons de miniaturistes, de relieurs et de calligraphes, et les pressa si bien de produire un ouvrage en l'honneur de son père, grand connaisseur en la matière, que tandis qu'on arrachait de chaque volume les pages écrites pour les brûler, les miniatures en regard se retrouvèrent mélangées. Comme il était fâcheux que des livres offerts en hommage à un amateur aussi fervent et avisé qu'Ulughbek réunissent des illustrations sans tenir compte des récits auxquels elles se rapportaient, son fils reconvoqua tous les miniaturistes et leur redemanda les sujets évoqués par toutes ces miniatures, afin de parvenir à les remettre en ordre. Or chacun des miniaturistes se fendit d'une histoire, chaque fois différente, accroissant toujours plus le désordre des images. Sur quoi, on alla mander le plus vieux des miniaturistes, perdu de vue et oublié depuis que, au terme de cinquante-quatre années de bons et loyaux services pour les rois successifs et les princes de Hérat, il en avait fini par perdre la vue. On s'inquiéta beaucoup d'apprendre que le vieux peintre, le maître qui passait en revue toutes ces peintures, était aveugle en vérité. Certains même se moquaient, mais le vieux peintre demanda qu'on fasse venir un garçon, de sept ans à peine, intelligent, mais ne sachant ni écrire ni lire. On le lui trouva et lui amena. Le vieillard plaça devant lui une série de miniatures, et lui dit de décrire ce qu'il y voyait. À mesure que l'enfant décrivait les miniatures, le vieux peintre, levant au ciel ses yeux aveugles, prononçait tout en l'écoutant : « *Livre des Rois* de Firdawsî : Alexandre berçant le corps de Darius sur ses genoux ; *La Roseraie* de Saadi : le maître d'école amoureux de son bel étudiant ; Nizâmî, *Trésor des Secrets* : le concours entre les médecins... », et les autres miniaturistes, aigris et dépités par leur collègue aveugle et plus âgé, disaient : « Nous aurions pu le dire, cela, nous aussi : ce sont les plus célèbres scènes des histoires les plus connues. » Alors le vieil aveugle soumit au jeune garçon, cette fois, les illustrations les plus difficiles, et en écoutant toujours aussi attentivement, « Firdawsî, *Livre des Rois* : Hurmuz fait empoisonner un par un tous les calligraphes..., dit-il, toujours les yeux au ciel... *Recueil des Contes* de Rûmî : histoire — pas très reluisante — du cocu qui trouve sa femme dans un poirier, avec son rival. Le dessin ne vaut pas cher non plus. » Et ainsi de suite de sorte que, en se fiant aux descriptions données par le garçon, reconnaissant chaque dessin, sans les voir, il rendit possible la reliure des ouvrages destinés à Ulughbek.

Quand celui-ci entra dans Hérat à la tête de ses soldats, il demanda au vieux miniaturiste son secret pour identifier, sans la voir, chaque scène, alors que tous les autres peintres, en les voyant, ne les comprenaient pas. « Malgré ce que l'on pourrait croire, la raison n'en est pas que ma cécité s'accompagne d'une plus grande mémoire, répondit le vieux peintre, seulement, moi, je n'oublie pas que l'on retient, de ces légendes, tout autant les mots que les images. » Ulughbek répondit que ses propres miniaturistes connaissaient aussi les mots et les histoires, sans pour autant pouvoir classer ces miniatures. « C'est parce que, dit le vieux peintre, ils ont beau s'y entendre autant qu'il est possible en art et en peinture, ils ignorent que nos Anciens peignaient ces miniatures d'après la mémoire de Dieu ! » Ulughbek, alors, demanda comment un enfant pouvait savoir cela. « L'enfant ne sait pas, répondit le vieux peintre. Il faut être un vieux peintre aveugle comme moi pour savoir que Dieu a créé ce monde tel que souhaiterait le voir un enfant éveillé de pas plus de sept ans. Dieu a créé ce monde en sorte qu'il puisse être vu ; ensuite, il nous a donné la parole afin que nous puissions échanger entre nous, parler de ce que nous voyons ; mais avec tous ces mots, nous avons fabriqué des histoires, et nous avons fini par croire que la peinture servait à illustrer celles-ci. Alors que, en fait, la peinture n'est que la recherche des souvenirs de Dieu, dans le but de voir l'univers tel qu'Il le voit. »

Djim

Les miniaturistes arabes, à leur époque, se souciaient, selon la crainte ancestrale et bien légitime partagée par des générations de peintres, de ne pas devenir aveugles, et pour cela, fixaient l'horizon, au lever du jour, en direction de l'Occident ; de même on sait qu'un siècle plus tard, les peintres de Shîrâz avalaient à jeun, chaque matin, une mixture de noix pilées et de pétales de roses. À la même époque, les vieux miniaturistes d'Ispahan, qui imputaient à la lumière du soleil la cécité qui les frappait l'un après l'autre comme une peste, travaillaient dans le coin sombre de leur cellule, afin que le soleil ne touche leur table de travail, et le plus souvent, à la lueur d'une bougie ; tandis que dans l'école Ouzbèque, les artistes du grand atelier de Bukhârâ se lavaient les yeux avec de l'eau bénite. Mais de toutes les approches de la cécité, celle inventée par Sayyid Mirak, le fameux maître de Hérat, qui forma le grand Bihzâd, se distingue évidemment comme la plus pure : selon lui, la cécité n'était pas un mal, mais une grâce ultime accordée par Dieu au peintre qui avait voué sa vie entière à Le célébrer. La peinture n'était en fait que la recherche de la façon dont Dieu voit le monde ici-bas, et cette vision sans pareille, les yeux ne peuvent y atteindre qu'au terme d'une vie entière de dur labeur, qui épuise les yeux et les plonge dans l'ombre, d'où émerge le souvenir. Aussi la façon dont le monde est vu par Dieu ne se comprend-elle que par les œuvres de mémoire, celle des vieux peintres aveugles. Et quand l'inspiration vient au peintre vieilli, quand se révèle à sa mémoire, à ses yeux enténébrés le paysage offert à Dieu, il a derrière lui toute une existence d'habitude et d'entraînement qui permet à sa main, comme d'elle-même, de faire passer l'image merveilleuse sur le blanc de la page. Selon l'historien Mirzâ Muhammed Haydâr Dughlat, qui a compilé les biographies des principaux peintres de Hérat, le Grand Maître Sayyid Mirak, pour illustrer sa théorie, prenait l'exemple d'un peintre qui voudrait peindre l'image d'un cheval. Le plus médiocre de tous les peintres celui qui n'aurait dans la tête que du vent, comme ces Européens aujourd'hui, qui peignent les chevaux en observant de vrais chevaux, est obligé quand même de peindre de mémoire : tant il est vrai qu'il est impossible de regarder en même temps le cheval et la page où il se dessine. Le peintre est forcé de d'abord regarder le cheval, et ensuite il trace les traits gardés dans sa mémoire. Ce qu'il dessine n'est jamais le cheval ainsi qu'il le voit, même le temps d'un clin d'œil, mais le souvenir de ce qu'il vient de voir, de sorte que la représentation, même pour le plus méchant artiste, est toujours, forcément, une œuvre de mémoire. La conséquence de cette théorie, qui considère la vie professionnelle, la période d'activité des peintres comme une propédeutique, un entraînement de la mémoire pour de futurs aveugles, en vue d'une félicité qu'il identifie à la cécité, c'est que les maîtres de Hérat regardaient leurs miniatures, celles qu'ils produisaient pour leurs commanditaires royaux et princiers, comme des exercices, « pour se faire la main », et se pliaient à ce bienheureux, à cet infini labeur de peindre sans relâche, à longueur de journées, à la lueur des lampes, comme un cheminement vers la cécité.

Tout au long de sa vie, le grand peintre Mirak rechercha constamment le moment le plus favorable pour cette conclusion la plus glorieuse qui soit, tantôt partant à la rencontre de la cécité, de plein gré, en faisant figurer sur un ongle un grain de riz ou un cheveu, un arbre tout entier, avec toutes ses feuilles, tantôt retardant prudemment l'arrivée des ténèbres en peignant de riants jardins inondés de soleil. Il avait soixante-dix ans quand Husseyn Bayqara, pour récompenser ce grand artiste, lui donna accès à son trésor, où il gardait jalousement, enfermée à double tour, une collection de milliers de miniatures. Là, au milieu de ce trésor qui comprenait aussi des armes, de l'orfèvrerie, et des soieries et des velours, Maître Mirak put admirer, à la lueur des candélabres d'or, les merveilleuses pages de ces livres de légendes, dues aux plus grands noms de l'École de Hérat : au bout de trois jours et trois nuits, il avait perdu la vue. Ce Grand Maître agréa sa nouvelle condition avec sagesse et résignation, comme il eût accueilli les anges de la mort, et plus jamais il ne peignit, ni prononça un mot. Mirzâ Muhammad Haydâr Dughlat, dans son *Histoire selon la Voie Droite*, explique cela de la façon suivante : le peintre qui parvient à l'espace et au temps infinis de Dieu ne peut plus jamais revenir aux paysages peints dans les livres, pour les simples mortels ; et il ajoute que le peintre, aveugle, rejoint Dieu dans son souvenir, où règne un silence absolu, une bienheureuse obscurité, comme une interminable page vide.

J'avais beau savoir que cette question de Maître Osman sur la cécité et la mémoire était, pour Le Noir, surtout un prétexte facile pour venir lorgner mes appartements, mon mobilier, et mes dessins, j'étais heureux aussi de constater que mes histoires ne l'avaient pas laissé indifférent. « La cécité est un monde à part, ai-je conclu, où Satan et le Mal ne peuvent pénétrer. »

Mais Le Noir m'a fait remarquer : « À Tabriz, encore maintenant, certains peintres de l'ancienne école, influencés par l'anecdote rapportée dans Mirak, considèrent la cécité comme l'apogée des vertus que Dieu nous donne dans sa grâce, vivent comme une honte de vieillir sans devenir aveugles. Aussi, inquiets de leur gloire posthume, ils font feinte d'être aveugles. Et cette manie pousse certains d'entre eux, qui veulent, à l'exemple de Djamaluddîn de Qazvîn, apprendre à regarder comme des aveugles en dépit du fait qu'il ne le sont pas, à séjourner dans l'obscurité, au milieu de miroirs, pendant des semaines à regarder des pages des maîtres anciens, sans boire ni manger, à la flamme d'une seule bougie pour les éclairer. »

On a frappé à la porte ; je suis allé ouvrir, et j'ai vu un bel apprenti, avec de beaux grands yeux écarquillés, qui venait du Grand Atelier. Il a juste dit qu'on venait de retrouver, au fond d'un puits obscur, le cadavre de notre frère Monsieur Délicat (et que la procession partirait dans l'après-midi de la grande mosquée Mihrimâh), avant de repartir en courant porter la nouvelle aux autres. Mon Dieu, protégez-nous !

15

Mon nom est Esther

Est-ce l'amour qui rend idiot, ou n'y a-t-il que les crétins pour tomber amoureux ? Voilà ce que ma longue pratique d'entremetteuse ne m'a pas encore permis de décider. Je serais bien aise, en tout cas, de connaître un couple — ou même juste un seul amoureux — qui soit devenu plus malin et plus avisé, plus retors qu'il n'était avant de tomber sous le charme. Ce que, en revanche, je tiens pour sûr c'est qu'on n'est pas vraiment amoureux si l'on recourt aux petites ruses, aux artifices et aux faux-semblants. Pour ce qui est de notre cher Monsieur Le Noir, il semble avoir totalement perdu son assiette, et en tout cas il se laisse aller, quand nous causons ensemble de Shékuré, sans la moindre retenue

Je ne me suis pas fait faute de lui dire, au marché, qu'elle ne pense qu'à lui, qu'elle s'enquiert auprès de moi de ses réponses, que je ne l'ai jamais vue dans un tel état — enfin, tout le boniment que je leur sers habituellement. Et lui qui me dit, en m'adressant des regards à fendre l'âme, de porter la lettre qu'il vient de me remettre « par la voie la plus courte » ! Tous ces imbéciles se figurent que leur amour est une urgence, qui réclame des décisions rapides ; ils mettent leur passion sur la table, de but en blanc, en donnant des armes à la cruauté de l'autre, lequel, s'il est avisé, saura les faire lanterner comme il faut. Résultat : la hâte, dans une romance, n'amène que des contretemps.

C'est pourquoi, si le Sieur Le Noir, qui m'avait demandé de me dépêcher, avait su, ce jour-là, que je ne comptais pas porter immédiatement sa lettre, il n'aurait eu qu'à me remercier. Sans compter qu'après l'avoir attendu tout ce temps au marché, j'étais transie jusqu'à la moelle. Alors je me suis dit que j'allais faire une petite visite à l'une de mes enfants, qui habite sur le chemin. J'ai l'habitude d'appeler « mes enfants » celles à qui j'ai personnellement procuré un mari, en me chargeant de leurs billets doux. Celle-ci est une grosse dondon, qui m'est tellement reconnaissante que non seulement elle s'affaire autour de moi comme un papillon de nuit autour de la chandelle, mais elle ne manque jamais de me glisser un petit quelque chose dans le creux de la main. Je l'ai trouvée enceinte, et toute guillerette. Cela m'a valu un petit tilleul, ma foi délicieux. Pendant qu'elle avait le dos tourné, j'ai compté les pièces que m'avait données Le Noir : mazette ! vingt petits blancs.

En reprenant ma route, j'ai voulu prendre un raccourci, mais dans ces petites rues le verglas est pire que la boue, impossible d'avancer, et ça m'a mise en retard, je vous jure. En arrivant devant la porte, je me suis sentie en verve, et j'ai entonné ma goualante :

« Lingerie, froufrous, toilettes ! Ils sont beaux, mes cachemires ! et mes châles de mousseline, mes écharpes à volants, c'est royal, c'est du premier choix ! et mes ceintures en satin de Brousse, et mes cotonnades égyptiennes, avec les petits parements en soie, pour tailler des chemises ! les jolies courtepointes en tulle brodées main ! et mes édredons molletonnés ! et mes mouchoirs, toutes les couleurs ! »

La porte s'est ouverte, je suis passée à l'intérieur. Ah ! cette maison, on ne peut pas dire qu'elle ait changé : quelle odeur de literie, de sommeil, de graillons, d'humidité : une odeur affreuse de vieux garçons !

« Pourquoi brailles-tu comme ça, vieille commère ? »

Je lui ai tendu la lettre sans rien dire. Il s'est approché comme un fantôme, dans la pénombre, et s'en est saisi aussi sec. Puis il est allé dans la chambre d'à côté pour prendre une lampe qui y brûle en permanence. Moi, je restais plantée dans le vestibule.

« Monsieur ton père n'est pas là ? »

Il ne m'a pas répondu. Trop occupé à la lire, cette lettre. Je lui ai laissé le temps. Comme il avait le dos tourné à la lampe, je ne pouvais rien lire sur sa figure. Après l'avoir lue une première fois, il l'a reprise depuis le début, et je lui ai demandé :

« Alors, qu'est-ce qu'il dit ? »

Très-chère Madame Shékuré,

Après avoir passé tant d'années de ma vie à ne songer qu'à toi, je suis certes le mieux placé pour comprendre et respecter le fait que tu attendes ton mari, et ne penses qu'à lui seul. Comment imaginer d'ailleurs, de la part d'une femme de ta qualité, autre chose que bienséance et honnêteté ? (Là, Hassan a éclaté de rire.) *Mais si je rends visite à ton père, c'est pour ses miniatures, et non pour troubler ton repos. Une chose pareille ne me traverserait pas l'esprit. Loin de moi l'intention de tirer le moindre avantage des signes que tu n'as pas craint de m'adresser. Quand la lumière de ton visage m'est apparue à la fenêtre, je n'y ai rien vu d'autre qu'une grâce octroyée par le Très-Haut. Car c'est un bonheur suffisant de pouvoir contempler ta figure.* (« Mais ça, c'est piqué à Nizâmî ! » s'est indigné Hassan, tout fort.) *Et en admettant que je puisse jamais t'approcher, es-tu ange, que j'ai peur d'approcher, quand tu te manifestes ? Écoute-moi, seulement ceci : une nuit — c'était dans un caravansérail, ou plutôt un coupe-gorge infâme et lugubre, que je partageais avec des vagabonds, comme moi, ou plutôt des brigands dont les têtes étaient mises à prix —, j'essayais de m'endormir en contemplant la lune, dont la lueur blafarde se coulait à travers les branches des arbres dépouillés, et en écoutant le hurlement des loups — les seuls sans doute qui étaient plus seuls que moi à cette heure —, j'ai eu le pressentiment qu'un jour je te verrais surgir ainsi, soudainement, dans l'embrasure de ta fenêtre. Aujourd'hui que je porte à nouveau mes pas, pour ces affaires de miniatures, dans la maison de ton père, tu me renvoies celle que je t'avais envoyée quand j'étais encore un enfant. Ce ne saurait être le signe que notre amour soit mort. Au contraire, cela signifie pour moi que je t'ai retrouvée. J'ai vu l'un de tes enfants, Orhan. Pauvre petit orphelin : je serai un père pour lui !*

« Ma parole, que j'ai dit, c'est drôlement bien tourné. Un vrai poète, celui-là !

— "Es-tu ange, que j'ai peur d'approcher quand tu te manifestes ?" Encore un vers qu'il est allé faucher quelque part : Ibn Zirhânî, a dit Hassan. Et pour le reste, je peux faire mieux. » Il a sorti de sa poche sa lettre à lui en me disant : « Apporte ceci à Shékuré. »

Pour la première fois, au moment où il me payait en me remettant les lettres, j'ai éprouvé un malaise, cette sorte de dégoût qu'inspire souvent aux autres l'attachement éperdu, la passion quasi insensée de quelqu'un qui n'est pas aimé en retour. Cette fois-ci, comme pour rétablir l'équilibre entre nous, Hassan m'a épargné ses simagrées et s'est adressé à moi avec une grossièreté qu'il n'avait plus affichée depuis longtemps.

« Tu lui diras que si on veut, nous, on peut aussi y aller avec le juge, pour la ramener à la maison.

— C'est vraiment ce qu'il faut lui dire ? »

Il n'a pas répondu tout de suite. « Non, ne lui dis pas ça. » À la lumière de la lampe de la chambre, qui éclairait brutalement son visage, j'ai vu qu'il regardait dans le vide, comme un enfant pris en faute. C'est pour ça que je respecte quand même son gros béguin, et que je lui porte ses lettres : et lui qui croit que c'est pour les trois sous qu'il débourse !

J'allais sortir de chez lui quand il m'a encore arrêtée sur le pas de la porte.

« Tu lui diras, comme je l'aime, à Shékuré ? » m'a-t-il fait d'un air ému et bête. Je lui ai répondu :

« Mais ça n'est pas écrit dans tes lettres ?

— Ah, dis-moi, qu'est-ce que je pourrais bien faire pour la persuader, et puis son père ?

— Tu n'as qu'à te comporter comme un bon garçon, ai-je dit en commençant à m'éloigner.

— À mon âge, c'est déjà tard..., a-t-il lâché encore, d'un air sincèrement triste.

— Mon bon Monsieur Hassan, tu commences à

gagner beaucoup d'argent, dans les douanes... ça ne peut pas nuire », lui ai-je décoché en sortant.

Il y a dans cette maison quelque chose de sombre et d'oppressant, qui m'a fait trouver l'air du dehors presque tiède. J'avais le soleil dans les yeux, et je me suis dit : « J'ai bien envie que Shékuré soit heureuse. Mais j'ai aussi une certaine estime pour celui-ci, le pauvre, dans sa maison obscure, humide et froide. » Sans intention particulière, comme ça, j'ai choisi de passer par le marché aux Épices de l'avenue des Tulipes. Je pensais que les odeurs de cannelle, de safran et de poivre me requinqueraient ; mais j'ai été déçue.

Shékuré a pris les lettres, et m'a tout de suite questionnée sur Le Noir. Je lui ai dit qu'il grillait à petit feu dans toutes les flammes de la passion. Cela n'a pas eu l'air de lui déplaire.

Puis j'ai changé de sujet : « Dis-moi, toutes les commères ne parlent que de ça, même celles qui restent cloîtrées en tête à tête avec leur tapisserie : pourquoi est-ce donc qu'on a tué ce pauvre Monsieur Délicat ?

— Hayriyé, a crié Shékuré, pense à préparer du nougat et portes-en à Kalbiyé, la femme de ce pauvre Monsieur Délicat.

— Même que toute la clique d'Erzurum était à l'enterrement, à ce qu'on raconte : et que ça a dû faire du monde ; que la famille aurait dit qu'on allait faire payer le prix du sang !... »

Mais Shékuré s'était déjà plongée dans la lettre de Le Noir. J'ai scruté sa figure bien attentivement, en étant fâchée de voir la belle si rouée qu'elle arrivait à y effacer le moindre reflet de ses sentiments. J'ai senti toutefois que mon silence, pendant qu'elle lisait, lui était agréable, et qu'elle y voyait, de ma part, une façon d'approuver l'attention qu'elle prêtait au contenu de cette lettre. C'est donc juste pour lui faire plaisir (car elle a daigné m'adresser un sourire une fois sa lecture terminée) que je me suis fendue de lui demander :

« Qu'est-ce qu'il dit ?

— La même chose que quand il était enfant... il m'aime !

— Et qu'est-ce que tu en penses ?

— Moi ? Je suis mariée. Et j'attends mon mari. »

Contrairement à ce que vous supposez, ce mensonge, venant après la confiance qu'elle m'accordait pour mener son affaire, ne m'a pas spécialement agacée. Je dois même dire que cela m'a plutôt rassurée. Si l'on m'accordait toujours les mêmes égards que Shékuré — comme, il faut quand même le reconnaître, un grand nombre des jeunes filles à qui je porte leurs poulets et prodigue mes bons conseils —, nos affaires n'iraient pas, comme souvent, par quatre chemins, et il y en a plus d'une qui aurait trouvé un meilleur parti.

« Et que dit l'autre lettre ?

— Je n'ai pas envie de lire celle de Hassan maintenant. Est-ce qu'il est au courant que Le Noir est de retour à Istanbul ?

— Il ignore jusqu'à son existence.

— Tu parles donc avec Hassan ? a demandé ma belle Shékuré en ouvrant grands ses yeux noirs.

— C'est bien ce que tu veux.

— Ah bon ?

— Il souffre. Il t'aime beaucoup. Même si tu t'entichais d'un autre, tu ne serais pas débarrassée de celui-là pour autant. En acceptant de recevoir ses lettres, tu as réveillé toutes ses belles espérances. Méfie-toi : ce n'est pas te ramener chez toi, qu'il veut ; il est prêt à accepter la mort de son frère pour pouvoir t'épouser. » Afin de compenser la menace qui semblait peser dans les paroles du malheureux Hassan, et pour ne pas me trouver réduite à les rapporter telles quelles, j'ai souri à Shékuré.

« Et l'autre, qu'est-ce qu'il en dit ? demanda-t-elle sans sembler savoir elle-même de qui elle parlait au juste.

— Le peintre ?

— Je suis toute désorientée », dit-elle, sans doute effrayée de ses propres pensées... (Je me suis dit qu'on n'en voyait pas le bout, de ses désarrois.) « Mon père se fait vieux. Qui va nous protéger, moi et mes enfants orphelins ? Quelque chose me dit qu'un malheur nous guette, et que le Diable va chercher à nous faire du mal. Esther, dis-moi quelque chose, quelque chose qui me rende heureuse.

— Ne t'inquiète pas, ma chérie », ai-je répondu, alors qu'en mon for intérieur je tremblais comme une feuille. « Tu es aussi avisée que jolie. Un jour tu te retrouveras dans le même lit qu'un homme beau et fort, et dans ses bras tu oublieras tous tes malheurs, et tu seras heureuse. On peut le lire dans tes beaux yeux. »

Je me sentais si pleine d'amour pour elle que j'en avais les yeux rougis.

« Oui, mais lequel est le bon ?

— Est-ce que ton cœur, si perspicace d'habitude, ne te le dit pas lui-même ?

— Mais si je suis malheureuse, c'est parce que justement je n'arrive pas à comprendre ce que mon cœur cherche à me dire ! »

Pendant le silence qui a suivi, j'ai pensé que Shékuré, en fait, ne me faisait pas confiance, qu'elle dissimulait sa méfiance afin de me faire parler, et surtout pour se faire plaindre. J'ai compris qu'il n'y aurait pas tout de suite de réponses à porter, et j'ai déguerpi avec mon baluchon en lui adressant une de ces formules que j'affectionne avec les filles à marier, même les bigles et les contrefaites :

« Ouvre l'œil et le bon, et ne t'inquiète pas ma chérie, il ne t'arrivera rien de mal. »

16

Moi, Shékuré

Autrefois, quand je recevais la visite d'Esther la colporteuse, j'imaginais qu'elle m'apportait la lettre qu'un amoureux, beau, intelligent et bien élevé comme moi, digne de faire battre le cœur d'une jeune et néanmoins très honorable veuve, s'était enfin décidé à m'envoyer ; et en ne voyant arriver, pour tout courrier, s'il y en avait, que les lettres des éternels mêmes soupirants, je n'étais, au mieux, que confortée dans ma résolution d'attendre patiemment un nouvel époux. Maintenant, au contraire, ses visites ne font que me jeter dans une confusion et un trouble toujours plus grands.

J'ai tendu l'oreille aux bruits à l'entour : de la cuisine me parvenait, avec l'odeur de citron et d'oignon, le crépitement des courgettes que Hayriyé venait de mettre à frire dans l'huile brûlante. Dans la cour, les cris de Shevket et Orhan qui jouaient à l'épée et à la lutte près du grenadier. La chambre où est mon père, à côté, silencieuse. J'ai ouvert la lettre de Hassan pour la relire, et j'ai constaté encore une fois qu'il n'y avait vraiment rien d'intéressant. Mais j'avais encore un peu plus peur de lui maintenant, et je me suis dit que je n'étais pas mécontente d'avoir su résister à toutes ses manœuvres pour coucher avec moi, du temps où nous habitions sous le même toit. Ensuite j'ai pris avec délicatesse, comme une petite créature fragile qui risque de se faire mal, la lettre de Le Noir, et en la lisant je me suis sentie chavirer. Je n'ai pas eu besoin de les relire. Le soleil s'était levé, et j'ai pensé : « Si j'étais allée, une nuit, dans le lit de Hassan pour coucher avec lui, personne ne l'aurait jamais su. Sauf Dieu. Il ressemble à mon mari. Tout pareil. C'est drôle comme parfois il me vient des idées saugrenues ! » Dehors, le soleil montait dans le ciel, et j'ai senti comme une chaleur caresser ma peau, ma gorge, jusqu'à la pointe de mes seins. Ses rayons tombaient droit sur mon corps étendu au pied de la fenêtre, quand Orhan est entré dans la chambre.

« Maman, qu'est-ce que tu lis ? »

C'est vrai, je vous ai dit tout à l'heure que j'avais cessé de relire cette dernière lettre apportée par Esther, et je vous ai menti. J'étais même sur le point de la relire encore une fois, mais là, vraiment, je l'ai repliée au creux de mon corsage, et j'ai dit à Orhan :

« Allez, viens me faire un gros câlin... Oooh, mon Dieu, qu'il est lourd ! Tu es devenu un grand garçon, dis donc, lui ai-je dit en le couvrant de baisers. Mais tu es tout gelé, dis-moi !

— Ma maman à moi, toi, tu es toute chaude », m'a-t-il dit en se serrant contre ma poitrine.

Nous nous sommes étreints de toutes nos forces ; il aime tant rester comme cela assis avec moi, sans parler ! Je respirais son odeur en l'embrassant dans le cou. Nous nous sommes serrés encore plus fort, puis nous sommes restés longuement embrassés comme cela, en silence.

« Ça fait guili, a-t-il fini par dire.

— Voyons voir un peu, ai-je demandé d'un air sérieux : si le roi des djinns qui te turlupine venait te demander de faire un vœu, qu'est-ce que tu voudrais le plus au monde ?

— Je voudrais que Shevket soit pas avec nous.

— Et qu'est-ce que tu voudrais, encore ? Un papa, tu n'en voudrais pas ?

— Non. Quand je serai grand, c'est moi qui me marierai avec toi. »

Ce qui est difficile, ce n'est pas de vieillir et d'enlaidir, ni même de rester sans mari ni ressources. C'est de n'avoir personne de jaloux de votre personne, pensai-je. À présent qu'il s'était bien réchauffé, j'ai fait descendre Orhan de mes genoux. Il faut que je me trouve un mari qui soit bon comme moi et avec le même mauvais caractère que moi, me disais-je en allant trouver mon père dans sa chambre.

« Quand vous aurez terminé votre livre, notre Sultan vous récompensera, lui ai-je dit, et vous retournerez à Venise.

– Je ne sais pas trop, en fait. Cet assassinat me perturbe. Nos ennemis doivent être puissants.

— Ce que je sais, c'est que ma situation risque de leur donner de l'audace, des idées fausses, ou de vains espoirs.

— Comment cela ?

— Il vaudrait sans doute mieux que je me remarie au plus tôt.

— Hein ? et avec qui ? demanda-t-il. Mais, d'ailleurs, tu es mariée... d'où est-ce que tu sors ça ? Et qui est celui qui te demande en mariage ? Il aura beau être le plus malin et le plus opiniâtre des prétendants, dit mon père avec malice, je ne crois pas qu'il trouvera facilement grâce à mes yeux. » Puis il a résumé froidement la difficulté de ma situation :

« Avant de pouvoir te remarier, comme tu le sais, il y a des problèmes compliqués à régler. » Au bout d'un long silence, il a tout de même fini par me dire : « Tu veux t'en aller, et me laisser tout seul, ma chérie ?

— J'ai rêvé que mon mari était mort, ai-je dit, mais contrairement à une autre épouse qui aurait fait le même rêve, ensuite, je n'ai pas pleuré.

— C'est une science de lire les rêves, comme celle de lire une miniature.

— Si ce n'est pas inconvenant, voulez-vous que je vous raconte mon rêve ? »

Il y a eu un blanc ; et nous nous sommes souri, comme deux personnes qui ont l'intuition, au même moment, d'où va les conduire finalement une conversation serrée.

« Quand bien même le sens de ton rêve pourrait me faire croire à sa mort, ton beau-père et ton beau-frère réclameront d'autres preuves pour s'en convaincre, sans parler du juge qui les entendra.

— Cela fait déjà deux ans que je suis revenue vivre dans cette maison, et mon beau-frère et mon beau-père ne sont pas venus m'y chercher.

— C'est parce qu'ils ont des torts envers toi, et qu'ils le reconnaissent, dit mon père, mais de là à consentir à ton divorce, tu ferais mieux de ne pas y compter.

— Si nous étions malékites ou hanbalites, le juge pourrait prononcer la séparation, avec pension alimentaire, au bout de quatre ans d'absence. Mais comme — Dieu soit loué — nous sommes hanafites. cela est impossible.

— Ne me parle pas de ce substitut au juge d'Us kudâr, qui est paraît-il shafi'ite. On ne va pas se mettre à traficoter.

— Toutes les femmes d'Istanbul qui ont perdu leur mari à la guerre viennent le trouver, avec des témoins, pour pouvoir divorcer. En tant que shafi'ite, il se contente de leur demander depuis quand leur mari a disparu, si elles sont gênées matériellement, s'il y a des témoins, et voilà : il prononce la séparation de corps, tout de suite.

— Mais qui a bien pu te mettre de semblables idées dans le crâne, ma petite fille ? Qui, ma chérie te fait perdre la tête à ce point ?

— Après le jugement prononcé, s'il se présente quelqu'un qui soit capable de me faire perdre la tête, c'est vous qui m'en informerez, naturellement, et il est évident que sur cette question d'un éventuel remariage, je me conformerai à votre décision. »

Mon rusé papa, qui sait bien que sa fille est aussi rusée que lui, s'est mis à me regarder d'un air attentif, les yeux à moitié fermés.

En général, il n'a cette façon de fermer les yeux à moitié que dans trois circonstances : 1. Quand il doit réfléchir vite à une astuce pour se sortir d'un problème embarrassant. 2. Quand il est prêt à pleurer, tellement il se sent triste et découragé. 3. Quand il mélange un peu les deux et qu'il a trouvé son astuce, mais est encore affecté de la situation embarrassante qui le rendait triste.

« Tu vas t'en aller avec les enfants, et laisser ton vieux papa tout seul ? Tu sais, j'avais peur qu'on me tue, à cause de notre livre », il a bien dit Notre livre..., « mais maintenant, si vous me quittez, toi et les enfants, je t'assure que je veux bien mourir tout de suite.

— Mon petit papa, ne pouvez-vous pas comprendre au moins qu'il faut que je me protège au plus vite, par un divorce si besoin, de mon ignoble beau-frère ?

— Je ne veux pas que tu m'abandonnes. Ton mari peut revenir. Et s'il ne revient pas, tu n'a pas besoin d'un autre foyer. Ma maison te suffit et tu peux y rester.

— Mon seul désir est de rester vivre ici avec vous.

— Mais, ma chérie, ne viens-tu pas de me dire que tu comptais fonder un nouveau foyer ? »

C'est toujours comme cela, quand on discute avec un père : il finit toujours par nous faire admettre qu'on a tort.

« Oui, c'est vrai, je l'ai dit. »

Puis, afin de trouver quelque chose à dire et de ne pas pleurer, je me suis décidée à risquer le tout pour le tout, d'autant que je me sentais, au fond, dans mon droit :

« Ne pourrai-je donc jamais me remarier ?

— Je ne suis pas tout à fait fermé à l'idée d'un gendre qui ne t'emmènerait pas vivre ailleurs, loin de cette maison. Qui est ce nouveau prétendant ? Il serait prêt à vivre ici avec nous ? »

Je n'ai rien répondu. Nous n'étions dupes ni l'un ni l'autre. Mon père n'aurait pas respecté un gendre assez veule pour accepter de vivre chez le père de sa femme ; il l'aurait écrasé petit à petit, sournoisement ; il aurait eu si vite fait de le réduire à rien du tout, que je n'en aurais plus voulu moi-même.

« Tu le sais, n'est-ce pas, que dans ta situation tu ne peux de toute façon pas te remarier sans l'autorisation de ton père. Je ne veux pas que tu te remaries, et je n'ai pas l'intention de te donner mon autorisation.

— Ce n'est pas me marier, que je veux, mais divorcer.

— Quelqu'un qui ne s'intéresserait qu'à soi-même pourrait bien te faire du mal, sans même y songer. Mais ma petite fille chérie : tu le sais, combien je t'aime ! et puis il y a ce livre, que nous devons finir. »

Encore une fois, je me suis tue, de peur, si je recommençais à argumenter, que le Diable et la colère me poussant je finisse par lui dire en face que je savais bien qu'il faisait venir Hayriyé dans son lit, la nuit. Mais comment une femme de ma qualité pourrait-elle dire à son vieux père qu'elle sait qu'il couche avec la bonne ?

« Qui veut t'épouser ? »

J'ai regardé dans le vide, sans répondre, mais plus par colère que par pudeur. Le pire était que de ne pas pouvoir répondre ne faisait qu'attiser ma colère, et j'en finissais par imaginer mon père avec Hayriyé au lit, dans des positions grotesques et dégoûtantes. Quand je me suis vue au bord des larmes, j'ai fini par lui dire, sans le regarder :

« Il y a des courgettes sur le feu. Elles vont brûler. »

Je suis allée me mettre dans la pièce près de l'escalier, celle qui donne du côté du puits, et dont la fenêtre ne s'ouvre pas. J'ai cherché dans le noir, à tâtons, des couvertures pour me faire un lit par terre, et je me suis laissée tomber dessus. Ah ! comme c'est bon, quand on est petit et qu'on a fait une bêtise, d'aller se jeter sur son lit et de pleurer jusqu'à ce qu'on s'endorme ! Et quand je pleure comme cela dans mon coin, en me disant que je suis la seule qui m'aime, et que je suis si malheureuse d'être toute seule, alors cela m'aide bien de savoir que vous m'entendez gémir et sangloter.

Je me suis rendu compte au bout d'un moment

qu'Orhan était venu s'allonger à côté de moi. Il a mis sa tête entre mes seins, et j'ai vu qu'il soupirait en versant de grosses larmes. Je l'ai serré plus fort contre moi. Il a dit :

« Pleure pas, maman. Il va rentrer de la guerre, papa.

— Comment tu le sais ? »

Il n'a rien dit. Mais je l'aimais tellement, je l'ai serré tellement fort contre ma poitrine, que j'en ai oublié tous mes chagrins. Avant de m'endormir ainsi enlacée à mon petit Orhan au corps si frêle et si maigrichon, je pense encore à une chose qui me tracasse. Voilà : je regrette vraiment de vous avoir dit cela tout à l'heure, quand j'étais en colère, à propos de papa et de Hayriyé. Je n'ai pas menti, non. Mais maintenant j'ai tellement honte de vous avoir dit une chose pareille, que je vous demande, s'il vous plaît, de l'oublier tout de suite, de faire comme si je ne vous avais rien dit, et de nous regarder, eux et moi, comme s'il n'y avait rien entre elle et lui.

17

Je suis votre Oncle

C'est dur, d'avoir une fille, vraiment dur ! Elle pleurait sans faire de bruit ; je sentais bien qu'elle pleurait, mais je n'ai pas détaché les yeux de la page du volume que je tenais dans les mains. Sur l'une des pages de ce livre que je m'efforçais de lire, *Des circonstances de la Résurrection finale*, était évoqué comment l'âme, trois jours après la mort, prend l'autorisation de Dieu pour aller rendre visite, dans la tombe, au corps dans lequel elle vivait autrefois. À l'aspect tragique de son ancien séjour, déjà pourrissant et dégouttant d'humeurs, elle s'afflige et se désespère : « Mon pauvre corps, s'écrie-t-elle, ma pauvre vieille dépouille ! » C'est ainsi, pensais-je, que l'âme de Monsieur Délicat, abandonnée toute seule au fond d'un puits, a dû s'affliger sur la fin tragique de celui-ci, quand elle n'a eu que cet endroit pour tout lieu de pèlerinage.

Les pleurs de Shékuré s'étant calmés, j'ai posé mes ouvrages sur la mort, et j'ai, tout d'abord, passé une chemise supplémentaire, en laine, puis serré ma grosse ceinture de feutre autour de mes reins, enfilé des houseaux fourrés de peau de lièvre... En ouvrant la porte, je suis tombé sur Shevket qui rentrait.

« Où tu vas, pépé ?

— Rentre, toi. Je vais à un enterrement. »

Par les rues désertes et enneigées, je suis passé à côté des arsins des derniers incendies, où tiennent encore debout, misérables, quelques murs pourris de maisons écroulées. Puis, à travers les quartiers suivants, avec leurs alignements d'échoppes de quincailliers, de forgerons, de bourreliers, maroquiniers et bijoutiers, j'ai dû marcher longtemps pour atteindre les remparts, même en coupant par les jardins et les potagers, où je devais marcher à petits pas, sur mes pauvres jambes de vieillard ! pour éviter de glisser sur le sol gelé.

Vraiment, quelle idée de faire partir la procession depuis la mosquée Mihrimâh, près de la porte d'Andrinople ! Cela m'a permis au moins d'aller embrasser les frères du défunt, à qui leur grosse tête, décidément, donne un air constamment furieux et buté. Avec les peintres et les copistes aussi, nous nous sommes embrassés, et nous avons pleuré. Pendant qu'était récitée la prière, le brouillard tombait doucement, enveloppant, écrasant tout de sa lumière plombée, et mes yeux ne quittaient pas un instant le cercueil posé sur la pierre. J'ai ressenti une telle colère contre le salopard qui avait fait cela que même les miséricordieuses formules de la prière se brouillaient dans ma tête.

Ensuite, à partir du moment où, après la prière, les porteurs ont chargé le cercueil sur leurs épaules, je suis resté avec les autres peintres et calligraphes. Avec Cigogne, nous avons oublié pour l'occasion qu'une nuit, alors qu'il était resté avec moi jusqu'au matin à peindre à la lueur des bougies, et surtout pour me persuader de la vulgarité de Monsieur Délicat dans l'emploi des couleurs — il est vrai que, pour « faire riche », celui-ci mettait du bleu partout —, je lui avais donné raison, sur l'art, si ce n'est sur la personne, de cet enlumineur ; puis nous avons échangé une embrassade, plus quelques sanglots. Olive, au contraire, m'a adressé un regard, amical et profondément respectueux à la fois, qui m'a tant fait plaisir, avec cette façon si particulière, aussi, de me prendre dans ses bras — un homme qui sait donner l'accolade ne peut être que bon —, que je me suis dit que, de tous les peintres et calligraphes, c'était lui qui croyait le plus sincèrement à mon livre.

Puis, sur les escaliers du parvis, je me suis retrouvé coude à coude avec le Grand Maître, Osman et nous n'avons pas su quoi nous dire. Cela a été un moment bizarre et tendu, pendant lequel les frères du défunt se sont mis à pleurer de plus belle, l'un d'eux se faisant même remarquer en criant trop fort : « Dieu est grand ! »

« Quel cimetière ? » a demandé Osman, sans vraiment s'adresser à moi.

Je craignais, si je répondais seulement : « Je ne sais pas », de paraître hostile, et c'est pourquoi j'ai demandé, sans y faire attention moi non plus, à la première personne à côté de nous : « Quel cimetière ? Celui de la porte d'Andrinople ?

— Celui d'Ayûb Ansarî. » Je me suis tourné vers le Grand Maître pour lui transmettre la réponse qui émanait d'un jeune homme barbu et maussade, mais, évidemment, il l'avait entendue lui-même et m'a dit : « J'ai compris » en y joignant un tel regard que je me suis bien tenu pour dit qu'il n'avait aucune intention de pousser plus loin les conciliabules.

À n'en pas douter, Maître Osman digérait mal que

notre Sultan m'ait confié à moi la tâche de mener à bien toutes les étapes de la fabrication du livre où allait figurer le portrait impérial..., entreprise pourtant censée rester secrète ! De par mon influence, notre Souverain manifeste à présent un véritable engouement pour la manière de peindre occidentale. Il a même, une fois, été jusqu'à demander à Maître Osman de copier un portrait de lui réalisé par un artiste italien. Et Maître Osman, qui s'est exécuté avec la dernière répugnance, et qui a qualifié ce pensum de « torture » pour lui, me tient pour l'instigateur de cette lubie. Et il ne se trompe pas.

Je me suis arrêté au milieu de l'escalier, un moment, pour regarder le ciel. Quand j'ai été sûr de rester loin en retrait des autres, je me suis remis à descendre, tant bien que mal, les marches verglacées. Je n'en avais pas descendu plus de deux, et encore avec peine, que je me suis senti saisi fermement par le bras : Le Noir.

« Quel froid ! Vous êtes assez couvert ? » m'a-t-il demandé.

Je n'avais plus le moindre doute que c'était celui-ci qui faisait perdre la tête à ma fille. L'assurance avec laquelle il m'avait pris le bras en était le meilleur indice. Son attitude, d'une certaine manière, signifiait : « Pendant ces douze années, j'ai travaillé, et je suis devenu un homme. » En arrivant au bout des escaliers, je lui ai dit qu'il pourrait aussi bien me raconter plus tard ce qu'il avait vu au Grand Atelier.

« Allons, mon enfant, passe devant, lui ai-je dit, et va-t'en rejoindre les autres. »

Il a été surpris, mais ne l'a pas laissé paraître. La façon grave et réfléchie dont il a détaché son bras du mien afin de reprendre sa propre allure ne m'a pas déplu, à vrai dire. Si je lui donnais Shékuré, est-ce qu'il viendrait habiter chez nous ?

Quand nous sommes sortis de la ville, à la porte d'Andrinople, j'ai pu voir en contrebas, à moitié perdus dans le brouillard, la foule des peintres, des calligraphes et des apprentis qui descendaient rapidement la pente, jusqu'à la Corne d'Or, en portant le cercueil sur leurs épaules. Ils avançaient si vite qu'ils étaient déjà à plus de la moitié de la route boueuse qui mène au cimetière d'Ayûb par le vallon, tout blanc sous la neige. Dans le silence et le brouillard, les cheminées de la fabrique de bougies de la fondation pieuse de Sultane-Mère, sur la gauche, fumaient avec bonhomie. Au pied des remparts, on s'affairait aux abattoirs, ceux qui fournissent les tanneurs et les bouchers grecs installés dans ce quartier. Il en montait une odeur d'équarrissage et de charogne qui se répandait sur la vallée jusqu'aux cyprès du cimetière et aux coupoles de la mosquée, qu'on discernait à peine derrière la brume. Encore quelques pas de plus, et j'ai pu entendre les cris des enfants du nouveau quartier juif de Balat, qui jouaient plus bas.

Quand nous sommes arrivés au replat devant le cimetière, Papillon est venu se poser à côté de moi. Toujours aussi fiévreux et agité, il est allé droit au but :

« C'est Olive et Cigogne qui ont fait le coup, m'a-t-il dit. Comme tout le monde, ils savaient très bien que je ne m'entendais pas avec Délicat ; et ils savaient que tout le monde le savait. Nous étions en position de rivalité, adversaires pour ainsi dire, sur la question de la succession de Maître Osman à la tête du Grand Atelier, que cela a développé des sentiments peu amènes, et même franchement hostiles.

Maintenant, ils comptent là-dessus pour me faire accuser du crime, ou, au moins, pour m'éloigner, pour nous éloigner du Grand Trésorier, et, avec lui, de notre Sultan.

— Comment cela, “vous” ?

— Ceux qui restent fidèles à la tradition, au Grand Atelier. Tous ceux qui disent comme moi qu'il ne faut pas quitter la voie tracée par les peintres persans, et qu'on ne peut pas dessiner n'importe quoi pour de l'argent. Car nous déclarons haut et fort qu'au lieu d'armes et de guerres, de prisonniers vaincus et de conquérants vainqueurs, ce sont de belles légendes anciennes, de la poésie, des fables, qu'il faut mettre dans les livres ; que les peintres salariés n'ont pas le droit de s'écarter des modèles, ni de s'abaisser à peindre, dans une échoppe du bazar, des choses honteuses, pour le premier client qui voudra bien les leur payer quatre ou cinq petits-blancs. Sa Majesté nous donnera raison.

— Voyons ! tu noircis le tableau ! lui ai-je dit afin d'écourter la conversation. Je suis convaincu que le Grand Atelier n'abrite aucun individu assez corrompu pour se livrer à ce genre de trafic. Vous êtes tous frères ! Deux ou trois thèmes mis en peinture sans avoir l'aval de la tradition ne justifient pas une telle animosité. »

Au même instant, j'ai eu à nouveau, comme la première fois que la nouvelle du meurtre était parvenue à mes oreilles, la conviction que le meurtrier de Monsieur Délicat était l'un des peintres les plus distingués de l'Atelier impérial, et qu'il se trouvait dans la foule qui gravissait à ce moment même la montée du cimetière, sous mes yeux. Je compris aussi, à ce moment-là, que ce criminel diabolique allait poursuivre son œuvre de mort, qu'il était hostile au projet de mon livre, et qu'il y avait de fortes chances pour qu'il fasse partie des peintres que j'avais précisément embauchés pour venir faire les miniatures chez moi, dans ma maison. Papillon était-il, à l'instar de la plupart des artistes qui fréquentent chez moi, tombé lui aussi amoureux de Shékuré ? Et, se laissant emporter par ses affirmations péremptoires, oubliait-il qu'à l'occasion je lui avais commandé des œuvres tout à fait contraires à ses principes ? ou était-ce en fait une manœuvre subtile pour aborder le problème ?

Non, me suis-je dit après une brève hésitation, cela ne peut pas être une allusion, même détournée. Papillon, autant que les trois autres, me voue la reconnaissance du ventre : quand par suite des guerres ou de l'indifférence de notre Sultan, l'argent et les cadeaux en sont venus à se tarir du côté du Trésor impérial, chacun d'eux a pu toucher de substantiels compléments grâce au travail sur mon livre. Ils se disputent mes faveurs plutôt, chose que non seulement je n'ignore pas, mais en considération de laquelle — même si ce n'était pas là à vrai dire la seule raison — je les reçois chez moi toujours séparément ; il n'y a, en somme, aucune raison pour qu'ils m'en veuillent. Tous ces peintres sont des personnes suffisamment mûres, ce me semble, pour être capables d'aimer sincèrement, pour des raisons humaines et qui tombent sous le sens, quelqu'un que seule l'ingratitude pourrait leur faire détester.

Afin de rompre le silence sans pour autant revenir à cette pénible discussion, j'ai repris : « C'est incroyable comme les mêmes qui ont porté le cercueil dans la descente arrivent à le porter presque aussi vite dans la montée ! »

Papillon a répondu avec un sourire attendrissant,

qui me découvrit toutes ses dents · « C'est parce qu'ils ont froid. »

Serait-il capable de tuer quelqu'un, lui ? me suis-je demandé. Par jalousie, par exemple ? Et de me tuer, moi, ensuite ? Le prétexte était tout trouvé : sa victime blasphémait la religion. Mais un si grand artiste, avec un tel talent, pourquoi devrait-il être un assassin ? La vieillesse devrait moins craindre la mort, et pas seulement les montées fatigantes ; et coucher avec sa servante, moins par enthousiasme certainement que pour défier le qu'en-dira-t-on, cela dénote surtout un manque de caractère. D'un seul coup, j'ai senti le besoin de lui communiquer ma nouvelle résolution :

« Je ne vais pas continuer le livre.

— Comment ? m'a demandé Papillon bouleversé.

— Il y a dans ce projet quelque chose de sinistre. Et puis Sa Majesté ne finance plus. Tu le diras à Olive et à Cigogne. »

Il allait encore poser une question, mais nous étions soudain arrivés à l'endroit, au milieu de rangées de cyprès et de hautes fougères, où se trouvait la fosse, entre les autres pierres tombales. À la façon dont les premiers rangs se pressaient tout autour, et aux exclamations de piété accompagnées de sanglots, plus forts que tout à l'heure, qui montaient de la foule des fidèles, j'ai compris que nous arrivions pour la mise en terre.

« Montrez son visage, a dit quelqu'un, montrez-le bien ! »

Quelqu'un a écarté le haut du linceul, afin d'offrir aux regards les yeux, ou plutôt le seul œil qui restait, dans ce visage de cadavre, à moitié écrasé ; j'étais moi-même trop loin pour voir quoi que ce soit, et de toute façon, moi, je n'avais pas attendu d'aller visiter les tombes pour la contempler, la Mort, droit dans les yeux.

Un souvenir : il y a trente ans, quand le grand-père de notre Sultan s'est mis en tête de reprendre aux Vénitiens l'île de Chypre, le Grand Mufti d'alors émit à cet effet une fatwâ qui, en rappelant qu'à une époque le blocus de l'île par les sultans d'Égypte avait compromis l'approvisionnement en blé de La Mecque et de Médine, déclarait injuste qu'on puisse laisser entre les mains des Infidèles un territoire qui nourrissait les Lieux Saints. C'est ainsi que ma première mission en tant qu'ambassadeur avait consisté en cette tâche — aussi inattendue pour eux que difficile pour moi — de signifier aux sénateurs de la Sérénissime de nous livrer cette île. Après avoir visité leurs églises, admiré leurs ponts et leurs palais, être resté sous le charme des tableaux qui ornent leurs plus splendides demeures, j'eus le pénible privilège de leur remettre, avec toute la confiance que pouvait m'inspirer l'hospitalité qu'on avait, en sus de toutes ces beautés, su me faire apprécier, la lettre menaçante et d'une morgue incroyable qui faisait connaître les prétentions sur Chypre de notre Sultan. L'effet en fut si désastreux que le Sénat, réuni aussitôt, décréta qu'il n'y avait pas seulement lieu de débattre, pour une missive de cette sorte. Mais de surcroît, la populace furieuse m'immobilisa à l'intérieur du palais du Doge, et les gueux, forçant la garde, étaient sur le point de me lyncher, si deux gardes du corps du Doge lui-même ne m'avaient pas fait sortir, au bout des couloirs obscurs du palais par une porte dérobée, ouvrant sur le canal. Là, dans le brouillard, qui n'est pas moins dense là-bas que chez nous, devant le gondolier grand et maigre, vêtu de blanc, qui me prit par le bras pour m'emmener sur l'autre rive, j'ai cru me retrouver en face de la Mort en personne, et, pendant toute la traversée, je l'ai regardé dans les yeux.

Plein de nostalgie, je m'étais mis à rêver d'un nouveau voyage à Venise. En m'approchant de la tombe, j'ai vu qu'elle avait été refermée. Maintenant, de l'autre côté, les anges devaient être déjà en train de l'interroger, sur son sexe, sa religion, ses prophètes ; et j'ai pensé à ma propre mort.

Un corbeau s'est envolé non loin de moi. J'ai regardé Le Noir avec douceur, au fond des yeux, et lui ai demandé de me prêter son bras, pour me raccompagner à la maison. J'ai dit à Le Noir que je l'attendrais le lendemain à la première heure, pour commencer à travailler sur le livre, car à la pensée de ma mort je venais de comprendre qu'il me fallait, à tout prix, le terminer.

18

On m'appellera l'Assassin

Quand on s'est mis à déverser, sur la pauvre carcasse brisée de Monsieur Délicat, les pelletées de glaise froide, j'ai pleuré mieux que tout le monde. « Je veux être mort moi aussi, enterrez-moi ici, avec lui ! » criais-je désespérément, prêt à me laisser choir dans la fosse, tandis qu'on me retenait par la ceinture. Je faisais semblant d'étouffer, et on me tirait la tête en arrière, on me frottait les tempes, pour m'aider à respirer. Mes sanglots et mes larmes atteignirent des proportions qui risquaient de sembler exagérées, mais j'ai perçu, à temps pour me ressaisir, les regards étonnés de la parentèle. Sans compter que je voyais déjà d'ici toutes les commères de l'atelier conclure de tous mes pleurs, ni une ni deux, que moi et Monsieur Délicat avions été amants.

Aussi, afin de ne pas davantage attirer l'attention, j'ai préféré passer le reste de l'enterrement dissimulé derrière le tronc d'un platane. Mais un parent plus abruti que l'abruti que j'ai expédié en Enfer est venu m'y trouver, derrière le platane, me coincer entre quatre-z-yeux, avec un air profond et de circonstance ! J'ai mis longtemps à m'en dépêtrer. Cet idiot a fini par me dire : « Tu étais Samedi, toi, ou Mercredi ? » Je lui ai répondu que Mercredi était l'autre nom de Délicat ; il a eu l'air surpris.

L'histoire de ces surnoms qui nous lient encore entre nous, comme un secret partagé, est assez simple en soi. Durant nos années d'apprentissage, Osman, qui venait de passer peintre à l'issue de ses années probatoires, était le plus respecté, le plus admiré et le plus aimé de nos maîtres. C'était un grand artiste, doué naturellement du génie de notre art, de son côté divin comme de son côté presque diabolique. C'est lui qui nous a tout enseigné. Comme il est normal pour des disciples avec leur maître, il convenait que l'un d'entre nous vienne le chercher chez lui, puis l'accompagne jusqu'à l'atelier en portant derrière son nécessaire, sa besace et tous ses papiers dans un portefeuille. Nous étions si désireux d'approcher le Maître que, chaque matin, nous nous disputions le bonheur de lui faire escorte.

Il y avait bien toujours un favori, mais les commérages incessants, mais les quolibets dont il était devenu la cible, chaque matin, de la part de ses camarades de l'atelier, quand il partait chercher Maître Osman, avaient fini par fâcher ce dernier, qui dut se résoudre à fixer un jour pour chacun. Le Grand Maître travaillait le vendredi, mais ne se rendait pas à l'atelier le samedi. Son fils, qu'il aimait si tendrement, et qui était aussi apprenti avec nous (quelques années après, il abandonna la peinture et nous a, avec elle, tous trahis), son fils, donc, l'escortait désormais le lundi. Il y avait aussi notre frère Jeudi, le plus talentueux d'entre nous, qui était grand et maigre et qui mourut encore jeune, d'une fièvre d'origine inconnue. Feu Monsieur Délicat venait le mercredi, et s'appelait donc Mercredi ; et plus tard, enfin, Maître Osman a changé nos noms de nouveau : de Mardi il fit Olive, de Vendredi, Cigogne, et de Dimanche, Papillon. Il entrait dans ce choix autant d'amour que de sens, ainsi pour Délicat, qui était le plus exquis des enlumineurs. Comme pour chacun d'entre nous, le Grand Maître saluait Délicat d'un approprié :

« Bienvenue, Mercredi, comment te portes-tu aujourd'hui ? »

En songeant au nom qu'il me donnait, à moi, je me sens sur le point de pleurer. Car il faut dire que, en dépit des coups de bâton sur la plante des pieds, nous vivions, nous les élèves de Maître Osman, dans une sorte de Paradis : son amour pour nous, pour nos talents précoces, lui faisait incessamment fleurir nos mains et nos bras d'innombrables baisers arrosés de ses larmes. Et la jalousie entre nous, qui aurait pu assombrir les couleurs de nos jeunes années, avait elle-même, à cette époque, un éclat différent.

Comme vous voyez, je suis partagé, comme ces personnages dont un peintre a fait les mains et le visage, un autre peintre étant chargé de dessiner et colorier le corps et les vêtements. Quand on craint Dieu, comme cela est mon cas, on ne se fait pas d'un jour à l'autre à cette nouvelle identité d'assassin, surtout si elle n'est pas préméditée. Afin de pouvoir continuer de me comporter comme si ma vie n'était pas changée, je me suis créé une seconde voix, en harmonie avec cette nouvelle personnalité. C'est avec cette seconde voix, narquoise et ironique, sans aucun rapport avec ma vie ancienne, que je m'exprime en ce moment ; mais il arrivera, pour sûr, que vous entendiez parler ma voix bien connue d'autrefois, comme si je n'avais jamais commis ce crime ; alors, ce sera toujours sous mon surnom habituel, et non pas sous celui d'« Assassin ». Vous chercheriez vainement à réunir ces deux voix, car je n'ai ni manière caractéristique, ni travers qui me trahisse. Le style n'est à mon sens qu'un défaut permettant, en chaque objet, de distinguer, parmi tous les autres, celui qui l'a peint, et non pas une identité, comme prétendent certains pour se faire valoir.

Je reconnais que, dans ma situation spéciale, il se pose un problème : je ne voudrais pas que le jeu des surnoms inventés par Maître Osman, dans son affection particulière pour chacun de nous, et que l'Oncle aime à employer lui aussi, vous permette de m'identifier, que je sois Papillon, Olive ou Cigogne ! Car, alors, je gage que vous iriez de ce pas, et en courant ! me livrer aux bourreaux du Grand Jardinier.

Aussi ne puis-je dire ni penser les choses comme elles sont. Car je n'ignore pas que même quand je pense pour moi-même, vous cherchez à me débusquer. Je ne peux laisser libre cours à aucun de mes sentiments, de mes ressentiments, dont l'évocation trop précise, rapportée à mon autre vie, risquerait de me dénoncer. En tout cas, en vous racontant mes trois histoires — Alif, Ba, et Djim —, je n'ai pas cessé un instant de suivre vos regards.

Il est vrai que sur toutes mes miniatures, les guerriers, les amoureux, les fils de rois et les héros, toutes les figures que je représente sont tournées à la fois vers les ennemis qu'ils combattent, les dragons qu'ils terrassent, ou les bien-aimées qu'ils font pleurer, et aussi, à moitié, vers l'œil éclairé des amateurs à qui je destine ces chefs-d'œuvre. Si j'ai un style propre à moi, il ne sera pas dit que je le restreigne à ma peinture : il est recelé dans mon crime, et dans chacune de mes paroles. Je suis curieux de savoir qui, à la couleur de mes propos, sera fichu de me démasquer !

Je crois bien, moi aussi, que si vous m'attrapez cela rendra le repos à la pauvre âme de ce malheureux Monsieur Délicat ! Pendant que sous les arbres, parmi les gazouillis des oiseaux, je contemple avec ravissement les coupoles d'Istanbul, les flots brillants de la Corne d'Or, en me disant encore une fois que cette vie est belle, décidément, on jette sur lui les dernières pelletées de terre. Ce pauvre Délicat ! durant les derniers temps — surtout depuis qu'il avait pris des accointances avec la clique au front bas du prédicateur d'Erzurum — il ne me portait sans doute pas dans son cœur ; mais pendant les vingt-cinq années que nous avons passées côte à côte à illustrer les manuscrits de notre Sultan, les moments n'ont pas manqué où nous fûmes fort proches. C'est il y a vingt ans, alors que nous collaborions l'un comme l'autre au *Livre des Rois* commandé par le père de Sa Majesté, que nous nous sommes attachés l'un à l'autre ; puis il y a eu les huit miniatures pour le *Divan* de Fuzûlî, qui ont renforcé cette intimité. Un jour, cet été-là, vers le soir, alors que les vols d'hirondelles, au-dessus de nos têtes, semblaient en plein délire, je l'écoutais — avec une patience que seul l'amour peut donner — me déclamer les poèmes que nous avions à illustrer. De cette soirée, j'ai retenu un vers : « Je ne suis plus que toi, tu es tout ce qui était moi. » Je me suis toujours posé la question : comment diable mettre ça en peinture ? !

Dès que j'ai appris qu'on avait retrouvé son cadavre, j'ai couru chez lui. Le jardin, comme tous les jardins qu'on revoit après des années, m'a semblé plus petit que dans mon souvenir — nous y avions passé des heures, jadis, à lire de la poésie. Tout était enfoui sous la neige. La maison aussi semblait plus petite. Dans une pièce contiguë, on entendait les cris des femmes, leurs concours outrés de lamentations, tandis que dans celle des hommes, j'écoutais un grand gaillard, le frère aîné du défunt, expliquer qu'on avait retrouvé son pauvre frère Délicat le crâne fracassé, le visage défoncé, et qu'après quatre jours passés au fond de ce puits le corps était méconnaissable, même pour ses frères ; qu'il avait fallu faire venir son épouse, la pauvre Kalbiyé ; de nuit, dans la pénombre, elle n'avait pu identifier que les vêtements sur le corps déchiré de son mari. Il me semblait voir un tableau : Joseph, sauvé du puits où ses frères jaloux l'ont jeté, par les marchands du pays de Madian. J'aime beaucoup cette scène de *Joseph et Zuleykha,* qui nous rappelle combien la jalousie entre frères est le sentiment essentiel qui nous anime.

Il y a eu un silence, et j'ai senti les regards se poser sur moi. Fallait-il que je pleure ? Mais mon regard a rencontré celui de Le Noir. Ce pauvre type surveille tout le monde ; il veut faire croire que son Oncle l'a dépêché spécialement pour tirer cette affaire au clair.

« Qui a pu commettre une chose pareille ? s'est mis à crier le frère aîné. Qui est assez dépourvu de conscience pour s'en prendre ainsi à mon petit frère, lui qui n'aurait pas voulu faire de mal à une mouche ? »

Il a donné ses larmes pour toute réponse à cette grave question, et j'ai, bien sincèrement, pleuré avec les autres, en faisant mine de me demander, moi aussi : Quels étaient les ennemis de Monsieur Délicat ? Qui l'aurait tué, si je ne m'en étais pas chargé ?

Je me suis rappelé qu'il y a de cela un certain nombre d'années — nous travaillions je crois sur le *Livre des Talents* — il cherchait noise en permanence — je ne sais plus trop à qui — sous divers prétextes de transgressions, de libertés prises avec la tradition, comme quoi on massacrait, par des fautes de goût dans les couleurs, par des dorures vite faites et bon marché, disait-il, le travail et les efforts des artistes comme lui. Il y a eu aussi cette histoire d'une passion, qui avait fait beaucoup jaser à l'époque, qu'il aurait nourrie pour un beau petit relieur de l'étage au-dessous ; mais il n'y avait pas là de quoi se faire des ennemis, et puis c'était il y a longtemps. Il est vrai aussi que la délicatesse de Monsieur Délicat, je veux dire son côté raffiné, ses airs de grande dame, en énervait plus d'un ; mais c'était surtout cette façon servile de vénérer les classiques, sa manie de couper les cheveux en quatre sur des histoires de couleurs qui doivent se répondre, entre l'enluminure et l'illustration, d'aller voir Maître Osman pour chercher des poux dans la tête de tout le monde — surtout à moi — et d'épingler, d'un ton discrètement sentencieux, des défauts qui n'existent pas... La dernière altercation tournait autour d'un sujet auquel Maître Osman est particulièrement sensible — les commandes furtivement réalisées, à l'extérieur du Palais, par des peintres normalement attachés au Palais. Vu la relative désaffection de notre Sultan et, subséquemment, la baisse des primes distribuées par le Grand Trésorier, tous les peintres, ces dernières années, se sont mis à fréquenter nuitamment les villas à étage de certains pachas au goût grossier, et les plus talentueux allaient chez Monsieur l'Oncle, pour ne citer que lui.

Non que j'en veuille le moins du monde à Monsieur l'Oncle de sa décision de suspendre, sous prétexte de pressentiment funeste, la fabrication de son livre, ou plutôt de notre livre. Il se doute vraisemblablement que cette dupe de Monsieur Délicat a été éliminé par les bons soins de l'un d'entre ceux, justement, qui s'occupent d'illustrer son livre : et à sa place, vous continueriez à recevoir l'assassin chez vous, deux nuits par semaine, pour y faire des coloriages ? Son intention, j'en suis sûr, est de reprendre prochainement ce livre, mais uniquement avec moi : je veux dire, une fois identifié, parmi les peintres qui fréquentent chez lui, celui qui s'est avéré, pour les couleurs et la dorure, les cadres et le dessin, les visages et la composition d'ensemble, le plus génial des trois. Car tout grossier qu'il soit, il ne saurait confondre l'artiste que je suis avec un vulgaire assassin.

Il a entraîné avec lui Le Noir ; mais je le tiens à l'œil, celui-là. Je les ai donc suivis de loin, pendant que la foule des obsèques se dispersait au sortir du cimetière. Ils descendent à l'embarcadère ; là, ils montent dans une barque à quatre rames, et je fais de même, peu après, dans une embarcation un peu plus grande, en compagnie de jeunes novices qui rient entre eux sans plus se souvenir le moins du monde du défunt ou de son enterrement. Au niveau de la Porte au Phare, nos esquifs s'étant rapprochés, nous nageons un moment presque bord à bord, et je vois Le Noir parler à son Oncle, à voix basse. Je me dis encore une fois qu'il est décidément bien facile de tuer quelqu'un. Mon Dieu, tu nous a octroyé cette puissance incroyable, et inspiré, en même temps, la peur d'en faire usage...

Mais une fois cette peur vaincue ; une fois qu'on est passé à l'acte, quelle métamorphose ! Autrefois, non seulement le Démon, mais la moindre méchanceté que je percevais au-dedans de moi-même me faisait bondir d'indignation. Aujourd'hui, cette malignité me semble supportable, et même nécessaire, pour un peintre. Si l'on fait abstraction du léger tremblement des mains qui m'a, après mon crime, affecté pendant quelques jours, je me suis mis, depuis que j'ai écrasé cette vermine, à dessiner beaucoup mieux ; mes coloris sont plus hardis et plus vifs ; et je constate, par-dessus tout, que mon imagination enfante des merveilles. Mais ces merveilles, combien sont-ils, à Istanbul, à pouvoir les apprécier ?

Arrivé au milieu de la Corne d'Or au niveau de Djibali, tandis que les derniers rayons du soleil furtivement réapparu font scintiller la neige sur les coupoles, je jette sur Istanbul un long regard plein de ressentiment. Plus vaste et colorée sera une cité, me dis-je, plus elle recèlera le crime et la luxure ; plus le peuple en sera nombreux, plus les péchés d'un seul seront confondus dans la masse. Le génie des grandes villes ne se calcule pas au nombre de bibliothèques et d'écoles, de savants, de peintres et de calligraphes qui y trouvent refuge ; il se mesure à l'accumulation des crimes, commis de siècle en siècle dans l'obscurité des ruelles, et qui restent mystérieux. Istanbul est sûrement, de ce point de vue, la plus géniale cité du monde.

Arrivé à l'échelle d'Unkapa, je suis descendu du bateau pour suivre Le Noir et son Oncle, qui remontaient la rue, appuyés l'un sur l'autre. Je les ai filés jusqu'au terrain vague, brûlé, derrière la grande mosquée de Mehmet II ; après s'être arrêtés là un moment, ils sont partis chacun de son côté. L'Oncle, une fois seul, m'a semblé soudain très âgé, et vulnérable. J'eus un instant envie de courir après lui, de lui expliquer que j'avais commis ce crime pour nous protéger tous, pour prévenir les ignobles calomnies de celui que nous venions d'enterrer. Je voulais lui demander : « Est-ce vrai, ce que disait Monsieur Délicat, que les miniatures que vous nous faites faire abusent la confiance du Sultan, trahissent les règles sacrées de notre art, et blasphèment la religion ? Et la dernière miniature, est-elle terminée ? »

Le soir tombe. Je suis posté au milieu de la rue couverte de neige, de façon à pouvoir l'observer tout entière, jusqu'au bout ; les pères sont venus chercher leurs enfants à l'école, ils rentrent chez eux, abandonnant la rue obscure à sa mélancolie, aux djinns, aux fées, aux bandits et aux détrousseurs, aux arbres sous la neige, à moi. Tout au bout, sous la corniche de la demeure, assez tape-à-l'œil avec son étage, de Monsieur l'Oncle, que j'aperçois à travers les branches dénudées des châtaigniers, réside la plus belle femme du monde. Mais je me garde bien de perdre la tête

19

Moi, l'Argent

Regardez ! Je suis un écu ottoman, en or à vingt-deux carats, arborant les emblèmes de Sa Glorieuse Majesté, Rempart de l'Univers. Vers minuit, dans ce beau café triste, si triste après les funérailles de ce matin, Cigogne, l'un de nos grands peintres attachés à la cour, a achevé de me croquer, même s'il lui a manqué l'encre dorée pour me parfaire..., mais votre imagination y suppléera, n'est-ce pas ? Mon image est devant vous, et je me trouve en fait dans la bourse de votre bien cher et très illustre frère, Cigogne. Le voici qui se lève, qui me sort et m'exhibe, fièrement, à chacun de vous. Bonsoir à tous ! Bonsoir aux artistes, et à toute la compagnie ! Vos yeux grandissent, vos yeux reflètent mon éclat ; vous admirez cette lueur que me prête celle des lampes, et vous sentez monter en vous l'envie d'être à la place de mon maître, mon possesseur, le grand Cigogne ! Et vous avez raison, puisque je suis l'arbitre, l'étalon du talent.

Ces trois derniers mois, Maître Cigogne a amassé exactement quarante-sept écus d'or tels que moi. Nous sommes tous là, dans ce sac, et le Seigneur Cigogne, vous pouvez le constater, n'en fait pas de catimini ; aussi bien sait-il que personne, parmi ses collègues, ne gagne autant, ici, à Istanbul. Je suis très fier d'être le juge, incorruptible, de leur peinture. Avec moi, trêve de chicane. Autrefois, avant que l'usage du café ne vienne éclairer leur lanterne, tous ces peintres mal dégrossis non seulement perdaient leurs soirées à se disputer la palme, que ce soit des plus belles couleurs, ou du meilleur coup de crayon pour les arbres, et le rendu des ciels brouillés, mais ils en venaient parfois aux poings, à s'en faire sauter les dents. Maintenant j'ai cours, je maintiens l'ordre, et, sous ma gouverne, une douce paix, une concorde harmonieuse règne dans leur atelier, et ces maîtres feraient honneur à l'École de Hérat.

Sans citer tous les autres biens, outre cette harmonie, cette bonne ambiance, qu'on peut acquérir avec moi : le pied mignon d'une jeune esclave, puisque pour l'acheter entière il faut compter cinquante fois plus ; un miroir de barbier de bonne facture, avec le fond en noyer et le cadre en ivoire d'os ; une commode peinte, ornée de rosaces et de rinceaux à la feuille d'argent vaut à elle seule quatre-vingt-dix blancs ; mais, tenez, cent vingt grosses miches de pain ; un emplacement au cimetière pour trois personnes, avec les cercueils ; un bracelet de force en argent ; le dixième d'un cheval ; les cuisses grosses et grasses d'une vieille concubine ; un petit bufflon ; deux plats chinois de bonne qualité ; le salaire mensuel du peintre de Tabriz, Mehmet le Derviche, ainsi que la plupart des étrangers réquisitionnés, comme lui, au service de notre Sultan ; un autour de haut vol, et sa cage ; dix bouteilles du meilleur cru de résiné ; une heure paradisiaque avec une escorte de premier plan — le beau Mahmûd, par exemple — sans compter les options insolites, bien sûr.

Mais avant d'atterrir ici, j'ai commencé par passer dix jours dans la chaussette sale d'un misérable apprenti cordonnier. Chaque soir le pauvre s'endormait en énumérant, dans son lit, toute la ribambelle des choses qu'il s'achèterait. C'était une vraie petite épopée, une berceuse si touchante que cela a fini de me persuader qu'il n'est pas de trou où une belle pièce ne puisse se glisser.

En disant cela, je réalise que, s'il fallait vous détailler toutes mes tribulations jusqu'au jour d'aujourd'hui, il y en aurait pour des volumes. Mais puisque nous sommes entre nous, entre gens de bonne compagnie, si vous me promettez du moins de n'en toucher mot à personne, je vais vous dire, rien qu'à vous — et si Monsieur Cigogne ne voit rien contre —, le secret de mes origines. C'est bien juré ?

Eh bien, voilà, je le confesse : je ne suis pas une authentique pièce d'or à vingt-deux carats, frappée à l'effigie de notre Sultan à sa fonderie de la Colonne Brûlée. Je suis de billon. Je suis d'une provenance obscure, battu à Venise, à partir de rognures, puis introduit en fraude ici, comme écu ottoman. Je compte sur votre indulgence, et vous en remercie.

Autant que je puis en juger, ce trafic de fausse monnaie, à Venise, remonte à loin. Jusqu'il y a peu, la monnaie de mauvais aloi que les Infidèles faisaient circuler en Orient, c'étaient des ducats de Venise, frappés dans le même moule que les authentiques. Et nous, à Istanbul, nous les Ottomans, toujours respectueux de la parole inscrite sur un objet pour l'évaluer, sans vérifier le pourcentage d'or recelé par toutes ces pièces d'or, nous avons été submergés. Plus tard, quand il s'est avéré que les fausses pièces, qui contiennent moins d'or et plus de cuivre, sont plus dures que les vraies, on s'est mis à les vérifier avec les dents. Par exemple, fou d'amour vous courez quérir les faveurs du sublime Mahmûd, l'amant universel : eh bien avant toute chose, il va prendre dans sa bouche... votre denier ! pour le mordre à belles dents ; et il vous dira que, pour ce tarif, vous n'avez droit, c'est le cas de le dire, qu'à une demi-heure de Paradis ! Ces mécréants de Vénitiens, voyant que leurs pièces préparaient de pareilles infamies, se sont dit que tant qu'à faire, il valait mieux, pour ne pas se faire prendre..., contrefaire des pièces ottomanes.

Et laissez-moi vous rappeler cette circonstance des plus troublantes : quand ces païens de Vénitiens se mettent à faire de la peinture, ils ne peignent pas l'objet qu'ils peignent : ils le reproduisent à l'identique ! Alors qu'en matière de monnaie, au lieu d'en produire de la vraie, ils ne font que la falsifier.

On nous a chargés dans des coffres en fer, puis fait monter sur des bateaux, puis, brinquebalés d'un bord à l'autre, on nous débarque à Istanbul. Et plus précisément, pour ce qui me concerne, dans la bouche d'un changeur qui puait l'ail terriblement. Heureusement, un paysan est arrivé sans tarder, un benêt qui voulait changer une vraie pièce d'or qu'il avait. Le changeur, un parfait grigou, a dit qu'il devait mordre cette pièce, pour voir si elle ne serait pas fausse, par hasard, et il se la met dans la bouche.

Quand nous nous sommes retrouvés dans cette bouche, nez à nez, si j'ose dire, j'ai vu que l'autre était un vrai écu d'or ottoman, franc comme son maître paysan. Il me voit dans cette odeur d'ail, et il me dit : « Toi, tu es faux. » C'était vrai, mais vu qu'il cherchait, ce prétentieux, à me faire bisquer gratuitement, j'ai menti, et je lui ai dit « Pas du tout, c'est toi qui es faux. »

Pendant ce temps, le paysan monte bêtement sur ses grands chevaux : « Comment, qu'elle n'est pas bonne, ma pièce ! Je l'ai eu enfouie dans un trou, dans ma terre, y a ben vingt ans ! Y avait-y donc de ces traîtrises, y a vingt ans ? »

Qu'allait-il se passer ?... Mais voici que mon changeur m'extrait, à la place de l'autre, au lieu de l'écu campagnard, et dit : « Reprends ta pièce, je prends pas de ces fausses pièces que ces mécréants de Vénitiens voudraient voir à nous refiler. » Et, pour se payer encore plus la tête du péquenot, il ajoute : « Tu devrais avoir honte ! » L'autre lui a répondu quelque chose de senti, et il est reparti avec moi. Mais en voyant que les changeurs suivants lui rendaient le même verdict, il a fini, en désespoir de cause, par me céder pour seulement quatre-vingt-dix pièces d'argent. Or ce n'était que le début de sept années de vagabondage.

Je me permets de dire que je puis me flatter, ainsi qu'il convient à une pièce avisée — puisqu'elle en vaut deux —, d'avoir circulé la plupart du temps, de poche en poche et de bourse en bourse, et presque toujours dans la capitale. Mon pire cauchemar serait de rester croupir pendant des lustres en un cul-de-basse-fosse, de me morfondre dans un cruchon, sous une pierre de jardin — non que cela m'ait été épargné, mais ce fut toujours temporaire. La plupart des gens n'ont pas plus tôt réalisé que je suis de mauvais aloi, qu'ils cherchent à me refiler. Mais je n'ai jamais rencontré personne qui prévienne un preneur naïf que je suis faux. Si un changeur est assez bête pour me payer cent vingt pièces d'argent, il s'en prend à lui-même, il enrage et se désespère de sa bêtise, de s'être fait ainsi duper, et n'a plus que l'idée de duper quelqu'un d'autre. Son dépit, qui se voit de loin, lui fait d'ailleurs chercher longtemps, et manquer son coup plusieurs fois : il s'indigne et il s'impatiente, et il jure comme un beau diable contre ce mal élevé qui l'a berné.

Ainsi, depuis sept ans, j'ai changé de mains cinq cent soixante fois, et il n'y a pas maison, boutique, marché, bazar, mosquée, église ou synagogue, dans cette ville, où je ne me sois introduit. Pendant tous ces détours, j'ai vu, j'ai entendu des racontars et des légendes sur mon compte bien plus graves que je ne croyais : constamment on me jette à la face que je suis devenu la seule et unique chose de valeur, que je n'ai aucune pitié, que je suis aveugle à tout ce qui n'est pas moi, l'Argent, que je n'aime que moi, que le monde ne repose plus que sur moi, et qu'avec moi, on peut désormais tout acheter et vendre, alors que je suis vil, vulgaire et répugnant. Ceux qui comprennent que je suis faux n'en deviennent que plus furieux, ils me maudissent à l'envi. Je dois sans doute me consoler, au fur et à mesure que ma valeur réelle continue de baisser, du fait que ma valeur symbolique, elle, ne cesse pas de monter.

Car en dépit de ces calomnies gratuites, de tous ces traits blessants, je vois bien que le plus grand nombre me garde une affection profonde et très sincère. En ces temps de méchanceté, je pense que chacun devrait se réjouir de la pérennité d'une telle faveur.

J'ai donc passé, de main en main, par chez les Juifs et les Arabes, les Mingréliens et les Abazas, et exploré chaque ruelle, chaque quartier, chaque recoin d'Istanbul, avant d'en sortir dans les bagages d'un hodja, venu d'Andrinople, qui repartait pour

Mania. Sur la route il est attaqué par des brigands. L'un d'eux lui crie : « La bourse ou la vie ? » Effrayé, le pauvre hodja me cache là où il s'imagine me garder en sécurité : au fond de son cul ! Cet endroit sentait pire que la bouche de l'amateur d'ail, et en nettement moins tranquille... car la situation a mal tourné, quand au lieu de : « La bourse ou la vie ! », les bandits d'honneur se sont mis à dire : « L'honneur ou la vie ! », et tous de lui passer dessus, ou plutôt dedans, chacun à son tour. Je préfère ne pas raconter les outrages que j'ai subis, enfoncé dans ce réduit. Depuis, j'évite les voyages.

Car, au contraire, à Istanbul, j'ai toujours été dorloté : les filles à marier me couvrent de baisers, comme le parti dont elles rêvent ; elles me glissent dans la soie de leurs porte-monnaie, sous leurs polochons, entre leurs gros seins, jusque dans leurs petits dessous ; elle me tâtent, tout en dormant, pour s'assurer de ma présence ! Il est arrivé qu'on me serre près du foyer, dans un hammam ; dans une botte ; au fond d'une fiole, dans la boutique embaumée d'un parfumeur, ou dans le gousset dérobé qu'un cuisinier se sera cousu, au fond de son sac de lentilles. J'ai fait tout le tour d'Istanbul dissimulé dans des ceintures en cuir de chameau, dans la doublure bariolée d'une veste tsigane, dans celle d'un escafignon, ou dans les plis multicolores d'un falzar à soufflets. L'artisan horloger Pietro m'a embusqué dans une pendule, et un épicier grec m'a coincé dans une grosse meule de feta. J'ai partagé la même cachette que des bijoux, des chevalières et des clefs : nous étions enroulés au creux d'un fort tissu, puis remisés au fond d'un poêle, d'une conduite de cheminée ou sous la planche d'un rebord de fenêtre ; dans des coussins bourrés de paille, sous une trappe de plancher, dans des bahuts à double fond. J'ai connu des pères de famille qui se levaient brusquement de table pour vérifier que j'étais toujours en place, des femmes qui, sans rime ni raison, me suçotaient comme du candi, des enfants qui me reniflaient, me fourraient dans leurs narines, et des vieillards avec un pied dans la tombe qui n'étaient pas tranquilles s'ils ne m'avaient sorti de leur bourse en basane pour le moins sept fois la journée. Il y a eu une Circassienne si maniaque qu'après avoir, tout le jour, fourbi et lavé son logis, il fallait encore qu'elle aille nous extraire de sa bourse pour nous gratter, un à un, à la brosse en bois. Je me souviens du changeur borgne qui passait son temps à nous empiler en petits bastions ; du portier qui empestait le chèvrefeuille et qui nous avisait, avec toute sa famille, comme si que nous fussions un bien beau paysage ; et du doreur, celui qui vient de nous quitter — inutile d'en dire plus, je crois —, qui passait ses soirées à nous ranger de toutes les façons possibles et imaginables. J'ai navigué en grande gabarre d'acajou ; j'ai fait le tour du Grand Sérail ; j'ai été introduit dans des reliures de manus crits cousues à Hérat, dans des talons de brodequins parfumés à la rose, dans des couvercles de sacoche de la poste, et manipulé... par des centaines de mains : sales, velues, dodues, poisseuses, vieilles et tremblotantes ; j'ai ramassé l'odeur et la sueur d'Istanbul, des fumeries d'opium aux fabriques de bougie et aux harengs en caques. Après tant d'émotions et tant de surmenage, une horrible escarpe qui venait à peine d'égorger sa victime dans un coin sombre m'a empoché, et une fois rentré dans son infâme galetas, m'a craché dessus, en disant :

« Pfut, tout ça à cause de toi ! » Je me suis senti si mal, que j'aurais voulu disparaître.

Pourtant, si je n'existais pas, personne ne distinguerait un bon peintre d'un mauvais peintre, et les miniaturistes finiraient par se massacrer... Aussi n'ai-je pas disparu, je suis simplement allé me fourrer dans la poche du plus avisé, du plus talentueux d'entre eux, et me voici.

Si vous êtes meilleurs peintres que Cigogne, je vous en prie, venez me prendre !

20

Mon nom est Le Noir

Dans quelle mesure le père de Shékuré était-il au courant de nos lettres ? Si je considérais le ton de jeune fille craintive, terrifiée par son père, qu'elle prenait dans ses lettres, je devais en conclure qu'aucune parole n'avait dû être échangée entre eux me concernant, et pourtant, je devinais plutôt le contraire. Les regards malicieux d'Esther la colporteuse, la mystérieuse apparition de Shékuré à sa fenêtre, la ferme résolution de mon Oncle à me dépêcher auprès des peintres, avec ce désarroi que j'avais senti en lui l'autre matin, tout cela ajoutait à ma nervosité.

Mon Oncle, le matin, me faisait asseoir en face de lui et commençait tout de go à me parler des portraits de la peinture vénitienne. En sa qualité d'ambassadeur de la Porte, il avait pu pénétrer dans une quantité de palais, de riches demeures et d'églises. Il était resté des journées entières debout devant des milliers de portraits, sur toiles et sur bois, encadrés ou à même les murs, il y avait vu des visages humains par milliers, mais, disait-il : « des visages tous différents les uns des autres, uniques, sans ressemblance entre eux ! » Leur variété, leurs couleurs, leur douce lumière, leur affabilité ou leur rudesse, l'expressivité enfin de leurs regards l'avaient littéralement enivré.

« On aurait dit une épidémie, me disait-il. Tout le monde faisait faire son portrait. Tout Venise. Les riches et les puissants le faisaient faire comme mémoire et témoignage de leur vie, mais aussi comme enseigne de leur fortune, de leur pouvoir et de leur prestige. Ils semblaient proclamer qu'ils étaient toujours là, face à nous, et vouloir faire sentir combien leur existence avait été unique, différente de toutes les autres. »

Sa formulation était dédaigneuse, comme s'il avait stigmatisé l'envie, la convoitise ou la cupidité ; mais en évoquant ces portraits contemplés à Venise, son visage s'animait par instants d'une lueur presque enfantine.

En ce faisant portraiturer en toute occasion, les riches amateurs, les princes et les grandes familles qui protégeaient la peinture en avaient fait une mode contagieuse, et quand ils donnaient à peindre, dans les églises, telle ou telle scène des Évangiles ou de leurs Écritures, ces païens y mettaient comme condition que leurs propres visages soient représentés. Ainsi, quand vous regardiez tel tableau figurant les obsèques de saint Étienne, vous trouviez, parmi les gens pleurant autour de son tombeau, ce même prince qui justement mettait toute sa fierté et sa joie à vous faire admirer les tableaux qui ornent les murs de son palais. Ensuite, sur une toile montrant saint Pierre secourant les malades, un détail vous décevait fort sur le compte de ce délicat maître de maison : un des infortunés souffrant mille morts représente en fait son propre frère, qui se porte mieux qu'un cochon. Le lendemain encore, sur un tableau dépeignant cette fois la Résurrection des morts, vous contempliez le cadavre de ce voisin de table que vous aviez vu, le midi même, faire ripaille à vos côtés.

« Certains en sont arrivés au point, continuait mon Oncle, qui semblait se garder tout en parlant de quelque tentation du Diable lui-même, que pour figurer simplement dans la foule des personnages d'un tableau, ils consentent à donner leurs traits à quelque serviteur ou échanson, à l'un des enragés qui lapident la femme adultère, voire à un meurtrier aux mains couvertes de sang.

— C'est comme, dis-je en feignant de n'avoir rien compris, dans les livres qui racontent les vieilles légendes persanes, et où nous voyons Shah Ismaïl en grande pompe sur son trône. Ou quand nous rencontrons, à côté de l'histoire de Khosrow et Shirine, une image de Tamerlan, qui a pourtant régné infiniment plus tard. »

Ai-je entendu quelque chose à ce moment-là, un bruit bizarre dans la maison ?

« Mais il semble que par ces peintures, les Européens cherchent à nous impressionner, dit ensuite mon Oncle. Pas seulement en mettant en évidence la richesse et la puissance des mécènes, mais aussi en tâchant de nous faire croire que cette vie et ce monde qui sont les leurs ont quelque chose de spécial et de fascinant. Par ces visages, ces regards, ces attitudes toujours originales et particulières, et ces ombres qui ondoient sur le drapé de leurs habits, ils visent à frapper notre esprit en posant pour des créatures étonnantes. »

Il me raconta comment, une fois, dans un riche palais des bords du lac de Côme, il s'était égaré à l'intérieur d'une galerie où un amateur excentrique avait rassemblé cent portraits officiels de tous les personnages célèbres de l'histoire de l'Europe, souverains et cardinaux, généraux et poètes. « Notre aimable hôte, m'a-t-il dit, après m'avoir fièrement montré la maison, m'avait laissé libre d'en visiter les appartements à loisir. Alors je vis que toutes ces personnalités mécréantes, qui me regardaient, pour certaines, droit dans les yeux, se changeaient en des personnes trop vastes en quelque sorte pour ce monde par le seul fait d'être peintes en portraits, de paraître réelles et donc si importantes. De ces portraits émanait une espèce de magie, qui les rendait incomparables, et qui m'a fait me sentir soudain, au milieu de tous ces tableaux, insuffisant et faible. Comme si j'avais pressenti qu'en étant peint de cette manière, je pourrais mieux comprendre ma raison d'être au monde. »

Ce désir lui avait fait peur, car il avait aussitôt perçu que la passion du portrait entraînerait la fin de la peinture de l'Islam, celle dont les grands peintres de Hérat avaient fixé les modèles, parfaits et intouchables. « J'avais apparemment le désir de me distinguer des autres, d'être différent de tous, de me sentir unique », m'a-t-il dit. Mon Oncle s'était senti happé, irrésistiblement, par cette chose qui lui faisait si peur, comme quand le Diable nous pousse sur la voie du crime. « C'était, comment dire ? un désir criminel de se grandir face à Dieu, de se croire important soi-même, de se placer, en somme, au centre du monde. »

Mais il avait, par la suite, conçu l'idée de transformer ce qui dans les mains des Européens était devenu une espèce de jeu puéril et vain, en force légitime, utile à la religion, et capable de subjuguer le public en faisant d'une telle peinture le piédestal de notre Seigneur.

Puis était né à son tour le projet de situer le portrait dans un livre qui mettrait en scène, autour du Sultan, des objets et des personnages. En effet, la proposition de mon Oncle, au retour de son ambassade à Venise, de faire faire le portrait de notre Sultan à la manière européenne, se heurta, malgré tous ses arguments, aux objections de ce dernier :

« "L'essentiel, c'est l'histoire, avait-il dit. Une belle image complète gracieusement une histoire. Si je cherche à me figurer une image qui ne soit pas l'illustration d'une histoire, je me rends compte qu'elle sera, finalement, une sorte d'idole. Car, puisqu'il n'y aura pas de légende — dont le propre est de ne pas être crue —, nous croirons à la vérité de l'image, de la chose représentée. C'est un peu comme ce culte des idoles de la Kaaba, avant qu'elles ne soient brisées par le Prophète. Car enfin, s'ils ne sont pas tirés d'une histoire, comment représenteras-tu cet œillet par exemple, ou un nain plein de morgue ?

« — En montrant la beauté de l'œillet, et que cet œillet ne ressemble à nul autre.

« — Mais enfin, dans la composition de la page, au centre du monde, est-ce cela que tu mettras ?"

« J'ai eu peur, me dit alors mon Oncle. J'étais inquiet de la direction où les pensées de Sa Majesté m'entraînaient à regarder. »

Quant à moi, je sentis que la peur de mon Oncle était qu'une autre chose que la seule Providence divine pût être assez belle pour être mise au centre du tableau et du monde.

« "Ensuite c'est le dessin au centre duquel tu auras placé quelque nain que tu voudras accrocher au mur", m'a dit le Sultan », c'était là la crainte de mon Oncle, que j'avais devinée. « "Mais une image ne saurait être affichée. Car une image accrochée au mur, quelle que soit notre première intention, finit toujours par inviter à l'adoration. Si, à l'instar des Infidèles, nous cédions à cette croyance — bien étonnante — que saint Jésus est en même temps Dieu lui-même, alors je comprendrais que Dieu puisse être vu ici-bas, et même apparaître sous la forme d'un homme, et j'accepterais qu'on affiche au mur une représentation humaine. Tu comprends certainement que toute image affichée, n'est-ce pas, nous finissons, sans même en avoir conscience, par l'adorer ?"

« Je comprenais si bien, a dit mon Oncle, que je tremblais de penser à ce à quoi nous pensions tous les deux !

« "C'est pourquoi je ne puis consentir à ce qu'on affiche mon image", a dit alors le Sultan.

« Mais il en avait envie », ajouta mon Oncle avec un sourire diabolique.

Ce fut mon tour, alors, d'avoir peur.

« "Toutefois, a repris Sa Majesté, je souhaite que ce portrait à la manière européenne soit exécuté ; il faudra simplement qu'on le dissimule parmi les pages d'un livre. À toi de me dire ce que sera ce livre."

« Je suis resté rêveur un certain temps, abasourdi de joie, stupéfait », me dit mon Oncle, en arborant toujours ce sourire digne d'être appelé démoniaque, et qui me donna l'impression de voir s'opérer en lui une sorte de métamorphose.

« Sa Sainteté notre Sultan m'a donné l'ordre de commencer sans tarder la confection du livre. J'étais étourdi de bonheur. Il m'a dit de préparer ainsi le présent que j'apporterai moi-même au Doge, quand je retournerai à Venise. Il souhaite que la date d'achèvement de l'ouvrage corresponde au premier millénaire de l'Hégire, afin de constituer un témoignage de la puissance du Calife de l'Islam, notre Grand Seigneur. Mais afin de ne pas divulguer son intention de traiter avec Venise, et de ne pas attiser les rivalités entre les peintres de son Atelier, il m'a aussi ordonné de préparer ce livre en secret. J'ai donc pu mettre en chantier les miniatures, dans le plus grand secret... et pour ma plus grande joie. »

21

Je suis votre Oncle

C'est donc vendredi matin que j'ai commencé à lui expliquer quel genre d'ouvrage allait être le livre destiné à contenir ce portrait de notre Sultan à la manière européenne. Mon point de départ a été la même histoire que j'ai racontée à Sa Majesté, puis la façon dont je l'ai persuadée d'ordonner la confection de ce livre. Plus secrètement, mon but était de réussir à faire écrire par Le Noir les histoires en regard des miniatures, dont je ne parvenais toujours pas à commencer, moi-même, la rédaction.

Je lui ai dit que j'avais terminé la plupart des miniatures du livre, et que la dernière était sur le point d'être achevée. « Il y a, lui dis-je, dans mon livre, une image de la Mort, il y a un dessin d'arbre, que j'ai fait réaliser par le subtil Cigogne, qui donne à voir quel endroit tranquille est le monde sur lequel règne Sa Majesté ; il y a une image du Diable, une image d'un cheval, qui nous emporte, littéralement, très loin ; il y a un chien, non moins retors que savant, il y a l'argent... Toutes choses que j'ai si bien fait peindre par les maîtres du Grand Atelier, que si tu les vois ne serait-ce qu'une fois, tu sauras dire aussitôt ce qui doit en être du texte. La poésie et le dessin sont frère et sœur, comme tu le sais, de même que les mots et les couleurs. »

« Dois-je lui dire que je pourrais lui donner la main de Shékuré ? ai-je pensé un instant. Resterait-il avec nous dans cette maison ? Ne te fie pas à cette façon qu'il a maintenant de boire tes moindres paroles, ni à cet air enfantin sur son visage, me suis-je dit pourtant. Il n'attend que de l'avoir, elle, pour s'enfuir de chez toi. » Mais je n'avais personne d'autre que mon cher Le Noir qui fût à même de termi ner mon livre.

Nous revenions de la prière du vendredi quand j'ai abordé la question des ombres, la plus grande invention des maîtres italiens. Si nous faisons nos tableaux en nous inspirant du monde tel que nous le voyons dans des rues où nous passons, où nous nous arrêtons pour bavarder chaque jour, il nous faut apprendre à y mettre aussi, comme le font les peintres d'Europe, la chose la plus fréquente qui puisse se rencontrer dans la rue, à savoir, l'ombre.

« Comment peut-on représenter l'ombre », demanda Le Noir.

Je voyais que mon neveu ne m'écoutait pas sans une certaine impatience. Ses mains jouaient de temps en temps avec le lourd encrier mongol qu'il m'a rapporté, ou encore, il attisait le poêle avec le tisonnier. Parfois j'avais l'impression qu'il allait brandir celui-ci au-dessus de ma tête pour me tuer. Parce que je faisais s'éloigner la peinture du point de vue de Dieu, parce que je trahissais la tradition, et toutes les œuvres nées des rêves des maîtres de Hérat. Parce que j'avais circonvenu notre Sultan. Parfois il restait sans bouger, et me regardait fixement, dans les yeux. J'ai pensé qu'il se disait qu'il était prêt à s'asservir totalement, jusqu'à ce que je lui aie accordé la main de ma fille. Alors, comme quand il était petit, je l'ai emmené dans le jardin pour essayer, comme un père, de lui expliquer les arbres, le jeu des rayons du soleil sur les feuilles, la neige qui fond, et la raison pour laquelle, dans notre rue, plus les maisons sont loin, plus elles paraissent petites. Mais c'était une erreur : au moins, cela a suffi pour m'apprendre que toute sorte de relation paternelle et filiale était éteinte entre nous, depuis longtemps. À la place de sa curiosité d'enfant, d'un quelconque désir de savoir, il montrait de la patience, simplement, devant les élucubrations d'un vieillard gâteux, dont il lorgnait la fille. Les souffrances de douze années, la poussière de toutes ces villes et tous ces pays qu'il avait parcourus s'étaient incrustées dans son âme. Je ne faisais qu'ajouter à sa fatigue, il me faisait pitié. J'ai pensé qu'il devait être furieux, non pas tant parce que je ne lui avais pas, douze ans plus tôt, donné la main de Shékuré — c'était impossible — que du fait que je m'obstinais à lui expliquer mes lubies, mes rêves de peinture hors des règles de la tradition de l'Islam et de la légendaire École de Hérat. Voilà comment j'en suis venu à imaginer que la mort allait m'arriver par sa main.

Mais il ne me faisait pas peur : c'est moi, au contraire, qui ai tâché de l'effrayer, car je sentais que la peur serait une bonne chose pour l'histoire que je voulais qu'il écrive. « Il faut être capable de nous mettre, nous aussi, au centre du monde, comme dans leurs tableaux, lui dis-je. Et d'ailleurs, ajoutai-je, l'un de mes peintres m'a fait un portrait de la Mort qui est de toute beauté. Tu veux le voir ? »

C'est comme cela que j'ai commencé à lui montrer les miniatures réalisées par les maîtres que j'emploie secrètement depuis un an. Il a d'abord manifesté quelques réticences, et même une certaine frayeur. Mais vu que la miniature de la Mort s'inspire des scènes de morts que l'on peut voir dans toute une série de manuscrits du *Livre des Rois*, comme Siyâvûsh décapité par Afrasyâb, ou encore Rustam tuant Suhrâb sans savoir qu'il est son propre fils, c'était une bonne entrée en matière. J'y ai fait employer les couleurs tristes et graves qui ont servi à peindre les funérailles de Soliman le Magnifique, avec en plus un sens de la composition inspiré des Européens, et des ombres, que j'ai mises de ma propre main. J'ai attiré son attention sur la ligne d'horizon, et sur la profondeur démoniaque des circonvolutions de la voûte nuageuse. J'ai évoqué ces portraits de la Mort dans les palais de Venise, comment elle est représentée sous des traits toujours originaux, à l'instar de tous ces grands personnages impies qui s'acharnent à ne ressembler qu'à eux-mêmes, à eux seuls : « Ils tiennent tellement à être uniques et différents, ils en font une telle obsession que, regarde, lui dis-je, regarde la Mort dans les yeux : ce n'est pas d'elle qu'on a peur, mais de l'intensité de ce désir d'être le seul, l'unique, l'exceptionnel. Regarde bien ce dessin et écris l'histoire qui ira avec. Fais parler la Mort. Voici du papier, une écritoire. Je donnerai ce que tu écriras, tout de suite, au calligraphe. »

Il a regardé l'image un moment, sans rien dire, puis a demandé : « Qui a peint cela ?

— Papillon. C'est lui qui a le plus grand talent. Maître Osman a été éperdu d'amour et d'admiration pendant des années.

— J'ai vu un dessin de chien semblable à celui-ci, en moins achevé, dans un cabaret où un satiriste racontait son histoire, dit Le Noir.

— La plupart de mes peintres sont liés spirituellement à Maître Osman et au Grand Atelier. Ils ne croient pas aux tableaux que je leur fais peindre pour mon livre. En sortant d'ici à minuit, je peux sans peine imaginer qu'ils aillent au cabaret se moquer sans vergogne de moi et de ces dessins qu'ils me procurent contre argent comptant. Une fois, notre Sultan, sur mes instances, a fait peindre son portrait, à l'huile, par un jeune artiste qu'on avait fait mander à l'ambassade de Venise ; puis il a demandé à Maître Osman de copier le tableau dans ses règles à lui. Maître Osman a été forcé de travailler d'après ce peintre vénitien, et il me tient pour responsable qu'on lui ait ainsi forcé la main, et de cette œuvre qu'il a honte d'avoir produite ; il n'a pas tort. »

Pendant toute la journée, je lui ai montré l'ensemble des dessins, à part le dernier, qui n'est pas fini, et je l'ai incité à être l'auteur de l'histoire à écrire, en lui parlant complaisamment des caprices que je supporte avec ces peintres, et de tout l'argent que je débourse pour eux. Nous avons même parlé de la perspective, et abordé la question de savoir si le fait qu'à Venise on peint les objets de l'arrière-plan en plus petit relève de l'impiété. Nous avons évoqué aussi la possibilité que Monsieur Délicat ait été assassiné pour des questions d'argent et d'ambition personnelle.

Quand Le Noir est rentré chez lui, j'étais sûr qu'il reviendrait, comme il me l'avait promis le premier jour, pour m'écouter à nouveau lui parler des histoires pour mon livre. Mais tandis que s'éloignait le bruit de ses pas, le froid de la nuit, au-delà de la porte encore ouverte, semblait laisser passage à la force vigilante, irrésistible, qui nous dépassait, moi et mon livre, de ce diabolique assassin.

J'ai soigneusement fermé la porte derrière lui, à double tour ; comme chaque soir j'ai aussi poussé derrière la vieille jarre que j'utilise pour faire pousser du basilic, j'ai recouvert de cendre les braises de la cheminée, et j'allais monter me coucher, quand j'ai vu Shékuré devant moi, que sa chemise de nuit blanche, dans le noir, faisait ressembler à un fantôme.

« Tu es vraiment décidée à te remarier avec cet homme ? lui ai-je demandé.

— Mais non, papa. J'ai renoncé depuis longtemps à reprendre un époux. Et puis je suis encore mariée.

— Si tu désires encore épouser celui-ci, je pourrais donner mon accord, maintenant.

— Je ne veux pas l'épouser.

— Pourquoi ?

— Parce que vous ne le voulez pas. Je ne saurais souhaiter vraiment quelqu'un dont vous ne voulez pas. »

Dans l'ombre, ses yeux ont reflété les braises du foyer. La rage mouillait ses yeux, sinon le désespoir, mais sa voix était parfaitement ferme.

« Le Noir est très épris de toi, ai-je soufflé, comme un secret.

— Je sais.

— Ce n'est pas par amour de la peinture, mais par amour de toi qu'il a passé toute la journée à m'écouter.

— Il va finir votre livre, c'est ce qui importe, n'est-ce pas ?

— Ton mari finira par revenir.

— Je ne sais pas pourquoi, sans doute à cause du silence, j'ai juste compris ce soir que mon mari ne rentrerait jamais. Mon rêve était sûrement vrai : il a dû être tué. Cela fait longtemps qu'il est la proie des vers et des corbeaux. » Elle chuchotait, comme si les enfants, qui dormaient, avaient pu entendre sa conclusion, mais d'une voix étrangement irritée.

« Si l'on me tue, ai-je repris, je veux que tu fasses achever ce livre auquel j'ai tout donné. Jure-le-moi.

— Je vous le jure, dit-elle, mais qui le terminera ?

— Le Noir. Tu peux obtenir cela de lui.

— Mais vous le lui faites déjà faire, papa ; vous n'avez pas besoin de moi pour cela.

— C'est vrai, mais il ne le fait que pour toi. Si l'on me tuait, il pourrait abandonner le livre, par peur.

— Alors il devra renoncer à m'épouser », dit ma fine mouche de fille, en souriant.

Qu'est-ce qui me fait dire qu'elle a souri ? Tout au long de cette conversation, je n'ai vu que deux ou trois fois une lueur éclairer ses yeux. Nous nous tenions debout l'un en face de l'autre, au milieu de la pièce. Je n'ai pas pu me retenir de lui demander :

« Est-ce que vous communiquez entre vous, par des messages, ou des signes ?

— Comment pouvez-vous penser une chose pareille ? »

Il y a eu un long et douloureux silence. Très loin, un chien aboyait. J'avais un peu froid, et j'ai frissonné. Il faisait maintenant si sombre dans la pièce que nous ne pouvions plus du tout nous voir, nous sentions seulement la présence de l'autre, face à face. Puis soudain nous nous sommes embrassés, nous nous sommes serrés dans les bras l'un de l'autre. Elle s'est mise à pleurer, m'a dit que sa mère lui manquait. J'ai embrassé ses cheveux, qui avaient la même odeur que ceux de sa mère, je la caressais. Je l'ai amenée à son lit, et je l'ai couchée à côté de ses deux fils qui dormaient. En pensant aux deux jours qui venaient de s'écouler, je n'ai plus eu le moindre doute que Shékuré communique avec Le Noir.

22

Mon nom est Le Noir

Le soir, une fois rentré chez moi, et quand j'ai eu réussi à me défaire de ma logeuse, qui n'a pas perdu de temps, celle-là, pour se prendre pour ma mère, je me suis enfermé dans ma chambre et me suis allongé sur le parquet, en pensant à Shékuré.

Commençons par les bruits qui avaient, comme une sorte de jeu entre elle et moi, attiré mon attention pendant cette visite. Car lors de cette deuxième fois que je me rendais chez elle après douze ans d'absence, s'il est vrai qu'elle ne s'était pas montrée, elle avait déjà réussi à m'entourer d'une sorte de cercle magique, et j'étais sûr qu'elle m'avait observé constamment, mesuré et jaugé comme celui qui de viendrait son prochain époux, avec le même plaisir sans doute qu'on prend à un jeu de devinettes. J'avais d'ailleurs l'impression de l'observer moi-même. Je n'en compris que mieux alors les paroles d'Ibn Arabî qui veut que l'amour soit le don de faire voir — et le désir de se sentir toujours proche — ce qu'on ne voit pas.

J'avais donc pu déduire, aux bruits que je percevais dans la maison, que Shékuré suivait tous mes faits et gestes. À un moment, j'eus même la certitude qu'elle se trouvait, avec ses enfants, dans la pièce contiguë, et qui donne sur le même palier : car les petits étaient en train de jouer et de se disputer, et tout d'un coup ils ont baissé la voix, sûrement sur un regard courroucé de leur mère leur faisant signe de crier moins fort. Une autre fois, je les ai entendus qui récitaient la prière, non pas d'un ton recueilli, mais d'une façon ostentatoire et si peu naturelle que leur marmonnement cabotin se changea bientôt en rires étouffés.

Une autre fois, tandis que leur grand-père me parlait des admirables effets de l'ombre et de la lumière, les deux petits, Shevket et Orhan, sont entrés avec le plateau à café et se sont mis à nous servir si cérémonieusement, que chacun de leurs gestes semblait avoir été répété auparavant. C'était, bien sûr, une tâche pour Hayriyé, la bonne, mais leur mère avait dû trouver ce prétexte pour leur donner à voir de plus près l'homme qui allait devenir leur père, et se donner une raison, ensuite, de parler de lui avec eux ; j'ai fait des compliments à Shevket sur ses beaux yeux, et, comme j'ai senti qu'Orhan était jaloux, j'ai ajouté aussitôt que lui aussi les avait fort beaux ; puis, après avoir posé sur le plateau un pétale d'œillet séché que je gardais dans ma poche, je les ai embrassés chacun sur les deux joues. Plus tard j'ai entendu à nouveau des esclaffements, quelque part, dans la maison.

Parfois, curieux de savoir à quel endroit du mur ou de la porte, voire du plafond, se trouvait le trou, la fente par laquelle ces yeux pouvaient m'observer, je supputais pour ou contre tel nœud dans les boiseries, tel interstice entre les panneaux disjoints, j'imaginais Shékuré derrière, puis mes soupçons se portaient sur un autre recoin obscur, et pour en avoir le cœur net, au risque de manquer de respect à mon Oncle qui poursuivait ses explications, je me levais de ma place, et, tout en prenant un air réfléchi, pénétré et admiratif des histoires qu'il continuait à me raconter, je me mettais à arpenter la pièce, feignant de chercher à me concentrer, alors que c'était pour m'approcher plus de ce recoin suspect, de ce point d'ombre dans la cloison.

Je n'en pouvais plus de devoir sans cesse me retenir d'aller plonger mes yeux, à travers cet interstice, dans ceux de ma bien-aimée, et tantôt le découragement, la solitude m'accablaient, tantôt j'étais fébrile, impatient comme tous ceux qui ignorent encore ce que la vie leur réserve.

Parfois, j'avais soudain l'impression si nette que Shékuré était là, à m'observer, et le sentiment si fort d'être sous son regard que j'en venais à étudier mes expressions, comme quand on prend des poses avantageuses, ou sérieuses, pour faire la meilleure impression possible aux yeux de sa bien-aimée. Ensuite, je me suis dit que Shékuré et ses fils étaient occupés à me comparer à cet époux qui ne rentrait pas de la guerre, à ce père disparu, et en même temps me revint à l'esprit cette nouvelle race d'hommes célèbres qui, disait mon Oncle, faisaient peindre leur portrait, à Venise. Ces célébrités nouvelles, qui n'avaient pas acquis leur gloire à force de mortifications, comme les saints au fond de leur cellule, ni, comme ce mari disparu, à la pointe de l'épée et en faisant voler les têtes ennemies, mais par un livre qu'ils avaient écrit ou une page qu'ils avaient peinte, n'étaient connues que de Shékuré, par son père, et cela me suffisait pour souhaiter de leur ressembler. Leurs tableaux, que mon Oncle m'avait dépeints comme des aperçus du monde tel qu'il est ici-bas, avec ses ombres, grâce au mystère du clair-obscur, ces merveilles qu'il avait vues et qu'il s'efforçait de me décrire à moi, son neveu, qui n'en avais rien vu, me coûtèrent un effort terrible d'imagination, un effort qui n'eut d'égal, quand je me trouvai finalement incapable de les faire vivre sous mes yeux, que mon désespoir d'être, auprès de leurs auteurs, tellement petit !

À un moment, Shevket s'est trouvé derechef en face de moi ; comme il s'approchait d'un pas décidé, j'ai cru — parce que telle est la coutume, chez les Arabes nomades de la Transoxiane ou dans les tribus circassiennes du Caucase, que le fils aîné, non seulement pour accueillir l'hôte de la maison, mais également quand il en sort lui-même — qu'il allait me baiser la main, et je lui ai tendu la mienne, qui n'était pas occupée, pour qu'il la porte à ses lèvres et à son front ; au même moment, j'ai entendu le rire de Shékuré, pas très loin de nous. Riait-elle de moi ? J'étais un peu gêné, mais je me suis rattrapé en faisant ce que j'ai pensé qu'elle attendait de moi : j'ai pris Shevket et l'ai embrassé sur les deux joues. En même temps je souriais à son grand-père, afin de montrer que si je l'interrompais, ce n'était nullement dans l'intention de lui manquer de respect, car je m'étais attardé un instant à sentir, sur le petit, une trace éventuelle du parfum de sa mère. Quand j'ai réalisé que Shevket m'avait glissé un billet dans la main, il était déjà loin, presque retourné d'où il était venu.

J'ai serré comme un joyau ce petit papier caché au creux de ma main. En prenant conscience que c'était sûrement une lettre que m'envoyait Shékuré, mon trouble, mon bonheur ont failli m'arracher un sourire devant son père. N'avais-je pas la preuve matérielle, si petite fût-elle, que sa fille me désirait passionnément ? J'ai eu tout d'un coup la vision de Shékuré et moi follement enlacés et faisant l'amour. Et ce rêve improbable m'est apparu comme quelque chose de si probable, que j'ai pu constater l'effet physique, fort embarrassant devant mon Oncle, de mon désir pour elle. Shékuré l'a-t-elle vu, elle aussi ? Pour faire diversion à mon tracassin, je me suis astreint à renouer le fil des longues explications développées par mon Oncle.

Beaucoup plus tard, profitant de ce que mon Oncle s'était éloigné pour aller chercher une autre page qu'il voulait me montrer, j'ai déplié le billet, parfumé au chèvrefeuille, et j'ai vu qu'il n'y avait rien d'écrit dessus ; incrédule, je le retournais dans tous les sens...

« ... c'est comme une fenêtre, a dit mon Oncle. Ma méthode de la perspective consiste à regarder le monde comme depuis une fenêtre. Qu'est-ce que c'est que ce papier ?

— Rien, Monsieur mon Oncle. » Pourtant, plus tard encore, j'en ai longuement respiré l'odeur.

Après le déjeuner, comme je ne voulais pas utiliser le pot de chambre de mon Oncle, j'ai pris la permission d'aller dans la cahute au fond du jardin. Il y faisait un froid glacial, mais j'ai expédié mon affaire sans trop me geler les fesses ; j'étais en train de sortir quand j'ai vu Shevket arriver avec un air un peu sournois — il avait l'air d'éviter de faire du bruit pour mieux me surprendre. En fait il portait le pot de chambre encore fumant de son grand-père, qu'il alla vider dans la cahute derrière moi. En ressortant, il m'a regardé droit dans les yeux et m'a dit, avec une moue :

« T'as déjà vu un chat mort ? » Il avait exactement le même nez que sa mère. Shékuré était-elle en train de nous observer, à ce moment même ? J'ai levé les yeux vers cette fenêtre, au premier étage, d'où elle m'était réapparue pour la première fois après tant d'années. Le contrevent était fermé.

« Non, ai-je répondu à Shevket.

— Tu veux que je t'en montre un, de chat mort, dans la maison du Juif pendu ? »

Il est sorti devant moi, dans la rue, sans attendre ma réponse. Je l'ai suivi. Nous n'avons pas fait plus de cinquante pas sur la chaussée, jusqu'à un jardin rabougri, qui exhalait une vague odeur d'humus et de moisissure ; une maisonnette jaune semblait tapie dans un coin, derrière un figuier et un amandier tout tristes ; Shevket, en habitué des lieux, m'a précédé d'un pas assuré et sonore, et nous sommes entrés dans la maison.

Quoiqu'elle fût parfaitement vide, il y faisait sec et presque bon, comme si elle eût encore été habitée.

« À qui est cette maison, ai-je demandé.

— À des Juifs. Quand son mari est mort, la femme est partie de l'autre côté du quai aux Fruits, dans le quartier juif, avec leurs enfants. C'est Esther qui doit revendre la maison. » Il s'est éloigné un moment dans un coin de la pièce, et m'a dit en revenant vers moi : « Le chat est parti, il est plus là.

— Où veux-tu que soit allé un chat mort ?

— Mon pépé, il dit que les morts se promènent.

— Ce n'est pas eux, c'est leurs esprits, lui dis-je.

— Comment tu le sais ? m'a-t-il répondu d'un air sérieux en serrant le pot de chambre contre son ventre.

— Je le sais. Tu viens souvent ici ?

— C'est ma maman qui y vient, avec Esther. La

nuit, il y a aussi des fantômes, mais moi, j'ai pas peur. T'as déjà tué un homme ?

— Oui.

— Combien ?

— Pas beaucoup, deux.

— Avec une épée ?

— Oui.

— Et leurs esprits se promènent ?

— Je ne sais pas. Les livres disent que forcément

— Mon tonton Hassan, il a une épée rouge, qui coupe tout ce qu'elle touche. Il a aussi un poignard, avec des émeraudes dessus. C'est toi qui as tué mon papa ? »

J'ai fait un signe de tête qui ne voulait dire ni oui ni non.

« Comment sais-tu que ton papa est mort ?

— C'est ma mère qui l'a dit, hier. Il ne reviendra plus jamais. Elle l'a rêvé. »

Vu les travaux inutiles que nous sommes prêts à entreprendre pour un amour qui nous avilit, qui nous dévore de ses flammes et finit par nous briser le cœur, nous ne dédaignons pas, à l'occasion, de nous y atteler dans un but encore plus sublime, et j'ai, moi aussi, pris alors, une nouvelle fois, la décision de devenir le père de ces petits orphelins ; aussi, en rentrant chez eux, me suis-je mis à écouter avec une attention redoublée les explications de leur grand-père sur le texte qu'il fallait que j'écrive pour compléter les miniatures.

Prenons une de celles que me montrait mon Oncle, le cheval, par exemple : malgré l'absence de figure humaine, et le décor réduit à sa plus simple expression, je ne pouvais pas dire simplement : il y a un cheval. Il y avait le cheval, certainement, mais il était tout aussi clair que quelque part devait se trouver un cavalier, que peut-être, même, celui-ci allait sortir soudain du taillis situé en arrière, et dessiné à la mode de Qazvîn. Cette interprétation était imposée par la couverture dont les riches motifs dépassaient de sous la selle. Oui, tout près du cheval, des hommes s'apprêtaient à surgir, l'épée au poing.

Il était tout aussi clair que mon Oncle avait fait venir nuitamment un peintre du Grand Atelier, pour lui demander de dessiner ce cheval. Vu que ce peintre ne pouvait dessiner ce cheval que selon le modèle profondément enfoui dans son cerveau, et connu par cœur, comme une partie d'une histoire, il s'était mis au travail de cette façon ; mais en divers endroits de ce dessin, à côté de ce cheval sorti tout droit d'une scène classique, qu'elle fût guerrière ou sentimentale, telle que le peintre en avait contemplé des milliers auparavant, mon Oncle était visiblement intervenu, en s'inspirant des maîtres d'Europe, et avait dit, sans doute : « Ne dessine pas le cavalier », ou encore : « Ajoute un arbre. Mais derrière, en plus petit. »

Le peintre, cette nuit-là, assis avec mon Oncle à la lumière de la chandelle, avait peint avec zèle cette miniature étrange, hors des règles, qui ne ressemblait à aucune des scènes habituelles et connues, parce que mon Oncle le payait toujours bien, mais aussi, plus encore, parce qu'il était séduit par cette étrangeté. Car tout comme mon Oncle, le peintre était parfaitement incapable de dire quelle histoire ornait et illustrait ce cheval. Ce que mon Oncle attendait de moi, à plus ou moins longue échéance, c'était que j'écrive, que j'invente les histoires allant avec ces miniatures, moitié vénitiennes moitié persanes, pour les pages qu'il faisait peindre : en regard. C'était la condition impérative au remariage de Shékuré avec moi, mais rien d'autre ne se présentait à mon esprit que les satires du conteur, au café des artistes.

23

On m'appellera l'Assassin

Ma montre et ses petits rouages disaient . « Tic-tac, voici le soir ! » L'appel à la prière n'était pas encore passé, mais la chandelle brûlait depuis longtemps à côté de mon pupitre. Je venais d'exécuter d'un seul trait, faisant glisser vivement l'encre de Chine de mon calame sur ma page — une belle page brillante de papier glacé à l'albumine —, la silhouette de mon opiomane, quand j'entendis la voix qui m'appelle chaque soir. Mais j'ai résisté. J'étais même si fermement décidé à rester chez moi pour travailler, à ne pas sortir ce soir-là, que j'avais commencé à barricader ma porte, de l'intérieur.

Le recueil dont j'achevais à la hâte les illustrations m'avait été commandé le matin même, à une heure où personne n'est levé, par un Arménien, venu à pied jusqu'ici depuis Galata. Quoique bègue, il fait le guide et l'interprète. Des touristes venus d'Europe et d'Italie ayant souhaité acquérir un album de costumes pittoresques, il est accouru me trouver, pour marchander le prix, sans plus attendre. Nous étions convenus de cent vingt petits-blancs pour un recueil de vingt personnages, et j'en avais, ce soir-là, terminé douze, avec tous les détails et particularités de leur accoutrement · un Grand

Muftî, un Grand Portier, un imam, un janissaire, un derviche, un spahi, un juge, un vendeur de foie grillé, et un bourreau — très demandé, surtout en plein travail —, un mendiant, une femme se rendant au hammam, et un fumeur d'opium. Afin de diminuer l'ennui que me donnent ces figures imposées, dont je me suis déjà tant de fois, trop de fois, acquitté pour les trois ou quatre misérables pièces que me rapporte ce genre d'ouvrage, je m'amuse souvent à dessiner le juge d'un seul trait, sans lever le calame, et le mendiant, en gardant les yeux fermés.

Tous les bandits, poètes et mélancoliques, connaissent cet appel, juste après celui de la prière : les djinns et les démons se mettent soudain à trépigner en nous, tous ensemble, coalisés pour nous dévoyer : « Sors, sors, insiste cette voix intérieure, cours te vautrer dans les ténèbres infâmes de l'humanité sordide ! » J'ai voué ma vie à apaiser ces démons et ces djinns. Combien des œuvres que ma main a produites, de celles que l'on s'accorde à trouver merveilleuses, le furent précisément avec leur aide ? Mais, depuis une semaine, depuis que j'ai réglé son compte à ce salopard, je n'arrive plus, quand vient le soir, à tenir mes démons en respect. Ils s'agitent tant et si bien, que je finis par me dire : « Allez, on va les sortir, ça les calmera. »

Comme chaque fois que je prononce ces paroles, je me suis retrouvé, sans comprendre comment, au beau milieu d'une rue. Je marchais vite, et j'ai continué, dans la neige, dans la boue des ruelles, escaladant les montées, couvertes de verglas, et les trottoirs déserts. En m'enfonçant ainsi, de nuit, dans les recoins les plus sombres et les plus silencieux, les plus désolés de la ville, je laissais peu à peu derrière moi mon crime, et dans les passages, entre les murs des caravansérails, des écoles et des mosquées, l'écho solitaire de mes pas apaisait mon angoisse.

Mes pieds m'ont porté, comme chaque nuit désormais, aux ruelles en retrait de ce faubourg solitaire, où les fantômes et les djinns eux-mêmes n'entrent pas sans effroi. Je sais bien ce qu'on raconte, que la moitié des hommes du quartier seraient morts dans la guerre contre la Perse, et que le malheur aurait fait fuir les autres habitants, mais je ne crois pas à ce genre d'explication. La seule calamité que cette guerre ait entraînée dans ce quartier naguère si joli, ce fut, il y a quarante ans de cela, l'effraction et la ruine d'un couvent de derviches, parce qu'on y voyait un repaire d'ennemis, une cinquième colonne.

Je me suis glissé à travers les ronces, derrière les lauriers-roses, qui persistent à embaumer l'air par les froids les plus vifs, puis par une fenêtre de la tour en ruine, en replaçant soigneusement, comme d'habitude, les volets derrière moi. Un siècle de fumée âcre et de moisissure me prit à la gorge. Je me sentais tellement heureux d'être là, que j'ai eu envie de pleurer.

En ce bas monde (je tiens à le dire maintenant, si cela n'a pas encore été fait), hormis le châtiment de Dieu, je ne crains rien ni personne. Ma crainte, ce sont les tourments, évoqués très clairement et à maintes reprises dans le Coran vénérable — par exemple dans la sourate de l'*Assignation Finale* —, qu'endureront au Jugement dernier les assassins de mon espèce. Quand, dans les antiques manuscrits arabes sur vélin ou les recueils de miniatures mongoles ou chinoises qui m'arrivent, rarement il est vrai, entre les mains, je vois s'animer sous mes yeux ces représentations aussi naïves qu'effroyables de l'Enfer, ces scènes de tortures infligées par tous ces démons, je ne peux m'empêcher de les interpréter dans un sens allégorique, et de me l'appliquer. En effet, que dit la sourate du *Voyage Nocturne* au trente-troisième verset ? « Ne tuez pas sans juste cause celui que Dieu a interdit de tuer. » Eh bien, justement, le coquin que j'ai envoyé en Enfer n'était pas un vrai croyant comme Dieu interdit de les tuer ! Et j'avais de plus d'excellentes raisons personnelles pour lui fracasser la caboche.

Ce salopard s'est répandu en calomnies contre tous ceux qui comme moi travaillaient en secret à la confection du livre pour notre Sultan. Si je ne lui avais pas coupé le sifflet, il aurait livré, en les accusant d'impiété, non seulement Monsieur l'Oncle, mais tous les peintres, y compris Maître Osman, à cet énergumène de Hodja et sa clique d'Erzurum. Car ils n'attendent que cela, que quelqu'un aille proclamer, ne serait-ce qu'une fois, que les peintres commettent des impiétés, comme prétexte pour aller régler leur compte non seulement aux peintres, mais à tout l'atelier. Et même notre Sultan les regardera faire, sans pouvoir rien dire pour les empêcher.

Comme à chaque fois que je viens ici, j'ai pris le balai et la serpillière que je garde dans un coin, et j'ai fait le ménage. Cela m'a réchauffé le cœur, je me voyais en bon serviteur de Dieu, et j'ai longuement prié pour qu'Il me maintienne dans d'aussi bons sentiments. Mais un froid de tous les diables me travaillait au corps, et comme je commençais à avoir cruellement mal là, derrière le fond de la gorge, je sortis.

Juste après, encore une fois j'ai ressenti cette espèce d'état second, et je me suis retrouvé dans un autre quartier, complètement différent. Comment j'étais arrivé là, comment j'avais parcouru une telle distance, depuis le couvent abandonné jusqu'à ces allées bordées de cyprès, voilà ce dont je n'ai pas la moindre lumière.

Mais quelle que fût cette distance, une pensée, dont je ne parvenais pas à me débarrasser, continuait à me ronger les sangs ; si je vous en fais part, peut-être me sera-t-elle moins lourde à porter. Que je l'appelle fieffé menteur ou que je l'appelle par son nom — Monsieur Délicat —, notre défunt enlumineur m'a dit quelque chose, quelques instants seulement avant de passer de vie à trépas, pendant qu'il accusait avec passion Monsieur l'Oncle. « Il y a un dernier dessin », qu'il a dit, ce salopard, en voyant que je m'intéressais fort peu à l'utilisation mécréante de la perspective dans tous les dessins réunis par le vieux. « Et dans ce dessin, l'Oncle blasphème contre quelque chose à quoi nous croyons. Ce n'est plus de l'hérésie, c'est de l'impiété pure et simple. » De fait, trois semaines avant le début de ses calomnies, l'Oncle m'avait effectivement demandé la réalisation, chaque fois dans un coin différent de la page, d'une série de dessins à l'européenne — un cheval, de l'argent, la Mort. La plus grande partie de la page — dont Délicat, en tant qu'enlumineur, avait été chargé de faire les cadres et les dorures — était, chaque fois, maintenue recouverte d'un autre papier, comme s'il avait voulu cacher, à moi et aux autres peintres, quelque chose.

J'ai bien l'intention de demander à Monsieur l'Oncle ce que représente ce dernier dessin, même si j'ai aussi de bonnes raisons pour m'en abstenir. Si je l'interroge, il est certain qu'il va me soupçonner de l'assassinat de Délicat, et qu'il ira faire part de ses soupçons. Et l'autre chose qui m'inquiète, c'est que la réponse de l'Oncle puisse donner raison à Monsieur Délicat. Je me dis, sans réussir à me convaincre moi-même, que je pourrais peut-être présenter ma question, non comme inspirée par Monsieur Délicat, mais comme une idée fixe, une obsession personnelle. L'impiété n'est pas si terrible, quand on n'en a pas encore pleinement conscience. Mais je suis tout à fait conscient, à présent, et j'ai peur.

Toujours en avance sur mon esprit, mes jambes m'ont porté jusqu'à la rue où habite Monsieur l'Oncle. Je me suis dissimulé dans un renfoncement pour examiner à loisir la maison, autant du moins que l'obscurité le permettait. Entourée d'arbres, avec un étage, c'est une grande et riche demeure ! J'ignore de quel côté sont les appartements de Shékuré. Comme dans certaines miniatures faites à Tabriz à l'époque de Tahmasp, shah d'Iran, la bâtisse semble taillée au couteau, et j'essayais d'y peindre en esprit, dans l'embrasure d'un contrevent, l'apparition de Shékuré.

La porte s'est ouverte, j'ai vu dans l'ombre sortir Le Noir. Il s'est retourné pour contempler, langoureusement, le portail que l'Oncle refermait derrière lui.

En voyant cela, ma pauvre tête a su tirer d'elle-même ces trois douloureuses conclusions :

Un : l'Oncle va donner l'ouvrage — notre ouvrage — à Le Noir — moins cher et moins dangereux que nous — pour qu'il le termine.

Deux : la belle Shékuré va épouser Le Noir.

Trois : ce que le malheureux Monsieur Délicat disait sur l'Oncle est vrai : je l'ai donc tué sans bonne raison.

Dans ce genre de situation, à savoir quand notre esprit, intraitable, parvient avec une longueur d'avance à ce qui pour le cœur demeure inadmissible, tout notre corps se révolte contre lui. Aussi, dans un premier temps, mon esprit s'est-il vigoureusement insurgé contre ma troisième idée, celle que je pouvais n'être qu'un ignoble assassin. Mes jambes, sur ces entrefaites, plus véloces et dégourdies, ont pris Le Noir en filature.

En me laissant entraîner derrière lui à travers toutes ces rues, j'échapperais au moins, pensais-je, à l'horrible contradiction entre l'idée conçue par mon esprit et la répugnance de mon cœur : comme il semblait facile, décidément, de tuer aussi ce Monsieur Le Noir, marchant d'un air si satisfait — de soi et de son sort ! Mais je n'arrivai pas à la conclusion que le crâne de Monsieur Délicat eût été fracassé en pure perte. Pour sûr, je n'avais que huit ou dix pas à faire pour rattraper Le Noir, lui assener de toutes mes forces le même coup sur la tête : et tout rentrerait dans l'ordre ; l'Oncle me rappellerait pour reprendre le travail sur notre livre ! Mais la part plus prudente et plus droite de mon esprit (la droiture n'est-elle pas d'ailleurs, en général, le fait des esprits timorés ?) me disait que le salopard que j'avais tué ne m'avait raconté, sur l'Oncle, que des calomnies, qui justifiaient bien assez de l'envoyer crever au fond d'un puits, et que, par conséquent, l'Oncle n'ayant rien à me cacher, il n'allait pas tarder à me rappeler chez lui.

Et puis j'ai compris. En observant la démarche de Le Noir, j'ai compris que je me faisais des illusions, que rien de tout cela ne se réaliserait, que la réalité, c'était Le Noir, pas moi. Cela arrive à tout le monde : durant des semaines, des années, nous nous berçons de rêves, jusqu'au jour où quelque chose, un visage, un vêtement, quelqu'un d'heureux que nous apercevons nous fait prendre conscience que notre rêve — d'obtenir, par exemple, la main de notre bien-aimée, ou un poste important — ne se réalisera jamais.

En regardant Le Noir rouler des épaules, se monter du col d'une façon si agaçante, comme s'il rendait grâce, à tout ce monde à l'entour, de sa propre existence, j'ai senti la haine, une haine brûlante, emplir les tréfonds de mon cœur. Loin des débats de conscience, les gens à qui l'avenir sourit, les gens heureux comme Le Noir prennent le monde pour leurs États, entrent dans toutes les maisons comme un roi dans ses écuries, et nous méprisent, nous, comme des palefreniers. J'ai vraiment été à deux doigts de ramasser une pierre pour la lui enfoncer dans le crâne.

Nous étions deux à aimer la même femme, lui devant, moi derrière qu'il ne voyait pas, et quand nous entrâmes, dans ce dédale que désertent, à l'heure qu'il était, les meutes belliqueuses de chiens errants, dans cet Istanbul silencieux, où les djinns sont embusqués parmi les ruines calcinées, où, dans la cour des grandes mosquées, les anges se blottissent dans le creux des coupoles, au chevet des cyprès qui murmurent avec les fantômes, des cimetières grouillants de spectres et couverts de neige, frôlant tous deux les mêmes égorgeurs à l'affût, les mêmes échoppes innombrables, les étables et les couvents, les fabriques de chandelles, les tanneries, je crois que je n'étais plus son poursuivant, ni lui le poursuivi mais que je l'imitais, et qu'il était mon frère

24

Mon nom est la Mort

Je suis la Mort, comme vous voyez, mais inutile d'avoir peur, car en même temps, je ne suis qu'un dessin. Et pourtant je lis encore la terreur dans vos yeux. Et je prends mon plaisir à vous voir, alors même que je ne suis pas la Mort véritable, effrayés comme des petits enfants absorbés par un jeu. En me regardant, vous sentez déjà cette peur qui vous prend aux tripes, à l'heure de la dernière heure. Et ce n'est pas une plaisanterie : face à la mort, la grande majorité des hommes, surtout les cœurs-de-lion, se lâchent, tout simplement. Raison pour laquelle les champs de bataille couverts de cadavres, dont on voit les tableaux par centaines, sentent moins le sang, la poudre et les armures fumantes que la viande pourrie et la crotte.

C'est, je le sais, la première fois que vous voyez un dessin de la Mort.

Il y a de cela un an, un vieillard, long et maigre et mystérieux, a invité chez lui le jeune peintre qui m'a peinte. En haut, car c'était une maison à étage, dans la pénombre de l'atelier, cet homme a délié l'esprit du jeune peintre, en lui servant un café exquis, doux et fort comme la soie et l'ambre. Ensuite, tandis qu'il faisait admirer, dans l'ombre d'une autre pièce, derrière une porte bleue, un excellent papier indien, des pinceaux effilés en poil de petit-gris, des feuilles d'or, tout un attirail de calames et de canifs à manche de corail, ce qui pouvait faire miroiter un salaire fort élevé, enfin il lui a dit :

« Fais-moi le dessin de la Mort.

— Je ne saurais, n'ayant jamais vu de dessin de la Mort, moi-même dessiner celle-ci à mon tour », répondit l'artiste à la main merveilleuse qui devait, ensuite..., s'exécuter.

« Tu n'as tout de même pas besoin, pour peindre quelque chose, de l'avoir déjà vu en peinture ! dit avec passion le vieillard maigre et ambitieux.

— Non, c'est vrai, dit celui qui allait me dessiner, mais si tu veux que ton dessin ait la perfection des tableaux de maître, il faut s'être exercé des milliers de fois. Quelle que soit la maîtrise du peintre, il peindra tout nouveau sujet comme s'il était un débutant, et cela est indigne de moi. Je ne peux pas, pour dessiner la Mort, laisser de côté tout l'art que j'ai acquis, ce serait comme mourir à moi-même.

— Voilà qui te rapprochera de ton sujet, a relevé le vieillard.

— Ce n'est pas l'expérience, mais la virginité, qui nous prépare à l'excellence.

— Cette excellence, donc, doit rencontrer la Mort. »

Leur échange prit alors ce tour enjoué et savant qui va si bien aux peintres respectueux des vieux maîtres et conscients de leur art, avec toutes les ressources du double entendre et de l'allusion, du simple clin d'œil à la métaphore laborieusement filée... Comme il était question de ma personne, j'étais attentive à la conversation, dont l'intégralité serait, j'en suis sûre, fastidieuse au possible pour l'auditoire de ce café qui n'admet que l'élite... Je rapporterai juste un point de leur discussion, quand le virtuose aux jolis yeux a demandé, de façon très pertinente :

« À quelle aune mesure-t-on le talent du miniaturiste ? Est-ce à sa capacité de peindre n'importe quel sujet avec la même perfection que les maîtres anciens, ou est-ce à celle de mettre en peinture du jamais vu ? » Manifestement, il réservait mentalement une réponse qu'il connaissait lui-même.

« Pour les Vénitiens, la puissance d'un artiste se mesure à sa faculté de découvrir de nouveaux sujets, jamais représentés, et de nouvelles techniques. prononça, sentencieux, la vieille baderne.

— Et les Vénitiens meurent à leur manière..., dit le peintre qui m'a dépeinte.

— La mort des uns ressemble en tout point à la mort des autres, interrompit le vieux.

— Les légendes et les peintures témoignent du fait que tous les hommes sont différents, et non qu'ils se ressemblent particulièrement, insista le peintre très avisé, et le miniaturiste acquiert ses lettres de noblesse en représentant des histoires toujours plus originales, qui nous ressemblent néanmoins. »

Ainsi en sont-ils venus, de proche en proche, à la façon différente de traiter la Mort chez les Vénitiens et les musulmans, puis à l'ange de la Mort parmi les autres anges de Dieu, et à l'impuissance où sont les Infidèles de la rendre dans leurs tableaux. Le jeune peintre, mon créateur, qui est en ce moment en train de m'observer du fond de la salle, dans notre cher café, avec ses magnifiques yeux, commençait à s'ennuyer ferme, impatient qu'il était de laisser sa main, à loisir, courir sur la page, alors même qu'il ignorait encore ce que j'étais.

Le rusé et habile vieillard s'en rendait bien compte, et cela servait son plan de persuasion. Au milieu des ombres qui peuplaient la pièce, il fixa soudain ses yeux, brillants de la faible flamme d'une bougie, sur le jeune virtuose-miniaturiste.

« La Mort, à qui les Vénitiens prêtent une forme humaine, est pour nous un ange comme Azraîl. Oui, d'apparence humaine, tel Gabriel quand il fit descendre le Saint Coran sur notre Prophète. Tu me comprends bien ? »

Je comprenais, moi, que ce jeune peintre, à qui Dieu a fait la grâce d'un talent incroyable, commençait vraiment à s'impatienter, et voulait se mettre enfin au travail. Le diabolique vieillard était parvenu à infiltrer cette idée diabolique en lui : que nous aspirons, en nous-même, à représenter, à trouver du Nouveau ; au fond de l'Inconnu, plonger, pour illuminer les choses claires-obscures...

« De la Mort, je ne connais absolument rien, a dit le peintre juste avant de se mettre à m'exécuter.

— Nous la connaissons tous, a répondu le vieux.

— Nous en avons peur, mais sans la connaître.

— Alors dessine cette Peur », a conclu le vieillard.

Juste avant qu'il se mette à tracer ce dessin, j'ai senti l'échine du jeune talent parcourue de fourmis, les muscles de ses bras se tétaniser, et ses doigts crochus chercher son calame. Pourtant, parce qu'il est un véritable maître, il s'est retenu, sachant que ce moment de tension extrême creusait l'alcôve, dans son âme, de sa passion.

Le rusé vieillard était sûr de lui, et se mit à lire, pour inspirer le jeune homme qui m'allait rendre, des passages sur la mort choisis dans les livres ouverts devant lui, ainsi, celui de *L'Âme*, d'Al-Jawziyya, ou Ghazzâlî, sur les *Circonstances de la Résurrection finale*, et Suyûtî.

Alors, tandis que notre jeune virtuose entamait mon portrait, que vous êtes à présent en train de contempler avec tant d'épouvante, il écoutait comment, au Jour du Jugement, l'ange de la Mort déploierait, du fond de l'Orient aux bords mystérieux du monde occidental, ses ailes par milliers, planerait librement sur la terre et les cieux. Il s'entend dire le réconfort qu'apporteront ces ailes protectrices pour les croyants et les humbles, et quels horribles dards elles seront dans la chair des méchants et des révoltés. Puisque la plupart de ses collègues ici présents sont voués à l'Enfer, il m'en a pourvue de toute une hure. Il apprenait aussi que l'envoyé de Dieu saisirait vos âmes en se référant à un grand cahier où vos noms seront tous écrits et que, sur les pages écrites de ce cahier, certains de vos noms seront soulignés : d'un trait noir ! Dieu seul, en revanche, de votre mort connaît l'heure ; et quand elle arrive, une feuille tombe du Grand Jujubier qui soutient Son trône, et qui pourra lire l'écriture sur cette feuille saura pour qui le tour est enfin venu. C'est pourquoi le peintre m'a peinte effrayante et pensive à la fois, comme quelqu'un versé dans les livres... de comptes ! Le vieux fou ensuite lui a raconté que l'ange, revêtu de sa forme humaine, allonge la main pour s'emparer de l'âme de celui dont le délai est écoulé, et qu'un éclat semblable à celui du soleil se met à resplendir : le peintre donc m'a nimbée de lumière, sans ignorer que cette lumière n'est pas visible à ceux qui entourent le défunt. Et ainsi, tandis que ce vieux maniaque continuait de lire comment des pilleurs de tombeaux avaient retrouvé des corps transpercés de dards, et même creusant dans des tombes fraîches, des flammes à la place des cadavres, et leurs crânes remplis de plomb en fusion..., le merveilleux illustrateur continuait de peindre, très attentif, de façon à vous inspirer à tous sa terreur.

Plus tard ce grand artiste a regretté l'œuvre de sa main magique. Non à cause de la terreur qu'il insuffla à son dessin, mais, en général, de m'avoir peinte. Et je me sens comme quelqu'un que son père évoque d'un air gêné. Pourquoi donc cet artiste immense regrette-t-il de m'avoir peinte ?

1. Parce que, pour un tableau de la Mort, je n'ai pas été peinte avec assez de perfection. Comme vous pouvez le voir, je n'ai ni celle des œuvres des peintres vénitiens, ni celle des peintres de Hérat. Et que le maître qui m'a peinte n'ait pas su mettre dans son œuvre toute la gravité qui me siérait, c'est une honte qui me pèse aussi.

2. Ce peintre, que le vieillard avait réussi à persuader, en usant de détours diaboliques, de me peindre. s'est rendu compte qu'il se mettait, sans y penser, à imiter les maîtres vénitiens ; et, le remords, l'idée, nouvelle pour lui, qu'il pouvait en quelque sorte offenser ses précédents modèles, et se déshonorer lui-même, a commencé à le ronger.

3. Il a dû finir par réaliser, comme tant d'autres imbéciles qui, mis en confiance, m'ont d'abord narguée de leurs privautés, qu'on ne plaisante pas avec la Mort.

Et maintenant, ce peintre de mon portrait arpente sans repos, la nuit, les rues de cette ville, hanté par ses scrupules : comme certains maîtres chinois, il s'imagine avoir rejoint l'objet qu'il a représenté.

25

Mon nom est Esther

À la première heure, j'ai mis dans mon baluchon les tissus que m'avaient commandés mes clientes du Minaret-Blanc et du Chat-Noir — des andrinoples de coton rouge, et des biledjiks violets, très bien pour faire des courtepointes. Je n'ai pas pris la soie verte de Chine que le bateau des Portugais a apportée récemment, mais j'ai pris la bleue. Avec cette neige et cet hiver qui n'en finit pas, j'en ai profité pour ajouter quelques bonnes grosses paires de chaussettes en laine, des gaines tricotées en double maille, des châles et des écharpes épaisses de toutes les couleurs, tout ça bien arrangé et bien plié, de façon à faire se pâmer la plus indifférente, dès que je lui ouvrirais mon sac sous le nez. Et puis aussi, pour celles qui m'appellent moins pour acheter que pour faire la causette, j'y ai fourré aussi quelques petits mouchoirs en soie, fort chers à vrai dire, des porte-monnaie et des trousses de toilette pour aller au hammam, tant et si bien que, quand j'ai voulu soulever tout ça, je me suis dit, aïe, ce sac va me casser les reins. Je l'ai reposé par terre, et j'étais en train de l'ouvrir pour regarder ce que je pourrais bien enlever, quand Nessim m'a appelée depuis la porte, qu'il était allé ouvrir : « Y a quelqu'un pour toi ! »

En effet, à la porte se tient Hayriyé, toute rouge et toute violette, avec une lettre.

« De la part de Shékuré », me dit-elle en chuchotant, et d'un air si inquiet qu'on aurait cru que c'était elle, l'amoureuse qui cherche à se marier.

Je prends gravement la lettre en conseillant à cette pauvre idiote de ne pas se faire voir au retour. Nessim m'observait d'un air perplexe. Je lui ai dit, en prenant ce baluchon énorme que pour sauver les apparences j'emporte avec moi quand j'ai une tournée à faire : « La fille de Monsieur l'Oncle, Shékuré, est dans toutes les flammes de l'amour. Elle en perd complètement la tête, la pauvre petite. »

Et je sors en jetant un grand éclat de rire... mais j'ai eu honte aussitôt, car au fond, j'avais plus envie de verser une larme sur la triste existence de cette jolie jeune femme, que de me moquer de ses affaires de cœur. Mon Dieu, qu'elle est belle, la pauvre Shékuré, avec ses grands yeux noirs !

J'ai longé rapidement les maisons décrépites et biscornues de notre ghetto, qui, dans le froid du matin, paraissaient encore plus misérables et abandonnées. Au bout d'un moment, en apercevant, au coin de la rue où habite Monsieur Hassan, le mendiant aveugle qui surveille toutes les allées et venues, je me suis mise à crier de toutes mes forces : « Lingerie, tissus !

— Crie donc pas comme ça, grosse pipelette ! On t'a bien reconnue, va, rien qu'au bruit que tu fais en marchant !

— Sale Tatar aveugle de malheur ! Les aveugles sont des calamités tolérées par Dieu, mais je te souhaite qu'il t'en envoie de belles, des calamités ! »

Rien à faire, je ne peux pas m'empêcher de m'énerver, dans des cas pareils. C'est le père de Hassan qui m'a ouvert. Ah, celui-là, c'est un cocasse, un genre de Caucasien, dédaigneux comme on n'en fait plus.

« Voyons-z-un peu quel bon vent vous amène, aujourd'hui céans ?

— Ton paresseux de fils est encore en train de dormir ?

— Comment veux-tu qu'il dorme, il n'attend que toi et les fausses nouvelles que tu lui colportes. »

Cette maison est si obscure que, chaque fois, j'ai l'impression d'entrer dans un tombeau. Shékuré ne me demande jamais rien sur leur compte, mais de toute façon, quoi que je lui dise de cette maison, ça ne sera pas pour l'y faire revenir. D'ailleurs, on a même du mal à imaginer que la belle Shékuré a pu un jour tenir ce ménage, et vivre sous ce toit, avec ses deux petits galopins. Ça n'y sent que le sommeil et la mort. Je suis entrée dans la pièce suivante, qui est complètement dans l'obscurité.

On n'y voyait goutte. Je n'ai pas plutôt sorti la lettre que Hassan, surgissant de l'obscurité, s'en saisit. J'allais, comme d'habitude, lui laisser repaître sa curiosité en lui donnant tout le temps de la lire, mais il a tout de suite relevé la tête.

« C'est tout ? dit-il en sachant bien qu'il n'y avait rien d'autre. C'est bien court pour une lettre », et il a lu :

Monsieur Le Noir,

Tu viens chez nous et tu y restes toute la journée. Mais je sais par mon père que tu n'as pas encore écrit une seule ligne du livre qu'il est en train de faire. Sache que tu n'as rien à espérer tant que le livre de mon père ne sera pas fini.

Hassan me regardait dans les yeux d'un air accusateur, comme si j'étais la cause de la mauvaise tournure que prenaient les événements. Je déteste le silence qui règne dans cette maison.

« Pas un mot du fait qu'elle est mariée, et que son mari va rentrer de la guerre. Comment se fait-il ?

— Et qu'est-ce que j'en sais, moi ? Ce n'est pas moi qui les écris, ces lettres, lui ai-je rétorqué.

— Parfois j'en doute, a-t-il répondu en me rendant la lettre avec quinze pièces d'argent.

— Certains regardent à la dépense, mais ce n'est pas ton cas », ai-je dit.

Cet homme a un côté si diabolique et malin que l'on comprend pourquoi Shékuré continue d'accepter d'en recevoir des lettres, tout mauvais et sombre qu'il est.

« Qu'est-ce que c'est que ce livre du père de Shékuré ?

— Tu le sais bien ! il paraît que tout est payé par le Sultan.

— Et à cause des miniatures de ce livre, les peintres s'assassinent entre eux, dit-il. Si ce n'est pas pour l'argent, ça ne serait pas, des fois, parce que les dessins offensent notre religion ? Il paraît que ça rend aveugle de les regarder... »

En disant cela, il a eu un sourire qui m'a avertie de ne pas le prendre trop au sérieux. En tout cas, même si je devais prendre au sérieux quelque chose, cela n'en devenait pour autant pas plus sérieux pour lui. Hassan, comme beaucoup de ces hommes qui ont besoin de mon entremise pour faire passer leurs lettres, quand ils se sentent humiliés, se permettent de me mépriser. Pour le flatter, je fais comme si j'en étais affectée, parce que cela va avec le reste... Les filles, au contraire, quand elles se sentent blessées dans leur fierté, elles me tombent dans les bras en pleurant.

« Tu es une femme intelligente, m'a dit Hassan pour me caresser en croyant qu'il m'avait vexée. Porte vite cette lettre. J'ai hâte de connaître la réponse de l'autre idiot. »

J'ai eu un moment la tentation de lui dire : « Le Noir n'est pas si bête que ça. » Une entremetteuse peut gagner gros, si elle sait tirer parti de ce genre de rivalité entre hommes, en attisant leur jalousie. Mais j'ai craint un brusque accès de colère de sa part, et me suis contentée de lui dire en sortant :

« Tu as au bout de la rue un mendiant tatar qui est sacrément grossier. »

Pour ne pas retomber dessus, j'ai fait un détour par l'autre bout de la rue et comme il était encore tôt, je suis passée par le marché aux volailles. Pourquoi donc les musulmans ne mangent-ils pas la tête et les pattes des poulets ? Encore une de leurs manies ! Ma défunte grand-mère maternelle, paix à son âme, racontait que, quand ils sont arrivés du Portugal, elle faisait toujours de grandes soupes aux pattes de poulet, parce que ça coûtait trois fois rien.

À Ceinture-Rouge, une femme qui passait, droite et fière sur son cheval autant qu'un homme, m'a arraché un soupir; elle était escortée d'esclaves — sans doute était-ce l'épouse d'un pacha ou une riche héritière... Si le père de Shékuré n'avait pas eu l'imprudence de gaspiller son intelligence avec ces livres, ou si son mari était revenu vainqueur de la guerre contre les Safavides, voilà à quoi elle ressemblerait aujourd'hui. Et elle l'aurait mérité plus que personne.

En entrant dans la rue ou habite Le Noir, j'ai senti mon cœur battre la chamade. Désirais-je vraiment que Shékuré devienne son épouse, à celui-ci ? Car si je n'ai pas de mal pour maintenir la distance tout en entretenant la flamme avec Hassan, entre Le Noir et elle, c'est une autre histoire, vu qu'il a vraiment toutes les qualités pour Shékuré, sans même parler d'amour...

« Lingerie ! Chiffons ! »

Je n'échangerais rien contre le bonheur de remettre en main propre, à l'imbécile qui rêve, au fond de sa solitude, de l'épouse ou de l'époux, une lettre de son aimée. Tous, même quand ils sont certains de recevoir les plus mauvaises nouvelles, au moment de commencer à lire, sont soudain parcourus d'un frisson d'espérance.

Le fait que Shékuré ne touche pas mot du retour de son mari, que ce « n'espérez rien tant que » vaille surtout pour la restriction, voilà qui pouvait fort légitimement alimenter les espérances de Le Noir. Je l'observe lisant sa lettre : son bonheur semble le déconcerter, et même l'effrayer. Il se retire pour écrire la réponse, et j'en profite, en « colporteuse » bien futée, pour sortir de mon baluchon un porte-monnaie noir, que je propose à sa logeuse :

« C'est du brocart de Perse. Première qualité.

— Mon fils est mort à la guerre contre la Perse. De qui est cette lettre que tu as apportée à Le Noir ? »

Je lisais comme à livre ouvert sur sa vilaine grosse face de lionne frustrée toutes les ruses qu'elle ourdissait secrètement pour sa propre fille à son petit pensionnaire.

« De quelqu'un. Un parent pauvre à lui, du quartier de Bayrampasha, qui est à l'article de la mort et lui demande des sous.

— Oh, comme cela est triste, fit-elle sans me croire une seconde, et qui est ce malheureux ?

— Et comment ton fils est-il mort ? » ai-je répliqué.

Nous avons échangé des regards hostiles. Je la voyais d'ici la veuve, seule comme un vieux rat ! Quelle vie de chien que la sienne ! Si vous étiez comme moi, Esther, colporteuse de chiffons et de nouvelles, vous sauriez que, dans la vie, les gens ne s'intéressent qu'aux riches et aux fortunés, ceux qui ont des histoires d'amour incroyables, sorties droit des légendes persanes. Au contraire, les soucis, les querelles, les jalousies et la solitude, les haines et les pleurs, les médisances et les misères infinies finissent par se ressembler entre eux, comme des meubles qu'on trouve dans n'importe quelle maison. Les voilà, justement : un vieux tapis tissé, usé et défraîchi, un plat à nouilles dans le four, vide, avec une écumoire et une assiette, des pinces à bûches et un seau à cendre à côté de la cheminée, deux coffres défoncés, un grand et un petit, un porte-turban pour signifier que la veuve ne s'est pas encore définitivement résignée à la solitude, et une épée rouillée sur le mur, pour faire peur aux voleurs.

Le Noir est réapparu, tout excité, en tenant à la main une bourse pleine qu'il m'a tendue en disant, moins à mon intention qu'à celle de sa logeuse aux aguets : « Prends cela et porte-le à notre pauvre malade. Je t'attendrai un peu, s'il y a une réponse. Ensuite je serai chez Monsieur mon Oncle toute la journée. »

Toutes ces simagrées n'étaient pas indispensables . il n'y a rien de honteux, pour un beau et fringant jeune homme comme Le Noir, à se choisir une jeune fille, en prendre des nouvelles et lui faire parvenir un mouchoir ou une lettre ! À moins qu'il ait aussi des vues sur la fille de sa logeuse... Parfois j'en viens à me méfier de ce Le Noir, et à craindre pour ma belle Shékuré quelque noire fourberie dont elle ferait les frais. Bien qu'il passe toute la journée dans la même maison qu'elle, il ne trouverait pas le moyen de lui faire passer le moindre message ?

Une fois dehors, j'ai ouvert la bourse, où j'ai trouvé douze pièces d'argent et une lettre. J'étais si curieuse du contenu de cette lettre, que je courais presque en retournant chez Hassan. C'était l'heure où les marchands de légumes mettent sur les étals leurs choux et leurs carottes, mais malgré certains gros poireaux qui semblaient m'inviter à les tâter de plus près, je suis passée sans m'arrêter, car j'avais la tête ailleurs.

En m'engageant dans la ruelle j'ai aperçu le Tatar qui allait sûrement encore m'apostropher. « Pfut ! » me suis-je contentée de faire, et le geste de lui cracher dessus. Avec ce qu'il gèle, si cela pouvait au moins nous débarrasser de tous ces clochards aveugles !

J'avais peine à maîtriser mon impatience en attendant que Hassan ait fini de lire la lettre. À la fin, je n'y tenais plus, je lui ai dit : « Alors ? » et il me l'a lue à haute voix :

Shékuré, ma Dame, ma Chérie,

Tu me demandes de terminer le livre de ton père. Sache que je n'ai d'autre aspiration. Comme je l'ai déjà dit, c'est pour cette raison, et non pour te troubler, que je fréquente à nouveau chez vous. J'ai bien conscience que mon amour pour toi ne regarde que moi, mais il est vrai aussi que cet amour m'empêche absolument de prendre la plume pour exécuter la tâche d'écrire le livre de mon Oncle. Chaque fois que je devine ta présence dans cette maison, je reste pétrifié, et demeure incapable de l'aider dans ce projet. J'ai bien réfléchi, la cause de tout cela c'est que, après douze ans, je ne t'ai revue que cette seule fois, lorsque tu m'es apparue à ta fenêtre. Je tremble maintenant de perdre à nouveau cette vision furtive. Si je pouvais te revoir encore, une petite fois rien qu'une, je ne craindrais plus d'oublier ton image, et j'achèverais sans peine la tâche confiée par ton père. Hier Shevket m'a amené à la maison du Juif pendu. Cette maison est vide, personne ne peut nous y surprendre. Je t'y attendrai aujourd'hui, à l'heure que tu voudras. Shevket m'a dit, hier, que tu avais rêvé que ton mari était mort.

Hassan, qui lisait la lettre de Le Noir en donnant à sa voix grossière une inflexion efféminée, en assaisonnant certains endroits d'un ton suppliant et transi, a fini par éclater de rire. Il s'est moqué de l'expression persane « une petite fois rien qu'une » qu'il a commentée ainsi : « Le Noir n'a pas plutôt reçu de Shékuré quelques raisons d'espérer qu'il se met déjà à marchander. Ce genre de calculs d'apothicaire n'est pas le fait d'un chevalier servant.

— Pourtant, il est vraiment amoureux d'elle, ai-je dit innocemment.

— En disant cela, tu ne fais que me prouver que tu es du côté de Le Noir. Et moi, je me dis que si elle dit avoir vu en rêve que mon frère était mort, cela veut dire qu'elle accepte l'idée que mon frère soit mort...

— Ce n'est qu'un rêve, ai-je répondu de mon air le plus niais.

— Je connais Shevket. Il est intelligent, et même malin : nous avons habité tellement longtemps sous le même toit, ici même ! Si sa mère ne l'avait pas autorisé et forcé, il n'aurait pas amené Le Noir dans la maison du Juif pendu. Mais si Shékuré se figure qu'elle va se débarrasser de mon frère et de nous comme cela, elle se trompe ! Mon frère est en vie et va revenir de la guerre. »

Sans même achever ces paroles, il était rentré dans la chambre, où il voulut allumer une chandelle à la flamme du foyer ; mais il a poussé un cri : il s'était brûlé la main. Tout en se léchant la main, il pose la bougie finalement allumée à côté du pupitre. Il sort de son plumier une plume déjà prête, la trempe dans l'encrier et se met à couvrir une petite feuille de son écriture rapide. Je sens qu'il apprécie que je le regarde, mais pour lui montrer que je n'ai pas froid aux yeux, je fais un effort, et je réussis à lui sourire.

« Tu sais qui c'est, ce Juif pendu ? me demanda-t-il.

— Il y a une maison jaune un peu derrière la leur. Moshé Hamon, le richissime médecin du précédent Sultan, y cachait paraît-il sa maîtresse, une Juive d'Amasya, et le frère de celle-ci. Il y a plusieurs années, une veille de Pâques, la rumeur a couru qu'un jeune Grec de cette ville avait disparu dans le quartier juif, qu'on l'avait enlevé pour l'étrangler et faire le pain azyme avec son sang. On a trouvé des faux témoins, on s'est mis à tuer des Juifs, et cette femme trouva refuge avec son frère à Istanbul, chez son amant à elle, avec la permission du Sultan. À la mort de ce dernier, leurs ennemis n'ont pas retrouvé la fille, mais ils ont pu lyncher son frère, qui y vivait tout seul.

— Si Shékuré n'attend pas le retour de mon frère, elle aussi sera châtiée », dit Hassan en me remettant sa lettre.

Sur son visage ne se lisait, au lieu de l'irritation et de la colère, que cet air contrit et perdu qu'on voit aux amoureux sincères. Et en un moment, j'ai vu dans ce regard de soupirant que c'était déjà celui d'un vieillard. Il est vrai que tout cet argent qu'il amasse maintenant, avec son poste à la douane, ne contribue pas à le rajeunir. À cet air défait, succédant aux menaces, je me suis dit qu'il allait à nouveau me demander le moyen de persuader Shékuré. Mais il était si près, maintenant, de l'image du parfait méchant, qu'il ne pouvait même plus formuler sa demande. Pour peu qu'un homme vienne à accepter ce rôle de méchant — et un amour déçu n'est pas une mauvaise occasion pour cela —, il a tôt fait de devenir totalement sauvage. En pensant aux enfants, dont il avait parlé, et à cette terrible épée rougeoyante et effilée, j'ai été prise soudain de panique et je suis sortie, je me suis enfuie de cette maison.

Et voilà encore que, dans la rue, je me retrouve nez à nez avec mon Tatar aveugle et ses insultes ! Mais je n'ai fait ni une ni deux, et je lui ai lancé, en ramassant un caillou par terre, avant de le poser dans son mouchoir : « Voilà pour toi, mon bon pouilleux ! »

En me retenant de rire, je l'ai regardé prendre le caillou, croyant que c'était une pièce, et sans prêter l'oreille à ses imprécations, je suis allée rendre visite à une de ces braves filles à qui j'ai su trouver un excellent mari.

La délicieuse enfant m'a d'abord fait l'honneur d'un reste de chausson aux épinards, encore bien croustillant ; puis comme elle était en train d'apprêter, pour le repas de midi, un ragoût d'agneau aux œufs et aux prunes aigres, un vrai régal, je n'ai pas voulu lui faire de peine et j'ai attendu pour en goûter deux bonnes louches, avec du pain frais. Comme elle faisait cuire aussi une compote de raisin, je n'ai pas fait de manières, histoire de pousser le reste, avec une grande cuiller de confiture de rose, tout ça avant d'aller porter ses lettres à ma pauvre Shékuré.

26

Moi, Shékuré

Quand Hayriyé est venue me dire qu'Esther était là, j'étais en train de ranger dans le coffre le linge de la lessive de la veille. Enfin, c'est ce que je comptais vous dire... mais à quoi bon raconter des histoires ? Oui, c'est vrai, quand Esther est arrivée, j'étais dans le placard en train d'épier Le Noir et mon père par le trou de la cloison, et comme j'attendais avec impatience la prochaine lettre de Hassan ou de Le Noir, c'est justement à elle, Esther, que je pensais. Car de même que le pressentiment de la mort qui obsédait mon père me paraissait justifié, de même, je savais bien que l'intérêt que me manifestait Le Noir ne durerait pas toute une vie. Le Noir désirait ce mariage autant qu'il était amoureux ; et comme il voulait se marier, il est tombé amoureux ; si ce n'avait pas été moi, il en aurait épousé une autre, et serait tombé amoureux, naturellement, avant de l'épouser.

Dans la cuisine, après avoir fait asseoir Esther dans un coin en lui offrant un verre de sorbet aux pétales de rose, Hayriyé m'a regardée d'un air soupçonneux. Je me suis dit : « Celle-là, j'en ai bien peur, rapporte tout ce qu'elle voit à mon père, depuis qu'il la fait coucher dans son lit. »

« Ma beauté, ma belle infortunée aux yeux noirs ! je suis en retard parce que ce cochon de Nessim qui me sert de mari ne voulait plus me laisser partir. Crois-moi, connais ton bonheur aussi de ne pas avoir toujours un époux sur le dos ! »

Sur ces mots, elle a sorti deux lettres, que j'ai prises. Hayriyé s'était mise dans un coin à l'écart, d'où elle pouvait tout entendre sans être dans nos pieds. En tournant le dos à Esther, j'ai commencé par lire la lettre de Le Noir. J'ai tressailli à la pensée de cette maison du Juif pendu. Mais non, me suis-je dit, tout ira bien pour toi, Shékuré. Puis je suis passée à la lettre de Hassan, qui semblait décidément furieux :

Madame Shékuré,

Je suis sur les charbons ardents, et je sais que vous n'en avez nul souci. La nuit je rêve que je cours après votre image à travers des montagnes désertes. Chaque lettre que vous lisez de moi sans y répondre est comme une flèche qui me revient en plein cœur. J'écris celle-ci en espérant une réponse. La rumeur, le bouche-à-oreille, prétend que tes enfants t'auraient entendue dire qu'ayant vu, en rêve, ton mari mort, tu ne serais donc plus mariée. J'ignore si cette histoire est vraie. Ce que je sais, c'est que tu es encore la femme de mon frère aîné, et que tu appartiens encore à notre maison. Mon père partage mon avis : nous irons aujourd'hui chez le juge pour venir te chercher ensuite. Tu peux dire à ton père que je viendrai avec des gars à moi. Fais tes bagages, tu rentres chez nous. Et fais vite passer ta réponse par Esther.

J'ai lu la lettre une deuxième fois, puis, en tâchant de prendre sur moi, j'ai interrogé Esther du regard. Mais elle ne m'a rien appris de plus, ni sur Hassan, ni sur Le Noir.

J'ai donc été chercher un calame dans la boîte, à côté du buffet à vaisselle, mis une feuille de papier sur la planche à couper le pain, mais j'avais à peine commencé de tourner ma réponse à Le Noir que je me suis arrêtée, un peu confuse, chiffonnée...

En voyant cette grosse Esther, ravie comme un bébé de pouvoir se gaver son aise de sorbet à la rose, je me suis dit que je serais bien ridicule de lui faire des confidences. J'ai rangé papier et calame, et lui ai décoché mon plus charmant sourire.

« Ma jolie, comme tu souris bien, aujourd'hui, a-t-elle dit. Pas de doute, tu vas voir : tout va s'arranger ! Une beauté comme on n'en fait plus, et une vraie fée du logis par-dessus le marché : Istanbul regorge de riches seigneurs et de vaillants pachas qui ne rêvent que de dénicher une épouse comme toi. »

Parfois, on dit ce que l'on croit, pour avoir la possibilité, ensuite, de se faire la réflexion suivante : Pourquoi ai-je dit cela, alors que je ne le crois pas le moins du monde ? Ainsi ai-je répondu, à ses compliments :

« Mais Dieu-Grand, ma bonne Esther, qui peut bien vouloir d'une veuve, et avec deux enfants sur les bras ?!

— Une veuve comme toi, il y en a beaucoup qui en cherchent, crois-moi », a-t-elle conclu en joignant le geste à la parole.

Je l'ai regardée dans les yeux. Je me suis dit que je ne l'aimais pas. Mon silence lui a fait comprendre que je ne lui confierais pas de réponse à porter, et qu'il était temps pour elle de s'en aller. Le même silence, quand elle a été partie, a — comment vous dirais-je ? — infiltré lentement mon âme, et je suis montée me réfugier dans mon cagibi, où je suis longtemps restée, dans le noir, debout, appuyée au mur. Je pensais à moi, à ce que j'allais bien pouvoir faire maintenant, que j'avais peur... Pendant tout ce temps, je pouvais, d'un côté, entendre mes fils en train de se chamailler :

« T'es peureux comme une fille, t'attaques toujours par-derrière ! » disait Shevket.

Et Orhan : « Ouh la la ! z'ai une dent qui bouze ! »

Tandis que l'autre moitié de mon esprit était fixée sur le discours que mon père était en train de tenir à Le Noir.

La porte de son cabinet — la porte bleue — étant restée entrebâillée, je pouvais entendre toute leur conversation : « Après avoir vu les portraits de l'École italienne, on comprend, disait mon père, que nos yeux ne sont pas, simplement, deux trous ronds et c'est tout, et les mêmes pour tout le monde : les yeux sont des miroirs, pour refléter, et des puits où se perd la lumière. Pas plus que les lèvres ne se résument à une fente toute droite, tracée sur le visage comme sur du papier : tendues, ou relâchées, elles expriment nos sentiments, la joie ou le chagrin, chacune d'elles est un nœud rouge, regorgeant de sens. De même, enfin, le nez, pour nous, n'est pas une borne stupide entre les deux moitiés du visage, mais un outil, très subtil, et vivant. »

En entendant mon père dire « nous », à propos de ces grands personnages impies qui se font mettre en peinture, je me suis demandé si Le Noir partageait ma stupéfaction. Je l'ai regardé par le trou du mur, et la pâleur de son visage m'a effrayée : Mon beau brun, mon chevalier mélancolique, est-ce l'insomnie, est-ce de penser sans cesse à moi qui te donne si triste mine ?

Il faut sans doute que je vous précise : Le Noir est grand et brun ; élancé, le front large ; les yeux en amande, le profil fin et volontaire, délicatement dessiné ; il a gardé ces mains longues et fines, aux doigts mobiles et déliés qu'il avait déjà enfant. Debout, il est bien découplé, toujours très droit, les épaules larges, mais pas autant qu'un portefaix. Quand il était petit, il ne tenait pas en place : le visage et le corps toujours mouvants, toujours changeants. Dès la première fois que je l'ai revu, après douze ans, du fond de mon abri secret, j'ai compris que j'avais affaire maintenant à un homme, un vrai.

L'œil toujours collé au trou de la cloison, j'ai reconnu, sur ses traits tirés, la même expression que jadis, triste et soucieuse. À la pensée que j'étais la cause de cette mélancolie, je me suis sentie un peu coupable, et très fière en même temps. Il avait, pendant qu'il regardait l'un des dessins en écoutant attentivement les explications de mon père, la petite bouille attendrissante d'un bébé innocent. Aussi, quand j'ai vu ses lèvres roses s'entrouvrir, m'est-il soudain venu l'idée de lui donner le sein, en soutenant délicatement sa tête, sous la nuque ; de passer mes doigts dans ses cheveux ; il aurait appuyé son visage au creux de ma poitrine, pris, comme un nourrisson, le bout de mon sein dans sa main, et m'aurait regardée en tétant, pauvre petit enfant abandonné, éperdu de félicité, enfin heureux, par moi et grâce à moi, conscient et reconnaissant de ce qui nous lierait désormais.

Ces pensées agréables me donnaient un peu de fièvre, et je me suis figuré un instant que c'était non pas le Diable en miniature que lui montrait mon père, mais le spectacle de mes seins. Que ma poitrine, que ma gorge, mes cheveux l'enivraient peu à peu, lui aussi. Je lui plaisais si bien que sur son visage se lisaient maintenant tous les mots doux que, plus jeune, il n'avait pas su dire, et dans ses yeux, combien ma fierté, ma pondération, ma tenue et cette assurance, ma patience si crâne en attendant mon mari, la superbe tournure de mes lettres, enfin, lui en jetaient plein la vue.

J'éprouvais, une fois de plus, une violente irritation face aux stratagèmes que mon père invente pour m'empêcher de reprendre un époux ; et un dégoût pour ses interminables souvenirs de Venise, ses histoires de peintures imitées de l'Europe...

En fermant une nouvelle fois les yeux, j'ai pensé (et je jure devant Dieu que cette pensée était involontaire) à Le Noir ; je l'imaginais s'approchant de moi, par-derrière, doucement, dans la pénombre, tout près. Il était là, juste derrière, je le sentais, fort et puissant, contre ma nuque et mes épaules ; grand, très grand, et solide, dur même, me donnant la confiance de m'appuyer sur lui. J'en avais des frissons dans le cou, un chatouillis diffus jusqu'à la pointe des seins. En fermant les yeux dans le noir, j'ai senti s'approcher son truc, là, tout contre moi, énorme..., j'ai failli m'évanouir. Je me demande comment est celui de Le Noir.

Parfois dans mes rêves, je vois mon défunt mari qui me montre le sien, tout dolent. Je note qu'il s'efforce de se tenir droit, malgré les lances et les flèches dont les Safavides l'ont transpercé, mais que son corps sanguinolent ne parvient pas à s'approcher, car son chemin est barré par un fleuve. Il m'appelle de l'autre rive, tout meurtri et couvert de plaies, me demande de regarder cette chose énorme qu'il tient dressée devant lui... Si j'en crois ce que disent les Géorgiennes et les vieilles de mon hammam — « Oui, gros comme ça, je t'assure que c'est possible » —, celui de mon mari n'était pas si grand que cela. Et si celui de Le Noir est nettement plus gros — si ce que j'ai vu, en bas, sous la ceinture, quand Shevket est allé hier lui remettre la feuille blanche, est bien sa chose à lui (et c'était ça, j'en suis sûre !) —, alors ça ne rentrera pas, j'en suis tout aussi sûre, ou je crains fort que ça ne me fasse un mal de chien !

« Maman, y a Shevket qui se moque de moi ! »

Je suis sortie de l'obscurité du placard, sans bruit, pour aller prendre mon fichu rouge dans le coffre de la chambre à côté. Ils avaient sorti mon matelas et jouaient dessus à se bousculer en poussant des hurlements.

« Combien de fois je vous ai dit de ne pas crier quand Monsieur Le Noir est à la maison !

— Maman, pourquoi t'as mis ton foulard rouge ? a demandé Shevket.

— Mais, maman ! Shevket y se moque de moi ! criait Orhan.

— Toi, tu arrêtes de te moquer de lui ! Compris ? Et qu'est-ce que c'est que cette cochonnerie ? ai-je dit en voyant une espèce de peau de bête dans un coin.

— C'est mort, a dit Orhan, c'est Shevket qui l'a trouvé dans la rue.

— Allez vite jeter ça où vous l'avez trouvé.

— Shevket il a qu'à le ramener ! a dit Orhan.

— Allez ! tous les deux, j'ai dit. »

Quand ils m'ont vue faire la grimace — je me mords les lèvres avec rage, comme si j'étais prête à leur tomber dessus à bras raccourcis —, ils ont détalé sans demander leur reste. Pourvu qu'ils rentrent vite et ne prennent pas froid !

De tous les peintres, Le Noir est mon préféré. Parce que c'est lui qui m'aime le plus, et que je connais son caractère. J'ai pris une feuille et un calame et, d'un jet, j'ai écrit sans réfléchir :

D'accord. Je te verrai juste avant la prière du soir, dans la maison du Juif pendu. Dépêche-toi de terminer le livre de mon père.

Je n'ai pas répondu à Hassan en revanche, parce que si, effectivement, ils vont aujourd'hui chez le juge, lui et son père, je ne pense pas qu'ils viennent tout de suite nous enlever d'ici, avec leurs acolytes : si c'était vraiment leur intention, Hassan se dirigerait tout droit ici, au lieu de m'écrire et de s'embarrasser à attendre une réponse. Pour le moment, il peut l'attendre, ma lettre, et il peut toujours, si ça le rend fou, aller recruter des gros costauds pour nous attaquer. Ce n'est pas pour dire que je n'ai pas peur de lui. Mais la vérité, c'est que je fais confiance à Le Noir pour nous protéger. Et puis, il vaut mieux quand même que je vous dise aussi : au fond, je n'ai pas tant que cela peur de Hassan, parce que, lui aussi, je l'aime !

Je dis « aimer », et je vous accorde que vous avez lieu de vous énerver. Même si j'ai certes eu tout loisir, pendant ces longues années passées sous le même toit que lui en attendant mon mari, de constater quel vil et veule profiteur il est. Mais Esther dit que, désormais, il gagne beaucoup d'argent, et je vois à son air qu'elle dit la vérité. Ainsi, parce que l'argent lui donne maintenant beaucoup plus d'assurance, il me semble que toute cette méchanceté qui l'animait s'est changée en un côté sombre, étrange, fascinant. J'ai découvert ce côté-là, chez lui, à force de recevoir et de lire ses lettres.

Car Hassan, tout comme Le Noir, a éprouvé pour moi une passion ardente. Mais tandis que Le Noir restait au loin, disparu, pendant douze ans, parce que Monsieur était fâché, Hassan, lui, m'envoyait tous les jours des lettres, avec des dessins d'oiseaux, des gazelles. Au début, j'étais effrayée en lisant ses lettres. Et puis elles m'ont intriguée...

Sachant que Hassan s'intéresse de près à tout ce qui me concerne, je n'ai pas été étonnée d'apprendre qu'il était au courant de mon rêve sur la mort de mon mari. Ce que je soupçonne, c'est qu'Esther lui fait lire mes lettres à Le Noir. C'est la raison pour laquelle je n'ai pas confié ma réponse à Esther, cette fois-ci. Vous savez, vous, si ces précautions en valent la peine.

« Où est-ce que vous étiez passés ? » ai-je crié aux enfants, quand ils sont rentrés.

Mais ils ont bien vu que je n'étais pas vraiment en colère. J'ai pris Shevket avec moi pour retourner dans le placard, sans qu'Orhan nous voie. Je l'ai mis sur mes genoux, et j'ai commencé, dans le noir, à le couvrir de baisers, sur les cheveux, dans le cou, partout.

« Oh, tu as eu froid, mon chéri. Donne-moi vite tes petites menottes que maman les réchauffe. »

Ses jolies mains puaient le cadavre, mais je ne lui ai pas fait remarquer. Au contraire, je l'ai longuement tenu contre moi, en pressant sa tête contre mes seins. Une fois bien réchauffé, il s'est mis à ronronner de plaisir, tout doucement, comme un petit chat.

« Dis-moi, est-ce que tu l'aimes vraiment, ta maman ?

— Mmmhm...

— C'est-y bien vrai ?

— Voui.

— Tu l'aimes plus que tout tout tout ?

— Voui.

— Alors je vais te dire quelque chose. Quelque chose de secret. Que tu ne dois dire à personne, d'accord ? » Et je lui ai murmuré dans l'oreille . « Moi aussi je t'aime plus que tout le monde ?

— Même plus qu'Orhan ?

— Même plus qu'Orhan. Lui, il est petit, c'est comme un serin : il ne comprend rien. Toi, tu comprends, parce que tu es intelligent. » Je l'embrassais en respirant ses cheveux. « C'est pour ça que je veux te demander quelque chose. Hier tu as déjà apporté un papier à Le Noir, avec rien du tout dessus. Tu veux bien lui en apporter un autre aujourd'hui, hein ?

— C'est lui qui a tué mon papa.

— Quoi ?

— C'est lui qui a tué mon papa. C'est lui qui me l'a dit hier, dans la maison du Juif pendu. Il a dit : "C'est moi qui ai tué ton papa. J'ai tué plein de gens", il a dit. »

C'est parti sans prévenir. Et le voilà qui quitte mes genoux, et qui pleure ! Mais pourquoi il pleure, maintenant, ce gamin ? Bon, c'est vrai que je venais de lui en coller une belle. Mais je ne voudrais pas qu'on croie que j'ai un cœur de pierre. Simplement, ça m'a énervée qu'il parle comme ça — juste parce que ça l'arrange, lui — de l'homme que j'ai l'intention d'épouser.

Mais en entendant pleurer mon pauvre petit orphelin chéri, ça m'a gagnée tout d'un coup, et j'ai eu envie de pleurer moi aussi. On s'est refait un câlin, et lui qui pleurait ! comme un gros chagrin. Il n'y a pourtant pas de quoi pleurer comme ça juste pour une gifle. Je lui caressais les cheveux.

Et voilà, tout a commencé comme ça : vous savez qu'hier j'ai parlé à mon père, tout à fait en passant, du rêve que j'avais fait, où mon mari était mort. Mais à vrai dire, j'avais seulement rêvé de lui comme il m'arrive souvent depuis la fin de la guerre contre l'Iran et les Safavides, et dans mon rêve, il y avait aussi un mort. Quant à savoir si le mort, c'était lui, ce n'était pas clair du tout.

Les rêves ont toujours une utilité. Au Portugal, d'où est venue la grand-mère d'Esther, les hérétiques se servaient des rêves, d'après les catholiques, pour rejoindre le Diable et forniquer avec. Alors, quand les ancêtres juifs d'Esther ont été forcés de se convertir, vu que les bourreaux des jésuites ne les croyaient pas sur parole, on les a tous torturés pour leur faire avouer tous les diables et démons possibles, et tous ces cauchemars qu'ils n'avaient jamais faits, mais qu'on arrivait à leur faire dire, servaient à envoyer les Juifs au bûcher.

Les rêves servent à trois choses :

Alif — quand on désire quelque chose, et qu'on n'a pas le droit de désirer cette chose. On dit : je l'ai vu en rêve, et comme ça, le désir indésirable est désiré.

Ba — quand on veut nuire à quelqu'un, par exemple en le calomniant. On dit : j'ai vu en rêve Madame Chose qui prenait du bon temps, et pas avec son mari ; ou le pacha Machin, qui sifflait je ne sais combien de bouteilles. Et voilà, même si on n'y croit pas, ça laisse toujours une trace dans la tête des gens.

Djim — quand on veut quelque chose, et qu'on ne sait pas bien ce que c'est. On raconte son rêve, un rêve bien compliqué. Les gens interprètent votre rêve et, ce que vous voulez, ils se mettent en devoir de vous le donner. Un mari, par exemple, un enfant, une maison...

Tous ces rêves-là n'ont rien à voir, évidemment, avec ceux que nous faisons dans notre sommeil. On raconte en général ses rêves de la journée comme des rêves de la nuit, par intérêt. Il n'y a que les idiots qui racontent leurs vrais rêves, ceux qu'ils font en dormant. Et alors, soit on se moque d'eux, soit on leur prête un sens néfaste. Les vrais rêves, il n'y a que ceux qui les font pour les prendre au sérieux. Sauf vous peut-être ?...

Quand j'ai évoqué, devant mon père, la possibilité que mon mari soit mort, comme dans mon rêve, il n'a pas attendu que j'aie fini de parler pour me dire que, à son avis, un tel rêve ne pouvait en aucun cas être un signe de la réalité. Mais à son retour de l'enterrement, il était arrivé à la conclusion inverse : que mon mari était sans doute mort. Ainsi il a suffi d'un rêve pour que mon mari, qui ces quatre années était considéré comme vivant, soit désormais considéré comme mort, et même que sa mort, désormais annoncée, devienne presque officielle. Les enfants ont compris qu'ils étaient devenus orphelins, et c'est pourquoi ils sont tristes.

« Cela t'arrive de faire des rêves ? ai-je demandé à Shevket.

— Oui, a-t-il dit en souriant. Mon papa revient pas, mais à la fin, c'est moi qui est ton mari. »

Avec son nez pincé, ses yeux noirs et ses épaules

carrées, il ressemble plus à moi qu'à son père. Et quand je vois que je n'ai pas donné le front haut et large de mon mari à mes fils, qui ont tous les deux les cheveux plantés bas, je me sens un peu coupable, parfois.

« Allez, va-t'en jouer à l'épée avec ton frère !

— Avec la vieille épée de mon papa ?

— Oui. »

Les yeux fixés sur le plafond de la chambre, j'écoutais, non sans une certaine inquiétude, leurs cris et le fracas de cette épée. Mais bon, je me suis dit qu'il ne fallait pas trop me faire de mauvais sang. Puis, comme je n'y tenais plus, j'ai fini par descendre à la cuisine, pour dire à Hayriyé :

« Ça fait une éternité que mon père réclame de la soupe de poisson. Tu iras au marché de la Galère, et en attendant, va prendre des pâtes de fruits dans la cachette et donnes-en aux enfants. »

Pendant que Shevket se gavait de sucre dans la cuisine, je suis montée à l'étage avec Orhan. Je l'ai pris sur mes genoux, et je l'ai embrassé dans le cou

« Mais tu es tout trempé ! Ouh la la ! mais qu'est-ce que tu t'es fait ?

— C'est Shevket qui m'a tapé avec l'épée rouge de tonton Hassan.

— Tu vas avoir un gros bleu, dis-je en frottant. Ça te fait mal ? Ce Shevket, il est fou, alors. Tu sais, moi je sais que tu es sage. Tu es intelligent. Alors je vais te demander quelque chose. Si tu le fais, je te dirai un secret à toi tout seul, et à personne d'autre, même Shevket.

— C'est quoi ?

— Tu vois ce papier ? Tu vas aller voir pépé, et sans qu'il te voie tu le glisseras dans la main de Le Noir. T'as compris ?

— Oui.

— Tu vas le faire ?

— C'est quoi, le secret ?

— Porte le papier d'abord. » J'ai embrassé à nouveau son petit cou parfumé. Enfin, parfumé. c'est une façon de parler. Combien de fois faudra-t-il que je dise à Hayriyé de les emmener au hammam ? ! Ils n'y sont pas allés, je crois bien, depuis que Shevket a commencé à avoir des érections devant les femmes toutes nues. « Je te dirai le secret après. » Encore un bisou. « Toi tu es très beau, très intelligent. Shevket est un vilain. Il tape même sur sa maman.

— Je le donnerai pas. Le Noir y me fait peur, il a tué mon papa.

— C'est Shevket qui t'a dit ça ? Va vite en bas le chercher ; dis-lui que c'est moi qui l'appelle. » En voyant mon air torve, il a filé sans se faire prier, d'autant qu'il n'était sans doute pas mécontent à l'idée que son frère se fasse éclater la tête comme une pastèque. Ils sont arrivés peu après, tout rouges, Shevket tenant d'une main une pâte de fruit et de l'autre son épée.

« Tu es allé raconter à ton frère que Monsieur Le Noir avait tué votre papa. Je ne veux pas que ça se reproduise dans cette maison. Vous aimerez et vous respecterez Monsieur Le Noir. Compris ? Vous n'allez pas passer toute votre vie sans un papa, quand même !

— J'en veux pas, de lui. Moi je veux rentrer à la maison, chez tonton Hassan, pour attendre mon papa », a répondu Shevket avec insolence.

Cela m'a mise en colère, et je l'ai encore giflé. Il en a laissé tomber son épée par terre

« Je veux mon papa », a-t-il recommencé à pleurer.

Mais je pleurais encore plus que lui.

« Il ne reviendra plus, votre papa. Il est mort, disais-je en pleurant. Vous n'avez plus de papa, vous comprenez, espèces de petits sacripants. » Je pleurais tellement fort que j'ai eu peur qu'on nous entende.

« On n'est pas des p'tits sacripants », pleurnichait Shevket. Nous avons pleuré longtemps, toutes les larmes de notre corps. Au bout d'un moment, j'ai senti le bienfait des larmes : car le fait de pleurer nous rend compatissants. Nous pleurions encore, tous les trois, quand nous nous sommes couchés, sur le matelas. Shevket s'est blotti tout contre moi, le nez dans mon corsage. Je sens bien que, quand il est collé comme ça tout contre moi, il ne dort pas, en fait. Moi aussi, j'étais censée dormir, mais mon esprit était en bas. Un douce odeur de cédrat confit montait de la cuisine. Je me suis levée, d'un bond, et j'ai fait du bruit pour les réveiller, en disant :

« Allez vite en bas vous régaler avec ce que Hayriyé vous a mijoté. »

Je suis restée seule dans la chambre. La neige s'était mise à tomber. « Mon Dieu, mon Dieu secourez-moi », ai-je prié. J'ai ouvert le Coran, à la sourate de la *Gent d'Imrân*, et en lisant que les martyrs de l'Islam, ceux qui meurent à la guerre sainte, seront réunis près de Dieu, je me suis sentie rassurée pour mon défunt mari. Mon père avait-il déjà montré à Le Noir le portrait, inachevé, de notre Sultan ? On dit que c'est une peinture si ressemblante que, si on veut la regarder en face, on prend peur et on finit par détourner les yeux.

J'ai rappelé Orhan, et, sans le prendre sur mes genoux, je lui ai fait à nouveau de gros baisers, sur la tête et sur les joues. « Allez, maintenant tu n'as plus peur, tu vas aller, sans que ton pépé te voie, porter ce papier à Monsieur Le Noir. C'est d'accord ?

— Z'ai une dent qui bouze.

— Si tu veux, quand tu reviendras, je te l'arracherai. Tu n'as qu'à t'approcher tout près de lui, il se demandera pourquoi et te prendra dans ses bras. À ce moment-là tu lui glisseras le petit papier dans la main. D'accord ?

— J'ai peur.

— Il n'y a pas à avoir peur. Si ce n'est pas Le Noir, tu sais qui ce sera, ton papa ? L'oncle Hassan ! Tu veux que l'oncle Hassan soit ton papa ?

— Non je veux pas.

— Alors vas-y, mon Orhan à moi, très beau et très intelligent. Attention... je vais me fâcher... et si tu pleures je me fâcherai encore plus. »

Je lui ai mis le papier plié en huit dans le creux de sa pauvre petite main résignée. Mon Dieu ! me disais-je, faites que mes deux petits orphelins ne le restent pas trop longtemps ! Je l'ai conduit par la main jusqu'au seuil de notre chambre. Sur le palier, je l'ai vu se retourner vers moi une dernière fois, tout penaud.

Je suis retournée me mettre à mon poste d'observation, et là, par le trou au fond du placard, je l'ai vu s'approcher avec hésitation de Le Noir et de mon père. Il a hésité un moment, s'est retourné, tout désemparé, pour chercher vainement mon regard du côté de la cloison derrière laquelle j'étais cachée. Puis, rassemblant tout son courage, il réussit à se jeter dans les bras de Le Noir. Ce Le Noir, qui montra en cette occasion une présence d'esprit digne du futur père de mes enfants, loin de se troubler en se retrouvant avec Orhan en larmes sur les genoux, lui a tout de suite ravi le papier des mains, discrètement.

Sous le regard ahuri de mon père, Orhan est revenu en courant se jeter dans mes bras, et je l'ai couvert de baisers, avant de l'emmener en bas, dans la cuisine, et de lui fourrer dans la bouche une poignée de raisins secs, qu'il adore.

« Hayriyé, ai-je dit, emmène les petits au quai de la Galère et achète du lieu pour la soupe. Chez Kosta. Tiens, voilà vingt pièces. Avec le reste, tu prendras en revenant des figues et des cornouilles séchées pour Orhan. Pour Shevket, prends aussi des pois chiches grillés et un collier de friandises avec des noix, comme il aime. Vous pouvez vous promener tant que vous voulez jusqu'à ce soir, mais fais attention à ce qu'ils ne prennent pas froid.

Ils se sont habillés pour sortir, et j'ai été bien contente de me retrouver seule. Je suis remontée pour prendre, là où je le garde, dans une pochette molletonnée en soie et parfumée à la lavande, le miroir, façonné par mon beau-père, que m'a offert mon mari. Je l'ai accroché à bonne distance, afin de pouvoir, d'une virevolte, y voir se refléter chaque détail de ma silhouette. Ce foulard rouge me va au teint, pas de doute..., mais je voulais aussi porter le chemisier violet, celui que ma mère avait déjà dans son trousseau, et que je venais de retrouver dans la malle. J'ai aussi sorti une étole à fleurs, couleur pistache, mais ça jurait comme tout. En passant le chemisier, j'ai eu froid, j'ai frémi, et la flamme de la chandelle a frissonné aussi, tout doucement. J'allais choisir, là-dessus, ma petite cape rouge doublée de renard, mais au dernier moment j'ai changé d'avis, et j'ai été prendre sur le palier celle en laine, de ma mère, plus longue et plus enveloppante, couleur d'azur... À ce moment-là, j'ai entendu des voix près de la porte, et je me suis dit : Le Noir s'en va ! Alors j'ai ôté la grande cape de ma mère, et j'ai remis la rouge. Elle me serre à la poitrine, mais je l'adore. J'ai rajusté ma coiffure, et descendu la voilette en crêpe, sur mes yeux.

Le Noir n'était pas encore parti, évidemment. J'avais dû me tromper, à cause de l'émotion. De toute façon, si on me demandait pourquoi je sortais, je n'aurais qu'à dire que je rejoignais Hayriyé et les enfants pour faire les courses avec eux. J'ai descendu l'escalier comme un chat.

Tic ! comme un lutin, j'ai refermé la porte derrière moi. Il n'y avait pas un bruit dans la cour, et une fois dans la rue, je me suis retournée un instant pour jeter un coup d'œil, à travers ma voilette, sur la maison. J'eus l'impression de ne pas habiter là.

Pas un chat non plus dans les rues. Les flocons tourbillonnaient. J'ai pénétré en frissonnant dans ce jardin abandonné, que la lumière du soleil ne visite jamais. Cela sentait l'humus et la mort, mais une fois à l'intérieur de la maison du Juif pendu, je me suis sentie comme chez moi. On raconte, paraît-il, que les djinns s'y retrouvent la nuit, et qu'ils font leur sabbat tout autour d'un grand feu. Le bruit de mes pas, dans cette demeure, avait quelque chose d'effrayant. J'ai attendu sans bouger. Il y a eu un craquement, dans le jardin, puis plus rien. Non loin de là, un chien a aboyé. Je crois bien être capable de reconnaître tous les chiens de notre quartier, mais cet aboiement-là ne me disait rien du tout.

Dans le silence qui ensevelissait peu à peu la maison, j'ai senti tout à coup une autre présence, et je suis restée encore plus immobile, de crainte de faire le moindre bruit en me déplaçant. Des passants parlaient entre eux dans la rue ; j'ai pensé à Hayriyé et aux enfants. Pourvu qu'ils ne prennent pas froid ! Puis, dans le profond silence qui s'était réinstallé, je me suis prise de regrets, de remords ! Le Noir ne viendrait pas, sans doute, et j'avais commis une erreur, il valait mieux rentrer tout de suite chez moi, sans m'exposer à plus de honte. J'ai eu peur aussi que ce soit Hassan, qu'il m'ait suivie jusque-là... quand j'ai entendu la porte grincer.

Rapidement, j'ai changé de place. Je ne sais pas pourquoi je l'ai fait, mais de cette façon je me retrouvais sous le jour de la fenêtre, à ma droite ; et j'ai senti que cette lumière du jardin, tombant sur moi, m'offrirait aux yeux de Le Noir dans les prestiges, comme s'efforçait de lui expliquer mon père, du « clair-obscur ». J'ai ajusté ma voilette et j'ai attendu, en guettant le bruit des pas.

Dès qu'il m'a remarquée, depuis l'embrasure, Le Noir s'est dirigé sur moi. Il s'est arrêté et nous nous sommes observés, à quelques pas de distance. Il était plus fort, plus robuste que je ne l'avais vu à travers le trou de la cloison. Après un moment de silence, il me dit :

« Relève ton voile. S'il te plaît.

— Je suis mariée. J'attends mon mari.

— Relève ton voile. Il ne reviendra plus jamais.

— C'est pour me dire cela que tu m'as fait venir ici ?

— Non, c'était pour te voir. Cela fait douze ans que je pense à toi. Enlève ta voilette, que je puisse te voir. »

J'ai relevé mon voile. La manière qu'il a eue de me contempler, très longtemps, sans rien dire, m'a vraiment beaucoup plu.

« Le mariage et la maternité n'ont fait que t'embellir. Ton visage est tout différent de mon souvenir.

— Comment était ton souvenir ?

— Comme une douleur. Car en me souvenant de toi, ce n'était pas vraiment toi, mais un rêve que je me rappelais. Tu te souviens, n'est-ce pas, quand nous parlions, dans notre enfance, de cette histoire de Shirine qui s'éprend de Khosrow en voyant son portrait. Et comment Shirine ne tombe pas amoureuse la première fois qu'elle voit l'image suspendue à la branche de l'arbre, mais seulement au bout de la troisième fois. Tu disais que c'était parce que, dans les contes, tout doit se répéter trois fois. Moi, je disais que l'amour devait s'enflammer dès la première fois. Quant à savoir qui avait pu peindre Khosrow de façon si bien ressemblante, qu'on ait pu le reconnaître, au point de s'éprendre de son image, nous n'en avons jamais parlé. Si, durant ces douze années, j'avais eu à mes côtés un portrait de ton visage, je n'aurais pas autant souffert. »

Il continuait sur ce sujet, sur les histoires de portrait qui éveillent l'amour, avec aussi des paroles très belles sur ses souffrances à cause de moi. Sur le moment, les mots qu'il prononçait, mon attention portée à ses pas qui le rapprochaient de moi, mot après mot, portaient à son comble ma confusion. Ce n'est que plus tard que j'ai pu me rappeler cette scène. Pour l'heure, j'étais toute au charme de ses paroles, qui me liaient comme par magie. Je me sentais coupable de ses souffrances. Douze ans ! Comme il parlait bien, comme il était bon. Il semblait bon comme un enfant. Je pouvais le lire dans ses yeux. Et tant d'amour me donnait confiance.

Nous nous sommes embrassés. J'en éprouvais tant

de plaisir... que je ne m'en sentis pas coupable. Cette douceur de miel me montait à la tête : je l'ai embrassé à nouveau. Je lui ai tendu mes lèvres, je lui ai rendu ses baisers, et nos baisers plongeaient le monde, autour de nous, dans une sorte de crépuscule. Je souhaite à tout le monde de s'embrasser à notre image. C'était comme de se souvenir : l'amour, celui dont on a rêvé. Il a glissé sa langue dans ma bouche, et ça m'a donné un tel plaisir, qu'autour de nous le monde s'est mis à scintiller, et que le mal n'existait plus.

Si jamais ma pauvre histoire est racontée dans un livre, et que mes aventures sont illustrées à la manière merveilleuse des enlumineurs de Hérat, notre étreinte, à Le Noir et moi, sera représentée de la façon suivante : sur les pages les plus fameuses que mon papa me faisait voir, plein d'admiration, il y a des lignes d'écriture qui sont comme la houle des feuillages enflés par le souffle du vent ; des estampilles sur les corniches, aussi fioriturées que d'autres miniatures ; des cadres transpercés par l'aile falquée des hirondelles au vol inquiet comme l'amour ; et des amants aux yeux bridés, qui se regardent, de très loin, à travers leurs paupières micloses, semblent s'adresser des reproches, et sont dessinés si petits, si lointains dans ces miniatures, qu'on en vient à penser, parfois, que l'histoire ce n'est pas eux, mais les palais où ils se trouvent, les jardins où ils se retrouvent, et les arbres dans ces jardins, dont chaque feuille est dessinée, avec amour, dans l'obscure clarté qui tombe des étoiles. Mais dans ces miniatures, quand on observe avec attention, sous ce halo mystérieux, émané de chaque recoin du tableau, chaque chose où se révèlent les secrets de la palette qu'utilise, avec maîtrise et humilité, l'artiste, on se rend compte qu'il les peint chacune avec le même amour, forcément. Car c'est des amants que s'épanche, et se diffuse cette lueur d'amour. Et, croyez-moi, de cette étreinte, de moi et Le Noir embrassés, se répandait la même bonté, la même beauté sur le monde.

Heureusement, la vie m'a appris que ce genre de félicité ne dure jamais bien longtemps. Le Noir a commencé par prendre, avec douceur, ma poitrine dans ses deux mains. Cela m'a tellement plu que j'étais prête, oubliant tout, à lui demander d'en prendre les bouts dans sa bouche. Mais il ne l'a pas fait, ne sachant pas très bien quoi faire. Il ne savait certes pas ce qu'il faisait, mais il en voulait toujours plus. Aussi, au beau milieu de cette étreinte, la honte et la peur se sont insinuées soudain. J'avais trouvé, contre mon bas-ventre, la dureté de ce membre énorme qu'il pressait contre moi en m'empoignant par les hanches, agréable, tout d'abord. J'étais curieuse, pas honteuse, je me disais : « Plus on s'embrasse passionnément, plus cela devient grand », et j'étais fière. Puis soudain, quand il l'a sorti, j'ai tourné la tête de l'autre côté, sans pouvoir empêcher mes yeux de regarder, et de s'agrandir, autant que la chose.

Après encore, quand il a voulu me forcer à faire des choses que ne feraient pas ces mêmes femmes dévergondées qui racontent des obscénités au hammam — même les femmes kiptchaques, croyez-moi ! —, je suis restée un bon moment stupéfaite et sans réaction.

« Ne fronce pas tes beaux sourcils, mon amour ! » a-t-il supplié.

Mais je me suis remise sur pied, et je l'ai poussé de mon chemin en criant tout ce que j'ai pu, malgré sa mine déconfite.

27

Mon nom est Le Noir

Shékuré, donc, dans la sombre demeure du Juif pendu, m'incendiait du regard, en me disant que je pouvais bien, avec des Circassiennes ramassées à Tiflis, des Kiptchaques dévergondées, des gotons comme on en trouve à vendre dans les auberges, des veuves perses ou turcomanes, ou une de ces prostituées qu'on voit se répandre de plus en plus dans Istanbul, une Mingrélienne facile, une Abaza sans pudeur, une vieille Arménienne, une Génoise ou une Syrienne un peu sorcière, ou encore un de ces infâmes acteurs de rôles féminins et autres mignons insatiables, je pouvais bien, disait-elle, leur fourrer dans la bouche l'engin qu'elle avait sous les yeux, mais avec elle, il n'en était pas question. J'avais selon elle, à force de m'adonner à tout ce que la colère lui faisait imaginer de plus déshonnête et de plus dégradant dans mes tribulations de la Mésopotamie à l'Iran, et des villages brûlants de l'Arabie aux rives de la mer des Khazars, perdu toute mesure, et sans doute oublié qu'il existe des femmes qui tiennent à leur vertu. En conclusion, elle me jeta que mes déclarations d'amour ne pouvaient pas être sincères.

J'écoutais respectueusement ce langage véhément

et coloré qui avait pour effet de faire pâlir de honte, dans ma main, l'objet incriminé, dont l'aspect pitoyable m'aurait moi-même accablé de honte, si je n'avais pas eu deux bonnes raisons de me réjouir :

1. Contrairement à mon habitude, dans ce genre de situation, avec les autres femmes, je n'avais pas répondu à la colère par la colère, comme un sauvage, et à la verdeur de ses propos par des arguments de la même palette.

2. Ce souci qu'elle avait de ce que j'avais bien pu faire pendant tous mes voyages laissait entendre qu'elle avait, plus que je ne me l'imaginais, pensé à moi.

Et même, en voyant que j'étais tout mélancolique de ne pas être parvenu à mes fins, elle s'est inquiétée, tout en se justifiant :

« Si vraiment cette folie est un effet de ton amour, tu dois la dominer, comme tout honnête homme, et non chercher à faire plier l'honnêteté d'une femme qui ne nourrit que de louables pensées. Si réellement tu veux m'épouser, en tout bien tout honneur, tu ne dois pas chercher à me compromettre. Quelqu'un nous a-t-il vus entrer ici ?

— Personne », ai-je dit.

Comme si elle avait entendu des bruits de pas sur la neige, dans le jardin, où la nuit était tombée, elle a tourné vers la porte ce visage que, pendant douze ans, je n'avais pas été capable de me rappeler, m'en offrant le profil. Un claquement nous a fait retenir notre souffle, mais personne n'est entré. Le sentiment inconfortable qu'elle me donnait déjà quand elle avait douze ans, et qu'elle semblait en savoir tellement plus que moi, m'est revenu en mémoire quand elle a prononcé :

« C'est le fantôme du Juif pendu qui se promène.

— Et toi, tu viens souvent ici ? lui ai-je demandé.

— Les djinns, les démons et les fantômes... sont portés par le vent. Ils s'introduisent à l'intérieur des choses, leur donnent une voix, et, dans le silence, tout parle. Pas besoin de venir ici, je les entends.

— Shevket m'a fait venir ici pour me montrer un chat mort, mais il n'y était plus.

— Tu lui as dit que tu avais tué son père ?

— Ce n'est pas du tout ce que j'ai dit. C'est ce qu'il a compris ? Je n'ai pas dit que je voulais tuer son père, mais être un père pour lui.

— Pourquoi as-tu dit que tu avais tué son père ?

— Mais non ! Il m'a demandé : "Est-ce que t'as déjà tué un homme ?" Je lui ai dit la vérité, que j'en avais tué deux.

— Pour te vanter ?

— Oui, pour me vanter, et pour impressionner le fils de la femme que j'aime. Parce que j'ai compris que la jolie maman de ces petits bandits, qui étale les prises de guerre de leur vaillant papa, a tendance à en rajouter sur ses exploits guerriers.

— Tu peux continuer à te faire valoir, car ils ne t'aiment pas.

— Shevket ne m'aime pas, mais Orhan m'aime bien, dis-je, fier pour une fois de la prendre en défaut. Mais je serai leur père à tous les deux. »

Quelque chose comme une ombre, invisible dans la pénombre, passa entre nous, qui nous a fait frissonner. Pendant que je rajustais ma tenue, Shékuré ravalait des sanglots.

« Mon défunt mari a un frère, Hassan. Quand j'attendais le retour de mon mari, nous avons habité pendant deux ans chez lui, dans la maison de mon beau-père. Il s'est épris de moi. Depuis peu, il soupçonne quelque chose, il s'imagine que je suis sur le point de me remarier — avec toi, sans doute. On m'a même fait savoir qu'il veut me ramener chez eux de force. Ils disent qu'ils doivent me ramener, au nom de mon mari, vu qu'aux yeux du juge, je ne suis pas veuve. Ils peuvent venir m'enlever à tout moment. Mon père ne veut pas me faire reconnaître veuve par le juge, parce qu'il devrait alors me trouver un autre époux, et il pense que je le laisserais tout seul. Il a été très content que je revienne vivre chez lui avec les enfants, parce que, depuis la mort de ma mère, la solitude lui pesait. Tu veux t'installer avec nous ?

— Comment cela ?

— Tu m'épouserais, et tu viendrais t'installer avec nous chez mon père.

— Je ne sais pas.

— Tu ferais mieux d'y penser vite, parce que le temps presse. Mon père sent que le malheur se rapproche de lui, et je crois qu'il a raison. Si les hommes de Hassan, si les janissaires viennent m'enlever d'ici, m'entraînent de force chez lui, iras-tu dire au juge que tu as vu le cadavre de mon mari ? Tu reviens d'Iran, on te croira.

— Je le dirai. Mais ce n'est pas moi qui l'ai tué.

— Bien sûr. Donc, pour me permettre d'être déclarée veuve, tu es prêt à aller, avec un autre témoin, déclarer au juge que tu as vu son corps tout sanglant sur un champ de bataille, là-bas, en Iran ?

— Je ne l'ai pas vu, mon amour, mais je peux l'affirmer, pour toi.

— Tu aimes mes enfants ?

— Oui.

— Qu'est-ce que tu aimes en eux ? dis-moi.

— Shevket est fort, décidé, franc, intelligent et

obstiné. Orhan est tout gentil, fragile et très malin. C'est cela que j'aime dans tes enfants. »

Elle a un peu souri, un peu mouillé ses beaux yeux noirs. Puis de l'air affairé de celle qui reprend les choses en main, et ne veut pas faire traîner la besogne :

« Il faut terminer l'ouvrage que notre Sultan a confié à mon père, dit-elle. Tous ces événements sinistres autour de nous ont ce livre pour origine.

— Qu'y a-t-il d'autre de diabolique, à part le meurtre de Délicat ? »

Elle a paru d'abord contrariée par ma question. Puis, en affectant un air sincère qui ne faisait que souligner combien elle était peu convaincue, elle a rétorqué :

« Les partisans du Hodja d'Erzurum font courir la rumeur que le livre de mon père contient des impiétés et des audaces à l'européenne. Et tous ces peintres qui fréquentent ici, à force d'être jaloux les uns des autres : s'ils avaient monté un complot ? Toi qui leur as rendu visite, tu es le mieux placé pour savoir...

— Le frère de ton défunt mari..., qu'a-t-il à voir avec ces peintres, avec le livre de ton père, et avec les partisans du Hodja ? À moins qu'il ne soit du genre solitaire ?

— Il n'a rien à voir avec tout cela, et il n'est pas non plus un solitaire », dit-elle.

Un ange est passé.

« Quand tu habitais chez lui, vous étiez toujours entre quatre yeux.

— Autant que dans une maison de deux pièces. »

Quelque part, pas très loin, deux chiens se sont mis à aboyer avec énergie.

Mais pourquoi son mari, une fois couvert de lauriers et entré en possession de plusieurs fiefs pour prix de sa vaillance, l'avait-il laissée dans une maison si petite qu'elle se retrouvait à vivre l'un sur l'autre avec son beau-frère ? J'ai reculé devant cette question brutale et, à la place, lui ai demandé :

« Pourquoi as-tu épousé ton mari ?

— Il fallait bien qu'on me marie à quelqu'un », dit-elle. C'était juste et, avec sa finesse habituelle, elle se justifia de son mariage en faisant l'éloge de son mari, mais brièvement, comme pour ne pas me mortifier. « Tu étais parti, et tu ne revenais pas. Être fâché peut être un signe d'amour, mais un amoureux fâché n'est qu'un fâcheux, et fait mal augurer de l'avenir. » C'était juste, encore une fois, mais cela n'était pas une raison pour épouser une espèce de brigand. Rien qu'à son regard en dessous, il n'était pas sorcier de deviner que, comme les autres, elle m'avait, peu après mon départ d'Istanbul, tout simplement oublié. Je me disais pourtant, en mon for intérieur, que ces grossiers mensonges manifestaient du moins la louable intention de réparer un tant soit peu le cœur qu'elle avait piétiné, et que je me devais de les accueillir avec gratitude ; j'ai entrepris alors de lui raconter comment je n'avais jamais pu l'effacer de mon esprit, comment son image, comme un fantôme, avait pendant tant d'années continué de hanter mes nuits. Cela avait été ma plus grande souffrance, une souffrance si intime que je ne pensais pas être jamais capable de raconter, sinon à elle ; mais si tout mon récit était certes vrai, il contenait aussi, à mon grand étonnement, une bonne dose de supercherie.

Afin qu'on ne se méprenne pas sur mes désirs et mes sentiments à cet instant précis, je dois expliquer tout de suite le sens de cette distinction entre vérité et sincérité dont je viens de prendre conscience, et la façon dont l'expression de soi, si scrupuleuse et vraie qu'elle puisse être, nous induit sur la voie de l'insincérité. Le meilleur exemple est d'ailleurs offert par l'art de ces miniaturistes, dont la présence, parmi eux, d'un meurtrier nous inquiétait si fort. Si l'on prend une miniature, de cheval par exemple, qui soit parfaite (que l'on entende par là le cheval tel qu'il est vu par Dieu, ou tel que les plus grands peintres en ont imposé le modèle), il n'est pas dit qu'elle arrive à exprimer toute la sincérité du miniaturiste. En fait, la sincérité du peintre, et de nous tous qui servons Dieu humblement, n'apparaît pas dans ces moments de grâce où son art s'avère le plus pur ; au contraire, elle se voit dans ses erreurs, ses lapsus, quand il est fatigué, ou déçu. Je dis cela pour les jeunes personnes qui pourront être choquées, comme elle, par l'absence de différence entre l'impérieux désir que je ressentais pour Shékuré à ce moment-là et, disons, l'enivrement passager que me causaient, au hasard de mes voyages, les traits délicats, la peau cuivrée, les lèvres violacées d'une traînée de Qazvîn. Shékuré, avec son intuition moitié divine moitié magique, comprenait que je sois capable à la fois de supporter douze années de tortures par amour pour elle, et de me comporter comme un vulgaire débauché, prêt à profiter d'elle pour satisfaire mes sombres envies à peine je l'avais retrouvée. Nizâmî compare la bouche de la sublime Shirine à un encrier cramoisi débordant de perles...

Les aboiements de ces chiens avaient quelque chose de péniblement cabotin. « Je dois partir », a-t-elle dit d'un air inquiet. Ce n'est qu'à ce moment, bien que le soir fût depuis longtemps tombé sur la maison du Juif fantôme, que nous avons pris conscience de l'obscurité. J'ai eu un geste involontaire pour la serrer encore une fois dans mes bras, mais elle m'a, comme un moineau blessé, esquivé en me demandant :

« Dis vite : je suis encore belle ? »

Elle écoutait avidement, et semblait satisfaite de ma réponse, même sans avoir besoin qu'on l'aide à y croire, et ajouta :

« Et ma mise, comment la trouves-tu ? »

Je lui ai dit ce que j'en pensais.

« Et je sens bon ? »

Shékuré savait pourtant que l'échiquier d'amour dont parle Nizâmî ne se limite pas à ces gentillesses, mais implique des coups et des manœuvres qui se jouent entre les amants à des profondeurs d'âme bien plus grandes que cela...

« Et comment gagneras-tu l'argent du ménage ? Tu sauras être un père pour mes enfants ? » dit-elle.

Je lui ai parlé, en la serrant contre moi, de mes douze années au service des Grands et de l'État, de ce que m'avait apporté mon expérience de la guerre, des cadavres et des champs de bataille, et puis de notre avenir radieux.

« Tout à l'heure c'était tellement bon de nous tenir ainsi embrassés. Maintenant, toute la magie s'est envolée », dit-elle.

Pour lui faire sentir ma sincérité, je l'ai serrée encore plus fort, et lui ai demandé pourquoi elle m'avait fait rendre par Esther ce dessin que j'avais fait pour elle, douze ans avant. J'ai lu dans ses yeux que mon hébétude l'étonnait, et l'attendrissait, aussi. Nous nous sommes embrassés. Ce n'était plus, cette fois-ci, un abandon passionné, recevoir le plaisir, à bras-le-corps, au moment où il vous terrasse, mais une lutte convulsive de nos cœurs et nos ventres, comme deux griffons agrippés, au milieu des claquements d'ailes... Faire l'amour, n'est-ce pas le moyen d'apaiser l'amour ?

Quand j'ai ressaisi ses énormes seins, avec plus de douceur et de résolution, elle m'a repoussé. Je n'étais pas roué au point de faciliter mon mariage, si difficile à négocier fût-il, en compromettant au préalable ma future épouse. J'étais, aussi, troublé au point d'oublier que le Démon risquait de profiter de notre hâte, et encore bien naïf, pour ignorer combien de ruse et de patience sont nécessaires pour un heureux mariage. S'étant glissée hors de mon étreinte, elle s'est dirigée vers la porte, son voile de lin encore sur les épaules. En voyant, dehors, que les rues étaient déjà noires, et que la neige les recouvrait lentement, j'ai oublié de chuchoter comme nous avions fait jusque-là — sans doute pour ne pas déranger le fantôme du Juif — et j'ai demandé d'une voix qui déchirait le silence :

« Qu'est-ce que nous allons faire ?

— Je ne sais pas », dit-elle.

Sur l'échiquier de l'amour, notre partie continuait ; et ma belle s'en alla à travers le vieux jardin abandonné, en laissant sur la neige, qui l'effacerait rapidement, la trace de ses pas.

28

On m'appellera l'Assassin

Je suis sûr que cela vous arrive aussi. Je suis en train de marcher, de tourner dans le labyrinthe des ruelles d'Istanbul, ou en train de grignoter un morceau de ragoût dans une cantine de quartier, ou encore je suis des yeux la guirlande, en forme de roseaux tressés, d'une marge d'enluminure : et j'ai l'impression de vivre le présent comme si c'était le passé. Et pour peu que je descende une rue, pas à pas, j'ai déjà envie de dire : « Je suis en bas de cette rue. »

Les choses inouïes que je vais raconter ont eu lieu à la fois dans le passé et dans le présent. C'était le soir, entre chien et loup, et une neige très fine saupoudrait la rue où je me trouve, qui est la rue de Monsieur l'Oncle.

Mais contrairement aux autres soirs, je sais ce que je viens y chercher, et je suis résolu. Les autres soirs, je m'y laissais porter par mes jambes, suivant des pensées vagabondes : des reliures à la fanfare, du temps de Tamerlan, à rosaces mais sans dorure ; ou quand j'ai annoncé à ma mère qu'un ouvrage m'avait rapporté sept cents pièces d'argent ; et mes vices, toujours, mes lubies. Cette fois, je sais ce que je fais, et j'y pense en chemin.

Le portail de la cour, dont je craignais que personne ne vienne l'ouvrir, s'ouvre de lui-même au moment où je vais y frapper, ce qui me conforte dans l'idée que Dieu est avec moi. Les dalles que j'avais déjà souvent parcourues, les soirs où je venais pour ajouter mes miniatures au livre de Monsieur l'Oncle, sont désertes, et brillent. Sur la droite, à côté du puits, perché au bord du seau, un moineau ne paraît pas être gêné du froid ; et plus loin, le renflement du four de la cuisine ne laisse pas deviner, malgré l'heure, qu'il soit allumé ; à gauche, jouxtant l'habitation, se trouve l'écurie pour les hôtes de passage. Tout est à sa place. La porte à côté de l'écurie est ouverte, j'entre, puis je monte les escaliers en faisant le plus possible craquer le bois des marches sous mes pieds, et en toussant bien fort.

Cela ne produit aucune réponse. Ni le bruit lourd de mes souliers couverts de boue une fois ôtés, pour les ranger à côté des autres paires, sur le palier, près de la porte bleue. En n'y voyant pas, parmi les chaussures de la maison, les deux souliers, d'un vert délicat, que je remarque à chacune de mes visites — ceux de Shékuré ! —, je me dis qu'il pourrait bien n'y avoir personne. Je passe d'abord voir la première chambre, sur la droite, celle que j'imagine être celle de Shékuré et de ses enfants, qui dorment sûrement blottis contre elle. J'explore à tâtons le matelas, les couvertures, le coffre sur l'un des côtés, et un grand placard dont la porte s'ouvre avec la légèreté d'une plume.

Distrait par la pensée que cette douce odeur de frangipane qui flotte dans la chambre doit être celle de Shékuré, je reçois sur la tête, en sortant, un coussin qui a dû être coincé dans les montants du placard, et qui termine sa chute sur une aiguière de cuivre, et des verres, en les renversant. Le fracas des objets vous fait comprendre qu'on était dans l'obscurité complète. Pour ma part, je remarque qu'il fait froid.

« Hayriyé ? appelle l'Oncle depuis l'autre pièce, Shékuré ? Laquelle est-ce de vous deux ? »

En un clin d'œil je sors de la pièce où j'étais, traverse le palier et gagne rapidement, en diagonale, la porte bleue de cette pièce où j'ai passé l'hiver à travailler avec Monsieur l'Oncle, sur son livre.

« C'est moi, Monsieur l'Oncle, c'est moi.

— Qui ça, toi ? »

Je m'aperçois à ce moment-là que les surnoms que Maître Osman nous avaient attribués quand nous étions enfants fournissent à Monsieur l'Oncle, mine de rien, matière à moquerie.

Aussi, je saisis l'occasion, à l'instar des copistes qui s'inscrivent, fièrement, sur les grébiches et colophons de la dernière page, pour réciter pompeusement mon nom, mon patronyme, mon origine : « ... Votre misérable et peccamineux serviteur.

— Tiens ! » dit-il. Puis il répète : « Tiens donc ! »

Comme dans cet apologue syriaque que l'on me racontait quand j'étais petit, où un vieillard rencontre la Mort, cet instant-là sombre aussitôt dans un bref silence — qui semblait éternel.

Puisque je viens d'évoquer la Mort, si jamais il y en a parmi vous qui s'imaginent que j'étais venu là pour ça, c'est qu'ils comprennent ce livre tout de travers. Venir avec un tel dessein, et frapper à la porte, enlever ses chaussures, sans même un couteau sur soi ?

« Ainsi tu es venu ? » dit-il comme le vieillard du conte. Puis, changeant complètement de ton : « Et quel bon vent t'amène ? »

Il fait déjà presque nuit. La toile cirée, toutefois, sur l'espèce de meurtrière que l'on ouvre, au printemps, sur le double feuillage d'un platane et d'un grenadier, laisse encore passer assez de clarté, juste assez, pour permettre d'apprécier les contours des objets présents — une lumière qui plairait à un maître chinois et qui tombe directement sur le pupitre où Monsieur l'Oncle, dont je ne puis tout à fait distinguer le visage, se tient assis, comme à son habitude. J'essaie désespérément de retrouver la sensation d'intimité que nous avions, auparavant, quand nous parlions, à la chandelle, jusqu'au petit matin, de dessin et de miniatures, au milieu des pinceaux, des encriers, des calames et des polissoirs. Je ne sais pas trop si c'est à cause de ce sentiment d'inquiétante étrangeté, mais j'ai honte, soudain, de vouloir ainsi étaler mes chimères, ces bouffées de fanatisme qui s'emparent de mon esprit quand je me mets à craindre que mes œuvres puissent être irréligieuses. Je prends donc le parti de lui ouvrir mon cœur par le biais d'une histoire.

Vous avez peut-être entendu cette histoire, celle de Sheïkh Muhammad, le grand miniaturiste d'Ispahan. Pour le choix des couleurs et la composition ; pour dessiner les personnages, les animaux ou les visages ; pour marier, dans une image, l'émotion de la poésie et la rigueur cachée d'une construction géométrique, ce peintre n'avait pas d'égal. Parvenu très jeune au rang de maître, pendant les trente années qu'œuvra sa main miraculeuse, ce virtuose se montra, tant par le choix de ses sujets que dans l'exécution et la manière, le plus irrespectueux, le plus audacieux des peintres. Il introduisit dans l'École de Hérat ces génies cornus, ces étalons à couilles énormes, ces créatures mi-humaines mifauves, ces démons, ces diablotins, tout cela à l'encre de Chine, et selon la technique empruntée aux Mongols ; il fut le tout premier à sentir l'intérêt, et à afficher l'influence des portraits, récemment débarqués avec les premiers vaisseaux flamands et portugais. Il retrouva dans des grimoires à moitié dépecés d'anciens modèles disparus, oubliés depuis l'époque de Gengis Khan, et les fit revivre ; lui, le premier, eut l'audace d'aligner sur la page les beautés nues, quand elles nagent, près de l'île des Femmes, sous les yeux concupiscents d'Alexandre, sans parler des sujets franchement gaillards, comme Shirine se baignant aux rayons de la lune ; à côté de l'envol nocturne d'Éclair, l'étalon chevauché par notre Saint Prophète dans son ascension du ciel, il peignit des chiens qui s'accouplent, des rois qui se grattent, des mollahs qui se saoulent, et tout cela devint, pour la communauté des peintres après lui, autant de sujets agréés. Après avoir pendant trente années, tout au long desquelles il usa et abusa tant de l'alcool que de l'opium, exercé son activité avec ardeur, avec enthousiasme, en vieillissant, passé disciple d'un soufi, il inversa en peu de temps sa conduite, et, parvenu à la conclusion que sa production artistique, durant ces trente années, n'avait été que mécréance et impiété, il la renia en bloc. Bien plus, il revint sur les lieux — cités, palais, bibliothèques — qu'il avait traversés durant ces trente années, pour rechercher, récupérer — dans les trésors royaux, les collections privées — chacun des livres de sa main, et les détruire. S'il pouvait, des années plus tard, localiser telle de ses œuvres parmi les volumes de tel souverain, il usait de tous les moyens, de la douceur, de la ruse, trompait l'attention des gardiens pour arracher la page incriminée, saisissait le moment propice pour asperger avec de l'eau ses propres chefs-d'œuvre, irréparablement. J'ai dit à Monsieur l'Oncle qu'en racontant cette histoire je souhaitais illustrer les tourments auquel s'expose un peintre que sa passion de peindre fait dévier de la religion. Enfin, j'évoque l'incendie de la grande bibliothèque de Qazvîn, à l'époque où la ville avait pour gouverneur le Prince Héritier Abbas Mirzâ, que Sheïkh Muhammad provoqua parce qu'il désespérait d'exhumer, au milieu des centaines d'autres volumes, ceux qu'il avait peints de sa main ; sans craindre l'exagération, j'évoque, comme si c'était la mienne, la mort du peintre au milieu des flammes en comparant ces flammes à celles, plus brûlantes et plus terrifiantes, du remords et de la conscience.

« As-tu peur, mon enfant, me dit Monsieur l'Oncle d'un air attendri, des miniatures que nous avons faites ? »

La pièce est devenue si obscure que je ne puis voir, que je dois deviner son sourire.

« Notre livre n'a plus rien de secret, lui dis-je. Ce n'est peut-être pas grave en soi. Mais il y a beaucoup de bruits qui courent. On dit que, de façon voilée, nous blasphémons la religion ; que nous avons produit un livre qui, loin de répondre aux désirs et aux ordres de notre Sultan, ne satisfait que nos vils appétits ; un livre qui va jusqu'à tourner en dérision notre Prophète, et singe odieusement les images des idolâtres ; il y en a qui vont jusqu'à dire que le Diable y est peint sous un jour favorable ; et qu'en tout cas c'est un grave péché d'y avoir représenté le point de vue d'un chien vautré dans les ordures, et une mouche-à-bœufs de la taille d'une mosquée, sous prétexte que la mosquée est plus loin qu'elle, et que cela porte atteinte à la dignité des

Croyants occupés à prier dans la cour de cette mosquée. Tout cela m'empêche de dormir la nuit.

— Nous avons fait ces images ensemble, dit Monsieur l'Oncle. Sans parler d'avoir pu commettre en vrai de telles impiétés, y avons-nous seulement jamais songé ?

— Jamais de la vie ! m'écrié-je un peu fort. Mais n'empêche, quoi qu'il en soit, peu importe ce qu'ils ont entendu dire, ils répètent partout qu'il y a une dernière image, qui parachève le tout, dont l'impiété, selon eux, n'est plus déguisée, mais tout à fait flagrante.

— Tu l'as vue, toi, la dernière image.

— Moi, j'ai suivi vos instructions », dis-je, d'un air zélé, et j'ajoute que, pour lui complaire, « j'ai peint l'Argent, le Diable, sur une grande feuille, qui devait faire une double page, mais je n'ai jamais vu l'image complète. Si j'avais vu l'ensemble du tableau, je pourrais sans doute nier, en toute tranquillité d'esprit, toutes ces ignobles calomnies.

— Pourquoi te sens-tu coupable ? reprit-il. Qu'est-ce donc qui te ronge les sangs, et qui te fait douter de toi-même ?

— C'est une existence infernale, sûrement, que de vivre dans le soupçon qu'on a pu attenter aux choses qu'on reconnaît les plus sacrées, en illustrant tout simplement un livre, au cours de longs mois d'apparente félicité. Si seulement je pouvais voir cette dernière miniature...

— Est-ce là tout ce qui te trouble ? C'est pour cela que tu es venu me voir ? »

J'ai soudain un soupçon horrible : Monsieur l'Oncle serait-il capable de me prêter une action aussi noire que celle d'avoir tué Monsieur Délicat ?

« Ceux qui veulent renverser notre Sultan et mettre sur le trône le prince héritier se servent de ces calomnies en faisant valoir que notre Sultan approuve ce livre en cachette.

— Et combien sont-ils, ceux qui pensent cela ? répond-il d'un ton las et ennuyé.

— Vous savez, tout prédicateur un peu ambitieux, pour peu qu'on l'écoute et que cela lui monte à la tête, commence toujours par dire que la religion fout le camp. C'est leur fonds de commerce. »

Croyait-il vraiment que j'étais venu jusqu'ici juste pour lui rapporter des ragots ?

« On dit aussi, repris-je avec un tremblement dans la voix, que c'est nous qui aurions assassiné feu Monsieur Délicat, parce qu'il aurait compris, en voyant la dernière miniature, que c'était un blasphème contre l'Islam. C'est un chef de section au Grand Atelier qui me l'a répété. Vous connaissez les novices et les apprentis : ils passent tous leur temps à rapporter. »

En poursuivant sur cette veine, je m'échauffe peu à peu, emporté par ma logique, sans plus distinguer, au bout d'un moment, ce que j'ai vraiment entendu dire, ce que la peur m'a fait imaginer après que j'en ai eu fini avec ce sale dénonciateur, et ce que j'invente, là, au fur et à mesure. Je me dis déjà qu'après tous ces préambules, Monsieur l'Oncle va se décider à me montrer, ne serait-ce que pour me calmer, la dernière miniature. Il doit bien comprendre, à la fin, que c'est l'unique moyen de me rassurer, et de laver de mon esprit l'angoisse d'avoir trempé dans un grand péché.

Afin de le bousculer un peu : « Est-il possible de dessiner une image qui soit une impiété... à notre insu ? » demandé-je hardiment.

En guise de réponse, il fait un geste de la main,

très délicat, comme pour me prévenir qu'un bébé dort dans la pièce, et je me tais. Il reprend, presque en murmurant : « Il fait presque noir. Je vais allumer une bougie. »

Pendant qu'il enflamme la mèche aux braises du poêle, je saisis sur sa figure une expression d'orgueil que je ne lui connais pas, et qui me déplaît fort. Ou s'agit-il de pitié ? Aurait-il tout compris ? et me considère-t-il comme un vulgaire exemple de criminel ? ou a-t-il réellement peur de moi ? À ce moment-là, je me souviens d'avoir senti mes pensées échapper soudain à tout contrôle, et de m'être mis, stupéfait, à les suivre comme celles d'un autre. Et sur ce coin du tapis où nous sommes assis, comment se fait-il que je n'aie pas remarqué plus tôt cette forme étrange, d'un loup à l'affût ?

« Tous nos rois — qu'ils s'appellent khans, shahs ou padishahs — quand ils s'intéressent à la peinture, qu'ils aiment les belles miniatures et les beaux manuscrits, connaissent trois saisons dans cet engouement, reprend Monsieur l'Oncle. Ils commencent par être curieux, avant-gardistes et complaisants. Ils veulent des œuvres de prestige, tape-à-l'œil, destinées à l'admiration du public avant tout. Après cette saison, pour ainsi dire, d'apprentissage, vient celle où désormais ils font faire des livres selon leur goût personnel, parce qu'ils se sont formés à apprécier les œuvres intimement, sincèrement, et si prestige mondain il y a, c'est, disent-ils, pour être plus brillants aux yeux de la postérité. Quand vient l'automne de leur vie, toutefois, tous se détournent de cette forme terrestre d'immortalité. J'entends par "immortalité terrestre" le fait de vivre, après leur mort, dans la mémoire de leurs descendants et des générations futures. Les grands souverains amateurs de peinture, avec ces livres qu'ils nous font faire, où ils font apposer leur nom et parfois même les dates de leur vie, ne se satisfont plus, devenus vieux, de cette immortalité aux yeux du monde mortel. Ce qu'ils veulent, c'est assurer leur situation, leur place dans l'Autre Monde. Et la peinture devient comme un obstacle. C'est pour moi une source de gêne et de consternation. Ainsi le Roi Tahmasp, grand peintre lui-même et qui passa sa jeunesse dans l'École royale de Peinture, quand il sentit approcher la mort, fit brutalement fermer ses classes et ses ateliers, bannit les peintres de Tabriz, dispersa les ouvrages de sa bibliothèque, poursuivi qu'il était par des crises de remords morbide. Pourquoi croient-ils tous qu'une peinture peut leur barrer les portes du Paradis ?

— Vous le savez, pourquoi ! C'est parce qu'ils se rappellent que notre Saint Prophète a dit que les peintres seront, au Jour du Jugement, condamnés par Dieu de la façon la plus sévère.

— Pas les peintres, dit Monsieur l'Oncle, les sculpteurs d'idoles. C'est un dit compilé par Al-Bukhârî.

— Au Jour du Jugement, on demandera aux sculpteurs d'idoles, repris-je avec circonspection, d'insuffler la vie à leurs créatures. Et comme aucune d'entre elles ne s'animera, ils seront frappés des tourments de l'Enfer. N'oublions pas que dans le Coran Vénérable Dieu est qualifié de "sculpteur". Dieu crée, fait exister ce qui n'est pas, anime l'inanimé ; et nul ne saurait rivaliser avec Lui. La prétention des peintres à reprendre ce qu'Il a déjà réalisé, à être des créateurs comme Lui, est le plus grand de tous les péchés. »

J'avais prononcé ces dernières paroles avec la gravité d'un procureur. Il me regardait droit dans les yeux.

« D'après toi, c'est ce que nous avons fait ?

— Pas du tout, dis-je en souriant. Mais c'est ce que feu Monsieur Délicat s'est mis à croire après avoir vu la dernière miniature achevée. Il aurait dit que l'emploi de la perspective, l'imitation des peintres d'Europe étaient autant de séductions du Malin. Nous aurions, dans le dernier dessin, représenté le visage d'un mortel selon les règles de l'Occident, c'est-à-dire en donnant l'impression, non d'une image, mais de la réalité : de sorte que cette œuvre incite ceux qui la contemplent à se prosterner devant elle, comme dans une église. Ce n'est pas seulement parce que la perspective rabaisse le dessin du point de vue de Dieu à celui d'un chien errant, mais parce que, disent-ils, la familiarité avec les règles de l'Occident païen nous amènera à les confondre avec celles que nous pratiquons, à mélanger leur art avec le nôtre, à nous y asservir, au détriment de notre pureté, et que c'est là une tentation diabolique.

— Rien n'est pur, reprit Monsieur l'Oncle. Quoi que l'on crée en dessin ou en peinture, chaque fois que mes yeux se mouillent de larmes et que je frissonne d'émotion devant une image merveilleuse, je sais que j'ai affaire à l'union, pour la première fois, de deux beautés qui en créent une troisième. Depuis Bihzâd, et c'est vrai pour toute la peinture persane, nous sommes redevables aux Chinois, par les Mongols, et aux Arabes. Les meilleures miniatures du temps de Tahmasp allient la mode persane et une sensibilité turcomane. Si aujourd'hui on ne parle que de la production des ateliers d'Akbar Khan, sultan des Indes, c'est parce qu'il encourage ses artistes à adopter le style européen. Or, “Dieu possède l'Orient autant que l'Occident", dit le Coran. Alors, Dieu nous garde d'aspirer à la pureté sans mé lange. »

Quelles que soient la clarté et la douceur qui émanent de sa figure à la lueur de la bougie, l'ombre qu'elle projette sur le mur ne laisse pas d'être terrifiante. Et quelles que puissent être la justesse et la pertinence de ses propos, je n'arrive pas à lui faire confiance. Comme je suppose qu'il me soupçonne, je le soupçonne moi aussi. Et je devine qu'il tend l'oreille, du côté du portail, qu'il attend l'arrivée de quelqu'un pour le secourir.

« Tu m'as raconté comment le peintre Sheïkh Muhammad d'Ispahan avait été dévoré autant par les flammes de sa conscience que par celle de la Grande Bibliothèque où se trouvaient les livres qu'il avait reniés. Je vais pour ma part te soumettre un autre récit se rapportant à cette même légende. Ce peintre consacra, en effet, les trente dernières années de sa vie à rechercher ses propres œuvres. Mais sur les pages qu'il tournait de chaque livre qu'il ouvrait, c'étaient bien plus souvent des imitations, des œuvres inspirées de ses créations, plutôt que ses œuvres, qu'il découvrait. Pendant toutes ces années, deux nouvelles générations de peintres avaient pris celles-ci pour modèles s'étaient approprié, avaient imprimé dans leur esprit ce que lui-même avait renié, jusqu'à en faire, au-delà de leur mémoire, une partie de leur âme. Et il comprit que, tandis qu'il s'affairait à détruire ses œuvres, de jeunes peintres, avec enthousiasme, les reproduisaient sur tellement de livres, les réutilisaient pour illustrer tant d'autres histoires, les retransmettaient à tant d'autres peintres, qu'elles se répandaient par le monde, irrésistiblement. Ce que nous comprenons d'un livre à l'autre, d'une image à l'autre, au bout de plusieurs années, c'est qu'un grand peintre ne fait pas qu'imposer ses œuvres à nos esprits : il finit par changer tout notre paysage intérieur. Chaque image produite par son art, reproduite par notre âme, devient pour nous, peu à peu, la mesure de la beauté du monde. Ce Sheïkh Muhammad d'Ispahan n'a pas seulement, à la fin de sa vie, brûlé et détruit toutes ses œuvres, il a été témoin de leur prolifération, faisant que tout le monde voyait le monde comme autrefois il l'avait vu, et que tout ce qui ne ressemblait pas à ce qu'il avait peint dans sa jeunesse passait désormais pour affreux. »

Je n'ai pas refréné mon enthousiasme en entendant ce discours de Monsieur l'Oncle, ni mon désir de lui complaire, et je me suis jeté, sans plus aucune retenue, sur sa vieille main tavelée que je couvris de larmes et de baisers, conscient qu'il prenait à cet instant la place, dans mon cœur, de mon cher Maître Osman.

« Un peintre, reprit-il d'un air satisfait, fait ses miniatures en écoutant sa conscience, en suivant les règles auxquelles il croit, et sans avoir peur de rien. Il n'a cure de ce que ses ennemis, la bigoterie ou la jalousie peuvent trouver à redire. »

En portant encore une fois ses mains toutes brunes à mes lèvres humides de larmes, je songe que Monsieur l'Oncle n'est pas peintre lui-même. Cette pensée me fait honte : comme si quelqu'un d'autre l'avait effrontément, diaboliquement insinuée dans ma tête. Et pourtant, vous savez comme moi qu'il y a du vrai...

« Je n'ai pas peur d'eux, reprend-il, parce que je n'ai pas peur de la mort. » De qui parle-t-il ? Je hoche la tête en faisant mine de comprendre. Mais je commence à me sentir agacé. Je remarque alors qu'il a, juste à côté de lui, le *Livre de l'Âme*, d'Al-Jawziyya. Tous les vieux gâteux en mal de trépas partagent la même vénération tardive pour cet ouvrage qui relate les aventures de l'âme après la mort. À part cela, depuis ma dernière visite, le seul objet nouveau, au milieu des plateaux supportant des boîtes, des planchettes à tailler les calames, des encres et des pinceaux, est un encrier de bronze.

« Prouvons-leur qu'ils ne nous effraient pas, dis-je en risquant le tout pour le tout. Sortez-leur, montrez-leur la dernière miniature.

— Cela ne reviendrait-il pas à montrer au contraire que leurs calomnies nous touchent, que nous les prenons au sérieux ? Nous n'avons rien fait de terrible, qui puisse nous terrifier. Qu'y a-t-il d'autre, à ton avis, qui justifie une telle peur ? »

Il m'a caressé les cheveux, comme un père. J'ai craint de laisser jaillir mes larmes, et me suis jeté dans ses bras.

« Je sais pourquoi Monsieur Délicat, notre pauvre enlumineur, a été assassiné, déclaré-je avec émotion. Monsieur Délicat s'apprêtait à vous dénoncer, vous, votre livre et nous tous, et à envoyer contre nous les gars de Nusret Hodja d'Erzurum. Il avait décrété que nous étions des impies, des suppôts de Satan, et s'apprêtait à le crier sur les toits, et à monter contre vous les autres peintres que vous avez embauchés pour la confection de votre livre. Comment en est-il arrivé là ? je ne sais pas. Peut-être par jalousie, ou par l'effet d'un égarement diabolique. Les autres peintres que vous employez ont compris que Monsieur Délicat était fermement résolu à causer leur perte. Notre perte à tous. Ils ont, comme moi, eu peur d'être concernés par ses accusations.

L'un d'eux, une nuit que Monsieur Délicat, n'y tenant plus, était venu le provoquer sur ces questions, l'exciter contre vous, nous, nos livres et nos miniatures, a dû se sentir piégé par ce traître, et l'aura tué pour se défendre, avant de le jeter dans le puits.

— Ce traître ?

— Monsieur Délicat était une mauviette, un jaune, un traître et un morveux ! » hurlai-je comme si je l'avais eu en face de moi.

Il y a eu un silence. Aurait-il peur de moi ? Moi, j'avais peur de moi-même, car j'étais comme transporté par le souffle d'une intelligence et d'une volonté extérieure à la mienne.

« Qui est ce peintre qui s'est senti piégé, comme Sheïkh Muhammad et comme toi ? Qui est le meurtrier ?

— Je ne sais pas. »

Mais je souhaite qu'il puisse lire sur ma figure que je mens. Je comprends que ma visite est une grave erreur. Pour autant, n'étant pas disposé à me laisser gagner par le remords et le sentiment de culpabilité, j'éprouve, à voir que Monsieur l'Oncle me soupçonne, une sensation de force et de plaisir. Cette dernière miniature, qui n'éveille désormais en moi que de la curiosité, et non plus le besoin de vérifier si elle est impie, je me dis soudain que, s'il avait effectivement compris que j'étais l'assassin et s'il avait peur de moi, il irait sans doute la chercher. me la montrerait...

« Quelle importance de savoir qui a tué ce moins que rien ? N'était-ce pas une bonne action, de nous en débarrasser ? »

Il ne me regarde plus dans les yeux, et cela me pousse à aller plus loin. Les gens bien, ceux qui se croient meilleurs et plus vertueux que vous, sont incapables de soutenir votre regard dès l'instant qu'ils ont honte à votre place. Peut-être parce qu'ils songent déjà à vous livrer au supplice et aux tortionnaires.

Dehors, juste de l'autre côté du portail de la cour, des chiens se sont mis à hurler comme des enragés.

« La neige s'est remise à tomber, dis-je. Où sont-ils tous partis, et comment se fait-il qu'ils vous aient laissé tout seul ? sans laisser même une bougie allumée en bas ?

— C'est étrange, oui. Très étrange. Je ne vois vraiment pas la raison. »

Il semblait si sincère que je le croyais totalement, et même si j'avais l'habitude de me gausser de lui autant que des peintres qu'il emploie, je ressens à nouveau, envers lui, une profonde affection. Comment en a-t-il l'intuition, de cette tendresse filiale dont déborde mon cœur à cet instant, pour qu'il commence ainsi à me caresser les cheveux, de cet air paternel et soucieux ? Je ne sais pas. Mais je réalise, alors, que le style de peinture suivi par Maître Osman, inspiré de Hérat, n'a aucun avenir. Cette horrible pensée me terrifie moi-même.

Après une catastrophe, c'est ce qui arrive à tout le monde : chacun prie et garde espoir, même au risque de paraître ridicule et stupide, pour que tout redevienne comme avant.

« Reprenons notre livre, dis-je, continuons à peindre comme avant, comme si de rien n'était.

— Il y a un criminel parmi les peintres. Je continue le travail commencé, mais avec Le Noir. »

Est-il en train de me provoquer, pour voir si je pourrais le tuer ?

« Où est Le Noir en ce moment ? Et votre fille et

les enfants ? » Je sens que ces mots sont placés dans ma bouche par une force extérieure, mais je ne peux plus m'empêcher de les dire. Le bonheur et l'espoir semblent verrouillés à jamais. Je ne réussis plus qu'à être brillant et railleur, et au-dessus de ces deux démons toujours si séduisants — intelligence et bel esprit — je sens s'insinuer la présence de leur maître : le Diable. Au même moment, les aboiements sinistres derrière le portail redoublent, comme si les chiens avaient flairé l'odeur du sang.

N'ai-je pas déjà vécu cette scène ? Jadis, il y a très longtemps, dans une ville très lointaine, que la neige avait isolée, comme mise à l'écart du temps, j'essayais en pleurant de persuader de mon innocence, à la lueur d'une chandelle, un vieil avare gâteux qui m'accusait d'avoir volé des couleurs. Les chiens, alors, comme en ce moment, s'étaient mis à hurler comme à l'odeur du sang... Je comprends, en voyant le vieux menton tout ridé et allongé, signe de méchanceté, et le regard de Monsieur l'Oncle, qu'il plonge à nouveau, impitoyable, droit dans mes yeux, qu'il est décidé à m'écraser, à m'éliminer. Mais j'ai aussi devant les yeux ce souvenir de mon enfance, quand j'étais apprenti : et je revois cette image, aux contours nets, aux couleurs passées. Je me lève pour passer derrière Monsieur l'Oncle, et me saisir de l'encrier — celui de bronze, lourd et massif — au milieu de ceux que je connaissais, en verre, en porcelaine, en cristal de roche.

Et l'artiste fervent que j'étais, que Maître Osman a formé, se peint en esprit la scène qu'il voit, que je vois si nette malgré ses couleurs passées, non comme un événement présent, vécu ici et maintenant, mais comme une miniature, ancienne et fanée Comme dans les rêves nous frissonnons de nous voir nous-mêmes de l'extérieur, je frissonne en brandissant le gros encrier de bronze renflé, à goulot étroit, et en prononçant :

« Quand j'avais dix ans, que j'étais novice, j'ai vu un encrier comme celui-ci.

— C'est un encrier mongol, il a au moins trois cents ans, dit l'Oncle. Le Noir me l'a rapporté de Tabriz. On ne s'en sert que pour le rouge. »

L'envie soudaine, que je ressens alors, de lui planter de toutes mes forces son encrier dans le crâne, à ce vieil abruti content de lui, est trop clairement une tentation du Diable pour que j'y cède. Je me retiens donc, et dans un dernier espoir, je lui dis, bêtement :

« C'est moi qui ai tué Monsieur Délicat. »

Vous comprenez, n'est-ce pas, quel espoir m'a fait parler. J'espère encore que l'Oncle me comprendra, me pardonnera. Qu'il a peur de moi et qu'il va m'aider.

29

Je suis votre Oncle

Quand il m'a dit qu'il était l'assassin de Monsieur Délicat, il y a eu un long moment de silence dans la pièce. Je me suis dit qu'il allait me tuer moi aussi. Mon cœur battait à tout rompre. Était-il venu me tuer, se confesser, ou simplement pour me faire peur ? Savait-il lui-même pourquoi il était venu ? En comprenant que je n'avais jamais connu le monde secret de ce peintre, dont l'art consommé, dont surtout, depuis des années, les œuvres géniales m'étaient devenues si familières, j'ai eu peur, oui. Je le sentais là, juste derrière moi, brandissant toujours mon encrier pour l'encre rouge au-dessus de ma nuque. Mais je ne me suis pas retourné pour lui faire face. Le regarder. Sachant que le silence risquait de l'exciter, j'ai prononcé :

« Et ces chiens qui ne veulent pas se taire ! »

Puis nous sommes restés, encore un moment, silencieux. Cette fois, j'ai compris que mourir ou sortir indemne de ce traquenard dépendait de moi, de ce que j'allais dire. Je ne connaissais rien de lui à part ses œuvres, sinon le fait qu'il était intelligent. Il aurait même pu s'en vanter, si vous êtes de ceux qui pensent qu'un peintre ne doit rien révéler de lui-même dans ses œuvres. Et comment avait-il réussi à me coincer tout seul chez moi ? Ma vieille tête tournait à toute vitesse ce labyrinthe de réflexions, sans parvenir à une issue. Où pouvait bien être Shékuré ?

« Vous aviez déjà compris avant, n'est-ce pas, que c'était moi le meurtrier ? » a-t-il demandé.

Non, je n'avais pas compris. Jusqu'à ce qu'il me le dise, je n'avais pas compris. Et d'ailleurs à présent, dans un coin de mon esprit, je reconnaissais que probablement, en assassinant Monsieur Délicat, il avait bien agi, que notre défunt enlumineur submergé par ses terreurs, avait été sur le point, en effet, de nous mener tous à la catastrophe.

Aussi sentais-je naître en moi, dans ma maison déserte, une sorte de confuse gratitude pour l'assassin qui me faisait face.

« Cela ne m'étonne pas que tu l'aies tué, repris-je. Pour les gens comme nous, qui vivent dans les livres et ne rêvent que de miniatures, le monde réel recèle toujours quelque chose d'effrayant. Et nous vivons, nous travaillons pour ce qu'il y a de plus interdit, de plus dangereux dans une cité d'Islam, la peinture. Tout peintre, comme Sheïkh Muhammad d'Ispahan, sent en lui l'aiguillon impérieux du remords, qui le pousse à s'accuser lui-même avant tous les autres, à faire acte de repentance, à demander pardon à Dieu et à la communauté des Croyants. Nous faisons nos livres en cachette, comme si nous étions coupables, et presque toujours en nous excusant par avance. Et je sais trop bien que cet inépuisable sentiment de culpabilité, cette habitude de courber la tête sous les attaques des hodjas, des prédicateurs, des juges, et des religieux en général, qui tous nous accusent d'impiété, c'est à la fois ce qui nourrit et ce qui tue l'imagination de nos peintres.

— Vous ne m'en voulez donc pas d'avoir éliminé cet imbécile de Monsieur Délicat.

— Ce qui nous attire dans la calligraphie, la peinture ou le dessin, fait partie de cette peur que nous avons d'être punis. Si nous nous consacrons à la peinture du matin au soir, si, à longueur de nuit, courbés sur ces livres ouverts sur nos genoux, nous nous rendons aveugles à la lueur des chandelles, c'est moins pour la faveur du Prince ou pour l'argent que pour échapper à la foule et à ses rumeurs. Mais, paradoxalement, nous souhaitons aussi la reconnaissance, par ces mêmes hommes que nous évitons, de nos créations les plus inspirées. Alors, quand ils nous accusent de mécréance ! Le véritable artiste en conçoit des souffrances terribles. Et pourtant, la vérité en peinture est une chose que nous ne voyons pas, et créons encore moins. C'est une chose qui, contenue dans l'image, nous fait dire d'elle qu'elle est mauvaise, impossible, impie. Seul le peintre sait qu'il n'y a pas d'autre route à suivre et, en même temps, il craint la solitude ici-bas. Mais qui accepterait de mener une existence aussi atroce, aussi angoissante ? Alors, toutes ces terreurs interminables, le peintre pense leur échapper en étant le premier à s'accuser lui-même. On l'écoute, on croit à ces aveux spontanés, et on le brûle. C'est ce qui est arrivé au grand peintre d'Ispahan.

— Vous n'êtes pas peintre, dit-il. Ce n'est pas parce que j'avais peur de lui que je l'ai tué.

— Tu l'as tué parce que tu voulais peindre à ta guise, sans être inquiété. »

Mon assassin en puissance a eu à ce moment-là une réflexion hautement sagace, la première depuis longtemps à vrai dire : « Je sais, vous approuvez tout ce que je dis, vous faites mine d'acquiescer à toutes mes idées simplement pour vous tirer de là. Mais, a-t-il ajouté, ce que vous venez de dire n'est pas faux. Et comme je veux que vous compreniez bien, voyez-vous... »

Je me suis retourné pour le regarder dans les yeux. Tout en me parlant, il semblait avoir laissé derrière lui toute politesse de façade, et comme déjà « parti », ou prêt à s'en aller... Où était-il ?

« Ne vous offensez pas. Ce n'est rien..., a-t-il balbutié avant de partir d'un grand éclat de rire en passant derrière moi, d'un rire où résonnait quelque chose de fêlé. Cela m'arrive parfois. Comme maintenant. Je fais quelque chose, et, en même temps, ce n'est pas moi. J'entends comme un bruit à l'intérieur, qui me pousse, qui me fait commettre le mal. Mais j'en ai besoin, aussi. Pour peindre.

— Ces histoires de démons sont des inventions gratuites de bonnes femmes.

— Alors je dis des mensonges ? »

Je sentais qu'il n'avait pas assez de courage pour me tuer froidement ; et que, pour cette raison, il voulait me pousser à le mettre en colère. « Pas des mensonges, non. Mais tu ne perçois pas très bien ce que tu ressens.

— C'est faux Je le perçois très bien. Je souffre toutes les affres du tombeau avant même d'être mort. Sans vous en rendre compte, vous nous avez plongés dans le péché jusqu'à la gorge. Et maintenant vous venez me dire d'être encore plus hardi. Moi, j'ai tué, à cause de vous. Et maintenant la meute enragée de Nusret Hodja est à nos trousses, pour nous tuer tous. »

Il criait pour mieux se convaincre lui-même, en serrant convulsivement l'encrier d'une main. Si seulement ses cris pouvaient attirer l'attention de quelque passant dans la rue... mais avec cette neige !

« Comment cela s'est-il passé, quand tu l'as tué ? ai-je demandé, moins par curiosité que pour gagner du temps. Et comment vous êtes-vous retrouvés près de ce puits ?

— C'est Monsieur Délicat qui est venu me trouver cette nuit-là, en sortant de chez vous. » Commence-t-il, étonnamment bien disposé pour raconter la suite, semblait-il. « Il m'a dit qu'il venait de voir la dernière miniature, sur deux pages. Puis j'ai cherché à le détourner de son projet, à l'empêcher de faire un esclandre, en somme. Je l'ai amené à ce terrain vague, en disant que j'avais de l'argent enterré près du puits d'une maison détruite par le dernier grand incendie. Entendre le mot "argent" lui a donné confiance. Quelle meilleure preuve que c'était un peintre vénal ? Mais ce n'est pas ce qui me gênait : il était comme les autres, ni plus ni moins talentueux. Et prêt à gratter la terre gelée avec ses ongles. D'ailleurs, si j'avais eu réellement des pièces d'or enterrées près de ce puits, je n'aurais pas eu besoin de le tuer. Vous avez vraiment choisi un bien vil personnage pour faire vos enluminures. Il avait un trait précis, mais ses dorures, le pauvre, sans parler de sa façon de choisir et d'employer les couleurs, étaient tout à fait vulgaires. Je n'ai laissé aucune trace. À propos, dites-moi, qu'en est-il au juste de ce qu'on appelle le style ? Aujourd'hui aussi bien les Européens que les Chinois parlent de la "couleur" d'un peintre, de son "style". Un bon peintre est-il tenu d'avoir un style qui le distingue de tous les autres ?

— Ce dont tu peux être sûr, c'est qu'un nouveau style ne procède jamais de la volonté personnelle du peintre, ai-je répondu. Un prince meurt, un roi est vaincu, une époque, qui semblait devoir être éternelle, prend fin et tel grand atelier de peinture se retrouve fermé ; les peintres se dispersent entre plusieurs pays, à la recherche d'un mécène, d'un puissant qui les protégera. Un jour, un souverain reçoit ces artistes apatrides, ces vagabonds talentueux, peintres ou copistes, venus d'Alep ou de Hérat, dans son palais ou dans sa tente, il les traite avec bonté, et fonde, pour les accueillir, un nouvel atelier de peinture. Ceux-ci, qui ne se connaissent pas, commencent par se disputer, chacun promouvant le style traditionnel qu'il reconnaît, et ce sont comme des gamins des rues qui se rencontrent au hasard d'un carrefour, et qui commencent par se taper dessus, mesurent leurs forces et s'affrontent dans une bagarre généralisée. Ces querelles, ces règlements de comptes, ces jalousies durent autant qu'il faut pour qu'un nouveau style, après plusieurs années, sorte de leurs manières différentes de peindre et de jouer des couleurs. Le plus brillant de l'atelier, le plus habile des peintres imposera sa règle à la majorité. Je dirais même : le plus chanceux. Aux autres, moins heureux, n'échoit plus que l'imitation, la tâche de perfectionner, et peaufiner à l'infini le style qui a triomphé. »

En évitant de croiser mes yeux, d'une voix étonnamment douce et tremblante, qui semblait implorer, presque celle d'une jeune fille, il me demanda :

« Est-ce que j'ai, moi, un style ? »

J'ai bien cru que j'allais pleurer. De ma voix la plus douce, la plus gentille possible, je lui ai répondu tout ce que je pensais :

« En soixante années de vie pécheresse, je n'ai jamais vu de peintre plus talentueux, plus extraordinaire, d'une touche plus magique et d'un coup d'œil plus fin que toi. Entre mille miniatures posées devant moi, produites par autant de peintres, autant de pinceaux différents, je reconnaîtrai, et choisirai toujours cette touche particulière, si merveilleuse, que Dieu t'a donnée en partage.

— Je le crois aussi. Mais vous n'êtes pas assez subtil pour saisir le secret de mon talent, dit-il. Vous mentez, parce que vous avez peur. Mais tant pis, continuez à parler de mon style.

— Ton pinceau semble choisir lui-même le trait juste, sans l'intervention de ta main. Et ce qu'il fait apparaître n'est ni réel, ni frivole. Quand tu peins une scène avec de nombreux personnages, la tension qui se dégage des regards échangés, de la position des corps sur la page, et du sens du texte en regard, transforme cette image en délicat murmure, et qui semble éternel. Je reviens encore et toujours à contempler tes miniatures, afin d'écouter ce murmure. Et chaque fois, je constate en souriant qu'il me dit autre chose, et que je lis, pour ainsi dire, une peinture nouvelle. Quand on assemble ces différents niveaux de sens, une profondeur se fait jour qui surpasse la perspective des peintres d'Europe.

— Mmmhm. Ça va, laissez de côté les Européens, et continuez ce que vous disiez.

— Ton calame est si puissant, si prodigieux, qu'en voyant ta peinture, c'est à elle qu'on croit, et non plus à ce monde. Et de même que l'art peut dévoyer le meilleur des croyants, le tien serait capable de convertir, de ramener sur la voie de Dieu le mécréant le plus endurci.

— C'est vrai, je ne sais pas si c'est un compliment. Continuez.

— Aucun peintre ne possède ta maîtrise des couleurs, ta connaissance de leurs secrets. Tu produis toujours les plus vives, les plus étincelantes, les plus vraies.

— C'est clair. Et encore ?

— Et tu n'es pas sans savoir que cette prééminence fait de toi l'égal d'un Bihzâd ou d'un Mîr Sayyid.

— C'est vrai, je le sais. Si vous le savez vous aussi, pourquoi voulez-vous faire votre livre avec ce moins que rien de Le Noir, et pas avec moi ?

— D'abord, son travail ne demande aucun talent de peintre. Ensuite, il n'est pas un assassin. »

Il a répondu par un sourire suave à l'éclat de rire que j'ai laissé fuser après tous ces beaux compliments. Je sentais que, de toute façon, c'était la seule manière pour moi — le seul style ? — propre à me sortir de ce cauchemar. Nous avons engagé une discussion, moins comme un père avec son fils que comme deux vieillards chevronnés, à propos de ce lourd encrier de bronze qu'il tenait toujours à la main : le poids du métal, la forme de l'objet, qui lui donnait son équilibre, la longueur du goulot, la longueur des roseaux des anciens calligraphes, les arcanes de l'encre rouge dont il évaluait la consistance à l'intérieur, en balançant, debout devant moi, doucement l'encrier... et que si les Mongols n'avaient pas rapporté, par Bukhârâ, Hérat et le Khurâsân, les secrets de fabrication de l'encre rouge par les maîtres chinois, nous serions incapables, aujourd'hui à Istanbul, de produire ces miniatures. Pendant que nous parlions, la consistance du temps, comme de la peinture qu'on étale, semblait se modifier, devenir plus fluide. Dans un coin de mon esprit, je continuais de m'étonner de ce que personne n'était encore rentré. Si seulement il voulait bien reposer cet encrier !

« Quand votre livre sera fini, ceux qui verront mes miniatures apprécieront-ils mon talent ? m'a-t-il demandé, plus serein, sur le ton habituel de nos conversations de travail.

— Si Dieu veut que nous menions à bon terme cet ouvrage, Sa Sainteté notre Sultan commencera sans doute, quand il l'aura entre les mains, par jeter rapidement un œil, histoire de voir si nous n'avons pas lésiné sur la feuille d'or ; puis il examinera son portrait, comme s'il parcourait son propre panégyrique, et sera, comme tous les autres, plus admiratif de son image que de l'image que nous avons peinte ; si ensuite il daigne se pencher sur ce labeur zélé, inspiré par l'Orient et l'Occident, où nous avons usé la lumière de nos yeux, quel bienfait de sa part ! Mais tu sais comme moi, que, à moins d'un miracle, il fera remiser le livre sous clef, dans le Trésor, sans même demander qui est l'auteur du cadre, des enluminures, de tel personnage, ou de tel cheval ; et nous nous remettrons au travail, comme de bons artisans, en continuant d'espérer qu'un jour notre mérite sera connu.

— Et quand ce miracle arrivera-t-il ? a-t-il demandé après un silence qui semblait marquer l'attente, non l'impatience, de quelque chose. Quand ces miniatures, pour lesquelles nous acceptons de nous rendre aveugles, seront-elles réellement comprises ? Quand nous vaudront-elles, à moi, à nous tous, l'affection, la faveur qui nous revient de droit ?

— Jamais.

— Comment est-ce possible ?

— On ne nous octroiera jamais ce que tu demandes. Et dans l'avenir encore moins qu'aujourd'hui.

— Les livres restent, pendant des siècles ! réplique-t-il avec orgueil mais sans grande conviction.

— Crois-moi, aucun des maîtres vénitiens ne possède cette poésie, cette foi, cette sensibilité qui est la tienne, ni la pureté, l'éclat de ta palette. Mais leurs tableaux sont bien plus persuasifs, s'approchent plus de la vraie vie. Au lieu de peindre comme du sommet d'un minaret, depuis assez de hauteur pour dédaigner ce qu'ils appellent la perspective, ils se mettent au contraire au niveau de la rue, ou à l'intérieur de la chambre d'un prince, pour peindre son lit, sa couverture, le bureau, le miroir, son guépard, sa fille, ses pièces d'or. Ils mettent tout, comme tu sais. Je ne suis d'ailleurs pas séduit par tout ce qu'ils font : cette façon de vouloir à tout prix rendre le monde tel qu'il est me semble assez mesquine, et me met mal à l'aise. Mais il y a une telle séduction dans le résultat qu'ils obtiennent avec cette méthode ! Car ils peignent ce qu'ils voient, ce que leur œil voit, exactement comme ils le voient, alors que nous peignons ce que nous contemplons. En regardant leurs œuvres, on comprend tout de suite que c'est de cette seule façon que notre image peut subsister jusqu'au Jugement dernier. Alors, la tentation est si forte que non seulement les Vénitiens, mais, dans toute l'Europe, tous les tailleurs, bouchers, soldats, prêtres ou épiciers se font faire leur portrait. Et tous ces portraits te donnent à ton tour envie de te voir toi-même différent de tous, sans personne semblable à toi, comme une création spéciale et toute particulière. Or cela, cette manière d'exister comme l'œil, et non l'esprit, nous voit, la possibilité en est offerte par cette nouvelle méthode. Un jour, dans l'avenir, tout le monde peindra comme eux. La peinture ne s'entendra plus qu'en ce sens. Le pauvre tailleur stupide, qui ne comprend rien à notre art, exigera d'être peint ainsi, afin de pouvoir croire, en reconnaissant son nez grotesque et biscornu sur la toile, qu'il n'est pas le dernier goujat, mais une personne originale, unique.

— Eh bien, on lui fera, son portrait ! s'est exclamé cet assassin d'un ton enjoué.

— Non, nous ne le ferons pas ! Feu Monsieur Délicat, ta victime, ne t'a-t-il pas instruit sur la terreur qu'éveille chez tes collègues l'idée d'imiter les Européens ? Et même si nous surmontons cette peur et que l'on s'y essaye, le résultat sera le même. À la fin, tu verras, nos couleurs passeront, et notre art s'éteindra. Plus personne ne s'intéressera à nos livres et à nos peintures. Et ceux qui s'y intéresseront n'y comprendront plus rien, ne pourront pas s'empêcher de faire une moue en regrettant l'absence de la perspective... Si tant est qu'ils arrivent jusqu'aux ouvrages eux-mêmes ! Parce que, à côté de l'indifférence des hommes, il y aura, pour mettre fin, lentement, mais sûrement, à ce monde de nos miniatures, le temps avec tous ses fléaux. Comme la colle de nos reliures, selon une formule arabe, contient de l'écaille de poisson, de l'os, du miel, et comme nos pages sont glacées avec une glaire faite d'albumine et d'amidon — soit de blanc d'œuf et de farine —, les petites souris voraces les grignoteront avec une impudente gourmandise ; les termites, les vers à bois, et mille espèces de vermine rongeront, feront disparaître, en douce, nos précieux volumes ; les reliures se fendilleront, les pages se déchireront, toutes seules ; ou des serviteurs indifférents, des voleurs, et puis les enfants, les ménagères — pour allumer le feu — se serviront, sans y penser, sur le papier de nos peintures ; les infantes et les petits princes gribouilleront à l'encre sur nos pages, crèveront les yeux des personnages, étaleront leurs morves dessus, feront des dessins dans la marge ; de temps en temps, l'un d'eux, furieusement inspiré, déclarera que tout ça est péché, passera tout au brou de noix ; ou le gamin découpera les pages, pour en faire des caricatures, et s'amuser avec, en les tournant en dérision. Les mères arracheront ce qu'elles trouveront obscène, les pères, ou les grands frères, y tireront leur crampe ; et pour les autres façons de faire se coller les pages, je passe sur la moisissure, la boue, la colle qui déborde, la salive alourdie de tous les débris de mangeaille possibles. Aux endroits où la pourriture et la crasse auront provoqué ces adhérences, des fleurs, comme des abcès, s'épanouiront en larges plaies. Puis la pluie, les intempéries, une inondation, un simple toit qui fuit, ou des torrents de boue balaieront nos livres. Et de toute façon, à côté des ouvrages que les inondations, l'humidité, les insectes auront déjà réduits en bouillie informe, de toutes ces pages piquetées, percées, trouées, effacées et rendues illisibles, celui qu'on sortira intact, par miracle, du fond d'une malle, restée bien sèche par miracle elle aussi, finira quand même englouti dans les flammes de quelque incendie : y a-t-il un seul quartier d'Istanbul qui n'ait été, une fois tous les vingt ans, réduit en cendres, pour qu'un tel livre puisse subsister ? Dans cette ville où plus de livres et de bibliothèques disparaissent, tous les trois ans, que les Mongols n'en ont brûlé et pillé à Bagdad, quel peintre osera rêver que ses chefs-d'œuvre perdurent au-delà d'un siècle, pour qu'un jour on l'évoque, à l'instar de Bihzâd, en admirant son art ? Et ce n'est pas seulement nos œuvres, mais tout ce que notre monde a produit, depuis des siècles, que les flammes, l'incurie ou la vermine finiront par anéantir. Ainsi, de Shirine avisant Khosrow, du haut de l'échauguette ; et Khosrow contemplant Shirine, qui se baigne, au clair de la lune ; et tous les délicats regards de tous les amants délicats ; Rustam au fond du puits, qui terrasse le démon blanc ; Majnûn languissant au désert, avec le tigre blanc et les mouflons apprivoisés ; et le chien de berger félon, démasqué et pendu pour avoir offert à la louve, qu'il couvrait chaque nuit, un agneau du troupeau dont il avait la garde ; et les rinceaux de fleurs et d'anges, de rameaux et d'oiseaux, de feuillages et de branchages, qui firent verser tant de larmes ; les joueurs de luth qui illustrent les vers mystérieux de Hâfiz ; les milliers de corniches décorées de motifs par les novices, par les maîtres, qu'elles ont fini par rendre à moitié, puis totalement, aveugles ; les plaques écrites, apposées aux murs, sur le dessus des portes ; tous ces distiques dissimulés dans la facture compliquée des encadrements ; les humbles signatures, perdues dans les rochers, sous les buissons, au pied des murs, sous les toitures, au coin des façades, sous la semelle d'un soulier ; les fleurs qui couvrent par milliers les couvertures des amants ; les têtes coupées des Infidèles, attendant patiemment l'assaut, par l'aïeul de notre Sultan, d'une ville qu'il a vaincue. Toutes les tentes et les canons, et les fusils, à l'arrière-plan, quand les ambassadeurs des pays infidèles viennent baiser les pieds de l'arrière-grand-père de notre Sultan, auxquels tu travaillas aussi, quand tu étais encore tout jeune ; les diables, avec ou sans queue, avec ou sans cornes, aux dents et aux ongles pointus ; les milliers d'espèces d'oiseaux, parmi lesquels la huppe sage, le moineau sautillant, le milan stupide et le rossignol poète ; les chats qui se tiennent bien, les chiens qui se tiennent mal ; les nuées qui galopent ; les petits brins d'herbe adorables, identiques sur mille images ; les rochers, aux ombres naïves, et les cyprès, les grenadiers, et les platanes par milliers, leurs feuilles tracées une à une avec une patience angélique ; et ces palais, avec toutes leurs briques, qui reproduisent les palais de Tahmasp ou Tamerlan, mais qui illustrent des histoires tant de fois plus anciennes ; les princes par milliers, qui écoutent, dans la campagne, mélancoliques, la musique jouée pour eux par des femmes et des garçons, assis sur des tapis à l'ombre d'arbres en fleurs, au printemps ; les merveilleux motifs de ces tapis et des faïences, qui coûtèrent aux petites mains des apprentis, de Samarcande ou de chez nous, depuis un siècle et demi, tant de larmes et de coups de bâton ; les jardins merveilleux, les milans noirs qui planent, au-dessus des champs de bataille, sur les morts innombrables, et les parties de chasse de nos souverains, poursuivant délicatement les gazelles aussi délicates, qui fuient, tremblantes, devant eux ; les ennemis en servitude, la mort des rois, les galions infidèles, les cités rivales, et la sombre clarté qui tombe des étoiles, ces nuits, que hantent les cyprès, et qui brillent comme si la nuit s'écoulait et brillait dans l'encre de ton pinceau, toutes tes scènes fondues au rouge, que ce soit d'amour ou de mort, tout, tout disparaîtra. »

Il m'a frappé de toutes ses forces, à la tête, avec l'encrier.

Sous la violence du choc, j'ai basculé, face contre terre. Et j'ai senti une douleur atroce, absolument indescriptible. Un moment ma douleur paraît éclabousser le monde : tout est jaune. La plus grande part de mon esprit comprenait que c'était exprès, mais une petite partie, malgré ce coup porté, ou la partie que justement ce coup faisait fonctionner moins bien, me poussait lamentablement à demander quand même, à ce fou, qui voulait m'assassiner, s'il ne m'agressait pas, en fait, par erreur !

Il a abattu encore une fois l'encrier de bronze sur ma tête.

J'ai compris cette fois, même par cette partie de mon esprit qui pensait de travers, qu'il n'y avait pas d'erreur possible, que sa folie, sa rage étaient là, et puis la mort, la fin. La terreur m'a arraché un hurlement énorme, de toute ma douleur, et mes cris, s'ils avaient été une peinture, auraient tout baigné de vert. Dans l'obscurité de ce soir d'hiver, dans la rue déjà désertée, une telle couleur, je le compris, ne pouvait pas être perçue. J'étais donc seul.

Ce cri lui a fait peur, l'a déconcerté. Nos yeux se rencontrèrent. J'ai lu dans ses pupilles que malgré son horreur, malgré la honte, il acceptait son acte, entrait rapidement dans son rôle d'assassin. Ce n'était plus le peintre que je connaissais, mais un étranger, lointain, mauvais, qui ne parlait pas ma langue, et cela m'isolait comme par des siècles de solitude. J'ai voulu saisir sa main, comme pour me rattraper au monde, en vain. J'ai supplié, je crois : « Mon fils, mon fils, ne me tue pas ! » Comme dans un rêve, il semblait ne pas m'entendre.

Il a abattu encore une fois l'encrier sur ma tête.

Mes pensées, mes souvenirs, mes yeux et ce que je voyais, tout s'est mêlé pour devenir ma Peur. Je ne voyais plus les couleurs, et j'ai vu que tout était rouge. Ce qu'alors, j'ai pris pour mon sang était de l'encre rouge. Ces taches d'encre sur mes mains étaient mon sang qui s'écoulait.

Comme j'ai trouvé inéquitable, indigne, scandaleux de mourir, à cet instant ! C'était pourtant là que je devais bien en venir, un jour ou l'autre, vu mes cheveux blancs que le sang rougissait... Je me suis rendu compte que mes souvenirs, comme ma tête, étaient tout blancs, comme la neige qui tombait dehors, en silence. Et j'entendais mon sang qui battait dans ma tête, dans ma bouche.

Je vais vous raconter ma mort. Vous l'avez peut-être compris depuis longtemps : la mort, très clairement, n'est pas la fin de toute chose. Mais il est vrai, ainsi que le disent tous les livres, que la mort est une douleur, une douleur inimaginable. Ce n'était pas seulement ma tête, mon cerveau qui souffraient, mais toutes les parties de mon être, confondues et mêlées dans une douleur atroce, infinie. C'était tellement insoutenable, qu'une partie de mon esprit semblait aspirer au sommeil, comme à la seule issue possible.

Avant de trépasser, je me suis rappelé ce conte syriaque que j'avais entendu, au sortir de mon enfance. Un vieil homme vivant tout seul se lève au milieu de la nuit, afin d'aller boire un verre d'eau. Il pose le verre sur la table, et constate que la chandelle a disparu. Un mince rayon de lumière filtre depuis la chambre, il le suit en revenant sur ses pas, et trouve dans son lit quelqu'un d'autre, la chandelle à la main. « Qui es-tu donc ? » L'étranger répond : « La Mort. » Le vieillard se renfrogne, ne dit mot, puis répond : « Alors tu es venue. — Oui, répond la Mort, crânement. — Non, répond fermement le vieillard, tu n'es que le rêve que je n'ai pas terminé. » Il souffle la bougie dans la main de l'étranger, et tout sombre dans le noir. Le vieil homme remonte dans son lit, se rendort, et vit vingt ans de plus.

Je savais que, pour moi, il en irait autrement. Il avait encore abattu l'encrier sur ma tête. La douleur était si intense, je n'ai senti le choc que vaguement, cette fois. Lui, l'encrier, la pièce faiblement éclairée, tout semblait s'éloigner et pâlir peu à peu.

Mais je vivais encore, je le savais : puisque je m'accrochais, puisque je désirais m'enfuir, que je me débattais, des mains, des pieds, pour protéger ma tête, mon visage pleins de sang, puisque, à un moment, je crois bien que je l'ai mordu à la cheville, avant qu'il ne me frappe encore de plein fouet, au visage, avec l'encrier.

Nous avons donc lutté, si l'on peut encore parler de lutte. Il était très fort, et très énervé. Il m'a plaqué sur le dos, en mettant ses genoux sur mes épaules, et pendant qu'il me maintenait ainsi, cloué au sol, il m'a raconté, sans aucun respect pour un vieillard mourant, des choses, et d'un ton ! Et encore une fois, sans doute parce que je ne pouvais ni comprendre, ni entendre, ni regarder en face ses horribles yeux injectés de sang, il m'a refrappé avec l'encrier. Sa figure et ses yeux furent inondés de rouge, celui de l'encrier, et celui de mon sang.

J'ai fermé les deux yeux, dans ma noire épouvante que la dernière vision que j'aurais eue du monde allait être une face hostile... et aussitôt après, j'ai aperçu une lueur, une clarté très douce, comme un songe, si douce et si réparatrice, que j'ai cru arrivée la fin de mes souffrances. J'ai vu quelqu'un dans la lumière, et j'ai demandé, comme un enfant : « Qui tu es, toi ?

— Je suis Azraîl, a-t-il répondu. J'annonce aux fils d'Adam la fin de leur voyage en ce monde ici-bas. Je sépare les enfants des mères, les époux des épouses, les pères de leur fille, et les amants entre eux. En ce monde, il n'est pas une âme qui ne me trouve sur son chemin. »

Voyant la mort inéluctable, je me suis mis à sangloter.

Mes pleurs me donnaient soif, et restait la douleur, étourdissante et lancinante. Il y avait cet endroit, cruel et frénétique, où je gisais, la tête et le visage en sang. Et de l'autre côté, il y avait le repos, la fin des cruautés et de la frénésie, mais comme une contrée inquiétante, inconnue. Je savais que ce monde nimbé de lumière, où l'ange Azraîl venait de m'inviter, était le territoire des morts, et j'en avais très peur. Mais aussi, je réalisais que je ne pourrais plus rester longtemps au milieu d'un monde qui s'acharnait à me torturer si sauvagement, et où aucun repos ne semblait plus possible. Pour demeurer ici, il aurait fallu pouvoir endurer ces souffrances et, à mon âge, ce n'était plus possible.

Ainsi, juste avant de mourir, j'ai désiré mourir. Et j'ai trouvé à ce moment la réponse à cette question sur laquelle, toute ma vie, je m'étais cassé la tête sans en trouver la solution dans aucun livre : pourquoi tous les hommes, sans exception, finissent un jour ou l'autre par mourir : c'était donc simplement qu'ils en arrivaient tous à le désirer. La mort, ainsi, me rendait sage, parce que résigné.

Pourtant, avant de partir pour le long voyage, j'ai hésité : suffisamment pour ne pas pouvoir m'empêcher de jeter un dernier regard, sur la chambre et son mobilier. L'inquiétude et, déjà, la nostalgie me faisaient souhaiter de revoir ma fille, une dernière fois. J'ai même pensé l'attendre, le temps qu'il faudrait, en résistant à la douleur, lancinante, à la soif, de plus en plus ardente.

La lumière douce et mortifère s'efface un peu, et mon esprit s'ouvre à nouveau aux bruits du monde autour de moi, tandis que j'agonise. J'entends mon assassin. Il se déplace dans la pièce, ouvre l'armoire, fouille dans mes papiers : il cherche la dernière miniature ; ne la trouvant pas, il se met à renverser les couleurs, les coffres, les boîtes, les encriers et les pupitres, à grands coups de pied. Ce que je percevais aussi de loin en loin, c'était mes propres gémissements, les convulsions bizarres de mes vieux bras, de mes jambes fatiguées. J'ai attendu.

La douleur ne diminuait pas ; peu à peu je me suis tu, j'ai cessé de lutter ; mais j'ai tout de même attendu encore.

J'ai pensé à ce moment-là que ma fille pouvait rentrer et se retrouver face à face avec mon assassin. J'ai tâché de ne pas penser, puis j'ai senti que ce scélérat avait quitté la pièce. Il avait, sans doute, trouvé la dernière miniature.

Ma soif devenait dévorante, mais j'ai attendu encore : Allez, ma belle Shékuré, dépêche-toi d'arriver.

Elle n'est pas arrivée à temps.

Les forces m'ont failli. Je ne la reverrais jamais. Ce fut une douleur de plus, et j'ai voulu mourir, cette fois, de tristesse. Alors, à ce moment est apparu, sur mon côté gauche, un visage empreint de bonté, que je n'avais jamais vu, et qui me souriait en tendant un verre d'eau.

Sans réfléchir, avec avidité, je fais le geste de m'en saisir. Mais on retire le verre d'eau : « Dis : le prophète Muhammad a menti. Renie-le, lui et sa parole. »

C'était le Diable. Je me suis gardé de répondre, je

n'avais même pas peur, et j'ai su attendre encore, car je n'ai jamais cru que faire de la peinture signifiât qu'on dût le suivre. Je rêvais déjà d'avenir, du long voyage qui m'attendait.

Puis l'ange de lumière que j'avais déjà vu revint, et Satan disparut. Une partie de mon esprit savait que cet ange lumineux qui mettait le Diable en déroute était l'ange Azraîl lui-même. Mais une autre partie de mon esprit, toujours prête à se rebeller, me rappelait qu'il est écrit, dans le *Livre des Circonstances de la Résurrection finale*, qu'Azraîl est un ange qui tient le monde entier dans ses mains, et dont les ailes, immenses, recouvrent de leur envergure l'Orient et l'Occident.

Voyant mon trouble, et comme pour me tirer d'embarras, l'ange s'est approché, et il a prononcé, d'une voix sublimement suave, ces mêmes paroles qui sont citées par Ghazzâlî dans les *Perles de la Magnificence* :

« Allons, ouvre la bouche, que ton âme puisse sortir.

— De ma bouche ne peut plus sortir que le seul nom de Dieu », ai-je répondu.

C'était mon dernier subterfuge. J'ai compris qu'il n'était plus temps de résister, et que mon heure était venue ; je ne la reverrais pas. Et j'ai eu honte un instant de laisser à ma fille mon corps dans cet état affreux, souillé, ensanglanté ; j'ai voulu au plus tôt quitter ce monde exigu, qui me serrait aux entournures.

J'ouvre la bouche, et alors, comme dans les descriptions de l'Ascension Nocturne que le Prophète, en rêve, a faites du Paradis, tout redevient multicolore, comme badigeonné d'une lumière profuse, impériale, une lumière d'or. Une larme de chagrin roule encore de mes yeux : du fond de mes poumons, par ma gorge, mon âme se fraye un passage, et tout sombre dans le silence.

Je voyais maintenant mon âme, disjointe à présent de mon corps, et Azraîl la tenait dans sa main. Elle était de la taille d'une abeille, nimbée de lumière, et, dépouillée de son enveloppe corporelle, tremblait dans la main de cet ange, comme une goutte de mercure. Mais mon esprit était ailleurs : il venait d'intégrer un monde tout nouveau.

Le calme, après tant de souffrances, était enfin venu, et le fait d'être mort, en dépit de mes craintes, n'était pas douloureux. Au contraire, j'étais reposé, en sachant que ce grand repos était durable, et que tous les tiraillements, les angoisses de mon existence n'avaient été que passagers. Il en demeurerait ainsi, pendant des siècles et des siècles, jusqu'à la Résurrection. Ces événements qui s'étaient, jadis, succédé, qui s'étaient bousculés en moi, s'étalaient maintenant, tranquilles, au large, simultanés, tels les éléments, sans rapports entre eux, d'une complexe miniature, quand un peintre espiègle donne libre cours, sur une double page, à sa fantaisie.

30

Moi, Shékuré

Il neigeait tellement fort que, même à travers mon voile, les flocons me volaient jusque dans les yeux. J'ai eu du mal à traverser notre jardin plein de boue, d'herbes pourries et de branchages, mais une fois dans la rue, j'ai pu accélérer le pas. Vous vous demandez ce qu'étaient mes pensées à cet instant-là. Eh bien, voilà : Pouvais-je avoir confiance en Le Noir ? À vous dire la vérité, très sincèrement, je me demande moi-même maintenant quelles furent mes pensées à ce moment-là. Vous pouvez facilement concevoir que j'étais plutôt désemparée. Et pourtant, j'étais sûre d'une chose : que comme d'habitude, face à chaque problème, qu'il s'agisse de manger, de mes enfants ou de mon père, une voix, intérieure, finirait par se faire entendre, et mon cœur, sans qu'il ait même besoin de s'interroger, me soufflerait la solution. Avant demain midi, je connaîtrais le nom de mon prochain mari.

Il y a une chose dont, avant même d'être rentrée chez moi, je voudrais vous entretenir. Non, je vous en prie ! il ne s'agit pas encore une fois des dimensions de ce fameux engin que Le Noir m'a fait voir — nous en reparlerons plus tard si vous y tenez. Ce dont je souhaite vous entretenir, c'est de son étrange précipitation. Non qu'à mon avis il pense exclusivement à satisfaire ses bas instincts, et d'ailleurs cela me serait assez égal — mais ce qui me surprend, c'est sa stupidité ! Incapable de réfléchir que sa conduite pouvait m'effrayer, me faire fuir, et que jouer avec mon honneur, c'était risquer de me perdre ! Sans parler des conséquences encore plus graves, qui ne semblent même pas lui effleurer l'esprit... Oh, pas de doute, on comprend bien à son air penaud qu'il m'aime et me désire éperdument. Mais après avoir attendu douze ans, pourquoi ne peut-il pas jouer le jeu selon les règles, et attendre encore douze jours ?

Quoique, vous savez, je me sentais de plus en plus amoureuse de sa maladresse, de son regard de petit garçon triste. C'est venu au moment où j'aurais dû me fâcher le plus, il m'a tout simplement fait de la peine, et j'ai entendu ma voix intérieure qui disait : « Oh, le pauvre petit, il a toujours ce gros béguin, et il est si maladroit ! » J'ai eu besoin de le protéger, et j'aurais bien été capable d'un faux pas : oui, j'ai été à deux doigts de m'abandonner à ce petit malappris.

En pensant soudain à mes pauvres petits orphelins, je me suis mise à marcher plus vite. Dans la nuit déjà tombée et la neige qui m'aveuglait, j'imaginais qu'un homme, un fantôme, allait se jeter sur moi, et j'ai rentré la tête dans mes épaules, comme pour l'éviter.

En pénétrant dans la cour de notre maison, j'ai compris que Hayriyé et les enfants n'étaient pas encore rentrés. Tant mieux, me suis-je dit, et d'ailleurs c'était normal, puisqu'on n'avait pas encore entendu l'appel à la prière du soir. En montant les escaliers, j'ai cru sentir une odeur d'orange amère ; il n'y avait pas de lumière dans la chambre à la porte bleue, où devait pourtant être mon père ; j'avais les pieds gelés ; j'ai pris une lampe et, à peine entrée dans la pièce, j'ai remarqué le placard ouvert, les coussins par terre, et je me suis dit, ça, c'est encore Orhan et Shevket... Il n'y avait pas un bruit. Le silence habituel... ou plutôt un silence inhabituel. Je me suis changée, et j'allais m'asseoir pour me replonger dans mes rêves, quand, du fond de mon âme, j'ai perçu un léger bruit. Cela venait d'en bas, pas de la cuisine, mais, juste au-dessous de moi, de l'atelier qui jouxte l'écurie, où mon père s'installe en été, parce qu'on y est toujours au frais. Est-ce qu'il serait descendu y travailler, malgré ce froid ? Pourtant, je ne me rappelais pas avoir remarqué la moindre lueur de bougie — et soudain j'ai entendu, cette fois-ci, grincer la porte entre l'entrée et la cour. Aussitôt après, de l'autre côté du portail, ces maudits chiens se sont mis à aboyer d'une façon sinistre. J'ai crié :

« Hayriyé ? Shevket, Orhan !... »

J'ai senti un courant d'air. « Le poêle de mon père doit être allumé, pensai-je. Je ferais mieux d'aller me réchauffer chez lui. » Je ne pensais plus à Le Noir, mais à mes fils. J'ai pris une bougie, pour aller dans la pièce à côté.

Sur le palier, je me suis dit qu'il fallait aussi que j'aille mettre de l'eau à bouillir sur la cuisinière, pour la soupe de poisson. En poussant la porte bleue et en voyant tout ce désordre dans la pièce, je me suis vaguement demandé ce que mon père avait bien pu trafiquer.

C'est à ce moment que je l'ai vu, par terre. J'ai eu peur, bien sûr, et j'ai poussé un cri, puis j'ai crié encore une fois. Puis cette vision horrible du cadavre de mon père m'a ôté la voix.

Vous savez, on comprend tout de suite, à votre silence, à votre sang-froid, que vous savez depuis longtemps ce qui s'est passé dans cette chambre. Peut-être pas tout, mais presque tout. Ce qui vous intéresse, c'est de connaître, maintenant, mes sentiments, ma réaction en voyant ce que j'ai vu. Et comme certaines personnes, quand elles regardent un tableau, cherchent à retracer le fil des événements qui mènent à cette scène atroce, à cet instant où le personnage est saisi dans sa souffrance, vous imaginez, non ma souffrance, mais la vôtre, celle que vous pourriez ressentir à ma place, si c'était votre père qu'on eût assassiné. Et vous y prenez plaisir.

Alors allez-y, regardez : c'est le soir, je rentre à la maison, quelqu'un a tué mon père. Oui, je m'arrache les cheveux, je hurle tant que je peux, je l'embrasse en respirant son odeur, comme je faisais quand j'étais petite. Oui, je souffre, j'ai peur, je me sens abandonnée, et je tremble sans pouvoir m'arrêter, sans pouvoir reprendre mon souffle. Comme je n'arrive pas à en croire mes yeux, je me relève en implorant Dieu : Qu'il ressuscite, que je puisse voir à nouveau mon père assis tranquillement au milieu de ses livres. « Lève-toi, lui dis-je, allez, papa, ne meurs pas, relève-toi. » Mais sa tête est toute sanglante, brisée en mille morceaux. Plus que les papiers et les livres déchirés, les tables, les encriers, les godets de peinture brisés et renversés, les coussins, les pupitres et les écritoires furieusement saccagés, plus encore que la colère sauvage de celui qui a tué mon père, c'est la haine exprimée par une telle dévastation qui m'horrifie. Je ne pleure même plus.

Deux personnes passent dans la rue en contrebas, parlant avec animation, riant dans l'obscurité. Et moi j'écoute le silence, un monde de silence à l'intérieur de moi, pendant que j'essuie, de la main, mon nez qui coule et les larmes sur mes joues. J'ai pensé longuement à mes enfants, à notre vie.

J'ai ausculté le silence, et puis je me suis dépêchée : j'ai attrapé mon père par les pieds, je l'ai tiré, poussé sur le palier. Là, bizarrement, il semblait plus lourd, mais je n'ai pas faibli, je l'ai traîné dans les escaliers. À la moitié des marches, je me suis quand même assise, épuisée, et j'allais me remettre à pleurer, quand j'ai entendu du bruit ; comme c'était peut-être Hayriyé qui rentrait avec les enfants, j'ai attrapé à nouveau mon père, en coinçant ses chevilles sous mes aisselles, et suis arrivée en bas, plus vite cette fois. Sa pauvre tête fracassée était tellement sanguinolente qu'en heurtant les marches, elle faisait le bruit d'une serpillière qu'on essore. Au rez-de-chaussée, je l'ai tourné dans l'autre sens — il semblait plus léger maintenant — et d'un seul élan, en le faisant glisser sur le dallage d'en bas, je suis arrivée à le transporter jusque dans l'autre atelier, celui à côté de l'écurie. Comme on n'y voyait goutte, je suis retournée en courant dans la cuisine, pour chercher du feu dans la cheminée. À la clarté de ma chandelle, l'atelier d'été offrait lui aussi un spectacle de désolation, et je suis restée médusée.

« Qui, mon Dieu, a pu faire ça ?... Lequel ? »

Mon esprit s'est mis à tourner sans relâche, je me perdais en conjectures. Après avoir soigneusement refermé la porte de ce champ de bataille où je laissais le corps de mon père, je suis retournée dans la cuisine pour prendre un seau, que j'ai été remplir au puits du jardin, et je me suis mise à laver le sang sur le palier du haut, puis à nettoyer une à une les marches de l'escalier, jusqu'en bas, partout. Ensuite je suis remontée pour enlever mes habits tout tachés de sang et en mettre des propres. J'allais passer la porte bleue avec mon seau et ma serpillière, quand j'ai entendu s'ouvrir le portail de la cour. L'appel à la prière venait de commencer, j'ai pris mon courage à deux mains, et je me suis postée pour les attendre, la chandelle à la main, en haut de l'escalier.

« Maman, on est arrivés !

— Hayriyé, où est-ce que vous étiez passés ! ai-je crié aussi fort que je pouvais, d'un cri qui me parut n'être qu'un chuchotement.

— Mais maman, le muezzin n'a même pas encore chanté ! dit Shevket.

— Tais-toi, ton grand-père dort, il est malade.

— Malade ?... » intervint Hayriyé, qui était encore en bas — mais elle a senti à mon silence que ce n'était pas le moment, et elle a repris : « Madame Shékuré, il a fallu attendre Kosta ; quand on a eu le poisson, on a fait aussi vite qu'on a pu, j'ai juste passé prendre du laurier, et on a aussi acheté les figues et les griottes sèches pour les enfants. »

J'ai bien eu envie de descendre lui dire deux mots à celle-là, mais en pensant à ma lampe qui risquait d'éclairer les marches encore humides et peut-être des taches de sang que j'aurais oubliées, je me suis ravisée, et juste à ce moment-là mes deux fils se sont mis à monter. Quand ils ont eu enlevé leurs chaussures, je les ai poussés du côté où nous vivons tous les trois, en leur faisant signe de ne pas réveiller mon père, dans la chambre en face, avec la porte bleue.

« Chchut !

— On veut pas aller chez grand-père, c'est pour aller là où y a le poêle, dit Shevket.

— Mais c'est là qu'il s'est endormi », ai-je répondu en chuchotant.

Et comme je voyais qu'ils hésitaient quand même, j'ai ajouté : « Je ne veux pas que vous entriez et que les djinns qui rendent votre grand-père malade vous attrapent aussi. Allez, par ici, dans votre chambre. » Je les ai pris chacun d'une main et les ai fait entrer avec moi dans la pièce où nous avons l'habitude de dormir serrés tous les trois ensemble. « Alors, racontez-moi donc un peu ce que vous avez fait pendant tout ce temps dans les rues. — On a vu des mendiants arabes, dit Shevket. — Où ça ? Ils portaient un drapeau ? — Dans la montée. Ils ont donné un citron à Hayriyé, elle leur a donné des pièces. Ils avaient de la neige partout, sur la tête, jusqu'aux pieds. — Et puis il y avait des archers qui s'entraînaient sur la place. — Par un temps pareil ? — Maman, j'ai froid, dit Shevket, on va de l'autre côté ? — Vous ne sortirez pas d'ici. Sinon vous pourriez mourir ! Je vais aller vous chercher le poêle. — Pourquoi, on pourrait mourir ? a demandé Shevket. — Je vais vous expliquer quelque chose ; mais vous me promettez de ne le dire à personne ! » Alors ils promettent, et je leur dis : « Pendant que vous étiez sortis, un homme tout blanc de la tête aux pieds, décoloré, comme un mort, est venu ici d'un royaume très lointain pour parler avec votre grand-père. C'était sûrement un djinn. » Ils me demandèrent d'où venaient les djinns. « De l'autre côté des fleuves, répondis-je. — De là où est notre papa ? demanda Shevket. — Oui. Le djinn est venu regarder les miniatures du livre que fait votre grand-père. Et si on les regarde en état de péché, on meurt ! »

Un ange est passé.

« Bon, je vais aller voir en bas ce que fait Hayriyé. J'irai aussi chercher le poêle, pour le mettre ici, et le plateau du dîner. Mais ne vous avisez pas de sortir d'ici, vous en mourriez. Parce que le djinn est encore dans la maison.

— Maman, maman, t'en va pas ! dit Orhan.

— Je te confie ton petit frère, ai-je dit en menaçant Shevket. Si vous sortez et que le djinn ne vous attrape pas, c'est moi qui vous zigouille ! ai-je dit avec la mine terrible que je fais quand je vais leur flanquer une gifle. Maintenant, faites une prière pour que votre grand-père ne meure pas de sa maladie. Si vous êtes sages, Dieu l'exaucera, et personne ne vous fera de mal. » Je suis descendue, pendant qu'ils se mettaient à prier, sans beaucoup de conviction.

« Quelqu'un a renversé le pot de confiture d'orange, me dit Hayriyé. Cela ne peut pas être le chat, il n'est pas assez fort, et un chien ne serait pas entré dans la maison... »

Mais elle s'interrompt en apercevant ma figure décomposée.

« Qu'est-ce qui se passe ? Il est arrivé quelque chose à Monsieur votre père ?

— Il est mort. »

En poussant un cri, elle laisse retomber si fort sur la table la main dont elle tenait le couteau avec lequel elle émincait son oignon, que le poisson a sursauté. J'ai tout de suite remarqué, et elle aussi, que le sang sur sa main gauche était le sien, et non celui du poisson ; elle s'était coupée. J'ai couru en haut dans la pièce à côté de celle où étaient les enfants, pour chercher un morceau de chiffon. Comme j'entendais des bruits de dispute, je suis allée voir dans l'autre chambre en déchirant mon bout de tissu : Shevket était assis à califourchon sur son frère, lui plaquait les épaules par terre avec ses genoux pour commencer à l'étrangler.

« Mais qu'est-ce que vous faites ? ai-je crié à tue-tête.

— Orhan a voulu sortir de la chambre, dit Shevket.

— Menteur, dit Orhan. C'est Shevket qu'a ouvert la porte et j'ui ai dit de pas sortir.

— Si vous ne restez pas ici tranquilles, je vous tue tous les deux.

— Maman, t'en va pas ! » dit Orhan.

Une fois en bas, j'ai fait un bandage à Hayriyé, pour arrêter le sang. Je lui ai dit que mon père n'était pas mort de mort naturelle, et elle s'est mise à marmotter des prières, complètement terrorisée. Elle pleurait en regardant fixement son doigt blessé. A-t-elle aimé mon père autant que ses larmes et ses sanglots le donnaient à penser ?

Elle veut monter le voir dans la chambre du haut.

« Il n'y est pas, lui dis-je. Il est dans la pièce derrière nous. »

Elle me lance alors un regard soupçonneux, puis, voyant que je ne me sentais pas capable d'y aller moi-même, elle cède à la curiosité et empoigne une lampe. Au bout de quelques pas dehors, elle marque un temps d'arrêt, à la fois craintif et respectueux, devant la porte de l'atelier, et finit par la pousser, lentement. Elle regarde à l'intérieur, doit lever la lampe au-dessus de sa tête pour y voir quelque chose, pour bien illuminer la pièce, jusque dans les coins.

Elle a poussé un cri en apercevant mon père là où je l'avais laissé, juste derrière la porte. Tandis qu'elle le regardait, son ombre, sur le sol et sur le mur de l'écurie, semblait pétrifiée. J'imaginais le spectacle qu'elle contemplait. En revenant, elle ne pleurait plus. Je constatai avec soulagement qu'elle semblait à nouveau capable de comprendre et de suivre les instructions que je m'apprêtais à lui donner.

« Maintenant écoute-moi, dis-je à Hayriyé en brandissant involontairement le couteau à découper le poisson. Ce démon maudit a saccagé aussi l'atelier d'en haut, qui est dans le même état que celui-ci. Tout y est sens dessus dessous. C'est là-haut que mon père a eu le crâne fracassé, qu'il a été assassiné. Je me suis chargée de le descendre jusqu'ici pour que les enfants ne le voient pas et que tu ne t'effraies pas dès votre retour. Pendant que vous étiez sortis, moi aussi je me suis absentée. Mon père était tout seul dans la maison.

— Vraiment ? dit-elle avec insolence. Et où étiez-vous ? »

Je me suis tue. Je voulais qu'elle note bien que je marquais un silence. Puis j'ai repris : « J'étais avec Le Noir. Je suis allée le retrouver dans la maison du Juif pendu. Mais tu vas me faire le plaisir de tenir ta langue là-dessus, et sur la mort de mon père, pour l'instant.

— Qui l'a assassiné ? »

Était-elle à ce point idiote ou cherchait-elle à me coincer ?

« Si je le savais, je ne cacherais pas sa mort non plus. Moi, je n'en sais rien. Et toi ?

— Comment pourrais-je savoir quoi que ce soit ? dit-elle. Qu'est-ce qu'on va faire maintenant ?

— Nous allons faire comme si rien ne s'était passé », répondis-je. J'avais envie de pleurer, d'éclater en sanglots, mais j'ai réussi à me ressaisir. Nous sommes restées longtemps silencieuses l'une et l'autre, et j'ai fini par lui dire :

« Laisse ce poisson pour le moment, et prépare un plateau pour les enfants. »

Elle s'est mise à dire qu'elle ne se sentait pas capable, à pleurer ; alors je l'ai prise dans mes bras et nous sommes restées comme cela encore un moment. À cet instant-là, je l'aimais elle aussi, car j'avais pitié pour nous tous, et pas seulement pour moi ou pour les enfants. Mais en même temps, je me sentais peu à peu rongée par le doute. Vous savez où j'étais au moment où mon père a été assassiné. Vous savez que c'est moi qui ai fait en sorte, pour servir mes intérêts, de faire débarrasser le plancher à Hayriyé et aux enfants. Vous savez, vous, que le fait que mon père se soit retrouvé seul n'est qu'un pur concours de circonstances. Mais Hayriyé, le sait-elle ? A-t-elle bien saisi mes explications ? Ne risque-t-elle pas de les avoir trop bien comprises, et de tirer ses conclusions à elle ? Je l'ai serrée encore plus fort, puis je me suis ravisée en me disant qu'une servante allait voir là une sorte d'aveu ou d'hypocrisie. Et je me suis dit que c'était la tromper, en effet. Pendant que mon père se faisait assassiner dans notre maison, j'étais en train de fleureter avec Le Noir. Si cette pensée était seulement celle de Hayriyé, je ne me sentirais pas aussi coupable, mais je sais que, vous aussi, vous pensez la même chose. Allez, reconnaissez : vous pensez que je vous cache quelque chose ! Hélas, que je suis malheureuse ! J'ai commencé à pleurer sur mon sort, Hayriyé s'y est mise elle aussi, et nous nous sommes encore une fois serrées l'une contre l'autre.

Nous avons apporté le repas en haut et j'ai fait semblant de manger, et d'avoir faim. De temps en temps, sous prétexte « d'aller voir comment allait leur grand-père », je passais dans l'autre pièce pour donner libre cours à mes larmes. Les enfants étaient agités, inquiets. Ils ont fini par me rejoindre au lit pour se blottir contre moi. Ils ont mis du temps à s'endormir, à cause des djinns, disaient-ils, et n'arrêtaient pas d'entendre des bruits suspects, de tourner dans tous les sens. Pour les calmer, je leur ai promis une histoire d'amour. Vous savez, les paroles ont des ailes, dans l'obscurité.

« Maman, tu vas pas te remarier, hein ? a dit Shevket.

— Écoute : il était une fois un prince qui tomba amoureux d'une belle princesse lointaine. Comment fut-ce possible ? Eh bien voilà : avant de l'avoir vue, il avait son portrait ! »

Comme d'habitude quand je suis triste et inquiète, j'ai raconté l'histoire, non pas par cœur, mais en improvisant au fur et à mesure : sur la palette de mes souvenirs et de mes peines, je choisissais de quoi faire une image assortie à tous ces malheurs. Quand mes deux petits ont été endormis, je les ai laissés dans le lit tout chaud, et je suis allée ranger tout ce que ce rebut de l'Enfer avait fait comme dégâts. En ramassant par terre les coffrets cassés, les livres, les vêtements, les pots, les encriers, les soucoupes et les vases brisés ; en remettant en ordre les pupitres, les coffrets à pigments, et tous ces papiers déchirés rageusement, nous prenions à peine le temps de pleurer. C'était comme si l'atelier pillé, tout notre intérieur sauvagement dévasté nous avaient plus fait de peine que la mort de mon père. Je peux dire de ma propre expérience que la perte d'un être cher semble moins irréparable quand on peut retrouver, à leur place habituelle, les objets qui lui sont associés. Les mêmes rideaux, les couvre-lits, la même lumière des jours qui passent nous consolent et nous font oublier les proches qu'Azraîl nous a enlevés Cette maison à laquelle mon père avait donné tous ses soins, dont chaque détail, de chaque porte, avait été l'objet d'un attention méticuleuse, était maintenant un champ de ruines. Et c'était non seulement un spectacle d'absolue désolation, sans rien pour soulager notre tristesse, mais une vision terrifiante, parce qu'elle laissait entrevoir, derrière cet acharnement, une cruauté infernale.

J'ai dû insister pour que nous allions tirer de l'eau au puits, afin de fairer nos ablutions. Puis nous avons choisi le Coran préféré de mon père, relié à Hérat, et nous avons récité ensemble la sourate de la *Gent d'Imrân*, qu'il aimait beaucoup parce qu'il y est question de la mort et de l'espérance. Le portail de la cour grinça à ce moment-là et nous a fait bondir de terreur. Et puis rien. Alors nous sommes allées remettre en place la barre du portail, et pousser derrière celui-ci la jarre de basilic que mon père avait l'habitude, au printemps, d'arroser avec l'eau qu'il tirait lui-même de notre puits. En rentrant dans la maison, il faisait déjà nuit noire, et nous avons cru que les ombres portées sur le mur n'étaient pas les nôtres. Le plus effrayant était le sentiment d'irréparable : qu'il n'y avait plus rien à faire, puisque mon père était bien mort cette fois, que de nous acquitter, Hayriyé et moi, de nos derniers devoirs envers le défunt. Nous nous sommes donc, quasi muettes, sauf Hayriyé murmurant parfois : « Il faut passer cette manche par en dessous », attelées à l'horrible tâche de laver son visage et changer ses vêtements.

Quand nous avons ôté ses vêtements tout sanglants, puis son linge de corps, ce qui nous frappa et nous étonna, c'est qu'à la clarté de la chandelle, dans l'obscurité de la pièce, mon père avait la peau très blanche, certes, mais comme encore vivante. Effrayées comme nous étions toutes les deux par le danger, nous n'avons à aucun moment été gênées, embarrassées par le cadavre nu, couvert de cicatrices et de grains de beauté, de mon père.

Pendant que Hayriyé était en haut pour prendre une autre chemise, la verte, en soie, et des sous-vêtements, je n'ai pas pu m'empêcher de regarder mon pauvre père à un endroit précis, et j'ai eu honte de ce que je faisais. Quand j'ai eu fini de l'habiller bien proprement, et de laver les taches de sang sur ses cheveux, son cou, et son visage, j'ai embrassé très fort mon cher papa, en pleurant tout mon soûl dans sa barbe, et en respirant ses cheveux.

Pour ceux qui m'accuseraient de n'avoir pas de cœur, ou d'être en partie coupable, je m'empresse de leur préciser que j'ai encore pleuré deux fois : la première, quand, en rangeant la pièce du haut de façon que les enfants ne se rendent compte de rien, j'ai remarqué, en portant à mon oreille le coquillage que j'ai depuis toute petite, qu'il ne rendait plus qu'un son rauque au lieu du bruissement de la mer ; la deuxième, quand j'ai vu que le petit coussin de velours rouge, sur lequel mon père s'est assis pendant plus de vingt ans, au point de devenir comme une partie de ses fesses, était tout déchiré.

À part la natte de jonc, qu'il a fallu jeter, j'ai tout

remis en ordre comme avant. Et quand Hayriyé m'a demandé si elle pouvait faire son lit, pour cette nuit, dans la même chambre que moi et les enfants, j'ai refusé sans pitié, en disant qu'il ne fallait pas que les enfants se doutent de quoi que ce soit. En réalité, je voulais rester seule avec eux, et lui donner, à elle, une leçon. Je me suis mise au lit sans réussir à fermer l'œil avant longtemps. Ce n'était même plus l'horrible malheur qui venait de m'arriver, non : je calculais déjà les conséquences.

31

Mon nom est Rouge

J'étais sur le caftan pourpré de Firdawsî, quand à la cour de Ghazna, en présence de Shah Mahmûd, il a cloué le bec aux poètes-courtisans, qui le taxaient de provincial, en complétant une épigramme à la rime impossible, dont on lui fournissait les premiers hémistiches ; j'étais sur le carquois de son héros Rustam, le plus brave du *Livre des Rois*, quand il suit à la trace son cheval égaré, jusqu'au bout des contrées lointaines ; et sur son épée merveilleuse, quand il pourfend par le milieu le fameux démon blanc ; et quand il couche avec la fille de son hôte, roi du Touran, dans les plis de la couverture, j'y étais, car je suis partout, et toujours : quand Tûr, le félon, décapite son frère Irâdj, quand les armées sublimes, comme dans un rêve, s'affrontent au combat, au milieu de la steppe, et dans le sang qui coule — une humide étincelle ! — du nez superbe d'Alexandre, frappé d'insolation. Et quand Bahrâm le Sassanide, le roi-onagre qui couchait chaque nuit de la semaine dans un nouveau palais d'une des sept couleurs, pour se faire dire des histoires par d'exotiques concubines, je suis encore, je suis toujours sur les somptueux atours de celle du mardi, comme sur le manteau du roi Khosrow, épris du portrait de Shirine ; et sur les bannières des assaillants qui prennent une place assiégée ; sur les nappes qui drapent les tables des festins, les caftans de brocart, quand les ambassadeurs viennent baiser les pieds de nos sultans, et partout où l'épée, pour la joie des enfants, jaillit au milieu d'une histoire. Oui, je suis au pinceau des jolis apprentis, qui m'étalent en m'admirant, sur le papier épais de Bukhârâ, sur les tapis indiens, sur les frises des bas-reliefs, sur les tuniques des jeunes filles qui se penchent, de leur balcon, au spectacle de la rue ; sur la crête et les barbillons des coqs hardis sur leurs ergots, sur les grenades et les fruits des pays fabuleux, sur les lèvres de Satan, sur les fins liserés autour des miniatures, sur les motifs entrelacés des toiles de tente brodées, sur les fouillis de fleurs infimes, à peine visibles, où s'est complu l'enlumineur, sur les yeux en cerise confite des images d'oiseaux en sucre, sur les jambières des bergers, les aurores aux doigts de rose, sur les blessures et les centaines, les milliers de corps de guerriers, d'amoureux et de souverains. J'aime à fleurir de fleurs de sang la scène des champs de bataille ; apparaître sur le caftan d'un grand poète quand il sort, en compagnie de poètes et de beaux jeunes gens, pour une partie de campagne où l'on boira et chantera ; sur les ailes des anges, sur les lèvres des femmes, sur les plaies des cadavres et les têtes coupées.

J'entends d'ici votre question : qu'est-ce donc qu'être une couleur ?

C'est le toucher de la pupille, la musique du sourd-muet, la parole dans les ténèbres. Parce que, depuis dix mille ans, j'ai entendu les chuchotis des âmes, de tous les objets, dans les livres, à longueur de pages, qui résonnent comme le vent dans les nuits de tempête, je puis vous dire que ma caresse, pour eux, est comme celle des anges. J'amuse, de mon côté lourd, vos yeux levés vers moi ; de l'autre, je prends mon essor, dans l'air, suivi de vos regards.

Quelle chance j'ai d'être le Rouge ! Je suis le feu, je suis la force ! On me remarque et l'on m'admire, et l'on ne me résiste pas.

Car je dois être franc : pour moi le raffinement ne se cache pas dans la faiblesse, dans la pusillanimité, mais réside dans la fermeté et la nette résolution. Je m'expose, donc, aux regards. Je n'ai crainte ni des couleurs, ni des ombres ; encore moins de la foule, ou de la solitude. Je jouis de prendre une surface offerte à mon ardent triomphe : je la remplis, je m'y répands ; les cœurs s'emballent, le désir augmente, les yeux s'écarquillent et tous les regards étincellent ! Regardez-moi : c'est bon de vivre ! Voyez comme c'est bon de voir ! Vivre, c'est voir. On peut me voir en tout lieu, croyez-moi : la vie commence, la vie s'achève toujours avec moi.

Mais silence ! et écoutez le récit de ma merveilleuse naissance, l'origine de l'écarlate ! Un peintre, expert dans les pigments, écrabouilla menu-menu, dans un mortier, sous son pilon, des cochenilles importées des contrées lointaines et torrides de l'Hindûstân. Pour cinq mesures de vermillon, il prépara la saponaire — une mesure — et une demie, juste une demie ! d'aventurine. Il fit bouillir la saponaire dans trois grandes mesures d'eau, puis y délaya son aventurine. Il fit réduire sur le feu le temps de boire un bon café, et pendant qu'il le savourait, moi aussi, j'étais impatient, comme un bébé qui va voir le jour ! Le café lui ayant bien éclairci l'esprit — ses yeux de génie jetaient des étincelles ! — il versa dans la casserole la fine poudre de vermillon en touillant régulièrement avec une baguette spéciale. J'allais devenir l'authentique rouge carmin, mais il manquait encore la bonne consistance, et le mélange ne devait ni trop bouillir ni pas assez. Avec le bout de la baguette, il s'en mit une goutte à l'ongle du pouce — celui-là exclusivement. Quelle extase d'être le Rouge ! Sur son ongle badigeonné, je ne fis pas une égoutture : la consistance était parfaite. Il restait le précipité : il ôta du fourneau la casserole et fit passer le contenu à l'étamine, pour me filtrer, me purifier. Puis il me remit à bouillir à petits crachotis, deux fois, avant de me glacer à la poudre d'alun.

Quelques jours passèrent, et je reposais, toujours, au fond de la casserole, sans être plus mêlé à rien. Or j'étais impatient qu'on m'étale sur chaque objet, à chaque endroit de chaque page. Cette trop longue oisiveté me faisait mal au cœur. Dans ce profond silence, je me suis demandé ce que c'est qu'être Rouge.

Autrefois, en Asie centrale, tandis qu'un joli apprenti me répandait de son pinceau sur une selle de cheval, un cheval qu'un vieux peintre aveugle avait dessiné de mémoire, j'ai surpris la conversation, la discussion fort animée que deux peintres, aveugles aussi, tenaient sur moi :

« Quand bien même à l'issue d'une existence de labeur, dédiés, dévoués au sacerdoce de notre art, nous sommes, désormais, privés du sens de la vue, il nous reste le souvenir de la sensation, de la couleur du rouge, disait celui qui avait tracé le cheval sur la feuille, mais si nous étions nés aveugles ? Comment connaîtrions-nous le rouge qu'utilise notre joli apprenti que voici ?

– C'est un beau sujet, a dit l'autre, mais n'oublie

pas que les couleurs ne sont pas des signes, mais des sensations.

— Explique alors, si tu veux bien, le rouge à qui ignore la vue du rouge.

— Au toucher, du bout des doigts, c'est entre le cuivre et le fer ; pris dans la paume, il brûlerait ; dans la bouche, il la remplirait d'un goût de viande sèche et salée ; au nez, il sent comme un cheval, et rappelle la camomille, parmi les fleurs, bien plus que la rose. »

À l'époque (il y a cent dix ans), la peinture des Européens ne menaçait pas encore vraiment, sauf engouement exceptionnel et passager de tel de nos sultans, et la foi de nos peintres en leurs propres méthodes était assez solide, à l'instar de l'Islam, pour assurer le seul mépris, le ridicule à l'emploi idiot que faisaient déjà ces barbares de nuances de divers rouges sur les chairs et sur les blessures, voire pour peindre un simple sac, dans leurs peintures d'Infidèles. Seul un barbare timoré, veule, velléitaire, pouvait en effet réunir plusieurs rouges dans un manteau rouge. Et les ombres, ajoutait-on, ne sont que de mauvais prétextes. Il n'y avait qu'Un Rouge, on ne croyait qu'en Lui.

« Ce Rouge, que signifie-t-il ? redemanda le peintre aveugle qui avait tracé le cheval.

— Il est notre révélation, l'évidence de la couleur. À ceux qui ne voient pas, le Rouge reste absurde.

— Les athées et les mécréants hérétiques, pour nier Dieu, font valoir qu'on ne le voit pas, a repris l'autre peintre aveugle.

— Mais il est vu par ceux qui voient, répondit l'autre, et le Coran le dit fort bien : "Les aveugles et les voyants resteront toujours séparés." »

Pendant tout ce temps l'apprenti m'avait guidé

tout doucement sur les volutes compliquées de la couverture du cheval, et je remplissais le dessin, le noir et blanc de cette selle, de ma force, de ma vigueur, émoustillé par le pinceau en poils de chat du beau garçon. Quelles délices, sur cette feuille ! Ainsi répandant la couleur, je disais : « Que le Monde soit ! » Et le Monde naissait de mes propres entrailles. Les aveugles me renieront, mais je suis celui qui est.

32

Moi, Shékuré

Je me suis levée pendant que les enfants dormaient encore, afin d'écrire un message à Le Noir lui demandant de venir tout de suite à la maison du Juif pendu ; puis j'ai dit à Hayriyé, en lui serrant bien fort le papier dans la main, d'aller vite, de courir l'apporter à Esther. Au regard quasiment effronté de notre servante — même si elle avait peur sans doute de tout ce qui risquait encore de nous arriver — j'ai répondu d'un regard encore plus effronté, droit dans les yeux, vu que je n'ai plus mon père à craindre à cause d'elle. Comme ça, j'ai fixé les règles entre nous et annoncé la couleur ; car j'aime mieux vous dire que, depuis deux ans, je ne l'imaginais pas sans inquiétude avoir des enfants de mon père, et alors, oubliant qu'elle n'y serait jamais que servante, se prendre carrément pour la maîtresse de maison. Sans réveiller les petits, je suis allée rendre hommage à mon père et baiser sa main, déjà raide, mais qui n'avait pas encore, bizarrement, perdu sa douceur. J'ai remisé ses souliers, son turban et son châle violet, et quand j'ai été réveiller les enfants, je leur ai dit que leur grand-père allait mieux, qu'il était parti de bonne heure au quartier de Mustafâ Pacha.

Hayriyé a fini par rentrer, et pendant qu'elle servait le petit déjeuner, avec au milieu les reliefs de la confiture d'orange, qu'elle avait touillée pour la rendre plus présentable, je me disais que, au même moment, Esther devait être en train de toquer à la porte de Le Noir. La neige avait cessé, et le soleil brillait.

Le même spectacle m'attendait quand je suis entrée dans le jardin du Juif pendu : les longs glaçons de la corniche, et aux bords des fenêtres, fondaient à vue d'œil, et la terre humide et décomposée du jardin semblait se gorger voluptueusement des rayons du soleil. J'ai trouvé Le Noir à l'endroit où nous nous étions, la veille, revus pour la première fois — mais on aurait dit qu'une semaine entière était passée — et je lui ai dit, en soulevant ma résille :

« Tu peux te réjouir, désormais, si tu en as le cœur. Nous n'avons plus mon père, ses objections et ses soupçons permanents pour faire obstacle entre nous. Hier soir, au moment précis où tu cherchais à en user si indignement avec moi, quelqu'un, quelque démon sans doute, est entré chez nous et l'a assassiné. »

Plus que de la réaction de Le Noir, vous êtes sans doute curieux de comprendre pourquoi je prenais avec lui ce ton impassible et distant. Je ne saurais moi-même vous donner la réponse. Mais si j'avais fondu en larmes, Le Noir m'aurait sans doute prise dans ses bras, ce qui nous eût rapprochés plus vite qu'à mon gré.

« La maison est sens dessus dessous, beaucoup de choses sont cassées, on voit que quelqu'un s'est acharné de toute sa rage. Je ne pense d'ailleurs pas que ce démon ait fini son ouvrage, et qu'il reste tranquille maintenant dans son coin. Il a dérobé la dernière miniature du livre de mon père. Je voudrais que tu nous protèges, moi, nous, et le livre de mon père ; mais à quel titre, en vertu de quel droit, voilà la question !... »

Il a fait mine de vouloir répondre, mais je l'ai arrêté d'un regard, en laissant entendre que je prenais les choses en main.

« Une fois que mon père est mort, je redeviens dépendante de mon mari, et de la famille de mon mari. C'était d'ailleurs le cas avant, puisque, aux yeux du juge, mon mari est toujours vivant. Sans être veuve, j'ai pu revenir habiter chez mon père parce que mon beau-frère a tenté d'abuser de moi, et qu'à cause de cette grossièreté — ou de cette maladresse — de son fils, mon beau-père, dans le doute, s'abstenait. Maintenant, étant donné la mort de mon père, et n'ayant plus aucun de mes frères, je me retrouve de fait sans tuteur. Ou plutôt si, car il ne fait pas le moindre doute que ce sont mon beau-frère et mon beau-père. Tu sais au demeurant qu'ils avaient déjà décidé de faire en sorte de me ramener sous leur toit, au besoin en faisant pression sur mon père, et, de mon côté, en employant la menace. Dès que la mort de mon père se saura, ils viendront directement ici ; voilà pourquoi je cache sa mort, car je ne veux pas retourner chez eux. Peut-être, d'ailleurs, que je me leurre en croyant leur cacher : ils pourraient aussi bien en être les commanditaires. »

À ce moment précis, à travers les volets arrachés et les carreaux brisés de la maison du Juif, un rayon de soleil vint se glisser entre Le Noir et moi, et illuminer délicatement, de cette pièce où nous étions, l'antique poussière.

« Et ce n'est pas la seule raison que j'ai de tenir caché le meurtre de mon père », ai-je dit en le fixant droit dans les yeux, ce qui m'a permis de constater avec satisfaction qu'il était encore plus attentif aux paroles de sa maîtresse que follement amoureux d'elle, « car j'ai bien peur d'être incapable de prouver où je me trouvais à l'heure où il a été tué. J'ai peur que Hayriyé — même si son témoignage, en tant que servante, n'a aucun poids — ne fasse partie d'un complot dirigé, si ce n'est contre moi, en tout cas contre le livre de mon père. Même si le fait qu'il n'y ait plus personne pour être mon tuteur rend les choses plus faciles d'un certain point de vue — à savoir que je peux déclarer le meurtre de mon père et faire reconnaître le crime par le juge —, ensuite, pour des raisons dont je perçois seulement maintenant l'importance — par exemple que Hayriyé savait sûrement que mon père était opposé à notre mariage —, j'imagine sans difficulté que cela risquerait de causer ma perte.

— Ton père ne voulait pas que je t'épouse ? a demandé Le Noir.

— Non, il ne voulait pas, parce que, comme tu sais, il craignait que tu ne m'emmènes vivre loin de lui. Mais dans cette nouvelle configuration, maintenant que tu ne peux plus lui faire cette méchanceté, on peut considérer que mon pauvre papa ne ferait aucune espèce d'objection... Et toi, tu as une objection ?

— Non, ma beauté, aucune.

— Bien. Naturellement, aucune somme d'argent ne t'est réclamée par mon tuteur, puisque je n'ai plus de tuteur... Je te demande pardon pour cette façon vulgaire de stipuler les conditions de ce mariage en mon nom propre, mais il se trouve de fait certaines conditions dans le détail desquelles je suis obligée d'entrer.

— Oui ? a dit Le Noir après m'avoir longtemps fait attendre, mais en semblant s'en excuser.

— Premièrement, commençai-je, tu devras promettre devant deux témoins que, si jamais tu en viens à te mal conduire avec moi, d'une façon que je trouverais insupportable, ou si jamais tu en épouses une autre après moi, je serai par le fait considérée comme séparée de corps, et toucherai une pension alimentaire. Deuxièmement, si, quelle qu'en soit la raison, tu t'absentes du foyer pendant plus de six mois consécutifs, je serai de même considérée comme séparée de corps, avec une pension, tout cela, encore une fois, faisant l'objet d'une promesse devant deux témoins. Troisièmement, une fois que nous serons mariés, il sera stipulé que tu viendras habiter chez moi, mais que, tant que l'on n'aura — que tu n'auras — pas découvert l'assassin de mon père — puissé-je, celui-là, le torturer de mes propres mains ! — et tant que l'ouvrage commandé par notre Sultan, soigneusement achevé par tes soins, ne lui aura pas été solennellement remis, nous ferons chambre à part. Quatrièmement, tu devras aimer comme tes propres enfants mes deux fils, qui, en attendant, continueront de dormir avec moi.

— Bien sûr.

— Très bien... Si tous les obstacles à notre mariage peuvent être réglés aussi vite, nous serons bientôt mari et femme.

— Mari et femme, c'est vrai, mais pas dans le même lit.

— L'essentiel, c'est d'être mariés, ai-je répondu. Occupons-nous d'abord de cela ; l'amour vient après le mariage. N'oublie pas ceci : quand les feux de l'amour nous dévorent avant le mariage, le mariage vient les éteindre, et ne laisse qu'un tas de cendres désolé, alors que l'amour qui naît après le mariage finit lui aussi par s'éteindre, mais pour laisser la place au bonheur. Malgré cela, il y a des imbéciles qui tombent amoureux avant, et qui jettent en vain leur amour dans les flammes. Tout ça pour quoi ? parce qu'ils se figurent que l'amour est dans la vie ce qu'il y a de meilleur.

— Alors que c'est ?...

— Mais le bonheur ! encore une fois. L'amour ainsi que le mariage nous aident à y parvenir : voilà à quoi servent un mari, une maison, des enfants, un livre. Ne vois-tu donc pas que même ma situation, à moi qui ai perdu mon mari puis mon père coup sur coup, est préférable à cette solitude desséchée qui est la tienne ? Et pourtant, si je n'avais pas mes enfants pour rire avec, les houspiller et les dorloter toute la journée, mais je me suiciderais tout de suite, moi ! Enfin donc, puisque tu veux bien ne m'avoir qu'à toutes ces conditions, et que tu sembles t'être sincèrement fait à l'idée d'emménager ici, même sans coucher dans le même lit que moi, même en étant obligé de partager ce toit avec ce cadavre et mes deux petits diables, je te demande de bien écouter ce que je vais te dire maintenant.

— Je t'écoute.

— Il y a plusieurs façons d'obtenir le divorce. Par exemple, on peut trouver deux personnes qui feraient un faux témoignage, comme quoi mon mari, avant de partir à la guerre, aurait juré que s'il n'était pas revenu dans les deux ans, je ne devais plus être considérée comme mariée à lui. Ou bien, mieux encore, des témoins oculaires qui raconteraient qu'ils ont vu son cadavre sur le champ de bataille, avec force détails, et en couleurs. Toutefois, si l'on prend en compte que nous avons déjà un cadavre ici, dans la maison, et toutes les objections que ne manqueront pas de faire mon beau-père et mon beau-frère, un faux témoignage risque d'être du bois pourri, car un juge avisé et habile ne se risquera pas à donner son aval. L'absence avérée de mon mari depuis quatre ans, sans versement de pension alimentaire, ne suffira pas aux juges du rite hanéfite, auquel nous souscrivons, pour m'accorder la séparation de corps. Mais le juge d'Uskudâr, avec l'accord tacite de notre Sultan — et le Grand Muftî ferme les yeux aussi, semble-t-il —, afin de permettre au nombre tous les jours croissant des femmes dans ma situation d'obtenir la séparation de corps, abandonne de temps en temps sa place à l'un de ses substituts, de rite shafi'ite, qui l'accorde, en douce, avec aussi la pension alimentaire. Si donc maintenant, après avoir trouvé deux hommes prêts à témoigner, de façon parfaitement sincère, de ma situation actuelle, tu leur graisses un peu la patte pour t'accompagner de l'autre côté du Bosphore, et que, après t'être assuré les bonnes grâces du juge, pour qu'il laisse sa place à son substitut le temps de prononcer ma séparation de corps sur la foi de ces deux-là, avant de la reporter lui-même dans le registre, tu te fais délivrer immédiatement un papier, une attestation, et que sans attendre tu t'occupes également de te procurer un certificat de non-consanguinité te permettant de m'épouser, en te débrouillant pour expédier tout cela dans la matinée afin d'être rentré d'Uskudâr avant midi, considérant qu'il ne sera pas difficile de trouver un imam qui nous marie dès l'après-midi, tu pourras habiter avec moi et mes enfants, en père de famille, dès ce soir, et tu m'épargneras à la fois de passer la nuit toute seule, au milieu des bruits effrayants de cette maison, dans la crainte du retour de ce diabolique assassin, et, quand le matin nous publierons à la cantonade le décès de mon pauvre père, de me retrouver aux yeux de tout le monde dans la situation misérable d'une femme sans attache.

— Oui, me dit alors Le Noir, avec un air tendre et presque enfantin. Oui, je t'accepte pour femme. »

J'ai dit, tout à l'heure, que j'ignorais pourquoi je parlais ainsi à Le Noir, de ce ton supérieur et fort détaché. Maintenant, je sais : toutes ces conditions dont j'avais moi-même peine à croire qu'elles puissent se réaliser, je sentais que je ne pouvais que par ce ton d'assurance persuader Le Noir — dont, plus jeune, j'avais pu juger du caractère empoté — de s'y atteler.

« Il y a encore beaucoup de dispositions à prendre contre ceux qui contesteront la validité de ce mariage, même s'il est prononcé, si Dieu veut, dès demain soir, et contre les méchants qui s'acharnent contre le livre de mon père, et contre nos ennemis en général, mais je ne veux pas t'embrouiller l'esprit, car tu l'as encore plus embrouillé que le mien.

— Tu n'as pas l'esprit embrouillé, a dit Le Noir.

— Parce que ce n'est pas mon intelligence qui parle, il s'agit de choses que j'ai apprises à force d'entendre mon père en parler », ai-je rectifié, afin qu'il ne s'avise pas de perdre confiance, sous prétexte que tout cela était sorti de la tête d'une femme.

Le Noir me dit alors ce que tous les hommes diront quand ils se trouveront face à une femme dont ils admirent l'intelligence

« Tu es très belle.

— Oui, dis-je, et j'aime beaucoup qu'on fasse des compliments sur mon intelligence. Quand j'étais petite mon père m'en faisait souvent. »

J'allais ajouter que, en grandissant et en devenant femme, je n'avais plus reçu, de la part de mon père, ces mêmes compliments, mais je me suis mise à pleurer. Et en pleurant, je me sentais devenir différente, m'éloigner, me détacher de quelque chose, à l'intérieur de moi, que n'était plus la nouvelle Shékuré ; comme cette pitié qu'éprouve, en regardant les images, le lecteur d'un livre triste : malgré ma pitié pour moi-même, il me semblait voir de l'extérieur ces pages de ma vie. Il y a, dans ces larmes qu'on verse sur ses propres malheurs comme s'ils étaient ceux des autres, quelque chose de si pur, que je me sentis, dans les bras de Le Noir, envahie de bien-être. Et cette fois-ci, ce bien-être, sans se mêler en rien au monde de nos ennemis à l'entour, demeura entre nous.

33

Mon nom est Le Noir

À pas de velours, Shékuré avait quitté le jardin de la maison du Juif pendu, triste, veuve et orpheline, en me laissant, dans son sillage, imprégné d'une odeur d'amande et plein de rêves de mariage. J'avais la tête à l'envers, douloureuse, et qui tournait si vite, si vite !... Incapable de m'affliger outre mesure de la mort de mon Oncle, je suis quasiment rentré au pas de course chez ma logeuse. J'avais certes le soupçon d'être joué et utilisé, par Shékuré, comme le simple pion d'un jeu beaucoup plus large, mais cela n'ôtait rien aux images de bonheur et d'union que je voyais sur le point de se réaliser.

Une fois rentré, après avoir dû faire face, à peine le seuil franchi, à un interrogatoire serré de ma logeuse — d'où venez-vous ? où étiez-vous ? etc. —, j'ai extrait de l'intérieur de mon matelas la ceinture où j'avais caché, dans une doublure, vingt-deux ducats vénitiens en or, et, les doigts tremblants, j'en ai rempli ma bourse. En ressortant, il était clair pour moi que les beaux yeux tristes, humides et noirs, de Shékuré, ne quitteraient pas mon esprit de toute la journée.

J'ai commencé par changer cinq de mes pièces gravées du Lion chez un Juif au sourire impavide.

Puis je suis revenu, pensif, dans ce quartier dont je ne vous ai pas encore dit le nom, car il m'est devenu désagréable — mais je vous le dis maintenant : c'était le quartier des Rubis —, et dans les parages de la maison où m'attendaient Shékuré et les enfants. Dans ces rues où je marchais vite, courais presque, un grand platane austère me toisait de toute sa hauteur : tant je trottais vraiment comme un hurluberlu, perdu dans mes pensées, finissant par me dire : « Quel beau jour que ce jour de la mort de mon Oncle ! », follement transporté, enfin, par mes rêves de mariage. De la fontaine du quar tier, presque entièrement prise dans la glace, il me semblait entendre le dernier filet d'eau qui me bredouillait : « Sois prudent ! mène bien tes affaires et tâche d'assurer ton bonheur ! » « Mmmoui », semblait me dire, comme s'il grattait à la porte de mon esprit, un inquiétant chat noir, depuis le coin où il était occupé à se lécher, « mais tout le monde, et même toi, va sûrement te soupçonner d'avoir mis la patte au meurtre de ton Oncle ! ».

Le chat arrêta de se lécher pour me sonder d'un air mystérieux, dans le blanc des yeux. Vous les connaissez, ces chats d'Istanbul, rendus insolents par les habitants du quartier, qui passent leur temps à les empâter !

Notre imam de quartier a de grands yeux bistrés aux paupières tombantes, qui lui donnent constamment un air ensommeillé. Ce n'est pas chez lui, mais dans la cour de sa petite mosquée que j'ai été le trouver, et je lui ai demandé sans ambages : « Dans quel cas, dans un procès, les témoins sont-ils obligés de témoigner, et quand cela leur est-il facultatif ? » J'ai écouté, en affectant l'air le plus étonné du monde, sa sentencieuse réponse à une question aussi rebattue : « Quand il y a eu plusieurs témoins d'un événement, leur comparution est facultative, m'expliqua-t-il ; en revanche, Dieu ordonne qu'on témoigne, quand il n'y a qu'un témoin

— C'est bien cela qui m'ennuie », ai-je repris. En effet, dans les cas évidents pour tous, les témoins potentiels se retranchant derrière le caractère facultatif du témoignage, le peu d'empressement que je pouvais en attendre pour venir déposer augurait mal du règlement rapide de mon affaire.

« Voyons un peu ce que tu as dans ta bourse », me dit-il.

J'ai ouvert celle-ci et lui ai montré mes ducats de Venise. L'éclat de l'or, en un instant, sembla illuminer le visage de l'imam et la cour tout entière. Il m'a demandé quel était le problème.

Je lui ai dit qui j'étais, que mon Oncle était au plus mal, et qu'il souhaitait voir réglée avant de mourir la question de la séparation pour veuvage de sa fille, avec la pension prévue.

Il n'a même pas été nécessaire d'évoquer le substitut du juge d'Uskudâr. Notre imam, qui avait bien compris l'enjeu, me dit même que tout le quartier s'accordait sur le fait que la situation de cette pauvre Shékuré n'avait que trop duré, et pour la déplorer. On trouverait bien devant le tribunal le deuxième témoin requis pour faire prononcer la séparation, et pour le premier, il proposa d'emmener son frère avec nous. Si je donnais une pièce d'or à ce dernier — il était de notre quartier et prenait la plus grande part aux malheurs de Shékuré et de ses pauvres petits orphelins —, ce serait une bonne action à mettre sur mon compte. Pour lui, donc, j'ai mis deux écus sur la table, et pour son frère, je m'en tirais à meilleur compte de moitié ; l'affaire conclue, il est allé chercher son frère.

Le déroulement de cette journée ressembla par certains côtés aux histoires de poursuites haletantes que j'avais pu voir raconter, comme on joue au chat et à la souris, par les conteurs des cafés d'Alep. Mais les auteurs de livres, qui font en général écrire leur texte en vers épiques, s'ils trouvent, dans ces histoires d'aventures abracadabrantes, de bons développements pour les copistes, voient en revanche dans l'abus d'intrigues et le ton trop libre quelque chose d'impropre à l'illustration. Moi, au contraire, j'ai fait ma pelote de quatre fils, quatre scènes qui rassemblent, dans mon esprit, mes aventures ce jour-là, pour en faire quatre miniatures.

Dans la première, le peintre nous représentera, entre deux rameurs à gros bras et à grandes moustaches, qui nous emportent de l'embarcadère d'Unkapa à Uskudâr sur la rive asiatique, sur une rouge balancelle. L'imam et son frère, un petit maigre au teint noiraud, tout heureux de cette promenade impromptue, feront la causette avec l'équipage, tandis que moi, immobile à la proue de notre embarcation, misérable, l'œil fixe et plein d'effroi, je scruterai, entre moi et mes rêves de mariage, signe de mauvais augure, quelque épave de navire corsaire, englouti sous les eaux d'un Bosphore plus limpide que d'habitude au soleil du matin d'hiver. Et que le peintre peigne, s'il le souhaite, les nuages et la mer des couleurs les plus gaies — il devra, pour donner la mesure de mes craintes, égales au moins à mes espoirs, et afin que le lecteur de mes aventures ne se figure pas ma vie tout en rose, placer dans le tableau quelque chose de sombre : quelque monstre des profondeurs.

Pour le deuxième dessin, qui représentera, dans les moindres détails et avec des notations dignes de Bihzâd, en présence du Grand Conseil, l'audience des Ambassadeurs d'Europe, et toute la foule de la Cour impériale, le peintre aura l'occasion de faire preuve d'humour et d'ironie. Par exemple, dans un coin, Monsieur le Juge fera d'une main le geste de m'arrêter, de refuser catégoriquement le présent que je lui apporte, et son autre main empochera prestement mes ducats, et la scène suivante, elle aussi, figurera simultanément sur le même tableau, puisqu'on pourra voir, ayant pris la place du juge d'Uskudâr, son substitut, d'obédience shafi'ite, Shahap Efendi. Cette prouesse de composition, consistant à représenter sur la même image deux événements successifs, et qui est l'apanage des peintres les plus habiles, pourra être réalisée moyennant quelque subterfuge. Ainsi, l'œil qui verra dans un coin du tableau le juge recevoir et empocher mes deux ducats de Venise, en apercevant de l'autre côté le substitut assis en tailleur sur un coussin, à la place de ce juge, comprendra immédiatement que Monsieur le Juge a laissé la place à son substitut pour permettre d'accorder la séparation de corps à Shékuré.

Le troisième dessin montrera la même scène, mais cette fois, à la fresque, et dans le style chinois, avec force ornements en forme de frondaisons impénétrables, dans un camaïeu sombre, avec, au-dessus de notre substitut, des nuages aux formes et aux couleurs bizarres comme dans un décor de théâtre, afin que l'on saisisse qu'il s'agit d'une scène de chicanauds. Là, alors que l'imam et son frère auront en réalité comparu séparément, ils seront représentés ensemble, exposant comment, le mari de la pauvre

Shékuré n'étant pas revenu de la guerre depuis quatre ans, celle-ci, faute de son soutien, est tombée dans le dénuement — voyez, ses enfants pleurent, ils ont faim — et, étant toujours officiellement mariée, ne peut ni être demandée en mariage par un autre, qui deviendrait le père de ces deux orphelins, ni même emprunter de l'argent sans l'autorisation de son époux, faisant un tel récit, en somme, que les murs eux-mêmes en pleureraient comme s'ils pouvaient entendre, et feraient droit à notre requête — mais le substitut, intraitable, sans cœur, demande : Qui est son responsable légalement ? Après un instant de flottement, je me jette et donne le nom de l'illustre serviteur de notre Sultan, son fidèle ambassadeur, comme s'il était vivant.

« Je ne peux en aucun cas la déclarer veuve sans la comparution de celui-ci ! » déclare le substitut.

Alors, d'un ton préoccupé cette fois, j'explique que Monsieur mon Oncle est alité et au plus mal, que son dernier souhait devant Dieu est de voir résilié le mariage de sa fille, et que je le représente.

« Elle ne serait plus mariée, et après ? demande le substitut. Comment cet homme qui va mourir peut-il souhaiter aussi ardemment la résiliation du mariage de sa fille, le mari ayant disparu à la guerre, si ce n'est — et alors je comprendrais mieux — qu'il a en vue, avant de mourir, une nouvelle situation pour sa fille, un autre gendre en qui — étant donné qu'il ne sera plus là pour veiller sur elle — il place toute sa confiance.

— C'est le cas, Monsieur le Substitut.

— Et qui est-ce ?

— Moi !

— Par exemple ! Toi, le représentant légal du tuteur ? Et que fais-tu dans la vie ?

— J'ai tenu les livres de comptes, la correspondance et les carnets de plusieurs pachas, sur la frontière orientale. À présent je termine une histoire des guerres contre la Perse, pour offrir à notre Sultan. Je m'y connais aussi en peinture et en miniatures. Et je brûle d'amour depuis vingt ans pour cette jeune fille.

— Êtes-vous parents ? »

J'étais si honteux et gêné de devoir ainsi, à brûle-pourpoint, déballer sans ambages toute ma vie et mon intimité pour gagner les bonnes grâces d'un simple substitut, que je suis resté coi.

« Mais réponds, au lieu de rougir comme une betterave ! Sinon, je ne saurais prononcer cette séparation.

— Elle est fille de ma tante maternelle.

— Hmm, je vois. Et pourras-tu la rendre heureuse ? » demanda encore le substitut en faisant à l'appui, avec son doigt, un geste obscène — le peintre pourra, au demeurant, s'abstenir de reproduire ce détail grossier, et se contenter de mettre en évidence mon visage cramoisi.

« J'ai ce qu'il faut.

— Attendu que je m'en tiens à la jurisprudence shafi'ite, il n'y a rien qui s'oppose, dans mes convictions ni dans le Livre, au fait que je délie la pauvre Shékuré de son mariage, après quatre années d'absence de son époux. Je déclare qu'elle est libre, et que si son mari revient de la guerre, il ne pourra plus se réclamer d'aucun droit sur elle. »

Le dessin suivant, soit le quatrième, devra figurer la remise par le substitut de la patente scellée qui enregistre — à l'encre noire, en lettres bancroches comme un bataillon aux hasts alignés, dressés pour l'assaut final — et qui informera ma petite

Shékuré — que l'on voit, au second plan, en train d'attendre — qu'elle est officiellement veuve et que plus rien ne s'oppose à son remariage. Ni le badigeon lie-de-vin des murs du tribunal, ni les bordures rouge sang du tableau ne pourront à dire vrai exprimer l'espèce d'illumination intérieure que la joie cause en moi à ce moment précis. À travers la foule des témoins subornés et des autres hommes qui, dans une situation analogue — pour faire libérer de leur mariage qui sa fille, qui sa tante, ou encore une sœur —, se pressent devant la porte de notre juge, je sors en courant dans la rue avant de retourner au plus vite chez nous.

Une fois le Bosphore traversé, j'ai gagné par le plus court le quartier des Rubis, et j'ai renvoyé l'imam, qui exprimait le souhait de célébrer aussi mon mariage avec Shékuré, avec son frère. J'avais un vif pressentiment que tous les gens que je croisais dans la rue m'enviaient le bonheur incroyable auquel je touchais presque, et complotaient déjà contre nous : aussi me suis-je rendu sans détour à la maison de Shékuré. Comment tous ces corbeaux de malheur, perchés ou sautillant sur le faîte du toit, avaient-ils bien pu comprendre qu'elle abritait une charogne ? Ils semblaient danser sur les tuiles, comme avant un festin. Je me sentais gravement coupable de n'avoir pas été fichu d'exprimer le moindre deuil, de verser la moindre larme pour mon Oncle, jusque-là. Mais je sentais aussi, au seul aspect du grenadier, dans le jardin, et au silence qui enrobait la porte et les volets hermétiquement clos, que tout allait en fait selon la Providence.

À ce moment-là, comme vous l'avez sans doute deviné, je n'avais qu'une hâte... J'ai ramassé une pierre près du portail et j'ai visé la maison, mais j'ai raté mon coup. La deuxième a touché la maison, mais a atterri sur le toit. J'ai fini par m'énerver et par envoyer une pluie de cailloux sur la façade. Une fenêtre s'est ouverte. C'était la fenêtre de l'étage où j'avais, quatre jours auparavant, aperçu Shékuré à travers les branches du grenadier. Mais c'est Orhan qui est apparu, et de l'autre côté des volets, je pouvais entendre Shékuré qui le grondait. Puis elle s'est montrée. Nous nous sommes entre-regardés, pleins d'espérance, ma belle et moi. Elle était si belle, si avenante... Elle a fait un geste qui pouvait signifier « Attends », avant de refermer la fenêtre.

Il y avait encore beaucoup de temps avant le soir J'ai patienté dans le jardin, émerveillé par la beauté de ce monde, des arbres, des fondrières... Enfin Hayriyé a paru, vêtue et coiffée en vraie dame plus qu'en servante. Nous sommes allés nous mettre à l'écart, sous la voûte des figuiers.

« Tout se déroule comme prévu, lui ai-je dit en produisant l'exécutoire délivré par le procureur. Shékuré est séparée de corps ; pour ce qui est de trouver un imam d'un autre quartier pour... » Je me suis troublé un instant. Au lieu de dire : « Je dois encore m'en occuper », j'ai affirmé : « Il arrive. Shékuré doit se tenir prête.

— Shékuré insiste pour qu'il y ait un cortège de la mariée, a-t-elle répondu, même pas très grand, et un repas de noce pour les invités du quartier. Nous avons préparé le riz aux amandes et aux abricots. »

Elle semblait partie pour me débiter tout le menu qu'elle était fière d'avoir fricoté, mais je ne lui en ai pas laissé le loisir. « Si la noce prend de telles proportions, Hassan et ses gros bras vont forcément être au parfum, ils viendront faire du grabuge, un bel esclandre et le mariage sera annulé, malgré qu'on en ait : tout aura été vain. Nous devons rester prudents, et pas seulement à cause de Hassan et son père, mais aussi du démon qui a assassiné Monsieur mon Oncle. N'as-tu pas peur ?

— Et comment ne pas avoir peur ? dit-elle en se mettant à pleurer.

— Tu ne vas rien dire de tout cela. À personne. Mets à mon Oncle sa chemise de nuit, pas comme à un mort mais à un malade, fais son lit et allonge-le sur le matelas, par terre. Dispose à son chevet quelques verres et flacons, et rabats les volets un peu plus. Assure-toi qu'il n'y ait pas de lampe près de lui. Il faut qu'il puisse tenir son rôle de tuteur légal, comme un père simplement souffrant et alité. Ne parlons pas de procession. Tu inviteras quelques voisins à la dernière minute, ça suffira. En allant les trouver, tu mentionneras bien que c'est la dernière volonté exprimée par mon Oncle. Cela ne sera par une joyeuse noce, sans doute, mais bien triste, à vrai dire. Mais si nous n'en passons pas par là, nous sommes perdus, et tu seras châtiée toi aussi. Tu comprends, n'est-ce pas ? »

Elle acquiesça en pleurnichant. Je lui ai dit encore, du haut de ma monture, que j'allais chercher les témoins, que je reviendrais rapidement pour occuper ma place de maître de maison, que Shékuré devait être prête, et que, sur ces entrefaites, je me rendais chez le barbier. Je n'avais pas réfléchi à toutes ces paroles, qui me venaient naturellement, avec tous les détails. De la même façon que naguère, sur les champs de bataille, j'avais le sentiment, parfois, d'être envoyé et protégé par Dieu, et que tout ce que j'entreprenais l'était avec sa bénédiction ; que par conséquent, tout devait aller pour le mieux... Une fois que cette conviction s'est installée en vous, vous agissez selon votre intuition, votre inspiration, et le succès vous accompagne.

J'ai franchi, en direction de la Corne d'Or, les quelques pâtés de maisons qui séparent le quartier des Rubis de celui de Yasin Pacha. Dans la cour fangeuse de la mosquée, notre imam, toujours hilare avec son collier de barbe noire, était en train de chasser les chiens errants, avec son balai. Je l'ai mis au courant de ma situation. La volonté de Dieu était que mon Oncle se trouvait à l'article de la mort, et conformément à ses derniers vœux, je m'apprêtais à épouser sa fille, qui venait d'obtenir du juge d'Uskudâr la séparation de corps d'avec son mari disparu à la guerre. J'ai réfuté l'objection de l'imam selon laquelle la loi islamique stipule qu'une femme séparée doit attendre un mois avant de pouvoir se remarier, en précisant que son ancien époux étant absent depuis quatre ans déjà, il n'y avait aucun risque qu'elle soit enceinte Je me suis empressé d'ajouter que la séparation avait été octroyée ce matin par le juge d'Uskudâr, expressément afin de permettre un remariage sans délai, et j'ai montré le document à l'imam.

« Votre grâce peut être assurée qu'il ne se présente aucun obstacle à cette union, ai-je dit. Nous étions parents, certes, mais les cousins par la mère sont libres de s'épouser. Le précédent mariage est annulé ; il n'y a aucune différence religieuse, sociale ou de fortune entre elle et moi... » S'il voulait bien accepter les pièces d'or que je lui remettais comme avance, et venir célébrer la cérémonie publiquement, en présence de tout le voisinage, il aurait le privilège d'accomplir par là même devant Dieu une action pieuse en faveur d'une veuve et de ses orphelins. Et peut-être notre vénéré imam appréciait-il le riz aux amandes et aux abricots ?

Il n'y avait pas de doute là-dessus, mais il était pour le moment accaparé par ces chiens qu'il fallait tout de même arriver à chasser de la cour. En attendant, il a accepté mes pièces d'or, en promettant de mettre son habit et de s'apprêter comme il faut, turban et tout, aussi vite que possible, de façon à arriver à temps pour diriger la cérémonie. Puis il a demandé l'adresse et je lui ai donnée.

Quelque urgent que fût ce mariage, auquel le marié n'avait pas cessé de rêver pendant douze années, y avait-il rien de plus naturel que d'aller confier ma barbe et mes cheveux aux mains affectueuses, mes angoisses et mes souffrances au bavardage lénifiant d'un aimable barbier ? Celui chez qui mes jambes me portèrent d'elles-mêmes avait sa boutique dans le quartier du Palais-Blanc, au coin de la rue où se dressait la maison que feu mon Oncle et ma tante, ainsi que ma belle Shékuré, avaient quittée plusieurs années après notre enfance. Vu que j'étais déjà allé lui rendre visite cinq jours plus tôt, dès mon arrivée après ces longues années d'absence, il m'a embrassé, et comme l'aurait d'ailleurs fait tout autre barbier d'Istanbul, plutôt que de chercher à savoir où j'avais bien pu passer tout ce temps, il est passé tout de suite aux potins du quartier, pour aboutir rapidement à cette conclusion que la vie est une étape bien instructive, mais qu'on en arrive toujours à la mort.

D'ailleurs, j'exagérerais en disant que ces douze années ne semblaient être qu'une douzaine de jours. Le maître barbier était bien vieux. La lame qui tremblait dans sa main tavelée semblait exécuter une danse du sabre le long de mes joues. Apparemment, il donnait dans la boisson, et il avait pris un apprenti — un garçon aux yeux verts, au teint de pêche, à la bouche pulpeuse — qui suivait avec inquiétude les évolutions du rasoir. Comparé à douze ans plus tôt, la boutique était mieux rangée, plus pimpante. Après avoir rempli d'eau bouillante le bassin pendu au plafond — par une chaîne récemment changée —, il me lava soigneusement le visage et la tête, avec l'eau d'une bassine en bronze, nouvellement rétamée, sans la moindre trace de rouille ; le réchaud était propre également. Ses rasoirs, à manche d'agate, coupaient bien, et il arborait un tablier de basaine blanche, immaculé, détail dont il n'aurait eu cure douze ans auparavant. J'ai supputé que le bel apprenti, grand pour son âge et finement bâti, n'était pas pour rien dans l'amélioration de sa mise et de son cadre de travail. En me livrant voluptueusement au plaisir du savon moussant, de l'eau bien chaude embaumant la rose, je ne pouvais m'empêcher de conclure que le mariage apporte un surcroît de vie et d'épanouissement, non seulement au foyer d'un célibataire, mais à son commerce et à son travail.

Je ne sais pas trop combien de temps j'ai pu passer dans la douce chaleur du brasero, qui semblait se répandre non seulement à travers la pièce, mais jusque dans les doigts experts de mon barbier. Après tant de souffrances, la profusion de satisfactions dont la vie semblait tout à coup vouloir me gratifier m'inspira, envers Dieu Très-Haut, la plus profonde reconnaissance. J'étais tout étonné du mystérieux équilibre que soudain le monde me révélait, et j'eus de la tristesse et de la pitié pour mon Oncle, gisant dans cette maison, là-bas, dont j'allais bientôt reprendre les clefs. Je m'apprêtais à y revenir, pour la suite des opérations, quand le calme de la boutique fut perturbé par l'arrivée à la porte, qui restait toujours ouverte, de Shevket lui-même.

D'un air gêné, mais sans se démonter, il m'a tendu un morceau de papier. Sans pouvoir rien prononcer tant j'appréhendais le pire, j'ai lu, et j'ai reçu en plein cœur ce mot glacial :

« Je ne me marierai pas s'il n'y a pas de cortège. »

Saisissant Shevket par le bras, je l'ai forcé à s'asseoir sur mes genoux. J'aurais voulu pouvoir répondre par écrit à ma bien-aimée : « Comme tu voudras, mon amour ! » mais où trouver du papier et un crayon dans l'échoppe d'un barbier illettré ? Aussi, avec une hésitation concertée, je me suis contenté de chuchoter : « C'est d'accord », à l'oreille de Shevket. Puis, toujours à voix basse, je me suis inquiété de la santé de son grand-père. « Il dort », a répondu l'enfant. Je me rends compte à ce moment que Shevket, le barbier et vous-mêmes avez quelques soupçons concernant la mort de mon Oncle. Le petit, d'ailleurs, soupçonne encore bien d'autres choses. Comme c'est dommage. Je lui ai, de force, donné un baiser. Il est reparti en boudant. Et pendant la noce, vêtu de ses habits de fête, il est resté constamment dans son coin, à me fixer d'un air hostile.

Puisque Shékuré ne quitterait pas la maison de son père pour la mienne, et que c'était moi, le marié, qui allais prendre mes pénates chez le père de Shékuré, le cortège de noce avait son importance. Évidemment, je n'étais pas en mesure d'aligner, devant le seuil de ma bien-aimée, une assemblée de relations flatteuses et de riches parents montés sur leurs chevaux. Je n'en fis pas moins venir deux amis d'enfance que j'avais eu l'occasion de croiser déjà, pendant mes six premières journées à Istanbul. L'un était devenu secrétaire, comme moi, et l'autre, gérant d'un hammam. Il y avait aussi mon cher barbier, qui, pendant qu'il me rasait, m'avait félicité avec des larmes dans les yeux. Monté sur le même cheval blanc que le premier jour, j'ai frappé à la porte de Shékuré, comme si j'étais venu pour l'emmener vers une autre demeure, et une vie nouvelle.

J'offris un gros pourboire à Hayriyé, venue m'ouvrir le portail. Shékuré, vêtue d'une robe écarlate et coiffée de rubans rose vif, dégringolant jusqu'aux chevilles, apparut au milieu des cris, des soupirs et des pleurs (une mère houspillait son fils), des exclamations pour « que Dieu la préserve », et elle s'est hissée prestement sur un second cheval blanc que je m'étais procuré. Un joueur de tambour et un clarinettiste fort strident, que mon barbier nous avait gentiment dénichés à la dernière minute, ont commencé à jouer devant nous, et notre triste procession s'est mise fièrement en route.

Dès que le convoi s'est ébranlé, j'ai réalisé que cette procession avait précisément pour but, dans l'esprit de Shékuré, de garantir le bon déroulement de ses noces. Cela avait permis de mettre au courant, et mieux valait tard que jamais, tout le quartier ; ainsi, en obtenant son assentiment tacite, on parait pour la suite à toute objection. Encore que, d'un autre côté, cette publicité faite à notre mariage imminent pouvait passer pour une bravade, un défi à nos ennemis, je veux dire l'ex-belle-famille de Shékuré, et s'avérer fort dangereuse : s'il n'avait tenu qu'à moi, j'aurais privilégié une cérémonie privée, secrète, et bien cachée, quitte à défendre notre union une fois devenu son mari.

Droit sur mon capricieux cheval blanc, comme

surgi d'une légende, je paradais fièrement en tête du cortège, à travers le quartier, mais constamment sur le qui-vive, car je m'attendais, d'un instant à l'autre, à voir surgir Hassan et ses hommes, tapis sans doute en embuscade au détour sombre d'une impasse ou d'une porte cochère. J'avisais des vieillards, des voisins et des inconnus qui s'arrêtaient au pas des portes, ou sur le bas-côté, pour nous saluer de la main. Sans vraiment manquer de respect, ils semblaient pour la plupart intrigués, déconcertés par ce mariage, peu ordinaire et impromptu. C'est en débouchant à l'improviste sur la place étroite du marché, que j'ai compris combien Shékuré avait brillamment su mobiliser son réseau d'informatrices, et que son divorce et son remariage ne prêtaient plus, pour le voisinage, au doute ni à la contestation. J'en avais pour preuve la joie naïve du marchand de quatre-saisons, qui laissa pour nous escorter, juste sur quelques pas, son étalage de coings, de carottes et de pommes, en criant : « Dieu soit loué, et qu'il vous protège ! » ou le sourire mélancolique de l'épicier et les regards approbateurs du boulanger dont l'apprenti était occupé à gratter le fond brûlé des moules à gâteaux. Et pourtant, je restais à l'affût d'une attaque soudaine, d'un quolibet insolent, d'un début de charivari. Mais une fois passé le bazar, et nonobstant la confusion créée par les petits ramasseurs de pièces, qui n'arrêtaient pas de bondir, crier et gesticuler, je comprenais à tous ces sourires de femmes penchées aux rideaux, aux grilles, aux volets, que la foule débonnaire et le chahut des enfants nous offraient désormais un rempart, une légitimité.

Mes yeux étaient fixés sur le parcours sinueux

de la procession, qui revenait enfin, Dieu merci, à son point de départ, au seuil de la maison, mais mon cœur pendant tout ce temps était resté auprès de Shékuré, avec son lourd chagrin. À vrai dire, ce qui me rendait triste moi aussi n'était pas le fait qu'elle dût se remarier le jour même de la mort de son père, c'était plutôt de voir combien cette noce était terne et mesquine. Ma bien-aimée méritait de riches équipages attelés d'argent, montés de cavaliers vêtus de brocarts, de fourrures et de soieries, escortant tout un défilé de chariots à perte de vue et regorgeant de somptueux cadeaux. Elle aurait dû être à la tête d'un vrai cortège : filles de pachas, sultanes, et la foule des anciennes favorites du harem impérial, juchées dans leurs cabriolets et caquetant à qui mieux mieux sur les fêtes d'antan. Au lieu de cela, pour le mariage de Shékuré, on ne trouva même pas quatre portefaix pour tenir au-dessus d'elle le dais tombant de brocart rouge qui dérobe les riches mariées aux regards indiscrets. Pas un seul de ces serviteurs qu'on charge d'ouvrir les processions opulentes en brandissant des cierges massifs ou des présentoirs en forme d'arbres, croulant sous les fruits, les papillotes d'argent et d'or, et les pierres semi-précieuses. Plus que de la honte, c'est de la tristesse que je sentais, et j'en étais au bord des larmes quand le tambour et la clarinette, sans respect pour ce semblant de cérémonie, s'interrompaient tout simplement, quand le cortège restait bloqué, personne n'étant appointé pour ouvrir le passage aux carrefours, par la cohue des domestiques, faisant la queue près d'une fontaine.

En arrivant dans les parages immédiats de notre maison, j'ai trouvé le courage de me retourner sur ma selle pour la regarder, et j'ai été récompensé, en voyant, à travers sa mantille et son voile rose et rouge, que, loin de se morfondre au milieu de toute cette médiocrité, elle semblait assez contente que la procession se termine sans qu'on ait eu à déplorer la plus minime contrariété. Je fis donc, comme tout jeune marié, descendre de selle ma promise, et, en la tenant par le bras, je fis pleuvoir sur sa tête, devant la foule hilare, à pleines poignées, tout un sac de pièces blanches. Pendant que les gamins qui avaient suivi notre cortège se précipitaient pour les ramasser, je fis entrer Shékuré dans la cour, puis, passant par le dallage devant le seuil, à l'intérieur de la maison. La chaleur nous a surpris, avec une horrible odeur de putréfaction.

Tandis que la foule du cortège s'égaillait dans les différentes pièces, Shékuré, guidant la partie des femmes, des enfants et des vieux (Orhan me toisait de loin d'un air soupçonneux), feignait de ne rien sentir, et j'ai douté moi-même, un instant ; mais l'odeur, autant que l'image, des charognes au soleil sur les champs de bataille m'était si familière, avec leurs vêtements souillés, dépouillés de leurs chaussures, bottes et ceintures, le visage, les lèvres, les yeux à demi dévorés par les loups et les oiseaux, oui, cette odeur m'avait trop souvent pris à la gorge, suffoqué, que je ne pouvais vraiment pas me tromper.

En bas dans la cuisine, je me suis inquiété auprès de Hayriyé du cadavre et de l'odeur infecte qui empestait déjà dans toute la maison. J'ai noté également que pour la première fois je m'adressais à Hayriyé en maître de céans.

« Comme vous avez demandé, nous l'avons installé en chemise de nuit sur son matelas, en bordant bien la courtepointe sur les côtés, en disposant des flacons et des potions tout autour. S'il sent si mauvais, dit la pauvre femme en reniflant, c'est sans doute à cause de la chaleur du poêle qui est dans la chambre. »

Une ou deux de ses larmes tombèrent en grésillant dans la marmite où revenaient les morceaux de mouton. En la voyant pleurnicher ainsi, j'ai compris que mon Oncle la faisait sûrement coucher avec lui. Esther, qui trônait benoîtement à portée des fourneaux, a avalé ce qu'elle mastiquait puis s'est levée pour me dire :

« Occupe-toi de son bonheur avant tout, dit-elle. Et sache apprécier le tien. »

J'entendais les accords du luth que j'avais cru entendre dès le premier jour de mon retour à Istanbul. La mélodie était triste, mais volontaire. Et je l'entendais encore, dans la pièce obscure où reposait mon Oncle dans sa longue chemise blanche, pendant que l'imam célébrait notre union.

Comme Hayriyé avait discrètement aéré la pièce un peu avant, et placé la lampe dans une embrasure, afin d'atténuer l'éclairage, on pouvait à peine, dans la pénombre, deviner que mon Oncle était souffrant, sans parler de décès. C'est ainsi qu'il put, pour sa fille, faire office de tuteur légal pendant la cérémonie. Mon ami le barbier, ainsi qu'un vieil incontournable de leur quartier assurèrent le rôle de témoins. Pendant la cérémonie, qui s'achevait avec la bénédiction et les conseils de l'imam puis les prières de l'assistance, un petit vieillard têtu, soucieux de se faire une idée précise sur l'état de santé de mon Oncle, avait fait mine de vouloir se pencher sur lui.

Aussi, dès que l'imam a eu fini, je me suis précipité pour saisir la main de mon Oncle en clamant aussi fort que possible :

« Soyez tranquille, mon Oncle vénéré. Je ferai tout ce qui est en mon pouvoir pour que Shékuré et ses enfants soient toujours bien vêtus et bien nourris, outre mon amour et ma protection. »

Puis j'ai fait comme si mon Oncle, sur son lit de mort, cherchait à me dire quelque chose, tout bas, et j'ai appliqué mon oreille contre sa bouche, comme si j'avais voulu ne rien perdre de ses paroles, les recueillir avec l'attention la plus grande, celle que nous devons, nous les jeunes, témoigner aux moindres exhortations qui, tel un élixir précieux, expriment le suc de tant d'années d'expérience, quand nous nous trouvons, à l'heure de son trépas, au chevet d'un vieillard respecté. Les regards de l'imam et des vieux du quartier montrèrent que le dévouement, la piété filiale que je mettais à capter ainsi ces conseils murmurés rencontraient leur estime et leur approbation. J'ose espérer que plus personne, maintenant, ne se figure que j'aie pu tremper dans le meurtre de mon Oncle.

J'ai dit aux invités de la noce qui se trouvaient dans la pièce que mon beau-père, souffrant, souhaitait être laissé seul. Ils ont décampé aussitôt, et, pendant que les autres passaient dans la pièce à côté, où Hayriyé leur avait servi un grand plat de riz au méchoui de mouton, dont l'odeur, mêlée de cumin et de thym, commençait pour moi à se confondre avec celle du cadavre, je suis monté au premier ; là, sur le palier, comme un homme en proie à de graves soucis qui, dans sa propre maison, se serait trompé de porte par distraction, je suis entré sans faire mine d'y penser dans la chambre où les femmes étaient réunies, et sans prêter attention à l'effroi qui s'empara d'elles, j'ai regardé avec douceur ma Shékuré, dont les yeux semblaient noyés de bonheur. Je lui ai dit :

« Ton père t'appelle, Shékuré ; il veut que la mariée vienne lui baiser la main. »

La poignée de voisines à qui Shékuré avait pu, à la dernière minute, faire parvenir une invitation afin d'assurer quelques témoins et garants à notre mariage improvisé, et les jeunes filles, que j'identifiais comme ses parentes au regard franc qu'elles me décochaient, firent toutes ensemble retomber leur voile, en signe de modestie, sans d'ailleurs pour autant perdre une miette de ma tournure.

Ce n'est que nettement plus tard, une fois tous bien rassasiés de noix, amandes, pâtes de fruits, bonbons au caramel et aux clous de girofle, que les convives se sont dispersés. C'était peu après la prière du soir. Dans la chambre des femmes, la joie n'était jamais parvenue à s'installer, entre les bêtises et les chamailleries des enfants, et les larmes intarissables de la belle Shékuré. Du côté des hommes, mon visage fermé, réfractaire à toutes les allusions égrillardes que l'usage consacré inspirait à nos voisins, était mis sur le compte de mon inquiétude pour la santé de mon beau-père. Mais au beau milieu de ces moments sinistres, je me souviens, je me revois : nous montons, Shékuré et moi, dans la chambre où gît son père, après le dîner, pour aller lui baiser la main. Nous sommes enfin seuls. Après avoir respectueusement embrassé la main raide et glacée du mort, nous nous retirons dans un recoin ténébreux de la pièce, et nous nous embrassons très longuement, comme pour étancher une soif ardente. La langue de ma douce épouse Shékuré, que j'ai réussi à prendre dans ma bouche, avait le goût des caramels dont se gavent les petits gourmands.

34

Moi, Shékuré

Quand tout le monde a été parti, que les derniers invités de cette bien triste fête de mariage, après s'être rechaussés, recoiffés, bien emmitouflés, ont refranchi, traînant derrière eux leurs gamins qui se fourraient une dernière poignée de caramels dans la bouche, la porte du jardin, il y a eu d'abord un silence. Nous étions dans la cour et, à part un moineau qui se désaltérait près du puits, sur le bord du seau à moitié plein, on n'entendait pas un bruit. Le petit oiseau, un court instant, a fait briller son toupet de plumes ébouriffées à la lumière provenant du foyer, puis a disparu dans la nuit, et soudain je me suis sentie envahie de pitié pour mon père, couché en haut, dans cette maison obscure et vide.

« Mes enfants, ai-je dit de cette voix qui leur est familière et que je prends quand j'ai quelque chose d'important à leur annoncer, venez donc un peu par ici. » Puis, quand ils se sont approchés :

« Maintenant, c'est Le Noir votre père : allez lui baiser la main. »

Docilement et sans bruit, ils lui ont fait le baisemain. « Ils ne savent pas comment on doit obéir à un père, ni le regarder en face pendant qu'il parle, ni s'en remettre à lui, aveuglément ; car mes pauvres petits sont avant tout orphelins, ils ont grandi sans connaître leur père, ai-je dit à Le Noir. C'est pourquoi, s'ils te manquent de respect, s'ils font des bêtises et te tarabustent, tu seras indulgent, n'est-ce pas, et tu mettras cela sur le fait qu'ils ont grandi sans jamais voir leur papa, sans le moindre souvenir de lui.

— Moi, je me souviens de mon père, a dit Shevket.

— Veux-tu bien te taire ! À partir de maintenant, ce qu'il dit doit compter encore plus que ce que je vous dis, moi. » Je me suis tournée vers Le Noir : « Si jamais ils ne t'écoutent pas, s'ils te manquent de respect, s'ils sont insolents, insupportables ou malpolis, tu peux les gronder, en leur passant un peu au début. » (Au tout dernier moment, je n'ai finalement pas dit qu'il pouvait bien aussi les battre.) « Ils doivent tenir dans ton cœur la même place que moi.

— Shékuré, ma mie, ce n'est pas seulement pour devenir ton mari que je t'ai épousée, mais également pour être le père de ces orphelins si attendrissants.

— Vous avez entendu ?

— Que la lumière de Dieu là-haut ne nous fasse défaut et que le Seigneur nous protège ! a prononcé Hayriyé.

— Vous avez bien compris ? Vous en avez de la chance, mes petits chéris. Avec un papa aussi gentil, si jamais vous oubliez ce qu'il vous a dit et que vous lui désobéissez encore, il vous pardonnera encore une fois quand même.

— Et même encore après, dit Le Noir.

— Oui, mais s'ils recommencent, alors que tu les as déjà prévenus trois fois, dans ce cas ils mériteront les coups de baguette. Est-ce que c'est clair ? Votre nouveau papa, Le Noir, est très sévère, il a fait des guerres affreuses et terribles, d'où votre premier papa qui est mort n'est jamais revenu. Leur grand-père les a trop gâtés. Ils le faisaient tourner en bourrique. Maintenant votre pépé est très malade.

— Je veux aller voir mon pépé, a dit Shevket.

— Si vous ne m'écoutez pas, Le Noir va vous montrer de quel bois il se chauffe. Votre pépé n'est pas plus fort que lui pour vous protéger. Alors si vous ne voulez pas que Le Noir se mette en colère, il faut arrêter de vous disputer, être plus partageurs, ne pas dire de mensonges, bien faire toutes vos prières, ne pas aller vous coucher sans avoir appris vos leçons, et ne pas embêter Hayriyé en lui disant des gros mots... Est-ce que c'est bien clair ? »

Le Noir s'est penché pour attraper Orhan et l'a fait asseoir sur ses genoux, mais Shevket s'est esquivé. Cela m'a fendu le cœur, et donné envie de lui faire un gros baiser. Mon pauvre petit orphelin malheureux, mon petit Shevket abandonné, comme il était tout seul dans ce monde si grand, tellement grand ! Je me suis sentie moi-même comme un petit enfant seul au monde, comme Shevket, et pendant un instant je crois que j'ai confondu sa solitude, sa fragilité d'enfant orphelin, avec la mienne. Car le souvenir de ma propre enfance m'a remis en mémoire comme je montais, moi aussi, sur les genoux de mon papa, comme Orhan sur les genoux de Le Noir... mais moi, contrairement à Orhan, qui semblait posé là comme un fruit posé sur un arbre qui n'est pas le sien, j'avais plaisir à rester là avec lui, dans les bras de mon papa, à nous renifler l'un l'autre comme des chiens... et, comme j'allais me mettre à pleurer, j'ai dit, pour me retenir, et sans penser vraiment à ce que je disais :

« Allez, montrez-moi comment vous dites "Papa" à Le Noir. »

Le silence qui régnait dans la cour se fit aussi pénétrant que le froid. Très loin, une meute de chiens aboyait de façon lugubre et désespérée. Il s'est écoulé encore un certain laps de temps, où le silence, imperceptiblement, s'est épanoui comme une fleur, une fleur de ténèbres.

« Bon, allez les enfants, ai-je dit. On rentre dans la maison, sinon on va tous s'enrhumer. »

Nous sommes donc rentrés, mais avec une sorte d'hésitation, non seulement Le Noir et moi, comme deux jeunes mariés qui ont peur de se retrouver seuls ensemble après la noce, mais les enfants aussi, et Hayriyé : comme on explore une maison étrangère, dans l'obscurité. À l'intérieur, on sentait l'odeur du cadavre de mon père, mais personne n'a fait mine de rien remarquer. En montant silencieusement les escaliers, le jeu des ombres que la lumière de la chandelle faisait apparaître sur le plafond, tantôt immenses, ou minuscules, enchevêtrées et tournoyantes, me sembla quelque chose de jamais vu. En haut, nous nous sommes déchaussés sur le palier, et Shevket a demandé :

« Est-ce que je peux aller baiser la main à mon grand-père ?

— Je viens d'aller le voir, dit Hayriyé. Ton grand-père est très malade, il ne va pas bien du tout ; la fièvre est dans lui, les mauvais djinns s'en sont emparés. Alors allez dans la chambre, je vais préparer vos lits. »

Elle les a poussés dans la chambre, puis s'est mise, en faisant le lit, à leur parler du matelas qu'elle étalait par terre, des draps, des couvertures et de l'édredon qu'elle dépliait, comme si ç'avaient été autant de trésors précieux dans un palais de fées.

« Hayriyé, raconte-nous une histoire, a dit Orhan assis sur son pot.

— Il était une fois un homme tout bleu, et qui avait un djinn pour meilleur ami.

— Pourquoi il était bleu ? a demandé Orhan.

— Hayriyé, par pitié, dis-je. Ce soir, pas d'histoires de djinns, ni de fées ou de fantômes !

— Pourquoi il faut pas en raconter ? a dit Shevket. Maman, quand on dormira, tu vas aller voir pépé dans l'autre chambre ?

— Votre grand-père, que Dieu le garde, est gravement malade, ai-je répondu. Bien sûr que j'irai voir comment il va cette nuit. Ensuite je reviendrai me coucher avec vous dans notre lit.

— Pourquoi c'est pas Hayriyé qui y va ? dit Shevket. C'est elle, d'habitude, qui s'occupe de lui la nuit.

— Tu as fini ? » a demandé Hayriyé à Orhan déjà somnolent pendant qu'elle lui essuyait les fesses, en jetant un œil au contenu du pot et en fronçant le nez, non pas à cause de l'odeur, mais plutôt parce qu'elle semblait trouver que ce n'était pas suffisant.

« Hayriyé, ai-je dit, va vider le pot et reviens avec : il ne faut pas que Shevket sorte de la chambre cette nuit.

— Pourquoi il faut pas que je sorte ? Pourquoi on raconte pas une histoire avec des djinns et des fées ? »

Orhan, pas effrayé, mais avec cet air nigaud qu'il a toujours après avoir fait son caca, lui a répondu affectueusement : « Parce qu'y a des djinns dans la maison, idiot.

— Maman, c'est vrai ?

— Si jamais vous sortez de la chambre pour aller voir grand-père, c'est sûr que les djinns vont vous trouver.

— Où est-ce qu'y dort, Le Noir ? Où c'est qu'il a fait son lit ?

— Je ne sais pas. C'est Hayriyé qui va lui installer.

— Maman, tu continueras à dormir avec nous, hein ? a dit Shevket.

— Combien de fois il faut que je te le dise ? Oui, je dormirai avec vous, comme d'habitude.

— Toujours ? »

Hayriyé est sortie avec le pot de chambre. J'ai été prendre les neuf miniatures qui restaient, celles que cet horrible assassin n'avaient pas emportées, dans l'armoire où je les ai cachées, et j'ai approché la lampe près du lit afin de les contempler à loisir, et d'essayer de comprendre leur secret. Ces peintures sont si belles qu'on s'y perd comme dans ces souvenirs qui reviennent, après une longue période d'oubli, et qu'elles semblent, comme une belle histoire, parler avec celui qui regarde.

Tandis que j'étais absorbée par ces images, je compris, à l'odeur des cheveux d'Orhan qui me chatouillaient le nez, que lui aussi contemplait ce Rouge étrange et fascinant. J'ai eu envie, comme il m'arrive encore parfois, de sortir mon sein pour lui donner à téter. Plus tard, quand il s'est effrayé à la vue de la Mort, le souffle suave et saccadé qui sortait de ses petites lèvres rouges m'a donné envie de le manger.

« Toi, tu sais, j'ai drôlement envie de te manger. tu sais.

— Oh oui, maman, chatouille-moi, me dit-il en s'abandonnant.

— Ouh la la, pousse-toi de là, vite, vite, animal ! » ai-je crié, parce qu'il se vautrait sur les miniatures. J'ai regardé : elles n'étaient pas abîmées, juste celle du cheval qui était un peu froissée, mais ça ne se voyait pas.

J'ai tout rangé quand Hayriyé est revenue avec le pot de chambre vide. Quand je suis sortie, Shevket m'a appelée d'une voix altérée :

« Où tu vas maman, où tu vas ?

— Je reviens. »

J'ai traversé le palier, c'était une vraie glacière. Le Noir était assis derrière le coussin rouge, à la place où il avait passé ces quatre derniers jours à parler avec mon père de dessin, de peinture et de perspective ; à côté de lui l'autre place était vide. J'ai disposé les miniatures autour de lui, sur le coussin, sur un pupitre devant lui, et à même le plancher. En un moment, à la lueur de la bougie, la chambre fut comme ranimée, agitée comme une enluminure

Nous avons d'abord regardé les images, longuement, dans un silence recueilli. Il semblait que, si nous bougions, l'air tout chargé d'odeur de mort qui venait de l'autre pièce allait faire vaciller la chandelle et mettre en branle les miniatures. Le fait qu'elles aient pu causer la mort de mon père les grandissait-il à mes yeux ? Leur charme émanait-il de l'étrangeté du cheval, de l'intensité sans pareille du rouge, de la tristesse de cet arbre ou de la mélancolie de ces deux mendiants, ou plus simplement de la terreur que m'inspirait celui qui, à cause d'elles, avait tué non seulement mon père, mais peut-être d'autres personnes ? Au bout d'un moment, Le Noir et moi avons compris que le silence dans la pièce tenait moins aux miniatures que nous regardions qu'à notre position de jeunes mariés se retrouvant seuls dans la chambre nuptiale, auguste et solennelle, et nous avons eu besoin de parler.

« Demain, quand nous nous lèverons, il sera temps de faire savoir à tout le monde que mon père est décédé pendant son sommeil. » J'avais beau dire quelque chose de parfaitement vrai, j'avais l'impression de n'être pas sincère.

« Demain matin tout ira bien », a dit Le Noir d'un ton étrange, comme si lui non plus n'arrivait pas à croire à ce qu'il disait.

Il a eu un mouvement imperceptible pour s'approcher de moi, qui m'a donné envie de l'embrasser en soutenant sa tête avec ma main, comme on fait avec les bébés.

Au même instant, j'ai entendu s'ouvrir la porte de la pièce où était mon père et j'ai bondi sur place pour aller, en courant, ouvrir la porte sur le palier. J'ai tressailli encore en voyant que l'autre porte était en effet entrouverte, et je suis sortie de la pièce où nous étions, dans le froid. Le poêle qui chauffait dans la chambre de mon père accentuait l'odeur de cadavre. Était-ce Shevket qui y était entré, ou quelqu'un d'autre ? À la lueur infime du poêle, j'ai vu que le corps de mon père était toujours là, étendu tranquille dans sa chemise de nuit. J'ai eu envie de lui dire, comme ces soirs où j'allais le voir pendant qu'il lisait le *Livre de l'Âme* : « Bonne nuit mon petit papa. » Alors il se redressait un peu pour prendre le verre d'eau de mes mains, et me disait : « Dieu te le rende, ma belle », en m'embrassant sur la joue, comme quand j'était petite, et en plongeant ses yeux dans les miens. J'ai regardé la face horrible de mon père et j'ai pris peur. À la fois je ne voulais pas regarder son visage et j'étais comme poussée par le Diable, à observer combien il était devenu terrifiant.

Je suis retournée en tremblant vers la porte bleue ; quand je suis rentrée, Le Noir s'est collé à moi. Je l'ai repoussé, mais moins par colère que par une sorte de réflexe instinctif. Nous avons lutté à la lueur de la chandelle, mais c'était plus un semblant de lutte qu'un combat véritable. Nous prenions plaisir à nous heurter, à nous toucher des bras, des jambes, de la poitrine. Dans mon esprit régnait une confusion qui m'a rappelé celle décrite par Nizâmî dans *Khrosrow et Shirine* Le Noir, qui a si bien lu Nizâmî, comprenait-il qu'en disant : « Ne mords pas si fort », c'est : « Mords-moi plus fort », que je pensais ?

« Tant que ce démon, l'assassin de mon père, n'a pas été démasqué, je ne coucherai pas avec toi », lui ai-je dit enfin.

En le voyant s'enfuir, s'échapper ainsi de la chambre, j'ai été prise de honte. Car, si je criais à tue-tête, il était clair que je voulais que mes paroles, que mon cri soient entendus par les enfants et Hayriyé. Et, bien au-delà, non seulement par eux : mais par mon pauvre père, mais par mon défunt époux, dont le cadavre abandonné, depuis longtemps pourri, retournait en poussière dans Dieu sait quelle contrée perdue.

« Maman, Shevket est sorti sur le palier, m'a dit Orhan dès que j'ai été de retour auprès d'eux.

— Tu es sorti ? ai-je dit en faisant le geste de lui en coller une bonne sur la figure.

— Hayriyé ! a crié Shevket en se réfugiant dans les jupes de Hayriyé.

— Non, a dit Hayriyé, il n'est pas sorti · il est resté tout le temps dans la chambre. »

Je restais là toute tremblante et sans pouvoir la regarder dans les yeux. Celle-là, j'en étais sûre maintenant, je n'aurais pas plus tôt fait connaître le décès de mon père qu'elle prendra parti pour mes fils quand je me fâcherai, et quand eux auront pris l'habitude de se réfugier auprès d'elle, de partager nos secrets avec elle, cette sale servante en profitera pour tout régenter. Elle me fera sans vergogne accuser du meurtre de mon père, et la garde des enfants reviendra à Hassan ! Je sais qu'elle en est bien capable. Elle a toute honte bue, vu qu'elle couchait avec mon père ! Pourquoi vous le cacherais-je plus longtemps, oui, ils couchaient ensemble ! Je lui ai lancé un gentil sourire ; puis j'ai pris Shevket sur mes genoux pour lui faire un bisou.

« Si, c'est vrai. Shevket est sorti sur le palier, insistait Orhan.

— Rentrez dans le lit, et faites-moi une place entre vous. Je vais vous raconter l'histoire du djinn noir et du chacal sans queue.

— Mais tu as dit à Hayriyé de pas raconter des histoires de djinns, dit Shevket. Pourquoi c'est pas Hayriyé qui nous raconte une histoire ?

— Est-ce qu'ils venaient de la ville des Sans-Parents, demanda Orhan.

— Oui, lui dis-je, dans cette ville, les enfants n'ont ni papa ni maman. Hayriyé, va revérifier si les portes sont bien fermées. Nous, on va s'endormir en racontant une histoire.

— Moi, je veux pas dormir, dit Orhan.

— Où est-ce qu'il dort, Le Noir, cette nuit ? a demandé Shevket.

— Dans l'atelier, ai-je répondu. Allez, serrez-vous bien contre maman pour vous réchauffer. C'est à qui ces petits pieds gelés ? »

Peu après le début de l'histoire, j'ai baissé la voix en constatant qu'Orhan, comme d'habitude, s'était endormi le premier.

« Quand je serai endormi, tu ressortiras pas, hein, maman, m'a dit Shevket.

— Mais non. »

Et je n'en avais réellement pas l'intention. Je pensais, en effet, quand il a été endormi : Quel bonheur de s'endormir, la nuit de son second mariage, en tenant ses deux petits serrés contre soi — avec, tout près de nous maintenant, un beau mari très intelligent, passionné et plein d'attentions ; c'est avec ces pensées que j'ai dû m'assoupir, mais mon premier sommeil est resté troublé ; si je me souviens bien, dans cette espèce de monde intermédiaire entre la veille et les rêves, plein d'incertitudes et d'agitation, j'ai d'abord dû rendre des comptes à l'esprit irrité de mon père ; ensuite, je cherchais à m'enfuir, poursuivie sans relâche par son assassin, d'un aspect encore plus effrayant, et qui voulait sans doute me faire subir le même sort ; mais quand il s'est mis à marmonner certains bruits bizarres, je me suis dit, toujours dans mon rêve, qu'il allait me lapider. Contre la fenêtre, ou sur le toit... il s'est mis à lancer des pierres... et contre la porte, tellement, qu'on avait l'impression qu'il essayait de l'enfoncer. Cet esprit malin fit tout d'un coup entendre une voix pleurarde, qui ne ressemblait à rien, ou peut-être au hurlement de quelque bête sauvage, à un vagissement, et mon cœur se mit à battre à tout rompre.

Je me suis réveillée en nage. Avais-je entendu ces bruits bizarres dans mon rêve, ou venaient-ils réellement de l'intérieur de la maison, et m'avaient-ils réveillée ? Comme je n'arrivais pas à savoir, je me suis blottie entre les petits, et j'ai attendu comme cela, sans bouger. Je m'étais à peine persuadée que ces bruits faisaient partie de mon rêve, quand j'entendis à nouveau le même gémissement. Et puis un grand bruit dans la cour, comme quelque chose qui tombe. Une pierre ?

J'étais terrifiée. Mais le comble fut quand j'entendis des grincements, cette fois, à l'intérieur de la maison. Où était Hayriyé ? Et Le Noir, dans quelle pièce dormait-il ? Et le cadavre de mon pauvre père ? Dieu ait pitié de nous ! Les enfants dormaient à poings fermés. Si ç'avait été avant notre mariage, je me serais levée du lit, et j'aurais tâché d'être à la hauteur de la situation, de surmonter ma peur, comme un homme, afin d'affronter bravement les djinns et les farfadets. Mais maintenant je me faisais toute petite, je me cachais entre mes enfants. Nous n'avions plus personne, personne n'arriverait à temps pour nous porter secours. En attendant la catastrophe, j'ai dit une prière ; mais j'étais seule, seule comme on n'est que dans ses rêves. J'ai entendu quelqu'un ouvrir le portail de la cour. Était-ce bien notre portail ? Oui.

En un instant, sans réfléchir moi-même à ce que je faisais, j'ai attrapé ma robe de chambre et me suis précipitée hors de la chambre.

« Le Noir », ai-je chuchoté, du haut des escaliers. J'ai enfilé quelque chose aux pieds pour descendre. Mais je n'avais pas plus tôt passé le seuil de la porte d'entrée que la bougie que j'avais juste eu le temps d'allumer à la braise du poêle s'est éteinte. Un vent fort soufflait, mais la nuit était claire. Au bout d'un moment, mes yeux se sont habitués, aidés en cela par un demi-clair de lune. Seigneur Dieu ! le portail était grand ouvert. Je suis restée pétrifiée, toute grelottante dans le froid.

Que ne m'étais-je munie d'un couteau ! Je n'avais à portée de la main ni chandelier ni le moindre morceau de bois ! Dans l'obscurité, j'ai vu la porte de la cour pivoter toute seule, puis, alors qu'elle s'était immobilisée, je l'ai entendue à nouveau grincer. Je me rappelle que j'ai pensé : c'est comme dans les rêves. Mais je savais que j'avais toute ma tête, et que j'étais bien en train de marcher dans la cour.

De la charpente, dans le grenier, est venu aussi un autre grand craquement. J'ai réalisé que c'était l'âme de mon pauvre papa qui tâchait d'en sortir, pour monter au ciel. J'étais à la fois accablée par la peine de savoir son âme en proie à tous ces tourments, et soulagée. Car si tous ces craquements sinistres étaient le fait de mon père, je n'avais rien à en craindre, sans doute. D'un autre côté, les peines endurées par son esprit pour escalader, aussi vite que possible, tout seul, ces hauteurs célestes m'attristaient si fort que j'ai dit une prière pour que Dieu lui porte secours. Et la pensée que l'esprit de mon père nous protégerait, moi et les enfants, m'a mis quand même du baume au cœur. Si le moindre démon, derrière la porte de la cour, s'apprêtait à nous attaquer, il n'avait qu'à bien se tenir, face à l'esprit vagabond de mon père !

En même temps, je me faisais du souci pour Le Noir : n'était-ce pas lui qui tourmentait ainsi mon père ? Celui-ci allait-il s'en prendre à mon nouveau mari ? Et d'ailleurs, où était Le Noir ? Au même instant je l'ai aperçu derrière le portail, dans la rue. Je restai immobile : il parlait avec quelqu'un.

Je me suis rendu compte que l'autre personne s'expliquait avec lui depuis le fond du verger abandonné qui est de l'autre côté de la route, derrière les arbres. Je n'ai pas plus tôt fait le rapprochement avec les plaintes que j'avais entendues depuis le fond de mon lit que j'ai reconnu la voix de Hassan. C'était un mélange de gémissement et de supplique, sur un ton menaçant. Je les ai écoutés de loin pendant qu'ils réglaient leurs comptes entre eux, dans le silence de la nuit.

Je me suis alors vue toute seule dans la vie, avec mes enfants, et j'ai pensé : J'aime Le Noir ; en fait, j'étais seulement désireuse de l'aimer, car dans la voix désespérée de Hassan, dans cette douleur que j'avais immédiatement comprise, je percevais tout le principe de ce qui, à moi-même, me transperçait le cœur.

« Demain, j'amènerai le juge, les janissaires, et des témoins pour statuer que mon frère aîné est bien vivant, et qu'il fait la guerre dans les montagnes d'Iran, disait-il. Votre mariage n'est pas légal. Vous êtes en situation d'adultère.

— Shékuré n'était pas ta femme, mais celle de ton frère, a dit Le Noir.

— Mon frère est vivant, répondit Hassan d'un ton assuré. Il y a des témoins qui l'ont vu.

— Ce matin, le juge d'Uskudâr a prononcé le divorce, parce que cela fait quatre ans qu'il était absent. S'il est vivant, tes témoins n'ont qu'à aller lui dire.

— Shékuré ne peut pas se remarier avant un mois, a dit Hassan. C'est contre le Coran et la religion. Comment son père a-t-il pu permettre une chose pareille ?

— Monsieur mon Oncle, a repris Le Noir, est très malade. Il est même à son extrémité... et le juge a donné son autorisation.

— C'est vous, alors, qui avez empoisonné ton Oncle, tous les deux, à moins que Hayriyé ne soit complice, elle aussi.

— Mon beau-père a été très affecté par ton comportement à l'égard de sa fille. C'est une infamie dont ton frère, s'il est vivant, te demandera des comptes.

— Ce n'est que des mensonges, des prétextes que Shékuré a inventés pour quitter le domicile conjugal. »

Un cri est parvenu de l'intérieur de la maison ; c'était Hayriyé. Puis on a entendu Shevket ; ils se criaient dessus l'un et l'autre ; et moi non plus, je n'ai pas pu retenir un cri, et je me suis ruée vers la maison. Shevket avait dévalé les escaliers quatre à quatre et était sorti en courant dans la cour.

« Mon pépé est tout gelé ! Mon pépé est mort ! »

Nous nous sommes embrassés, et je l'ai pris sur mes genoux. Hayriyé criait encore. Le Noir avait tout entendu, et Hassan aussi, sûrement.

« Maman, quelqu'un a tué mon pépé », a repris Shevket.

Tout le monde, encore une fois, pouvait l'entendre. Sauf Hassan peut-être... J'ai serré mon fils plus fort dans mes bras et, sans m'affoler, je l'ai renvoyé dans la maison. Hayriyé, au pied des escaliers, demandait comment ce petit galopin avait réussi à s'échapper.

« Maman, tu avais promis de ne pas nous laisser », a répondu Shevket en se mettant à pleurer.

Je pensais à Le Noir, qui restait posté près du portail : il était occupé avec Hassan et n'avait pas osé fermer, simplement. J'ai embrassé mon Shevket sur les joues, je suis parvenue, avec un petit câlin, à le consoler un peu ; puis je l'ai mis dans les bras de Hayriyé en chuchotant à celle-ci : « Retournez en haut tous les deux. »

Quand ils furent remontés, je suis retournée dans la cour. De là où je me tenais, un peu en retrait du portail, je pensais n'être pas vue de Hassan. Mais avait-il changé de place dans l'obscurité du fond du verger ? ou était-il passé derrière les arbres qui sont dans l'ombre aussi, mais le long de la rue ? toujours est-il qu'il me voyait, et que, en parlant, il s'adressait aussi à moi. Ce qui m'agaçait n'était pas qu'il parle avec quelqu'un qui ne pouvait pas le voir ; non : j'étais irritée de constater que, face à ses accusations, je ne lui donnais pas tort, et que, comme mon père quand j'étais enfant, il arrivait non seulement à me prendre en faute, mais à me faire sentir coupable, et que j'étais amoureuse de l'homme qui me parlait ainsi. Mon Dieu, à l'aide ! L'amour n'est-il pas fait pour nous rapprocher de Vous, non pour souffrir en vain ?

Hassan m'a accusé d'avoir tramé avec Le Noir le meurtre de mon propre père. Il a dit qu'il avait entendu tout ce qu'avait dit mon fils, que tout était clair comme le jour, et que notre crime nous précipiterait en Enfer ; il irait tout raconter au juge dès le lendemain ; si j'étais innocente, si ma main n'était pas toute rouge du sang paternel, il devait me ramener à la maison de son frère aîné, où, en attendant le retour de celui-ci, il tiendrait la place du père de mes enfants. Si j'étais coupable, je méritais tous les tourments prévus pour une femme sans cœur qui, pendant que son mari versait son sang à la guerre, l'avait ainsi abandonné. Nous l'avons écouté jusqu'au bout, puis il y a eu un long silence.

« Si, toutefois, tu reviens de ton plein gré au foyer de ton véritable époux, a-t-il repris en changeant de ton, si tu rentres avec les enfants, sans scandale, sans être vue, moi, j'oublierai de mon côté cette parodie de mariage, et ce que j'ai appris ce soir : tous vos crimes, je pardonnerai tout. Nous attendrons ensemble patiemment, Shékuré, des années s'il le faut, que mon frère soit rentré de la guerre. »

Était-il soûl ? Il y avait dans sa voix quelque chose de si puérilement capricieux que j'ai craint qu'il ne se mette brusquement à me faire des avances en présence de Le Noir, et qu'il ne le paie de sa vie !

« Est-ce que tu comprends ? » disait sa voix depuis derrière les arbres.

Je n'arrivais pas à déterminer sa position dans l'obscurité. Mon Dieu, secourez vos coupables esclaves !

« Car ce que je sais, Shékuré, c'est que tu ne peux partager le même toit que l'homme qui a tué ton père. »

Un instant je me suis demandé si ce n'était pas lui l'assassin. Si justement il ne se fichait pas de nous purement et simplement. Hassan était sûrement le Diable en personne, mais je pouvais me tromper.

« Écoute, Monsieur Hassan, a dit Le Noir dans la nuit. Mon beau-père a été tué, cela est vrai. C'est un meurtre, un horrible assassinat.

— Il a été tué avant vos noces, n'est-ce pas ? dit Hassan. Vous l'avez tué parce qu'il était contre ce mariage de contrebande, ce divorce arrangé, vos faux témoins, toutes vos embrouilles. D'ailleurs, s'il avait eu la moindre estime pour Le Noir, ce n'est pas maintenant, mais il y a des années, qu'il lui aurait donné sa fille. »

Pour avoir vécu avec mon ancien mari et moi pendant des années, Hassan connaissait aussi bien que moi tout notre passé ; il avait donc beau jeu, maintenant, de me rappeler certaines de nos conversations, tout ce que j'avais oublié ou voulu oublier, avec cette insistance d'amoureux jaloux ; j'avais tant de souvenirs de ces années avec lui, avec son frère, que je craignis, à me les entendre rappeler, que Le Noir ne m'en apparaisse que plus nouveau, lointain, et étranger à ma vie.

« Nous te soupçonnons de l'avoir tué toi-même, dit Le Noir.

— C'est vous qui l'avez tué pour pouvoir vous marier. C'est clair comme le jour. Je n'avais pas, moi, la moindre raison de le tuer.

— Tu l'as tué pour empêcher mon mariage avec Shékuré, a dit Le Noir. Tu as senti qu'il allait donner son accord à la séparation et à notre mariage, et tu as perdu la tête. Tu en voulais à Monsieur mon Oncle parce qu'il a osé dire à sa fille qu'elle pouvait revenir chez lui, et tu as voulu te venger. Tu savais que, lui vivant, tu n'avais aucune chance de la récupérer.

— Ne t'éloigne pas du sujet, a répondu Hassan d'un ton résolu. Je ne suis pas venu pour entendre cela, et il fait très froid ; je me suis gelé ici à jeter des pierres pour vous avertir. Vous ne m'avez pas entendu ?

— Le Noir était dans la maison, il regardait les miniatures de mon père », ai-je dit.

Ai-je eu tort de dire cela ?

« Madame Shékuré », a-t-il alors repris avec le même ton hypocrite que je prends pour parler à Le Noir, parfois, « tu es la femme de mon frère aîné, il me semble que tu ferais mieux de revenir tout de suite, avec les enfants, chez cet héroïque soldat qu'est leur père, et dont tu es toujours légalement la femme.

— Non, Hassan, ai-je murmuré dans la nuit. Non.

— Dans ces conditions, je suis obligé, envers mon frère, d'aller dès demain faire savoir au juge ce que j'ai entendu ici ce soir. Je ne saurais me soustraire à mon devoir.

— En effet, tu ne te soustrairas pas à la justice, dit Le Noir. Pendant que tu iras chez le juge, j'irai révéler, ce matin même, à notre Sultan que tu as assassiné son cher serviteur, Monsieur mon Oncle.

— Fort bien, dit Hassan. Dis-lui. »

J'ai poussé un cri : « Ils vont vous torturer tous les deux ! Ne va pas chez le juge. Attends. Tout finira par s'éclaircir.

— Je n'ai pas peur de la torture, a dit Hassan. J'ai été torturé deux fois, et j'ai bien vu que seule la torture permet de distinguer l'innocent du coupable. Les calomniateurs peuvent en avoir peur, moi pas, et je vais tout raconter au juge, au Général des janissaires et au Grand Muftî, sur l'Oncle, sur le livre, et sur les miniatures. Tout le monde parle de ses miniatures. Qu'est-ce qu'il y a, dans ces miniatures ?

— Il n'y a rien, a dit Le Noir.

— Qu'est-ce que tu y cherchais, alors ?

— Mon Oncle souhaitait que je termine son livre

— C'est cela. J'espère bien qu'on va nous torturer tous les deux. »

Ils se sont tus l'un et l'autre. Puis nous avons entendu des pas qui s'éloignaient, du côté du verger abandonné. Ou bien s'approchaient-ils ? Nous étions incapables de voir ou de comprendre, dans cette obscurité totale, ce que faisait Hassan. Il tenta en vain, semble-t-il, de passer du côté le plus éloigné de nous, à travers le massif de ronces et les buissons ; il pouvait fort bien, s'il voulait éviter d'être aperçu de nous, disparaître en se glissant entre les arbres du côté de la rue ; nous n'avons perçu aucun bruit de pas dans notre direction. À un moment j'ai crié : « Hassan ! » sans réponse.

« Tais-toi », m'a dit Le Noir.

Nous grelottions de froid tous les deux. Sans attendre, nous avons regagné la maison après avoir verrouillé le portail. Avant de rejoindre les enfants, je suis passée voir mon père encore une fois. Et Le Noir, lui, est retourné examiner les miniatures.

35

Moi, le Cheval

Ne vous fiez pas à mon aspect calme et tranquille en ce moment. En vérité, je caracole depuis des siècles, sans broncher. Parcourant les plaines, fonçant dans la mêlée, ravissant pour leurs épousailles de jeunes princesses éplorées, de l'anecdote à la grande Histoire, et de l'Histoire à la légende, de livre en livre, page à page, je ne cesse de galoper. J'ai ma place dans les récits, dans les contes de tous les livres, dans chacune des algarades des preux invincibles, à chaque aventure, chaque légende des grands amoureux transis, telle une armée surgie depuis le fond des rêves : volant de victoire en victoire, pour la gloire des généraux, c'est toujours Moi qu'on peint, toujours Moi que l'on représente.

Que ressent-on d'être présent sur tant de belles images ? De l'orgueil, certainement, mais non sans bien souvent se dire : « Est-ce moi qui suis figuré ? » À voir ces images il est clair que chacun se fait une idée différente de ma personne. Et pourtant, je perçois, entre toutes, une intime affinité, une unité incontestable. Des peintres, récemment, m'ont appris une histoire : Un roi d'Europe, un Infidèle, briguait la main de la fille du Doge, à Venise. Va pour convoler, mais s'il n'avait, ce Vénitien, pas un sou vaillant, et que la fille soit vilaine ? On dépêche à Venise le meilleur peintre pour qu'il fasse, outre le portrait de la fille, un tableau de ses affûtiaux, de tous ses meubles et ses biens. Les Vénitiens, gent dépourvue de bienséance, exhibent, à cette occasion, non seulement la promise, mais tout le palais, jusqu'aux juments des écuries. L'artiste s'acquitta si bien de sa mission que la jument du Doge, non moins que sa chère fille, était reconnaissable parfaitement.

Aussi, alors que le roi passait en revue les tableaux dans la cour de son château, hésitant s'il épouserait, oui ou non, cette dogaresse, son destrier, tout à coup en rut, va pour saillir la belle jument trop bien peinte d'après nature. Il paraît que les palefreniers eurent grand-peine à maîtriser le fougueux étalon, qui mit en pièces, de son faramineux engin, la jolie toile de l'artiste.

Or on prétend que ce n'est point la beauté de la jument, si friande qu'elle pût être, qui mit notre étalon dans un si bel état, mais bien plutôt l'exactitude de la peinture, et sa ressemblance avec un modèle bien précis. Maintenant, sera-ce un péché, si l'on veut peindre une jument comme une jument bien réelle ? Dans mon cas, vous pouvez le voir, je me distingue peu des autres chevaux peints.

En fait, si l'on attache, au cambré de mon ensellure, à la hampe de ma jambe, à mon superbe port de tête, l'attention qui convient — la différence est éclatante ! Mais ces beautés attestent moins la pureté de mon lignage que le talent particulier du peintre qui m'a dessiné. Vous savez tous que, au fond, il n'est pas de cheval qui me ressemble trait pour trait : je ne suis que l'Idée du Cheval que le peintre imagine.

Et pourtant, tous de s'exclamer : « Quel beau cheval ! » — or ce n'est pas moi, mais le peintre qu'ils applaudissent. Les vrais chevaux diffèrent entre eux, différences dont les peintres devront bien se pénétrer...

Regardez ! même la verge des étalons n'est jamais de forme semblable. Allons, ne craignez rien, vous pouvez lorgner de plus près — vous pouvez même la prendre avec votre main : oui, mon superbe calibre a bien son aspect particulier, son dessin à lui.

Pourquoi, pourtant, alors que Dieu Très-Haut est le plus grand faiseur d'images, dont la main octroie à chacun une apparence bien à lui, faut-il que le peuple des peintres nous reproduise de mémoire, toujours à l'identique ? C'est qu'ils tâchent de représenter le monde, non tel qu'ils le voient, mais tel qu'il est aux yeux de Dieu. Or Dieu est Unique ! Donc, ces artistes, qui, insatisfaits de ce qu'ils voient, détournent leur regard de la réalité, pour chercher dans leur fantaisie, et à force de la reproduire des milliers de fois, le Cheval tel qu'il est censé être contemplé par Dieu, en prétendant que le cheval parfait ne peut être créé que de mémoire, par un peintre aveugle, ne sont-ils pas des hérétiques, à s'emballer ainsi sur les brisées de Dieu ?

Le nouveau style de peinture emprunté aux Européens, loin d'être impie, satisfait mieux au dogme de l'Islam. Mais je ne veux pas de malentendu avec nos frères d'Erzurum : le fait de voir tout ce scandale, chez les Infidèles, qui ne savent pas apprécier les jeunes garçons ni le café, se rasent barbe et moustache, et se font pousser les cheveux aussi long que leurs épouses, si ribaudes qu'elles baguenaudent toute gorge à l'air, sans parler de Jésus qu'ils prétendent, sacrilège ! être Dieu Lui-même... devant ce tableau, je renâcle bien sûr, et j'ai la ruade au bord du sabot.

Mais j'en ai plus qu'assez aussi de ces erreurs de nos peintres, calfeutrés, embusqués comme des ménagères, fort loin de mes combats. Ils me prêtent une sorte d'amble, comme un lièvre, les deux sabots de devant projetés ensemble, alors qu'aucun cheval ne galope ainsi, mais bien toujours une jambe après l'autre ! Jamais non plus aucun cheval, comme dans les recueils consacrés aux victoires, ne se tient la jambe levée, l'autre au sol, comme un chien savant ! Où voit-on de ces escadrons dans lesquels les montures se décalquent vingt fois, toujours pareilles, comme des ombres reportées ? Si l'on ne nous surveille pas, pour sûr que nous suivons chacun l'occasion, l'herbe tendre... C'est toujours mieux que de poser éternellement dans ces délicates attitudes ! Car pourquoi donc tant se gêner pour nous montrer en train de boire, de brouter, de nous soulager ou bien de dormir ? Pourquoi, surtout, tant de frayeur pour figurer mon engin, il est vrai, formidable ? Quel mal de le faire admirer, surtout aux femmes, et aux garçons, qui doivent attendre d'être seuls pour se rincer l'œil copieusement ? Le Hodja d'Erzurum y trouve-t-il à redire ?

On raconte qu'à Shîrâz un roi bien décrépit, fort mélancolique, était si inquiet, si malade à l'idée que ses ennemis complotent pour mettre à sa place son propre fils encore tout jeune que, au lieu d'attitrer celui-ci, comme de juste, gouverneur d'Ispahan, il le fit reléguer au fin fond du palais. Après trente ans passés dans des appartements qui ne donnaient ni sur cour ni sur jardin, ce prince prisonnier, élevé dans les livres, hérite, selon son destin, du trône de Shîrâz à la mort de son père. Il n'y est pas plus tôt grimpé qu'il ordonne : « Qu'on nous amène un de ces chevaux, comme il s'en voit tant dans mes livres, car nous avons envie de voir ce qu'il en est ! » On fait venir alors de la cour un magnifique cheval pie, mais le nouveau roi, à la vue des naseaux gros comme des cheminées, de la robe décatie par rapport aux peintures, du croupion rebondi, malodorant et malsonnant, donne l'ordre, pour son dépit, d'exterminer tous les chevaux. À la fin des quarante jours que dura cet odieux carnage, tous les fleuves du royaume débordaient de tristesse et de sang innocent. La justice de Dieu voulut alors que le jeune roi, privé de toute cavalerie, s'aventure au-devant de l'armée turcomane, et qu'il se fit tailler en pièces par le Seigneur des Moutons Noirs. Vous pouvez, dans les livres, vous en assurer : la race chevaline sait faire payer le prix du sang.

36

Mon nom est Le Noir

Quand Shékuré s'est retirée dans sa chambre avec les enfants, j'ai pu être attentif aux inépuisables craquements et bruits de cette maison étrange. Shevket se mettait parfois à chuchoter avec sa mère, et il voulait poursuivre sa discussion avec elle, mais Shékuré lui disait : « Chut ! » d'un ton soucieux. Au même moment, du côté du puits et des dalles en pierre, j'entendais un petit bruit, mais qui s'arrêtait aussitôt. J'ai écouté pendant un moment une mouette qui s'était posée sur le toit, jusqu'à ce que le silence l'enveloppe elle aussi. Puis j'entendis, lointain et faible, un petit gémissement de l'autre côté du palier, que j'ai fini par identifier comme les sanglots de Hayriyé dans son sommeil. Ses gémissements se transformèrent en une toux, qui retentit sèchement avant de s'interrompre, laissant place à nouveau à ce silence atroce, interminable. Parfois, le sentiment, soudain, que quelqu'un marchait dans la pièce où reposait le cadavre de mon Oncle me glaçait d'effroi.

Pendant toutes ces plages de silence, je regardais les miniatures étalées devant moi, et j'imaginais Délicat, le défunt doreur, et Olive le passionné, ou Papillon, avec ses beaux yeux, tous occupés à les colorier. J'avais envie, comme mon Oncle le faisait parfois la nuit, d'appeler celles-ci par leur nom — le Diable... la Mort —, mais une crainte superstitieuse me retenait. Ces images m'avaient déjà donné bien de la contrariété quand, en dépit de toutes les instances de mon Oncle, je n'avais pas cru pouvoir jamais adjoindre à chacune une histoire digne d'elle. Mais comme j'étais de plus en plus certain que sa mort avait un rapport avec ces images, j'avais aussi du mal à ne pas craindre ce qui excitait mon impatience : je n'avais, jusqu'alors, regardé ces images et écouté mon Oncle qui les commentait que dans le dessein d'approcher sa fille que j'aimais ; mais si Shékuré, dorénavant, était ma légitime épouse, pourquoi accordais-je autant d'importance à ces apparitions étranges ? Une voix intérieure m'a répondu, impitoyable : « Parce que, même ses enfants une fois endormis, tu remarques que Shékuré ne vient pas te rejoindre au lit. » J'ai veillé, cependant, à la lueur de ma chandelle : j'ai attendu longtemps, en regardant les miniatures, que ma belle aux yeux noirs vienne me retrouver.

Quand, au matin, j'ai été réveillé par les cris de Hayriyé, j'ai pris une chandelle et me suis précipité sur le palier. Croyant que c'étaient Hassan et ses acolytes qui attaquaient la maison, ma première idée a été de placer les dessins en sûreté. Mais j'ai vite réalisé qu'elle criait ainsi pour annoncer aux enfants la mort de leur grand-père, mettre au courant le voisinage, tout cela sur les instructions expresses de Shékuré.

En retrouvant celle-ci sur le palier, je l'ai prise dans mes bras et serrée contre moi. Mais les enfants, qui avaient bondi en sursaut de leur lit aux cris de la servante, nous ont interrompus dans nos effusions.

« Votre grand-père est mort, a dit Shékuré, ne rentrez pas dans cette chambre. »

Elle m'a laissé pour aller pleurer au chevet de son père.

J'ai ramené les enfants à l'intérieur de leur chambre. « Couvrez-vous, et la tête aussi, vous allez prendre froid comme ça en pyjama, leur ai-je dit en m'asseyant à côté de leur lit.

— Mon grand-père, il est mort hier soir, pas ce matin », a dit Shevket.

Un long cheveu de Shékuré dessinait, sur un des coussins, la lettre *vav*, et, sous les couvertures, sa chaleur était encore là. On l'entendait pleurer, avec Hayriyé, et pousser des cris. Shékuré, sa façon de pleurer et crier comme si elle venait seulement, et sans s'y attendre, d'apprendre la mort de son père, me paraissait si étonnante, si incroyable, que j'ai eu l'impression de découvrir en elle une espèce de démon totalement étranger.

« J'ai peur, a dit Orhan en me regardant comme s'il demandait la permission de pleurer.

— N'ayez pas peur, ai-je répondu, votre maman pleure pour faire savoir la mort de votre grand-père aux voisins, et pour que ceux-ci viennent chez nous.

— Qu'est-ce qu'il y aura s'ils viennent ?

— S'ils viennent, la mort de votre grand-père les rendra tristes eux aussi, et ils pleureront ; et comme ça vous ne serez plus seuls à être tristes, et cela soulagera votre chagrin, en leur en donnant une partie.

— Est-ce que c'est toi qu'as tué mon grand-père ? s'est mis à crier Shevket.

— Toi, si tu es vilain avec ta maman je ne t'aimerai pas du tout ! » ai-je répondu en criant moi aussi.

Nous parlions fort, mais comme deux paysans par-dessus un torrent, plutôt que comme un dur beau-père avec un orphelin. Quant à Shékuré, elle s'escrimait déjà avec les planches qui fixaient le contrevent de la fenêtre du palier, afin de l'ouvrir et de faire entendre, à la cantonade, ses cris de deuil.

Je suis sorti de la chambre pour la rejoindre et l'aider. Car il a fallu vraiment nous y mettre à deux, nous y mettre chacun de toute notre force, sur ces planches, qui ont fini quand même par vouloir céder, entraînant le volet dans leur chute, en contrebas. Le froid et le soleil ont surpris nos visages, mais, après un moment de flottement, ma femme s'est remise à crier, de plus belle, et à fendre l'âme.

Le décès de Monsieur mon Oncle, une fois annoncé par elle à tout le quartier, a pris pour moi une couleur plus tragique, bien plus douloureuse qu'auparavant. Que mon épouse elle-même fût sincère ou bonne comédienne, en tout cas, ma douleur à moi était réelle. Sans m'y attendre, j'ai pleuré... Peut-être de tristesse, ou bien aussi de peur qu'on ne m'accuse de cette mort.

« Il est parti, parti ! Mon papa chériiii ! est partiiiii ! » hurlait Shékuré à tue-tête.

Mes paroles, mes cris étaient sur le même registre, même si je ne faisais pas vraiment attention à ce que je disais. J'étais soucieux d'offrir à nos voisins, qui nous épiaient, depuis chez eux, par l'embrasure des portes et les volets mi-clos, le spectacle qu'ils attendaient, et qui devait être parfait. En outre, en pleurant, j'oubliais et me débarrassais de mes scrupules concernant ma sincérité, de mes craintes obsédantes d'être inculpé du crime, de ma peur de Hassan et de sa bande de gros bras.

Shékuré était mienne, désormais, et, simplement,

je jubilais avec larmes et cris. J'ai attiré ma jeune épouse, sanglotante, tout contre moi, et, sans égards pour les enfants qui s'approchaient de nous en pleurs, je l'ai embrassée sur la joue. En dépit des larmes, sa joue, toute mouillée, sentait encore la fleur d'amande, comme du temps de notre enfance.

Suivis des petits, nous sommes retournés dans la pièce où gisait le corps, j'ai dit : « Il n'y a de dieu que Dieu », comme si ce vieux cadavre, qui déjà sentait fort, au bout de deux jours, avait été agonisant encore, et que j'aie suggéré, pour ses dernières paroles, qu'il reprenne avec moi la profession de foi, afin de gagner le Paradis. Nous avons feint de l'entendre répéter, en effet, en souriant affectueusement à cette face moitié détruite, au crâne défoncé. J'ai levé les mains au ciel, et ai récité la sourate *Y'a-Sin*, tandis que les autres écoutaient, religieusement. En nouant soigneusement un joli bout de linge propre, que Shékuré était allée choisir, nous avons fermé la mâchoire de mon Oncle, puis clos son œil tout déchiré, avant de le tourner, avec précaution, sur son côté droit, le visage tourné vers La Mecque. Enfin Shékuré a tendu, sur son papa, un grand suaire immaculé.

Non sans satisfaction, je remarquais que les enfants, redevenus silencieux, et qui ne pleuraient plus, observaient tout cela avec une attention de médecins. J'étais gagné par la douceur, la douceur du foyer : celle d'être enfin père de famille, entouré de sa femme, de ses bambins à lui. Et cette douce rêverie me faisait oublier l'image de la mort.

J'ai ramassé toutes les miniatures, pour les ranger dans un carton. J'ai enfilé mon gros manteau et vite pris le chemin de notre mosquée de quartier, mon galimard sous le bras, en feignant de ne remarquer personne, surtout pas une vieille bonne femme, avec un gamin tout morveux, qu'avait sûrement attirée notre remue-ménage, et clairement excitée par la perspective de pouvoir tenir sa partition dans un chœur de pleureuses.

Le petit trou à rat qui servait de logis à l'imam faisait pâle figure au pied de la mosquée, flambant neuve et fastueuse comme toutes celles d'aujourd'hui, avec coupole et esplanade. Mais cette cahute glaciale, que l'imam, comme de juste, s'était aménagée, empiétait en fait peu à peu sur tout le reste du bâtiment, et le maître des lieux n'était visiblement pas offusqué par l'aspect du linge râpé et décoloré qu'étendait sa femme entre les deux marronniers de la cour. Il m'a fallu esquiver deux gros mâtins dégoûtants, eux aussi décidés à défendre leur bout de territoire, puis me dépatouiller de sa marmaille accourue en renfort pour les chasser à coups de bâton, avant d'arriver jusqu'à son réduit.

J'ai vu à sa tête qu'après notre affaire du divorce, la veille, le fait de ne pas l'avoir requis, également, pour le mariage l'avait mis de méchante humeur, et qu'il se demandait ce que je pouvais bien lui vouloir encore.

« Monsieur mon Oncle est mort ce matin, lui ai-je appris.

— Dieu le prenne en miséricorde et le reçoive en Paradis », a-t-il répondu de bonne grâce.

Pourquoi avais-je donc eu besoin de préciser, bêtement, « ce matin » ? Je lui ai glissé une pièce d'or, comme celles de la veille, dans la main, en lui disant de venir réciter la veillée funèbre, si possible avant le prochain appel du muezzin, et d'envoyer son frère faire la tournée du quartier pour publier notre grave nouvelle.

« Mon frère a un très bon ami qui est quasi aveugle ; nous faisons tous les trois une excellente équipe pour ce qui est des ablutions et de la mise en bière... »

Que pouvait-on espérer de mieux pour faire mettre en bière Monsieur mon Oncle, dans les circonstances, qu'un quasi-aveugle et un quasi-débile ? J'ai fixé le rendez-vous, pour la récitation funéraire, dans l'après-midi, en mentionnant la présence probable de grands personnages, courtisans, artistes ou hommes de loi. Je n'ai pas touché mot, en revanche, de l'état du corps, et notamment de sa tête fracassée, car j'avais depuis longtemps pris la décision de régler ce problème en m'en rapportant en haut lieu.

Vu que notre Sultan déléguait la gestion du budget alloué aux manuscrits, dont celui de mon Oncle, à son Grand Trésorier, c'était ce dernier qu'il m'appartenait de mettre au courant, en priorité, de ce nouvel assassinat. Aussi, afin de me faire ouvrir les portes du Palais, j'ai eu recours à un tapissier, une vague accointance du côté de mon père, à qui j'avais toujours vu, depuis mon enfance, tenir son échoppe parmi celles des nombreux tailleurs qui s'alignent devant la Fontaine Froide. L'ayant déniché, j'ai embrassé sa main fripée avec effusion, puis lui ai expliqué que j'avais besoin, gravement besoin, de son entremise pour parvenir au Grand Trésorier. Il m'a fait attendre parmi ses apprentis, tondus, penchés sur leurs aiguilles et les aunes de brocarts, multicolores, savamment plissées, entre leurs genoux pour faire des rideaux, jusqu'à ce qu'il revienne pour me dire de suivre un apprenti d'un de ses collègues marchand de tissu, qui justement se rendait au sérail, pour prendre des mesures et dresser un devis

En débouchant sur l'esplanade des défilés, de l'autre côté de la fontaine et de la porte du même nom, j'ai réalisé que cet itinéraire nous éviterait de passer sous les murs du Grand Atelier, en face de Sainte-Sophie, et m'épargnait pour le moment la pénible tâche d'y aller annoncer ce deuxième crime.

Une fois n'est pas coutume, l'esplanade me fit l'effet d'une grande animation, aussi frappante que la torpeur que je lui connaissais d'habitude. Il n'y avait certes pas un chat devant la Porte des Requêtes, régulièrement prise d'assaut par la foule, les jours de Grand Conseil, ni non plus du côté des entrepôts à grains. Pourtant, il me semblait entendre, par les croisées des chambres du grand hôpital, convergeant, par les allées de cyprès noirs, des menuiseries, des boulangeries, des écuries grouillantes de palefreniers tirant leurs bêtes par la bride — juste avant la seconde porte dont les tourelles à pignons me tenaient en respect —, comme une longue litanie. J'ai attribué ma peur à l'aspect redoutable de la seconde entrée, la Porte du Salut, que je m'apprêtais à franchir, de ma vie, pour la première fois.

En passant cette porte, je n'ai pu ni regarder l'endroit où sont postés en permanence, toujours prêts, les bourreaux, ni soustraire mon émotion au regard suspicieux porté par les gardes sur le rouleau de toile à matelas dont j'étais encombré, à la suite du tailleur qui me servait de guide, pour leur donner le change.

Sur la place du Grand Conseil, le silence, en revanche, régnait. Aussi entendais-je le sang battre aux veines de mon cou, à mes tempes... La vue était aussi splendide que me l'avait maintes fois décrite mon Oncle ainsi que d'autres, qui y avaient leurs entrées : un vrai jardin de Paradis, rempli de couleurs magnifiques. Mais, au lieu de l'exaltation d'un nouvel arrivant du ciel, je me sentais plutôt frappé, accablé de terreur : moi, simple esclave du Sultan, j'étais aux pieds de celui-ci, vraiment — tout en bas du Pilier du Monde. En observant, sur les pelouses, comme les paons se pavanaient, en voyant les gobelets d'or près des fontaines jaillissantes, et la Garde du Grand Vizir, qui, passant par là d'une démarche silencieuse et vive, semblait ne pas même toucher terre, j'étais plus désireux que jamais de servir notre Grand Seigneur. Assurément, j'allais finir ce bel ouvrage voulu par Lui, dont je portais en ce moment, sous mon bras, les images inachevées. Machinalement, sans perdre la trace de mon tailleur de guide, j'ai levé mes yeux, terrifié, vers le haut de la Grande Tour, énorme à si peu de distance.

Un page impérial s'est joint à nous, et nous a conduits le long de l'austère bâtisse, silencieuse comme dans un rêve, qui abrite le Trésor, à côté du Grand Conseil. Et j'ai eu, subitement, une impression de déjà-vu.

Nous avons franchi une large porte pour entrer dans la salle dite de l'Ancien Conseil. Sous l'envergure de la voûte patientaient, en faisant la queue, toutes sortes d'artisans, chargés d'étoffes, de pièces de cuir, de coffrets de nacre et de fourreaux d'épée en argent. J'ai tout de suite repéré là des représentants de toutes les diverses corporations : orfèvres, tisserands, cordonniers et foulons, sculpteur d'ivoire aussi, et luthiers, avec leurs instruments. Ils attendaient le Grand Trésorier, supposais-je encore, chacun porteur de requêtes et de demandes, salaires, matériel, laissez-passer pour d'éventuelles mesures à prendre à l'intérieur de l'enceinte interdite. Je me suis réjoui de ne voir, parmi eux, aucun des peintres.

Nous avons pris place sur un côté, pour attendre notre tour. On entendait parfois la voix du secrétaire aux comptes, qui demandait, plus fort, de répéter un chiffre, pour se corriger, ou la réponse très déférente d'un maître serrurier. Leurs voix restaient toujours au niveau du murmure, tandis que, dans la cour, sous les corniches, les colombes s'ébattaient bruyamment, faisant résonner leurs roucoulements bien plus fort que les doléances de toute la piétaille besogneuse et cupide.

Quand est arrivé mon tour d'être admis dans l'étroite pièce voûtée qui faisait office d'antichambre du Trésorier, il ne s'y trouvait qu'un secrétaire, et j'ai dû lui dire toute l'importance, pour le Grand Trésorier lui-même, du message dont j'étais porteur, qu'il fallait lui transmettre au plus vite, s'agissant d'un ouvrage commandé par Sa Majesté, et dont l'exécution se trouvait suspendue. Il a semblé finir par comprendre, et, vu qu'il daignait enfin ouvrir les yeux, je lui ai montré les miniatures que j'apportais, dont l'aspect incongru, l'incroyable bizarrerie parurent le prendre de court. Je me suis empressé de lui remettre en mémoire qui était mon Oncle, son vrai nom et ses états de service, sans omettre le fait qu'il venait de mourir à cause de ces mêmes dessins. Je débitais tous les détails, trop conscient que, si d'aventure je n'obtenais pas l'audience requise, on m'imputerait sans hésitation l'horrible sort de mon parent.

Quand le greffe a fini par sortir pour avertir son maître, j'ai eu soudain une sueur froide : le Grand Trésorier dérogerait-il, pour m'entendre, à sa coutume, que mon Oncle m'avait signalée, de ne jamais quitter l'intimité du sérail, afin d'être toujours présent pour dérouler, cinq fois par jour, le tapis de prière de notre Sultan, et d'être à la portée de ses moindres confidences ? Le simple fait qu'on ait dépêché pour mon affaire un commis jusqu'au cœur interdit du Palais Impérial était déjà assez incroyable. Je me suis demandé où Sa Sainte Altesse pouvait être à ce moment-là : dans un des pavillons des berges du Bosphore ? au harem ? ou, justement, avec son Grand Trésorier ?

On a fini par m'appeler. J'ai été pris au dépourvu, de sorte que l'angoisse n'a pas eu le temps de m'aveugler l'esprit. J'ai tout de même été inquiet en notant l'expression nouvelle, mêlée de révérence et d'étonnement, sur le visage du maître tailleur qui sortait devant moi. En entrant, cette fois, je me suis mis à paniquer : comment arriverais-je à prononcer un mot ! Il portait un turban à l'insigne des Grands Vizirs : c'était lui, le Grand Trésorier ! Il regardait les miniatures apportées par le greffe, et qu'il avait posées sur un pupitre de lecture. J'ai eu peur autant que si j'en avais moi-même été l'auteur... je suis allé baiser le bas de sa robe.

« Mon cher enfant, m'a-t-il dit ai-je bien entendu ? Monsieur ton Oncle est décédé ? »

Incapable de répondre, soit d'émotion, soit par sentiment de culpabilité, je me suis contenté de hocher la tête. C'est alors que s'est produite une chose que je n'attendais pas, que je n'attendais plus : sous le regard ému et surpris du Grand Trésorier, une larme a perlé dans chacun de mes yeux et roulé bientôt le long de ma joue. Je me sentais démuni, comme pris de court par ma présence à l'intérieur du sérail, reçu par ce grand personnage qui s'éloignait, pour moi, d'auprès de son Sultan. Je n'arrêtais plus de pleurer, sans fausse honte. sans plus aucune honte, vraiment.

« Pleure, pleure tout ton soûl, mon enfant », me disait le Grand Trésorier.

Je ne retenais donc plus du tout mes sanglots. Je croyais bien, pourtant, avoir pris de l'âge et mûri, en douze années d'absence, mais de me retrouver si près de notre Sultan, du Saint des Saints de Son Empire, me faisait brusquement sentir comme un tout petit enfant. Peu importait que les artisans — orfèvres, tailleurs — m'entendissent de l'extérieur Je savais qu'il fallait tout raconter au Grand Trésorier.

Je lui ai donc tout confessé, comme ça, au fur et à mesure. Et de me voir ainsi narrer la mort de mon Oncle, mon union avec Shékuré, les menaces de Hassan, l'embarras où j'étais concernant le livre, et le secret que ces miniatures, devant nous, étaient supposées contenir, tout cela, rappelé comme à la vie sous les yeux du Grand Trésorier, était conjuré, m'exorcisait moi-même. Je sentais, au tréfonds de moi, que la seule échappatoire au piège où j'avais trébuché était de m'en remettre totalement, intégralement à l'équité, à la clémence de notre Protecteur. Aussi n'ai-je rien omis. Peut-être me ferait-on la grâce, avant de me conduire au supplice, et à mes bourreaux, de faire connaître mon histoire au Sultan, au Pilier de Notre Univers ?

« Que l'on publie immédiatement la mort de Monsieur l'Oncle parmi les gens de l'Atelier, a dit le Grand Trésorier. Et que toute la corporation soit présente à ses funérailles. »

Il a semblé chercher dans mes yeux quelque ombre d'une objection. Mais, encouragé par son attitude, j'ai profité de l'occasion pour exprimer ma préoccupation concernant l'identité de l'assassin, et surtout le mobile des meurtres de mon Oncle et de

Monsieur Délicat. J'ai d'abord fait allusion aux sbires qui entourent le Hodja d'Erzurum, et aux incriminations proférées contre les couvents de derviches, à cause de leur musique et de leurs danses, comme lieux de plaisirs. Puis, devant sa moue dubitative, j'ai évoqué aussi le fait que les sommes d'argent et les honneurs mis en jeu par une commande aussi exceptionnelle que le livre de mon Oncle n'avaient pas pu manquer de susciter rivalité et jalousie entre les peintres, le secret lui-même entourant l'ouvrage venant attiser, exacerber ces haines, ces intrigues, ces ressentiments. Je percevais toutefois avec inquiétude, à mesure que je parlais, que le Grand Trésorier, à votre instar sans doute, commençait à m'inclure dans ses supputations. Mon Dieu, me disais-je, que la vérité soit éclaircie, je ne demande rien d'autre !

Pendant le silence qui a suivi, le Grand Trésorier fuyait mon regard, comme gêné par mes paroles et le tour que — pour moi aussi — semblaient devoir prendre les choses... Il gardait ses yeux fixés sur le pupitre et les images.

« Nous n'avons ici que neuf miniatures, a-t-il dit, or nous étions convenus, avec ton Oncle, de dix, en tout. Et il a reçu plus de feuilles d'or qu'il n'y en a sur celles-ci.

— C'est sûrement l'assassin lui-même, sans foi ni loi, qui aura volé la dernière, où beaucoup d'or, tout le reste, a dû être employé.

— Tu n'as pas mentionné le nom du calligraphe.

— Feu mon Oncle n'avait pas fini d'écrire le texte du livre. Il comptait sur mon aide pour le terminer.

— Mon enfant, tu viens de nous dire que tu n'étais que récemment revenu à Istanbul...

— Il y a une semaine. Trois jours après la mort de Monsieur Délicat.

— Tu veux dire que Monsieur ton Oncle a travaillé, pendant un an, sur un livre de miniatures dont l'histoire n'était pas écrite ?

— C'est cela.

— T'a-t-il fait part, au moins, du sujet de ce livre ?

— Il se rapportait toujours à la volonté exprimée par notre Sultan d'avoir un livre qui célébrât, selon notre calendrier, le millénaire de l'Hégire, et puisse, en cette occasion, inspirer la terreur au cœur des Vénitiens, en mettant en parallèle le glaive et la gloire de l'Islam, la force et l'opulence de sa dynastie. Il s'agissait d'y faire figurer, d'y mettre en valeur les plus beaux, les plus importants fleurons de notre Empire. Et, comme dans un *Traité de Physiognomonie*, un portrait du Sultan devait trôner au cœur de l'ouvrage. En outre, le recours aux codes et aux techniques de leur propre peinture devait à la fois impressionner le Doge, et capter sa bénévolence.

— Je sais bien toutes ces choses, mais, a-t-il dit en pointant le doigt sur les miniatures, ces chiens et ces arbres représentent-ils ce que notre Empire offre de plus important et de plus précieux ?

— Mon Oncle, Dieu fasse qu'il repose en paix, disait que ce livre ne se contenterait pas d'arborer les richesses de notre Souverain, mais exposerait aussi ses ressources morales, et ses intimes chagrins.

— Et le portrait de notre Sultan ?

— Je ne l'ai pas vu, répondis-je. Il se trouve sans doute là où ce meurtrier impie l'aura caché. Il le garde peut-être même chez lui, en ce moment même. »

Feu mon Oncle était rabaissé au rang de commissionnaire excentrique d'images bizarres, sans valeur aux yeux du Grand Trésorier, et même pas capable de produire un livre à la hauteur des sommes qu'on lui avait allouées. Le Grand Trésorier me considérait-il comme l'assassin présumé d'un inconsistant et stérile fumiste, dont j'aurais convoité la fille, et toutes ces feuilles d'or aisément revendables ? À son regard, je sentais que son opinion n'était pas loin d'être faite, aussi ai-je pris les devants, afin de me blanchir : je lui ai appris que mon Oncle avait soupçonné que l'un des miniaturistes pouvait bien avoir part au meurtre de ce pauvre Monsieur Délicat. Sans m'étendre, j'ai dit, en vrac, qu'il soupçonnait Olive, Cigogne et Papillon ; je n'avais toutefois ni preuve précise ni conviction personnelle. À la suite de quoi, j'ai clairement eu l'impression que le Grand Trésorier ne voyait plus en moi qu'un vil délateur, ou au mieux un semeur de zizanie.

Cela a donc été un immense soulagement quand il a émis l'avis qu'il fallait garder secrètes, aux gens de l'Atelier, les circonstances horribles de la mort de mon Oncle : cela laissait croire que, finalement, il envisageait une forme de collaboration entre nous. Il conserva les miniatures, et je suis reparti, par cette même Porte du Salut qui m'avait semblé être la porte de l'Au-Delà peu avant. Une fois passé le poste de garde, j'avais, comme un soldat de retour dans ses foyers, complètement repris espoir.

37

Je suis votre Oncle

J'ai eu d'aussi belles obsèques que je pouvais en souhaiter. J'ai été flatté de constater que tous ceux que je pouvais ambitionner d'y voir s'étaient déplacés. Hadji Hussein Pacha le Chypriote, ainsi que Bâkî Pacha le Boiteux, qui se trouvaient à Istanbul, sont venus en hommage des grands services que je leur avais rendus, et n'ont pas manqué de les évoquer. Enfin la présence du Grand Trésorier, Ange Pacha, dit le Rouge — personnage controversé mais dont l'étoile, au moment de ma mort, touchait à son zénith —, a mis en émoi toute la cour de notre modeste mosquée de quartier. J'ai été particulièrement touché de reconnaître dans l'assistance le Chef de la Garde, Mustafâ, dont j'aurais sans doute occupé la place, si j'avais continué ma carrière publique. Le Grand Secrétaire, Kamaluddin, tous les huissiers du Grand Conseil — qu'ils fussent de mes ennemis ou de mes amis de cœur —, le Secrétaire de la Correspondance, Salim le Dur, toujours aussi débonnaire et souriant, et d'anciens fonctionnaires de la cour, retirés comme moi de la vie active, et puis mes camarades d'étude, et tant d'autres, dont je m'étonnais qu'ils aient été mis si vite au courant de ma mort, et les parents, proches ou éloignés, et des jeunes aussi, tout cela faisait une foule aussi recueillie que vaste et imposante.

Cette grave et triste assemblee me remplissait d'orgueil, sans compter que l'émoi sincère que ma mort causait à notre Sultan était marqué par la présence conjointe du Grand Trésorier et du Grand Jardinier. Je ne saurais dire si la présence de ce dernier voulait dire aussi qu'on mettrait un soin particulier à retrouver mon ignoble assassin, et qu'on ne se ferait pas faute d'employer la question. Car je le voyais, en tout cas, le scélérat, à ce moment même, penché au-dessus de mon cercueil, au beau milieu des autres peintres et calligraphes, et contemplant mon cercueil d'une mine on ne peut plus grave et contrite.

Ne croyez pas que je sois en colère, que j'aspire à me venger de mon meurtrier, ni que je sois seulement troublé par ce lâche et horrible crime. Je plane désormais à des hauteurs tout autres, et mon âme, après avoir tant d'années souffert dans le monde d'en bas, jouit calmement de s'être enfin retrouvée.

Mon âme, temporairement, s'est en effet affranchie de ce corps souffrant, sanglant et fracassé à coups d'encrier, tremblante tout d'abord en apercevant la lueur sublime de ces deux anges au sourire aussi brillant que mille soleils, qui se sont lentement approchés — comme je l'avais lu tant de fois dans le *Livre de l'Âme* — et qui, comme si j'avais eu encore un corps, et n'étais pas déjà devenu une âme seulement, m'ont saisi par les deux bras et enlevé vers les hauteurs. Nous nous sommes envolés, doucement, calmement, comme dans les rêves les plus agréables ; et nous avons franchi des forêts de feu et des fleuves de lumière, traversé des océans d'obscurité, des montagnes de neige et de glace. Chaque étape, chaque station durait mille ans et ne paraissait qu'un clin d'œil.

C'est ainsi que, au milieu des nuages et des marécages grouillant d'oiseaux et d'insectes, de créatures bizarres, et de peuplades bariolées, nous avons atteint le septième ciel. Chaque ciel précédent avait eu une porte, gardée par des anges, à laquelle il fallait frapper. À la question : « Qui est-ce ? », celui chargé de l'examen de mes noms et qualités répondait invariablement : « Un bon serviteur de Dieu, le Très-Haut », et moi je pleurais de joie, même si je savais bien que le jour du Jugement, celui qui nous répartirait entre l'Enfer et le Paradis, n'était pas avant des milliers d'années encore.

Car, vraiment, tout se déroulait comme cela est décrit par Ghazzâlî, dans les pages qu'il consacre à la mort, ou par Al-Jawziyya, et tant d'autres. Tous ces obscurs mystères et ces énigmes fabuleuses qui parsèment leurs œuvres, que seuls les morts sont censés découvrir, se trouvaient soudain révélés de façon lumineuse, éclatante, multicolore.

Comment décrire les couleurs que j'ai contemplées tout au long de cette ascension merveilleuse ? Car j'ai vu que le monde était fait de couleurs, et que la couleur était le monde. De même que j'avais senti, ici-bas, que la force qui m'avait séparé de toutes les autres choses du monde gisait dans leurs couleurs, j'ai réalisé que la couleur me liait désormais au monde et m'étreignait de son amour, à travers chaque chose. J'ai vu des ciels orange, des corps d'un beau vert végétal, des œufs couleur café, et des chevaux célestes, d'un bleu fabuleux. Tout était comme dans mes légendes préférées et leurs illustrations, que j'avais contemplées toutes ces années, et tout, pour cette raison, alors que je les voyais pour la première fois, me donnait une impression de souvenir et de déjà-vu. J'ai compris que ce qui semblait souvenir et mémoire appartenait au monde, et que le monde entier, dans l'avenir illimité qui s'ouvrait devant moi, serait pour moi objet de souvenir, d'expérience et de connaissance ; que ce sentiment de bien-être, comme si j'avais, en mourant, quitté un carcan exigu pour me plonger dans de gaies et vives couleurs, venait de la satisfaction d'évoluer désormais, à tout jamais, sans contraintes ni interdits, dans l'espace et le temps illimités de cette autre vie.

Au même instant, je sentis à la fois la terreur et l'extase de Sa présence, toute proche — et en même temps la présence d'une incomparable couleur vermeille, qui me remplit de vénération.

Bientôt, tout fut fondu au rouge. La beauté de cette couleur montait en moi comme elle venait au monde. Sa présence étant de plus en plus proche, j'ai senti un sanglot de joie m'envahir, puis la honte, à l'idée de paraître, devant Sa gloire, comme j'étais, la tête maculée de sang. Mais je gardais aussi à l'esprit tout ce qui est dit dans les ouvrages sur la mort : que je comparaissais, sur son ordre, devant les anges et surtout Azraîl.

Pourrais-je Le contempler ? L'émotion me coupait le souffle.

Ce rouge merveilleux répandu sur les choses, qui imprégnait tout à l'entour, signalait son approche, sa présence, et ce pressentiment me faisait redoubler de larmes éperdues.

Mais j'ai compris aussi qu'il ne viendrait pas plus près. Il avait interrogé les anges, ceux-ci lui avaient fait mon éloge, et comme j'avais vécu en serviteur zélé, suivant ses interdits et ses commandements, j'ai su qu'il m'aimait déjà.

La joie me transportait jusqu'aux larmes encore, mais un doute m'empoisonnait... pour m'en défaire, j'ai déclaré, plein d'impatience et de contrition :

« Pendant les vingt dernières années de ma vie, j'ai subi l'influence des images impies que j'ai vues à Venise. J'ai même été un moment tenté de me faire peindre de cette façon. Mais j'ai eu peur. Je me suis contenté plus tard, de faire peindre ton univers, tes esclaves et ton ombre là-bas — notre Sultan — à la manière des païens. »

Je ne me rappelle pas sa voix, mais sa réponse, oui, qui me fut révélée comme un souvenir surgi du plus profond de moi .

« L'Occident est mien, autant que l'Orient. »

Je ne me sentais plus de joie !

« Mais... tout cela, ce monde.. quel en est le sens ?... »

J'ai entendu, je crois : « Le mur. » Mais peut-être aussi . « L'amour. » Je ne suis pas sûr.

À l'approche des anges, j'ai compris que, sans doute, la décision avait été prise me concernant, dans le plus haut des cieux, mais que, avant d'être fixés sur notre sort, nous attendrions tous ici, dans les limbes, jusqu'au Jugement dernier, nous la foule de toutes les âmes de tous les trépassés, depuis des milliers d'années. Que tout se passât conformément à ce qui est écrit dans les livres était, pour moi, une grande source de satisfaction. Je me suis rappelé alors qu'il y est dit que mon âme serait réunie de nouveau à mon corps, quand on le descendrait dans la fosse, pour l'ensevelir.

J'ai eu vite l'intuition, cependant, que cette réunion des corps avec les âmes était en fait une métaphore, heureusement. Comme elle était sage et bien rangée, malgré son deuil, cette foule flatteuse de mes funérailles, tandis qu'elle descendait, une fois récitée la prière, portant mon cercueil sur les épaules, le cimetière de la Petite Colline ! Juste à côté, semblait-il. Depuis là-haut, on aurait dit un fil qui traîne par terre.

Je me permets de citer, pour préciser clairement l'endroit où je me trouve, le dit bien connu de notre Prophète, que : « L'âme du Croyant est un oiseau qui se nourrira des fruits des arbres du Paradis. » Et l'âme, en effet, après la mort, patrouille là-haut, dans les cieux. Cela ne signifie point, comme le prétend Abu Umar bin Abd-ul-Bar, que l'âme devienne, ou prenne la forme d'un oiseau. Non, comme le relève justement Al-Jawziyya, cela veut dire que l'âme fréquente dès lors le séjour habituel des oiseaux. Et la vue que j'ai d'ici, ce que les maîtres vénitiens appelleraient mon point de vue ou ma « perspective », confirme en tout point l'interprétation d'Al-Jawziyya.

D'ici, comme je disais, j'avais plaisir à contempler aussi bien la foule, étirée comme un fil, de mes funérailles arrivant au cimetière, que, à l'autre bout de la Corne d'Or, passant le promontoire des Palais Impériaux, la course frémissante de ces voiles fébriles, enivrées de vent. Comme j'aurais scruté les détails d'une image. Car, de cette hauteur égale à celle des plus hauts minarets, le monde me rappelle les pages de mes livres de miniatures.

Mais il m'est aussi donné de voir bien plus de choses que n'en pourraient voir, même d'une hauteur semblable, ceux dont l'âme n'est pas séparée du corps : là-bas, sur l'autre rive, au-delà d'Uskudâr, ces enfants qui jouent à saute-mouton dans un verger, entre des tombes ; et le caïque d'apparat à sept rangs de rameurs du Chambellan de l'Ambassadeur vénitien — celui qui, il y a douze ans et trois mois, avait reçu le Sadrazam, Rajib Pacha le Chauve — abordant la résidence d'été du Premier Grand Secrétaire ; et cette grosse femme qui porte dans ses bras, comme un nourrisson, un énorme chou qu'elle vient d'acheter, au nouveau marché de Langa ; ma joie quand j'appris que le Grand Huissier du Conseil, Ramazan, était mort, et que la carrière s'ouvrait désormais devant moi ; moi encore, tout petit, fasciné par des chemises rouges que tient ma grand-mère sur ses bras pendant que ma mère les étend sur le fil, après la lessive ; et puis moi encore, courant comme un dératé, dans le quartier éloigné où je cherchais la sage-femme pour ma défunte épouse, en gésine de Shékuré, parce que je ne retrouvais plus où elle habitait ; l'endroit où se trouve la ceinture rouge que j'ai perdue il y a quarante et quelques années — ainsi, c'était Vasfî qui me l'avait dérobée ; ce merveilleux jardin que j'ai vu une fois en rêve, il y a vingt et un ans de cela, qui semblait si lointain, et qui, j'espère, me fut montré par Dieu comme une prémonition du Paradis ; les têtes, les nez et les oreilles coupées que le gouverneur Ali Bey a envoyés ici, une fois écrasés les rebelles géorgiens, et récupérée la forteresse de Gori ; enfin, ma jolie Shékuré, sortie pour échapper un moment aux femmes du quartier venues lui rendre visite, et qui regarde, en pleurant, le fournil au fond de la cour.

Les livres des auteurs classiques enseignent que notre âme occupe quatre séjours : 1. Le ventre de la mère. 2. L'ici-bas. 3. Les limbes, où je suis actuellement 4. Puis enfin, c'est selon, l'Enfer ou le Paradis, après le Jugement.

Depuis les limbes, cependant, le temps présent et le passé finissent par se confondre, et il ne subsiste plus, pour l'âme retirée à l'intérieur de ses souvenirs, aucune limite dans l'espace. Et c'est alors qu'on réalise, une fois échappé aux geôles de l'espace et du temps, que notre vie est un carcan. Mais si, dans le monde des morts, l'âme débarrassée du corps devient source d'un pur bonheur, il est bien dommage que personne, avant de mourir, ne puisse se persuader que, pour un vivant, le plus grand bonheur est celui d'un corps affranchi de l'âme. Aussi, pendant mes obsèques somptueuses, je regardais du haut des cieux, tristement, notre maison où ma pauvre Shékuré se mortifiait et pleurait en vain, et j'ai supplié le Très-Haut de nous donner, en ce bas monde, un corps sans âme, puisque notre âme n'a plus de corps, au Paradis.

38

Moi, Maître Osman

Vous les connaissez, ces vieillards acariâtres qui ont généreusement sacrifié à leur Art une existence par trop longue. Ils se rendent odieux à tous. Longs et maigres, osseux, ils voudraient que le peu qui leur reste à vivre puisse être encore la répétition des longues années qu'ils ont derrière eux. Ils rouspètent en permanence, se fâchent pour un oui ou pour un non, et leurs récriminations sont sans fin. Ils veulent tenir tout le monde en bride, et dicter leurs lubies à chacun. Ils n'aiment ni les choses ni les gens. Eh bien, je suis l'un de ces vieillards.

Sélim Tchélébi déjà était comme cela, à quatre-vingts ans, quand j'ai goûté l'honneur, moi qui n'étais alors que dans ma seizième année, et encore apprenti, de peindre cuisse contre cuisse sur le même banc que lui — mais il était moins bilieux que moi. Le dernier Grand Maître aussi — Ali le Jaune, que nous avons enterré il y a de cela trente années — était pareil, même s'il était moins émacié que votre serviteur. Comme je ne suis pas sans savoir que les mêmes flèches hypocrites, qui visèrent en leur temps ces maîtres fameux quand ils dirigeaient l'atelier impérial, sont aujourd'hui communément dirigées contre moi, je tiens à faire connaître qu'un certain nombre de clichés répandus sur notre compte, dans notre dos, sont dépourvus de tout fondement. En effet :

1. Si nous n'apprécions rien parmi les nouveautés, c'est qu'il n'y a rien de nouveau qui soit digne d'être apprécié.

2. Ce ne sont pas les « nerfs », un caractère chagrin, ni aucune tare de ce genre qui nous font voir dans l'espèce humaine un ramassis d'idiots que nous traitons comme tels (même s'il est vrai qu'il serait à porter au crédit de notre intelligence et de notre habileté que nous sachions parfois mieux nous en accommoder).

3. Si j'oublie et confonds souvent les noms que j'ai moi-même donnés, du temps qu'ils étaient apprentis, à mes petits peintres chéris, ceux que j'ai élevés et instruits personnellement, ce n'est point parce que je suis gâteux, mais parce qu'ils sont trop dépourvus d'éclat et de couleurs pour mériter que je retienne encore leurs noms et leurs visages.

Aux funérailles de l'Oncle, que Dieu, pour mettre un terme à toutes ses inepties, s'est hâté d'appeler à lui, j'ai tâché de ne pas penser à cette avanie que le défunt m'a naguère fait subir, la fois où il m'a forcé à peindre à la manière d'Europe. Toutefois, en m'en retournant, je me suis dit : tu n'es plus, quant à toi, très loin de la cécité, ni de la mort, ces bénédictions divines. Bien sûr, on se souviendra de moi, du moins aussi longtemps que mes miniatures et mes manuscrits continueront de réjouir vos yeux et de faire fleurir le bonheur dans vos âmes. Mais qu'on se le dise : dans mon grand âge, il est encore bien des sujets qui font s'épanouir le sourire et la joie sur mes lèvres.

1. Les enfants. (Ils résument tout l'univers dans ses principes.)

2. Les doux souvenirs. (Jeunes garçons, femmes, belles œuvres qu'on a peintes, amitiés.)

3. La confrontation avec les chefs-d'œuvre de l'École de Hérat. (Cela, les ignorants ne peuvent pas comprendre.)

À bon entendeur salut ! Il n'y a plus, dans l'atelier de Sa Majesté, moyen d'égaler les merveilles des artistes de l'ancien temps. Et la situation n'ira qu'en empirant : tout est tari, fini, éteint ! J'ai beau avoir donné toute ma vie à la peinture, qui a pour ainsi dire été mon seul amour, je vois bien, à mon grand regret, qu'il ne se rencontre plus que très rarement, et encore, quelque chose qui rivalise avec les perfections sublimes de Hérat. La vie est plus facile si l'on se rend à l'évidence, en toute humilité. Et d'ailleurs, si l'humilité est une vertu si répandue ici et par les temps qui courent, ne cherchez pas : c'est bien parce qu'elle rend la vie plus facile !

Moi-même je m'astreins, sur le *Livre des Réjouissances pour la Circoncision de nos Princes impériaux*, à des exercices d'humilité : ainsi sur cette image représentant, avec sa selle de brocart d'or posée sur une housse de soie vermeille, et son ombrelle couleur d'agate, le genet à bascule — pur-sang arabe, fougueux, furieux, plus rapide que l'éclair, avec son chanfrein tacheté, sa splendide robe argentée, ses rênes et ses étriers de chrysolites et de perles entrelacées, et son harnachement d'or et de perles fines — offert à l'un des jeunes princes, paré de velours rouge à ganses brodées, ceint en sautoir d'un baudrier tout surchargé de pierreries — rubis, émeraudes, turquoises — par le Grand Préfet d'Égypte. Je m'y suis acquitté de la composition, et j'ai personnellement ajouté, de-ci, de-là, quelques touches au cheval, à l'épée, au prince et aux ambassadeurs rangés dans l'assistance, que divers apprentis étaient par ailleurs chargés d'enluminer séparément. J'ai mis du violet sur certaines feuilles des platanes de l'Hippodrome ; j'ai garni d'or la boutonnière de l'émissaire du Khan des Tatares ; et j'allais faire la dorure des gourmettes et du harnais, quand on a frappé à la porte. J'y suis allé moi-même.

C'était un page de la Porte. Le Grand Trésorier m'appelait au Palais. Mes yeux fatigués me causaient une douce souffrance : j'ai mis une bérycle dans la poche de mon caftan, et suis sorti derrière mon jeune guide.

Comme c'est bon, comme c'est beau de marcher dans les rues après une longue séance de travail ! Le monde apparaît alors sous un jour tout neuf et surprenant, comme s'il venait juste d'être créé par Dieu.

Je vois un chien . il est plus expressif, ma foi, que tous les chiens jamais dessinés par mes peintres. Un cheval : ceux de mes peintres sont plus nets, à vrai dire. Mais ce platane, sur l'Hippodrome : c'est exactement celui dont je viens de peindre les feuilles, en violet.

Ainsi, venir me promener à l'endroit même, sur l'Hippodrome, où l'on pouvait, deux ans avant, goûter le spectacle des réjouissances était comme — revenait à — me promener dans ma peinture. On enfile une venelle et, si c'est un tableau d'Europe, on croit qu'on va sortir du cadre ; si c'est à la façon de Hérat, nous nous plaçons, nous nous observons comme sous le regard de Dieu ; si c'est à la manière chinoise, nous ne sortons jamais du dessin, car les tableaux chinois s'étendent, se poursuivent jusqu'à l'infini.

Le jeune page, au lieu de m'emmener, comme de coutume, à la salle du Vieux Conseil, où nous nous retrouvons, le Grand Trésorier et moi-même, pour parler des salaires de mes peintres, des étrennes qu'ils préparent pour notre Sultan, de livres, d'œufs d'autruche, de la santé de mes peintres, de leur bien-être et tranquillité, des commandes de feuille d'or, de pigments et de fournitures, de leurs doléances et leurs requêtes, du bon plaisir et des caprices, des désirs et des joies de Sa Gracieuse Majesté, Protecteur de ce monde, du temps qu'il fait, de mes pauvres yeux, de mes besicles, de mes rhumatismes, du gendre du Grand Trésorier, qui est une crapule, ou de son chat gris... Non, sans faire aucun bruit nous avons pénétré dans le Jardin Privé. Nous avons délicatement, furtivement coupé par le sous-bois qui descend vers la mer. Vu que nous approchions du Pavillon des Bords de l'Eau, je me suis dit que nous y étions, peut-être, attendus par notre Sultan... mais nous avons encore bifurqué. Quelques pas plus loin, à l'écart du chemin, derrière les darses, nous sommes entrés sous les arches de pierre d'une grosse bâtisse. Une bonne odeur de boulange sortait des fours à pain de cette demeure. Et j'avais cru apercevoir, du Grand Jardinier, les gardes à livrée cramoisie.

Or là, dans une même pièce se tenaient à la fois le Grand Trésorier et le Grand Jardinier : l'ange avec le démon !

Chargé pour le compte de notre Souverain de l'exécution des condamnés, qui a lieu dans les jardins du Palais, ainsi que des tortures et des interrogatoires, des yeux arrachés, des bastonnades sur le dos et la plante des pieds, le Grand Jardinier me souriait avec une infinie douceur. On aurait cru que nous étions deux amis à l'étape d'une bonne auberge, serrés dans la même petite chambre, et qu'il allait me raconter une jolie histoire.

Mais c'est le Trésorier, non le Grand Jardinier, qui m'a exposé les faits :

« Notre Maître, voilà un an de cela, nous a ordonné de faire préparer, dans le plus absolu secret, un cadeau devant faire partie des présents d'agrément d'une de ses ambassades, a-t-il commencé d'un ton presque gêné. C'est en raison de ce caractère confidentiel que Sa Majesté n'a pas souhaité que le Grand Historiographe, Maître Lokman, soit associé à cet ouvrage, non plus que toi, alors que vos mérites ne sont nullement méconnus. On a estimé, par ailleurs, que vous étiez suffisamment accaparés par votre travail au *Livre des Réjouissances*. »

En entrant dans cette pièce, je m'étais imaginé avec terreur que, sur la foi de quelque calomniateur ayant, pour gagner les bonnes grâces de notre Sultan, accusé sans scrupule telle ou telle miniature de sacrilège ou d'impiété, j'allais, sans plus d'égard pour mon grand âge, être sur-le-champ mis à la question. À présent, en entendant le Grand Trésorier qui, croyant m'apprendre que notre Souverain avait passé commande d'un ouvrage à un autre que moi, tâchait de regagner ma confiance trahie, ses paroles me semblaient plus douces que le miel. Car non seulement j'étais au courant de cette commande, mais son récit ne m'en apprenait rien de plus. Quant aux menées du Hodja d'Erzurum, sans parler des querelles intestines au Grand Atelier, il va de soi que la rumeur et les bruits de couloir m'en avaient tenu informé.

Pour entrer dans son jeu, j'ai posé une question, en en connaissant la réponse : « Qui était chargé de cette commande ?

— Feu Monsieur l'Oncle, comme tu ne l'ignores pas, m'a répondu le Grand Trésorier, en marquant une pause pour me fixer au fond des yeux, mais peut-être ne sais-tu pas qu'il n'est pas mort de sa belle mort : on l'a tué.

— Je ne savais pas », ai-je dit simplement, comme un enfant, et de mon air le plus ingénu, avant de me taire à nouveau.

« Sa Majesté est en grand courroux », a-t-il ajouté.

Cet excentrique de « Monsieur l'Oncle » n'était certes qu'un demeuré. Avec cela, des prétentions sans bornes à la science et au bel esprit. Mes peintres n'en parlaient d'ailleurs qu'en souriant, et pour s'en gausser. Quand même, à son enterrement, je m'étais fort gratté la tête : comment diable était-il mort ?

Le Grand Trésorier m'a alors raconté. Quelle horreur ! Que le Seigneur nous préserve... et qui ?

« Instruction a été donnée par Sa Majesté de terminer ledit ouvrage, aussi diligemment que le *Livre des Réjouissances* », a dit alors le Grand Trésorier.

Mais le Grand Jardinier a pris à son tour la parole : « Il n'ordonne pas que cela : il nous échoit aussi de démasquer l'abject assassin, le misérable suppôt du diable qui se dissimule parmi le corps des Maîtres Peintres. Son châtiment sera si exemplaire que plus jamais personne n'aura même l'idée d'un tel sabotage : tuer l'auteur d'un ouvrage commandé par notre Sultan ! »

Comme s'il connaissait déjà le supplice réservé au coupable, le Grand Jardinier a laissé paraître, sur son visage, un éclair de satisfaction.

Notre Sultan avait partagé les prérogatives entre ces deux-là, sans doute pour tirer parti, étant donné la haine réciproque qui les animait, d'une sorte d'émulation, et afin qu'aucune piste ne soit négligée, ni aucun effort épargné dans la recherche de la vérité : j'en ai conçu pour notre Majesté un surcroît de tendresse et d'admiration. Un page est venu servir du café, et nous nous sommes assis.

Et Le Noir, ce neveu que Monsieur son Oncle avait élevé et formé, disait-on, aux arts du pinceau et du calame, le connaissais-je ? Je me suis abstenu de répondre. Il était — me disait le Grand Jardinier en me jaugeant d'un air soupçonneux — rentré depuis peu de sa charge aux côtés du Serhat Pacha, sur la frontière perse, cela à l'appel de son Oncle, et, s'étant faufilé dans la maison de celui-ci, il avait été mis dans la confidence de l'ouvrage en question. Après l'assassinat de Monsieur Délicat, les soupçons de l'Oncle s'étaient portés sur ceux des peintres qui, au cœur de la nuit, venaient apporter leur contribution ; or Le Noir, sachant quelles miniatures étaient dues à chacun des peintres, affirmait que non seulement l'assassin de son Oncle était l'un d'eux, mais qu'il avait de plus subtilisé la miniature la plus richement revêtue d'or, celle figurant notre Sultan Lui-même. Le jeune homme, me disait-on, avait caché au Grand Trésorier et au Palais la mort violente de son Oncle pendant deux jours, afin de pouvoir épouser dans l'intervalle la fille — dont le cas de veuvage n'était pas sans prêter non plus à controverse — et s'installer dans la maison du défunt —

conduite qui leur semblait à tous deux fort suspecte.

J'ai dit alors : « Si l'on fouille de fond en comble les maisons où habitent chacun de mes maîtres peintres, et que l'on découvre chez l'un d'eux la page manquante, le raisonnement de Le Noir apparaîtra bien fondé. Mais je dois dire que l'idée qu'un tel crime ait pu être commis par aucun des peintres que je connais, que je chéris depuis leur enfance, et dont les mains sont avérées surtout capables de merveilles, m'est tout bonnement inconcevable.

— Les domiciles de Papillon, de Cigogne et d'Olive, a repris le Grand Jardinier en semblant se railler des noms que j'ai choisis pour eux comme marques de ma tendresse, vont être perquisitionnés, ainsi éventuellement que leurs ateliers extérieurs, et toutes leurs appartenances ; pareil pour Le Noir. » Puis, avec un air de déplorer ce dernier aspect des choses : « Nous avons pris, en cas de problème, ce dont Dieu nous préserve, l'autorisation du juge pour recourir, légalement, à la torture, durant les interrogatoires. Il appert que, les deux victimes appartenant de près ou de loin à la corporation des peintres, ce sont tous les peintres sans exception, du maître jusqu'à l'apprenti, qui sont concernés par le chef d'inculpation, et passibles de la question. »

J'ai pensé à part moi, c'est clair : 1. Par torture légale, il veut dire que la permission ne vient pas de notre Sultan. 2. Tous les peintres étant, aux yeux du juge, dans le même sac, je suis, en tant que chef et responsable de leur corporation, susceptible moi aussi d'être inculpé. 3. On attend en outre de moi, comme préposé à Papillon, Olive, Cigogne et à tous les peintres, une forme de consentement, tacite ou explicite, pour ce recours à la torture contre tous mes chers petits — si prompts, eux, à me trahir tous, ces dernières années.

« Parce que notre Sultan veut qu'on termine non seulement le *Grand Album des Réjouissances de la Circoncision*, mais également cet ouvrage, dont on comprend qu'il est interrompu, et, ce, dans les meilleures conditions... », a prononcé le Grand Trésorier. Et en se tournant vers moi : « On veillera, bien sûr, à sauvegarder les mains et les yeux de tes peintres, et tout ce qui leur sert pour travailler.

— Cela me fait penser à un autre cas dans le même genre, a ajouté grossièrement le Grand Jardinier. Un des orfèvres chargés de réparer les parures et les bijoux avait cédé, comme un gamin avide, à une maligne tentation, et dérobé un gobelet serti de pierres précieuses, avec une poignée en rubis balais, propriété de la propre sœur de notre Sultan, la Sultane Nedjmiyé. Comme le vol de ce bel objet avait été commis dans l'enceinte du Palais d'Uskudâr, et qu'il attristait extrêmement sa jeune sœur, Sa Majesté nous avait chargé de l'enquête. J'ai bien eu garde d'oublier l'intérêt que notre Sultan, comme la Sultane Nedjmiyé, pouvait prendre à préserver les yeux et les doigts, c'est-à-dire l'œuvre à venir de leurs orfèvres... je les ai fait déshabiller, sur-le-champ, et tous plonger dans le bassin, où l'eau était passablement froide, pleine de glaçons et de grenouilles. J'en sortais un de temps en temps et, en prenant soin de ne pas toucher les mains ou le visage, le faisais fouetter vivement. En moins de temps qu'il n'en faut pour le dire, le coupable s'est dénoncé, consentant à payer le prix de son démoniaque aveuglement. Malgré le froid, l'eau glacée, et les étrivières subies, les autres orfèvres, ceux qui n'avaient rien à se reprocher, eurent ainsi leurs yeux et leurs doigts saufs. Et le Sultan m'a fait savoir que, outre la joie extrême ressentie par sa jeune sœur, les orfèvres eux-mêmes, contents d'être débarrassés d'une brebis galeuse, n'en ont ensuite travaillé qu'avec plus d'entrain. »

J'étais certain que le Grand Jardinier ne serait pas plus tendre avec mes peintres qu'avec ces orfèvres. Malgré tout le respect qu'il doit au grand amateur de nouveaux manuscrits qu'est notre Sultan, il considère, au fond, la calligraphie comme l'art noble, et relègue, après tant d'autres, la peinture et même le dessin au rang d'activité vaguement hérétique, inutile, et par là condamnable, pour ne pas dire efféminée. « Quand vous êtes encore dans la force de l'âge et à l'apogée de votre art, vos chers disciples en sont déjà à comploter pour savoir qui prendra la relève, après votre mort », a-t-il dit pour me provoquer.

Y avait-il donc encore des complots, des ragots que je dusse apprendre ? Je me suis tu : à ce moment-là, je crois que ma rancœur contre le Grand Trésorier, qui avait, derrière mon dos, confié la réalisation d'un manuscrit à cet imbécile dont la mort venait de nous débarrasser, devait être assez évidente, sans compter celle que me donnaient tous ces ingrats, ces maîtres peintres qui avaient, en cachette, prêté leur pinceau à cette œuvre infâme, pour quelques misérables sous de plus, et pour se faire bien voir du prince.

Je dois même dire qu'à ce moment je me suis surpris à imaginer quelles tortures mes peintres allaient avoir à endurer. S'agissant d'un interrogatoire, on ne pouvait pas les écorcher, car c'est sans retour, ni les empaler, pour la même raison, et parce que c'est un châtiment exceptionnel, exemplaire, qu'on réserve aux rebelles. S'agissant de peintres, il était exclu de leur briser les bras, les jambes ou les doigts. Quant à se faire arracher un œil, un seul, peine qui, autant qu'il m'était permis d'en juger — par tous les borgnes que je croisais de plus en plus communément dans les rues d'Istanbul —, semblait fort à la mode, cela ne pouvait pas non plus convenir dans le cas de peintres. Aussi ai-je fini par imaginer mes chères ouailles, dans un coin reculé du Jardin Privé, tout tremblants dans l'eau froide d'un bassin, échangeant des regards de haine au milieu des nénuphars. Voilà qui m'a donné envie de rire. Mais en imaginant ensuite les hurlements d'Olive, si on brûlait sa chair avec un fer rouge, ou le teint racorni de mon cher Papillon, si on le gardait en prison, je me suis senti tout bouleversé. Et quant à mon cher Cigogne, qui réussit presque à me faire pleurer par son talent et son amour de la peinture, l'idée qu'on puisse lui battre la plante des pieds comme à un vulgaire novice m'était tout simplement inconcevable, et je me suis arrêté là.

Mon cerveau âgé se délectait, à cet instant, des charmes du profond silence que j'ai laissé s'installer. N'avais-je pas déjà, avec ces peintres-là, passé de ces heures entières où notre passion nous fait oublier tout le reste ?

« Il s'agit des plus excellents peintres de notre Sultan, ai-je repris, ne leur faites pas trop de mal. »

Le Grand Trésorier s'est levé d'un air satisfait, pour aller prendre, sur un pupitre au fond d'une salle adjacente, un rouleau de feuillets, qu'il a posés devant moi, et, comme s'il avait fait noir dans la pièce, il a fait placer près de moi deux girandoles, dont les tiges portaient de grosses flammes vacillantes. C'étaient donc là les dessins en question.

Comment vous expliquer ce que j'ai vu en promenant ma loupe là-dessus ? J'ai eu envie de ricaner, mais il n'y avait pas de quoi rire. J'ai senti monter la colère, alors que rien de grave ou de sérieux ne paraissait la justifier. Il semblait que Monsieur l'Oncle eût demandé à chacun de mes Grands Peintres de dessiner non comme lui-même savait dessiner, mais comme s'il eût été quelqu'un d'autre , c'était comme s'il les avait forcés à peindre en se souvenant de choses qui n'eussent jamais existé, et en rêvant d'un avenir auquel ils n'auraient jamais aspiré. Mais le plus incroyable était bien que, pour de telles bêtises, ils en soient venus à se trucider...

« Pourriez-vous, en examinant ces dessins, dire lequel de vos peintres a produit chacun d'eux ? dit le Grand Trésorier.

— Certes, ai-je répondu avec irritation, où les avez-vous trouvés ?

— Le Noir nous les a amenés et remis de lui· même, dit le Grand Trésorier, il tient à se blanchir, ainsi que feu son Oncle.

— Vous devriez passer le neveu à la question, dis· je, que l'on sache un peu quels mystères avait en core ce vieux cachottier.

— Nous l'avons envoyé querir, dit le Grand Jardinier, avec excitation, et, durant son absence, toute la maison de notre jeune marié sera passée au peigne fin ! »

Soudain, un éclair a frappé leur visage à tous deux, et, comme foudroyés par un effroi sacré, ils se sont prosternés.

Sans même me retourner, j'ai compris que Sa Majesté, le Protecteur de l'Univers, venait de faire son entrée.

39

Mon nom est Esther

Comme c'est bon de pleurer toutes ensemble ! Pendant l'enterrement du père de cette pauvre petite, elles étaient toutes réunies, amies, ennemies, les parentes et les intimes, pour se lamenter, et même moi je me suis meurtrie longuement la poitrine, en pleurant toutes mes larmes. Tantôt, mollement appuyée contre la jolie jeune fille assise près de moi, je pleurais en me balançant doucement au même rythme, tantôt, changeant de ton, je versais des larmes sincères sur les tourments de ma pauvre vie. Si je pouvais pleurer comme ça une bonne fois chaque semaine, et oublier tous ces détours à pied à travers les ruelles, arriver à remplir la marmite, et toutes les humiliations que j'endure pour mon embonpoint ou ma juiverie, pour sûr qu'elle serait un peu requinquée, la vieille Esther, et plus bavarde que jamais.

Les fêtes, le tohu-bohu, moi j'aime ça : parce que ça me fait oublier que je suis leur mouton noir, et surtout je m'y gobichonne tant que je peux. J'adore : aux fêtes de bayram, les baklavas, les pâtes mentholées, les petits pains de pâte d'amandes et les fruits secs traditionnels ; aux circoncisions, les feuilletés salés, le riz à la viande ; le jus de cerise qu'il y avait à l'Hippodrome, aux réjouissances offertes par notre Sultan ; dans les repas de noce, tout ; et, quand un voisin meurt, je raffole du nougat parfumé que les voisins envoient en guise de condoléances, aux graines de sésame et au miel.

Je suis sortie sans bruit sur le palier mettre mes croquenots, et je suis descendue. Avant de repasser par la cuisine, comme on entendait, de la pièce à côté de l'écurie, un bruit bizarre, j'ai fait un crochet pour jeter un œil, et j'ai vu Shevket et Orhan, qui avaient ligoté la gamine d'une des femmes en train de pleurer à l'étage, et lui peinturluraient la figure avec les vieux pinceaux du défunt. « Si tu veux t'échapper, tu vas voir ! » disait Shevket en commençant par lui en coller une.

« Allons, mes petits cocos, vous ne pouvez pas jouer gentiment, sans vous faire de mal ? leur ai-je glissé de ma voix la plus fausse et la plus sirupeuse.

— Toi, te mêle pas », a dit Shevket.

En apercevant la petite fille blonde, toute tremblante à côté de son frère, qui se faisait martyriser par les deux autres garçons, je me suis sentie tellement proche d'elle ! Allons, oublie, ma pauvre Esther.

Dans la cuisine, Hayriyé m'a accueillie d'un regard soupçonneux. J'ai commencé par lui dire :

« J'ai les yeux secs comme des sources à force de pleurer, Hayriyé. Donne-moi un peu d'eau, par Dieu. » Alors j'ai glissé, en lui passant le verre, et en la fixant dans les yeux : « Pauvre Monsieur l'Oncle, on raconte qu'il serait mort avant le remariage de sa fille... en tout cas, ce n'est pas comme pour ficeler mon baluchon : on n'empêche pas les gens de parler. Et il y en a même qui disent que sa mort ne serait pas naturelle. »

Elle a regardé longuement le bout de ses pieds d'un air absorbé, puis elle a dit en relevant la tête, mais sans me regarder : « Dieu nous préserve des calomnies ! »

On comprenait, rien qu'à ses gestes, qu'elle aurait voulu dire : « Tout est vrai ! » et, au son de sa voix, qu'elle était bien obligée de se taire.

« Alors, c'est-y donc vrai ? » ai-je chuchoté d'un air de confidence.

Mais cette Hayriyé n'est pas sûre d'elle, et puis elle doit s'être fait une raison, que, après la disparition de Monsieur l'Oncle, elle n'a plus aucune chance de prendre le pas sur sa maîtresse. D'ailleurs, en haut, tout à l'heure, c'est bien elle qui pleurait le plus sincèrement.

« Qu'est-ce que je vais devenir ? demanda-t-elle.

— Shékuré t'aime beaucoup, voyons », ai-je dit sans faire attention, car j'étais en train de soulever l'un après l'autre les couvercles des pots de nougat qui s'alignaient entre les bocaux — sirops de raisin, cornichons marinés. En humant toutes ces bonnes odeurs, et trempant un doigt par-ci par-là pour goûter, j'ai demandé à la servante qui avait apporté tout ça :

« Celui-ci, c'est la femme de Monsieur Kasim de Kayseri qui l'a fait porter ; celui-là, c'est celle du maçon qui habite deux rues derrière le quartier des peintres ; là, c'est celui de la femme que Hamdi Gaucher le serrurier est allé se chercher à Andrinople... » Comme elle s'apprêtait à les énumérer toutes, Shékuré l'a coupée :

« Mais Kalbiyé, la veuve de Monsieur Délicat n'est pas venue aux condoléances : pas pris de nouvelles, rien envoyé, même pas un peu de nougat ! »

Comme elle s'éloignait vers les escaliers, au fond

de la cuisine, je l'ai suivie, car j'ai compris qu'elle voulait me vider son cœur loin des oreilles indiscrètes de Hayriyé.

« Il n'y avait aucune inimitié entre mon père et Monsieur Délicat. Le jour de son enterrement, nous avons fait porter de notre nougat chez eux. Je voudrais bien savoir de quoi il retourne, a dit Shékuré.

— Fais-moi confiance, je vais de ce pas tirer cette affaire au clair », répondis-je en devinant toutes les pensées de ma belle enfant.

Elle m'a donné un baiser, pour me remercier de ne pas la forcer à en dire plus. Je l'ai tenue serrée contre moi un long moment, d'autant qu'on sentait bien le froid de la cour. Je lui ai caressé les cheveux. Elle m'a dit :

« Esther, j'ai peur.

— N'aie pas peur, ma chérie, lui ai-je répondu. Il faut voir le bon côté : regarde, maintenant te voilà remariée.

— Oui, mais je ne sais pas si j'ai bien eu raison. Alors, tu comprends, j'ai passé ma nuit de noces à côté de mon pauvre papa, me dit-elle en ouvrant tout grands ses beaux yeux immenses.

— Hassan prétend qu'aux yeux du juge ton mariage est sans valeur. Tiens, il t'envoie ceci.

— Pas maintenant », dit-elle en lisant tout de même le billet, mais sans me le lire cette fois.

Elle faisait bien, d'ailleurs, car nous n'étions pas seules : un menuisier, venu réparer le contrevent de la fenêtre du palier, au premier étage, était occupé à reluquer d'un air goguenard tantôt les autres femmes, à l'intérieur, tantôt nous deux dans la cour, où nous nous tenions étroitement embrassées. À ce moment-là, Hayriyé est sortie pour aller ouvrir le portail au gamin d'un des voisins, qui apportait encore du nougat.

« Ils auraient pu l'envoyer avant l'enterrement, a dit Shékuré. Je crois bien, je suis sûre que l'âme de mon pauvre papa est revenue aujourd'hui pour la toute dernière fois. Maintenant, il est déjà là-haut. »

Elle s'est dégagée de mes bras pour adresser, les yeux levés au ciel splendide, une longue prière.

Je me suis sentie comme une étrangère, au point que j'aurais pu me prendre pour un des nuages qu'elle suivait du regard, là-bas, ces merveilleux nuages. Quand elle a eu fini de prier, elle m'a embrassée tendrement sur chaque œil.

« Esther, me dit-elle, tant que l'assassin de mon père sera en vie, nous n'aurons pas de repos en ce monde, mes enfants et moi. »

J'ai été bien contente de voir qu'elle ne citait même pas son nouveau mari.

« Va chez Monsieur Délicat, parle un peu, l'air de rien, avec sa veuve et tâche de savoir pourquoi elle ne nous a pas fait porter de halva. Tu me rapporteras ensuite la réponse.

— Y a-t-il quelque chose à dire à Hassan ? » ai-je demandé.

Je me suis sentie honteuse. Pas à cause de ma question, mais de n'avoir pas eu le cran de la regarder en face en la lui posant. Pour faire diversion, j'ai arrêté Hayriyé qui transportait un plat, et j'ai soulevé le couvercle. « Oh, du nougat avec des pistaches, m'exclamais-je en en prenant une petite bouchée. Et ils ont mis de l'écorce d'orange, aussi ! »

Le gentil sourire de Shékuré — comme si tout allait pour le mieux dans le meilleur des mondes — m'a réchauffé le cœur.

J'ai chargé mon baluchon, et je n'avais pas fait

deux pas dehors, voilà que, au bout de la rue, je vois justement arriver Le Noir ! Il avait l'air fier et content d'un jeune marié qui vient d'enterrer son beau-père. Pour ne pas lui gâcher son plaisir, je me suis glissée derrière la haie d'un verger, puis je suis passée par le jardin qui est derrière la maison où Moshé Hamon, le médecin, cachait le frère de sa maîtresse, celui qui s'est fait lyncher, finalement. Chaque fois que je passe par là, l'odeur de mort qui rôde dans ce jardin me rend si triste que j'en oublie qu'il faut que je m'occupe de trouver un acheteur pour la maison.

La même odeur de mort planait dans la maison de Monsieur Délicat, avec, pour moi, la tristesse en moins. Je peux vous dire, moi Esther (et je m'y connais, après avoir rendu visite à un bon millier de veuves chez elles juste après leur malheur), que soit elles se morfondent et se laissent aller aux idées noires, soit elles se révoltent et deviennent de vraies furies. Shékuré, elle, c'est un peu des deux à la fois ; mais Kalbiyé avait clairement choisi d'être furieuse, et j'ai tout de suite vu que cela allait me simplifier la tâche.

Comme toutes les femmes victimes de la destinée, Madame Kalbiyé soupçonne, avec raison, que tous ces gens qui défilent chez elle en cette pénible circonstance viennent autant et plus se féliciter secrètement de leur propre sort, par comparaison, que lui exprimer leur compassion ; c'est pourquoi, plutôt que de se prêter au petit jeu de la causerie et de se laisser flatter par des paroles bien douces, elle préfère en venir au fait, et couper court aux amabilités : Pourquoi donc Esther venait-elle sonner chez elle, justement à l'heure de sa sieste, dont elle avait bien besoin pour oublier ses malheurs ? En tout cas, je n'allais pas lui vendre des chiffons ! Aussi, je ne me suis pas donné la peine de faire semblant d'ouvrir mon barda, sachant que ni les soieries que le bateau en provenance de Chine vient de nous apporter, ni les mouchoirs qu'on m'envoie de Brousse n'avaient chance de l'intéresser. J'ai préféré entrer dans le vif du sujet, et expliquer tout net les griefs et les pleurs de Madame Shékuré : « Dans les circonstances si tristes où elle se trouve, et que vous partagez toutes les deux, Shékuré te fait dire que l'idée qu'elle ait pu te fâcher sans le vouloir la rend encore plus triste. »

Elle a rétorqué avec orgueil que, Shékuré n'étant pas elle-même venue prendre de nouvelles, présenter ses condoléances et partager son chagrin, à elle, elle non plus n'avait pas trouvé le moyen de lui faire porter un peu de nougat. Derrière cette fierté, on sentait qu'elle était heureuse qu'on ait pris note de sa colère. Et c'est grâce à ce travers, voyez-vous, que votre rusée Esther réussit encore une fois à éclaircir le pourquoi du comment de cette petite brouille.

En effet, sans couper les cheveux en quatre, elle m'a avoué qu'elle en voulait encore à Monsieur l'Oncle, à propos du livre auquel feu son mari, Monsieur Délicat, participait. Elle expliqua qu'il n'avait accepté ce travail que parce que c'était une commande du Sultan, comme qui dirait sur ordre, quoi, et sûrement pas pour les trois ou quatre malheureuses pièces d'argent que ça lui avait rapporté. Mais ensuite, disait-elle, les pages dont Monsieur Délicat se contentait de faire les enluminures étaient devenues des peintures, et pas n'importe lesquelles, même qu'il s'était mis, dans les derniers temps, à se faire du mauvais sang à cause de certaines impiétés, des sacrilèges et des blasphèmes que c'en était à peine croyable, au point qu'il avait fini par ne plus voir clair entre le bien et le mal. Comme Madame Kalbiyé est une femme prudente, et plus que ne l'était, sans doute, Monsieur Délicat, elle s'est empressée d'ajouter que tous ces soupçons de son défunt mari ne lui étaient pas venus en un jour, plutôt petit à petit, et qu'elle, pour sa part, n'avait pas cessé de mettre ses inquiétudes sur le compte de son hypocondrie, vu que le malheureux trépassé n'avait jamais, à dire vrai, pu identifier la moindre impiété flagrante. Auditeur assidu des prêches de Nusret Hodja d'Erzurum, son mari était homme, disait-elle, à se sentir mal si jamais il lui arrivait de manquer l'heure de la prière. Mais il n'était pas dupe que les plaisanteries stupides faites sur lui par ses crétins de collègues d'atelier visaient moins ses ardents scrupules en matière de religion que son art et son talent, dont, au fond, ils étaient bien jaloux.

Une grosse larme ronde et claire perlait à ce moment au bord de ses yeux, brillants de colère, et en voyant ses joues mouillées, votre Esther s'est juré de dénicher bien vite, pour Madame Kalbiyé, un mari encore mieux que le précédent.

« Mon défunt mari ne me faisait pas souvent part de ses préoccupations, a-t-elle dit d'un air circonspect, mais j'ai bien repensé dans ma tête, et je suis arrivée à la conclusion que tout ce qui nous arrive est à cause de ces dessins pour Monsieur l'Oncle, chez qui il était la dernière nuit. »

C'était sa façon de s'excuser. De mon côté, je fis valoir que Monsieur l'Oncle avait sans doute été assassiné par le même scélérat, et que cet ennemi commun achevait de les rapprocher, d'une certaine manière. En voyant ses deux petits orphelins à côté d'elle, qui me regardaient avec leur grosse tête, je n'ai pas pu m'empêcher de faire une comparaison. Et, de mon point de vue impitoyable d'entremetteuse, je me suis dit que Shékuré était beaucoup plus belle, plus riche et plus mystérieuse. Aussi me suis-je contenté de dire :

« Shékuré me fait dire qu'elle te fait toutes ses excuses si elle a pu te sembler grossière. Elle t'offre son amitié, comme une sœur affligée du même deuil, et espère de ta part les mêmes sentiments, et que tu voudras bien l'aider. Le soir où ton défunt mari est sorti d'ici pour aller chez Monsieur l'Oncle, il ne t'a pas parlé d'un autre rendez-vous ? Tu n'as aucune idée d'où il a pu aller ensuite ?

— Il y a ça qui est tombé de la poche de mon pauvre Délicat », dit Kalbiyé.

D'un panier en sparterie, fermé par un couvercle, et qui recelait pêle-mêle des aiguilles à broderie, des coupons de tissu et même une grosse noix, elle se mit à extraire une feuille de papier pliée, qu'elle me tendit.

En approchant de mes yeux le papier tout chiffonné, dont l'encre avait coulé, je discernais une multitude de lignes. Quand j'ai fini par comprendre de quoi il s'agissait, Kalbiyé a mis ces paroles sur mes pensées :

« Ce sont des chevaux, dit-elle. Mon pauvre mari ne faisait plus que des enluminures, depuis déjà pas mal d'années. Personne n'aurait eu l'idée de lui faire dessiner des chevaux. »

Je peux vous dire que votre vieille Esther avait beau écarquiller les yeux sur ces chevaux, au trait rapide et brouillé, sur le papier mouillé, elle n'y comprenait pas tripette.

« Cela ferait bien plaisir à Shékuré, si je lui apportais cette feuille, ai-je risqué tout de même.

— Si elle le veut, ce papier, Shékuré n'a qu'à venir le chercher », a dit Kalbiyé fièrement.

40

Mon nom est Le Noir

Vous avez, maintenant, sûrement compris ceci : les gens comme moi, je veux dire ceux qui, comme moi, finissent par prendre la passion et ses affres, la prospérité et la misère, pour prétextes d'une éternelle et absolue solitude et d'une mélancolie qu'ils affichent, ne sont susceptibles ni de grands plaisirs ni de grands chagrins dans la vie. Ce n'est pas, quand nous voyons les autres bouleversés, que nous ne les comprenions pas ; au contraire, nous ne reconnaissons que trop la profondeur de leurs sentiments. Ce que nous ne saisissons pas, c'est la nature de cette espèce de perplexité que nous sentons alors en nous. Et ce sentiment, qui demeure muet, tend à prendre en ces occasions, dans notre cœur et notre esprit, la place de la joie, ou de la tristesse.

En revenant à la maison — tellement vite que je courais presque — après l'enterrement du père de Shékuré (Dieu ait son âme), je me suis rendu compte, après avoir embrassé mon épouse, que celle-ci et ses enfants me lançaient des regards hostiles ; et quand elle a piqué du nez dans son mouchoir, pour y pleurer à gros sanglots, j'ai été pris de court. Son chagrin était mon triomphe ; le rêve de toute mon enfance et de ma jeunesse était réalisé :

j'étais maître de cette maison, l'époux de Shékuré, et débarrassé de son père, qui m'avait méprisé ; qui, d'ailleurs, aurait cru à mes larmes ? Et pourtant, croyez-moi, ce n'était pas si simple. J'aurais réellement voulu être triste, même si je n'y arrivais pas. Car mon Oncle avait, de fait, toujours été un père pour moi. Plus grave, comme le vicaire de l'imam qui avait fait la toilette du mort n'avait pas su tenir sa langue, dès après l'enterrement, dans la cour de la mosquée, j'avais entendu raconter — et le bruit courait déjà dans le quartier — que mon Oncle n'était pas mort de sa mort naturelle. Aussi tenais-je bien sincèrement à paraître affligé, car sinon, me disais-je, cela risque d'être interprété... Passer pour un cœur de pierre, comme vous le savez, est un opprobre à part entière.

Les vieilles bonnes femmes comprennent cela, et elles tiennent toujours, pour les gens dans ma situation, une excuse toute prête : « C'est qu'il pleure en dedans. » Pendant que, donc, faute de mieux, je pleurais en dedans, hésitant entre l'envie d'aller me cacher dans un coin pour ne pas être vu de tous ces lointains parents, voisins, et autres bedeaux de mosquée qui m'impressionnaient réellement par leurs épanchements humides et tonitruants, et le sentiment qu'il convenait, déjà, de tenir mon rang dans mon nouveau foyer, on frappa à la porte. J'ai eu peur un moment que ce puisse être Hassan, mais au fond cela m'allait aussi, tout plutôt que s'éterniser dans cette Vallée de Larmes.

C'était un page de la Porte. On me convoquait au Palais. Je suis resté comme stupéfait.

En sortant de la cour, j'ai ramassé par terre une pièce dans la boue. Le fait d'être demandé au Palais me faisait-il vraiment peur ? Oui, évidemment ;

mais j'étais content de me retrouver dehors, dans le froid, parmi les gens, les chevaux, les chiens et les chats. Comme ces doux rêveurs qui, avant de passer entre les mains du bourreau, entament avec le gardien de leur geôle un agréable brin de causette sur les petits plaisirs de la vie, sur la forme insolite des nuages dans le ciel ou les canards qui s'ébrouent, en s'imaginant estomper par ces subterfuges la cruauté du sort qui s'abat, j'ai voulu faire ami-ami avec le jeune garçon qui était venu me chercher ; mais je l'ai trouvé renfrogné et taciturne, outre que boutonneux. En passant au pied de Sainte-Sophie, j'ai admiré la silhouette élancée, la taille exquise des cyprès dont les ombres aiguës se dressaient dans le brouillard, et c'était moins la peur de mourir, maintenant qu'après tant d'années j'étais enfin l'époux de Shékuré, qu'un obscur sentiment d'injustice, qui m'a fait frissonner : l'idée que je puisse, au Palais, expirer sous la torture avant même d'avoir eu le loisir de me délecter de son corps.

Nous nous sommes dirigés non vers la porte du milieu, derrière les tours que j'osais à peine regarder, car c'est là qu'officient, avec une effrayante dextérité, les exécuteurs des basses œuvres, mais vers la menuiserie. Dans une grange, entre les pattes d'un cheval bai dont les naseaux fumaient, un chat, occupé à se lécher au beau milieu d'une flaque, ne s'est pas même retourné pour nous regarder passer. Il avait sûrement, comme nous d'ailleurs, d'autres chats à fouetter.

Une fois passés derrière les granges, deux hommes en livrée verte et violette que je n'ai pas su identifier ont pris livraison de moi auprès du garçon silencieux, et m'ont poussé dans une pièce obscure d'une petite bâtisse récemment construite, comme je le devinais à l'odeur de copeaux. Ils ont verrouillé derrière moi. Familier de cet usage d'effrayer les prisonniers en les enfermant dans le noir avant de les mener à la question, j'ai tâché de me donner un peu de courage, en supputant qu'ils se contenteraient d'une bastonnade sur la plante des pieds, et que j'arriverais bien à me tirer de ce mauvais pas en élucubrant quelque conte. Il semblait y avoir foule dans la pièce à côté, à juger par le vacarme qui s'y faisait.

Forcément, certains d'entre vous, en me voyant ainsi garder le mot pour rire et continuer à plaisanter, doivent se dire que je ne parle pas comme quelqu'un qui s'attend à être torturé. Mais je vous ai déjà dit que j'étais persuadé d'être, parmi ses serviteurs, un favori de Dieu. Si ces deux derniers jours, après tant de tribulations, n'avaient pas suffi à me prouver qu'enfin les oiseaux de la chance planaient sur ma tête, je devais bien, en tout cas, croire en une cause secrète et supérieure pour expliquer cette pièce trouvée en sortant, près du portail.

En attendant les tortionnaires, je me consolais donc avec cette pièce dont je me figurais qu'elle allait me sauver, et, prenant dans ma main ce gage d'espérance envoyé par mon Dieu, je la caressais, l'embrassais avec effusion. Mais au moment précis où l'on est venu m'extraire de l'obscurité, quand j'ai aperçu les crânes rasés des tortionnaires croates du Grand Jardinier, j'ai réalisé que cette pièce ne risquait pas de me rapporter grand-chose. Une voix intérieure me disait, sans pitié, que la pièce que j'avais en poche, loin d'être semée par Dieu, était une de celles que j'avais moi-même, deux jours avant, répandues sur la tête de Shékuré, et que les enfants de la noce avaient manqué de ramasser

Aussi, en arrivant devant mes bourreaux, je ne me flattais plus de chimériques espoirs, faute de branche où me rattraper.

C'est venu sans que je me rende compte : les larmes coulaient de mes yeux. J'ai voulu supplier, mais ma voix, comme dans les rêves, n'émettait plus aucun son. Qu'un homme puisse, en un instant, passer de vie à trépas, j'en savais quelque chose depuis la guerre et ses charniers, et pour avoir été témoin, de loin, de supplices et d'exécutions pour raison d'État, mais je ne l'avais, jusqu'alors, jamais appréhendé pour moi.

On m'enlèverait mes vêtements, puis on m'enlèverait du monde, voilà tout.

Ils m'ont, donc, ôté ma veste et ma chemise. L'un deux m'a plaqué les épaules contre terre, en appuyant de ses deux genoux. L'autre a saisi ma tête entre ses mains, avec l'habileté et la précision d'une ménagère qui fait la cuisine, et l'a introduite délicatement dans une cage, munie d'une vis, qu'il s'est mis à tourner lentement. Il serrait, des deux côtés de ma tête, ce qui n'était pas une cage, mais un étau.

J'ai crié aussi fort que j'ai pu. Je les suppliais, mais avec des paroles incompréhensibles. Et je pleurais, surtout, cette fois, parce que mes nerfs me lâchaient.

Ils s'arrêtèrent, et posèrent la question :

« Est-ce toi qui as tué Monsieur l'Oncle ? »

Je pris mon souffle : « Non. »

La vis s'est remise à tourner. La douleur.

Puis à nouveau la question. « Non. — Qui, alors ? — Je ne sais pas. »

J'ai commencé à penser : « Pourquoi ne pas avouer ? » Autour de ma tête, le monde, les douceurs du monde tournaient en rond, doucement. J'hésitais : peut-être étais-je en train de m'habituer à la douleur ? Nous sommes restés ainsi, le bourreau et moi, pendant un moment. Nulle part je n'avais mal. La peur, seulement.

Je commençais déjà à croire de nouveau que ce sou fétiche, au fond de ma poche, allait les empêcher de me tuer, quand ils me lâchèrent. Ils sortirent ma tête de la cage, de cet étau qui ne l'avait que fort peu abîmée. Celui qui était juché sur mes épaules en descendit. Mais je n'ai pas eu droit à des excuses. J'ai remis ma chemise et ma veste.

Il y a eu un long, un très long silence.

À l'autre bout de la pièce, j'ai aperçu le Grand Maître Osman. Je suis allé lui baiser la main, et il m'a dit :

« Courage, mon enfant. Ils ont voulu t'éprouver. »

J'ai senti que j'avais en lui, après mon cher Oncle, trouvé un père.

« Notre Sultan a ordonné que tu ne sois pas torturé pour l'instant, a dit le Grand Jardinier. Il juge que tu peux être utile à Maître Osman pour découvrir, parmi les peintres, quel est celui qui assassine ses serviteurs chargés du livre qu'Il a commandé. Vous devrez, en examinant leurs œuvres et en leur parlant, avoir d'ici trois jours démasqué le félon. Sa Majesté se plaint fort des bruits qu'entretiennent les fauteurs de trouble, à propos de ses livres et de ses peintres. Nous avons pour mission, le Grand Trésorier Hazim Agha et moi, de vous assister dans votre recherche du criminel. Vous étiez, pour l'un de vous, fort proche du défunt Monsieur l'Oncle, avec tout le loisir d'entendre ses propos, et n'ignorez sûrement pas que les peintres, pendant la nuit, venaient travailler chez lui, ni l'histoire de ce livre, n'est-ce pas ? Quant à vous, en tant que Grand Maître de l'Atelier, vous pouvez vous flatter de connaître parfaitement chacun des peintres qui y travaillent. Si vous deux ne parvenez pas, dans les trois jours, à retrouver non seulement ce porc, mais aussi les pages qu'il a subtilisées et sur lesquelles on déblatère à l'envi, les instructions de notre Équitable Souverain sont de passer d'abord notre jeune ami Le Noir à la question. Nous ne doutons pas que, ensuite, viendra le tour des peintres, jusqu'aux tout premiers d'entre eux. »

Je n'avais pu, entre le Grand Trésorier Hazim Agha, délégataire des commandes, chargé du paiement des salaires et des fournitures, et le Grand Maître Osman, son ami et collaborateur de longue date, surprendre aucun geste de connivence, aucun regard.

« Si un crime vient à être commis dans une caserne, des appartements, ou une quelconque corporation relevant de Sa Majesté, reprit le Grand Jardinier, tant que le coupable n'est pas livré à Sa Justice, c'est la corporation entière qui se trouve sur la sellette, et, si elle ne parvient pas à extirper de son sein l'assassin qui s'y cache, chacun sait que c'est elle dans son ensemble, et d'abord son chef, son Grand Maître, que l'on jugera coupable, et que l'on condamnera. C'est pourquoi Maître Osman, au terme d'un examen minutieux et attentif de toutes les pages produites sous sa responsabilité, fera bien de livrer le responsable, quel qu'il soit, du diabolique et séditieux principe de corruption qui menace aujourd'hui l'intégrité et l'innocence de ses peintres, au bras armé de l'impassible Justice de Sa Majesté, afin de laver l'honneur de votre corporation. Nous sommes et serons, pour cela, à votre entière disposition. Mes hommes sont à cette heure en train de perquisitionner au logis de chacun des peintres, et vont vous rapporter les miniatures du livre. »

41

Moi, Maître Osman

Une fois que le Grand Jardinier et le Grand Trésorier, après nous avoir répété les instructions du Sultan, ont été sortis, nous sommes restés seuls, Le Noir et moi, dans cette salle. Le Noir était bien sûr éprouvé par cet avant-goût d'un éventuel interrogatoire, plus sérieux celui-là. Après avoir eu si peur, et tant pleuré, il était maintenant tout triste, tout silencieux, comme un enfant qui boude. Je me suis découvert pour lui un début de tendresse, et l'ai laissé tranquille.

J'avais donc trois jours pour sonder et examiner les peintres de mon atelier, à partir des pages que les sbires du Grand Jardinier venaient de m'apporter, collectées chez chacun d'eux ou chez les copistes. Pour ce qui est des miniatures produites dans le cadre du projet de livre de l'Oncle de Le Noir, et que ce dernier, afin de se blanchir, a remises au Grand Trésorier Hazim Agha, vous savez quel dégoût elles m'ont causé dès que je les ai vues. Il faut d'ailleurs reconnaître que pour provoquer en moi, peintre rompu et chevronné, une répulsion aussi intense, une réprobation aussi viscérale, ces miniatures ont quelque chose que l'œil n'oublie pas facilement. Une production banalement mauvaise ne suscite pas ce genre de réaction. Ce n'est donc pas sans une sorte de curiosité que j'ai repris l'examen de ces neuf pages perpétrées, à la faveur de la nuit, par mes propres peintres pour le compte de cette vieille baderne.

Sur une page autrement blanche, mis à part, comme pour les autres, le cadre et les marges dus au pinceau de notre pauvre Délicat, je voyais un arbre. J'ai essayé d'imaginer de quel récit, de quelle scène légendaire on l'avait extrait, déraciné. Si moi je donne à peindre un arbre à l'un de mes peintres, que ce soit Papillon, tellement adorable, Cigogne, tellement intelligent, ou Olive, qui est si malin, ils savent qu'ils doivent commencer par songer à cet arbre dans une histoire, afin de pouvoir le dessiner en toute sérénité. Cet arbre ensuite me laissera apercevoir, par le détail de ses feuilles, de ses branches, examinées avec attention, quelle histoire particulière le peintre avait alors en tête. Mais cet arbre-ci était solitaire, malheureux. Il paraissait d'autant plus désolé, d'ailleurs, que l'horizon, derrière lui, était tracé très haut, dans un style qui rappelait les règles édictées par l'ancienne École de Shîrâz. Et, dans l'espace dégagé par cet horizon surélevé, il n'y avait que du vide. De sorte que le double souci de peindre, comme font les peintres d'Europe, un arbre en lui-même, et d'observer le monde à la manière persane, c'est-à-dire d'en haut, produisait quelque chose de mélancolique. Je me suis dit : « On dirait un arbre perdu aux confins de la terre. » La combinaison du style de mes peintres avec les lubies stériles de ce vieux fou avait engendré une chimère stupide.. mais c'est surtout l'absence criarde de talent qui me mettait en colère.

Et pareil pour les autres pages, le Cheval parfait,

surgi-du-monde-des-rêves, ou la Femme, avec sa pose languissante. Je ne parle pas du choix des thèmes : ces Derviches Mendiants, ce Diable. Comment mes peintres avaient-ils osé commettre de telles horreurs au milieu d'un volume dédié à Sa Majesté ? On leur avait forcé la main, certainement. J'ai alors compris tout le sens de la mort de l'Oncle, providentiellement rappelé par Dieu, qui sait juger de ces choses. Aussi n'ai-je plus, désormais, eu la moindre intention de mener à terme ce gâchis.

Et comment supporter le regard effronté de ce chien, vu d'en haut, certes, mais qui vient m'aviser jusque sous le bout du museau, comme si nous étions de la même nichée ? Car si j'étais, au demeurant, fasciné par la vulgarité de son attitude, hypnotisé par le beau regard en dessous, sournois et oblique, de sa tête penchée jusqu'à terre, et par la menace de ses dents blanches — toutes choses qui témoignaient d'un talent admirable, et me faisaient déjà deviner l'auteur de ce dessin ; d'un autre côté, je ne pouvais tout bonnement pas pardonner qu'on se fasse l'esclave d'une pensée délirante et d'un projet abscons. Ni le désir d'émuler les peintres d'Europe ni le prétexte qu'il s'agissait d'une commande pour offrir à leur Doge, requérant des techniques familières aux Vénitiens, n'étaient assez d'excuses pour une telle bassesse.

Et sur celle-ci, ce Rouge — toute cette ardeur, cette ferveur éclaboussant cette peinture de foule — avait pour moi quelque chose d'effrayant. J'étais en mesure d'assigner chaque trait à chacun de mes peintres, mais, en revanche, je n'ai pas su dire lequel avait, suivant une mystérieuse logique noyé le monde entier dans cette lourde couleur rouge. J'ai tout de même pris le temps d'indiquer à Le Noir lequel de mes miniaturistes, sur ce tableau grouillant, avait fait les platanes (Cigogne), qui les navires et les maisons (Olive), qui les fleurs et les cerfs-volants (Papillon). Il m'a dit :

« Un Grand Maître d'atelier, et un aussi grand artiste que vous, sans doute, est capable de reconnaître le caractère, la touche, le coup de crayon de tous les peintres qui sont sous ses ordres. Mais, dans ce cas, où feu mon Oncle, par un étrange amour des livres, a contraint tous ces peintres à travailler d'une manière originale et complètement nouvelle, comment vous sera-t-il permis d'identifier la contribution de chacun ? »

J'ai choisi de répondre par une parabole : « Il était une fois, dans la ville d'Ispahan, un souverain bibliophile, qui vivait reclus dans sa forteresse, bien loin du monde. C'était un padishah puissant, intelligent, mais fort cruel aussi. Il n'aimait que deux choses : ses grimoires et sa fille. Et le bruit répandu par les ennemis de ce despote, comme quoi il était, de sa fille tout simplement amoureux, n'avait rien d'une calomnie. En effet, son humeur chagrine, sa jalousie lui faisaient, aux princes qui la convoitaient, aux rois, aux ambassades qui osaient lui en demander la main, déclarer chaque jour la guerre. Aucun ne trouvait grâce aux yeux de ce père martial et partial, qui confinait la belle derrière quarante portes, au fond de son palais. En effet, selon une croyance commune à Ispahan, il pensait que l'éclat, la beauté de sa fille, exposés aux regards, auraient été ternis. Un jour, un exemplaire, commandité par lui, du *Khosrow et Shirine* venant d'être achevé — calligraphié et peint dans le style de Hérat —, la rumeur publique voulut que certaine beauté, dolente et pâle, sur une image de foule dans ce livre, était la fille du roi jaloux ! Avant même d'en avoir eu vent, ce dernier, dont l'étrangeté de cette même image avait éveillé les soupçons, rouvrit le livre à cette page, d'une main qui tremblait, et put constater aussitôt que sa fille — il en pleurait : c'était bien elle — s'y trouvait dessinée. On raconte d'ailleurs que ce n'est pas vraiment elle, la fille, bien gardée par quarante tours de clefs, mais sa beauté, tel un fantôme, afin d'échapper à l'ennui, qui s'était insinuée, par la serrure des portes, telle une fine volute de fumée ou encore, sous les portes, par les serrures, de miroir en miroir, comme un rayon de lumière, pour gagner le regard du peintre travaillant, tout seul, au milieu de la nuit. Le jeune et talentueux artiste, devant une telle beauté, ne put, évidemment, s'empêcher de la faire jaillir, de la reproduire dans un coin de ses œuvres. Or, c'était le moment où il représentait Shirine tombant amoureuse d'un portrait de Khosrow, pendant une promenade à travers la campagne.

— Maître ! Quelle coïncidence ! Car nous aussi nous adorons cette scène de ce même conte !

— Ce ne sont pas des contes, mais des choses qui se sont produites, lui ai-je dit. Écoute : ce n'est pas sous les traits de Shirine, mais d'une suivante, que le peintre avait peint la fille du padishah : juste une dame de compagnie, jouant du luth, ou étalant la nappe, car l'inspiration était apparue au moment où il devait peindre la figure de ce personnage. De sorte d'ailleurs que, à côté, la beauté de Shirine était comme obscurcie par celle, si merveilleuse, de la simple suivante, qui, bien que reléguée dans un coin de l'image, bouleversait la composition. Quoi qu'il en soit, quand le père avisa sa fille dans cette miniature, il voulut démasquer le peintre talentueux qui l'avait dessinée. Mais celui-ci, redoutant l'ire du padishah, s'était montré assez habile, et prudent, ce me semble, puisque, afin de donner le change, il avait peint, aussi bien la suivante que Shirine, dans un style autre que le sien. En outre, ils étaient plusieurs peintres à avoir, à cette œuvre, apporté leur contribution.

— Alors, comment a-t-il fait, le roi, pour trouver le peintre qui avait peint sa fille ?

— Grâce à ses oreilles.

— Les oreilles de qui ? Celles de la fille, ou de la suivante ?

— À vrai dire, d'aucune des deux. Il eut l'idée de commencer par étaler, devant lui, toutes les images illustrant chacun des livres produits par les miniaturistes de son atelier, afin d'y examiner les oreilles de tous les personnages. Il put constater à nouveau ce qu'il savait depuis de nombreuses années : à savoir, que chaque peintre rend les oreilles de ses personnages d'une façon différente, quel que soit leur maîtrise du style classique. Il pouvait bien s'agir d'un sultan, d'un guerrier, d'un enfant ou — Dieu me pardonne — du visage, mal dissimulé par un voile, de notre Saint Prophète, ou même — Dieu me pardonne encore — des oreilles du Diable : chaque miniaturiste les dessinait à sa façon, toujours la même dans chaque cas. Comme si c'était sa signature.

— Pourquoi ?

— Quand les grands maîtres peignent un visage, ils s'attachent essentiellement à rendre une beauté supérieure, selon les canons consacrés qui la distinguent, la posent comme distincte de toute beauté réelle ; en revanche, quand ils arrivent aux oreilles, vu qu'il n'y a pas de règle, ils ne peuvent suivre un modèle, et n'ont pas plus souci d'aller travailler d'après nature que d'imiter le travail d'un confrère ou prédécesseur : se retrouvant, une fois n'est pas coutume, affranchis de tout guide, de toute réflexion ou contemplation, ils se laissent aller à leur mémoire, à leur habitude, et dessinent les oreilles sans y faire attention.

— Mais les grands maîtres ne dessinent-ils pas aussi de mémoire tous les éléments, sans jamais, en fait, porter leurs regards sur des chevaux, des arbres ou des personnages réels ? a demandé Le Noir.

— Oui, ai-je acquiescé, mais c'est un savoir qui s'acquiert au terme de longues années de réflexion, de contemplation : un labeur sans fin pour parvenir à cette maîtrise ! Après avoir vu, dans leur vie, une quantité de chevaux, en peinture ou en réalité, ils savent que ces montures de chair et de sang ne font rien d'autre que brouiller l'image idéale, l'image parfaite du cheval qu'ils ont dans l'esprit. Ce cheval, dessiné des milliers de fois, finit par s'approcher, sous le pinceau de l'artiste, de la vision que Dieu peut avoir du Cheval, et c'est du moins, au terme de son expérience, une intime conviction commune à tous les peintres. Le cheval tracé de mémoire est le fruit d'un travail d'approche infini pour rejoindre l'infini de son créateur, mais l'oreille de la fille du roi, qui est représentée par la main antérieurement à ce travail de réflexion, de prise de conscience de ce qu'est la peinture, cette oreille bâclée, tracée sans y penser, sans prendre garde, est un stigmate, une faute de goût. Et, parce que c'est une faute, elle varie selon chaque peintre et équivaut à une signature. »

Il y a eu soudain beaucoup d'agitation : les hommes du Grand Jardinier nous apportaient le résultat de leurs perquisitions.

« Au demeurant, les oreilles sont une disgrâce de notre espèce, ai-je dit pour tenter de le faire sourire. Elles sont à la fois communes à tous et toujours différentes : la laideur par excellence.

— Et qu'est-il arrivé au miniaturiste qui s'est fait prendre à cause de sa façon de dessiner les oreilles ? »

Pour ne pas attrister Le Noir, je me suis abstenu de lui dire : « On lui creva les yeux », et j'ai répondu : « On lui fit épouser la fille du padishah. Cette méthode secrète reste connue des seuls mécènes — khans, shahs d'Iran, rois ou sultans — qui possèdent leur propre atelier de beaux livres. Sous le nom de « méthode de la suivante », elle a servi depuis tout ce temps à identifier les peintres. On l'applique en effet dès qu'il s'agit de découvrir qui, par exemple, a peint une image défendue ou une insolence dissimulée dans un détail, et refuse de l'avouer... Elle consiste à trouver son point faible : jamais au cœur de la scène représentée, mais dans un détail répété, automatique et vite tracé, auquel il n'a pas prêté attention : par exemple, les brins d'herbe, ou les feuilles, les oreilles, les mains, la crinière des chevaux, leurs sabots ou leur jambe. Mais attention ! il ne faut pas que l'artiste ait lui-même conscience de cette singularité qui est sa signature secrète. Ainsi, cela ne marche pas dans le cas des moustaches, car beaucoup de peintres, sachant qu'on les traite chacun à sa guise, comme il nous chante, n'ignorent pas qu'elles sont toujours une signature. En revanche, avec les sourcils, c'est possible, car on n'y fait pas attention. Alors voyons, si tu veux bien, la façon dont nos peintres ont apporté leur touche — personnelle j'entends — à chacune des images voulues par ton Oncle. »

Nous avons donc, Le Noir et moi, collationné, passé une à une à la loupe, chaque page des deux manuscrits : l'un, fait sous mon contrôle, dans mon atelier, au grand jour, l'autre réalisé nuitamment, en secret — que distinguaient apparemment aussi bien les sujets traités que les styles.

1. D'abord, sur une miniature de mon *Livre des Réjouissances*, nous avons examiné, sur le col en renard du caftan rouge à ceinture pourpre — arboré par un représentant des métiers de la fourrure au moment où il passe au pied de l'estrade bâtie pour accueillir notre Sultan —, la gueule entrouverte de cet animal : indubitablement, Olive était l'auteur des petites dents pointues, les mêmes qu'on trouvait sur l'image du Diable pour le livre de l'Oncle : une image, à en juger par son style mêlé d'apports typiques des démons persans, venue tout droit de Samarcande.

2. Puis, lors d'une autre journée de liesse consacrée à ces réjouissances, toujours sous le regard, dans sa loge, de sa Majesté, traversant l'hippodrome, une escouade de fantassins, sordides et déguenillés. L'un d'eux présente leur requête : « Grand Sultan, en combattant bravement pour notre religion, nous sommes tombés captifs aux mains des Infidèles et n'avons dû notre liberté qu'à nos frères laissés en otages : nous venons chercher la rançon. Mais en revenant ici, à Istanbul, nous avons trouvé tout si cher qu'il nous est de fait impossible de réunir la somme nécessaire au rachat de nos frères de rang, qui restent, misérables, prisonniers des giaours. Tu es notre recours : Donne-nous soit de l'or, soit des esclaves que nous puissions échanger

contre nos chers frères. » Cette fois-ci, sur ce chien qui suit la scène d'un coin du tableau, ouvrant un seul œil paresseux sur tous ces beaux ambassadeurs et sur notre Sultan, et tous ces pauvres héros de nos guerres, ce sont les griffes, caractéristiques de Cigogne, que l'on retrouve, exactement les mêmes, sur le chien qui observe aussi la scène de la pièce d'or dans le livre de l'Oncle.

3. Parmi les saltimbanques — de ceux qui font la roue tout en faisant virevolter des œufs en équilibre au bout de longues baguettes —, l'un d'eux, chauve, en culotte courte et gilet violet, agenouillé sur un coin du tapis de sol rouge, tient son tambourin de la même façon que la servante qui apporte le plateau de cuivre, dans l'illustration de la couleur rouge pour le livre de l'Oncle : œuvre d'Olive.

4. Parmi les cuisiniers, dont la corporation se bouscule sous les yeux du Sultan, en faisant cuire, dans une grande marmite, sur un foyer ardent monté à bord d'un char, des choux farcis à la viande et aux oignons, le chef de batterie, brandissant ses casseroles, arpente un sol de terre rose à petits cailloux bleus : ces cailloux sont du même auteur que les cailloux grenat sur fond de terre bleue au-dessus de laquelle la Mort semble flotter, comme un spectre, dans le livre de l'Oncle : à savoir, Papillon.

5. Suite au rapport des messagers tatars, selon lequel le shah d'Iran mobilisait déjà pour sa prochaine campagne aux frontières de notre Empire, la mise à sac furieuse et la démolition de l'exquise villa perchée de son ambassadeur — qui avait constamment affirmé, plein d'aplomb, à notre Sultan, que son maître ne nourrissait que pensées fraternelles et desseins amicaux — soulève, au milieu du fracas des ruines, une poussière telle sur l'hippodrome

qu'on dépêche des porteurs d'eau à la rescousse, pour mouiller le sol, ainsi qu'une escouade chargée d'outres pleines d'huile de lin pour asperger la foule qui s'apprête à lyncher l'ambassadeur lui-même. Les pieds de ces porteurs d'eau et d'huile qui accourent frénétiquement sont dessinés comme ceux des troupes qui s'élancent au combat, dans la page du Rouge : travail de Papillon.

Cette dernière attribution est venue de Le Noir, même si je guidais notre enquête conjointe, en passant tour à tour ma loupe grossissante sur tel ou tel détail de tel ou tel dessin. Il ouvrait de grands yeux, obsédé par la peur, sans doute, de repasser à la torture, ou plein d'espoir de retrouver sa jeune épouse et son nouveau foyer. En mettant à profit cette méthode de la suivante, il ne nous a fallu pas moins de toute cette après-midi pour faire la liste des contributions de chaque peintre et interpréter ces informations.

Aucune des pages supervisées par feu l'Oncle de Le Noir n'était jamais confiée au talent d'un seul peintre : sur la plupart, chacun des trois apportait sa contribution, sa touche particulière. Cela était visible — chaque page avait circulé, très manifestement, entre les domiciles de mes trois artistes bien connus ; mais à côté de ce travail, que j'étais capable de reconnaître et d'attribuer du premier coup d'œil, je discernais une cinquième main, malhabile, et me disais déjà, non sans indignation, que l'assassin caché se trahissait au moins par un piètre talent — quand Le Noir, tout d'un coup, a compris que cette touche, laborieuse et appliquée, n'était autre que celle de son Oncle : fausse piste, par conséquent. En mettant de côté les marges que Délicat avait réalisées, pratiquement identiques, pour le livre de l'Oncle et mon *Livre des Réjouissances* (ah ! quel crève-cœur, vraiment !), et sa participation occasionnelle aux ornements muraux, aux feuillages et aux nuées, il était clair que seuls les trois plus brillants peintres de mon équipe avaient été sollicités : mes trois enfants, mes trois préférés, formés par moi depuis leur plus jeune âge — Olive, Papillon, et Cigogne.

Parler d'eux, de leur art, de leurs talents respectifs et de leurs tempéraments, était, en même temps qu'un bon moyen de découvrir ce que nous cherchions à savoir, une façon d'évoquer l'histoire de ma vie.

LES QUALITÉS D'OLIVE

Son vrai nom est Vélidjân. J'ignore s'il a quelque autre pseudonyme à part le surnom que je lui ai donné, pour la bonne raison que je ne l'ai jamais vu signer aucune de ses œuvres. Du temps de son apprentissage, il se présentait le mardi matin à ma porte, pour m'accompagner. Il est extrêmement fier ; aussi ferait-il en sorte que sa signature soit visible, et connue, sans catimini, s'il daignait s'abaisser à signer ses ouvrages. Dieu l'a doté avec prodigalité d'un talent supérieur. Il est à l'aise pour peindre quoi que ce soit, comme pour faire la dorure ou tracer les lignes, et toujours très excellemment. Il s'est illustré, notamment, dans les arbres, les animaux, et les visages. Son père, qui l'a amené à Istanbul quand il avait, je crois, dix ans, avait été l'élève du sombre Siyâvûsh, le peintre des visages dans l'atelier des Safavides, au palais de Tabriz ; et leur lignée remonte aux artistes mongols. À l'instar de ses ancêtres, sous l'influence de l'École chinoise, qui florissait à Samarcande, Hérat et Bukhârâ il y a un siècle et demi, il fait les visages des amants semblables à des pleines lunes, comme si tous arrivaient du fin fond de la Chine. Et je n'ai jamais réussi, qu'il ait été élève ou une fois passé maître, à amener cette tête de mule à modifier son style. Pourtant, j'aurais vraiment voulu qu'il y renonce parfois, voire même qu'il s'affranchisse de ce lourd héritage du style oriental, qu'il l'efface de son esprit... Quand je le lui disais, il répondait que pour des artistes comme lui, ballottés entre les pays, d'un atelier à un autre, ces modèles sont d'ores et déjà effacés, oubliés, si tant est qu'il les ait appris. Certains peintres, et même la plupart, sont d'abord admirables à cause de tous ces merveilleux modèles que préserve leur mémoire ; Vélidjân, lui, serait un plus grand peintre s'il les oubliait. Mais il est vrai aussi que le fait de garder, à l'intérieur de lui, comme un obscur scrupule dont il n'a pas conscience, le souvenir indélébile des formes léguées par ses maîtres présente ce double avantage : 1. Développer un sentiment de culpabilité et d'étrangeté aux autres, lequel donne du poids au talent de l'artiste. 2. Rendre disponible, en cas de besoin, pour faire face et parer aux éventualités, une provision d'images — de celles dont il affirme ne pas se souvenir —, et traiter sans problème, à la manière classique, un sujet ou une scène imprévue et nouvelle. Pourvu d'un coup d'œil remarquable, il est en mesure d'adapter tout ce bagage de culture et de tradition, transmis par les artistes de la cour de Shah Tahmasp, à la peinture nouvelle, et sans fausses notes, de façon à réaliser un harmonieux mélange de style afghan et ottoman.

Un jour, comme j'ai coutume de le faire avec tous mes miniaturistes, je suis descendu chez lui à l'improviste, pour une petite inspection. Par contraste avec mon propre plan de travail et celui de beaucoup d'artistes, le sien était une porcherie, un vrai capharnaüm de peintures, de pinceaux, d'ustensiles variés. C'est pour moi une énigme qu'il n'en ait pas manifesté la moindre honte. Au demeurant, il n'accepte pas, lui, de commandes clandestines sous prétexte d'arrondir son pécule. À ce moment-là, Le Noir a précisé qu'Olive était celui qui montrait le plus d'application et d'aptitude pour les nouvelles règles de peinture à l'européenne expliquées par son Oncle. Ce jugement qu'il rapportait se voulait positif, du point de vue du mort, ce vieil idiot, et tant pis si c'était faux. L'avantage de savoir à quel point Olive a pu rester secrètement, plus qu'il ne le laissait paraître, attaché aux règles que lui ont inculquées ses modèles — à travers son père, Siyâvûsh, le maître de Siyâvûsh, Muzaffar, et au-delà toute la tradition inaugurée, quand il y résidait encore, à Hérat par Bihzâd lui-même — m'a toujours fait soupçonner qu'il a quelque chose à cacher. De tous mes peintres il est le plus silencieux, le plus renfermé, le plus coupable et le plus sournois (j'ai dit cela sans aucune réserve) et le plus retors, sans doute. Quand je pense aux interrogatoires infligés par le Grand Jardinier, c'est lui d'abord qui me vient à l'esprit. (Je voulais, et je ne voulais pas, qu'il soit soumis à la torture.) Il a les yeux d'un djinn : il voit tout, rien ne lui échappe, y compris mes propres insuffisances ; mais, avec sa prudence de métèque prêt à se courber en toutes circonstances, il est rare qu'il prenne la parole pour signaler une erreur quelconque. Sûrement, c'est un malin, mais, à mon avis, pas un assassin. (Cela, je ne l'ai pas dit à Le Noir.) Parce que Olive ne croit en rien. Jusqu'à l'argent auquel il ne croit pas, même s'il est vrai qu'il thésaurise. Or, contrairement à un préjugé, tous les meurtriers se caractérisent non par leur mécréance mais précisément par un excès contraire : la superstition. Les miniatures sont un défi superbe à la face du monde de la peinture, et la peinture, chacun sait cela — et cela dit sans aucun blasphème —, est une sorte de défi à Dieu. Olive, dans la mesure où il n'est pas croyant, est donc un peintre véritable. Et pourtant, pour ce qui est de ses dons, je le placerais au-dessous de Papillon, et même de Cigogne. J'aurais aimé l'avoir pour fils. (En disant cela je voulais rendre Le Noir jaloux, mais il s'est contenté de fixer sur moi ses grands yeux noirs, ses yeux d'enfant bien attentif.) Alors j'ai souligné combien Olive était prodigieux dans ses créations au fusain ; dans les personnages, guerriers ou chasseurs, comme on en voit dans les albums ; pour les paysages à la manière de Chine, peuplés de grues et de cigognes ; et pour ces scènes où de beaux jeunes gens, assis sous un arbre, récitent, au son du luth, de la poésie ; et dans sa façon de rendre les tourments, les langueurs célèbres des amoureux, et les empereurs courroucés, sabre au clair, ou le visage blême des héros qui esquivent l'attaque de terribles dragons.

« Peut-être aussi mon Oncle voulait-il lui confier, lui faire exécuter cette dernière image, où devait trôner notre Souverain, dans un style tout européen, avec force détails physiques ? »

Le Noir cherchait-il à m'éprouver ?

« Si c'était le cas, si Olive a tué ton Oncle, quelle raison avait-il, ensuite, d'escamoter une miniature dont il était déjà familier ? Pourquoi, pour avoir l'occasion de la regarder, devait-il le tuer ? »

Nous avons réfléchi un moment, face à face.

« Parce qu'il manquait quelque chose, a-t-il repris. Ou parce qu'il regrettait quelque chose qu'il y avait mis, qui l'effrayait. Ou bien... Ou bien pour emporter un souvenir de la mort de mon cher Oncle, par pure méchanceté ; ou pour rien, gratuitement... Pourquoi pas, après tout ? Olive est un grand peintre, qui sait apprécier une belle miniature.

— Nous avons déjà discuté du fait qu'Olive est un grand peintre, me suis-je énervé, mais ces images pour ton Oncle ne sont pas belles.

— Nous n'avons pas vu la dernière » a dit Le Noir, pour me défier.

LES QUALITÉS DE PAPILLON

Il est connu aussi sous le nom de « Sire Hassan du lieu-dit de la Poudrière », mais, pour moi, il a toujours été Papillon. Ce surnom m'évoque encore le bel enfant, le beau garçon qu'il a été : il était tellement beau, que ceux qui le voyaient n'en croyaient pas leurs yeux, tout d'abord, et devaient le regarder une seconde fois. C'est d'ailleurs un prodige qui n'a jamais cessé de m'étonner, que son talent égale sa beauté. C'est un maître de la couleur, et c'est là ce qui fait sa force. Il peint, depuis toujours, avec amour, avec une sorte de passion à faire jaillir de belles couleurs. Mais, ai-je tout de suite précisé à l'attention de Le Noir, il a toujours été, aussi, volage, évaporé, incapable de se fixer. Puis, par souci de n'être pas injuste, j'ai ajouté : C'est un peintre authentique. Il peint du fond du cœur. S'il est vrai que la peinture n'est destinée ni à l'intellect ni à flatter la bête qui sommeille en nous — non plus qu'à flagorner l'orgueil de nos sultans —, et si, donc, la peinture est destinée à l'œil, pour le réjouir, alors oui, Papillon est un peintre authentique. Comme s'il avait fait ses classes à l'apogée de Qazvîn, il y a quarante ans, sa ligne est souple, large, heureuse et déliée ; il applique avec assurance, avec audace, les couleurs les plus éclatantes, sans mélange, et il y a toujours, dans l'agencement, la composition de ses miniatures une spirale mystérieuse. Mais c'est moi qui l'ai formé, pas ceux de Qazvîn, qui sont trépassés depuis belle lurette ; aussi ai-je pour lui un amour paternel, mais sans plus, sans jamais, pour lui, sentir de vraie admiration. Comme pour tous mes élèves, je ne me suis pas gêné pour lui administrer des coups de règle, de brosse, et même de bâton, quand il était enfant puis jeune apprenti, sans jamais pour autant lui manquer de respect. De la même façon, ce n'est pas parce que je frappe souvent Cigogne que je lui manque de considération. Contrairement à ce qu'on s'imagine parfois, la sévérité du maître n'élimine pas, n'efface pas les démons du talent chez les jeunes apprentis : elle ne fait que les tenir en respect, provisoirement. Si c'est une sévérité juste et appliquée à bon escient, les djinns et le Démon s'en trouvent stimulés, plus vifs à tirailler, chez notre jeune artiste, le désir de créer. Dans le cas de Papillon, mes corrections en ont fait un peintre content de soi-même et obéissant.

À nouveau, j'ai senti le besoin de retoucher par un peu d'éloges mon discours à Le Noir : L'art de Papillon n'en est pas moins la preuve éclatante que l'idéal de félicité, tel que le poète Rûmî dans son

Grand Œuvre l'appelle de ses vœux, ne peut être approché que grâce au don, qui émane de Dieu Lui-même, de savoir mettre les couleurs. Mais, par là même, on comprend, on aperçoit immédiatement ce qui manque dans l'art de Papillon : je veux dire, ce moment du doute, du désespoir en Dieu que Jâmî appelle le « minuit de l'âme ». Papillon dessine et colorie comme s'il était déjà dans les nimbes du Paradis : avec une foi inébranlable en son bonheur et en son art, en son talent pour peindre le bonheur. Et naturellement, dans ces conditions, il y parvient en effet. Nos armées assiégeant la forteresse de Doppio, l'ambassadeur des Magyars baisant les pieds de notre Sultan, l'ascension des sept cieux par notre Saint Prophète chevauchant Éclair, toutes ces scènes, sans doute, sont en soi des événements heureux, mais prennent, sous son pinceau à lui, des couleurs de joie sans mélange, qui font s'envoler de la page comme des ailes de papillon. Si jamais, sur l'un de mes travaux en cours, je trouve trop de noirceur à la « Mort », ou trop de gravité, de raideur, à telle « Réunion du Grand Conseil », il suffit que je donne carte blanche à mon cher Papillon, et, aussitôt, les étendards, au loin parmi les flots, les costumes d'apparat, lourds comme des linceuls, s'animent et ondulent au vent de son inspiration. J'en viendrais alors à penser que c'est la volonté de Dieu que l'on voie son royaume ainsi, comme un pays où transparaît la joie de vivre et l'harmonie, une fête, un poème, où chaque couleur vient chanter avec toutes les autres, où le temps s'est arrêté, où le Diable n'est pas admis.

Pourtant, cela ne suffit pas, et Papillon le sait. Il faut d'ailleurs qu'on lui ait glissé, murmuré cette vérité dans le creux de l'oreille : oui, dans son œuvre tout est gaieté, comme pendant les jours de fête, mais aussi dépourvu de toute profondeur. Les petits princes, les vieilles concubines, gâteuses décrépites au fond du Grand Harem, raffolent de sa peinture, plus que les hommes d'action, qui, eux, étant dans le monde et la vie, doivent se colleter avec le mal. Conscient du bien-fondé de ce genre de remarques, Papillon s'abaisse parfois à jalouser d'autres artistes, d'un bien moins grand talent, et leur reproche, le pauvre ! de ne peindre que grâce à l'aide de leurs mauvais démons. Alors que, en fait, ce qu'il s'imagine être un tour de force des djinns et de Satan n'est généralement qu'une émanation de leur propre méchanceté et de leur jalousie.

Ce qui m'irrite chez lui, c'est qu'il ne s'abandonne jamais tant au charme, au ravissement de ce monde merveilleux, qu'au plaisir de savoir que sa peinture va ravir et charmer les autres. Sans parler du plaisir qu'il prend à l'argent qu'il gagne ! Encore une ironie de la vie : bien des artistes moins doués que lui sont plus capables de se donner, de s'adonner sans aucun calcul à leur métier de peintre.

Le besoin compulsif qu'il a de compenser ce défaut l'entraîne à toujours chercher à prouver son abnégation. Comme tous ces demeurés qui peignent, sur des ongles ou sur des grains de riz, des scènes à peine visibles à l'œil nu, il se complaît aux petits travaux, aux exploits étriqués. Je lui ai demandé, une fois, s'il avait honte de ce talent dont Dieu l'a trop comblé pour se commettre ainsi dans un genre d'ambition qui a coûté la vue à plus d'un artiste encore jeune. Car seul un mauvais peintre cède à cette envie indigne de se faire un nom, de s'attirer les regards et les grâces de n'importe quelle brute galonnée en peignant toutes les feuilles d'un arbre sur un grain de riz.

Ce penchant à dessiner, à peindre pour les autres, qui valent bien moins que lui, plutôt que pour lui-même, fait de Papillon l'esclave de leur approbation et de leurs flatteries. Voilà pourquoi lui, si craintif, avait pu ambitionner de devenir Grand Maître de notre atelier : par prudence, vraisemblablement. Pour répondre à Le Noir, qui faisait cette suggestion, j'ai dit :

« Oui, en effet, je sais qu'il manœuvre pour prendre ma place, une fois que je serai mort.

— Et pensez-vous qu'il en soit venu jusqu'à tuer ses propres collègues ?

— C'est possible, car, même s'il est un grand peintre, il ne le sait pas lui-même, et reste, quand il peint, attaché à ce monde. »

J'avais à peine prononcé ces mots quand j'ai réalisé que, moi aussi, je voulais Papillon, après ma mort, pour me succéder à la tête de l'atelier. Je ne pouvais pas faire confiance à Olive, et, quant à Cigogne, je crois qu'il finira, sans même s'en rendre compte, par s'asservir au style des peintres d'Occident. Et si l'idée que Papillon ait pu se rendre coupable d'un assassinat me causait du chagrin, du moins sa volonté de plaire m'apparaissait comme la condition pour pouvoir manœuvrer entre les peintres et notre Sultan. Il ne fallait rien moins, pour faire pièce à ses gens qui trompent notre œil en donnant à voir non des images, mais l'illusion de la réalité — dans tous ses détails, ombres incluses, comme si en elle tout avait, pour Dieu, une importance égale . leurs cardinaux, les bateaux et les ponts, les chandeliers, les églises et les étables, et les bœufs, et les roues de leurs chars à bœufs — que sa foi aveugle dans la couleur, et son immense sensibilité.

« Est-il jamais arrivé, comme pour vos autres peintres, que vous lui rendiez une visite, chez lui, à l'improviste ?

— Quiconque vient à regarder les miniatures de Papillon sent aussitôt qu'il a compris tout le prix de la passion amoureuse, ainsi que l'importance du chagrin et de l'affection sincèrement vécus. Mais son parti pris de coloriste l'entraîne à des tocades, à des revirements imprévisibles d'amoureux léger. Comme j'aimais fort ce magnifique talent que Dieu lui a offert, et cette sensibilité aux nuances, presque miraculeuse, j'ai suivi, j'ai scruté chaque pas de sa belle jeunesse, dont je connais tous les détours. Ce qu'il arrive dans ces cas-là, c'est que les autres peintres, tous jaloux, empoisonnent et piétinent cet amour entre maître et disciple : jamais Papillon n'a eu le loisir de bien recueillir toute mon affection, toujours inquiet, effarouché qu'il était par le qu'en-dira-t-on. Depuis qu'il a, tout récemment, épousé la fille avenante de l'épicier du coin, je n'ai pas trouvé le temps — et j'ai perdu tout désir — d'aller lui rendre une visite.

— Le bruit court qu'il serait de mèche avec les partisans du Hodja d'Erzurum, a repris Le Noir. On prétend qu'il a gros à gagner si celui-ci et sa bande l'emportent, s'ils réussissent à faire condamner comme irréligieux nos livres de victoires où se trouvent représentés, au milieu des champs de bataille avec leur attirail, tous ces personnages ensanglantés et saisis sur le vif, sans parler des livres de réjouissances où l'on fait parader toute une humanité de cuistres et de derviches, de danseurs travestis, de vendeurs de brochettes, de serruriers et de magiciens, et qu'on nous confine à l'imitation des livres et des modèles anciens.

— Si même nous pouvions remonter à l'époque merveilleuse de Tamerlan, que ce soit pour l'éclat pris alors par notre métier ou celui des victoires, à ce style d'existence tout entier dévolu à l'amour de notre art, et pour lequel Cigogne, qui est après moi le plus intelligent, semble montrer aussi les meilleures dispositions, tout, ai-je conclu d'un ton désabusé, serait pourtant voué à l'oubli. Car tous finiront par vouloir peindre à l'européenne. »

Étais-je bien sûr de ce verdict ?

« Mon Oncle disait la même chose, a dit très doucement Le Noir, mais cela semblait le réjouir. »

LES QUALITÉS DE CIGOGNE

Je lui ai vu signer « Sire Mustafâ, enlumineur très-peccamineux », puisque, aussi bien, la question ne l'embarrasse pas le moins du monde de savoir s'il possède un style, et, si oui, s'il convient d'y attacher une signature ou de rester anonyme, comme les grands maîtres de jadis : il signe sans fausse modestie, d'un trait large et vainqueur, et franc comme un sourire.

Il a suivi la voie que je lui ai tracée, hardiment, et reporté sur le papier des choses qu'il a vues, et qu'on n'y avait jamais mises. Il a été voir les souffleurs de verre qui tournent leurs longs chalumeaux en façonnant la pâte à peine sortie du four, en fusion, pour en faire des carafes bleues et des bouteilles vertes ; il a vu, et rendu, les cuirs, les alênes des cordonniers courbés et attentifs quand ils assemblent et cousent les souliers et les bottes sur leurs formes en bois ; les balançoires montées sur des attelages, qui ondulent gracieusement les jours de festival ; l'huile qui gicle des olives sous le pressoir ; le fracas de l'infanterie tournée vers les rangs ennemis ; et le dernier canon, la dernière crosse de la moindre escopette. Tout cela, il l'a peint, sans jamais objecter que les noms légendaires, les grands noms de Tabriz et de Qazvîn ne se sont jamais abaissés à un pareil travail. Premier des peintres en Islam, il est allé à la guerre — pour s'exercer, en prévision du *Livre des Victoires*, à représenter, goulûment, des places fortes, des canons, les armées ennemies, des chevaux baignant dans leur sang, les cadavres et les mourants —, et en est revenu sain et sauf.

Je repère ses œuvres plus au contenu qu'à la forme, et, plus encore qu'au contenu, à l'attention méticuleuse qu'il porte à de subtils détails — que je suis seul à remarquer. Aussi pourrais-je en toute quiétude, en toute confiance, lui déléguer chaque aspect, chaque étape d'une miniature, depuis le plan d'ensemble jusqu'à l'exécution, jusqu'à la pose des couleurs dans les moindres détails. C'est pourquoi il serait, sans doute, le plus apte à me succéder. Mais il est si retors, si prétentieux et méprisant à l'égard de tous ses collègues, qu'il serait bien en mal de diriger tout ce beau monde, et ce serait la débandade. De son propre point de vue — et s'il ne tenait qu'à lui — tout, chaque peinture dans l'atelier, devrait sortir de ses seules mains, et, vu l'énergie dont il est capable, il pourrait bien suffire à la tâche. C'est un grand peintre, assurément, et qui connaît sa besogne. Il s'adore. Grand bien lui fasse.

La fois où je lui ai rendu visite sans prévenir, je l'ai surpris en plein travail, au milieu de ses œuvres en cours : miniatures pour moi — je veux dire pour la bibliothèque de notre Sultan —, croquades de costumes pittoresques pour ces honteux albums de genre qui nous ridiculisent aux yeux des Européens excentriques de passage, une page d'un triptyque somptueux destiné à la vanité d'un pacha, des scènes pour des recueils de mélanges, et quelques caprices personnels — sans parler d'une scène de fornication : tout cela étalé pêle-mêle, n'importe où, par terre, sur les coussins, les pupitres, les tables. Lui, sur ses longues jambes emmanchées d'un long cou, allait de l'une à l'autre, poussant la chansonnette, mais, laborieux comme une abeille, pinçait au passage la joue de son petit broyeur de couleurs, parachevait d'une touche comique son ouvrage qu'il m'exhibait aussitôt, d'un air content de soi et même franchement hilare. Au lieu, comme les autres, de s'interrompre dans son travail pour me faire les honneurs d'une visite guidée, cérémonieuse, il en rajoutait plutôt dans la montre, dans l'étalage complaisant de ce talent que Dieu lui a prodigué, ou qu'il a développé à force d'industrie (car il abat l'ouvrage de cinq ou six de ses collègues). Je me surprends à penser d'ailleurs que, si l'ignoble assassin est l'un de ces trois peintres, j'espère bien que c'est lui, Cigogne. Quand il était mon apprenti, je ne peux pas dire que le voir arriver à ma porte, chaque vendredi matin, m'ait jamais causé la même joie que pour mon cher Papillon.

Vu qu'il accorde une égale attention à tous les détails quels qu'ils soient, sans suivre aucune logique précise, sinon celle de « donner à voir », son parti pris de peintre le rapproche des Européens. Mais, contrairement à ces derniers, notre fier Cigogne ne donne jamais, ni aux visages ni au reste, des traits reconnaissables et bien particuliers. C'est sans doute parce que, dans son mépris plus ou moins bien caché pour le reste du genre humain, il n'attache aucune importance aux visages de ses semblables. Assurément, ton Oncle ne lui aura pas confié l'exécution du visage de notre Sultan.

Même quand il peint une cérémonie de la plus haute importance, il ne peut pas s'empêcher de mettre, à quelque distance de là, un chien au regard soupçonneux, ou un affreux mendiant dont l'aspect misérable rabaisse la splendeur et le faste de toute la scène. Il est tellement sûr de lui qu'il peut se moquer de sa propre peinture, de son sujet, et de soi-même.

« L'assassinat de Délicat ressemble à la façon dont Joseph fut jeté au fond d'un puits par ses frères jaloux, a dit Le Noir. Et la mort de mon Oncle rappelle le meurtre brutal de Khosrow par son fils tombé amoureux de sa belle-mère Shirine. Et tout le monde dit que Cigogne adore peindre les scènes atroces de bataille et de carnage.

— S'imaginer qu'un peintre ressemble forcément au sujet qu'il dépeint, c'est ne rien comprendre à ce que nous sommes. Ce qui nous révèle au grand jour, c'est moins le sujet de nos œuvres, qui est déterminé par le commanditaire, et ne varie presque jamais, que la sensibilité que nous faisons discrètement passer, dans notre manière de le traiter : une lueur qui semble émaner des profondeurs de l'image, la retenue ou l'impétuosité qui caractérisent une composition d'arbres, de personnages ou de chevaux, la nostalgie ou le désir qu'exprime la silhouette, étirée vers le ciel, d'un cyprès solitaire, ou encore la patience, le renoncement rendus sensibles dans le dessin des carreaux de faïence sur les édifices, dont les motifs sont compliqués par le peintre à l'envi, au point de lui coûter la vue... Voilà nos signes distinctifs ! Et non tous ces chevaux qui semblent se répéter à l'infini. Peindre la fougue d'un cheval qui s'emballe soudain ne signifie pas qu'il faut s'emballer avec fougue, en tant que peintre. Peindre à la perfection une figure équestre, c'est encore et toujours — et seulement — rendre hommage au vrai Créateur, avouer et montrer, par les couleurs mêmes de la vie, notre émoi devant l'opulence du monde qu'Il a créé. »

42

Mon nom est Le Noir

Nous avons passé en revue, en en dressant un inventaire plus ou moins détaillé, toute une série de pages dues à nos trois miniaturistes, à divers degrés d'achèvement, certaines avec juste le texte calligraphié, d'autres prêtes pour la reliure, certaines avec juste les lignes du dessin tracées, d'autres partiellement ou entièrement coloriées, et nous en faisions rapidement le commentaire et l'évaluation. Nous pensions ne plus voir arriver d'autres gardes — fort grossiers d'apparence, bien que fort respectueux – que le Grand Jardinier avait chargés de perquisitionner chez ces trois peintres (et bien du matériel collecté par ceux-ci n'avait rien à voir avec nos livres, mais confirmait de façon indéniable le vil commerce clandestin fait par ceux-ci de leur beau talent) quand un dernier s'est présenté, le plus confiant en sa trouvaille apparemment, pour nous remettre une feuille unique.

Je n'ai d'abord pas fait attention, pensant qu'il s'agissait d'une lettre d'intervention qu'un père, désireux de faire entrer son fils à l'école du Grand Atelier, avait trouvé le moyen de faire passer à l'un des peintres par l'entremise d'un chef de section ou d'un agha de la Porte. Je me rendais compte, à la baisse de la lumière qui filtrait des soupiraux, que le ciel, après un début de matinée ensoleillé, s'était couvert. Afin de reposer mes yeux, je pratiquais la méthode préconisée par les anciens maîtres de Shîrâz aux miniaturistes qui veulent conserver leur vue au-delà d'un certain âge : je m'efforçais de regarder dans le lointain, sans rien fixer de précis. C'est alors que j'ai reconnu, avec un battement de cœur, la couleur tendre et les plis adorés de la lettre que Maître Osman observait avec une attention mêlée d'incrédulité. Cela ressemblait fort, et même à s'y méprendre, aux lettres que Shékuré, par Esther, avait pu me faire parvenir. J'allais niaisement m'exclamer : « Quelle coïncidence ! » quand j'ai vu qu'il y avait aussi, tout comme dans le premier message transmis par Shékuré, un dessin fait sur du gros papier !

Maître Osman a gardé le dessin, et m'a remis la lettre, dont j'ai compris alors, non sans embarras, qu'elle était bien de Shékuré.

Mon ami,

J'avais envoyé Esther chez Madame Kalbiyé, la veuve de Monsieur Délicat, pour qu'elle lui fasse dire ce qu'elle avait sur le cœur. C'est alors qu'elle a montré à Esther le papier dessiné que je t'envoie avec cette lettre. En effet, je me suis déplacée moi-même, un peu plus tard, chez Kalbiyé, histoire de lui forcer un peu la main et qu'elle consente, enfin, à se laisser extirper ledit dessin. Car on l'a découvert sur son époux, quand on l'a sorti du fond du puits. Kalbiyé jure que personne n'a jamais commandé à son défunt mari — qu'il repose en paix — le moindre dessin de chevaux. Dans ce cas-là, qui les a dessinés ? Les hommes du Grand Jardinier ont fouillé sa maison. Si je t'envoie ce message,

c'est que ces chevaux sont sûrement importants. Les enfants te baisent les mains. Ton épouse,
Shékuré.

J'ai relu trois fois, avec dévotion, les trois derniers mots de cette lettre, comme trois roses dans un jardin. Puis je me suis penché sur la feuille dessinée, que Maître Osman examinait à l'aide de sa loupe. J'ai tout de suite noté que les figures, très brouillées parce que l'encre en avait coulé, étaient celles de chevaux dessinés d'un seul trait de calame, à la façon des anciens maîtres.

Maître Osman, qui avait lu la lettre sans y réagir, a posé cette fois cette question : « Qui a fait ces dessins ? »

Puis il s'est répondu à lui même : « Assurément le même peintre qui a dessiné le cheval pour le livre de ton Oncle. »

Comment pouvait-il être si affirmatif ? Sans compter que nous étions rien moins que sûrs de l'auteur du cheval dessiné pour mon Oncle. Nous avons repris celui-ci parmi la série des neuf miniatures, afin de l'observer plus attentivement.

C'était un simple cheval alezan, mais beau au point de n'en pouvoir détacher le regard. Était-ce vraiment à ce point ? J'avais eu plus d'une fois l'occasion de l'admirer en compagnie de mon Oncle, et, en fait, je dois avouer ne pas m'y être, alors, arrêté plus que cela. Oui, c'était un bel animal, mais sans rien d'extraordinaire. Si ordinaire, même, que nous avions grand-peine à en identifier l'auteur. La robe était d'un brun châtaigne ou datte, un peu doré, additionné d'un soupçon de rouge. J'en avais si souvent contemplé de semblables sur tant d'autres livres et tant d'autres miniatures que j'ai compris que celui-ci avait été enlevé d'un seul coup de calame, sans préméditation.

Nous avions jusqu'alors scruté ce cheval avec l'intime conviction qu'il contenait un secret, un mystère caché. Pourtant, nous étions encore subjugués par l'impression de force qui en émanait, tel un halo subtil de beauté et de vie intérieures, qui se diffusait en tremblant, sous nos yeux, jusqu'à englober tout l'espace. « Qui peut bien être, me demandais-je (et j'oubliais qu'il s'agissait d'un ignoble assassin), le miniaturiste doué d'une touche assez magique pour peindre un cheval qui nous semble être vu par les yeux de Dieu ? » Car le cheval se tenait là, sous mes yeux, comme un vrai cheval, même si une part de mon esprit savait qu'il était dessiné. Et cette oscillation entre ces deux idées insufflait en mon âme un sentiment étrange, fascinant, de plénitude et de perfection.

Nous avons pu, en comparant quelques instants les esquisses sur la feuille dont l'encre avait coulé avec ce dessin, exécuté avec maîtrise pour l'ouvrage de mon Oncle, conclure avec certitude, cette fois, que l'auteur en était bien le même. La pose fière des uns, à la fois délicate et puissante, dénotait le repos plus que le mouvement. Et je subissais, à reprendre celui fait pour mon Oncle, la même fascination

« Quel cheval magnifique, ai-je dit. Il inspire le désir de prendre une feuille et de le recopier soi-même, puis de nous mettre à peindre le reste du monde.

— Le meilleur compliment qu'on puisse faire à un artiste, c'est de dire qu'il nous insuffle la passion de peindre nous aussi, a dit Maître Osman. Mais, à présent, passons sur le talent de celui-ci, qui est d'un être diabolique, et tâchons de découvrir son identité. Ton Oncle t'a-t-il jamais dit quel genre d'histoire cette image était censée illustrer ?

— Non, il ne l'a pas dit. Pour lui, il s'agissait de représenter un cheval tel que notre Puissant Sultan en possède dans tout son empire. Un beau cheval, racé, un cheval ottoman. Une bête à même de donner au Doge de Venise une idée des richesses de notre empire. Mais, par ailleurs, il importait absolument que, à l'instar des tableaux dus à des peintres d'Europe, ce cheval soit plus charnel, plus matériel qu'un cheval vu par Dieu : un cheval comme on en voit à Istanbul, bien vivant, avec son palefrenier et une stalle dans une écurie — de façon que le Doge, en voyant celui-ci, fasse cette réflexion : "Ces peintres ottomans finissent par voir comme nous, et par peindre comme nos peintres ; oui, les Ottomans s'avèrent nous ressembler fort", et qu'il en vienne à accepter ainsi notre bienveillante prépondérance. Car peindre un cheval autrement, c'est commencer à voir le monde avec d'autres yeux. Et cependant, en dépit de cette originalité, ce cheval est d'un style très fidèle à l'ancienne école. »

Tout ce discours ne faisait que donner, à mes yeux, une valeur, un charme plus grands à l'animal dont nous parlions. Ses lèvres, entrouvertes, laissaient apercevoir la pointe de sa langue ; ses yeux brillaient ; ses cuisses étaient à la fois robustes et délicates ; un dessin devient-il fameux par son propre mérite, ou par ceux qu'on lui prête ? Pendant ce temps Maître Osman continuait, imperturbablement, son examen du même cheval, à la loupe.

« Que cherche-t-il donc à nous dire, ce cheval ? ai-je demandé naïvement. Pourquoi existe-t-il ? Dans quel dessein ? Pourquoi me semble-t-il tellement admirable ?

— Les miniatures, tout comme les livres commandités par les souverains et les grands personnages, sont là pour proclamer leur puissance, a répondu Maître Osman. Nos mécènes admirent nos œuvres, avec leur profusion de feuilles d'or et les heures innombrables de travail que nous y passons, jusqu'à y perdre parfois notre vue, parce qu'ils sont la preuve de leur opulence. La beauté du dessin, tout comme l'or dépensé ont un sens parce que le travail, pour y parvenir, est une denrée rare et précieuse. Mais d'autres admirent un cheval sur une miniature, dans un livre, parce qu'il ressemble à un vrai cheval, ou à son image selon les yeux de Dieu. Et l'on fait crédit au talent de cette ressemblance. Pour ma part, je vois la beauté en peinture dans le raffinement et la profusion du sens. Or, il est clair que deviner, derrière ce cheval, au-delà de ce cheval, la main d'un meurtrier qui lui imprime la marque du Malin lui confère un surcroît de sens. Et puis il y a aussi, outre la beauté de l'image, celle du cheval lui-même : car on peut voir l'image comme on voit un cheval.

— Et donc, que voyez-vous, si vous regardez le cheval et non plus la peinture ?

— À en juger par ses proportions, ce n'est pas un poney des Cyclades, et à voir l'allongée et la courbe de son échine, c'est un coursier, de bonne race, et le replat de l'ensellure atteste qu'il est propre aux longues chevauchées. Sa jambe longue et fine l'apparente aux pur-sang arabes, mais il en diffère par le tronc, qui est plus long et large. Si l'on s'en rapporte à ce qui est dit des bonnes montures par Ibn Fadlân de Bukhârâ, dans son *Traité des Maladies équines*, la délicatesse de ses jointures présage d'une bonne attitude au franchissement des rivières, sans reculade ni écart brusque. Je me souviens parfaitement de ce qu'il dit des meilleurs chevaux dans le même traité, si bien traduit en turc par notre grand vétérinaire, Fuyûzî, et je puis affirmer que chaque détail s'en applique au cheval alezan que nous avons ici : "Un bon cheval a une jolie tête et des yeux de gazelle ; ses oreilles seront droites comme des roseaux, avec un bon écartement ; il aura les dents petites, le front bombé, les sourcils assez fins ; il sera de haute taille, avec une longue crinière, les naseaux petits, les épaules également, tandis que son dos sera large et plat ; la cuisse sera pleine, le cou allongé, la poitrine ample, et le haut des antérieurs bien charnu. Sur l'obstacle, qu'il franchira avec superbe, on admirera sa délicatesse, et à l'amble il adressera, gracieusement, à droite, à gauche, des saluts de la tête."

— C'est exactement celui-ci, me suis-je extasié en le suivant toujours des yeux.

— Nous avons identifié notre cheval, a repris Maître Osman non sans quelque ironie, mais il est bien dommage que cela ne nous soit, hélas, d'aucun secours pour en identifier le peintre. En effet, je tiens pour assuré qu'aucun peintre sain d'esprit ne prendrait pour modèle un cheval existant. Et il va de soi que mes peintres peignent de mémoire, d'une seule inspiration ; la preuve en est que la plupart d'entre eux l'exécutent d'un trait, en partant du bout d'un sabot.

— Est-ce que ce n'est pas pour mettre en évidence la fermeté, au sol, de ses appuis ? ai-je suggéré timidement.

— Si j'en crois les *Traités de Peinture des Chevaux* de Djamaluddîn de Qazvîn, il n'est possible d'achever le dessin d'ensemble du cheval à partir du sabot que si l'on en connaît tous les autres détails par cœur, au préalable. Or, il est bien connu qu'un cheval peint à la réflexion, ou par effort de la mémoire, voire, encore plus ridicule, en prenant pour modèle un vrai cheval vivant, progressera de la tête au garrot, puis au reste du corps. Il paraît que les Vénitiens font commerce d'illustrations représentant, d'une touche incertaine, le dernier canasson trouvé au coin de la rue pour les afficher sur les murs des boucheries ou des tailleurs élégants. On voit mal le rapport entre ces torchons et la signification du monde, ou la beauté qu'on prête aux créatures divines. Aussi ai-je la conviction qu'ils savent eux aussi qu'une œuvre authentique ne se fonde pas sur l'observation d'aucun cheval à tel moment précis, mais sur la maîtrise acquise, développée et mémorisée par la main elle seule. Le peintre est toujours seul en face de la page. Cela implique qu'il s'appuie toujours sur sa mémoire. Il ne nous reste donc que la "méthode de la suivante" pour déterminer quelle secrète signature peut bien porter notre dessin, dont la ligne a clairement été tracée à main levée, d'un seul coup de calame. Regarde bien ici... »

Sa loupe survolait toujours, et toujours aussi lentement, le merveilleux cheval à demi effacé, comme s'il avait cherché un trésor sur une carte ancienne, griffonnée sur un parchemin.

« Oui, ai-je dit du ton empressé d'un écolier soucieux de se faire bien voir du maître en tâchant de résoudre une question difficile. Nous pourrions comparer les motifs et les teintes employés pour la couverture de selle avec ceux que l'on a sur les autres miniatures.

— Mes maîtres peintres ne s'abaisseraient pas à ce genre de détails. C'est, avec les tapis, les vêtements et les toiles de tente, un travail d'apprenti. Peut-être à la rigueur Monsieur Délicat... mais passe donc là-dessus.

— Pourquoi pas les oreilles ? ai-je à peine murmuré. Les oreilles des chevaux.

— Non. La tradition en est fixée depuis l'époque de Tamerlan : en forme de roseaux biseautés, comme nous le savons tous. »

J'allais suggérer le tressage et les franges bien peignées de la crinière, mais je me suis tu, agacé par ce jeu idiot du maître et de l'élève. J'étais novice, j'avais donc mes limites.

« Regarde un peu ici », a repris Maître Osman de l'air préoccupé d'un médecin pointant son doigt, à l'attention d'un de ses collègues, vers le bubon d'un pestiféré. « Tu vois ? »

Il avait repositionné sa loupe et, maintenant, la relevait lentement pour en régler la force. Je me suis penché sur la page afin de mieux voir ce qui s'y trouvait agrandi.

Les naseaux du cheval étaient particuliers.

« Tu vois ? » a redit Maître Osman.

Afin d'être sûr de ce que je voyais, je me suis mis exactement dans l'axe de la loupe ; et, comme Maître Osman avait eu le même réflexe, nos joues se sont touchées ; j'ai presque sursauté au contact froid et rugueux de sa joue, de sa barbe dure.

Nous ne parlions plus. C'était comme si quelque chose de fabuleux se produisait là, sous nos yeux fatigués, à quelques pouces de nos visages, et dont nous ne prenions conscience qu'au fur et à mesure.

« Qu'est-ce qu'ils ont, ces naseaux ? ai-je fini par demander, dans un murmure.

— Ils sont bizarrement dessinés, a répondu Maître Osman sans lever les yeux de la feuille.

— Son pinceau a glissé, ou est-ce une erreur de l'auteur ? »

Nous ne cessions pas de scruter l'étrange, le singulier tracé des naseaux du cheval.

« Est-ce donc là le style, cette chose à laquelle tous les peintres, jusqu'au fond de la Chine, sont venus à s'intéresser ? » a-t-il dit d'un air narquois.

Je me suis indigné qu'il ose ainsi se moquer devant moi de mon Oncle défunt : « Mon Oncle, lui ai-je répondu, disait qu'une erreur qui ne provient pas d'un manque de maîtrise, mais émane de l'intérieur de l'âme de l'artiste, cesse d'être une erreur, et devient un style. »

D'où que cela puisse venir en tout cas — de la main de l'artiste ou du cheval lui-même, ces naseaux s'avéraient être le seul indice qui nous mette sur la trace de l'ignoble assassin de mon Oncle. En effet, sans parler des naseaux, les têtes des esquisses sur la page mouillée trouvée sur Délicat étaient à peine discernables.

Nous avons longuement recherché, parmi les autres œuvres récentes des trois miniaturistes préférés du maître, des images de chevaux qui nous offrent le même défaut au niveau des naseaux. Vu que le *Livre des Réjouissances*, alors en cours d'achèvement, reproduisait les défilés des différentes guildes et corporations — à pied — sous la tribune du Sultan, on n'y trouvait, sur l'ensemble des deux cent cinquante miniatures, qu'un très faible nombre de chevaux. Des hommes furent donc dépêchés, toujours avec le sauf-conduit de Sa Majesté Elle-même, au bâtiment qui abrite les collections de livres d'heures, d'enluminures et de cahiers d'esquisses, ainsi qu'aux appartements privés du Sultan, dans son harem, afin d'en rapporter tout ouvrage qui n'était pas déjà sous clef.

Nous avons tout d'abord, sur une double page du *Livre des Victoires* récupérée dans la chambre d'un des jeunes princes, et qui représentait la cérémonie des funérailles de Soliman le Magnifique au cours du siège de Zigetvâr, examiné l'attelage funèbre, composé de deux chevaux tristes, couverts de housses somptueuses et de selles rehaussées d'or, l'un alezan avec une tache blanche au front, l'autre gris, aux yeux de gazelle. Papillon, Olive, Cigogne avaient tous participé à celle-ci. Que ce fût l'attelage de l'imposante voiture aux roues énormes, ou ceux qui saluaient la procession de leurs regards humides, tous les chevaux, de part et d'autre du dais rouge recouvrant la dépouille de leur maître défunt, arboraient la même attitude altière et délicate héritée des modèles anciens de Hérat : un antérieur levé, l'autre posé fermement à terre. Toutes les encolures étaient longues et bien arquées, les queues relevées en chignons, et les crinières égales, bien peignées. Et aucun d'eux ne montrait le défaut précis que nous recherchions, pas plus d'ailleurs sur les centaines d'autres, servant de monture à des commandants de cavalerie, à de doctes savants ou à de petits maîtres d'école, parmi la foule bigarrée qui s'était pressée sur les coteaux voisins pour suivre le cortège funèbre de Soliman.

D'ailleurs, une part de la mélancolie des funérailles avait déteint sur nous, et il était bien triste, en effet, de voir que ce merveilleux livre, auquel Maître Osman et ses peintres avaient prodigué tant d'efforts, devait maintenant subir toutes les avanies des concubines qui, en jouant dessus avec les petits princes, y griffonnaient, y gribouillaient à qui mieux mieux les pages... On lisait ainsi, sous un arbre appartenant au décor d'une chasse du grand-père de notre Sultan, l'inscription : « Vénéré maître, mon amour vous attend aussi patiemment que cet arbre solitaire. » Aussi consultions-nous ces livres légendaires, dont l'élaboration, elle-même objet de légendes, m'était connue avant même que je les aie jamais vus, avec un certain découragement.

Dans le second volume du *Livre des Métiers*, auquel les trois peintres ont aussi apporté leur touche personnelle, nous avons vu derrière l'infanterie et les pièces tonnantes de l'artillerie, passant une crête de collines roses, des centaines de chevaux de toutes les couleurs, y compris bleus ou gris ou encore dorés, dont les cavaliers, au botte à botte, bardés de fer faisaient à grand fracas sonner leurs cimeterres sur leurs boucliers, mais aucun de ceux-ci ne montrait de naseaux bizarres. « Et cette bizarrerie ! » a dit Maître Osman un peu plus tard, alors que nous examinions cette fois, sur le même livre, une page reproduisant la Porte du Porte-Bonheur, le champ de Manœuvres. Bien entendu, pas de cette marque non plus sur les montures des gardes, des capitaines de cavalerie, ni des secrétaires de la Porte sur cette page montrant l'hôpital, à droite, et la salle des Audiences, ombragée d'arbres assez petits pour tenir dans le cadre et assez grands pour tenir leur rang à nos yeux. Nous avons contemplé Sultan Sélim, le Cruel, quand il déclare la guerre au Dhulqadiride, et plante son campement au bord de la Rivière Fâchée, lançant ses lévriers noirs à queue rouge derrière les gazelles aux croupes rebondies et les lièvres fuyards, avant de laisser dans son sang un tigre dont les rayures étaient comme des fleurs noires sur un tapis rouge... Ni l'étalon du Padishah, avec sa robe alezane marquée de blanc au front, ni, en face, ceux des fauconniers en embuscade derrière la colline rouge, ne montraient la marque que nous cherchions.

Jusqu'à la tombée du soir, nous avons passé en revue des centaines de chevaux peints par Olive, Papillon et Cigogne pendant les quatre ou cinq années précédentes : les trois étalons de Mehmet Giray, Khan de Crimée, l'un noir, l'autre blond, le troisième alezan pommelé, avec leurs oreilles délicates ; les chevaux de bataille, à la robe rose ou grise dont seules la tête et l'encolure sont visibles au-delà d'une ligne de crête ; et toute la cavalerie de Haydar Pacha, parti reprendre aux Espagnols la forteresse de Halqulwâd, en Tunisie, et, face à elle, les montures des Infidèles, qui s'enfuient à bride abattue, rouge doré, vert pistache, tête par-dessus col, dans une confusion totale ; un cheval noir qui a fait dire à Maître Osman : « Tiens, je ne l'avais pas vu, je me demande bien qui a fait un si mauvais travail ! » ; un cheval rouge tendant l'oreille d'un air respectueux aux doux accents d'un luth joué par un page royal, sous un arbre ; et Shabdîz, le cheval de Shirine, rapide comme la nuit, modeste et délicat autant que sa maîtresse, attendant patiemment au bord du lac où elle se baigne aux rayons de la lune ; et les lourds destriers des joutes qui se croisent quand se croisent les lances ; et, près d'un étalon impétueux comme un torrent, un palefrenier qui a fait dire à Maître Osman : « J'ai beaucoup aimé, quand j'étais jeune, maintenant je suis las. » Et la cavale ailée, flamboyante du prophète Elijâh, que Dieu lui envoie pour le sauver d'une razzia des païens : les ailes avaient été, par erreur, mises sur Elijâh ; le pur-sang gris de Soliman, avec sa tête toute petite et son corps massif, qui regarde avec amour et tristesse le jeune empereur ; et ces cavalcades déchaînées ; ces troupeaux fourbus ; ces chevaux remarquables ; ces chevaux que personne ne daigne regarder ; ces chevaux qui jamais ne quitteront ces pages ; et ceux qui finissent par s'y languir et qui s'échappent, d'un bond par-dessus la bordure de la page.

Aucun ne montrait la signature que nous cherchions.

Et pourtant, malgré la fatigue et la lassitude, notre ardeur ne fléchissait pas. Plus d'une fois nous avons oublié notre recherche pour nous perdre en adoration devant la profondeur d'une miniature et la magnificence des couleurs. Maître Osman contemplait celles-ci, ses propres compositions pour certaines, avec plus de nostalgie que d'admiration. « Celle-ci est de Kasim, le Kasim de Kasim Pacha ! » a-t-il dit en me montrant une pelouse violette sur laquelle était dressé le bivouac de campagne, d'un rouge guerrier, de Soliman le Magnifique. « Ce n'était pas un maître exceptionnel, mais pendant quarante ans il a garni les espaces vides avec des fleurs, toujours les mêmes et parfaites, jusqu'à sa mort soudaine il y a deux ans. C'est toujours à lui que je confiais ce genre de fleurs, car il n'avait pas son pareil... »; après un silence, je l'ai entendu ajouter : « Quel gâchis... », et j'ai senti dans mon âme qu'il parlait d'un monde déjà révolu.

Nous étions au crépuscule, quand un jet de lumière a inondé la pièce, avec une espèce de tumulte. Mon cœur battait à tout rompre, car j'ai compris que c'était Lui, le Souverain du monde, Sa Sainteté notre Sultan qui venait de faire son entrée. Je me suis jeté à ses pieds, et j'ai baisé le pan de sa robe. Ma tête tournait, j'étais incapable de le regarder en face.

À vrai dire il parlait déjà depuis un certain temps avec le Grand Maître Osman. En voyant parler avec Lui l'homme à côté duquel j'avais passé tout ce temps à contempler les mêmes miniatures, j'ai senti m'envahir une immense fierté. Je n'en croyais pas mes yeux, mais notre Sultan était maintenant assis à l'endroit même où je l'avais été, et Il écoutait, tout comme moi, avec attention les explications du Grand Maître. À côté d'eux, le Grand Trésorier, le Grand Fauconnier et d'autres personnages que je n'ai pas su identifier suivaient des yeux Ses moindres gestes, ainsi que les peintures déployées sur les pages. Rassemblant tout mon courage, j'ai osé contempler, un peu de biais, le visage, et même les yeux de notre Souverain. Qu'il était beau ! quelle élégance et quelle distinction ! Au moment où mon cœur retrouvait son calme, son regard a rencontré le mien.

« J'aimais tellement ton Oncle, Dieu le garde », a-t-Il dit. Oui, c'était à moi qu'Il parlait. L'émotion m'a fait perdre une partie de ses paroles :

« ... une grande tristesse. Je me console en voyant que chacun des tableaux qu'il a exécutés pour moi est un chef-d'œuvre. Quand ce mécréant de Vénitien les verra, son respect pour ma sagesse sera à la hauteur de son étonnement. Maintenant, il vous reste à découvrir qui est l'auteur de ce cheval aux naseaux ouverts ; sinon, bien qu'il me coûte d'une telle cruauté, il sera nécessaire de faire passer les peintres l'un après l'autre à la question.

— Très Saint Padishah, notre Sultan, a repris Maître Osman, nous pourrions sans doute trouver lequel de mes miniaturistes a commis cet écart de pinceau si on leur donnait à tracer, très vite, sans le support d'une histoire, chacun un cheval, simplement, sur une feuille de papier libre.

— Sauf qu'il ne s'agit pas d'un écart de pinceau, ni d'une erreur, a noté, avec beaucoup de finesse, notre Sultan.

— Mon Padishah, a répondu Maître Osman, n'a qu'à ordonner un concours sous Son illustre patronage, dès ce soir : qu'un garde se rende chez chacun d'eux, et leur fasse, l'un après l'autre, exécuter, très vite, un dessin équestre, sous ce prétexte... »

Notre Sultan s'est tourné vers le Grand Jardinier en lui lançant un regard qui voulait dire . « C'est compris ? » Puis Il a demandé, à la cantonade :

« Savez-vous quelle est l'anecdote sur les concours que je préfère dans Nizâmî ?

— Oui », ont dit les uns. Les autres : « Laquelle ? » et moi. je me taisais.

« Eh bien ce n'est pas celle du concours des poètes ; ni non plus celle des peintres de Chine et d'Europe — vous savez, celle avec le miroir, a dit notre Sultan Magnifique. Ma préférée, c'est celle des médecins qui rivalisent jusqu'à la mort. »

Là-dessus, il nous a quittés brusquement, afin d'être à l'heure pour la prière du soir.

Plus tard, à la nuit tombante, pendant l'appel du muezzin, tandis que je rêvais, en sortant de l'enceinte du Palais, à Shékuré, aux enfants, à cette maison dans notre quartier que j'avais hâte de regagner, le souvenir de cette histoire de médecins rivaux m'a glacé le sang :

L'un des deux médecins en présence — que l'on représente, traditionnellement, avec un costume rose — confectionne une pilule — verte — d'un poison assez fort pour tuer un éléphant. qu'il donne à son concurrent — celui que l'on a l'habitude de peindre avec un caftan bleu. Ce dernier absorbe, avec appétit, la pilule de poison et, juste après, un antidote de couleur bleue dont il s'est muni, en arborant un sourire qui signifie qu'il n'a rien à craindre. D'autant plus que c'est maintenant son tour de donner à son rival un avant-goût de la mort. Avec la même nonchalance, et savourant tout son plaisir, il cueille une rose rose au milieu du jardin, et la portant à ses lèvres, il récite à voix basse un noir poème maléfique à l'intérieur de la corolle. Ensuite, plein de morgue et de condescendance, il tend la rose à son rival, pour lui faire respirer. La vertu du sortilège communiquée à cette fleur perturbe celui-ci au point qu'à peine il a porté à son nez cette rose, ordinaire jusque dans son parfum, il tombe raide mort.

43

On m'appelle Olive

C'était avant la prière du soir, on a frappé à la porte, j'ai ouvert : un joli jeune homme fort souriant, bien découplé, bien propret dans sa livrée de la garde du Grand Jardinier. Il venait du Palais, et portait, à part le fanal qui mettait sur son visage plus d'ombres que de lumière, du papier et une écritoire. Il m'a expliqué tout de suite : sur ordre de notre Sultan, on faisait un concours entre les maîtres peintres, à celui qui dessinerait, du premier jet, le plus beau cheval. Les instructions étaient de dessiner, sur-le-champ, prestement, et assis par terre, sur l'écritoire posée à même les genoux, dans l'espace délimité par le cadre prétracé, le plus beau cheval du monde.

J'ai fait entrer mon hôte. Puis j'ai couru chercher mon pinceau le plus fin, en poils d'oreille de chat, et de l'encre. Je me suis assis par terre. Et je me suis demandé... N'y avait-il, dans cette affaire, rien qui mette en danger ma vie ? Quel était ce jeu, où était le piège ? Mais, après tout, c'est sur la ligne étroite entre la mort et la beauté que les anciens peintres de Hérat ont toujours dessiné leur propre légende...

J'étais plein d'envie de dessin, mais, comme sous l'effet d'une panique, j'ai hésité à suivre exactement les maîtres anciens.

J'ai donc attendu un moment, en contemplant la feuille blanche, que mes pensées s'éclaircissent. J'ai concentré toute ma force et mon attention pour ne penser qu'au magnifique cheval que j'allais créer.

Toutes les images de chevaux que j'avais dessinées ou vues se mirent à défiler sous mes yeux. Mais un cheval, plus que les autres, était parfait. C'était un cheval que personne n'avait jamais réussi, et que j'allais dessiner maintenant. Je l'ai fait surgir dans l'obscurité. Toute autre chose s'est effacée, comme si j'oubliais même que j'étais là, et pourquoi j'étais là. Ma main d'elle-même a trempé le pinceau dans mon encrier — l'encre avait bonne consistance. Allez, hue ! ma main ! Et parcours d'un seul trait ce cheval merveilleux ! Le cheval et moi n'étions qu'un, nous allions apparaître au monde.

Pour cela, j'ai choisi l'endroit, à l'intuition, sur cette page, à l'intérieur du cadre vide. J'ai imaginé le cheval et soudain :

Oui, et même sans que j'y pense, ma main, pour ainsi dire de sa propre résolution, s'est élancée — comme c'est beau ! —, a commencé par dessiner l'antérieur de mon destrier , passé le tortillon de la fine cheville, elle est montée plus haut ; encore un passage enlevé à l'audace, le genou ; puis vite est atteint le surplomb du poitrail : quelle joie ! là, encore un raidillon de traits rapides tortillonnés, dont elle triomphe avec aisance — qu'il est beau ce poitrail ! Et puis un col s'est dessiné, affiné vers l'extrémité : voilà un cheval sous mes yeux ; sans lever, pour tracer la joue, elle est arrivée tout en bas, aux fortes lèvres, que j'ai finalement ouvertes, pour y faire voir - « Allez, cheval ! Ouvre donc ! montre-la ! » — sa jolie langue, un peu sortie. Puis j'ai bifurqué au contour — elle doit aller sans hésiter — des naseaux.

Sur la ligne droite du front, qui monte, monte ! j'ai regardé : et j'ai vu comme dans un rêve. J'ai oublié que je traçais les oreilles et la jolie courbe, la courbe exquise de l'encolure : c'était ma main qui dessinait ! Ma main, rapide, de mémoire, a fait une halte au milieu — sur la selle — pour aller s'abreuver à mon encrier. Les reins, les formes rebondies, charnues et fermes de la croupe m'ont rempli de satisfaction : oui, mon dessin me remplissait d'aise. Ce cheval, je croyais soudain être tout à côté de lui. J'étais content de faire sa queue : un cheval de course, de guerre ! J'ai pris plaisir à bien monter, sur le coccyx, un beau chignon ; et en traçant la base, et l'anus, je sentais, moi-même, au creux du trou du cul une fraîcheur exquise. Puis, toujours tout plein de tendresse, j'ai doucement, avec brio, brossé le velouté de la cuisse, en passant par la jambe arrière, la gauche, en dessous du sabot. À son antérieur gauche, ma main a donné une pose si délicate et si conforme à la vision de mon esprit, que j'admirais à la fois la main et le cheval.

J'ai levé mon pinceau ; dessiné l'œil de braise, mélancolique ; après un temps d'hésitation, les naseaux, et, vite, le dessin de selle ; puis j'ai peigné avec amour, caressé sa belle crinière ; fixé les étriers ; mis une tache au front ; puis un chibre de bonne taille avec de beaux couillons : comme cela, il ne manque plus rien.

Quand je peins un beau cheval, je deviens ce beau cheval.

44

On m'appelle Papillon

C'était, il me semble, vers l'heure de la prière du soir. Quelqu'un est venu m'expliquer que le Sultan avait décrété un concours. À vos ordres, Majesté ! Qui mieux que moi pourrait faire la plus belle image de cheval ?

Toutefois, en apprenant que ce devait être un dessin au calame et à l'encre noire, sans recours aux couleurs, j'ai hésité. Pourquoi pas de couleurs ? parce que c'est moi le meilleur coloriste ? Et qui va décider lequel de nos dessins est le mieux dessiné ? En interrogeant ce fringant petit gars venu du Palais, aux épaules larges, aux lèvres roses, j'ai eu l'intuition que, derrière... tout cela, se tenait... Maître Osman. Le Grand Maître connaît mon talent, cela est hors de doute, et, de tous les maîtres peintres, c'est moi son préféré.

Sous mes regards, sur la feuille blanche, la pose, l'attitude, l'air du cheval qui les mettrait d'accord venaient au monde peu à peu : comme ces chevaux lancés par Maître Osman, il y a déjà dix ans, qui sont toujours en vogue, mais en y ajoutant la lourde grandeur qu'affectionne notre Sultan, donc un cheval debout sur ses jambes arrière, les antérieurs battant les airs, puisqu'il fallait plaire à tous deux. Et combien d'or pour récompense ? Ce dessin, comment Mîr Musavvir, le Prince des Peintres, comment Bihzâd l'auraient-ils fait ?

Soudain, cela m'est venu bien trop vite, oui, trop vite pour le comprendre — voici ma main — eh bien, ma cochonne ! — qui s'empare de mon calame, et entreprend de dessiner, comme ça, en commençant de la jambe avant gauche pointée vers le ciel, un cheval merveilleux, comme on ne peut l'imaginer. Dès l'épaule reliée à l'amorce du corps, elle a tracé deux traits — zim, zoum — d'une courbe audacieuse, une courbe assurée et sans hésitation, de sorte que vous auriez dit : Ce n'est pas un dessinateur, c'est un virtuose calligraphe, que nous voyons là. Je m'extasiais de voir ma main, comme la main d'un autre, partie pour n'en faire qu'à sa tête. Et ces deux courbes merveilleuses — le ventre, le poitrail rebondis et pleins de santé ; l'encolure : comme d'un cygne —, le voici, voici mon cheval, la merveille qui se dessine ! Quel talent que le mien ! pensais-je en regardant ma main, qui, toute seule, s'attardant sur le nez et la bouche ouverte, traçait déjà, de ce cheval prospère, les oreilles et le large front. Et puis, encore une fois tout heureux (« Regarde maman, comme je le fais bien »), j'ai tracé une courbe, belle comme une lettre, et j'ai failli éclater de rire. Sur l'échine cabrée de ce cheval royal, merveilleux, bandé comme un arc, j'ai descendu jusqu'au pommeau. Déjà ma main traçait la selle ; je regardais, avec fierté, les rondeurs très avantageuses, comme les miennes, du cheval : il fera l'unanimité ! J'ai rêvé aux douces paroles que, en me donnant la récompense, m'adresserait Sa Majesté. L'idée de recevoir un sac tout rempli d'or, que je pourrais compter une fois rentré chez moi, me faisait m'esclaffer sur place. Pendant ce temps, du coin de l'œil, je voyais ma main terminer la selle et tremper — une fois ! — le calame dans l'encrier ; puis toujours en riant j'ai dessiné la croupe — comme on en raconte une bien bonne ! La queue, vite fait ; et puis le cul : son beau cul, ses belles fesses, telles celles d'un jeune garçon que je m'apprêtais à besogner, je leur ai fourbi ce joli contour rondouillard et appétissant que je veux adorer en les pétrissant à pleines mains. Pendant que je pouffais, que je souriais d'aise, ma main intelligente a fini les deux jambes arrière, et mon calame s'est reposé. C'était, en ce bas monde, le plus beau des chevaux cabrés. Je ne me sentais pas de joie : je songeais avec ravissement combien il allait plaire, qu'on allait me donner le titre de peintre le plus talentueux, voire même, immédiatement, de Grand Maître de l'Atelier, quand soudain j'ai réalisé ce qu'allaient dire ces idiots : Que j'avais fait cela bien vite, et comme en me jouant ! On risquait, rien que pour cela, de ne même pas nous prendre en compte. Sur ces considérations, j'ai ajouté, à mon dessin, un luxe de détails dans la crinière et les naseaux, les dents et les crins de la queue, dans les friselis de la couverture, afin qu'on puisse voir, oh ! combien je m'étais appliqué. Dans cette position, les couilles de mon étalon auraient dû être visibles par-derrière, mais, pour ne pas donner aux femmes de vilaines idées, je ne les ai pas mises. J'ai admiré mon œuvre : Quel cabré impérial ! Quelle orageuse cambrure ! Quelle force et quel transport ! Quelle puissance ! Le vent semblait enfler ses formes bien galbées, donner de l'élan à sa ligne, mobile et immobile, comme celle d'un calligraphe. Le peintre merveilleux auteur de ce dessin serait porté au rang de Mîr, au rang de Bihzâd : je serais leur égal.

Quand je peins une image de cheval sublime, je deviens, moi aussi, peintre de chevaux sublimes.

45

On m'appelle Cigogne

Au moment où j'allais sortir pour me rendre au café, c'est-à-dire après la prière du soir, voilà donc que quelqu'un me demande à la porte. Qu'est-ce que ça pouvait bien être ? J'y suis allé. Ça venait du Palais. « Le plus beau cheval du monde »... qu'à cela ne tienne ! Dites-moi combien vous payez, et je vous le fournis en cinq ou six exemplaires, moi, votre plus beau cheval du monde.

Pour être plus prudent, je ne l'ai pas dit comme ça, et j'ai fait entrer le petit page dans la maison. Car, à la réflexion, je ne voyais pas trop ce qu'il fallait dessiner ; le plus beau cheval du monde, ça n'existe pas. Je peux dessiner des destriers de bataille, des chevaux mongols énormes, des pur-sang arabes, des palefrois à l'agonie, couverts de sang, ou un malheureux canasson de chantier, traînant une charrette pleine de pierres... Qui dira quel est le plus beau ? Je comprends bien toutefois que, si le Sultan veut qu'on lui dessine le plus beau cheval du monde, il veut dire par là celui qui a déjà été dessiné mille fois, en Perse, toujours dans la même pose, conforme à toutes les règles et au modèle reçu. Bon. Mais qu'est-ce qui me le faisait penser ?

Il y a ceux prêts à tout pour me refuser le sac d'or

mis en jeu. En effet, il n'est pas nouveau que je n'ai pas d'égal pour ce qui est de dessiner un cheval quelconque. Alors qui a donné l'idée ? Notre Souverain, en dépit de tous les ragots que les envieux font circuler, sait bien que c'est moi, son meilleur peintre. Il sait, lui, apprécier mon talent.

Soudain ma main est partie toute seule, comme pour m'extraire de tous ces calculs retors, et s'est mise au travail, comme sous l'effet d'une fureur : un vrai cheval en est sorti, d'une traite, en commençant par le bout des pieds.

Un comme vous en voyez dans la rue ou à la guerre. Fatigué, mais solide. Puis j'en ai dessiné, de façon tout aussi impulsive, un autre, celui d'un spahi. Celui-ci était encore mieux. Dans tout notre atelier, personne ne peint de choses plus belles. J'allais, du même élan, en improviser un troisième, mais le page venu du Palais m'a arrêté · « Un, ça suffit. »

Il allait remporter la feuille, mais je l'ai retenu. Aussi vrai que je sais mon nom, ces salauds-là ne me laisseront pas donner un sac d'or pour ces chevaux-là.

Non, ils ne me le laisseront pas, le sac d'or, si je propose un cheval de mon cru. Et si je ne gagne pas cet or, ce sera à jamais une tache sur ma réputation. J'ai réfléchi, et j'ai dit au page : « Attends. » Puis j'ai été chercher deux pièces d'or vénitiennes, aussi brillantes que contrefaites, pour les lui glisser dans le creux de la main. Le page a ouvert de grands yeux, manifestement effrayé : « Tu es un bon petit lion », lui ai-je dit.

Et j'ai sorti un de mes cahiers de modèles, de ceux que je ne montre à personne. Ce sont des copies que j'ai faites, clandestinement, sur plusieurs années, à partir des miniatures les plus belles qu'on puisse se procurer. Sur celui-là en particulier, il y avait celles dont Djafar, ce nain qui fait office de garde du Trésor, est toujours prêt à faire passer l'original, moyennant dix pièces d'or, mon salaud, pour les plus belles pages, les plus précieuses et inaccessibles : dragons, arbres, oiseaux, chasseurs, guerriers. Mon cahier est une pure merveille ; pas pour ceux, sans doute, qui, dans la peinture et les dessins, veulent voir le monde dans lequel ils vivent, mais pour ceux qui veulent se rappeler le monde des légendes et des peintres anciens.

Je l'ai feuilleté rapidement, en montrant certaines pages à mon brave gars envoyé par le Palais, et j'ai choisi le meilleur exemplaire de cheval que j'avais. Puis j'ai percé plein de petits trous, avec une aiguille, tout le long du contour du modèle que j'avais, et l'ai posé bien à plat sur une feuille de papier vierge. Ensuite j'ai largement versé du fusain en poudre, en secouant un peu pour aider à passer au travers. Et j'ai ôté le modèle. La poudre de fusain reportait en pointillé sur la feuille du dessous la belle silhouette du cheval. Ce résultat m'a réjoui les mirettes, ma foi.

J'ai saisi à nouveau mon calame, et cette fois, d'une main décidée, très vive et fort bien inspirée, j'ai joint d'un trait délicat, gracieux, les repères de ma silhouette : à mesure qu'apparaissaient la forme des flancs, des naseaux, de l'échine et de l'encolure, je les sentais en moi, avec passion, comme la chair de ma chair. « Voilà, dis-je, le plus beau de tous les chevaux du monde. Aucun de ces idiots n'est capable d'en faire autant. »

Pour que notre Sultan se range à cet avis — et que mon petit page, de retour au Palais, n'aille pas lui raconter quel type de génie avait inspiré mon dessin —, je lui ai donné encore trois fausses pièces d'or. J'en ai laissé espérer d'autres, si je remportais le sac d'or ; sans compter qu'il pouvait déjà rêver de revenir voir ma moitié, qu'il avait avisé — bouche bée ! Il y a trop de gens qui s'imaginent que l'on est un bon peintre lorsque l'on peint de bons chevaux. Alors que c'est insuffisant. Pour être le meilleur peintre, il faut te faire reconnaître, comme celui qui peint les plus beaux chevaux, d'abord par le Sultan et ensuite par toute sa cour de crétins.

Si je dois dessiner un cheval sublime, je ne dois qu'être moi

46

On m'appellera l'Assassin

Vous avez réussi, à partir de mon dessin, à me deviner ?

Dès que j'ai entendu dire qu'on voulait que je dessine un cheval, j'ai compris qu'il ne s'agissait pas d'un concours, mais d'un stratagème pour me percer à jour. Je ne suis pas sans savoir qu'un de mes innombrables croquis équestres a été retrouvé sur la dépouille du malheureux Monsieur Délicat. Mais elle ne comporte aucun défaut, aucune marque de style qui leur permette d'en déduire mon identité. J'en suis absolument certain... et pourtant je n'ai pas cessé de ressentir une certaine inquiétude en m'acquittant de ce dessin qu'ils me demandaient. N'est-il pas possible que j'aie laissé, en dessinant celui pour le livre de l'Oncle, quelque chose qui me trahisse ? Il fallait cette fois-ci faire un cheval essentiellement différent de l'autre. Et, suivant librement le cours de tout autres pensées, je me suis contraint, une fois n'est pas coutume, à n'être pas moi.

Mais qui suis-je, après tout ? Dois-je adopter le style d'un atelier pour y être adopté, et accepter en échange de dissimuler mes propres trésors, ou oserai-je exploiter, révéler ce que je recèle ?

J'ai senti un moment, non sans effroi, la présence

obscure, en moi-même, de ce peintre-là : comme un esprit qui m'observait, et duquel j'avais honte.

Comprenant que ne réussirais pas à rester chez moi, je me suis jeté dehors, pour marcher dans les rues, dans le noir, d'un pas précipité. Sheïkh Osman Baba a écrit, dans son *Livre des Précautions*, que le véritable mendiant-de-Dieu doit, pour esquiver le Diable qui habite en lui, vagabonder sa vie durant, sans jamais s'établir ; mais de ses errances continuelles, de ville en ville, pendant soixante-sept ans, à seule fin de fuir le Démon, il paraît que lui-même finit par se fatiguer, et par s'abandonner à son poursuivant. C'est également l'âge auquel les grands peintres atteignent la cécité, l'obscurité divine, et avec elle leur propre style, sans l'avoir cherché ; c'est l'âge aussi où l'on s'affranchit de toute marque de style. Je suis allé me promener, en prenant un air affairé, vers le quartier de Bajazet, puis au marché aux Volailles, sur la grand-place du marché aux Esclaves, au milieu des bonnes odeurs de soupes fumantes et de riz au lait ; j'ai poussé la porte des blanchisseurs, des barbiers, d'un vieux boulanger qui comptait son argent en me regardant d'un air ahuri, puis je suis passé devant l'étalage d'un épicier dont les poissons séchés et les marinades dégageaient une odeur sublime ; attiré par les couleurs, enfin, devant celui d'un marchand d'épices aux richesses insoupçonnées, pour contempler, comme s'ils avaient eu une âme, les sacs débordants de gingembre et de café, de cannelle et de girofle, les boîtes de gomme à mâcher, multicolores, et admirer sous la lampe les hautes montagnes de safran, de cumin, de graines de sésame noir et blanc ou d'anis, qui embaumaient jusqu'à mes narines.

J'avais à la fois envie de porter tout cela à ma bouche, et de le peindre sur une feuille.

Je suis entré dans ce même endroit, où je me suis déjà rempli l'estomac deux fois rien que cette dernière semaine, et que j'appelle la cantine des attristés — je devrais dire : des tristes-sires. Ça reste ouvert jusqu'au milieu de la nuit pour ceux qui connaissent le chemin. À l'intérieur, il y avait quelques pauvres gars, attifés, au choix, en repris de justice ou en voleurs de chevaux ; des types désespérés, ou qui en tout cas avaient le même regard hagard, parti, perdu dans un autre monde, que celui des fumeurs d'opium ; deux clochards sans vergogne, qui faisaient honte au moins à leurs propres collègues, et un jeune homme bien sous tous rapports, qui se tenait caché à l'écart de cette foule. J'ai lancé un salut gracieux au joli cuisinier syrien, puis lestement rempli mon bol d'un chou farci, en l'arrosant généreusement de yogourt et de piment rouge, avant d'aller m'installer juste à côté du fils de famille.

C'est comme ça chaque soir : la tristesse, l'ennui prennent place en mon cœur. Ô mes frères, mes si chers frères ! on nous tue, on nous empoisonne, on nous laisse pourrir vivants. Nous nous épuisons à mener cette existence sans joie, et nous courbons la tête. Parfois, pendant l'horreur de ces profondes nuits, j'ai rêvé qu'il surgisse, pour me persécuter, du fond atroce de ce puits... mais maintenant il est bien enfoui, enterré : on ne sort pas des cimetières...

Le petit jeune homme, dont j'aurais pourtant juré qu'il s'était noyé dans les profondeurs de son bol de soupe, m'a fait la grâce de m'adresser la parole. Mon jour de chance ? J'ai répondu que oui, mon petit chou farci, avec sa chair à saucisse juste ferme, était tout à fait délicieux. Et lui, que faisait-il de beau ? Il venait d'avoir vingt ans et, récemment sorti du collège, commençait son apprentissage comme greffier au service d'Arifî Pacha. Je n'ai pas demandé pourquoi, à cette heure de la nuit, il n'était pas chez son Pacha, à la mosquée ou dans le lit d'une jeune épouse, mais ici, dans ce bouge malfamé, fréquenté par les vieux garçons. Il m'a demandé qui j'étais, de quelle origine, et moi, j'ai répondu, après un temps de réflexion :

« Je m'appelle Bihzâd, je viens de Hérat par Tabriz. J'ai peint les plus belles miniatures, les chefs-d'œuvre les plus parfaits. En Iran et en Arabie, dans tous les ateliers où l'on faisait des livres à la façon orientale, je suis passé, au cours des siècles, en proverbe : "On dirait un Bihzâd" est comme de dire "on dirait la vraie vie". »

Naturellement, ce n'est pas la question. Ma peinture fait voir ce que notre âme, et non notre œil, doit s'attacher à contempler. Mais la peinture, aussi, est un festin pour l'œil, comme il est bien connu. Si vous conciliez les deux, c'est un monde qui se révèle. Et ce monde qui est le mien, c'est :

Alif : le point de vue de l'âme, en festin pour les yeux.

Lam : la vision de l'œil mis au service de l'âme, dans la peinture.

Mim : la découverte, comme réminiscence du savoir de l'âme, de la Beauté en ce monde.

Mon jeune diplômé m'avait-il, avec son cerveau de vingt ans, suivi dans la logique qu'un éclair d'inspiration faisait crépiter dans les ténèbres de mon âme en peine ? Sûrement pas. Quand vous venez de passer trois années à user vos fonds de culotte aux pieds d'un hodja de banlieue payé vingt pièces d'argent la journée – autant dire, aujourd'hui, vingt galettes de pain —, il ne faut pas vous demander de connaître Bihzâd. Parce que le hodja non plus, pour ce prix, il ne connaît pas Bihzâd, évidemment.

« J'ai absolument tout représenté. J'ai peint notre Prophète assis à la mosquée, le visage tourné vers la niche verte, avec les quatre premiers califes ; ailleurs, cette Nuit du Destin : notre Prophète, l'Envoyé, gravissant les sept cieux au galop du fidèle Éclair ; Alexandre en route pour la Chine, qui frappe sur un gong dans un temple au bord de la mer, afin d'éloigner dans les profondeurs le dragon de toutes les tempêtes ; un sultan lubrique qui s'échauffe aux accents du luth, en épiant les belles qui nagent toutes nues dans la piscine de son harem ; un jeune lutteur avant son combat en l'honneur du Sultan, sûr de lui, car il a retenu toutes les prises de son adversaire, qui est son maître ; et sa déconfiture, aux mains de ce dernier, qui se réservait une dernière prise ; Leïlâ et Majnûn enfants, assis à genoux dans l'école — aux murs si jolis, si bien décorés — où ils s'éprennent l'un de l'autre en récitant le Saint Coran ; le regard impossible des amants : yeux baissés toujours, quels qu'ils soient, des plus pudiques aux plus ardents ; pierre par pierre, la construction des édifices ; l'exécution des condamnés, et leurs affreux supplices ; le noble vol des aigles et les lapins espiègles ; les tigresses sournoises ; les platanes et les cyprès, où je ne manque jamais de percher une pie ; la Mort ; un concours de poésie ; le banquet d'un triomphateur ; et des gens comme toi, qui ne voient pas plus loin que leur bol de soupe. »

Le jeune clerc n'était plus si sombre, et, toujours attentif mais plus craintif du tout, me souriait d'un air amusé.

« Ton hodja a dû te faire lire, je pense, cette histoire fameuse : tu sais, dans *La Roseraie* de Saadi, quand le royal Darius s'égare, lors d'une chasse, loin de ses courtisans ; il descend de selle, recherche les hauteurs, les plus hauts pâturages. Soudain il se retrouve face à un inconnu à l'aspect hirsute et menaçant. Le roi s'effraie, et va pour se saisir de son arc, au flanc de sa monture, mais l'inconnu l'implore : "Ne lâche pas ta flèche contre ton esclave ! Comment ? tu ne reconnais pas celui à qui tu as confié le soin de tes centaines de chevaux et de poulains ? Combien de fois, pourtant, nous sommes-nous rencontrés ! Moi, je connais chacune de ces bêtes par leur caractère et leur tempérament, et même par leurs couleurs toutes si différentes ; comment est-il possible que tu fasses si peu attention à nous, tes humbles serviteurs, même ceux que tu vois souvent ?"

« Quand je dépeins cette scène, je mets tant de bonheur et de sérénité dans les bêtes noires, alezanes et blanches dont l'éleveur barbichu prend un soin si touchant, et dans cette prairie d'un vert paradisiaque, abondamment fleuri de toutes les couleurs, que le plus benêt des lecteurs, en voyant cette image, comprend le sens de cette légende rapportée par Saadi : que la beauté mystique de ce monde-ci se révèle dans la tendresse, l'amitié et la compassion ; si tu veux vivre au paradis où s'ébattent les étalons avec leurs juments, il faut savoir ouvrir les yeux, et observer ce monde en portant aux couleurs, aux détails, même les plus drôles, la plus grande attention. »

Élève laborieux d'un médiocre hodja, mon auditeur semblait à la fois amusé et déconcerté. Je l'effrayais. Il aurait bien voulu poser sa cuiller et prendre ses jambes à son cou — mais je ne l'ai pas laissé comme ça.

« Voilà comment le peintre des peintres, Bihzâd, peignait un roi, un éleveur et ses chevaux, repris-je, et c'est ce modèle, depuis cent ans, que ne cessent de suivre les miniaturistes qui peignent des chevaux.

« Chaque animal ainsi sorti du fond de son cœur et de son imagination, une fois dépeint par lui, est passé en exemple. Nous sommes des centaines, et moi le tout premier, à les reproduire fidèlement ; mais tu as déjà vu un dessin de cheval, n'est-ce pas ?

— Un jour, j'ai vu un tel cheval, avec des ailes, sur un livre de magie donné à feu mon maître par un très grand hodja extrêmement savant. »

Ah ! fallait-il que je l'étrangle, ce petit freluquet ? que je lui plonge la tête dans sa gamelle de soupe, là, tout de suite, lui qui, avec son crétin de hodja, faisait tant de cas du *Bestiaire Prodigieux* ? ou que je le laisse vivre, et me rebattre les oreilles de cet unique dessin de cheval qu'il ait vu dans sa vie — et j'ose à peine imaginer dans quel mauvais exemplaire ! J'ai choisi, entre l'une et l'autre, la troisième solution de jeter ma cuiller et de m'extirper de ce lieu.

J'ai marché longtemps, longtemps, pour arriver enfin au couvent déserté des derviches, où j'ai retrouvé un peu de calme. J'ai fait un brin de ménage, puis je me suis assis pour écouter le silence.

Plus tard, j'ai été dénicher mon miroir dans sa cachette, et l'ai posé debout sur un pupitre. J'ai mis sur ma tablette posée sur mes genoux une feuille double, et, quand j'ai pu voir ma figure dans le mi-roir, j'ai commencé, au fusain, à me dessiner moi-même. J'ai travaillé longtemps, patiemment. Et quand, au bout d'un long moment, j'ai constaté que mon image, sur mon dessin, ne ressemblait toujours pas à celle du miroir, j'ai été tellement triste que j'ai versé des larmes. Comment donc faisaient-ils, pensais-je, ces Vénitiens que Monsieur l'Oncle m'avait tant vantés ? Ensuite, j'ai essayé de m'imaginer à leur place, comme si imaginer leur façon de sentir devait m'aider à me peindre, moi.

Plus tard encore, je les ai tous maudits, et l'Oncle avec : j'ai effacé tout ce que j'avais fait et recommencé mon travail au miroir.

J'ai fini par me retrouver une nouvelle fois errant à travers les rues, puis dans ce café répugnant. Je n'ai même pas une idée claire de comment j'y ai débarqué. En entrant, je me suis senti si gêné, si mal à l'aise au milieu de tous ces lascars — mes collègues peintres et calligraphes — que j'en avais le front tout moite.

J'ai bien senti, j'ai vu, même, qu'ils me regardaient, tous, avec leur air goguenard, et en se poussant du coude. Je me suis assis dans un coin, en tâchant de prendre un air naturel. Mais en même temps mes yeux cherchaient dans l'assistance, en quête de mes très chers frères qui furent apprentis en même temps que moi sous les ordres de Maître Osman. J'étais sûr que tous deux, comme moi, s'étaient vu demander ce soir un dessin de cheval ; je ne doutais pas une seconde non plus que l'un et l'autre avaient dû se donner du mal, prendre au sérieux le concours imaginé par ces idiots.

Le conteur n'avait pas encore commencé son récit, ni même accroché au mur le dessin de ce soir Cela m'a aidé à me rapprocher de la compagnie.

Et même, autant vous le dire tout de suite : j'ai débité, comme tout le monde, ma part de blagues, d'histoires salaces, en embrassant les collègues avec des effusions aussi débordantes qu'incongrues, et placé d'horribles jeux de mots, calembours et remarques fines, en prenant des nouvelles des petits jeunes de l'atelier, ou des piques méchantes, à propos de nos ennemis ; une fois dans le bain, je me suis laissé aller à tripoter tout le monde, à distribuer des baisers dans le cou... et, cependant, mon cœur restait spectateur de mon ignominie, et m'infligeait d'affreux tourments.

Pourtant, ça ne m'a pas empêché de commettre un vrai florilège de jeux de langage et d'images, et de me payer un franc succès en comparant mon sexe, ou quelque autre aussi fameux, à une brosse, un roseau, au pilier d'à côté, une flûte, une bitte d'amarrage, un heurtoir de porte, un poireau, un minaret, des raisins au sirop, et deux fois, à la cantonade, j'ai épaté la galerie en comparant les fesses de deux ou trois petits mignons à des oranges, des figues, des coussins ou des pâtisseries, ou encore à des trous de fourmi. En face, le plus spirituel des calligraphes, qui est de mon âge, n'a pas fait mieux que de se vanter — et encore, sans beaucoup de conviction — d'avoir pour lui un vrai mât de navire, un montant de porte... Ensuite je m'en suis pris grossièrement aux zizis tout mous de certains vieux peintres, aux bouches gourmandes et purpurines des nouveaux apprentis, aux collègues qui planquent — comme moi, d'ailleurs — leur argent au fond des pires cachettes, et à la réputation des grands noms de la peinture de Tabriz et Shîrâz, et évoquant mon expérience, à Alep, du café mélange à l'alcool, et des beaux garçons qu'on y trouve, tout ça en m'excusant un peu, en prétendant qu'on avait mis de l'opium dans mon vin aux pétales de rose.

Parfois il me semble qu'un des deux esprits qui se partagent ma personnalité l'emporte, et refoule son rival, et que je parviens à laisser derrière moi ce moi maussade et toujours mal aimé. Des souvenirs d'enfance, de grandes occasions, me reviennent en mémoire : du temps où il m'était possible d'être moi-même au milieu des autres. Ici, malgré les plaisanteries, les baisers et les embrassades, je sentais ce silence, cette détresse au fond de moi, qui m'isolait de tous ces gens.

Qui donc m'avait pourvu de cette conscience impitoyable, de ce démon méchant et taciturne qui m'infligeait cette solitude ? Le Diable ? Mais mon silence intérieur ne se distrait pas avec ces bêtises, ces diaboliques grossièretés. Je ne trouve d'apaisement que dans les belles histoires.

Pour recouvrer cette sérénité, et, grâce à l'échauffement que me causait le vin, j'ai raconté deux anecdotes. Un grand et mince apprenti calligraphe, au teint pâle mais aux joues de rose, m'écoutait, ses beaux yeux verts fixés sur moi, avec la plus grande attention.

DEUX HISTOIRES SUR LA CÉCITÉ ET LE STYLE POUR CONSOLER LE PEINTRE DANS SA SOLITUDE

Alif

L'idée de peindre des chevaux d'après nature n'est pas, comme on le croit, une invention des peintres européens : nous la devons au Grand Maître Djamâluddîn de Qazvîn. Après la prise de cette cité par Hassan le Long, à la tête de la horde du Mouton Blanc, le vieux Djamâluddîn ne s'était pas contenté de rallier diligemment l'atelier du nouveau souverain, mais s'était joint à lui, qui partait en campagne, afin, disait-il, d'illustrer la Geste Impériale avec des scènes de guerre recueillies sur le vif. Ainsi ce grand artiste, qui, durant soixante-deux ans, avait peint chevaux et cavaliers, mêlées et rangs de bataille sans jamais en avoir vu une, partit à la guerre pour la première fois. Pourtant, avant même d'avoir eu l'occasion d'assister en personne à un assaut réel avec son fracas d'armures, de sueurs et de hennissements, il eut les deux mains et les yeux arrachés par un boulet de canon. Comme tous les vrais grands peintres, Djamâluddîn n'attendait, de toute façon, que de devenir aveugle — comme signe de la grâce divine —, et il ne regretta pas non plus outre mesure la perte de ses mains. Il avait en effet coutume de soutenir que la mémoire de l'artiste ne réside pas dans sa main, mais dans son cœur et dans son âme, et déclarait même que c'est une fois devenu aveugle qu'il avait pu enfin contempler les vraies images de la nature, et parmi elles, dans le paysage, celle parfaite des « vrais chevaux », tels que Dieu commande qu'on les observe. Afin de partager ces merveilles avec les connaisseurs, il embaucha un apprenti — un mince et pâle calligraphe aux joues roses et aux beaux yeux verts — pour lui dicter la bonne façon de dessiner, lui faire exécuter, exactement comme il l'aurait fait de sa propre main, les merveilleux chevaux que Dieu faisait surgir dans sa nuit intérieure. Après sa mort, sa *méthode pour dessiner trois cents et trois chevaux en partant de la jambe avant gauche* fut compilée par le bel apprenti calligraphe en trois volumes intitulés : *Peinture de l'Amour des chevaux, Peinture de la Mer des chevaux,* et *Peinture — Mémoire des chevaux,* qui connurent leur heure de gloire et jouirent un temps d'une vogue certaine, au moins dans les régions contrôlées par la Horde du Mouton Blanc. Toutefois, bien que plusieurs manuscrits aient circulé, permettant à de nombreux jeunes peintres, leurs apprentis et disciples, de les apprendre par cœur en y puisant leurs exercices, le souvenir de Djamâluddîn et son œuvre ne survécurent pas à l'apogée des Turcomans, et furent éclipsés par l'éclat de l'École de Hérat. La virulence des critiques, telle celle armée contre lui par Kamaluddin Rizâ de Hérat dans sa réfutation, en trois volumes également, intitulée *Les Chevaux de l'aveugle,* où il dit en conclusion que ces modèles sont bons à brûler, ne fut sans doute pas étrangère à cette défaveur — Kamaluddin Rizâ soutenant au fond qu'aucun des chevaux décrits dans les trois ouvrages de Djamâluddîn ne pouvait être une vision divine, étant donné l'outrance de leur imperfection, et vu que le vieux maître s'appuyait, pour les décrire, sur ses propres souvenirs, si brefs fussent-ils, de bataille réelle et de chevaux vivants. Le trésor de Hassan le Long ayant fait partie du butin ramené d'Orient par Mehmet le Conquérant, il ne faudra pas s'étonner que, par occasion, quelques-uns de ses trois cent trois textes émergent parfois au milieu de tous ces grimoires qui s'entassent à Istanbul, voire même quelque essai de miniature équestre suivant les règles qu'il édicta.

Lam

À Hérat et Shîrâz, quand un maître miniaturiste finissait, à la fin de ses jours, à force d'excessif labeur, par perdre la vue, c'était pour lui un double sujet de gloire : non seulement comme signe de son énergie créatrice, mais comme reconnaissance par Dieu Lui-même de son talent d'artiste. En conséquence de quoi, il y a eu à Hérat une époque où il était mal vu d'atteindre un âge avancé sans devenir aveugle, ce qui aurait poussé un certain nombre de vieux peintres à fuir l'opprobre en recherchant la cécité. Et pendant ces longues années où l'on recense de nombreux maîtres qui se sont délibérément rendus aveugles, pour suivre la voie tracée par les légendaires prédécesseurs — ceux qui s'étaient jadis crevé les yeux pour ne pas être contraints, en travaillant au service d'un nouveau monarque, de rien changer à leur style —, seul Abû Saïd, petit-fils de Tamerlan par Mîrân Shah, a eu ce trait original, dans son nouvel atelier installé à Samarcande reconquise, qu'il faisait plus de cas de ceux qui imitaient les effets de la cécité que les peintres vraiment aveugles. Véli Le Noir, en effet, qui, dans son grand âge, a pu encore inspirer Abû Saïd, avait affirmé qu'un peintre aveugle est en mesure de voir, sur le fond de ses ténèbres, des chevaux tels que Dieu les voit ; mais que le vrai talent consistait à pouvoir, sans être aveugle, contempler et peindre cette vision des aveugles. Il en aurait, dit-on, fait la démonstration à l'âge canonique de soixante-sept ans, en croquant de deux coups de pinceau un cheval, sans regarder la feuille, et sans pourtant même prendre la peine de fermer les yeux pendant qu'il dessinait, ou de les détourner de la page. Mîrân Shah, pour l'encourager pendant cet exploit, cette cérémonie célébrée par le peintre au sommet de son art, fit aussi réciter des conteurs muets et jouer des joueurs de luth comme s'ils étaient sourds. Or quand, soigneusement, on confronta le magnifique cheval produit par le maître en cette occasion avec les autres qu'il avait faits, on ne trouva aucune différence, ce dont le souverain fut fort contrarié. Le Grand Maître, quant à lui, se serait contenté de faire valoir qu'un miniaturiste en pleine possession de son talent tend toujours à voir, que ce soit les yeux ouverts ou les yeux fermés, les chevaux d'une seule façon, à savoir comme Dieu les voit. Selon lui, dans le cas des peintres, il n'y a pas de différence entre l'aveugle et le voyant : la main trace toujours le même dessin — et en effet, à l'époque, on ne connaissait pas cette nouveauté venue d'Europe qu'on appelle la manière d'un peintre. Les chevaux réalisés par Véli Le Noir ont été imités par tous les peintres de l'Islam pendant une période de cent dix ans. Lui-même, après la chute d'Abû Saïd et la dispersion de son atelier, déménagea de Samarcande à Qazvîn, où il fut accusé, deux ans plus tard, du sombre dessein d'attenter au verset coranique selon lequel « les voyants n'ont rien à voir avec les aveugles ». On commença par lui crever les yeux, puis il fut mis à mort par la Jeune Garde de Nizâm Shah.

J'aurais volontiers raconté une troisième histoire, comment le grand maître Bihzâd s'était lui-même rendu aveugle, et pourquoi il n'avait plus jamais rien dessiné, une fois loin de Hérat, ville qu'il n'avait jamais voulu quitter — parce que le style d'un peintre est celui de l'atelier auquel il appartient —, quand il avait été emmené de force à la cour de Tabriz : toutes ces choses que je savais de Maître Osman, avec tant d'autres belles légendes, dont j'aurais bien fait profiter ce jeune apprenti calligraphe qui avait de si beaux yeux, mais j'ai été pris à partie par Monsieur le Conteur. Comment savais-je que c'était l'histoire du Diable qu'il allait raconter ce soir-là ?

« Pardi, ai-je eu envie de répondre, c'est que le Diable fut le premier à dire : "je" ! Oui, seul le Diable a son propre style, et c'est le Diable qui distingue l'Orient de l'Occident ! »

En fermant les yeux, j'ai jeté sur le mauvais papier du satiriste mon image de Satan, comme elle m'est venue. Pendant que je dessinais, le satiriste et son assistant, les autres peintres et les curieux, tous riaient et m'encourageaient.

Pensez-vous que j'aie vraiment mon propre style, ou est-ce que c'est à cause du vin ?

47

Moi, le Diable

J'aime l'odeur du piment rouge quand on le fait frire dans l'huile d'olive, la pluie qui tombe, à l'aube, sur la mer tranquille, l'apparition furtive d'une femme à sa fenêtre : le silence, la réflexion, la patience.

Je crois en moi et, la plupart du temps, je me fiche de ce qu'on peut dire sur mon compte. Mais, ce soir, je suis venu prendre place dans ce café, afin de m'adresser à nos frères peintres et calligraphes, et rectifier certains racontars, mensonges et autres contrevérités.

Bien sûr, je me doute que vous vous apprêtez à croire le contraire de tout ce que je dirai, puisque c'est moi qui parle. Mais je vous crois assez subtils pour deviner que le contraire de ce que je dis n'est pas toujours vrai, et pour pressentir tout l'intérêt de ce que je peux dire de sensé, même si vous n'y accordez que défiance. Après tout, mon nom, qui n'apparaît pas moins de cinquante-deux fois dans le Coran Vénérable, y est l'un des plus cités.

Commençons donc justement par ce Vénérable Coran, le livre de Dieu. Pour le fond, tout ce qui y est dit sur moi est vrai. En disant cela, je tiens à ce que l'on sache que je le dis en toute humilité. Car le problème est dans la forme, le style. La façon dont le Coran me rabaisse m'a toujours fait beaucoup de peine. Et cette peine est devenue ma manière, ma manière de vivre. Inutile de m'en plaindre.

C'est vrai, Dieu a bien créé l'homme, sous nos yeux, à nous les anges. Ensuite il nous a demandé de nous prosterner devant lui. Et il est vrai, ainsi que l'enseigne la sourate de *La Vache*, que, alors que tous les anges se prosternaient, moi seul m'y suis refusé, car j'ai objecté que j'avais été créé d'un élément bien plus noble que la boue dont Adam a, lui, été créé, puisqu'il s'agit du feu, que vous connaissez tous. Je ne me suis pas humilié, et Dieu m'a trouvé orgueilleux. Il m'a dit :

« Descends des hauteurs du Ciel, tu ne saurais te targuer de continuer à rester sur les hauteurs. »

J'ai répondu : « Laisse-moi vivre jusqu'au jour du Jugement, jusqu'à la Résurrection. »

Il a accepté. Alors, j'ai juré de mettre toujours à l'épreuve de la tentation la race d'Adam, puisqu'en refusant de me prosterner j'étais châtié à cause de lui. Et Dieu a dit qu'il enverrait en Enfer ceux que je réussirais à corrompre.

Inutile de dire que j'ai tenu parole. Sur ce sujet, je ne vois pas grand-chose à ajouter.

Certains ont avancé que, à cette occasion, un pacte a été conclu entre Dieu et moi. Selon leur théorie, je serais pour Dieu un ministre dont il se sert afin d'éprouver les hommes, et ma fonction serait de tendre des embûches à leur intelligence. Les bons prennent la bonne décision, et restent sur le droit chemin, tandis que les mauvais se laissent vaincre par leur sensualité égoïste, et tombent, entraînés sur la voie du péché, pour venir hanter l'Enfer. Ce que j'accomplis est très important, parce que si tous allaient au Paradis, personne n'aurait jamais peur et le bien ne suffirait pas pour diriger les affaires du monde et des États. En effet, le mal est aussi nécessaire que le bien, et le vice que la vertu. Et si les plans du Tout-Puissant se réalisent en ma présence, que j'agis également toujours avec Son aval (sinon, pourquoi m'aurait-Il permis de vivre jusqu'au Jugement dernier ?), pourquoi dois-je souffrir ainsi d'être accusé à tort, et appelé « mauvais ». Mansûr Hallâj, le Cardeur, oralement, voire même, par écrit, le jeune frère de l'imam Ghazzâlî, Ahmad, sont arrivés sur cette voie jusqu'à la conclusion que si les péchés suggérés par moi le sont avec l'aval de Dieu, selon Sa volonté, ils sont ce que Dieu désire, et donc ni bons ni mauvais, car émanant de Dieu, dont je ne suis qu'une partie.

Ces demi-habiles ont très justement reçu la mort sur le bûcher, avec leurs livres : car, bien sûr, le bien et le mal existent, et la responsabilité de tracer la limite qui les sépare incombe à chacun de nous. Dieu merci, je ne suis pas à Sa place, et ce n'est sûrement pas moi qui leur ai mis dans le crâne des bêtises aussi ridicules : ils les ont pensées tout seuls.

Cela m'amène à ma seconde objection : non, je ne suis pas la source de tout le mal, de tous les péchés de par le monde. Fort souvent les gens n'ont pas besoin d'être provoqués, ni persuadés, ni induits en erreur pour commettre le péché, par simple bêtise ou enfantillage, incapables de surmonter leurs faiblesses, leurs appétits et leurs basses convoitises. Si certains écrits soufis sont ridicules dans leurs efforts pour m'absoudre de toute malignité, c'est le cas aussi de cette opinion qui m'attribue toute la faute, et qui contredit le Coran. Non, ce n'est pas moi qui inspire le marchand de fruits quand il revend sciemment au client des pommes pourries, ni l'enfant qui dit des mensonges, ni les viles flagorneries, ni les obsessions des vieux dégoûtants, ni les jeunes qui se masturbent. Même si dans ces deux derniers cas, Dieu, là-haut, ne voit pas de mal à ce qu'on pense à moi, aussi.

Il est exact que je me donne bien du mal pour faire commettre des péchés, mais les hodjas qui écrivent que vos pets, vos bâillements et éternuements relèvent de mon instigation, il est clair qu'ils ne comprennent rien à qui je suis.

Vous pourriez dire : « Fais en sorte qu'ils continuent à ne pas comprendre, et qu'ils en fassent d'aussi vilains. » Oui, mais je me dois de rappeler que j'ai mon orgueil, et que c'est là d'ailleurs la cause de mon différend avec Dieu. Or, vu qu'on trouve répété partout, à longueur de volumes, que je me joue de prendre toutes les apparences, et que maintes fois, précisément pour me colleter aux hommes de religion, je me suis, en particulier, présenté sous les belles espèces d'une femme aux troublants appas, j'aimerais bien que mes frères peintres, ici présents ce soir, m'expliquent un peu leur insistance à me dépeindre en créature terrifiante, toute difforme et rabougrie, avec des cornes, une queue et un visage couvert de verrues ?

Car nous voilà au cœur de la question : la peinture. Il y a ici, à Istanbul, une bande de voyous, menés par un prédicateur dont je tairai le nom pour vous éviter des désagréments, qui prétendent que la prière récitée en chantant, les réunions où les derviches, en cadence, tombent avec effusion dans les bras l'un de l'autre, au joli son de leurs instruments, ou encore la consommation de café sont contraires à la parole de Dieu. Or, j'ai entendu dire que, parmi vous, certains des peintres qui s'effraient de ces imprécations m'attribuaient également la nouvelle peinture « à la franque ». J'en avais entendu, des calomnies, depuis tous ces siècles ; mais on n'était jamais allé si loin.

Reprenons du début, si vous voulez bien. Car, si tout le monde ressasse que j'ai fait manger à Ève le fruit défendu, on oublie en revanche systématiquement ce premier commencement : je veux dire, non pas la découverte, par Dieu, de mon orgueil, mais mon refus, clair et très légitime, de m'aligner sur les autres anges, quand Dieu nous a montré l'homme et enjoint de nous prosterner devant lui. En conscience, mes frères, trouvez-vous légitime, qu'Il me demande, après m'avoir créé de feu, de me prosterner devant l'homme, qu'il a créé de boue ? Bon, ça va, j'ai compris, vous vous faites réflexion et vous craignez que ce qui se dit ici ne reste pas toujours entre nous : qu'Il entendra tout et finira par vous demander des comptes. Fort bien ! Je ne vous demande pas à quoi sert la conscience dont il vous a pourvus... Je reconnais que vous avez raison d'avoir peur, aussi, oublions cette question, ce détail sur la boue et le feu. Mais ce que je n'oublierai jamais, ce que mon orgueil vous rappellera toujours, c'est que jamais je ne me suis prosterné devant l'homme.

Or, c'est là très précisément ce que font les Européens. Non seulement, en effet, ils s'attachent à montrer, à rendre — si j'ose dire — tous les détails de ces seigneurs, de ces prêtres, ou riches marchands, et même de leurs femmes — couleur des yeux, texture de la peau, contours particuliers des lèvres, effets d'ombre d'un décolleté, rides au front, bagues aux doigts, et jusqu'au touffes de poils qui sortent des oreilles — mais ils les placent en plein centre de leurs tableaux, accrochent ceux-ci aux murs, à l'instar de leurs idoles, comme si l'homme, cette créature, appelait à se prosterner devant lui, et attendait un culte ! Or, l'homme est-il une créature assez importante pour qu'on dessine tous ses détails, y compris son ombre ? Si nous dessinons les maisons d'une rue selon la perception de l'homme, qui est fautive, elles iront diminuant de taille en proportion de la distance, et cela aussi ce sera donner à l'homme, abusivement, la place centrale qui revient à Dieu. Lui, le Très-Haut, dans sa clairvoyance, est sans doute mieux placé que moi pour en juger, mais je pense que l'on comprendra combien il est tout à fait absurde de m'imputer en dernier ressort l'idée de faire ces portraits, moi qui, précisément, subis encore les conséquences — douleur tragique de l'exil loin du regard de Dieu, dont j'étais le favori — de mon refus originel de me prosterner devant l'homme, et qu'il serait plus logique de s'en tenir à l'enseignement de certains mollahs et prêcheurs éclairés : que c'est moi qui fais péter les gens et s'astiquer les garnements.

Je souhaite faire, sur ce sujet, un ultime commentaire, mais mon discours n'est pas pour complaire à des gens qui n'en font qu'à leur tête, qui ne suivent que leurs appétits et leur obsession de l'argent, entre autres passions déplorables ! Dieu seul, dans son incommensurable sagesse, me comprendra : Car n'est-ce pas Toi, Dieu, qui as appris à l'homme l'orgueil en faisant se prosterner tous les anges devant lui ? Or, maintenant ils s'accordent à eux-mêmes le même traitement inauguré par les anges : ils s'adorent et se placent eux-mêmes en plein centre du monde ! Tous, jusqu'à Tes plus fervents serviteurs, veulent se faire peindre à la manière d'Europe. Or je ne sais plus qui je suis, si cette lubie n'est pas le meilleur moyen, et fort rapide, de T'oublier complètement. Et c'est moi, par-dessus le marché, qu'on tiendra encore pour responsable !

Comment vous faire comprendre que tout cela, au fond, m'importe moins que vous ne croyez ? En vous faisant remarquer, bien sûr, que, malgré les lapidations acharnées, les malédictions, les injures, les imprécations qui me poursuivent depuis des siècles, je me porte fort bien, merci. Il vaudrait mieux pour tout le monde que mes ennemis, qui s'énervent bien facilement, se rappellent un peu que c'est Dieu Lui-même qui, tout en haut, m'a permis de survivre jusqu'au Jugement. Or mes détracteurs n'ont obtenu, pour leur part, qu'une durée de vie de soixante ou soixante-dix ans. Et, si je leur donnais le conseil de boire du café pour vivre plus longtemps, je gage bien que certains d'entre eux, parce que c'est moi qui parle, iraient faire tout le contraire : c'est-à-dire, au mieux, s'abstiendraient totalement du café, et, au pire, le prendraient en clystères en faisant le poirier !

Ne riez pas, ce n'est pas le contenu, mais la forme de la pensée qui compte ; non ce que les peintres peignent, mais leur style. Mais il faut que cela reste peu évident. Je m'apprêtais à raconter une histoire d'amour pour finir, mais il commence à se faire tard : notre excellent conteur, qui m'a prêté sa voix ici ce soir, se chargera aussi de vous dire ma bluette. Pas demain, mais après-demain, c'est promis, quand il affichera au mur le dessin de la Femme, mercredi soir !

48

Moi, Shékuré

J'ai rêvé de mon père ; il me disait quelque chose de terrible, que je n'arrivais pas à comprendre ; cela m'a réveillée. Shevket et Orhan dormaient tous les deux serrés tout contre moi, je transpirais de chaleur. Shevket tenait son bras sur mon ventre, tandis qu'Orhan appuyait sa tête en sueur contre ma poitrine. J'ai quand même réussi à sortir du lit, puis de la chambre, sans les réveiller.

Je suis passée par le palier et j'ai ouvert sans bruit la porte derrière laquelle dormait Le Noir. À la faible lumière de ma bougie, ce n'est pas lui que je voyais, juste les draps, sur le plancher de cette pièce glaciale, comme un cadavre dans un linceul. La lumière du chandelier semblait ne pas parvenir jusqu'à lui.

J'ai approché plus près le halo orangé de ma bougie, pour voir son visage, mal rasé et fatigué, ses épaules nues. En m'approchant encore plus près, j'ai vu qu'il dormait comme Orhan, roulé en boule comme une chenille ; son visage avait une expression de jeune fille endormie.

« C'est donc lui, mon mari », me disais-je. Je le sentais tellement loin et étranger que je me suis mise à regretter. Si j'avais eu un poignard, je crois bien que je l'aurais tué. Je ne veux pas dire que c'était vraiment ce que je voulais faire, mais, comme nous avons tous fait quand nous étions enfants, je me disais : « Tiens, comment ça serait si je le tuais ? » Je n'étais pas confiante : qu'il ait, comme il prétend, pensé à moi pendant toutes ces années ; ni à cette expression d'innocence enfantine sur son visage endormi.

J'ai heurté son épaule avec le bout de mon pied nu, pour le réveiller. Au lieu de sembler, comme je l'aurais souhaité, enchanté et ravi de me voir, il a d'abord eu peur ; puis, sans attendre qu'il ait repris tous ses esprits, j'ai commencé à lui demander :

« J'ai vu mon père en rêve : il m'a dit une chose horrible : que c'était toi qui l'avais tué...

— N'étais-je pas avec toi quand ton père a été tué ?

— Je le sais bien, ai-je répondu, mais tu savais que mon père allait être tout seul à ce moment-là.

— Je ne le savais pas. C'est toi qui as dit à Hayriyé de sortir avec les enfants. À part Hayriyé, et puis aussi Esther... si quelqu'un d'autre était au courant, tu dois le savoir mieux que personne.

— J'ai parfois l'impression qu'une voix intérieure va me dire pourquoi tout semble aller de mal en pis, me révéler le secret de ces événements sinistres. J'ouvre la bouche, comme pour aider cette voix à sortir, et, comme dans mes rêves, aucune voix n'en sort. Et, toi aussi, tu n'es plus le gentil Le Noir que je connaissais quand j'étais enfant.

— C'est toi et ton père qui avez fait fuir ce Le Noir, innocent il était.

— Si tu m'as épousée pour prendre ta revanche contre mon père, tu peux être satisfait. Mais c'est sûrement pour cela aussi que mes enfants ne t'aiment pas.

— Je sais, dit-il sans exprimer de tristesse, hier soir, avant de dormir, pendant que tu étais descendue, ils disaient tout fort, de façon que j'entende · Le Noir, Le Noir, le cul en foire !

— Tu n'avais qu'à les rosser », ai-je dit après un premier mouvement où j'ai eu envie de le frapper, lui. Puis j'ai rectifié, inquiète : « Si tu lèves la main sur eux, je te tue.

— Mets-toi donc sous tes couvertures. Tu vas te geler.

— Ce qui est sûr, c'est que je ne viendrai pas dans ton lit. Et puis, après tout, peut-être que nous avons eu tort de nous marier... D'après les gens, ce mariage n'est rien aux yeux de l'islam. Hier soir, avant de dormir, j'ai entendu des bruits de pas ; je suis sûre que c'était Hassan. J'ai reconnu ses pas : j'ai habité longtemps la même maison que lui, tu sais, quand j'étais chez mon mari. Mes enfants l'adorent. Et c'est un dur : il a cette épée rouge, je te conseille de prendre garde à toi. »

Il y avait dans le regard de Le Noir une dureté, une lassitude qui m'ont fait comprendre que je ne réussirais pas à l'effrayer.

« De nous deux, c'est moi la plus désemparée et qui espère le plus, à la fois. Moi, je m'obstine à ne pas vouloir être malheureuse, à protéger mes enfants, alors que, toi, tu ne t'acharnes qu'à te justifier. Pas à me prouver ton amour. »

Il m'a expliqué alors combien il m'aimait, m'a raconté longuement comment il pensait constamment à moi, pendant les nuits d'hiver, dans les refuges pour caravanes au milieu des montagnes silencieuses et désolées. S'il ne m'avait pas dit cela, j'étais prête à réveiller les enfants et à rentrer chez mon premier mari. Tout d'un coup, j'ai eu besoin de dire :

« J'ai parfois l'impression que mon ancien mari peut revenir à tout moment. J'ai peur, mais pas parce que je crains d'être surprise, avec les enfants, au milieu de la nuit, dormant dans la même chambre que toi, non, j'ai peur qu'il ne frappe à la porte au moment même où tu me prendras dans tes bras. »

Dehors, pas plus loin que la porte de la cour, on entendait les cris de chats qui se battaient à mort. Puis un long silence. J'ai cru que j'allais me mettre à sangloter. Je ne me sentais capable ni de poser sur un tabouret la chandelle que je tenais, ni de retourner dans la chambre, près de mes petits. Je me suis dit que je ne sortirais pas de cette pièce avant d'être persuadée qu'il n'était pas mêlé au meurtre de mon père.

« Tu nous sous-estimes. Depuis que nous sommes mariés, tu fais celui qui a pitié. Avant, tu me plaignais à cause de mon mari absent. Maintenant, c'est la mort de mon père.

— Shékuré. Ma très noble Shékuré », a-t-il dit, et cette façon de commencer m'a séduite, je l'avoue. « Tu sais bien que cela n'est pas vrai. Que pour toi je serais prêt à tout.

— Alors sors de ton lit et attends debout comme moi. »

Pourquoi donc ai-je dit que j'attendais quelque chose ?

« Je ne peux pas », dit-il tout honteux, en montrant le milieu de sa chemise de nuit, sous la couverture.

Évidemment. Mais j'étais irritée que, encore une fois, il ne m'écoute pas.

« Avant qu'on assassine mon père, tu entrais dans cette maison comme un chat qui vient de renverser le lait, et maintenant, quand tu me parles... très noble Shékuré ! Quand tu dis cela, tu n'as pas l'air convaincu toi-même, comment veux-tu que les autres te croient ? »

Je tremblais. Pas de rage, mais à cause du froid qui me pénétrait les jambes, le dos et la gorge.

« Viens dans mon lit et sois ma femme, dit-il.

— Et comment retrouvera-t-on l'assassin de mon père ? Si cela dure trop longtemps, je ne peux pas continuer à vivre ici avec toi.

— Nous avons cet indice maintenant, grâce à Esther et toi ces chevaux ; et Maître Osman travaille dessus.

— Maître Osman était un ennemi mortel de mon père. Le pauvre, dire que maintenant, de là-haut, il voit que c'est à celui-là que revient de retrouver le meurtrier, quel crève-cœur pour lui ! »

En un éclair il a bondi sur moi de son lit. Je n'ai même pas eu le temps de bouger. Mais, contrairement à ce que je croyais, il s'est contenté d'éteindre la chandelle et s'est arrêté net. Il faisait un noir d'encre.

« Comme ça, ton père ne peut plus nous voir, a-t-il chuchoté. Il n'y a plus que toi et moi. Maintenant, Shékuré, dis-moi : quand, après douze ans, je suis revenu, tu m'as donné le sentiment que tu serais capable de m'aimer, qu'il pourrait y avoir pour moi une place dans ton cœur. Puis nous nous sommes mariés, et voilà que, depuis, tu le fuis, cet amour.

— Je t'ai épousé parce que j'étais forcée... », ai-je

dit à mi-voix. Là, dans le noir, sans pitié, j'ai senti, comme dit Fuzûlî, mes paroles s'enfoncer dans sa chair : « ... car, si je t'aimais, je t'aurais aimé déjà dans notre enfance.

— Dis-moi, belle-dans-le-noir, tous ces peintres qui venaient chez vous, tu les as observés : à ton avis, qui est le meurtrier ? »

J'ai bien aimé cette façon de rester taquin. Oui, c'était lui, mon mari, maintenant. J'ai juste dit (je ne me rappelle plus très bien si je l'ai vraiment dit) :

« J'ai froid. »

Nous nous sommes embrassés. Dans le noir, je serrais encore la bougie dans ma main, je l'ai attiré tout contre moi ; sa langue, si douce dans ma bouche, mes larmes, mes cheveux, tout, moi, dans ma chemise de nuit, qui tremblais, et même lui, son corps, tout était beau, la chaleur de sa joue qui me réchauffait le bout du nez... mais l'autre Shékuré, en moi, restait craintive : incapable d'oublier, au milieu des baisers, la chandelle qu'elle tenait, son père qui observait, son ancien mari, ses enfants qui allaient se réveiller.

« Il y a quelqu'un dans la maison », ai-je crié. J'ai repoussé Le Noir, et me suis enfuie sur le palier.

49

Mon nom est Le Noir

Je suis sorti avant l'aube, sans être vu de personne, et en ne faisant pas de bruit, comme un invité qui n'a pas la conscience tranquille, puis j'ai marché longtemps, dans les rues bourbeuses et obscures. Je suis passé par la mosquée de Bajazet pour pratiquer mes ablutions avant la prière du matin. À l'intérieur, il n'y avait, à part l'imam, qu'un seul vieillard, qui arrivait à faire la prière en continuant de dormir, ce qui réclame une pratique d'une bonne quarantaine d'années. Au milieu de mes pensées et des sombres souvenirs, encore tout engourdi de sommeil, je sentais Dieu nous regarder, et je Lui demandai, comme on fait passer, dans le creux de la main, une supplique à son souverain : Mon Dieu, je Te supplie de me donner un foyer heureux, rempli de gens qui m'aiment.

En arrivant chez Maître Osman, je me suis rendu compte que, en l'espace d'une semaine, il avait occupé, dans mon esprit, la place laissée par mon Oncle. Il était à mon égard encore plus froid et distant, mais sa foi en la peinture semblait plus profonde. Le Grand Maître, qui passait pour susciter, parmi ses peintres, des craintes, des débats houleux et de véritables torrents de passion, ressemblait surtout, en fait, à un vénérable mais excentrique derviche.

En ressortant de chez lui, comme nous cheminions, lentement, lui un peu courbé sur son cheval, moi courbé aussi, mais à pied, vers le palais de Topkapi, nous devions rappeler ces vieilles illustrations à deux sous pour contes populaires, qui présentent un vieux derviche chargé d'ans avec son disciple jeune et zélé.

À l'entrée du Palais, c'est le Grand Jardinier et sa garde qui nous ont accueillis avec empressement, et de pied ferme. Notre Sultan, en effet, persuadé que nous saurions identifier le coupable à peine examinés les chevaux dessinés, au saut du lit, par les trois peintres, avait ordonné qu'on expédie au supplice, sur-le-champ, sans même l'interroger, le criminel que nous allions désigner. Nous avons donc été conduits non sur la place de la fontaine, où se font les exécutions publiques, mais à une petite bâtisse délabrée, perdue au fond du Jardin Privé, qu'on utilise de préférence pour les interrogatoires et les exécutions secrètes.

Un jeune homme, que son élégance et sa délicatesse ne permettaient pas de confondre avec les hommes du Grand Jardinier, disposa avec assurance, sur un pupitre, les trois dessins de chevaux.

Maître Osman a sorti sa loupe, et mon cœur s'est mis à battre plus fort. Il passait, toujours à égale hauteur, comme un aigle planant, majestueux, au-dessus de son territoire, sur chaque feuille, sur chaque cheval ; arrivé à hauteur des naseaux, il s'arrêtait presque, attentif comme l'aigle qui va fondre sur un faon, et sans trahir la moindre émotion.

« Non, a-t-il fini par prononcer, froidement.

— Comment, non ? » demanda le Grand Jardinier.

Moi aussi, je m'attendais que le Grand Maître prît

sa tâche plus à cœur, qu'il examinât chaque détail, des sabots à la crinière.

« Ce maudit n'a pas laissé la moindre trace, dit Maître Osman. Ces dessins ne permettent pas de déduire qui des trois peintres est l'auteur du crime et du cheval alezan. »

J'ai alors saisi moi-même la loupe qu'il avait posée, et j'ai pu constater, d'un coup d'œil aux naseaux des trois chevaux, qu'il avait raison : aucun d'entre eux ne présentait ce détail étrange, cette signature sur le cheval peint pour le livre de mon Oncle.

Je me suis alors souvenu des bourreaux qui attendaient à la porte, avec leurs instruments bizarres ; et, comme je me penchais par l'embrasure pour essayer de les apercevoir, j'ai vu l'un deux détaler soudain, comme terrifié par un djinn, et se cacher face contre terre, derrière un mûrier.

Tel un rayon de soleil illuminant la grisaille de l'aube, le Pilier du Monde, notre Sultan, venait de faire son entrée.

Maître Osman lui a expliqué sans ambages que l'on ne pouvait rien tirer de l'examen de ces trois dessins. Il n'a pu toutefois s'empêcher d'attirer l'attention de notre Souverain sur la façon de se cabrer, vraiment royale, de l'un des chevaux, sur l'attitude du deuxième, d'un équilibre si délicat, et enfin sur la posture grave et fière du troisième, rendue d'après un modèle très ancien. Il supputait en même temps l'auteur de chacun des trois dessins, et le jeune garçon qui les avait, la veille au soir, recueillis chez chacun des trois peintres, le confirma.

« Ne vous étonnez pas, Majesté, que je reconnaisse mes peintres comme les lignes de ma main, dit Maître Osman, car ce qui m'étonne, c'est plutôt la façon dont ce cheval étrange a pu jaillir de celles d'un de ceux que je croyais connaître si bien. Je ne crois pas, en effet, qu'un défaut puisse, sur un quelconque de leurs dessins, ne pas avoir une raison cachée.

— C'est-à-dire ? demanda notre Sultan.

— Bienheureuse Majesté, je pense que la secrète signature que nous observons dans la forme des naseaux du cheval alezan, loin d'être une erreur, remonte à une manière de peindre oubliée, à des règles très anciennes, selon un modèle qu'on pourrait trouver sur d'autres chevaux. Si nous confrontions certaines pages des manuscrits conservés sous clef, depuis des siècles, dans les coffres et les armoires des caves du Grand Trésor, ce qui nous apparaît aujourd'hui comme un défaut s'avérera être une règle, une référence susceptible de nous conduire à la plume de l'assassin.

— Tu veux avoir accès aux salles du Trésor ? s'est exclamé notre Sultan.

— Oui », a répondu Maître Osman.

La demande était audacieuse, autant que celle de pénétrer dans l'enceinte du harem. Et j'ai compris à ce moment que le Trésor, avec le harem, occupait dans le cœur de notre Sultan une place aussi importante que le suggérait sa position dans le palais impérial.

Ayant fini par risquer un regard sur le sublime visage de notre Sultan, j'ai essayé subrepticement d'y lire ce qui allait nous arriver, mais il a disparu soudain. Était-il courroucé ? Cette insolence de Maître Osman allait-elle causer notre perte à tous, déchaîner le châtiment de tous les peintres ?

Tout en regardant les trois chevaux devant moi, je m'imaginais que je ne reverrais plus jamais ma Shékuré, et que j'allais mourir sans avoir partagé sa couche. En dépit de tous leurs prestiges, ces trois dessins me semblaient pour l'heure sortis d'un univers étranger et lointain.

Et comme j'avais compris qu'on puisse, dans le cadre et le cœur du sérail, vivre et mourir heureux, de son enfance à l'âge adulte, entièrement dévoué au service et aux caprices de Sa Majesté, j'ai compris combien la peinture, être peintre, c'était d'abord servir son Dieu, vouer sa vie jusqu'à la mort à la célébration de ses charmes et de ses attraits. Le silence était effrayant

Quand beaucoup plus tard les gens du Grand Trésorier nous ont escortés à la Porte du Salut, ce silence de la Mort, cette idée d'anéantissement m'avaient envahi l'âme. Les gardes de l'entrée, blasés de voir passer, condamnés au supplice, tant de glorieux pachas, nous ont à peine regardés. L'esplanade du Conseil, qui, hier encore, m'avait ébloui par sa splendeur de Paradis, sa tour où se perchaient toujours les mêmes paons ne me firent plus aucune impression. J'avais compris qu'on nous conduisait au centre du monde, au Saint des Saints de notre Seigneur.

C'est ainsi que nous avons franchi le seuil que les Grands Vizirs eux-mêmes ne passent point sans sauf-conduit. Tel un petit garçon égaré dans un conte, je n'osais lever les yeux, de peur de voir surgir toutes sortes de monstres et de prodiges. Dans la salle du trône, j'ai longtemps hésité avant d'oser jeter un œil vers le mur du harem, sur un platane, qui n'avait rien que de semblable aux autres arbres ; puis mon regard fut arrêté par un personnage de haute taille, somptueusement revêtu d'un splendide caftan bleu. Nous avons enfilé de hauts portiques, pour déboucher enfin devant une lourde porte, plus grande et plus magnifique que les autres, couronnée, surchargée de stucs à jours ciselés. Sur le seuil, les aghas, et l'un d'eux, littéralement courbé sous le poids de la clef.

En nous fixant droit dans les yeux, le Grand Trésorier a dit : « C'est pour vous une chance immense d'être admis dans le Trésor Interdit. Vous allez contempler des manuscrits qu'on n'expose jamais, scruter des pages toutes d'or, au milieu desquelles, comme des chasseurs traquent le gibier, vous guetterez des miniatures inouïes. Notre Sultan m'a ordonné d'octroyer à Maître Osman trois jours, deux à partir de la fin de celui-ci, soit jusqu'à jeudi après-midi, pour qu'il découvre et nous fasse savoir qui des trois peintres est le Maudit, faute de quoi je vous rappelle que le Grand Jardinier et ses bourreaux sauront eux-mêmes tirer cette affaire au clair. »

On commença par briser l'enveloppe du verrou amovible et scellé, qui garantissait la serrure de la porte contre l'introduction de toute autre clef. Le gardien chef du Trésor et deux gardes signalèrent de la tête que le sceau était intact ; on le fit sauter, puis on introduisit la clef dans la serrure, qui joua, en rechignant, dans le profond silence. Le visage sombre de Maître Osman avait pris un aspect de cendre ; puis, quand le lourd battant de la porte s'est ouvert, il s'est comme éclairé d'une antique lueur noire.

« Notre Sultan n'a pas voulu s'embarrasser d'eunuques-secrétaires et de préposés à l'inventaire, expliqua le Grand Trésorier. Depuis la mort du bibliothécaire, il n'y a plus personne pour veiller sur cet endroit et sur les ouvrages. Aussi Sa Majesté veut-elle que vous soyez accompagnés de Djazmî Agha, et de lui seul. »

C'était un nain aux yeux brillants, qui paraissait plus de soixante-dix ans, et surmonté, pour couvre-chef, d'un grand morceau de toile de navire, aussi difforme que lui.

« Djazmî Agha connaît ces lieux comme sa propre maison. Personne mieux que lui ne sait où sont les livres, et tout ce qui peut se trouver ici. »

Le vieux nain ne daigna même pas se rengorger. Il était occupé à examiner le brasero aux pieds d'argent, le pot de chambre à poignée de nacre et les chandeliers apportés par des mignons persans.

Le Grand Trésorier nous informa que le verrou et les sceaux, posés soixante-dix ans auparavant sous le règne de Sélim Ier, seraient remis en place derrière nous, puis ôtés à nouveau après la prière du soir, sous les yeux de la garde rapprochée au grand complet, qui aurait également mission de contrôler que nous « n'oubliions » pas quelque objet dans les plis de nos couvre-chefs, vêtements, poches ou ceintures, et de fouiller jusqu'à notre linge de corps.

Nous sommes passés entre les gardes rangés sur deux files, à l'intérieur. Il y faisait un froid glacial. Quand la porte s'est refermée, nous avons plongé dans le noir, et j'ai senti une odeur piquante, de moisissure, d'humidité et de poussière, m'envahir les sinus. On ne pouvait poser un pied devant l'autre : tout un bric-à-brac, des meubles, des coffres et des casques gisaient partout. J'ai eu l'impression d'être aux premières places d'une espèce de champ de bataille.

Mes yeux se sont accoutumés à la lumière mystérieuse que semblaient faire descendre, sur l'ensemble de la salle, par les barreaux épais des échelles fixées aux murs pour accéder à une galerie, et, à travers la balustrade de celle-ci, de longs jours de douleur. Cette salle était rouge, par le brocart des tentures, par les kilims et les tapis. Je révérais en elle les ruines et les pillages, tous les trésors raflés, le sang versé de tant de guerriers, de tant de guerres pour y enfouir tous ces objets et ces richesses.

« Vous avez peur ? dit le vieux nain, qui semblait lire mes pensées. La première fois, tout le monde a peur. Et la nuit, tous ces objets se mettent à murmurer et chuchoter entre eux. »

Ce qui terrifiait, surtout, c'était le poids de ce silence au-dessus de tout ce fatras ; sauf le bruit de la clef dans la serrure, et du sceau qu'on remettait en place. On était, devant ce spectacle, pétri d'admiration.

Les épées, les ivoires, les caftans et les chandeliers, les bannières de brocart, les écrins nacrés, les vases de Chine et les mandolines, les armures et les ceintures, les coussins de satin, les globes qui montraient le monde, les fourrures des bottes et celles des pelisses, les cornes de rhinocéros, les œufs d'autruche rehaussés, les masses d'armes, les fusils, les flèches... encombraient des armoires, des étagères, à perte de vue. Les étoffes se déversaient, les soieries ondoyaient, se précipitaient en cascade sur les bords de la balustrade, inondaient les placards, gargouillant comme des sources en haut des profondes alcôves, pour nous emporter, impétueuses, comme le lit d'un fleuve. Et ces tissus, ces coffrets, ces manteaux de rois, ces longues dagues et ces grands cierges roses, ces rubans à turban, ces matelas couverts de perles, ces ors et ces diamants répandus avec profusion sur les pommeaux des selles et les poignées des sabres, ces fibules et ces panaches, ces saphirs sur les massues, ces horloges exotiques, ces éléphants, ces chevaux d'ivoire, ces narguilés à cabochon de diamant, ces plumets d'équipage et ces tiroirs de nacre, ces lourds chapelets, ces poignards, ces casques incrustés de rubis, de turquoises, ces carafes étaient baignés d'un halo étrange et jamais contemplé. Semblables aux rayons du soleil qui pénètre, l'été, par le vitrail des coupoles, à l'intérieur des grandes mosquées, les rais de jour irisaient les grains de poussière, filtrant d'en haut sur la pénombre depuis les soupiraux. Pas l'ombre d'un soleil pourtant ; l'air lui-même semblait formé d'une matière consistante, semblable à celle de tous ces objets étrangement éclairés. En éprouvant encore une crainte diffuse, je commençais aussi à percevoir la cause de cette teinte rouge, uniforme et grandiose, qui flétrissait les choses, et qui gouvernait ici jusque sur la lumière. C'était la poussière, la poussière qui confondait les choses dans la masse, qui rendait imprécis leurs contours, et les rendait plus effrayants, plus étranges au premier, au deuxième, au troisième regard. Ce que mon œil prenait d'abord pour une malle devenait un pupitre, ou bien, finalement, un appareil bizarre, rapporté d'Europe. Et ce coffre plus petit, au milieu des habits en vrac et des panaches déballés, s'avérait être une étrange boîte, envoyée par le Tsar, depuis la Moscovie.

Djazmî Agha avait placé le brasero sous une niche creusée dans l'épaisseur de la muraille.

« Où sont les livres ? a chuchoté Maître Osman.

— Lesquels ? répliqua le nain. Les Corans du Yémen, en écriture coufique, la bibliothèque de Tabriz, rapportée par le Bienheureux Sultan Sélim Ier le Cruel, celles des proscriptions, ou les volumes offerts par les ambassadeurs de Venise au grand-père de notre Sultan, ou les livres qui datent de Constantinople, abandonnés ici après la prise de la ville par Mehmet le Conquérant ?

— Ceux offerts il y a trente ans par Shah Tahmasp au Sultan Sélim », répondit Maître Osman.

Le nain, alors, nous a précédés jusqu'à une armoire. Puis il en a ouvert les portes en grand. Maître Osman s'est immédiatement précipité sur les rangées de volumes qu'elle recelait. Il lisait déjà la dédicace du premier qu'il ouvrit, faisait tourner les pages. Sous mes yeux ébahis défilèrent des khans aux yeux bridés, tous tracés avec la même application déférente.

« Gengis Khan, Tchagatay Khan, Tuluy Khan, et Kubilay Khan — celui-ci régna sur la Chine — », récita Maître Osman en refermant le livre pour en choisir un autre.

Sous nos yeux apparut, merveilleusement rendue, cette scène où Farhad, transporté par l'amour, transporte le cheval qui transporte Shirine. Cette passion désespérée s'exprimait dans les contours troublés des nuages, et des rochers de la montagne, dans le trait, tourmenté et tremblant, des cyprès noblement pensifs, attentifs au sort du héros. Des larmes sourdaient de nos yeux, à Maître Osman et moi, fragiles comme les feuilles des arbres prêtes à tomber. Cette image touchante, à la manière ancienne, mettait moins en relief les muscles et la force, que la pitié du monde ému par cet amour.

« C'est une copie d'une œuvre de Bihzâd faite à Tabriz il y a quatre-vingts ans », prononça Maître Osman en reposant le volume pour en ouvrir un autre.

Cette fois-ci, c'était une image de *Kalila et Dimna*,

l'alliance du chat et de la souris. Dans un champ, une malheureuse souris, pour échapper à un milan, dans les airs, et à un furet, sous terre, trouve refuge auprès d'un malheureux chat pris dans les rets d'un chasseur. On passe un accord, et le chat, sous couleur d'amitié, lèche amoureusement la souris ; le milan et le furet, effrayés par le chat, renoncent à attraper la souris ; et la souris s'affaire pour délivrer le chat. Sans me laisser le temps d'apprécier toute la sensibilité du miniaturiste, Maître Osman a fait claquer le volume pour le remettre sur la pile en face de ceux déjà sortis, où il en prit un autre, au hasard.

C'était une idylle : un homme écoutait, avec attention, les paroles d'une femme un peu mystérieuse ; celle-ci semblait, une main délicatement ouverte, un genou posé délicatement sur un pan de sa cape verte, lui réclamer quelque chose. Je contemplais avec envie l'intimité, l'amour et la confiance qui émanaient des personnages.

Encore une fois Maître Osman changea d'ouvrage et de page. De tout temps ennemies, les armées, les cavaleries de l'Iran et du Touran se faisaient face avant la mêlée, avec les casques et les cuirasses, les carquois et les cnémides, les flèches et les arcs, entre les chevaux caparaçonnés de fer jusqu'à l'encolure et les lances parallèles, pointes dressées, de toutes les couleurs, sur le fond poudreux de la steppe fauve, et contemplaient avec patience, détachés en avant, leurs généraux déjà aux prises. J'allais dire que leur patience, aujourd'hui ou un siècle plus tôt, scène d'avant la mort ou bien d'avant l'amour, était l'image de l'espoir du peintre, loyal et fidèle, de son amour et de son courage, de sa passion pour la peinture, mais :

« Ce n'est pas là non plus », dit Maître Osman en refermant le lourd volume.

Nous parcourûmes un paysage qui s'étendait à l'infini, dont les montagnes, vertigineuses, disparaissaient dans un tourbillon de brumes. J'ai pensé, devant le monde, réel, figuré sur cette peinture, que c'était, aussi, comme de contempler un au-delà. Maître Osman a alors évoqué les probables tribulations de cette œuvre chinoise : comment, de Bukhârâ à Hérat, de Hérat à Tabriz, et de Tabriz au Palais de notre Sultan, elle avait dû passer de livre en livre, arrachée, puis reliée, plusieurs fois, avant d'échouer ici, à Istanbul, dans un recueil disparate.

Puis ce furent des scènes de guerre et de massacres, plus belles et plus effroyables les unes que les autres. Rustam contre le shah de Mazandarân, Rustam attaquant seul toute l'armée d'Afrasyâb, Rustam, en mystérieux guerrier, méconnaissable sous son armure... Dans un autre recueil, des armées, dont nous ne sûmes pas identifier la légende, parsemaient de cadavres un atroce champ de bataille, et au milieu des membres coupés, des dagues rougeoyantes et dégouttantes de sang, sous les regards brillants de terreur des soldats qui s'apprêtent à mourir, les preux continuaient de se tuer, de se pourfendre, se trucider, hachés en tranches comme des oignons. Dieu sait combien Maître Osman avait pu contempler déjà de ces « Shirine se baignant aux rayons de la lune sous les yeux de Khosrow », combien de « Leylâ et Majnûn pâmés d'émoi quand ils se retrouvent, après tant d'années de séparation », combien de « félicités luxuriantes de Salâman et Absal réunis seul à seule, sous les arbres et les oiseaux et les fleurs de l'île fortunée où ils ont échappé au monde » ! et en grand maître qu'il était, jusque dans la copie la plus médiocre, fût-ce simplement pour relever la faiblesse du peintre, ou pour condamner l'usage de couleurs discordantes, il n'avait de cesse de me montrer, souvent caché dans un recoin, quelque détail qui l'intriguait : quel artiste mélancolique, habité par de noires pensées, avait osé percher, dans la scène où Shirine écoute avec Khosrow le conte de la servante à la voix si sucrée, sur la branche d'un arbre ce hibou sinistre ? Et sur le thème de la beauté de Joseph admiré par les femmes d'Égypte, quand celles-ci, d'émotion, se tailladent les mains en épluchant des oranges, quel peintre avait donc introduit ce jeune garçon en robe de fille ? Et celui-ci, qui avait peint la flèche crevant l'œil d'Isfandyâr, prévoyait-il, bientôt, sa propre cécité ?

Nous avons vu, dans l'ascension des cieux par notre Saint Prophète, les anges tout autour qui lui faisaient un cadre, ainsi que l'étoile Saturne, représentée comme un vieillard au teint sombre, à la barbe longue, et qui avait six bras ; puis le sommeil tranquille du bébé Rustam, dans son berceau en marqueterie de nacre, sous les regards de sa mère et de ses nourrices ; la mort tragique de Darius, sa tête brune sur les genoux blancs d'Alexandre vainqueur ; Bahrâm Gûr enfermé dans la chambre rouge, en compagnie de la princesse russe ; l'ordalie de Siyâvûsh, dont la monture noire, au milieu du brasier, ne présentait pas, aux naseaux, la signature que nous cherchions ; et les lugubres funérailles du roi Khosrow, assassiné par son propre fils.

Les volumes se succédaient, passaient rapidement de ses mains aux miennes, et çà et là, de temps en temps, Maître Osman reconnaissait l'auteur, me faisait voir la signature, pudiquement dissimulée, qu'il parvenait à découvrir, perdue dans un fouillis de fleurs, dans les décombres d'une ruine, ou sous la margelle d'un puits, tout noir, qui contenait un djinn. Au moyen des signatures et des dédicaces, il déterminait les provenances et m'expliquait qui avait fait, qui avait pris quoi, à qui et pour qui. Dans certains volumes, Maître Osman tournait les pages avec rapidité, sûr de ne rencontrer que quelques miniatures : parfois c'était de longs silences, où l'on percevait seul le glissement des pages ; soudain on l'entendait : « Oh ! » faisait-il, et moi, je me taisais, sans comprendre son étonnement ; parfois il me faisait remarquer, à propos de telle composition, de tel arrangement d'arbres ou de cavaliers, que telle histoire en rappelait d'autres, dans un autre ouvrage, qui n'avait rien à voir. Ou bien il comparait une miniature, remontant, disait-il, à soixante-dix-huit ans, avec telle autre d'un autre livre, vieux, lui, de près de deux cents ans, puisqu'il s'agissait d'une copie complète de Nizâmî datant de Rizâ Shah le fils de Tamerlan, et me demandait la raison pour laquelle deux peintres qui ne s'étaient jamais connus avaient peint la même image. Il donnait la réponse :

« Parce que peindre, c'est se souvenir. »

Ouvrant et fermant les grimoires, tantôt accablé par tant de merveilles (car plus personne aujourd'hui n'est capable d'en produire de telles), tantôt perfidement réjoui par les maladresses qu'il y rencontrait (après tout, nous les peintres, nous sommes d'une même race !), Maître Osman me signalait ce qu'il entendait par « la mémoire des peintres » : la forme des vieux arbres, les anges, les parasols ; tigres et pavillons, dragons et princes mélancoliques. Un beau jour, expliquait-il, Dieu avait vu le monde dans sa perfection, et, confiant en la beauté de ce qu'il voyait, avait décidé de le léguer, sous cette forme, à ses serviteurs. Le devoir nous était échu, à nous peintres et amateurs, de rappeler, de nous rappeler ce paysage vu par Dieu dont se transmettait l'héritage. Les grands peintres, à chaque génération, se rendaient aveugles par le travail, faisaient le sacrifice de toutes leurs forces, de toute leur vie à la représentation de cette vision sublime, de ce qui avait été vu et rêvé par Lui. Leur œuvre ressemblait donc au travail de la mémoire, à l'exhumation laborieuse des souvenirs enfouis ; le malheur étant que chacun, même les plus grands d'entre eux, ne percevait plus, ne se rappelait qu'une partie infime et isolée de l'héritage, comme des vieillards qui perdent autant la mémoire que la vue. Il ne leur était pas plus donné de contempler, au demeurant, les œuvres des prédécesseurs, parfois sé parés par des siècles ; mais l'arbre, mais l'oiseau, le prince qui se lave au hammam, la jeune fille triste à sa fenêtre venaient toujours les mêmes sous leurs pinceaux, toujours pareils entre eux, toujours con formes au premier miracle, au modèle de la Création.

Beaucoup plus tard, quand il fut clair, dans la pe· nombre rougeoyante de la salle du Grand Trésor, que cette armoire ne contenait pas le *Livre des Rois* que nous cherchions, celui offert par Tahmasp Shah au grand-père de notre Sultan, Maître Osman reprit son discours :

« Parfois l'aile de l'oiseau, l'attache de la feuille sur l'arbre, la frange frisée de l'ourlet, l'accroche du nuage dans le ciel ou le rire de la femme sont transmis de maître à disciple, enseignés, appris par cœur au long des siècles et des générations. Un grand peintre n'oublie jamais les détails des modèles qu'il a appris de son propre maître, car il y croit du fond du cœur, comme on croit au Coran Vénérable, et, comme les versets du Coran, ils sont coulés dans un moule, une forme inaltérable. Nonobstant, ne pas oublier n'implique pas que l'artiste applique toujours tel ou tel détail. La tendance de l'atelier, les habitudes qui s'y observent, et les couleurs privilégiées par le Grand Maître, chéri comme la prunelle de leurs propres yeux — ou bien le bon plaisir du souverain d'alors —, l'amènent souvent à placer ledit détail : l'aile de l'oiseau, le rire de la femme...

— Ou les naseaux du cheval, ai-je ajouté.

— Ou les naseaux du cheval, continua Maître Osman sans un sourire, non de la façon dont il est gravé sur le marbre de son âme, mais tel qu'il le considère, à l'instar de tous ses collègues, comme modèle dans la tradition conservée par leur atelier, à l'époque où il y travaille. Tu comprends ? »

Nous avions compulsé plusieurs *Khosrow et Shirine* de Nizâmî, quand, sur le mur d'une salle du trône où Shirine siégeait devant sa cour, Maître Osman a pu lire, gravée dans la pierre, une inscription qui disait : « Dieu Très-Haut protège la puissance, l'empire et la nation de notre noble souverain, notre juste Grand Khan, fils du victorieux Tamerlan ; qu'il soit heureux », à gauche, et à droite, « et qu'il soit riche ».

« Où trouverons-nous, ai-je demandé un peu plus tard, les miniatures dont les chevaux, avec leurs naseaux, se soient ainsi gravés dans la mémoire du peintre coupable ?

— Nous devons trouver le *Livre des Rois* envoyé en cadeau par Tahmasp shah d'Iran, répondit Maître Osman, et remonter à cette époque lointaine, fabuleuse et bénie, où Dieu participait aux arts de la peinture. Il nous reste beaucoup de volumes à vérifier. »

L'idée que l'intention de Maître Osman était peut-être moins de retrouver ces chevaux aux naseaux étranges que de pouvoir consulter et admirer ces miniatures endormies depuis des années dans les chambres du Grand Trésor me traversa l'esprit. Mais j'étais pour ma part tellement impatient de rapporter à Shékuré, qui m'attendait à la maison, le résultat de nos recherches, que je n'ai pas voulu croire que le Grand Maître, en fait, désirait rester le plus longtemps possible dans cet endroit glacial.

Aussi avons-nous continué, le nain nous ouvrant les armoires et les coffres, à passer en revue toutes ces miniatures. Parfois ces images toutes semblables finissaient par me dégoûter, je ne pouvais plus voir en peinture, c'est le cas de le dire, ce Khosrow à cheval sous la fenêtre de Shirine, et, sans même jeter un œil aux naseaux de sa monture, je m'écartais de Maître Osman pour me réchauffer, tant bien que mal, soit du côté du brasero, soit dans les autres pièces, où en marchant j'admirais, dans une enfilade, avec un étonnement toujours renouvelé, les mêmes formidables amoncellements de tissus, d'or, de butins, d'armes et d'armures. Parfois, sur son appel ou sur un geste de sa main, je retournais en courant auprès du Maître, imaginant quel nouveau chef-d'œuvre, ou même, si seulement ! quel cheval aux naseaux bizarres il allait enfin me montrer, et je me retrouvais face à face — sur la page que Maître Osman, recroquevillé comme une chenille sur un tapis de soie datant du Conquérant, m'indiquait de sa vieille main tremblante — avec cette scène étrange jamais vue avant : Satan se glissant en cachette à l'intérieur de l'arche de Noé.

Nous admirâmes les chasses joyeuses, parmi les biches, les lièvres et les lions, des souverains divers — rois, sultans et padishahs — qui s'étaient succédé à la tête des empires depuis l'âge de Tamerlan jusqu'à celui, non moins heureux, de Soliman le Magnifique. Nous avons vu un dévergondé occupé à faire subir à une chamelle — ligotée par les pattes de derrière à une escabelle où il s'est juché — les plus vilains outrages, et même le démon qui l'observe s'en mord les doigts de honte. Dans un manuscrit arabe provenant d'Irak, on voyait filer au-dessus de la mer un marchand de Bagdad, suspendu aux serres d'un fabuleux rapace.

Sur la première page qui s'ouvrit, par hasard, dans le livre suivant, j'ai reconnu notre scène favorite, à Shékuré et moi : Shirine s'éprenant de Khosrow en regardant son portrait accroché à la branche d'un arbre. Puis, sur une autre page, le spectacle amusant des mille petits engrenages, et des boules, en forme d'oiseaux ou de petits Bédouins, d'une horloge montée sur un dos d'éléphant nous rappelèrent le Temps, et l'heure qu'il était.

Je ne saurais dire combien de volumes, combien de miniatures s'étaient succédé ainsi, sous nos yeux, lors de cette nuit. Les images et les histoires, immuables et figées comme dans l'Âge d'Or, semblaient s'être mêlées à notre temps, au temps plombé, humide et renfermé, de la salle du Trésor. Après tant d'années à dormir dans les coffres, sur ces pages où des ateliers entiers s'étaient usé les yeux, siècle après siècle pour le plaisir, la jouissance des yeux d'un roi, d'un khan, d'un sultan ou d'un prince, les casques, autour de nous, répandus avec la même abondance, les cimeterres identiques, aux pommeaux de diamant, les poignards, les armures, les porcelaines de Chine et les fragiles mandolines, recouvertes de poussière, les kilims et les coussins brodés de perles, et surtout ces chevaux, ces chevaux de toutes les formes, semblaient sur le point de reprendre vie, de se remettre à galoper.

« Je commence à me dire que ces milliers de peintres qui reproduisent, depuis des siècles, les mêmes sujets ont peint, de proche en proche, imperceptiblement, la lente et secrète transformation du monde ancien en celui d'aujourd'hui. »

Je dois avouer n'avoir pas compris tout ce que voulait dire le Grand Maître. Mais l'attention que je lui voyais porter à chacune de ces centaines d'images, rapportées jusqu'à Istanbul de Bagdad ou de Tabriz, voire de Hérat ou de Bukhârâ, et vieilles pour certaines de deux siècles, ne se restreignait plus, certes, au nez des chevaux, qui seuls pouvaient servir d'indice. C'était plutôt, de notre part, une sorte d'hommage triste et ému, que nous rendions, admiratifs, à l'art et à l'inspiration, à la patience surtout, de tous ces maîtres enlumineurs.

C'est pourquoi, quand, à l'heure de la prière du soir, les portes du Trésor furent rouvertes, et que Maître Osman me déclara qu'il ne souhaitait pas le moins du monde sortir et préférait passer la nuit sur place, avec une provision de bougies, afin de pouvoir continuer d'examiner les miniatures jusqu'au matin, seul moyen de s'acquitter de la tâche confiée par Sa Majesté, je lui ai dit — et ce fut là de fait ma première impulsion — que je ne ferais pas autrement, et que je restais moi aussi avec le nain et lui.

À peine le Maître a-t-il ouvert la porte pour faire connaître aux gardes, qui nous attendaient à l'entrée, notre décision, que je l'ai regrettée pour ma part. Je ne songeais plus qu'à Shékuré. J'ai souffert ensuite mille morts à la seule pensée que ma chère épouse devrait passer la nuit toute seule avec les enfants, et barricader au mieux la fenêtre dont le contrevent n'était même pas encore parfaitement réparé.

Deux pages qui conversaient entre eux par le langage des sourds, afin de ne pas troubler le repos de notre Sultan dans la fraîche félicité de la cour du sérail, ombragée de hauts platanes silencieux, qui m'apparaissait, par l'embrasure du vantail, comme estompée par un brouillard humide, semblaient me faire signe de les rejoindre, dans la vie merveilleuse du dehors, mais une pudeur et mes scrupules m'ont retenu d'y retourner.

50

Nous, les deux Errants

Vu les théories répandues dans la communauté artistique — sans doute, à l'origine, par le nain Djazmî Agha, sur la façon dont nous avons été trouvés, tous les deux, sur l'une des pages d'un gros album hétéroclite — Chine, Hérat et Samarcande : tous les styles représentés — caché dans le recoin le plus secret des appartements du Trésor où s'accumulent, depuis des siècles, le butin innombrable des innombrables cités pillées et détruites par les ancêtres de notre Vénéré Sultan —, il faut former le vœu, si nous voulons, ce soir, vous raconter notre histoire nous-mêmes, que les personnes distinguées qui honorent de leur présence cet élégant café auront l'amabilité de rester assises, sans se scandaliser.

Quarante années ont passé depuis que notre couvent — déclaré foyer d'hérésie, irréformable nid de rébellion satanique et par surcroît repaire des partisans de la Perse — a été fermé, et pas moins de cent dix ans depuis notre mort. Pourtant, nous sommes encore là, devant vous ! Pourquoi ? Parce que nous avons été dessinés à l'européenne, voilà pourquoi ! Comme vous voyez sur le dessin, nous étions, un beau jour, dans l'une des contrées de l'Empire, deux mendiants cheminant d'une ville à une autre.

Pieds nus, tête nue, nus jusqu'à la ceinture, ou plutôt affublés, pour veston, chacun d'une peau de biche, brandissant une houlette, notre écuelle en noix de coco accrochée au cou par une chaîne, une petite hachette à couper le bois pour nous deux, et une seule cuiller pour manger tout ce que le bon Dieu voudra bien jeter dans nos écuelles.

Nous venions de nous disputer, avec mon doux ami, mon compagnon et tendre frère — toujours sur le même thème : pour savoir qui de lui ou de moi se servira le premier de la cuiller pour manger dans la noix de coco. C'était à la fontaine d'un village, et un Européen, une sorte d'original, a offert à chacun une pièce d'argent vénitienne pour qu'on se laisse croquer sur le vif.

Européen, comme je disais, donc : un peu spécial... Comme si nous avions été le pavillon du Roi des Rois, il nous a mis en plein milieu de la feuille, et, comme il nous dessinait à moitié nus, j'ai eu l'idée, dont j'ai fait part à mon compagnon, pour avoir l'air encore plus de vrais Derviches Errants, vraiment bien pauvres, de loucher en montrant le blanc de nos yeux, avec le noir en dedans, comme si on était des aveugles. On l'a fait, et, comme ça, on comprend tout de suite que les derviches sont habitués à contempler non pas le monde du dehors, mais celui qu'ils ont dans la tête, et les magnifiques paysages intérieurs émanés par les vapeurs d'opium.

Il faut croire que ça gâche un peu le paysage extérieur, aussi, parce que, soudain, nous avons perçu les vociférations d'un hodja, qui nous prenait à partie.

Qu'on ne se méprenne pas : quand nous disons « Monsieur le Hodja », il ne s'agit en aucun cas ni de Sa Sainteté Nusret le Hodja d'Erzurum, ni non plus de celui qui n'a pas de père, Husret Hodja, ni du Hodja de Sivas dont nous avons appris qu'il copulait dans les arbres, avec Satan. Il y a toujours des gens pour mal interpréter, et pour menacer, si on continue de dire ici des cochonneries sur Monsieur le Hodja, de couper la langue à notre satiriste, et de démolir ce bastringue avec.

Notre histoire a beau se passer cent vingt ans avant l'invention du café, Monsieur le Hodja était complètement hors de lui :

« Pourquoi tu dessines ces deux-là, toi, le giaour ! a-t-il commencé. Les Derviches Errants, ça rapine, ça mendie, ça passe son temps à boire du vin, à fumer de l'opium et à copuler entre eux, et, quand on voit comment ils s'exhibent, il est clair qu'ils ne savent même pas ce qu'est la prière, un foyer, une famille ; de toute façon, ils n'ont pas de patrie. Ils sont la lie de ce bas monde ! Alors que nous avons tellement de belles choses à montrer dans notre beau pays ! Tu veux faire croire que nous sommes abjects, en choisissant de montrer nos abjections ?

— Non, c'est parce que les dessins de vos côtés abjects se vendent mieux », dit le giaour, un esprit fort, apparemment, ce qui nous a épatés, chez un peintre.

« Et si le Diable te rapportait plus, tu le peindrais joli ? » a voulu continuer le Hodja en cherchant à l'attirer dans un traquenard. Mais, comme on l'a compris avec ce dessin, notre peintre venu d'Europe, qui n'était pas là pour bavarder, mais pour les curiosités et l'argent qu'il en tirerait, ne l'a pas suivi sur ce terrain-là.

Son dessin terminé, il nous a mis dans sa sacoche, derrière la selle de son cheval, puis s'en est retourné vers le pays païen ; mais quand les armées ottomanes, victorieuses, se sont emparées de cette ville sur les bords du Danube, qu'à cela ne tienne ! nous sommes rentrés à Istanbul, avec le butin du Sultan. Comme nous étions dans le Trésor, il nous fallut d'abord être recopiés en cachette, sur un cahier, puis sur un livre, avant d'arriver finalement ici, dans ce café, où l'élixir de longue vie est distillé goutte à goutte, pour la joie des bienheureux clients. À présent :

UN BREF ÉCLAIRCISSEMENT SUR LE DESSIN, LA MORT ET NOTRE PLACE EN CE MONDE

Monsieur le Hodja de Konya, dont nous venons de parler, a paraît-il décrété quelque part, dans un passage du volumineux recueil qui compile tous ses sermons, que nous, Derviches Errants, on est de trop ici-bas. Il distingue en effet les hommes, en ce monde, selon quatre catégories : 1. Les seigneurs. 2. Les marchands. 3. Les paysans. 4. Les artisans. Ceux qui n'en font pas partie, ils sont de trop.

Il a décrété aussi : que « leurs vieilles querelles de ménage, pour savoir qui va se servir le premier de la seule cuiller pour manger dans la noix de coco, ne sont qu'une façon détournée et hypocrite de discuter de qui va bourriner l'autre en premier, et cela fait rire tous ceux qui ne comprennent pas de quoi il retourne, si j'ose dire ». Honni soit qui mal y pense, il retourne, en fait, que Sa Sainteté le Hodja, qui goûte fort, comme nous, les garçons mignons, et tous les peintres et leurs apprentis de la grande confrérie, a eu beau jeu de découvrir... le pot aux roses !

Mais Notre Vrai Secret

c'est que, quand ce giaour de peintre nous a dessinés, il nous regardait avec tant de douceur, avec tant d'attention, que nous nous délections d'être pris pour modèles. Il avait sans doute tort de dessiner ce qu'il voyait sans aller plus loin que les apparences, et de nous croquer en aveugles, nous qui ne l'étions pas. Mais, à vrai dire, on s'en fichait. Maintenant, nous sommes contents. Selon Monsieur le Hodja, nous ne pouvons qu'être en Enfer ; d'après certains mécréants, nous sommes des cadavres décomposés, mais pour vous qui êtes là assemblés, assistance choisie de peintres pleins d'esprit, nous sommes ce dessin, et ce nous est un grand plaisir de revivre de cette façon, sous vos yeux. Car après notre rencontre avec ce fameux Hodja, sur la route entre Konya et Sivas, après avoir traversé en vivant d'aumône trois bourgades et huit villages, nous avons, une nuit, été surpris par le gel et la neige : blottis l'un contre l'autre, on s'est endormis, et nous sommes morts de froid. Avant de mourir, j'ai rêvé qu'on me dessinait, et que mon dessin, après avoir vécu des milliers d'années, s'en allait au Paradis.

51

Moi, Maître Osman

C'est une histoire du temps d'Abdullah Khan, seigneur de Bukhârâ, que l'on y raconte encore : ce souverain ouzbek était fort méfiant, et, s'il n'objectait pas au fait que plusieurs peintres participent à une même œuvre, il détestait que ses artistes s'imitent mutuellement, en regardant chacun le travail du voisin. Car cet usage, en cas d'image répréhensible initiée par l'un d'eux, rendait impossible d'identifier avec certitude l'auteur du blasphème repris sans vergogne par les autres. Plus grave, au lieu de s'émuler les uns les autres, et de se surpasser pour scruter, au cœur des ténèbres, le grand trésor perdu des souvenirs de Dieu, les plagiaires, peu à peu, risquaient de se contenter d'aller peindre, par-dessus l'épaule du voisin, tout simplement ce qu'ils voyaient. Voilà pourquoi ce seigneur fit chère lie à deux nouveaux peintres — un de Shîrâz, l'autre de Samarcande — fuyant tous deux — l'un du Sud, l'autre de l'Est — les malheurs de la guerre et de la tyrannie, pour trouver refuge à sa cour, mais en leur proscrivant de jamais regarder chacun l'œuvre de l'autre : il leur assigna deux petits ateliers privés aux deux extrémités de son immense palais. C'est ainsi que ces deux grands peintres, durant trente-sept ans et quatre mois, s'entendirent, chacun à son tour, louer, par la bouche d'Abdullah Khan, comme si ç'avait été une antique légende, les prouesses cachées de l'autre, les différences qui les séparaient, et leurs coïncidences : tous les deux en mouraient d'envie et de curiosité. Une fois que cet Ouzbek daigna faire passer la ligne d'arrivée à sa tortue de vie, les deux vieux peintres se précipitent chacun dans l'atelier de l'autre, pour voir leurs miniatures ! Ensuite, assis tous les deux sur un bout d'un même polochon, en regardant les miniatures l'un de l'autre, en berçant sur leurs genoux les livres où ils retrouvent les mêmes légendes affectionnées par le défunt, ils ont la déception de voir que ces images, plutôt éteintes, ordinaires et même floues, n'ont rien à voir avec les merveilles dont le khan avait fait tant d'histoires ! Les deux vieux maîtres ne savent pas que ce flou, c'est le premier symptôme de leur cécité très-prochaine ; une fois devenus aveugles, ils persistent à attribuer ce flou au fait d'avoir été... floués par leur mécène, tout au long de leur vie. Et ils meurent persuadés que les rêves sont plus beaux que les images des livres.

Dans la salle du Trésor où, au milieu de la nuit, je me gelais les doigts en feuilletant les pages, j'ai eu plus de chance que ces héros déçus de la peinture, ces deux peintres de Bukhârâ, car il m'a bien été donné de contempler les merveilles que mon imagination espérait depuis quarante ans. J'étais tellement ému à l'idée de pouvoir, avant de devenir aveugle et de passer dans l'Au-Delà, tenir entre mes mains quelques-uns des légendaires manuscrits dont j'avais entendu toute ma vie parler, que je laissais parfois m'échapper une exclamation de reconnaissance envers Dieu, quand l'image que je voyais excédait en splendeur tout ce que l'on m'en avait conté.

Par exemple : Shah Ismaïl, il y a de cela quatre-vingts ans, est parti à la reconquête du Khurâsân et de Hérat, en allant guerroyer contre les Ouzbeks de la Transoxiane, et put nommer son frère Mirzâ gouverneur de Hérat ; ce dernier célébra ce bonheur en commandant un livre d'heures intitulé *Convergence des Astres*, où l'on trouve réutilisée une histoire relatée déjà par Amir Khosrow de Delhi. L'une des illustrations du livre, disait-on, montrait la rencontre au sommet de deux souverains — Keyqubâd, sultan de Delhi, et Bughrâ Khan, son père, souverain du Bengale — à l'occasion d'une victoire commune, au bord d'un fleuve. Mais les deux personnages évoquent aussi le prince Mirzâ et son frère Shah Ismaïl, commanditaires du livre. Mon esprit se perdait entre les deux lectures de cette scène grandiose, et, songeant que j'avais sous les yeux les héros, sous leur tente, de ces deux événements magiques, j'ai dit : « Merci, merci, mon Dieu, de m'avoir permis d'en contempler l'image. »

Ou encore : dans une miniature de Sheïkh Muhammad, l'un des plus grands de cette même époque, un pauvre hère, dont la tendresse et l'adoration pour son sultan atteignaient à son paroxysme, espère, lors d'une partie de polo, que la crosse va lancer la balle dans sa direction, pour qu'il lui soit permis de la ramasser et la rendre lui-même à son vénéré maître. Il attend longtemps, patiemment, et la balle, à la fin, roule en effet vers lui : on le voit au moment où il la ramasse et la tend à son bien-aimé sultan. Comme on me l'avait dit, l'amour, la dévotion, l'absolue soumission du pauvre hère face à son empereur, qu'y expriment, si parfaitement observés et rendus, le geste de l'offrande — du bout des doigts — et cette esquive du regard incapable de se poser sur l'être vénéré : tout cela m'a confirmé dans la foi profonde qu'il n'est pas au monde de bonheur plus intense que celui éprouvé par un maître, transmettant son art à un bel apprenti, sinon dans cette soumission, totale, presque servile, que l'apprenti voue à son maître ; et j'ai plaint sincèrement ceux qui ne peuvent comprendre cela.

Pendant que je tournais les pages et regardais, aussi rapidement mais attentivement que possible, les milliers d'oiseaux et chevaux, guerriers et amants, chameaux, arbres et nuages, le bienheureux nain, tel un roi jouissant avec complaisance de cette rare occasion d'exhiber son Trésor, extrayait au fur et à mesure, des coffres et des malles, toujours plus de nouveaux manuscrits, qu'il étalait devant moi. Parmi la masse des incunables, des volumes de série, et des recueils composites, deux exemplaires somptueux, sortis tous les deux d'une même malle en fer, l'un relié à la mode de Shîrâz, dans un maroquin couleur marc de cerise, l'autre confectionné, comme en témoignait le vernis sombre de sa reliure, à Hérat, avec une influence chinoise, me parurent dès l'abord, par la similitude frappante de leurs planches intérieures, la copie l'un de l'autre. Afin de déterminer l'original et la copie, je me suis mis à chercher, sur leurs colophons respectifs, le nom des calligraphes, à rechercher dans les détails quelque signature cachée, quand je me suis senti parcouru d'un frisson : c'étaient les deux intégrales de Nizâmî dus au Maître Sheïkh Ali de Tabriz, pour le compte de Hassan le Long, Grand Khan des Turcomans du Mouton Blanc, et de Shah Djahân, son rival de la tribu du Mouton

Noir. Le souverain des Moutons Noirs, afin d'éviter que le grand artiste ne se surpasse pour un autre commanditaire, lui avait fait crever les yeux ; mais le Maître, une fois aveugle, s'était réfugié auprès de son rival, souverain des Moutons Noirs, et, de mémoire, avait reproduit son ouvrage, en l'améliorant. Car de ces deux œuvres légendaires, celle du peintre aveugle était d'une touche plus subtile et plus dépouillée, même si la première arborait des couleurs plus vives : comparaison qui m'a fait apprécier combien les souvenirs, chez les aveugles, révèlent la cruelle, l'impitoyable simplicité de la vie, épurent la ligne jusqu'au décharné.

Je me connais pour un grand peintre, et je ne doute pas que Dieu partage cet avis : aussi me faudra-t-il un jour moi aussi devenir aveugle. Mais le souhaitais-je à ce moment ? Comme le condamné, avant d'avoir la tête tranchée, souhaite contempler une dernière fois le paysage, j'ai demandé à Dieu Très Haut : « Laissez-moi voir ces miniatures, en rassasier mes yeux ! » et, dans l'ombre auguste et solennelle de ces trésors amoncelés, je sentais près de moi Sa présence.

Ainsi, grâce à Sa sagesse, je découvrais, au fil des pages que je tournais, dans chaque conte, chaque légende, des histoires d'aveugles. Sur la scène fameuse qui relate comment Shirine s'éprend follement, lors d'une partie de campagne, du portrait de Khosrow suspendu à la branche d'un platane, Sheïkh Ali Rezâ de Shîrâz avait fait figurer une à une toutes les feuilles de l'arbre, de sorte que le ciel en était recouvert ; à un imbécile faisant valoir que le sujet n'était pas, dans cette scène, le platane, le Maître aurait répondu fièrement, par le même tableau reproduit, en entier, sur un grain de riz cette fois, que le sujet n'était pas le dévouement d'une jeune princesse, mais bien la dévotion du peintre. Si j'en croyais la signature, jetée fièrement aux pieds exquis d'une des favorites de la princesse d'Arménie, je contemplais la première version, déployée sur la page, dans toute la majesté de ses frondaisons, de cet arbre, à défaut de celle sur le grain de riz — que le même peintre, devenu aveugle après un travail de sept ans et trois mois n'avait pu achever qu'à moitié. Plus loin j'ai vu représentée, sur une miniature manifestement inspirée d'un modèle indien, la flèche double crevant les deux yeux de Rustam ; la vivacité, les couleurs éclatantes donnaient à la fois à penser que la cécité, tristesse originelle et secrète ambition de tout peintre digne de ce nom, marque le début, pour son public, du bonheur et de la gaieté.

Mes yeux parcouraient ces images, ces livres, avec, pourtant, autant de tristesse que de joie ; la tristesse d'un vieillard qui sait qu'il devra bientôt renoncer à ce qui est sa joie ultime : la contemplation des œuvres les plus fabuleuses. Dans cette salle du Trésor baignée du rouge profond engendré par le reflet des chandelles sur les étoffes à travers le prisme de la poussière, je laissais échapper parfois un cri d'admiration, qui faisait accourir vers moi, pour regarder par-dessus mon épaule, le nain Djazmî et Le Noir, à qui j'expliquais les splendeurs déployées sur la page :

« Ce rouge est particulier au Grand Maître de Tabriz, Mirzâ Baba Imâmî, qui en a d'ailleurs emporté le secret dans la tombe. Il l'utilise pour les bordures des tapis, pour la toque turcomane portée par les shahs d'Iran, et, comme vous le voyez, également pour le ventre de ce lion rampant, ainsi que pour les manteaux rouges de ces jolis enfants. C'est une qualité de rouge que Dieu a réservée à la vision, exceptionnelle, du sang versé, de sorte que nous la chercherions en vain ailleurs que dans les étoffes teintes avec la même poudre à base de certains insectes écrasés, qui servent aussi pour le pigment carmin de la peinture. Remercions encore Celui qui cache et qui révèle !

« Regardez ceci ! ai-je dit encore, un peu plus tard, incapable de garder pour moi seul la contemplation d'un autre chef-d'œuvre : Celui-ci est vraiment typique des meilleurs recueils de poésie idyllique et amoureuse, où s'exalte le bonheur, l'amitié, le printemps et l'amour. » La floraison multicolore des arbres au printemps, les cyprès d'un jardin qui ressemble au Paradis, et les transports des heureux amants qui écoutent, couchés dans l'herbe, en buvant du vin, les doux poèmes qu'ils illustrent, semblaient faire parvenir à nos narines leurs odeurs, fraîches, intimes et délicates, au milieu de l'air lourd, glacial, humide, qui régnait dans le Trésor. « Notez comme la pose distinguée de ces personnages, la position des pieds, la carnation des bras, rendues avec tant de ferveur par le peintre — ainsi que les ébats folâtres des petits oiseaux tout autour —, mettent en relief l'aspect sévère et rugueux de ce vieux cyprès, derrière eux ! C'est bien la marque de Lutfî, l'aimable peintre de Bukhârâ, qui n'était rien moins qu'aimable et traitable dans la vie, au point de laisser tout en plan quand ses mécènes, shahs ou khans, lui semblaient ne pas bien comprendre sa peinture — plusieurs de ses œuvres sont d'ailleurs inachevées, car il ne restait jamais longtemps au même lieu. De roi en roi, de ville en ville, toujours d'humeur inquiète et chagrine, ne rencontrant jamais le commanditaire qui trouvât grâce à ses yeux et fût digne de son talent, il finit par s'établir dans le fief misérable d'un potentat local, qui régnait sur des monts arides. Faisant valoir que le souverain de ce petit royaume s'y entendait, lui, en peinture, il y aurait passé ses vingt-cinq dernières années. On discute encore aujourd'hui — et l'on fait des gorges chaudes — de la question s'il savait ou non que son mécène était aveugle. »

Bien plus tard dans la nuit : « Voyez-vous cette page ? » leur ai-je demandé, et cette fois ils ont accouru, chacun une chandelle à la main. « Depuis l'époque des petits-fils de Tamerlan, il y a cent cinquante ans, jusqu'aujourd'hui, de Hérat à Istanbul, ce livre-ci a passé par dix propriétaires. » Nous avons tous les trois déchiffré, sous ma bérycle, les signatures, dédicaces, dates cryptées et titulatures pressées les unes contre les autres, coincées et étouffées dans l'étroitesse de la page de garde, comme les différents sultans étranglés l'un par l'autre : « Ce livre fut achevé, avec l'aide de Dieu, par la main du calligraphe Sultan Véli, fils de Muzaffar, en l'année de l'hégire huit cent quarante-neuf, à Hérat, pour le compte d'Ismet-i-Dünyâ, épouse de Muhammad Djûkî, frère de l'empereur Baysungûr. » Ensuite, nous avons pu lire que ce volume avait été possédé par Sultan Khalîl, chef de la Horde du Mouton Blanc, puis par son fils Ya'qub Bey, puis était passé par des sultans ouzbeks, dont chacun s'était amusé à enlever ou ajouter, au petit bonheur la chance, une ou deux miniatures. Tous, depuis le premier d'entre eux, avait fait peindre des images de leurs épouses respectives, et calligraphier leur nom sur la page de garde. Puis le volume est revenu à Hérat, du temps de Sem Mirzâ, après la conquête de la ville par Ismaïl le Safavide, à qui son frère cadet en fit présent pour qu'il l'emporte en son palais de Tabriz ; là, Ismaïl fit refaire la dédicace, pour l'offrir lui-même, mais suite à sa défaite de Tchaldiran face au Bien-Heureux Sélim Ier le Cruel, et au pillage du palais des Huits Paradis, il est, au terme de rudes épreuves, à travers les déserts, les montagnes, les fleuves, arrivé ici, avec nos soldats, à Istanbul, dans ce Palais.

Jusqu'à quel point Le Noir et le nain partageaient-ils mon enthousiasme de vieil artiste ? Au fur et à mesure que j'ouvrais d'autres volumes, et tournais d'autres pages, je sentais m'envahir, en songeant à tous ces peintres, les soucis divers et variés de tous mes prédécesseurs, chacun avec son caractère, sa mélancolie, sa vie passée en province ou dans une capitale, employé par tel ou tel souverain ou despote, pour qui ils avaient peint jusqu'à en devenir aveugles. Je sentais presque dans ma chair les sévérités de l'apprentissage, les soufflets endurés de la part des mécènes irascibles, laissant des traces cramoisies sur leurs joues, ou les coups de maillet de marbre sur leur crâne tonsuré, tandis que j'inspectais, gêné, un album de dernière catégorie sur les techniques de torture. J'aimerais bien savoir ce que cette ignominie faisait là, parmi les trésors de notre Sultan : les voyageurs infidèles, afin de persuader à leurs coreligionnaires que nous sommes sans pitié et cruels — alors que la torture, administrée sous le contrôle du juge, doit être vue comme une pratique nécessaire pour qui veut faire régner la justice de Dieu en ce monde d'ici-bas —, font gribouiller par certains de nos collègues, qui se déshonorent pour quelques pièces d'or, ces croquades hideuses. J'étais gêné surtout par le plaisir pervers que ce miniaturiste avait évidemment ressenti en peignant les bastonnades, les flagellations, les pendaisons par le cou ou les pieds, les crucifixions, les pals, les grils, les crocs et les garrots, les cheveux et les ongles arrachés, les scies, les cordes et les clous, les chiens affamés, les sacs de cuir, les étaux, les bains d'eau glacée, les écorchements morceau par morceau, les doigts brisés, les nez coupés, les yeux arrachés... Seul un vrai artiste, un de nos pairs, ayant subi durant sa jeunesse les corrections les plus sévères, à coups de taloches, de bâton, de règle, quand des maîtres — énervés par une erreur qu'ils viennent eux-mêmes de commettre — éprouvent le besoin de se défouler sur eux par des séances censées extirper, tuer le Diable qui est en nous pour le faire renaître en djinn, en génie, oui, seul un artiste formé ainsi, « inspiré » de la sorte, pouvait se complaire, se délecter à représenter ces scènes de torture, et peindre de mille couleurs vives, comme un enfant colorie son cerf-volant, tous ces horribles instruments.

Dans plusieurs centaines d'années, les hommes qui se pencheront sur l'univers de notre peinture, comme moi penché sur les pages que j'ai peintes, auront du mal à me comprendre, et devront tenter de s'approcher, de se mettre à ma place, non sans impatience parfois, pour comprendre les pudeurs, les joies et les peines, tous ces sentiments apparemment contradictoires que m'a inspirés la contemplation de ces miniatures, dans le froid glacial de la salle du Trésor. Et ils ne comprendront jamais. J'ai continué de tourner les pages, les doigts engourdis, insensibles, en les scrutant à travers ma vieille, ma fidèle bérycle à monture de nacre, comme un vieil oiseau migrateur engagé pour un périple ultime, autour d'un monde qui n'a plus rien pour l'étonner, et qui pourtant, si, l'étonne, par ses paysages renouvelés. C'est ainsi que j'ai reconnu, sur ces pages dérobées à nos regards depuis des décennies, et dont le nom avait acquis, pour moi, des couleurs de légende, la filiation de plusieurs maîtres et des ateliers, des protecteurs dans le giron desquels ils avaient fait leur apprentissage, et développé, façonné ce que nous, aujourd'hui, nous appelons leur style. Par exemple, ces nuages, aux circonvolutions chinoises, qui avaient voyagé avec l'influence extrême-orientale, initiée à Hérat, puis portée, à travers la Perse, jusqu'à la capitale de Qazvîn ; et j'acquiesçais d'un air entendu. Pourtant, le douloureux secret qui me faisait languir, je serais bien en peine de le partager avec vous : il a à voir avec ces humiliations, ces mauvais traitements que subissent, de la part d'un maître brutal, nos petits apprentis, frêles comme des brindilles, au visage de lune, aux yeux de gazelle... pour quoi ? Pour l'art, sans doute. Et je ne parle pas des espérances, des transports d'amour qui les attachent à leurs maîtres, ni de l'anonymat de toute une existence passée, ensemble, au service de l'art, ni de la cécité, qui les guette, à l'issue de cette servitude.

Oui, de la gêne et de la tristesse, voilà ce qu'inspirait à mon âme ce monde de sentiments raffinés, délicats, qu'elle avait, durant toutes ces années consacrées à l'illustration des fastes impériaux et des guerres remportées, fini par oublier. Ainsi, en ouvrant un recueil de poèmes, je voyais un jeune garçon persan à la taille fine, aux lèvres rouges, qui tenait sur ses genoux un recueil de poésie, comme moi ; cela m'a rappelé cette vérité que les rois, avides d'or et de pouvoir, oublient en général : que la beauté du monde est l'apanage de Dieu. Sur un autre album, illustré par un jeune peintre d'Ispahan, j'ai admiré, avec des larmes dans les yeux, deux amoureux, extraordinairement beaux, qui m'ont fait penser à mes apprentis, tout épris de leur art. Un autre garçon, auquel une peau diaphane et des pieds très menus prêtaient l'air le plus féminin, retroussait sa manche pour laisser voir, à une jeune beauté aux lèvres de cerise, aux yeux en amande, et aux narines fines comme deux points de plume, trois marques en forme de fleurs — trois brûlures qu'il s'était faites au fer rouge — sur un bras tellement adorable qu'on aurait voulu l'embrasser puis mourir sur place — afin de lui prouver l'ardeur de sa passion.

Mon cœur s'est agité étrangement. Comme soixante ans plus tôt, quand j'étais apprenti, et que je regardais avec concupiscence une étude à la mine de plomb, dans le style de la Plume Noire, présentant des garçons au teint marmoréen avec de minces jeunes filles aux poitrines naissantes, des gouttes de sueur ont commencé à perler sur mon front. Je me suis rappelé l'enthousiasme, la rêverie profonde qu'avait provoqués en moi — alors que j'étais déjà marié, et sur le point de passer maître — la vue d'un nouveau, que son visage, son regard, son teint de rose rendaient semblable à un ange. J'ai eu le sentiment, très bref, mais très intense, que la peinture n'était pas une question de regret ou de mélancolie, mais de désir : ce désir que je revivais ; et que le peintre devait transformer ce désir en amour de Dieu, puis cet amour de Dieu en amour pour le monde tel qu'il est vu par Dieu. Et c'était comme de transformer en parcours de volupté, en triomphe de ce désir, ma longue vie de douleurs et de souffrances, infligées ou subies, le dos toujours courbé sur ma planche à dessin, jusqu'aux approches irrévocables de la cécité. J'ai repu mes yeux, pris tout le plaisir possible de cette merveilleuse image, comme si elle m'était défendue... J'y étais encore bien plus tard. Une larme a coulé sur ma joue ridée, sur ma barbe blanche.

En me rendant compte que la lueur d'un des autres chandeliers qui se mouvaient lentement dans notre salle approchait de ma place, j'ai reposé, l'air de rien, cet album, pour choisir un autre volume, au hasard, parmi ceux que le nain avait entassés à portée de ma main. C'était une œuvre luxueuse, de commande impériale sans doute, où l'on voyait un couple de daims s'ébattre à l'orée verdoyante d'un hallier, sous l'œil envieux et hostile de deux chacals. Sur la page suivante, des chevaux bais et roux flamboyant qui provenaient sûrement du pinceau d'un maître afghan de la meilleure époque, tant ils étaient sublimes ! Puis, sur la page suivante, une miniature plus récente — soixante-dix ans —, figurant un haut personnage de l'administration, assis dans une attitude arrogante. Quant à savoir de qui cela était, je crois bien qu'il ressemblait à n'importe qui ; mais un je-ne-sais-quoi dans la pose, le rendu, les nuances de couleur prodiguées dans la barbe, m'a mis sur la voie, et, en voyant cette main sublime, j'ai tressailli : oui, c'était forcément une œuvre de Bihzâd ! Quelle émotion pour mon pauvre vieux cœur. J'ai eu l'impression qu'une lumière chaude éclaboussait mon visage.

Il m'était déjà arrivé de voir des créations du Grand Maître Bihzâd ; mais, soit à cause de la présence avec moi d'autres peintres, alors, soit que l'attribution eût été moins certaine, je n'avais pas subi le même éblouissement.

Les ténèbres nauséabondes, humides et lourdes du Trésor en paraissaient tout illuminées ; l'image de cette main se fondait avec celle du beau bras mince, marqué au fer rouge, que je venais de voir. Et j'ai encore remercié Dieu de m'avoir révélé ces splendeurs avant que je ne devienne aveugle... Comment savais-je que cela n'aurait su tarder ? Je ne sais pas. Je me suis dit que j'allais me confier, faire part de ce pressentiment à Le Noir, qui tenait, près de moi, une chandelle pour mieux voir le tableau de Bihzâd, mais ce sont d'autres paroles que j'ai prononcées :

« Tu vois la beauté de cette main, lui ai-je fait remarquer. Cela prouve que c'est un Bihzâd. »

À cet instant, ma propre main, toute seule, a retrouvé le geste qui m'était coutumier quand j'étais jeune et amoureux d'un de mes petits élèves aux joues fraîches et soyeuses, pour se saisir de celle de Le Noir. La sienne était lisse et solide, plus chaude que la mienne, le poignet, palpitant, en était mince et robuste à la fois, comme j'aime. Quand j'étais jeune, je leur prenais ainsi, amoureusement, la main au creux de la mienne, et je fixais bien droit leurs jolis yeux craintifs, juste avant de leur dire de prendre le pinceau. J'ai fait de même avec Le Noir. J'ai vu dans ses yeux le reflet de la flamme de la bougie qu'il tenait. « Nous sommes tous frères, nous les peintres, mais tout cela sera bientôt fini.

— Comment cela ? »

Oui, tout cela allait bientôt finir, de même que l'œuvre d'un grand peintre doit se terminer, quand il en vient à appeler de ses vœux les ténèbres, après avoir voué sa vie au service d'un prince, d'un empereur, dont il a illustré le règne, dans son atelier, par des créations imitant le style des Anciens, voire même en réussissant parfois à faire école : parce qu'il sait que son protecteur, toujours en guerre, finira par être vaincu, et que de nouveaux maîtres entreront dans la ville dans le sillage des pillards ennemis, et disperseront l'atelier, déchireront les pages et les reliures, détruiront sans égards, sans pitié tous les jolis détails, les trouvailles dont il était si fier, et qu'il choyait à l'instar de ses propres enfants... mais il me fallait, pour Le Noir, expliquer les choses différemment.

« Cette miniature est l'œuvre du grand poète Abdullah Hâtifî. Un si grand poète à vrai dire qu'à l'entrée de Shah Ismaïl dans la ville de Hérat, lui seul, tandis que toute la population se précipitait pour le voir, est resté chez soi. En réponse de quoi, le conquérant est allé lui-même, chez Hâtifî, lui faire visite. Et il demeurait à l'écart de la ville. Nous savons que c'est lui, non par les traits que lui prête Bihzâd, mais par l'inscription au bas de la page, n'est-ce pas ? »

Le Noir m'a regardé en acquiesçant de ses beaux yeux.

« Quand nous observons le visage du poète dans ce tableau, nous y voyons le visage de n'importe quel autre poète. Si Hâtifî était ici, nous ne pourrions pas le reconnaître à partir de là ; mais nous pouvons l'identifier en examinant bien l'ensemble du portrait : le style de la composition, la pose du modèle, les couleurs, la dorure, et la façon extraordinaire dont le grand Bihzâd a peint cette main sublime, nous permettent de dire sans hésitation que c'est un poète. Car, dans notre peinture à nous, la signification précède la forme. Et si nous nous mettons à peindre à l'européenne, ou à la vénitienne, comme dans ce livre que notre Sultan a commandé à ton Oncle, alors le monde des sens laissera le pas à celui de la forme.

— Mon Oncle a été tué », a dit Le Noir sèchement.

J'ai caressé sa main, que je tenais serrée dans la mienne, avec le même respect que celle d'un jeune apprenti dont on attend qu'il fasse, un jour, des merveilles. Il a admiré un moment le tableau de Bihzâd, puis il a retiré sa main.

« Nous sommes passés trop rapidement sur les alezans de la page précédente, sans vérifier la forme des naseaux.

— Ils n'ont rien de spécial », ai-je répondu. Et, pour bien lui montrer, j'ai rouvert la page où étaient les chevaux : ils n'avaient, en effet, rien d'extraordinaire.

« Mais quand allons-nous les trouver, ces chevaux aux naseaux bizarres ? » a-t-il protesté, comme un petit enfant.

Au milieu de cette nuit-là, à l'heure, proche de l'aube, où nous avons trouvé, le nain et moi, au fond d'un grand coffre de fer, sous plusieurs épaisseurs de brocart de soie et enroulé dans une housse de satin vert, le célébrissime *Livre des Rois* de Tahmasp, Le Noir, lui, dormait à poings fermés, roulé en boule sur un tapis rouge, sa belle tête posée sur un coussin de perles. Quant à moi, en revoyant, pour la première fois après tant d'années, cet ouvrage devenu déjà légendaire, j'ai su que la journée allait être merveilleusement longue.

C'était un objet si volumineux et si pesant que Djazmî Agha et moi avons eu toutes les peines du monde pour le porter. En palpant la reliure, vingt-cinq ans après, j'ai senti, sous le maroquin, la raideur du bois. Il y a donc vingt-cinq ans, la disparition de Soliman le Magnifique, sans doute, avait mis Shah Tahmasp dans de si heureuses dispositions, lui dont la capitale, Tabriz, avait par trois fois subi l'occupation des troupes du sultan défunt, que, sans compter la caravane de chameaux transportant mille cadeaux variés, destinés au Sultan Sélim II, successeur de Soliman, il envoya à celui-ci un sublime Coran, et ce *Livre des Rois*, la plus belle pièce de sa collection. L'ambassade chargée des présents du shah de Perse comportait trois cents personnes, et dut se rendre, pour les remettre au nouveau souverain, jusqu'en Thrace, où il chassait, car on était en hiver. Puis ce livre fut transporté, avec le reste, et toujours à dos de mules et de chameaux, à Istanbul, où, avant qu'il soit mis sous clef avec le Trésor impérial, quatre personnes — trois jeunes maîtres peintres dont moi et Memi Le Noir, Grand Maître à l'époque — eurent le privilège de pouvoir l'étudier. Pareils au peuple d'Istanbul, qui se ruait à la même époque pour voir à la ménagerie un éléphant des Indes ou une girafe d'Afrique, nous nous sommes, ce jour-là, précipités nous-mêmes au Palais. C'est là que notre maître nous a appris que Bihzâd, certes, avait quitté sa ville de Hérat, dans son vieil âge, pour Tabriz, mais qu'il était déjà aveugle alors, et n'avait pas participé à la confection de ce volume.

Pour des peintres ottomans, facilement impressionnés par un manuscrit présentant sept ou huit miniatures, comme c'est le cas en général, ce livre, qui n'en arborait pas moins de deux cent cinquante, était comme un palais merveilleux que nous aurions exploré pendant que ses habitants dormaient d'un sommeil enchanté. Nous contemplions en silence la profusion de ces pages somptueuses avec la déférence que nous eût inspirée une échappée miraculeuse sur les jardins du Paradis. Et ce livre, depuis lors, n'a pas cessé d'alimenter nos conversations.

Vingt-cinq ans après, j'ai ouvert la page de garde comme j'aurais fait tourner la porte immense d'un palais ; puis, en tournant les autres pages, et malgré le froissement régulier, rassurant, du papier, j'ai senti que, l'une après l'autre, elles infiltraient en moi plus de mélancolie que de recueillement.

1. J'avais du mal à me concentrer sur ces images elles-mêmes, à cause de tout ce que nos peintres ont paraît-il chapardé pour s'en inspirer.

2. J'étais trop intéressé, aussi, à chercher dans quelque recoin la touche de Bihzâd en personne pour accorder toute l'attention que méritaient certaines pages, qui étaient de purs chefs-d'œuvre (par exemple, avec quelle élégance et quelle détermination ce Roi Tahmuras fracasse à coup de masse d'armes la tête des démons et des diables, les mêmes qui, une fois la paix établie, lui enseignèrent l'alphabet, le grec et d'autres langues encore !).

3. La question des naseaux fendus ainsi que la présence du nain et de Le Noir ajoutaient un obstacle à ma contemplation.

En dépit du privilège que le sort m'accordait, dans sa bonté, de me rassasier de ce célèbre livre avant que le rideau des pesantes ténèbres ne descende, cette grâce divine octroyée à tous les grands noms de notre profession, j'étais triste aussi de constater que je regardais moins avec mon cœur qu'avec mon intelligence.

À l'heure où les premières lueurs de l'aube pénétraient dans notre salle transformée en une sorte de caveau glacé, j'avais regardé les deux cent cinquante-neuf (et non deux cent cinquante) illustrations de cet ouvrage exceptionnel. Et, puisque mon regard était passablement intellectuel, je formulerai mes remarques à la manière des savants arabes, en usant de distinctions :

1. Je n'ai pu repérer nulle part de cheval dont les naseaux ressemblent à ceux de celui dessiné par l'ignoble assassin : ni dans ceux, aux robes de toutes les couleurs, que Rustam rencontre sur sa route, quand il s'aventure jusqu'au cœur du pays de Touran, à la poursuite des voleurs de sa propre monture ; ni dans cet extraordinaire troupeau traversant le Tigre à la nage appartenant à Féridun, shah d'Iran, à qui le sultan des Arabes prétendait par si peu interdire le passage ; ni parmi les montures grises qui observent, éplorées, Tûr, le félon, le traître, tranchant la tête de son jeune frère Irâdj, pour se venger du partage inégal de leur père, qui avait attribué à Irâdj, l'Iran fertile, en ne laissant à Tûr que le pays de Rûm, et, au troisième, la Chine, encore plus loin ; ni parmi la cavalerie innombrable et variée — khazare, égyptienne, berbère et arabe — de la glorieuse armée d'Alexandre le Grand, bardée de fer, équipée d'infrangibles alfanges, de boucliers éblouissants, de cimiers étincelants ; ni sur la fameuse cavale qui massacra, sous ses sabots, Yazdagird, shah d'Iran, sur les rives d'un lac aux flots d'émeraude, où il venait chercher quelque soulagement, car son nez laissait échapper des ruisseaux de sang, châtiment prodigieux d'une justice supérieure, mérité pour avoir bravé le sort que Dieu lui destinait ; ni sur les cent autres chevaux, plus merveilleux les uns que les autres, œuvre de six ou sept miniaturistes tout au plus. Mais il me restait plus d'une journée entière pour étudier les autres livres du Trésor.

2. Il y a un bruit qui court, dans la corporation,

depuis vingt-cinq années : l'un de nos peintres, sur autorisation exceptionnelle du Sultan, aurait pu entrer ici, dans le Trésor, et, ayant trouvé ce *Livre des Rois*, aurait copié dans un carnet toute une série de dessins — chevaux, nuages, fleurs, oiseaux, arbres, jardins, scène d'amour ou de batailles, pour pouvoir ensuite les utiliser. Chaque fois que l'un de nous produisait un réel chef-d'œuvre, la jalousie des autres rabaissait son travail en y voyant une pâle imitation de l'École afghane, ou de celle de Tabriz. À l'époque, Tabriz ne faisait pas partie de notre Empire, et de telles calomnies, dirigées contre moi, m'irritaient fort, naturellement, non sans toutefois me donner quelque secret orgueil ; d'ailleurs, quand je l'avais entendu dire d'autres peintres, je l'avais cru. Or, il est vrai que nous, les quatre qui avons eu, il y a vingt-cinq ans, l'honneur de contempler ce livre, nous en avons si bien retenu les images dans notre esprit que celles-ci se retrouvent, transformées, dans les œuvres que nous avons peintes, nous-mêmes, pour le Sultan. La cruelle méfiance de celui-ci, qui nous a refusé ensuite la consultation de ce livre, comme de tous ceux gardés dans son trésor, m'attristait moins que la petitesse, le cloisonnement de notre univers. La peinture persane, qu'elle soit l'œuvre de l'École de Hérat ou de celle de Tabriz, a produit des merveilles plus parfaites que nous, Ottomans.

J'ai pensé un instant qu'il serait plus commode que tous mes peintres, moi compris, soient livrés le surlendemain aux mains du bourreau ; et j'ai commencé, moi-même, par crever les yeux, avec la pointe de mon taille-plume, du premier visage qui m'est venu sous la main. Il s'agissait d'une miniature évoquant la fameuse partie d'échecs où le savant persan, à peine apprises les règles de ce jeu nouvellement introduit par l'ambassadeur indien, bat ce dernier à plate couture. Quels menteurs ces Persans ! J'ai crevé les yeux des deux joueurs, puis de tous les hauts personnages de la cour du shah qui entouraient cet échiquier. Passant aux pages suivantes, j'ai aussi percé les yeux de ces souverains en campagne, avec leurs armées orgueilleusement harnachées, et des guerriers dont les têtes coupées roulaient dans la poussière des champs de bataille Je me suis appliqué ainsi sur au moins trois pages, avant de ranger mon taille-plume dans ma poche.

Mes mains tremblaient, mais je me sentais plutôt bien. Et me sentais-je plus proche de tous ces énergumènes que j'ai eu l'occasion, pendant ma longue carrière, de surprendre à commettre le même acte de vandalisme ? Ce qui est sûr, c'est que j'aurais souhaité voir le sang, sur la page, bouillonner et jaillir des yeux que j'y avais crevés.

3. Tout cela m'amenait à la grande déception, mais aussi au soulagement que j'éprouvais alors, arrivé au soir de ma longue vie. Nulle part sur ce chef-d'œuvre, auquel Tahmasp avait fait travailler pendant dix ans les plus grands artistes d'Iran, n'apparaissait la moindre trace du pinceau de Bihzâd, ni de son incomparable rendu des mains, en particulier. Cela confirmait la légende qu'il s'était aveuglé lui-même, vers la fin de sa vie, quand il dut quitter Hérat pour Tabriz. Une fois égalées la maîtrise et la perfection de ses propres modèles, il avait préféré sacrifier sa vue plutôt que de plier son art aux désirs d'un nouveau vainqueur, ou de son atelier.

Le Noir est revenu à ce moment-là, avec le nain, chargé d'un manuscrit énorme qu'ils m'ont posé, grand ouvert, sous les yeux.

« Non, ce n'est pas cela, leur ai-je dit sans acrimonie. Ceci est un *Livre des Rois* de facture mongole : ce sont les cavaliers bardés de fer d'Alexandre qui attaquent l'ennemi, leurs montures ignivomes sont remplies de naphte et soufflent des flammes par leurs naseaux d'airain. »

Nous nous sommes attardés un peu sur cette armada de métal, au milieu de ces langues de feu, venue du fin fond de la Chine.

« Djazmî Agha, ai-je demandé, nous avons, il y a vingt-cinq ans, peint la scène de remise des présents, dont ce livre fait partie, que les Ambassadeurs de Tahmasp avaient amenés d'Iran, et je crois qu'elle se trouve aussi dans le *Livre des Victoires* de Sultan Sélim... »

L'ouvrage fut retrouvé sans la moindre difficulté et — à peine le nain l'eut-il installé sous mes yeux — mon regard se porta — en face d'une planche haute en couleur représentant ladite cérémonie de remise au Sultan Sélim, par les ambassadeurs, des cadeaux officiels, parmi lesquels ce *Livre des Rois* — sur une rubrique que j'avais occultée de ma mémoire depuis ma première consultation du prestigieux volume, tant, sans doute, elle paraissait incroyable :

« Aiguille à turban en or, avec laquelle les anciens maîtres de Hérat, et en particulier le grand Bihzâd, se sont crevé les yeux ; manche à motifs, nacre et turquoise. »

J'ai demandé au nain où il avait pris le *Livre des Victoires* de Sultan Sélim. Puis je l'ai suivi dans le labyrinthe obscur et poussiéreux des coffres et des tentures, des monceaux de tapis, derrière les armoires et sous les escaliers — je regardais sur la surface des boucliers, sur les défenses d'éléphant et les peaux de tigre, nos ombres s'agrandir, se rétrécir — jusqu'à une pièce, tout au fond, qui semblait noyée dans la même couleur rouge, à nouveau, des velours et des brocarts. Là, à côté du coffre en fer d'où le nain avait exhumé le *Livre des Rois*, parmi d'autres ouvrages, des couvertures brodées d'or et d'argent, des poignards à manches de rubis, des gemmes brutes de Taprobane, des tapis de soie d'Ispahan, parmi toutes les autres offrandes du Roi Tahmasp, j'ai avisé, posé sur un jeu d'échecs en ivoire, un plumier à rosace de l'époque de Tamerlan, marqueté d'entrelacs de lianes et de dragons chinois. Je l'ai ouvert, et il en est sorti, avec une vague odeur de rose et de papier brûlé, ladite aiguille en or, à manche de nacre et de turquoise. J'ai pris l'aiguille, et suis retourné à ma place, comme une ombre.

Resté seul, j'ai posé sur une page ouverte du *Livre des Rois* l'aiguille avec laquelle Bihzâd s'était rendu aveugle. Je frissonnais de voir, non l'aiguille ayant aveuglé Bihzâd, mais un objet, quel qu'il pût être, que cette main miraculeuse avait tenu

Pourquoi le Roi Tahmasp avait-il envoyé au Sultan Sélim, avec l'ouvrage, cette aiguille terrifiante ? Était-ce parce que après avoir eu Bihzâd comme maître de peinture dans son enfance, puis tenu, dans sa jeunesse, les peintres sous sa protection, Tahmasp, en vieillissant, s'était éloigné des artistes, peintres et poètes, préférant s'adonner à la dévotion ? Était-ce pour cette raison qu'il s'était résigné à se défaire du merveilleux manuscrit sur lequel tous ses plus grands peintres avaient travaillé pendant dix ans ? Avait-on joint cette aiguille pour dire que la cécité du Grand Maître avait été volontaire, ou bien, comme on l'avait dit un temps, pour signifier que la seule contemplation des pages merveilleuses de l'ouvrage qu'elle accompagnait devait ôter toute envie, tout besoin de regarder les choses du monde d'ici-bas ? En fait, comme il arrive aux rois dans leur âge avancé, quand ils se mettent avec terreur à regretter leur répréhensible engouement de jeunesse pour la peinture, ce livre n'exerçait sans doute plus sur lui, à ce moment, aucune fascination.

Je me suis souvenu de ces histoires sur les vieux peintres au cœur navré, aux rêves brisés : Les armées de Djahân Shah, chef de la Horde du Mouton Noir, étant sur le point d'entrer dans Shîrâz, le légendaire Ibn Hussâm, premier des peintres de cette ville, aurait dit : « Je ne veux pas peindre d'une autre façon », avant de se faire brûler les pupilles, au fer rouge, par un de ses apprentis ; ou quand l'illustre Sultan Sélim, après avoir mis à sac le palais des Huits Paradis, résidence à Tabriz de Shah Ismaïl, ramena dans ses bagages ce peintre vénérable qui s'est rendu aveugle par des collyres : non tant pour remédier à la poussière du chemin qui le menait en servitude, que par refus de peindre jamais à la manière des Ottomans. L'histoire de Bihzâd m'a toujours paru assez édifiante pour que je la raconte à mes peintres, dans leurs moments de découragement.

Avais-je une autre issue ? Un maître peintre pouvait-il, au prix de quelques sacrifices au nouveau style occidental, sauver notre atelier et, sinon tout, du moins une partie du style de nos maîtres anciens ?

À l'extrémité délicatement effilée de l'aiguille à turban, on voyait une petite tache noire, mais mon œil fatigué ne parvenait pas à déterminer si c'était du sang. J'ai approché encore ma loupe, et regardé longtemps et tristement, comme s'il s'était agi d'une miniature sentimentale. Ne contemplais-je pas une œuvre de Bihzâd ? J'essayais de comprendre comment il avait fait. On ne devient pas aveugle tout d'un coup, paraît-il ; la cécité s'installe peu à peu, comme celle au pas de velours, celle qui n'est pas volontaire, comme cette nuit qui descend, subtile, jour après jour, mois après mois, sur les pupilles des vieillards.

Je l'avais repéré en passant, dans la pièce à côté je me suis levé pour retourner le chercher : un miroir au manche d'ébène, épais et torsadé, sur le cadre d'ivoire duquel, déliées comme une guirlande de fleurs, couraient des écritures. Je revins à ma place et contemplai mes yeux. Dans mes pupilles fatiguées par soixante ans de miniatures, et d'observation de miniatures, la flamme des chandelles ondulait doucement.

Bihzâd, lui, comment avait-il fait ? me suis-je demandé avec une sorte de convoitise.

Je tenais mes yeux tout près de la glace, et ma main a trouvé, guidée par le même instinct que celui d'une femme en train de se maquiller, à sa portée, l'aiguille. Comme on perce l'extrémité d'un œuf d'autruche pour le vider avant de le peindre, posément et avec force, j'ai enfoncé sans hésiter la pointe de l'aiguille dans ma pupille droite. Le malaise que j'ai ressenti venait non de la sensation, mais de la vision de ce que j'avais fait. Après l'avoir enfoncée sur la longueur d'une phalange, j'ai retiré l'aiguille.

Sur le cadre du miroir était reporté un distique, par lequel le poète souhaite, à celle qui s'y mire, un éclat et une beauté infinie, et, audit miroir, une vie éternelle.

J'ai procédé, en souriant, au même travail sur mon autre œil.

Puis je me suis tenu un long moment sans bouger ; à regarder le monde, chaque objet.

Les couleurs, à ma grande surprise, n'en étaient pas noircies, mais plutôt se fondaient les unes avec les autres. Aussi gardais-je une vision approximative des choses.

Un peu plus tard, les rayons pâles du premier soleil se glissaient dans la pénombre rougeoyante du Trésor, se glissaient dans les plis sanglants de ses tapisseries, quand le Grand Trésorier et ses hommes ont procédé à la même cérémonie de rupture du sceau, d'ouverture du verrou et des portes. Djazmî Agha a changé les lampes, les pots de chambre et les braseros, fait apporter du pain frais et des mûres sèches, et transmis le message que nous devions rester encore parmi les livres de Sa Majesté pour continuer notre recherche du cheval aux naseaux bizarres. Qu'y a-t-il de plus beau que de se rappeler le monde, sans cesse, tel qu'il est vu par Dieu, en regardant les plus belles miniatures ?

52

Mon nom est Le Noir

Quand au matin le Grand Trésorier, avec son escorte, a fait ouvrir les portes, mes yeux étaient si bien habitués à l'éclairage rouge imposé par l'épais brocart des rideaux, que la lumière du jour d'hiver, en s'engouffrant depuis la cour du sérail, m'a fait l'effet de quelque chose de sournois et menaçant. À l'instar de Maître Osman, je n'avais pas bougé de ma place : comme si le moindre mouvement avait risqué de faire s'envoler par la porte, avec l'air lourd et presque palpable, poussiéreux et moisi, de la salle du Trésor, le but de nos recherches.

Et Maître Osman regardait ce rayon, qui passait entre le montant des portes et les têtes, alignées sur deux rangs, des gardes du Trésor, avec une curiosité étrange, comme on observe quelque chose de prodigieux, d'extraordinaire.

La nuit précédente, je l'avais observé de loin, et j'avais vu ses traits prendre la même expression, pendant qu'il regardait les miniatures du *Livre des Rois* de Shah Tahmasp. Son ombre sur le mur tremblait parfois un peu. On le voyait pencher sa tête, sa loupe à la main, et ses lèvres tantôt esquissaient une moue débonnaire, comme si elles s'apprêtaient à révéler une bonne nouvelle tenue secrète, tantôt se mettaient à remuer toutes seules, pendant qu'il admirait les images.

Après la fermeture des portes, je me suis mis à arpenter la pièce de long en large, de plus en plus fébrile. Je me demandais avec angoisse si nous aurions assez de temps, et si les livres du Trésor nous livreraient la clef du mystère. Maître Osman, à mon sens, ne se consacrait pas suffisamment à notre tâche précise, et j'ai fini par lui faire part de mes inquiétudes.

C'est l'habitude de tous les Maîtres de caresser gentiment leurs jeunes apprentis, et lui aussi, à cette occasion, m'a pris la main avec douceur.

« Les gens de notre profession n'ont d'autre recours que de s'efforcer de voir le monde selon la vision de Dieu, et pour le reste de s'en remettre à Sa justice. Et j'ai le sentiment que, ici au moins, les objets et leurs images se rapprochent et viennent presque à se réunir. En nous approchant du point de vue de Dieu, nous nous mettons plus près aussi de Sa justice. Regarde : c'est l'aiguille avec laquelle Bihzâd s'est crevé les yeux. »

Pendant qu'il racontait cette anecdote horrible, j'ai vu, sous la loupe qui me permettait de l'examiner encore plus attentivement, que la pointe effilée du funeste objet portait la trace d'un liquide rosâtre.

« Les grands maîtres, a-t-il repris, mettaient un point d'honneur à respecter cet art, ce style, ces couleurs auxquels ils consacraient leur vie entière. Et c'était une infamie, pour eux, de voir le monde, comme on le fait aujourd'hui, tantôt avec les yeux de tel roi d'Orient, tantôt par ceux de tel empereur d'Occident. »

Ces yeux ne regardaient ni les miens, ni la page en face de lui. Il semblait regarder au-delà, se perdre dans d'inaccessibles lointains, dans le blanc. Sur la page du *Livre des Rois*, les armées de l'Iran et du Touran s'affrontaient dans une mêlée terrible, les lanciers, dont les montures cuirassées se touchaient au garrot, les vaillants fantassins brandissant leurs épées en une orgie de couleurs se massacraient à l'envi au milieu des armures perforées, des corps mutilés, baignant dans le sang, et des têtes coupées aux regards révulsés dans la mort.

« Les grands maîtres de jadis, plutôt que de se voir forcés à reprendre le style, à imiter la peinture dictés par le vainqueur, préféraient sauver leur honneur en devançant l'inexorable cécité de l'âge, et en se crevant les deux yeux avec une aiguille ; et ils consacraient les dernières heures — parfois quelques journées — avant que les ténèbres immaculées de Dieu, tel un suprême bienfait, ne descendent sur leurs pupilles, à contempler fixement quelque chef-d'œuvre de peinture. À force de ne pas lever les yeux de la page durant des heures entières, des larmes rouges jaillissaient des paupières, et ce monde, et ces signes, brouillés de leur propre sang, se substituaient peu à peu, doucement, pour ces héros, pour ces martyrs de la peinture, à l'horreur trouble de ce monde où ils vivaient encore. Quel bonheur ! Sais-tu quelle est l'image, quelle est la scène que, moi, je voudrais suivre et contempler jusqu'au fond des ténèbres ? »

Ses pupilles rétrécissaient, au milieu du blanc de ses yeux, toujours plus grands, écarquillés, fixés vers un point en dehors de la salle, au-delà des trésors, comme quelqu'un qui cherche à se rappeler un lointain souvenir d'enfance.

« C'est celle, dans sa version classique, où Khosrow, sur son destrier, arrive au pied du château de

Shirine et attend qu'apparaisse l'objet de ses tourments. »

Il était clairement parti pour me raconter la scène en détail, sous forme de panégyrique funèbre à la gloire des maîtres aveugles d'autrefois, et je me suis surpris à l'interrompre assez sèchement : « Vénéré Grand Maître, ce que j'aspire à contempler, c'est le doux visage de ma bien-aimée. Voilà trois jours que nous sommes mariés, et j'ai soupiré douze ans après ce mariage. Or, justement, quand je vois la scène où Shirine tombe amoureuse du portrait de Khosrow, je ne me souviens que d'elle ! »

Le visage de Maître Osman a laissé transparaître une expression intriguée et surprise, mais il n'était plus attentif ni à ses images sanglantes de batailles, ni à mon histoire. Il semblait attendre une nouvelle heureuse, mais lente à venir. Sûr qu'il ne me regardait pas, j'en ai profité pour escamoter l'aiguille à turban.

Dans un coin sombre de la troisième salle du Trésor, celle qui jouxte le grand hammam, étaient entreposées, reléguées, des centaines d'horloges aux formes bizarres, cadeaux diplomatiques des souverains d'Europe, et qui échouaient là, une fois tombées hors d'usage. C'est là que je me suis rendu pour examiner plus à loisir cette aiguille à turban dont, au dire de Maître Osman, le grand Bihzâd se serait servi pour se crever les yeux.

À la lumière du jour, rendue rougeoyante par le reflet des cadres dorés, des vitres et des velours de toutes ces horloges arrêtées, poussiéreuses, la pointe de l'aiguille d'or, revêtue de ce liquide rose, scintillait faiblement. Le légendaire miniaturiste s'était-il vraiment rendu aveugle au moyen de cet instrument ? Et Maître Osman aurait-il, lui aussi, à l'instant, commis sur lui-même ce terrible attentat ? Sur le mécanisme imposant d'une horloge, un de ces petits voyous de Maghrébins, bariolé et grand comme un doigt, semblait me regarder, et acquiescer du chef. Ce bonhomme articulé, création d'un sujet espiègle de l'empereur d'Autriche, était affublé, à l'ottomane, de son turban, afin, du temps où l'horloge fonctionnait, d'exciter l'hilarité de notre Sultan et de ses femmes, avec les mêmes joyeux hochements de tête qui marquaient les heures.

J'ai ensuite passé en revue toute une série de livres que j'indiquais au fur et à mesure au nain, qui me les proposait comme provenant des confiscations et des proscriptions de pachas trop enrichis sur les butins de guerre. Et l'on en avait tant fait étrangler, de ces pachas insolents, que le nombre des ouvrages réunis était incalculable. Le nain, impitoyable, faisait observer d'un air rogue qu'un pacha, à qui l'ivresse du pouvoir et de ses exactions fait oublier sa condition d'esclave au point de faire écrire son nom à la feuille d'or dans la rosace d'une reliure, méritait bien d'être mis à mort sans tarder, et ses biens saisis. Quand, au détour de tous ces recueils, de ces divans complets ou petites anthologies, je tombais sur la scène, encore elle, où Shirine tombe amoureuse du portrait de Khosrow, je m'arrêtais longuement pour la regarder.

Le tableau à l'intérieur du tableau, c'est-à-dire le portrait de Khosrow que découvre Shirine lors d'une halte dans la campagne, n'était jamais clairement visible. Et ce n'était pas parce que l'image représentée sur la miniature à l'intérieur de la miniature était trop petite pour être bien peinte. En effet, la plupart de nos peintres sont capables de peindre sur un ongle, un grain de riz, voire même sur un cheveu. Pourquoi, alors, ne peignaient-ils pas les traits, les yeux de Khosrow, dont la belle Shirine était en train de tomber amoureuse en le regardant, de façon reconnaissable ? J'en étais là des rêveries auxquelles, en cette après-midi, je m'adonnais pour oublier ma situation désespérée, et je m'apprêtais à interroger Maître Osman sur cette question précise quand, au beau milieu d'un volume composite, constitué de feuilles disparates, sur une peinture sur soie évoquant un cortège nuptial, mon attention fut attirée par un cheval. J'ai senti mon cœur s'emballer.

J'avais là, devant moi, un cheval aux naseaux étranges. Il était monté par une jeune mariée timide, et me regardait droit dans les yeux, comme s'il allait me murmurer un secret. Et, comme dans les rêves, j'ai voulu crier, sans pouvoir émettre aucun son.

J'ai refermé le livre et couru sans attendre, renversant au passage des meubles et des coffres, montrer la page à Maître Osman.

Il s'est mis à regarder l'image.

Comme je ne voyais pas son visage s'éclairer, je me suis impatienté : « Les naseaux du cheval, lui dis-je, ils sont exactement pareils à ceux de celui destiné au livre de mon Oncle. »

Il promenait maintenant sa loupe au-dessus de l'animal et se penchait sur le dessin, sur le verre grossissant, tout près, tellement près qu'il y touchait presque du nez.

Comme son silence se prolongeait, n'y tenant plus, j'ai dit : « Comme vous voyez, ce cheval n'est pas dans le même style, assurément, que celui pour le livre de mon Oncle, mais il a des naseaux identiques, même si ce peintre était habitué à voir la réalité à la façon chinoise. » Puis, après une pause : « C'est un cortège de mariage, poursuivis-je, et cela a beau être une sorte de miniature chinoise, les personnages représentés sont comme nous, et non pas chinois. »

Maître Osman avait maintenant le nez collé à sa loupe, et celle-ci touchait le papier. Pour mieux voir il était penché, tendu de toute la force de son dos de vieillard perclus, de ses épaules, de son cou nerveux, de sa tête. Les yeux sur le dessin, il restait toujours silencieux.

« Ce cheval a les naseaux entaillés », a-t-il fini par prononcer, dans un souffle.

Nos têtes se touchaient. Nous avons, joue contre joue, longuement observé les naseaux du cheval. Soudain, j'ai eu la pénible révélation, après celle du détail étrange, que Maître Osman avait bien du mal à distinguer ce même détail.

« Vous voyez, n'est-ce pas ? lui demandai-je.

— Très mal... Raconte-moi le dessin.

— Si vous voulez mon avis, cette jeune mariée n'est pas heureuse, expliquai-je avec tristesse. Elle va, sur sa monture grise aux naseaux entaillés, entourée de ses compagnes et d'une escorte d'étrangers. Les visages durs de ces hommes qui la protègent, leur effrayante barbe noire, leurs gros sourcils et leurs longues moustaches, leur carrure épaisse sous leurs caftans ouverts en toile légère et leurs fines poulaines, leurs grands bonnets en peau d'ours, leurs haches et leurs épées, montrent qu'il s'agit de cavaliers turcomans, de la Horde du Mouton Noir, venus tout droit de Transoxiane. Quant à la jeune mariée, aussi belle que mélancolique, les torches et les lampions qui l'éclairent dans la nuit, et le fait qu'elle soit accompagnée de ses dames d'atours, comme pour un voyage long et ardu, tout cela fait penser que c'est une princesse chinoise.

— Nous pensons qu'elle est chinoise, dit Maître Osman, parce que l'artiste, voulant souligner la perfection de sa beauté, lui a peint un visage maquillé au blanc de céruse, et des yeux bridés, comme en ont les femmes chinoises.

— Quelle qu'elle soit, ai-je repris, cette femme me fait pitié, chevauchant dans la steppe au milieu de la nuit, gardée par des étrangers à la mine farouche, pour rejoindre un mari qu'elle n'a jamais vu... Mais comment savoir qui était cet artiste, qui a prêté à son palefroi de tels naseaux entaillés ?

— Tourne les autres pages et raconte-moi ce que tu y vois », a dit Maître Osman.

Au moment où j'étais revenu en courant avec le livre que je voulais montrer à Maître Osman, j'avais vu que le nain, lui, était occupé sur la chaise percée. Il nous avait maintenant rejoints, et nous étions donc trois à regarder les pages que je tournais une à une.

Dans le même style oriental que notre voyageuse de nuit, nous vîmes d'autres jeunes et belles Chinoises, assemblées pour jouer du luth, au milieu d'un verger. Des pagodes, des caravanes qui s'en vont, mélancoliques, pour de très longues traversées, des arbres dans la steppe, et des paysages désertiques, beaux comme de vieux souvenirs. Nous admirâmes la manière chinoise — tordue, entortillée — de peindre les arbres, leurs branches gonflées de vigueur où s'ébattent les rossignols, enivrés d'amour pour les fleurs du printemps ; et la manière du Khurâsân pour rendre les banquets de jeunes princes, sous la tente, où les chansons, l'amour, le vin s'épanchent, et, dans les vergers merveilleux, les beaux seigneurs partant pour la chasse, montés sur des pur-sang, un gerfaut sur le poing ; puis une sorte de Satan, au détour d'une page, qui nous fit pressentir que le Mal, dans la peinture, représente souvent l'adresse. Et dans le geste de ce héros, de ce fils de roi, qui terrasse d'un coup de lance un dragon horrifique, le peintre avait-il insinué quelque ironie ? Quelque raillerie, dans le dénuement de ces pauvres paysans, qui, patiemment, exhibent leurs plaies à un ermite thaumaturge ? Et ce qui l'a séduit, ce même peintre espiègle, est-ce le regard piteux des deux chiens accouplés, coincés dans leur hideuse étreinte, ou le regard narquois des femmes qui les toisent, un rire diabolique sur leurs lèvres rouges ? Ces créatures extraordinaires rappellent bien les démons communs, les diables familiers aux peintres des *Livres des Rois*, mais cet artiste au pinceau moqueur avait forcé le trait de leur exubérance, de leur vilenie, de leur humanité... Nous avons bien ri, en voyant ces diables effrayants, grands comme des hommes mais tout bossus, avec leurs ramures de cerfs, et leurs longues queues de chats et leurs sourcils en bataille ; et les diables tout nus, tout tordus, ratatinés comme des vieillards, aux ongles et aux dents pointus, aux yeux écarquillés sur leurs bajoues énormes ; à longueur de pages ils se chamaillaient, se crêpaient le chignon, volaient un grand cheval pour le sacrifier à leurs propres idoles, dansaient et bondissaient autour, allaient couper du bois, mettaient en fuite des sultans magnifiques en voyage pour faire main basse sur leur palanquin, capturaient des dragons, pillaient les trésors sous leur garde. Quand j'ai expliqué que, sur ce volume où bien d'autres artistes avaient apporté leur touche, ce maître du fusain, surnommé

« Plume Noire », l'auteur des diables précédents, avait aussi produit des derviches errants, au crâne ras, tout dépenaillés, bâton en main et couverts de chaînes, Maître Osman m'a écouté avec attention, et m'a fait répéter les détails de leur accoutrement.

« C'est une pratique ancestrale des Mongols d'ouvrir les naseaux de leurs chevaux pour leur permettre de respirer mieux, et de courir plus longtemps, a-t-il fait remarquer ensuite. Et c'est avec ce genre de chevaux que les hordes de Hulagu ont conquis tout l'Iran, la Chine et l'Arabie. Quand elles entrèrent dans Bagdad et que le Khan fit mettre à sac toute la ville, passer la population au fil de l'épée, et jeter tous les livres dans le Tigre, le célèbre calligraphe et futur miniaturiste Ibn Shakir, au lieu de faire comme tout le monde et de fuir le massacre en direction du sud, prit délibérément la direction du nord, d'où étaient arrivés les cavaliers mongols. À cette époque-là, en vertu de l'interdiction du Coran, on n'illustrait pas les manuscrits, et les peintres ne jouissaient d'aucune estime. C'est, je crois, au vénérable Ibn Shakir, notre maître à tous, en ceci que nous lui devons cette imitation des Chinois, l'univers vu comme du haut d'un minaret, avec un horizon toujours présent, qu'il soit visible ou dissimulé, et l'usage des couleurs vives, aguichantes et tourbillonnantes, pour peindre chaque chose, des nuages aux moindres insectes, ce serait Ibn Shakir, donc, qui, lors de son légendaire périple vers le nord, afin de parvenir au cœur de l'Empire du Milieu, aurait remarqué et suivi les naseaux fendus des chevaux mongols. Pourtant, je dois dire que, à ma connaissance, aucun des chevaux qu'il s'est mis, au terme de tribulations d'une année tout entière, à peindre, une fois installé dans la ville de Samarcande, ne présente ce type de naseaux tailladés. Parce que, pour lui, les chevaux parfaits, les chevaux de rêve, n'étaient pas les robustes et solides montures mongoles, telles qu'il pouvait les voir, montées par les vainqueurs, dans son âge adulte, mais les graciles chevaux arabes de sa jeunesse enfuie. C'est pourquoi les naseaux étranges du cheval peint pour le livre de ton Oncle ne m'ont fait penser ni aux chevaux mongols, ni à cette pratique d'élevage transmise par les Mongols à Samarcande et au Khurâsân. »

Maître Osman, pendant son récit, me regardait tantôt, tantôt le manuscrit, mais ne semblait rien voir, que les choses de son esprit.

« L'autre chose, à part les naseaux fendus de leurs chevaux et la peinture chinoise, que les armées mongoles ont apportée aux pays d'Iran et jusqu'ici, ce sont les diables qu'on voit dans ce livre. Vous avez sans doute entendu dire qu'ils sont les émissaires du Mal, les envoyés des forces telluriques et obscures, qu'ils en ont après notre vie, cherchent à s'emparer de ce qui nous est cher, et finissent par nous emporter avec eux dans le noir, dans les profondeurs de la mort. Mais, dans ce monde des profondeurs, tout, les arbres, les nuages, les objets, les livres et les chiens, tout est vivant et doué de parole.

— C'est vrai, acquiesça le vieux nain. Dieu m'est témoin que pendant les nuits que je passe ici, enfermé à l'intérieur du Trésor, au milieu des horloges, de la vaisselle chinoise, des services en cristal qui se mettent à tinter, et surtout de tous ces fusils, ces épées, ces boucliers et ces casques sanglants, tous les esprits qui les habitent se réveillent et se mettent à parler dans l'obscurité, comme des morts-vivants sur un champ de bataille.

— Cette opinion a été transmise, à Istanbul, depuis le Khurâsân, en passant par la Perse, par des derviches errants tels qu'on en voit sur les miniatures, reprit Maître Osman. Quand Sultan Sélim Ier, après sa brillante victoire de Tchaldiran sur Shah Ismaïl, mit à sac le palais de Tabriz, dit des Huit Paradis, l'illustre prince Mirzâ, Prodige-de-son-Temps, descendant de Tamerlan, bafouant son allégeance envers Ismaïl, est passé, armes et bagages, dans le camp des Ottomans, suivi des nombreux derviches qui formaient son entourage. De plus, parmi le butin que Sultan Sélim ramenait du Nakhitchevan, en plein hiver, malgré la neige, après sa victoire sur le Safavide, se trouvait, outre les deux épouses du shah d'Iran, aux yeux bridés, au teint d'albâtre, tout ce que ce dernier, à Tabriz, avait accumulé, de ses pillages et de ses victoires contre les Mongols, les Ilkhans, les Djalayirides, les Turcomans du Mouton Noir, les Ouzbeks et les Timourides, dans sa bibliothèque du palais des Huit Paradis, en fait de livres et de manuscrits. Et tant que notre Sultan et son Grand Trésorier ne me diront pas de sortir d'ici, je continuerai de les regarder. »

Ces regards, pourtant, étaient déjà empreints de vague, de cette instabilité que l'on voit au regard des aveugles. Il tenait encore à la main le manche nacré de sa loupe, mais par habitude, et non plus pour voir. Maître Osman a demandé au nain, qui avait suivi tout ce récit comme une triste histoire d'amour, d'aller chercher un autre ouvrage, dont il lui a décrit la reliure avec précision, et de lui rapporter. J'en ai profité pour poser la question qui me hantait :

« Mais alors, qui est l'auteur du dessin destiné au livre de mon Oncle ?

— Les deux chevaux ont effectivement les mêmes naseaux fendus, reprit Maître Osman. Mais si ce cheval a été peint à Samarcande ou ailleurs en Transoxiane, comme j'en ai fait l'hypothèse, il suit d'abord les canons chinois. Le cheval pour le livre de ton Oncle est beau, mais surtout il suit la manière persane, dans la tradition de Hérat. Il est bien rare que l'on rencontre une monture si délicate ! C'est l'Image parfaite du cheval, pas un simple cheval mongol.

— Mais les naseaux sont retroussés comme ceux d'un vrai cheval mongol, ai-je protesté tout bas.

— C'est, sans doute, qu'un maître ancien, il y a deux siècles de cela, quand, après le retrait des Mongols, a commencé la grande époque des Timourides, produisit quelque chef-d'œuvre de peinture équestre où les naseaux de la bête — soit qu'il ait vu lui-même et reproduit cette forme à partir d'un cheval mongol aux naseaux entaillés, soit par imitation d'une image d'un autre maître, encore plus ancien — étaient peints retroussés, délicatement fendus. Sur quelle page ? de quel livre ? pour quel roi ? c'est impossible à déterminer : mais ce dont je suis sûr, c'est que cette page, ce dessin, dans quelque palais oublié, aura séduit, ravi quelque belle, une favorite, dans le harem du souverain local, et passé en légende du temps. Là-dessus, on peut en être certain, tous les artistes ordinaires, rendus jaloux et médisants par le succès de ce cheval aux naseaux retroussés, l'auront imité à l'envi... assurant sa reproduction ! Ainsi, avec ce modèle de cheval, c'est un nouveau type de naseaux qui fait école et se transmet, copié et recopié par cœur, dans les ateliers de peinture. Ces peintres, des années après, quand leurs mécènes étaient vaincus à la guerre, prenaient, à l'instar des épouses transférées vers d'autres harems, le chemin de l'exil, vers d'autres cités, d'autres pays, se trouvaient d'autres rois et princes comme protecteurs ; et ils emportaient avec eux, dans leur mémoire, le dessin délicat de ces naseaux fendus. La plupart, une fois transplantés dans un autre atelier, avec d'autres collègues suivant d'autres règles, laissaient se perdre, au fond de leur mémoire, et finissaient par cesser de peindre ce modèle original de naseaux ; mais certains, quelques-uns, non contents de persévérer, de persister à peindre ainsi les naseaux des chevaux dans leur nouvel environnement, s'en mirent à prescrire le modèle à leurs beaux apprentis : "car ainsi faisaient les Anciens". C'est de cette façon qu'après le départ des Mongols et, avec eux, de leurs chevaux, dans les pays conquis d'Iran et d'Arabie, dans les cités pillées, détruites, incendiées, plusieurs décennies parfois après que la vie eut commencé à y renaître, quelques peintres se trouvèrent pour continuer de peindre des chevaux aux naseaux fendus ; parce que c'était leur modèle. Et je suis persuadé que beaucoup d'entre eux n'avaient aucune connaissance précise de la cavalerie mongole, ni de l'usage des naseaux fendus, mais qu'ils peignaient, comme font nos peintres, simplement "suivant le modèle".

— Vénéré Maître, ai-je repris, éperdu d'émotion, votre "méthode de la suivante" nous conduit droit à la conclusion, puisque chaque peintre a sûrement une signature secrète.

— Pas chaque peintre, chaque atelier, plutôt. Et même pas tous les ateliers : dans certains, mal lotis, comme cela arrive dans certaines familles, on passe des années à se chamailler chacun dans son coin, sans comprendre que le bonheur procède de l'harmonie, que l'harmonie c'est le bonheur. On y imite qui les Chinois, qui les Turcomans, qui encore l'École de Shîrâz ou l'École mongole, et tout ce travail, toute cette peinture, ne débouche que sur des criailleries et des tiraillements, un tohu-bohu généralisé, sans qu'on arrive jamais à se mettre d'accord sur un style commun à tous. »

Une expression très nette de fierté régnait maintenant sur sa figure : son aspect familier de vieillard avait laissé la place à celui d'un homme farouchement déterminé, et résolu à faire front.

« Maître, lui dis-je, vous avez, ici, à Istanbul, depuis vingt ans, réussi la synthèse harmonieuse des caractères, des tempéraments de tous ces peintres venus vers vous des quatre coins du monde . et vous avez créé le style ottoman. »

L'élan que j'avais sincèrement éprouvé quelques instants plus tôt se changeait, au fur et à mesure que je lui parlais, en double langage. Notre enthousiasme pour le talent, l'autorité d'un artiste, est-il condamné à ces flatteries pitoyables, décalées, sans commune mesure avec notre admiration bien réelle ?

« Où est-il passé, ce nain ? » demanda Maître Osman.

Il avait beau jouir comme un autre, à part soi, de mes flatteries et de mes éloges, reconnaissant d'instinct qu'un homme fort ne doit pas y paraître sensible, il laissait ainsi à entendre qu'il préférait un autre sujet. Mais j'ai continué, en chuchotant dans son oreille :

« Tout en restant un grand expert de la matière persane et de l'ancienne école, vous êtes le créateur d'un nouvel univers, digne de la splendeur et de la puissance ottomanes. Vous avez intégré à votre art la force des alfanges, les couleurs épanouies du triomphe, en prêtant aussi attention aux humbles objets, aux outils des artisans, le tout avec un sentiment de liberté et de joie de vivre. Maître, le plus grand honneur de ma vie aura été de contempler avec vous ces chefs-d'œuvre des temps anciens... »

J'ai développé sur ce mode, toujours en chuchotant. L'aspect chaotique, comme un champ de bataille, de la salle du Trésor, et la proximité de nos corps dans cette obscurité glaciale transformaient nos conciliabules en quelque chose d'intime.

Longtemps, tandis que, comme sur le visage de certains aveugles qui n'en contrôlent plus l'expression, les yeux de Maître Osman trahissaient une jouissance de vieillard content de soi, j'ai continué de prodiguer mes éloges au vieux Maître, tantôt sincère, tantôt envahi du même dégoût que m'inspirent les aveugles.

Il a pris ma main dans ses doigts glacés, m'a caressé les bras, le visage. C'était comme si ses doigts m'insufflaient sa force et sa vieillesse ensemble. J'ai pensé à Shékuré qui m'attendait à la maison.

Les pages ouvertes devant nous, nous sommes restés sans bouger. Nous étions, tout bonnement, fatigués, moi, de psalmodier ses louanges, lui, de se rengorger et de minauder. À ce repos venait même se mêler un sentiment de honte.

« Où est le nain ? » a-t-il demandé une nouvelle fois.

J'étais persuadé que le nain, sournoisement, nous épiait depuis quelque cachette. J'ai feint de le chercher du regard par-dessus mon épaule, à droite, à gauche, alors que je ne quittais pas des yeux les yeux de Maître Osman. Était-il devenu aveugle, ou bien voulait-il seulement faire croire à tout le monde qu'il l'était ? Certains vieux maîtres de Shîrâz, dépourvus de talent, usèrent dit-on de cet artifice, dans leur grand âge, afin d'inspirer du respect, et de jeter le voile sur leur insuffisance.

« Je veux mourir ici, dit Maître Osman.

— Grand Maître vénéré, poursuivis-je du même ton flagorneur, ce que vous dites sur notre époque maudite, toute vouée non à la peinture, mais à l'appât du gain, qui se passionne, non pour l'étude des modèles anciens, mais pour les vils imitateurs des Européens, je le comprends si bien que j'en ai les larmes aux yeux ! Mais c'est votre devoir de protéger vos peintres contre leurs ennemis. Dites-moi, je vous en prie, vos conclusions d'après la "méthode de la suivante" : Qui est le peintre de ce cheval ?

— Olive. »

Il l'a dit si tranquilement que je n'ai même pas été étonné.

Après quelques instants encore de silence, il a ajouté, toujours très calme :

« Mais je suis certain qu'il n'a tué ni ton Oncle, ni Monsieur Délicat. Je déduis qu'Olive est l'auteur de ce dessin du fait que, plus qu'aucun autre, il est attaché aux maîtres anciens ; c'est lui qui a la connaissance la plus intime, la plus intériorisée des modèles et du style institués par l'École de Hérat, sans compter qu'il est issu d'une lignée de peintres originaires de Samarcande. Je sais que tu ne me demanderas pas pourquoi, en tant d'années, nous n'avons jamais relevé, chez lui, aucun autre exemple de cheval aux naseaux fendus. Je t'ai déjà fait remarquer, en effet, qu'il suffit d'un maître un peu strict et sévère, ou que l'atelier où il vit, les goûts de son mécène s'y opposent, pour qu'un détail, une singularité bien présents dans la mémoire, la tradition dont un artiste est dépositaire — que ce soit dans la façon de traiter l'aile des oiseaux, ou les feuilles des arbres — ne se manifestent jamais. Ce cheval, donc, est celui que notre cher Olive a appris à peindre de ses premiers maîtres persans et que, depuis son enfance, il n'a jamais oublié. Avec ce livre de ton Oncle, et ce cheval, Dieu me joue un tour bien cruel. N'avons-nous pas été, quant à nous, assez fidèles aux modèles tracés par l'École de Hérat ? De même qu'un peintre turcoman, quand il imagine les traits d'une belle jeune fille, ne peut la peindre que chinoise, de même quand nous parlons de belle peinture, nous pensons forcément, n'est-ce pas ? aux chefs-d'œuvre des anciens peintres de Hérat. Nous vouons tous la même admiration à ces peintres anciens ; mais, derrière Bihzâd, il y a ses prédécesseurs à Hérat, et, derrière ceux-là, il y a les cavaliers mongols, et les Chinois ! Pourquoi Olive, si attaché à la manière merveilleuse de Hérat, aurait-il assassiné ce pauvre Monsieur Délicat, qui était, encore plus aveuglément que lui, respectueux des vieilles traditions ? C'est absurde.

— Alors qui ? demandai-je, Papillon ?

— Cigogne. C'est mon sentiment ; cela, au vu de son âpreté, de cette espèce d'acharnement que je lui connais. Écoute : le plus probable est que notre pauvre Délicat se soit rendu compte que les miniatures qu'il se contentait d'enluminer étaient pleines d'impiétés, d'hérésies et de blasphèmes, et qu'il aura pris peur. D'un côté, il avait les oreilles rebattues, l'esprit farci de toutes les billevesées du Hodja d'Erzurum — les enlumineurs sont certes en général plus proches de Dieu que les peintres, mais quel dommage qu'ils soient toujours aussi niais et stupides ! — et d'un autre côté, il savait pertinemment que l'ouvrage de ton imbécile d'Oncle était une commande importante et secrète de notre Sultan en personne. Voilà que toutes ces craintes et ces soupçons se bousculent dans sa tête : vaut-il mieux croire le Sultan ou le prédicateur ? Le pauvre petit, que je connaissais comme si je l'avais fait, a dû être bourrelé de remords et d'angoisses, et, en une autre circonstance, il est clair que c'est moi, son Maître, qu'il serait venu trouver pour soulager son cœur. Mais comme il n'était pas assez idiot pour ne pas avoir clairement conscience que faire les enluminures du livre de ton Oncle, cet émule des giaours, cela veut dire trahir notre corporation, il aura été chercher quelqu'un d'autre, et comme il admirait le talent, et s'illusionnait sur le caractère et le bon esprit de Cigogne, qui n'est qu'un roué et un ambitieux, c'est à lui qu'il se sera ouvert de son tourment. J'ai plus d'une fois vu la façon dont Cigogne exploitait cette admiration que lui vouait Monsieur Délicat. Quoi qu'il en soit, une dispute aura éclaté, et Cigogne l'a tué. Comme Monsieur Délicat avait dû faire part, avant sa mort, de ses affres aux personnes entourant le hodja, celles-ci, pour venger leur ami et montrer leur force, et parce que ton Oncle, promoteur de la peinture occidentale, pouvait passer pour responsable de la mort de Monsieur Délicat, l'ont assassiné. Je ne peux pas dire que cela m'ait fait de la peine. Quand ton Oncle, il y a quelques années, a circonvenu notre Sultan pour qu'il commande son portrait à un peintre vénitien — il s'appelait Sebastiano —, exactement comme pour un roi païen, puis m'a fait donner cet odieux ouvrage comme modèle à imiter, j'ai dû m'abaisser, par crainte de notre Sultan, à produire tant bien que mal une copie de cet objet infâme et idolâtre.

Sans cette histoire, la mort de ton Oncle m'affligerait sans doute davantage, et j'aurais plus à cœur de voir démasqué aujourd'hui le coquin qui l'a tué. En l'occurrence, c'est de mon atelier, pas de ton Oncle, que j'ai cure. Tous mes élèves préférés, que j'ai si tendrement, si anxieusement choyés et dorlotés pendant vingt-cinq ans, depuis leur enfance, une fois passés maîtres, m'ont trahi, moi, et toute notre tradition, et c'est ton Oncle qui les a débauchés, qui leur a le premier fait imiter les peintres européens, en prétextant les ordres de notre Sultan ! Ce scandale mérite bien qu'on les envoie aux bourreaux ! Nous, la nation des peintres, ce n'est pas grâce au Sultan qui nous paie que nous obtiendrons le salut de notre âme, mais en restant soumis à notre art et à notre école. Maintenant, je ne veux plus que regarder ce livre. »

Il avait prononcé ces derniers mots comme un pacha, tenu pour responsable d'une révolte dans sa province et condamné à mort, prononce, d'un ton las et triste, ses dernières volontés. Puis, en ouvrant le dernier livre que le nain venait d'apporter, il s'est mis à demander, d'un ton sec, qu'on veuille bien lui trouver la page qui l'intéressait. C'était le ton acariâtre de Maître Osman, familier à tous les peintres de son atelier.

Je me suis retiré, et assis dans un coin, parmi les coussins à broderies de perles et les fusils au canon rouillé, mais à la crosse sertie de gemmes, afin de pouvoir l'observer, de loin. En l'écoutant, mes soupçons s'étaient confirmés : il me semblait maintenant si plausible que ce soit lui, qui, pour stopper le livre de mon Oncle, l'ait assassiné, et avant lui le pauvre Monsieur Délicat, que je m'en voulais d'avoir un instant avant éprouvé pour lui autant d'admiration.

D'un autre côté, je gardais malgré moi de la révérence pour ce vieux Maître, avec son visage aux couleurs fanées, qui continuait de regarder, bien qu'aveugle déjà ou presque, les miniatures devant lui. Pour préserver l'ancien style et maintenir l'ordre parmi les peintres, les défendre contre ce livre dirigé par mon Oncle, pour rentrer enfin en faveur, seul, auprès de Sa Majesté, il était, j'en prenais conscience, capable de livrer aux bourreaux du Grand Jardinier, non seulement chacun des peintres, mais moi-même, sans hésitation, et cette perspective réclamait de moi que je révoque le tendre sentiment qui avait semblé se lier entre nous depuis deux jours et deux nuits.

Je suis resté longtemps abasourdi. Et pour apaiser mes démons, pour distraire les djinns de mon indécision, j'ai sorti d'un coffre un volume, au hasard, et j'en ai regardé les pages, longuement.

Comme ils étaient nombreux, ces gens, hommes et femmes, à se mordre les doigts d'étonnement ! Depuis deux siècles, cette pose est en vogue dans tous les ateliers, de Bagdad à Samarcande : quand l'héroïque Keykhosrow, pressé par l'ennemi, se jette, avec son cheval noir, dans les flots de l'Amû Daryâ, et, avec l'aide de Dieu, en ressort sain et sauf, le passeur et les bateliers, qui lui avaient refusé leur aide, se mordent les doigts de stupeur ; et Khosrow, qui se mord le doigt, quand se révèle à lui la blancheur de Shirine dévêtue dans ce lac, dont son teint de lune offusque et vieillit tout à coup les mille reflets d'argent ! Avec un surcroît d'attention, je remarquais aussi, dans l'entrebâillement des portes, aux fenêtres escarpées des châteaux, derrière les tapisseries, les habitantes des harems, qui se mordaient les doigts ; et le désarroi d'Espinûy, la concubine favorite de Tejav, quand elle l'implore, un doigt dans la bouche, de ne pas l'abandonner à la merci de l'ennemi, alors qu'elle le voit s'enfuir, de ce champ de bataille où gît la couronne, devant l'armée d'Iran victorieuse. Et la perfide Zuleykhâ, qui observe, concupiscente et diabolique plus qu'étonnée, de sa fenêtre le beau Joseph de Canaan, qu'on emmène dans sa prison, accusé, calomnié de l'avoir violée : elle met son doigt dans sa bouche ! Et la suivante malveillante, quand elle épie, en ce jardin paradisiaque, des amants sortis d'un poème, heureux et tristes à la fois, et à qui la passion, le vin font oublier toute prudence : l'étonnement ou bien l'envie lui font-ils glisser ce doigt entre ses lèvres rouges ?

Ce geste est passé en modèle dans la mémoire de tous les peintres, et devenu un lieu commun de la peinture, un passage obligé, mais c'est toujours et chaque fois avec une nouvelle délicatesse que les belles portent à leur bouche un long doigt effilé.

Mais à quoi bon tant regarder toutes ces images ? Le jour tombait, j'ai été trouver Maître Osman, pour lui dire :

« Vénéré Maître, avec votre permission, à l'ouverture des portes, je quitterai la salle du Trésor.

— Qu'est-ce qui te prend ? Nous avons encore une nuit et une matinée. Tes yeux sont bien vite rassasiés de contempler les plus belles images qui soient au monde ! »

Pour me dire cela, il n'avait pas levé les yeux de la page posée devant lui, mais ses pupilles, toujours plus ternes, laissaient voir que, lentement, il devenait aveugle.

« Nous tenons le secret du cheval aux naseaux fendus, ai-je rétorqué hardiment.

— Ah, c'est vrai, s'est-il borné à dire. Maintenant, cela ne regarde que notre Sultan et le Grand Trésorier. Peut-être nous feront-ils grâce. »

Allait-il, comme assassin, leur donner le nom de Cigogne ? Je me suis gardé de poser la question. Car je redoutais qu'il ne m'empêche de sortir. Et pire, j'en venais à me demander si ce n'était pas moi qu'il s'apprêtait à dénoncer.

« L'aiguille à turban, celle dont Bihzâd s'est crevé les yeux, a disparu.

— C'est sûrement le nain qui l'a emportée. Comme elle est belle, cette page que vous regardez ! »

Tout son visage souriait, rayonnait comme celui d'un enfant. « C'est Khosrow venu nuitamment au pied du château de Shirine, qui attend sur son cheval, brûlant d'amour pour sa bien-aimée. Dans le style des Maîtres de Hérat. »

Il regardait le dessin, maintenant, comme s'il y voyait, et sans même se donner la peine de prendre sa loupe.

« Dans le noir de la nuit, vois ! les feuillages brillent d'une lumière intérieure, comme des étoiles, ou les fleurs du printemps, de même que les motifs patiemment reproduits le long des corniches des murs, ou ceux-ci, à la feuille d'or, qui rehaussent l'enluminure. Le cheval de Khosrow est délicat et gracieux comme une femme. Shirine, sa bien-aimée, l'attend, penchée à la fenêtre, languissante mais fière. On dirait que les amants ont pris une pose éternelle, saisie dans leur propre lumière, celle des ornements, et celle des couleurs dispensées amoureusement par le peintre. Comme tu peux voir, même s'ils se font face, leurs corps restent tournés vers nous, car ils savent qu'ils sont des images, et que nous les observons. Aussi n'ont-ils aucun souci de ressembler à ce qui nous entoure d'habitude : au contraire, ils font bien valoir qu'ils arrivent tout droit de la mémoire de Dieu, et que, pour cette même raison, le temps, dans ce tableau, se doit de s'arrêter. L'histoire qu'on raconte, leurs aventures, a beau se poursuivre, ils ont choisi de faire halte ici, dans l'éternité, et savent s'y tenir, fragiles, sans bouger, avec une retenue et une pudeur de vierge dans ce geste, dans cette pose, dans ce regard. Pour eux, en cet instant, tout se fige dans le bleu nuit : l'oiseau passe dans les ténèbres en effleurant craintivement les étoiles qui palpitent, et son vol même est arrêté, transpercé sur la toile de la nuit des temps. Les anciens Maîtres de Hérat savaient que Dieu ferait tomber, un jour, sur leurs yeux, le rideau de la nuit éternelle ; mais ils savaient aussi que, en se rendant aveugles à contempler sans cesse, pendant des jours et des nuits, une aussi belle miniature, leur âme se fondrait dans les couleurs de l'infini. »

Quand à la prière du soir les portes se rouvrirent, avec la même cérémonie très pompeuse, et en présence de la même foule, Maître Osman était toujours là, à regarder cette page, cet oiseau suspendu, dans le ciel, immobile. Mais ses pupilles pâles, ternes, comme celles des aveugles qui s'orientent maladroitement pour saisir l'assiette où se trouve leur nourriture, donnaient à son regard, fixé sur la page, un aspect inquiétant.

Les officiers de la garde, en apprenant que Maître Osman restait à l'intérieur et en voyant le nain à la porte, ont négligé de me fouiller, et n'ont donc pas découvert l'aiguille, que j'avais dissimulée au fond de mes dessous. En sortant du Palais, j'ai profité de la première porte cochère pour ressortir le terrible objet et l'ai mis dans mon sac, puis j'ai repris mon chemin, en allongeant le pas, à travers les rues d'Istanbul.

J'avais eu tellement froid dans les salles du Trésor que j'ai eu l'impression qu'un souffle doux et tiède, avant-coureur des beaux jours, circulait à travers la ville. Au marché de la Vieille Auberge, j'ai ralenti le pas devant la chaleur des boutiques sur le point de fermer, épiceries, barbiers, quincailleries, marchands de fruits et marchands de bois ; et je m'arrêtais pour contempler, à l'intérieur, à la lumière des chandelles, les tonneaux, les serviettes, les carottes ou les bocaux.

La rue de mon Oncle — j'étais bien incapable de dire « ma rue », ou même « la rue de Shékuré » —, après ces deux jours d'absence, m'a semblé encore plus hostile et étrangère. Mais l'idée que la joie de Shékuré, en me revoyant sain et sauf — sans compter le prestige d'avoir découvert l'assassin de son père —, me vaudrait sans doute le privilège de coucher enfin, dès cette nuit, avec ma chère épouse me rendait aussi plus intime le monde autour de moi, au point que, en apercevant le grenadier, et le volet clos, qui avait été réparé, j'ai eu peine à me retenir de crier comme un paysan appelle son voisin, de l'autre côté d'un ravin. Je voulais naïvement, lui dire, sitôt qu'en la voyant : « On le tient, on tient l'assassin ! »

J'ai ouvert le portail. Était-ce le grincement des gonds, ou l'indifférence du moineau occupé à boire au bord du seau, sur la margelle, ou l'obscurité qui régnait dans la maison ? je ne sais pas, mais j'ai su immédiatement, avec l'instinct du vieux loup solitaire, que la maison était vide. On a beau savoir qu'on est seul, le sentir au fond de sa chair, pourtant on cherche, on ouvre, on referme toutes les portes, les placards, même les couvercles, tout. C'est ce que j'ai fait, j'ai même inspecté les coffrets.

Pendant tout ce silence je n'entendais plus que mon cœur, qui s'emballait et qui battait dans ma poitrine, comme un tambour. Je me suis traîné, en titubant comme un vieillard qui n'en a plus pour longtemps, jusqu'à la malle où je garde mon épée, tout au fond, et je me suis raffermi en la passant dans ma ceinture. Je retrouvais mon calme, mon équilibre — y compris pour marcher —, en touchant le pommeau d'ivoire de ma fidèle épée, comme pendant toutes ces années où j'ai vécu de ma plume. Les livres, que nous croyons à même de soulager nos infortunes, ne font que les approfondir.

Je suis descendu dans la cour. Le moineau avait disparu. J'ai quitté la maison comme on abandonne un navire qui fait naufrage, dans le silence et l'obscurité.

Cours, me disait mon cœur, aie confiance, pour une fois, cours-leur après, et retrouve-les. J'ai galopé tant que j'ai pu, ralenti seulement par les badauds sur mon chemin, et par ces chiens joyeux, dans la cour de la mosquée, qui prenaient un malin plaisir à se jeter entre mes pattes.

53

Mon nom est Esther

J'étais en train de faire mijoter ma soupe aux lentilles pour le soir, quand mon vieux Nessim m'a dit : « Y a quelqu'un pour toi. » Je lui ai donné la cuiller en lui tenant la main, pour lui faire voir une ou deux fois comment touiller, parce que lui, si on ne lui montre pas, il est capable de tenir la cuiller immobile dans ma casserole, pendant des heures, et que je voudrais pas que le fond attache, et que ça me la brûle !

En voyant que c'était Le Noir, j'ai bien eu un peu pitié, mais il faisait une tête à vous ôter l'envie de lui demander ce qui ne va pas !

« N'entre pas, lui ai-je dit, je me change et je te suis. »

J'ai passé ma robe jaune et rose, celle des grandes occasions, que je mets quand je suis conviée à une noce de plusieurs jours, un riche banquet, ou pour la fin du ramadan, puis, en prenant mon ballot . « Je mangerai notre soupe en rentrant », ai-je crié à mon pauvre Nessim.

Nous n'étions pas plus tôt sortis dans la rue, au milieu de notre ghetto dont les cheminées crachotent misérablement comme des marmites mal chauffées, que j'ai dit à Le Noir :

« L'ancien mari de Shékuré est revenu de la guerre ? »

Il n'a rien répondu jusqu'à ce qu'on soit sorti du quartier. Il avait un teint de cendre, de la couleur du soir, qui d'ailleurs commençait à tomber.

« Où est-ce qu'ils sont ? » a-t-il fini par me dire.

J'ai compris que Shékuré et les enfants ne devaient plus être à la maison. « Chez eux sans doute ! » lui dis-je. En voyant que je lui causais une cruelle douleur en parlant ainsi de leur ancienne adresse, j'ai ajouté, comme pour laisser une porte ouverte à sa douce espérance : « Enfin, j'imagine. »

Il m'a regardée dans les yeux : « Tu l'as vu, toi, son mari, revenir de la guerre ?

— Non, pas plus que je n'ai vu Shékuré partir de chez elle.

— Comment as-tu su qu'elle était partie ?

— À voir ta tête.

— Tu dois tout me raconter », a-t-il affirmé d'un air résolu.

Ce Le Noir battait la campagne s'il se figurait que moi, Esther — je veux dire cette Esther que vous connaissez, qui sait trouver des partis pour les filles en mal d'époux et qui veut continuer à faire tranquillement le bonheur des foyers désertés —, allais lui décrocher quoi que ce soit : et que je te guette par les fenêtres, et que je te fais semblant d'écouter les murs...

« Tout ce que j'ai entendu dire, c'est que le frère de l'ex-mari de ta femme est passé par chez vous » — j'ai senti qu'il appréciait que je dise « chez vous » — « et a dit à Shevket que son père était de retour, qu'il allait arriver dans l'après-midi, et que, s'il ne le trouvait pas chez lui avec son frère et sa mère, il y aurait du vilain ; et qu'ensuite Shevket est allé répéter ça à sa mère, mais qu'elle, sur le moment, a préféré attendre, sans prendre de décision. Résultat : vers deux heures, Shevket s'est échappé, pour aller rejoindre son oncle.

— D'où est-ce que tu tires tout ça ?

— Shékuré ne t'a pas raconté que ça fait deux ans que Hassan se démène comme un beau diable pour la faire revenir chez eux ? Même que c'est moi qui portais ses lettres.

— Et elle y répondait ?

— Tu peux me croire, ai-je dit fièrement, de toutes les femmes d'Istanbul, et j'en connais plus d'une, il n'en est pas de plus fidèle à son mari et à sa maison que Shékuré.

— Mais, maintenant, c'est moi son mari. »

Sa voix avait cette assurance qu'ont les hommes, en général, et qui m'émeut toujours... Décidément, quoi que fasse Shékuré, il y aura un malheureux.

« Hassan m'a donné un mot à faire passer à Shékuré : il disait que Shevket était auprès de lui, pour attendre son père, qu'il était très triste à cause de ce mariage à la n'importe quoi et d'avoir une espèce de bonhomme comme nouveau papa, et qu'il ne voulait plus jamais revenir.

— Et comment a-t-elle répondu ?

— Qu'elle t'avait attendu toute la nuit, toute seule avec Orhan.

— Et Hayriyé, alors ?

— Hayriyé, ça fait des années qu'elle guette ça, de pouvoir noyer sa jolie maîtresse, ta femme, dans une cuillerée d'eau ! Même que c'est pour ça qu'elle a fini par coucher avec le vieux. Hassan, quand il a vu que sa belle Shékuré passait la nuit toute seule à attendre les fantômes et les assassins, tu penses bien qu'il m'a donné une lettre à lui porter...

— Elle disait quoi, la lettre ?

— Dieu merci, je ne sais ni lire ni écrire : comme ça, ça tombe bien, quand un petit monsieur ou son beau-papa me demandent ce qu'j'ai lu, je leur réponds : je lis dans les yeux !

— Et qu'est-ce que tu as lu, dans ses yeux, pendant qu'elle lisait la lettre ?

— Qu'elle ne savait plus quoi faire. »

Je n'ai rien dit de plus, et lui pareil. J'ai aperçu une chouette, perchée sur le toit d'une église grecque, qui attendait patiemment que le jour s'achève ; des gamins du quartier, des petits morveux qui se sont moqués de ma robe et de mon baluchon ; et un corniaud tout galeux qui sortait d'un cimetière, visiblement content à l'approche de la nuit.

« Va moins vite ! ai-je crié à Le Noir. Je ne peux pas escalader ces rues à la même allure que toi. Et, en plus, j'ai mon baluchon. Où est-ce que tu m'amènes ?

— Je t'emmène d'abord chez Hassan, puis nous passerons chez quelques bons petits gars, des vrais de vrais, des costauds, et qui mettent la main à la bourse : tu pourras leur exhiber toute ta marchandise, tes babioles et tes froufrous. »

Il plaisantait : c'était bon signe, vu les circonstances. Mais, moi, je voyais au travers de son hilarité. « Si c'est pour attaquer la maison de Hassan, ne compte pas sur Esther pour t'y conduire. Moi, je n'aime ni les armes ni la bagarre. Tiens, j'ai les chocottes rien que d'y penser.

— Esther, si tu es aussi fine qu'on le raconte, il n'y aura pas de bagarre. »

Derrière le quartier du Palais-Blanc, nous avons pris la route qui descend en ligne droite vers les jardins de Langa. La pente est raide, et traverse un quartier qui a sûrement vu des jours meilleurs. En plus, il y avait de la gadoue. Le Noir est entré dans la boutique d'un barbier, encore ouvert. J'ai vu qu'il parlait avec le maître, à qui un apprenti, au teint frais, aux belles mains, était en train de faire la barbe, à la lueur d'une bougie. Sans tarder, les deux nous ont suivis, puis deux autres gars du Palais Blanc se sont joints à la troupe, armés de haches et d'épées. Dans une école coranique derrière la rue des Princes, un tout jeune étudiant — bien mal parti, ma foi, pour aller faire le coup de poing — est sorti tout de même, une épée à la main.

« Tu veux attaquer une maison en plein jour en pleine ville ?

— Cela fait longtemps qu'il ne fait plus jour, a dit Le Noir d'un ton sarcastique.

— Ne sois pas trop confiant, quand même, sous prétexte que vous êtes nombreux : et d'ici que les janissaires vous voient passer comme ça, équipés comme un bataillon...

— Personne ne nous verra.

— Hier, les gars d'Erzurum on fait une descente dans une taverne, puis à la confrérie des Flagellants de la Porte au Sourd, même que tous les derviches se sont fait tabasser. Un de leurs vieux a même été tué, d'un coup de gourdin sur la tête. Vu ce qu'on y voit par ici, on pourrait vous prendre pour eux.

— Tiens, justement, puisque c'est toi, paraît-il, qui as vu la première ce papier avec les chevaux dessinés à l'encre, quand tu es allée, de la part de Shékuré, trouver la veuve, Dieu la protège, du pauvre Monsieur Délicat, est-ce que tu saurais, par hasard, si ce dernier frayait avec ces types du Hodja d'Erzurum ?

— Je n'ai parlé avec elle que pour les rabibocher,

toutes les deux. Et je lui avais porté, pour lui faire voir, une pièce de drap de Hollande. À part ça, je suis bien trop bête pour aller me fourrer dans vos histoires de politique et de religion !

— Esther, tu es loin d'être bête.

— Puisque c'est toi qui le dis, laisse-moi te prévenir, et méfie-toi ! ces gars-là n'ont pas fini de nous en faire voir, et de toutes les couleurs. »

En enfilant la venelle qui court parallèle à la rue des Marchands, j'ai senti mon cœur s'emballer de terreur. Sous le demi-halo de la lune blafarde, les branches humides et nues des châtaigniers et des mûriers reluisaient ; une bise de tous les diables mugissait en ébouriffant les dentelles de mon bonnet, et s'attaquait aux arbres, comme une armée de revenants, transportant l'odeur de nos hommes jusqu'aux chiens vigilants du quartier. Ils s'étaient mis à aboyer, à se répondre furieusement, quand j'ai indiqué à Le Noir l'ombre du toit de la maison. Nous avons contemplé les volets fermés. Puis Le Noir, en silence, a posté ses gars tout autour : un dans le jardin désert, deux de part et d'autre du grand portail, et un derrière, sous le figuier.

« Dans ce recoin, là-bas, loge un affreux mendiant tatar, lui ai-je dit. Il est aveugle, mais il est au fait des allées et venues dans le voisinage, mieux que le chef de quartier. Il passe son temps à s'astiquer la besogne comme les magots du Sultan : mais, sans lui toucher la main, donne-lui quelques pièces blanches, et il te racontera tout. »

De loin, j'ai regardé Le Noir donner les pièces au mendiant tatar, puis lui pointer son épée sous la gorge, pour lui tirer les vers du nez. Tout d'un coup, je sais pas ce qui s'est passé, l'apprenti du barbier, qui devait juste faire le guet, lui est tombé dessus à coups de manche de cognée. J'ai regardé en laissant faire, pensant que ça n'allait pas durer, mais le Tatar pleurait beaucoup : alors je m'suis précipitée pour sortir mon Tatar de ce mauvais pas.

« Il a insulté ma mère, a expliqué le petit jeune.

— Il dit que Hassan n'est pas là, mais peut-on se fier à un aveugle ? m'a dit Le Noir en me donnant une lettre qu'il venait juste de griffonner. Tiens, porte-lui ça, et s'il n'y est pas, donne cette lettre à son père.

— Il n'y en a pas une pour Shékuré ? ai-je demandé.

— Si je lui écris, à elle, ils prendront cela comme une provocation, a dit Le Noir. Dis-lui juste que j'ai démasqué le vil meurtrier de son père.

— C'est vrai ?

— Dis-lui, c'est tout. »

J'ai fait taire mon Tatar, qui pleurnichait encore, en l'admonestant assez vertement : « Maintenant tu n'oublieras plus ce que j'ai fait pour toi ! » En fait, je tâchais de gagner du temps pour ne pas entrer là-dedans.

Pourquoi étais-je, d'ailleurs, allée me fourrer dans ce traquenard ? Il n'y a pas deux ans au faubourg d'Andrinople, ils ont tué et coupé les oreilles à une colporteuse qui avait marié une fille à un autre que celui qui était prévu. Ma grand-mère me disait bien que les Turcs font peu de cas de la vie humaine. Je serais bien retournée auprès de mon petit Nessim, qui m'attendait à la maison, avec notre soupe aux lentilles. À contrecœur, je me suis quand même décidée à entrer dans cette maison, en me disant que Shékuré, elle au moins, y serait : j'étais curieuse de voir la suite !

« Marchande d'habiiits ! Chinoiseriiies ! les belles soieriiies ! »

J'ai perçu un frisson de lumière orange derrière les volets fermés. La porte s'est ouverte, et le très distingué père de Hassan m'a fait entrer. La maison était bien chauffée, comme chez les riches. En me voyant, Shékuré, qui était attablée avec ses deux enfants autour d'un grand plateau, surmonté d'une lampe, s'est levée, et je lui ai dit :

« Shékuré, ton mari est là

— Lequel ?

— Le nouveau. Il a posté des hommes autour de la maison, et ils sont prêts à en découdre avec ton beau-frère.

— Hassan n'est pas ici, a dit noblement le beau-père.

— Comme cela tombe bien », ai-je dit en lui remettant la missive, avec l'air hautain d'un ambassadeur implacable tenant un mandat exécutoire du Sultan.

Pendant que son noble beau-père lisait, Shékuré m'a fait : « Chère Esther, tu goûteras bien notre soupe aux lentilles, histoire de te réchauffer !

— Je n'aime pas ça », ai-je dit d'abord, avant de comprendre qu'en fait ce n'était pas pour faire son intéressante, sa petite maîtresse de maison, qu'elle me disait cela, mais pour me parler entre quatre yeux. Je lui ai donc emboîté le pas en empoignant la cuiller.

« Dis à Le Noir que tout est à cause de Shevket, m'a-t-elle chuchoté. Hier soir je suis restée toute seule à attendre l'assassin, avec Orhan qui était tout terrorisé. Mes enfants séparés, tu te rends compte ! Quelle mère pourrait accepter de rester loin de son enfant ? Voyant que Le Noir ne rentrait pas, je me suis laissé dire que les tortionnaires du Sultan l'avaient fait parler, et qu'il était de mèche dans la mort de mon père...

— N'était-il pas en ta compagnie quand ton père a été tué ?

— Esther, aide-moi, je t'en prie, a-t-elle dit en ouvrant tout grands ses grands yeux noirs.

— Pour que je t'aide, tu dois m'expliquer ce qui t'a fait revenir ici.

— Est-ce que je le sais moi-même ? » Elle semblait prête à pleurer. « Le Noir avait houspillé mon pauvre petit Shevket, et, quand Hassan est venu nous dire que leur vrai papa était revenu, je l'ai cru. »

Mais je pouvais lire dans ses yeux qu'elle me mentait, et elle le savait. « Hassan m'a abusée... » J'ai compris qu'elle voulait, par là, me laisser entendre qu'elle était amoureuse de lui. Mais Shékuré comprenait-elle, voyait-elle qu'elle songeait tant à Hassan parce qu'elle était maintenant l'épouse de Le Noir ?

La porte s'est ouverte pour laisser passage à cette pauvre bête, Hayriyé, qui rapportait le pain, tout chaud et parfumé, de chez le boulanger. J'ai vu dans son regard contrarié que notre Oncle, en mourant, a légué un bien lourd fardeau à sa fille, et rien moins que facile à s'en débarrasser ! Avec l'odeur de ce pain frais, j'ai perçu le fond de la chose . le problème, pour Shékuré, n'était pas tant de se trouver un mari que de dénicher un père passable, capable de nourrir ces petits oisillons aux yeux écarquillés d'effroi. Que ce soit son ancien mari, le second, ou encore Hassan, elle était prête à prendre le premier qui ferait l'affaire. J'ai dit, sans y penser :

« Shékuré, tu n'écoutes que ton bon cœur, mais tu ferais mieux d'écouter ce que te dit ta tête.

— Je veux bien retourner avec Le Noir, mais à certaines conditions... Qu'il traite bien Orhan et Shevket ; qu'il ne me demande pas de compte sur le fait que je sois revenue ici ; et surtout, qu'il s'en tienne à nos conditions concernant ce mariage. Après tout, il m'a abandonnée toute seule, hier, face aux voleurs et aux assassins, et à n'importe quelle menace, sans parler de Hassan.

— Ce n'est pas encore vrai, mais il m'a demandé de te dire qu'il a retrouvé l'assassin de ton père.

— Est-ce qu'il faut que j'y retourne ? »

Avant que j'aie pu lui répondre, son ex-beau-père, qui avait depuis belle lurette terminé de lire son message, m'a dit : « Tu diras à Le Noir que je ne peux pas prendre la responsabilité de la laisser partir en l'absence de mon fils.

— Lequel ? ai-je demandé finement, l'air de ne pas y toucher.

— Hassan. Mon fils aîné est de retour de Perse, il y a des témoins qui l'ont vu. » Comme c'était un mensonge, et que c'est quelqu'un de bien, il a rougi de honte.

« Où est Hassan ? ai-je demandé en avalant deux cuillerées de cette fameuse soupe aux lentilles.

— Il est allé chercher ses amis employés de la douane et débardeurs du port, a-t-il poursuivi sur le même ton naïf et puéril de ces gens bien élevés qui ne savent pas mentir. Après les dégâts commis hier par la bande d'Erzurum, on peut être sûr aussi que la patrouille des janissaires sera sur le pied de guerre ce soir.

— Nous, on n'en a pas vu l'ombre, en tout cas.

lui ai-je rétorqué en me dirigeant vers la porte. C'est votre dernier mot ? »

Mon intention était de lui faire peur, à lui, mais Shékuré savait fort bien que la question lui était adressée, à elle. Soit elle n'avait plus toute sa tête, soit elle me cachait quelque chose ; peut-être qu'elle attendait le retour de Hassan, avec des hommes à lui ? J'ai eu plaisir à me rendre compte que, en fait, cette incertitude, ces hésitations de Shékuré me plaisaient à moi-même.

« On veut pas de ton Le Noir, a déclaré Shevket hardiment. Et toi aussi, la grosse, on veut pas te revoir ici.

— Mais qui va apporter à ta gentille maman des napperons, avec des oiseaux brodés dessus, des mouchoirs fleuris, et le tissu pour les chemises rouges, comme tu aimes qu'elle t'en fasse ? ai-je dit en déposant par terre au milieu de la pièce mon pesant baluchon. Tiens, en attendant que je revienne, vous pouvez regarder à votre aise, essayer tout ce que vous voudrez, et même commencer à couper, mesurer et coudre. »

J'étais triste en sortant : je n'avais jamais vu ma Shékuré avec des yeux aussi mélancoliques. Je m'étais à peine réhabituée au froid de chien qu'il faisait dehors, quand Le Noir, son épée à la main, m'a arrêtée au milieu de la chaussée, qui était pleine de boue.

« Hassan n'est pas chez lui, ai-je dit. Si ça se trouve, il est allé acheter du vin pour fêter le retour de sa belle-sœur. À moins qu'il soit allé chercher du renfort, en tout cas c'est ce qu'ils disent. Si c'est vrai, il va y avoir de la bagarre, parce que lui, quand il voit rouge, il est comme fou. Sans compter qu'il aura peut-être son épée rouge, et, alors là, je préfère ne pas voir !

— Et Shékuré, qu'est-ce qu'elle a dit ?

— Le beau-père ne veut rien entendre, il refuse de laisser sa bru s'en aller, mais ce n'est pas de lui que je me méfierais, si j'étais toi : plutôt de Shékuré. Si tu veux mon avis, elle est un peu perdue. Elle est venue se réfugier ici deux jours après que son père est mort, parce qu'elle a peur de l'assassin, que Hassan l'a menacée, et que, toi, par-dessus le marché, tu disparais sans rien dire. Elle ne s'est pas sentie capable de passer une deuxième nuit toute seule avec toutes ses frayeurs... et puis je crois qu'on lui a dit que tu avais trempé dans l'assassinat de son père... Mais, en tout cas, son mari n'est pas de retour, ça non. Seulement, Shevket, et peut-être aussi le beau-père, a cru à cette histoire inventée par Hassan. Elle, elle veut bien revenir, mais elle met des conditions. »

J'ai ensuite énuméré les conditions de Shékuré, en regardant Le Noir dans le blanc des yeux. Il a donné son agrément, tout de suite, en m'accordant tous les égards qu'on doit à un ambassadeur.

« Moi aussi, j'ai une condition, ai-je ajouté. Je veux retourner dans la maison, maintenant. Ensuite, commencez à forcer toutes les ouvertures, ai-je dit en indiquant les volets clos de la fenêtre derrière laquelle je savais que le vieux se trouvait. Et n'arrêtez que quand vous m'entendrez crier. Si Hassan débarque, tapez-lui dessus sans vous poser de questions. »

Ce n'était, certes, pas un langage très diplomatique, mais puisque, d'ailleurs, je n'avais pas l'immunité d'un ambassadeur, permettez que je dise ce que je pense ! En tout cas, cette fois-ci, je n'ai pas plus tôt crié : « Les habiiits ! » que la porte s'est ouverte. Je n'y suis pas allée par quatre chemins :

« Tous les voisins, et le juge du quartier, tout le monde sait très bien que Shékuré est remariée, et en accord avec le Coran. Ton premier fils, il est mort depuis bien longtemps, et, même s'il revenait maintenant, du giron d'Abraham, cela n'y changerait rien du tout : il n'est plus son mari. Vous avez enlevé une femme mariée, et vous la séquestrez : Le Noir m'envoie te dire qu'il se charge lui-même de réparer ce scandale, et qu'il est accompagné.

— Ce serait une grave erreur, a dit le beau-père en mesurant bien ses paroles. Nous n'avons pas du tout enlevé Shékuré. Je suis, grâce à Dieu, le grand-père de ces deux petits garçons, et Hassan est leur oncle. Quand elle s'est retrouvée abandonnée à elle-même, Shékuré n'a pu faire autrement que de venir ici. Si elle veut, elle est libre de partir, même avec ses enfants. Mais n'oublie pas qu'elle est ici chez elle, dans la maison où elle a mis au monde et vu grandir, dans le bonheur, ses enfants.

— Shékuré, ai-je demandé sans réfléchir, souhaites-tu retourner dans la maison de ton père ? »

En entendant ce mot de « maison de son père », elle s'était mise soudain à pleurer. « Je n'en ai plus, de père, hélas ! »... ou est-ce moi qui ai cru l'entendre ? Ses enfants, déjà, se blottissaient dans ses jupes, montaient sur ses genoux pour qu'elle les serre dans ses bras. Ils ne faisaient plus qu'une masse, tous les trois, agglutinés comme une nichée qui piaille... Mais il en faut plus pour tromper Esther ! Je voyais bien que, en se contentant de pleurer, Shékuré tâchait d'apitoyer les deux partis sans se donner la peine de prendre une décision. Et pourtant elle était sincère... car, moi aussi, je m'étais mise à pleurer, et j'ai bientôt vu Hayriyé aussi, ce serpent, qui versait des larmes !

Comme pour faire pièce aux yeux verts et secs du fier beau-père qui nous toisait, les gars de Le Noir à ce moment précis, ont commencé à enfoncer la porte et les volets de la fenêtre. Ils utilisaient une espèce de bélier porté par deux hommes, dont chaque coup résonnait dans la pièce comme un coup de canon.

« Enfin ! Monsieur, vous qui avez de l'expérience, ai-je dit au vieux, encouragée par mes propres larmes, ouvrez donc cette porte et dites à ces sauvages que Shékuré va sortir tout de suite !

— Toi, alors, tu laisserais une pauvre femme, réfugiée dans ta maison, sortir à nouveau dans la rue au milieu de ces chiens enragés ?

— C'est elle qui veut sortir, ai-je dit en me mouchant avec mon mouchoir mauve.

— Dans ce cas, elle n'a qu'à prendre la porte et s'en aller », a-t-il dit.

Je me suis assise près de Shékuré et des enfants. Le fracas terrible des coups de bélier dans la porte nous faisait redoubler de larmes, et les enfants, et Shékuré, et moi, nous pleurions tous de plus en plus fort. Pourtant, malgré la violence de ces coups, qui semblaient sur le point de faire s'écrouler la maison, et des cris menaçants qui parvenaient des assaillants, elle comme moi, nous savions que nos pleurs n'étaient qu'une feinte, un moyen de gagner du temps.

« Ma belle Shékuré, lui ai-je dit, puisque ton beau-père le permet, et que ton mari, Le Noir, se rend à toutes tes conditions, et t'attend passionnément, tu n'as plus rien à faire dans cette maison ! Habille-toi donc pour sortir, mets ton fichu, ramasse tes affaires et prends tes enfants avec toi, puis ouvre cette porte et retourne vite dans ton chez-toi. »

Mes paroles ne firent qu'augmenter les pleurs des deux polissons, tandis que leur mère me fixait avec une sorte de terreur.

« J'ai peur de Hassan ! me disait-elle maintenant. Sa vengeance sera terrible ! C'est un forcené. Et puis c'est moi qui ai voulu venir ici.

— Cela ne met pas fin à ton récent mariage, ai-je dit, tu n'avais pas le choix. Il te fallait bien un endroit où aller. Ton mari t'a toute pardonnée, il te reprend, c'est tout. Quant à Hassan, on a l'habitude, depuis tant d'années : on commence à savoir le prendre ! ai-je conclu en lui souriant.

— Oui, mais je ne veux pas ouvrir la porte, parce que ça voudrait dire que je suis consentante pour revenir chez lui.

— Ma chère Shékuré, ne compte pas sur moi pour l'ouvrir à ta place : tu sais que cela voudrait dire que je m'immisce dans vos affaires. Et, avec moi, Hassan se vengerait encore plus cruellement. »

J'ai vu dans ses yeux qu'elle ne me donnait pas tort. « Alors personne ne peut l'ouvrir ; il n'y a qu'à les laisser la défoncer eux-mêmes, et nous enlever, de force, avec effraction ! »

Tout en reconnaissant que c'était, pour elle et ses enfants, sans doute la meilleure solution, j'avais peur, lui ai-je dit, qu'il y ait du sang versé. Or, si le juge ne réglait pas cette affaire, il y aurait du sang, et après, le sang attire le sang, ça dure pendant des années. Qui pouvait rester sans broncher devant un tel spectacle : une porte que l'on défonce, une maison prise d'assaut, pour enlever une faible femme ?

J'ai, à mon grand regret, eu l'occasion, encore

cette fois, de mesurer combien notre Shékuré est à la fois matoise et maîtresse de ses effets, en voyant que, au lieu de me donner une réponse sensée, elle se remettait à larmoyer de plus belle en écrasant ses marmots dans ses bras. Une voix me disait de tout laisser tomber, de décamper de là, mais il était trop tard : la porte, sous les coups de boutoir, allait céder d'un moment à l'autre. J'avais peur à la fois qu'elle cède, livrant passage aux hommes de Le Noir... et qu'elle ne cède pas : eux, au moins, ils avaient confiance en moi, et je me disais d'ailleurs qu'ils se retenaient, par considération, et risquaient même de faire retraite au dernier moment, ce qui, en retour, redonnerait du cran au vieil Abaza. En le voyant s'approcher de sa belle-fille, et la serrer de près, avec ses larmes de vieux crocodile, je savais à quoi m'en tenir sur sa fébrilité bien réelle.

Alors, en me mettant à côté de la porte, j'ai crié à tue-tête : « Allez, ouste, ça suffit ! »

Les mouvements, à l'extérieur, et les gémissements, à l'intérieur, ont stoppé tout à coup.

« Le petit Orhan veut que maman le laisse sortir ! me suis-je exclamée dans un éclair d'inspiration, avec une voix douce comme si je parlais au petit. C'est lui qui veut retourner à la maison, on ne peut pas lui en vouloir pour ça, quand même ! »

Je n'avais pas plus tôt fini de parler que, bondissant des bras de sa mère, le petit Orhan court jusqu'à la porte, défait le verrou de la barre, comme un qui connaît la maison, soulève la chevillette, fait choir la bobinette... et se recule, effrayé : le froid s'engouffrait dans la gueule, béante, de la porte. Le silence était si profond qu'on entendait au loin le hurlement des chiens. Alors, Shevket a dit : « Je vais le dire à tonton Hassan », pendant que Shékuré prenait Orhan sur ses genoux pour lui faire un bisou.

En la voyant se lever et se préparer, puis mettre son manteau pour sortir de là, j'étais tellement contente, que j'ai bien eu peur d'éclater de rire ! Je me suis rassise et j'ai encore avalé deux cuillerées de soupe aux lentilles.

Le Noir a eu la bonne idée de ne pas se mettre en travers de la porte pour empêcher Shevket de se réfugier dans la chambre, et de s'y enfermer à double tour. C'était celle de son père. Le Noir n'a pas voulu nous aider à l'ouvrir, ni nous prêter un de ses gars. Il a fallu que Shékuré accepte de le laisser emporter avec lui le poignard de son oncle, à manche de rubis, pour que le petit veuille bien s'en aller lui aussi.

« Prenez garde à Hassan et à son épée rouge ! » a dit le beau-père d'un air dépité et vengeur à la fois, comme s'il reconnaissait sa défaite. Il a embrassé ses petits-enfants, dans les cheveux, et il a aussi glissé quelques mots dans l'oreille de Shékuré.

En voyant celle-ci parcourir du regard, une dernière fois, le poêle, la porte, les murs de cette maison, je me suis rappelé qu'elle y avait, avec son précédent mari, passé les plus belles années de sa vie. Mais était-elle capable, aussi, de voir à quel point ce repaire sordide de vieux garçons puait le malheur et la mort ? Je ne l'ai pas accompagnée dehors ; elle m'avait trop déçue.

Non, si ces trois bonnes femmes — la maîtresse, la Juive et la veuve, avec ses deux petits orphelins — se sont mises à marcher serrées l'une contre l'autre, finalement, ce n'était même pas à cause du froid et de la nuit noire. Ce qui nous rapprochait, c'était ce quartier inconnu de ruelles de traverse à peine praticables, et la peur de croiser Hassan. Nous étions d'ailleurs escortées par Le Noir et sa petite troupe, et nous progressions, comme un convoi précieux, une caravane dans une contrée déserte, par ces passages tortueux, ces arrière-cours sinistres, ces endroits louches, peu ou mal fréquentés, en espérant sans doute ne pas y rencontrer Hassan, ou les janissaires, mais peut-être aussi les voyous du quartier, ou des voleurs, ou des brigands ! L'obscurité était si profonde, si épaisse, qu'on se cognait contre les murs, et les uns aux autres. Enfin, nous avons fini par trouver le chemin, à tâtons, mais en nous jetant dans les bras l'une de l'autre à chaque instant, par peur des djinns, des diables et des revenants qui allaient sûrement sortir de terre pour nous enlever ! À l'intérieur des maisons, derrière les volets clos où nous posions nos mains pour nous guider, dans le froid du petit matin, on entendait des gens tousser, ronfler, remuer dans leur sommeil, comme des bestiaux dans une étable.

Même moi, Esther, qui ai pourtant l'habitude des ruelles torves et des endroits les plus miséreux d'Istanbul — en excluant bien sûr les faubourgs, les banlieues pouilleuses, où s'entasse tout un ramassis d'immigrés plus dangereux les uns que les autres —, eh bien, j'ai bien cru qu'on allait y tourner de l'œil dans ce labyrinthe inextricable et noir comme un four ! Pourtant, je reconnaissais certains coins de rue où j'étais passée, de jour, en portant mon baluchon ; et en reconnaissant la rue des Tailleurs, puis, près des écuries du Hodja Nûrullâh, cette odeur de crottin qui me rappelle, bizarrement, le parfum de la cannelle ; et la rue des Acrobates, où le feu a tout rasé ; et le passage couvert de la Grande Fauconnerie, qui débouche sur le parvis de la fontaine de

Hâjjî l'Aveugle, j'ai compris que nous ne nous dirigions pas à la demeure de feu le père de Shékuré, mais vers une tout autre destination.

Il valait mieux ne pas penser à ce que Hassan allait faire comme raffut — ni à ce diable d'assassin, qui courait encore les rues —, mais je me suis doutée que Le Noir voyait à couvrir ses arrières, en mettant à l'abri sa nouvelle famille.

Si j'avais pu apprendre où cela devait être, je vous le dirais tout de suite, et je l'aurais dit à Hassan le lendemain matin — non pas par méchanceté gratuite, mais parce que j'étais sûre que Shékuré aurait encore envie de recevoir ses marques d'attention... Le Noir a donc été bien avisé de ne pas trop me faire confiance.

Nous étions quelque part derrière le marché aux Esclaves, quand nous avons perçu des appels, des éclats de voix, des protestations, puis une bousculade qui laissait penser qu'il y avait de la bagarre, et même une vraie bataille rangée, car j'ai entendu des bruits d'épée, des coups de hache et de gourdin, et les cris effrayants, à fendre l'âme, des premiers blessés.

Le Noir a confié son épée à un de ses bras droits, puis s'est emparé du poignard dont Shevket était armé — ce qui a refait pleurer le petit —, puis l'apprenti du barbier et deux autres de la bande ont emmené Shékuré, Hayriyé et les enfants à quelque distance ; le gamin pas encore sorti de l'école coranique m'a dit qu'il connaissait un raccourci pour me reconduire dans mon quartier. Entendez : qu'on ne me laissait pas avec les autres ; à moins que ce soit une coïncidence, qu'on m'ait laissée comme ça, sans me dire l'endroit où ils allaient, eux, être conduits en sécurité.

Au bout de la ruelle par où j'ai été forcée de le suivre, il y avait une sorte de boutique, ou plutôt un café. Une rixe à l'épée semblait avoir commencé... mais non, ou alors elle avait cessé... En fait, une troupe d'énergumènes hurlaient, se pressaient à l'entrée, ou cherchaient à sortir. J'ai d'abord cru à un pillage, mais, en fait, c'était le café qu'on cherchait à démolir. Ils faisaient main basse sur toute la vaisselle, sur toutes les tables, pour les casser, méthodiquement, à la lumière des torches que tenaient les badauds. Quelqu'un qui cherchait à les empêcher s'est fait molester, mais il a pu s'enfuir, lui. Au départ, je pensais qu'ils en voulaient juste à l'endroit : ils s'exclamaient que le café, c'est dangereux, pour la vue et pour l'estomac, que ça finit par atteindre le cerveau et faire perdre la foi ; que c'était un poison des giaours, et que saint Mahomet, quand le Diable, déguisé en une femme très belle, lui en avait offert, avait refusé de boire. On en aurait eu pour toute la nuit, comme c'était parti, cette leçon de morale ! Une fois chez moi, j'ai presque eu envie d'enguirlander mon pauvre Nessim, parce qu'il en boit trop de ce petit-noir.

Comme on était dans un quartier de chambres à louer et d'auberges pas chères pour célibataires, en moins de deux, une foule de curieux a fait cercle autour, des types de tous les bords, sans travail, quasi faméliques, pas très honnêtes, échoués ici la queue entre les pattes du fond de je ne sais quelle province : beau public, ma parole, pour les pourfendeurs de cette sacrée potion ! Car, en fait, c'est là que j'ai compris que nous avions affaire aux gros bras de Nusret Hodja, le prédicateur. On dit qu'ils viennent d'Erzurum jusqu'à Istanbul pour nettoyer les cafés, les tavernes et les lupanars, et pour mettre le holà aux errements de la religion, en réglant leur compte à ceux qui s'abritent derrière les soirées de derviches pour écouter de la musique en faisant la danse du ventre. Ils en ont après les suppôts de Satan, comme ils disent, les incroyants, les Infidèles, et puis les peintres, évidemment. Alors je me suis souvenue que c'était dans ce café, justement, que les peintres affichaient leurs dessins le long du mur du fond, et qu'on y parlait mal du Hodja, et de la religion.

Un des petits serveurs est sorti du café, avec du sang plein la figure, plein les joues, et j'ai bien cru qu'il allait tomber pâle, mais il s'est essuyé, avec un pan de sa chemise, le sang qu'il avait sur le front, et s'est posté à côté de nous pour, lui aussi, profiter du spectacle. Il y avait foule, et on se tenait à distance, mais j'ai vu que Le Noir reconnaissait quelqu'un, et semblait hésiter... à ce moment-là, toute cette cohue a dû ameuter une autre bande, ou même les janissaires, et la bande d'Erzurum a commencé à prendre ses cliques et ses claques, en emportant les gourdins. Les torches étaient éteintes : on n'y reconnaissait plus rien.

Le Noir m'a retenue par le bras, et a poussé par-derrière l'étudiant du collège pour qu'il me ramène « en passant par les petites rues ». Celui-là, l'étudiant, voulait s'éclipser sans demander son reste, et j'ai dû le suivre au pas de course. Moi, je restais de tout cœur avec Le Noir, mais il faut voir que si Esther n'est plus de la partie, elle ne peut pas continuer à vous raconter son histoire.

54

Moi. la Femme

J'en entends qui me mettent au défi : « Monsieur le satiriste, tu peux tout contrefaire, mais tu ne peux pas faire... la Femme. » Eh bien, je m'en vais vous prouver le contraire. Car s'il est vrai qu'à force de passer d'une ville à l'autre pour gagner ma vie de mes imitations, à force de m'égosiller dans les noces, les banquets et les cafés en racontant des histoires, je n'ai jamais eu l'heur de choisir une épouse, cela ne veut pas dire que j'ignore tout de la gent féminine.

Je connais fort bien les femmes, et j'en ai même fréquenté quatre personnellement, avec qui j'ai parlé et dont j'ai vu le visage, à savoir :

1. Ma défunte maman.
2. Ma tati chérie.
3. Ma belle-sœur, qui me tapait dessus, et qui me disait : « Sors d'ici ! » chaque fois que j'entrais dans une pièce où elle était — ce fut mon premier amour.
4. Cette femme que j'ai aperçue par une fenêtre ouverte, lors d'un séjour dans la ville de Konya ; bien que nous ne soyons point entrés en conversation, j'ai, pendant des années, nourri de voluptueuses pensées à son égard, et encore maintenant. mais elle doit être morte à l'heure qu'il est.

Comme c'est une source de tourments aussi bien spirituels que charnels, pour nous les hommes, quand nous voyons le visage d'une femme, et que nous parlons avec elle, et la fréquentons de façon familière, le plus sûr est, ainsi qu'il est prescrit par notre religion, de ne point voir de femmes, a fortiori de jolies femmes, en dehors des liens du mariage. Pour contenter les exigences de la chair, le remède est à chercher dans le commerce des beaux garçons, dont l'intimité, sans valoir celle des femmes, finit par devenir une aimable habitude. Dans les villes d'Occident, la coutume qu'ont les femmes, non seulement d'aller visage découvert, mais d'exposer aux passants leurs claires chevelures, qui sont leur plus puissant attrait, puis leur cou, leurs bras, leur gorge superbe, et même de laisser voir — s'il faut ajouter foi aux récits qu'on en fait — un peu de leurs jolies jambes quand elles marchent, et la douloureuse conséquence de cela sur les hommes, constamment affublés d'une honteuse turgescence qui entrave leurs mouvements et entraîne, inéluctable, une paralysie de toute la société, eh bien, sachez que c'est la cause qu'il ne se passe pas un seul jour sans qu'une forteresse de giaours tombe entre les mains des Ottomans !

Ayant ainsi compris — et dès mon plus jeune âge — que le meilleur moyen de s'assurer bonheur et tranquillité était de vivre à l'écart des jolies femmes, j'en ai conçu pour ces dernières un intérêt d'autant plus grand, et quelque peu exalté : mystique, pour tout dire. Cela me trottait si bien dans la tête que, au bout d'un certain temps, n'ayant pour tous modèles que ma mère et ma tante, j'ai compris que pour ressentir les choses comme les femmes les ressentent je devais faire les mêmes travaux domestiques, parler comme elles, me nourrir comme elles, imiter leurs petites manies et revêtir leurs fanfreluches... Voilà comment un vendredi, alors que toute la famille — papa, maman, mon pépé et ma tati — s'en allaient voir la roseraie du quai de Fahreng sur le Bosphore, j'ai fait semblant de ne pas me sentir bien, pour rester à la maison.

« Allez, viens donc, avait dit ma défunte mère, tu verras des chiens dans la campagne, des arbres et des chevaux, tu pourras les imiter et nous faire bien rire. Sinon qu'est-ce que tu vas faire, tout seul ? » Comme je ne pouvais pas lui répondre : « Maman, je vais mettre tes habits et me transformer en dame », eh bien, j'ai dit que j'avais mal au ventre.

Et mon père qui disait : « Ne fais pas ton mollasson, allez, viens ! on fera de la lutte ! »

Ah ! maintenant, mes frères, calligraphes et peintres, écoutez les secrets qui m'ont été révélés ce jour-là. Écoutez ce que c'est d'être une femme, ce que j'ai ressenti en essayant l'un après l'autre toutes les robes, tous les froufrous de ma maman et de ma tati. (Mais permettez-moi de préciser tout de suite : contrairement à ce que nous lisons si souvent dans les livres, et entendons de même dans les prêches, l'homme, en devenant femme, ne se sent absolument pas devenir le Diable.)

Bien au contraire : en me glissant dans la culotte en tricot de maman — celle avec les petites roses brodées —, j'ai senti se répandre en moi, en même temps qu'un sentiment de bien-être, toute son exquise sensibilité. Et le contact, sur ma peau nue, de cette chemise en soie pistache de ma tati, d'une matière si frêle qu'elle n'avait jamais le cœur de la porter, éveilla en moi une immédiate tendresse pour tous les enfants. J'aurais voulu faire la cuisine pour le monde entier, nourrir, donner le sein à toutes les créatures. D'ailleurs, ce dont j'étais le plus curieux — savoir comment ça fait d'avoir de gros nichons — pour comprendre, donc, les sensations d'une femme à forte poitrine, je me suis rembourré de toutes sortes de choses — des chaussettes, des serviettes — et, en admirant mes superbes appas, il est vrai, peut-être, que m'a envahi un orgueil... quasi diabolique ! En devinant que les hommes, rien qu'à apercevoir l'ombre portée de mes rondeurs, se bousculeraient pour me supplier de les leur laisser prendre en bouche, je me suis découvert terriblement puissante... mais désirais-je cette puissance ? J'étais toute tourneboulée : partagée entre mon désir d'être forte, et celui d'être dorlotée ; entre l'envie d'être follement aimée par un homme, encore inconnu, qui fût à la fois riche, intelligent et bien bâti, et la crainte que cela m'inspirait. J'ai enfilé aussi des bracelets d'or torsadés, que j'avais dénichés au fond du vieux trousseau de ma mère, dissimulés, sous les écharpes d'indienne, dans plusieurs épaisseurs de bas de laine, tout imprégnés de musc ; puis, vêtu juste de son peignoir, les cheveux en chignon sous un peigne vermeil et couverts du petit serre-tête à résille vert foncé de tati, quand j'ai voulu étaler du rouge sur mes joues, mon image brusquement, dans le miroir à pourtour de nacre, m'a fait tressaillir : mes yeux, mes cils, que je n'avais pas touchés pourtant, étaient des cils, des yeux de femme. Mes joues seules et mes yeux étaient visibles, mais j'étais transformé en une femme splendide. Quelle extase ! Sauf qu'aussi, sans prévenir, cela m'avait donné la trique. Quelle angoisse !

En regardant couler, sur ma main tenant le miroir, une grosse larme jaillie de mes yeux, il est monté du fond, du tréfonds de mon âme un poème, que je n'ai jamais oublié. En effet, au même instant, pour me faire oublier mes peines, Dieu a fait descendre sur moi ce rythme, cette inspiration, cette mélodie orientale :

Mon cœur, dit-on, est bien volage,
De l'Oriiient, à l'Occiiident !
Si j'étais née femme, c'est homme
Que je voudrais être ; mais, homme,
J'ai souhaité devenir femme.
De l'Oriiient, à l'Occiiident !
Être un homme, c'est difficile !
Et vivre en homme ! Aussi faut-il
Autant de plaisir par-devant
Que par-derrière je le rends,
De l'Oriiient, à l'Occiiident !

J'allais dire : « Pourvu que les gars du Hodja d'Erzurum n'entendent pas parler de ma chanson orientale-occidentale, ils se mettraient en rogne ! » Mais pourquoi me faire des frayeurs ? Elle m'est venue comme ça, ils ne vont pas se fâcher... Parce que vous savez, moi, je chante ça, c'est pas pour dire du mal des gens, et s'il y en a qui disent que le fameux prédicateur, Sa Sainteté pas-si-sainte-que-ça — Husret Hodja —, a beau avoir femme et enfants, il a, tout comme vous, les artistes très raffinés, moins de goût pour les femmes que pour les beaux garçons, je dis que c'est pas vrai ! Et même si je ne trouvais pas ça bien, de toute façon, moi, je m'en tape : il est trop vieux et trop affreux. Il n'a plus une seule dent en place, et, comme disent les jolis garçons qui s'approchent de sa bouche, elle sent mauvais — ouh ! excusez-moi — comme le cul d'un ours !

Bon. Je ferme mon caquet, et je reviens à mon tracas : je n'ai pas eu plus tôt compris, donc, combien j'étais belle, qu'il n'a bien sûr plus été question pour moi de faire la lessive ou la vaisselle, et de sortir dans les rues comme une souillon. La pauvreté et la tristesse, toutes ces larmes de désespoir face au miroir chaque jour un peu plus cruel, c'est le lot des femmes vilaines. Il me fallait trouver un mari de rapport, mais lequel, entre tous ?

J'ai commencé alors à passer en revue, par un trou pratiqué à travers la cloison, tous les fils de pachas et de grands personnages que les raisons les plus diverses amenaient à passer par la maison de mon père. Ce que je voulais, c'était une belle situation comme celle de qui vous savez, cette coqueluche de tous les peintres, avec ses deux enfants, sa bouche en cœur, et sa beauté certaine. Il vaudrait mieux, peut-être, que je vous raconte l'histoire de Shékuré ? Oh ! mais, attendez, il me semble bien que pour aujourd'hui, jeudi, ce que je vous avais promis, c'est :

L'HISTOIRE D'AMOUR RACONTÉE PAR LA FEMME (SUR LES INSTANCES DU DIABLE)

C'est une histoire très simple. Parmi les figures bien connues à Istanbul, et surtout au quartier des indigents de l'Aqueduc, Sire Ahmet était secrétaire auprès du grand Vasif Pacha, et par ailleurs un monsieur très comme il faut, marié, et père de deux enfants. Un jour, il aperçoit par une fenêtre ouverte une belle Bosniaque grande et mince, aux yeux noirs, au teint d'albâtre, aux cheveux de jais, dont il s'éprend en un clin d'œil (clin d'œil). Mais la belle est mariée, aime son beau mari, et n'a que faire de Sire Ahmet. Le malheureux ne trouve personne à qui ouvrir son cœur, se tortille sur les braises ardentes de la passion, se met à boire, et du vin grec, de sorte qu'à la fin son amour n'est plus un secret pour personne dans ce quartier. Comme on y est très friand d'histoires d'amour, mais que Sire Ahmet y est aussi très respecté, on ne laisse, par pudeur, glisser que quelques plaisanteries, puis on fait comme si de rien n'était. Mais, incapable de trouver à son mal un quelconque remède, Sire Ahmet se saoulait toutes les nuits, puis allait sangloter sur le seuil de la belle, au seuil de cette maison où elle vivait heureuse avec son cher époux, si bien qu'on commença à craindre pour sa vie, puisque rien ne pouvait distraire sa douleur, et que même les volées de bois vert ne parvenaient pas à le faire décamper. Du reste, il gémissait en gentilhomme, n'apostrophait, n'accostait personne, et pleurait sans faire trop de bruit. Peu à peu, toutefois, son mal, son désespoir finissent par gagner le quartier tout entier. Plus question de plaisirs : comme à la fontaine publique, chacun buvait à son chagrin. Allusions inquiètes au début, ce furent ensuite des paroles de malheur, et, bientôt, toutes les pensées du voisinage sont finalement contaminées, accaparées par ce fléau. Les artisans se mettent à déménager, les faillites se multiplient, car on perdait le goût, puis le courage de travailler. Le quartier s'était déjà vidé quand Sire Ahmet finit lui aussi, avec sa famille, par aller vivre ailleurs. Restait la belle au teint d'albâtre, toute seule avec son mari. La catastrophe qu'elle avait provoquée refroidit leur amour, les éloigne l'un de l'autre... et, s'ils continuèrent de vivre ensemble, ils ne furent plus jamais heureux !

Je goûte fort cette histoire, qui explique les dangers de l'amour et des femmes... mais qu'est-ce que je raconte, suis-je bête : j'oubliais que je suis une femme ! Je devrais plutôt finir par quelque chose comme :

« L'amour, toujours !... »

Mais qui sont donc ces gens qui cherchent à s'introduire ?

55

On m'appelle Papillon

En voyant la cohue, j'ai compris que c'était la bande du Hodja d'Erzurum qui venait nous régler notre compte, à nous les petits plaisantins de l'atelier de peinture.

Il y avait aussi, dans la foule de ceux qui regardaient, Le Noir, un poignard à la main. À ses côtés se tenaient la fameuse Esther, avec son baluchon sous le bras, et plusieurs autres commères avec leur cabas. Quand j'ai vu que les clients, qui cherchaient vainement à s'enfuir, se faisaient sévèrement rosser, puis qu'on démolissait le café lui-même, je me suis dit qu'il valait mieux s'éclipser. Mais à ce moment-là est arrivée une autre troupe, les janissaires, je crois, et la bande d'Erzurum a éteint toutes les torches et s'est carapatée.

Il n'y avait plus personne à l'entrée du café, plus aucun des curieux de tout à l'heure ; alors je suis entré à l'intérieur. C'était totalement dévasté, et je marchais sur les éclats de verres, de pots, d'assiettes et de vaisselle. Une applique fixée au mur maintenait la seule chandelle rescapée du carnage, mais elle éclairait moins le sol, jonché de débris, les tabourets désossés et les morceaux de bancs que les larges et sombres taches de suie sur le plafond.

J'ai attrapé le chandelier brûlant en m'enroulant la main dans plusieurs épaisseurs de mouchoir, pour rapprocher la lumière, et c'est alors que j'ai aperçu des corps par terre. Le premier avait le visage plein de sang, je n'ai pas pu le reconnaître. Je me suis approché du deuxième, qui geignait ; en apercevant la lampe, il s'est mis à pousser des petits cris d'enfant, et je me suis éloigné.

Une autre personne était entrée. J'allais m'écarter, puis j'ai deviné que c'était Le Noir. Nous nous sommes retrouvés près du troisième corps sans vie, pour constater, à la lueur de la flamme, ce que nous savions déjà, obscurément ils avaient tué le conteur.

Son visage grimé en femme ne portait pas trace de sang, mais sa mâchoire était démantibulée, ses yeux, ses lèvres barbouillées de rouge étaient écrasés, son cou, meurtri et violacé, ses bras écartés, tordus en arrière. Il n'était pas difficile de comprendre qu'on avait maintenu le vieillard en le saisissant par-derrière, par les manches de sa robe, et que les autres lui avaient ensuite cassé sauvagement son joli minois de femme avant de l'étrangler. En était-on arrivé là pour faire passer le message que l'on saurait, à l'avenir, couper les langues qui se répandent sur le compte de Sa Sainteté Notre Prêcheur d'Erzurum ?

« Approche ta lampe par ici », m'a dit Le Noir. La lumière s'est posée, près des fourneaux, sur les moulins à café éventrés au milieu du marc répandu, les passoires, les balances et les tasses en miettes dans le coin où le satiriste accrochait chaque soir le dessin qu'il ferait parler. Le Noir fouillait parmi les objets qui avaient servi à l'artiste, dont le cadavre restait éclairé : sa ceinture de scène, sa serviette en éponge, et ses béquilles brisées. Il m'a dit, en me prenant la lampe des mains et en l'amenant près de mon visage, qu'il cherchait les dessins. J'ai dit que oui, bien sûr, j'en avais fourni moi-même, deux seulement, par esprit de camaraderie. Nous n'avons retrouvé qu'une des calottes persanes dont le vieux avait coutume de coiffer son crâne lisse, soigneusement rasé.

Sans avoir rencontré personne dans le corridor étroit qui mène à la porte de derrière, nous sommes sortis dans les ténèbres. La foule des clients du café, avec les peintres, avait dû réussir à s'échapper par là, mais aux bacs à fleurs brisés, aux sacs de café renversés, on voyait que là aussi ça avait bardé.

Ces représailles et l'horrible assassinat du maître conteur nous rapprochaient, Le Noir et moi, dans l'obscurité effrayante de la nuit. C'est, je crois, ce qui faisait que nous nous taisions, lui aussi bien que moi. Mais, deux rues plus loin, Le Noir m'a donné à porter la lampe, et a pointé son poignard sous ma gorge.

« On va chez toi. J'ai quelque chose à chercher là-bas. Histoire d'en avoir le cœur net.

— De toute façon, ils ont déjà cherché », ai-je simplement répondu.

Je n'étais pas furieux, juste un certain mépris. Le Noir ne m'offrait-il pas la preuve, en s'abaissant à croire les bruits abjects répandus sur moi, qu'il faisait partie des envieux ? Il s'agrippait à son poignard d'un air peu assuré.

Ma maison se trouve dans la direction exactement opposée à celle de la rue que nous avions prise en sortant du café. Aussi, afin d'éviter la foule qui se pressait encore, avons-nous fait un large détour prenant tantôt sur la droite, tantôt sur la gauche, à travers les ruelles de quartier et les jardins vides, habités seulement par l'odeur triste de quelques arbres solitaires. Quand nous sommes repassés à proximité du café, le tumulte n'était pas encore dissipé. On entendait dans les rues le bruit des janissaires, des îlotiers et des jeunes du quartier lancés à la poursuite de la bande du Hodja. Nous n'étions plus qu'à mi-chemin de chez moi quand Le Noir m'a dit :

« Depuis deux jours, Maître Osman et moi avons passé en revue les merveilles des peintres anciens qui sont au Trésor impérial. »

Après un long silence, j'ai fini par lui répondre, en élevant la voix :

« Passé un certain âge, un peintre, quand bien même il regarderait par-dessus l'épaule de Bihzâd, peut bien trouver, à ce qu'il regarde, du plaisir pour les yeux, ainsi que de la sérénité ou de l'excitation pour son âme et pour son esprit, il n'accroît plus, pour autant, la richesse de son art. Car l'image est réalisée par la main, non par l'œil, et déjà à mon âge, sans parler de celui de Maître Osman, la main n'apprend plus qu'avec beaucoup de difficulté. »

J'avais saisi l'occasion pour parler en criant presque, afin que ma jolie épouse, qui m'attendait sûrement, comprenant que je n'arrivais pas seul, ne risque pas de rencontrer Le Noir, non pas que j'aie pris au sérieux, le moins du monde, ce pauvre idiot content de lui, avec son couteau à la main.

En passant le portail il m'avait semblé apercevoir, à l'intérieur de la maison, la lueur d'une lampe, mais finalement, et heureusement, il y régnait le noir le plus complet. Néanmoins, je me suis juré de faire payer cher à Le Noir une aussi brutale et grossière intrusion, à main armée, dans mon intimité, dans mon petit paradis de foyer où je partage tout mon temps, chaque jour, entre ma quête de la peinture selon l'Idée de Dieu, et faire l'amour avec ma tendre épouse, la plus jolie du monde, quand j'ai les yeux trop fatigués.

Il s'est mis à examiner dans mes papiers la scène que j'étais en train de finir — des condamnés pour dettes qui échappaient à la prison en implorant notre Sultan et recevaient sa grâce —, mes pots de couleurs, mes pupitres, mes couteaux et mes tablettes à découper le papier, mes pinceaux, tout ce qui se trouvait près de mon plan de travail, puis à nouveau mes rames de papier, mes sceaux à cacheter, mes taille-roseaux, dans mes boîtes à calames, dans l'armoire basse et les coffrets, sous les coussins ; fit jouer une de mes paires de ciseaux, regarda sous un édredon rouge et sous les tapis, puis à nouveau aux mêmes endroits, en éclairant une seconde fois chaque objet avec la bougie. Comme il l'avait annoncé en tirant son couteau, c'était ma pièce de travail, non toute la maison, qu'il fouillait. Allais-je pouvoir tenir à l'écart de cette pièce la seule chose que j'avais bien résolu de lui cacher, je veux dire mon épouse, qui devait être en train de suivre tous nos faits et gestes ?

« La dernière miniature pour le livre dirigé par mon Oncle... a dû être volée par son assassin.

— Elle était différente des autres. Dans un coin, ton Oncle, paix à son âme, m'avait fait ajouter un arbre, à l'arrière-plan. Le milieu et le premier plan devaient être occupés par un personnage — sûrement une image de notre Sultan. Il avait ménagé un large espace, mais rien n'était encore dessiné. Il m'avait demandé de peindre l'arbre assez petit, conformément à la manière européenne, qui représente de plus en plus petits les corps situés dans les lointains. Et, à mesure que mon dessin progressait, il nous donnait l'impression de regarder moins une miniature que, par une fenêtre, un paysage. J'ai compris que la miniature suivait toutes les règles de la perspective, et que le cadre tracé par le doreur devenait l'embrasure d'une croisée.

— Le cadre et la dorure ont été faits par Monsieur Délicat, n'est-ce pas ?

— Si c'est ce que tu veux savoir, ce n'est pas moi qui l'ai tué.

— Même s'il a effectivement tué, un meurtrier ne dira pas qu'il a tué », a-t-il repris vivement, avant de me demander ce que je faisais là, quand le café a été attaqué.

Il avait posé la chandelle un peu en retrait du coussin sur lequel j'étais assis, de façon que mon visage soit éclairé, ainsi que mes dessins et mes autres papiers. Quant à lui, il allait à travers la pièce plongée dans les ténèbres, en tâtonnant confusément, comme une ombre sans yeux.

Je lui ai dit ce que je vous ai déjà raconté : qu'au fond je ne hante que bien rarement ce café, que je me trouvais là par hasard ; que, en outre, s'il était juste que j'étais l'auteur de deux des dessins qui furent accrochés au mur, je n'approuve en rien ce qui peut se passer là-bas. Car si la peinture tire sa force du talent de l'artiste, et que celui-ci tire la sienne non de l'amour et de son désir d'union avec Dieu, mais de celui de blâmer et de censurer les bassesses de notre existence, il encourra finalement lui-même la censure et le blâme. Que la cible de ses blâmes soit le prêcheur d'Erzurum ou le Diable en personne, c'est tout un. Au reste, si ce café n'avait pas cherché noise à ses sbires, il n'aurait pas été pris pour cible ce soir.

« Mais tu y allais quand même, a-t-il repris, ce petit salaud.

— J'y allais parce que je m'y amusais » — comprenait-il à quel point je parlais franchement ! — « et que nous, fils d'Adam, prenons souvent notre plaisir aux choses mêmes que nous connaissons, dans nos âme et conscience, pour erronées et impures. Et, oui, j'ai honte d'avoir pris plaisir à ces imitations, à regarder ces images, à écouter les récits du chien, de l'argent et du Diable, racontés sans rime ni prosodie.

— Alors pourquoi persistais-tu à fréquenter ce café de mécréants ?

— Sans doute faut-il, ai-je répondu comme à une voix intérieure, que je révèle ce soupçon qui me ronge, de loin en loin : depuis que je suis, parmi les peintres titulaires du Grand Atelier, considéré ouvertement, non seulement par Maître Osman, mais par notre Sultan lui-même, comme le plus talentueux de tous, je me suis mis à craindre la jalousie de mes collègues à tel point que pour éviter qu'ils ne fassent, contre moi, flèche de tout bois, je m'efforce de fréquenter, ne serait-ce qu'occasionnellement, les mêmes endroits, de les y suivre et, d'une façon générale, de les copier en tout. Est-ce que tu comprends ? Et depuis qu'ils ont commencé à dire que j'étais du côté des gens du Hodja, eh bien, moi aussi, pour faire en sorte qu'on ne les croie pas, je vais comme les autres dans cet ignoble établissement pour mécréants.

— Maître Osman m'a dit que tu faisais bien d'autres choses pour te faire pardonner ton art et ton talent.

— Qu'est-ce qu'il a dit sur moi, encore ?

— Que pour faire croire que tu renonces à cette vie pour l'amour de votre art, tu produis des petits dessins ridicules sur des rognures d'ongles ou des grains de riz ; que ton zèle de toujours plaire vient d'une fausse pudeur, à cause du talent que Dieu t'a donné.

— Maître Osman est de la classe d'un Bihzâd, ai-je dit bien sincèrement. Et puis ?

— Il n'hésite pas à citer tes faiblesses.

— Et quelles sont-elles, ces faiblesses ? ai-je demandé à ce saligaud.

— Il a dit que, en dépit de ton immense talent, ce n'est pas par amour de la peinture que tu peins, mais pour te faire bien voir. Que, dans la peinture, ce qui te plaît le plus, c'est d'imaginer le plaisir de ceux qui regardent tes images. Alors que tu ne devrais peindre que pour le plaisir de peindre. »

Que Maître Osman ait pu confier son jugement sur mon compte à un individu qui n'est même pas peintre, qui gagne sa croûte en tant que scribe ou secrétaire, à un courtisan : voilà qui me navrait le cœur. Le Noir a repris :

« Et puis que les grands peintres d'autrefois, eux, ne renonçaient jamais, par allégeance au pouvoir temporel, au caprice contingent d'un prince ou simplement au goût nouveau d'une époque nouvelle, à l'art et aux techniques qu'ils avaient passé toute leur vie à acquérir ; que, pour ne pas être forcés de changer leurs règles et leur style, ces héros avaient le courage de se crever les yeux. Alors que vous, sous prétexte que c'est le bon plaisir du Sultan, vous avez, pour ces pages du livre commandé à mon Oncle, pris un vil et malin plaisir à singer le style des peintres d'Europe.

— Notre Grand Maître Osman n'a pas pu dire cela avec de mauvaises intentions. Mon hôte prendra bien une infusion de tilleul ? Je vais faire bouillir de l'eau. »

Je suis allé dans la pièce à côté. Ma chère épouse m'a passé sur les épaules sa propre robe de chambre en satin chinois, celle que lui a refilée Esther la colporteuse. « Notre hôte prendra bien du tilleul ? » m'a-t-elle lancé, d'un air de défi, en m'empoignant la verge. Au fond de la commode à côté de mon lit, j'ai été prendre, derrière les écharpes parfumées à l'eau de rose, ma dague à poignée rehaussée de grenats et je l'ai tirée de son fourreau. La lame en est si affilée qu'un mouchoir de soie, tombant dessus, serait coupé en deux, et qu'une feuille d'or, tranchée avec, ferait des rubans aussi nets qu'avec une règle.

Je suis retourné dans la pièce, en cachant mon arme. Le Noir était si content de son interrogatoire qu'il laissait traîner négligemment son poignard, sur le coussin rouge à côté de lui. J'ai posé par-dessus une page à moitié terminée. « Regarde cela », lui ai-je dit. Il s'est penché avec curiosité, cherchant à comprendre.

Je l'ai contourné par-derrière, et me suis jeté sur lui, d'un coup, en le plaquant face contre terre. Son poignard est tombé. Je l'ai attrapé par les cheveux et, en lui tenant la tête par terre, je lui ai glissé la lame sous la gorge. Tandis que, de tout mon poids, je pesais sur le corps maigre de Le Noir, couché à plat ventre, je maintenais sa tête tout près du fil de la lame. Une poignée de sa tignasse crasseuse dans une main, j'appuyais mon arme, avec l'autre, contre la peau fine de sa gorge. Il a eu l'intelligence de ne pas se débattre : j'étais à deux doigts de le saigner. La proximité de ses boucles brunes, de sa nuque insolente qui donnait une sacrée envie de lui rabattre, de lui claquer d'un revers de main, ses sales petites oreilles, me rendait encore plus nerveux. « Je ne sais pas ce qui me retient de t'achever maintenant », lui ai-je murmuré dans l'oreille, comme un petit secret.

J'ai aimé sa façon d'écouter sans rien dire, comme un enfant bien sage. « Tu connais, ai-je continué à voix basse, dans le *Livre des Rois*, la légende de Féridoun qui lèse ses deux fils aînés en léguant le pays d'Iran au plus jeune, Irâdj, et en ne leur laissant que des contrées moins riches ; Tûr, plein d'envie, décide de se venger, s'empare d'Irâdj par la ruse, et, juste avant de l'égorger, il saisit son frère par les cheveux, et se presse contre lui, comme toi et moi en ce moment. Tu sens bien le poids de mon corps ? »

Il n'a pas répondu, mais j'ai vu dans ses yeux de mouton de sacrifice qu'il m'écoutait, et j'ai poursuivi, d'un air inspiré : « Je respecte les formes, moi, les usages persans, pas seulement en peinture, mais aussi pour trancher une gorge et te trancher la tête bien proprement. C'est une des scènes les plus appréciées, avec la mort du sombre Siyâvûsh, dont je connais une variante. »

Le Noir m'a écouté, sans rien dire, lui raconter comment les frères de Siyâvûsh avaient fomenté leur vengeance, comment lui, après avoir mis le feu à son palais, abandonné sa fortune et ses biens, dit adieu à sa femme, avait enfourché son destrier pour marcher contre eux ; comment il perdit la bataille, et fut traîné par les cheveux sur la plaine jonchée de cadavres, parmi le sang et la poussière, et puis comment on lui avait — plaqué à plat ventre, comme était Le Noir en ce moment — passé le couteau sous la gorge, et comment ce roi de légende, ce roi vaincu, face contre terre, avait dû entendre, dans cette humiliante attitude, ses ennemis se disputer pour savoir si on le tuerait ou si on lui pardonnerait. J'ai raconté toute cette histoire, sans rien omettre, à ma victime désignée, puis lui ai demandé : « Tu aimes ce tableau ? le sombre Siyâvûsh est couché par terre, Gerûy l'empoigne par les cheveux en le saisissant par-derrière, comme moi en ce moment, et, de tout son poids, il finit par lui enfoncer son couteau dans la gorge. Peu après, de la terre aride où le sang a coulé, une noire fumée s'élève d'abord, puis des fleurs s'y épanouissent. »

Pendant que je me taisais, nous avons encore entendu, dans les rues à l'entour, les cris de la bande d'Erzurum et de leurs poursuivants. Tout cet effroi, ces catastrophes au-dehors nous unissaient plus étroitement, allongés, plaqués l'un sur l'autre.

« Mais, dans toutes ces miniatures, ai-je repris en tirant plus fort sur ses cheveux noirs, on sent que les peintres ont des difficultés pour représenter, avec toute la délicatesse requise, deux corps, comme nous, enlacés l'un à l'autre, mais débordants de haine. Comme si les trahisons, les jalousies et les disputes qui précèdent ces scènes magiques et superbes de têtes tranchées venaient interférer, s'intercaler entre eux. Même les plus grands artistes de l'École de Qazvîn ont du mal à peindre deux hommes étendus l'un sur l'autre, à bien les distinguer. Alors que nous, tu vois, nous sommes unis bien nettement, bien délicatement.

— Tu me coupes, avec ta dague ! a-t-il dit d'un ton pleurnichard.

— Merci de m'en parler, très cher, mais tu ne me le feras pas croire. Je fais attention. Je ne voudrais pas gâcher notre joli tableau. Ces personnages enlacés, dans les scènes d'amour, de mort ou de bataille, n'arrivent, dans les œuvres anciennes, qu'à nous faire pleurer de déception quand nous voyons leurs corps mal distingués. Regarde, comme ça, si j'applique ma tête au creux de ton épaule, pour ne faire plus qu'un seul avec toi. Je respire l'odeur de ta nuque, de tes cheveux. Mes jambes, tout contre tes jambes, pourraient nous faire ressembler à une espèce de long et élégant quadrupède. Tu sens bien peser tout mon poids sur tes fesses et sur ta colonne ? » Je me suis tu, mais sans plus peser sur ma dague : elle aurait pu couper... « Si tu ne parles pas, je te mords l'oreille », lui ai-je glissé dans l'oreille.

En voyant dans ses yeux qu'il allait me répondre, j'ai reposé la même question : « Tu me sens peser sur tes fesses ?

— Oui.

— C'est bon ? On est bien ? Tu crois que nous sommes aussi beaux, aussi parfaits que des héros de miniatures qui se trucident à l'ancienne manière, très délicatement ?

— Je ne sais pas, a dit Le Noir, je ne nous vois pas dans un miroir. »

L'idée que ma femme, non loin, dans la pièce à côté, nous observait à la lueur de la chandelle m'a retenu de me laisser aller jusqu'à mordre vraiment l'oreille de Le Noir.

« Monsieur Le Noir, qui t'introduis chez moi, dans mon intimité, pour m'interroger dans les règles... Maintenant, tu sens qui est le plus fort ?

— Je sens que j'ai eu tort.

— Allez, repose-les-moi, maintenant, tes questions.

— Quel genre de caresses Maître Osman te faisait-il ?

— Quand j'étais apprenti, que j'étais bien plus mince, fin et joli qu'aujourd'hui, il me montait dessus, comme moi avec toi. Il me prenait, me caressait les bras... parfois j'avais mal mais cela me plaisait, car je l'admirais, lui, son savoir, son talent, sa force. Je ne pensais pas à mal : je l'aimais tant ! Aimer mon maître, le Grand Maître Osman, c'était une façon d'aimer les couleurs, la peinture, les pinceaux et le beau papier, les miniatures et toutes les choses, l'univers de Dieu tout entier. Pour moi, il était plus qu'un père.

— Il vous battait souvent ?

— Quand il fallait — comme un père doit nous battre, et en toute justice, et aussi pour nous apprendre par la douleur, comme doit faire un maître qui punit ses élèves. J'ai conscience, maintenant, d'avoir appris bien mieux et bien plus vite grâce à la peur des coups de règle, qui faisaient si mal, sur les ongles. Quand j'étais son élève, pour ne pas me faire tirer les cheveux ou taper la tête contre le mur, j'ai appris à ne jamais renverser les pigments, à ne pas gaspiller la teinture d'or, à tracer sans bavures la ligne d'une jambe de cheval, à retoucher, au contraire, celles du traceur de lignes, à ne pas oublier de rincer les pinceaux et à toujours être attentif et concentré sur mon dessin. Et donc, sachant que je dois mon art et ma parfaite maîtrise aux coups que j'ai reçus, maintenant, je bats mes élèves en toute bonne conscience. Même une correction arbitraire, si elle n'humilie pas l'enfant, finit par lui être profitable.

— Mais quand tu frappes un petit ange, au beau visage, au doux regard, et que tu t'en donnes à cœur joie, tu réalises, n'est-ce pas, que tu reproduis ce que Maître Osman faisait avec toi ?

— Parfois, quand il m'avait frappé à la tête avec le maillet en marbre, mes oreilles tintaient ensuite pendant des jours, j'en étais complètement sonné. Il lui arrivait de me gifler si fort que j'en avais les joues en feu, et les larmes aux yeux pendant des semaines. Je me souviens de tout cela, et je ne l'aime que plus.

— Non ! a dit Le Noir. Tu en avais de la rancœur. Et vous vous êtes tous vengés de cette colère accumulée au fond de vous-mêmes en peignant pour le livre de mon Oncle ces imitations de peinture occidentale.

— Tu ne connais rien aux peintres. C'est tout le contraire qui est vrai. Les coups reçus dans notre enfance nous lient jusqu'à la mort d'un amour d'autant plus grand pour notre maître de peinture.

— Que ce soit Irâdj égorgé, ou Siyâvûsh, dans la légende, ou moi maintenant sur la lame de ta dague, c'est la jalousie des frères qui entraîne toujours la trahison et l'assassinat. Et, dans le *Livre des Rois*, la jalousie des frères est toujours causée par un père injuste...

— C'est vrai...

— Ce père injuste, qui vous monte les uns contre les autres, s'apprête maintenant à vous trahir », a-t-il osé dire. « Ah ! Arrête, ne me tue pas ! » a-t-il crié pitoyablement. « Ce serait bien normal que tu m'égorges, que tu me saignes comme un mouton de ramadan, dit-il, mais si tu fais cela sans m'écouter jusqu'au bout — et je ne crois pas que tu en serais capable —, non ! arrête..., tu te demanderas pendant des années ce que j'allais te dire à cet instant. Allons, écarte un peu ton couteau. » J'ai fait ce qu'il disait. « Maître Osman, depuis votre enfance, a observé chacun de vos pas, chacune de vos respirations. Il a joui de voir s'épanouir les dons que Dieu vous a donnés en un art, qui, telle une fleur, s'ouvre lentement, au printemps. Mais maintenant, pour sauver son atelier et protéger ce style auxquels il a donné sa vie, il vous abandonne.

— Il me semble t'avoir conté trois histoires, le jour de l'enterrement de Délicat, sur cette question du style, pour bien te faire comprendre que ce n'est qu'une saleté.

— Il s'agissait du style d'un peintre, a rectifié Le Noir. La seule chose dont se soucie Maître Osman c'est du style de l'atelier. »

Il m'a expliqué longuement l'importance qu'attachait notre Sultan à ce qu'on trouve le scélérat qui avait tué son Oncle et Monsieur Délicat, et que pour cette raison on leur avait même ouvert les portes du Grand Trésor ; mais que Maître Osman profitait de la situation pour saboter l'ouvrage de son Oncle, et châtier les peintres qui s'étaient mis à la manière de peindre occidentale, et qui l'avaient trahi. Le cheval aux naseaux fendus, disait-il, faisait, par son style, soupçonner maître Olive ; mais il s'apprêtait à livrer au bourreau Cigogne, dont il était sûr, en tant que chef de son atelier, qu'il était le coupable. Je sentais, sous la lame de ma dague, qu'il disait la vérité, et j'ai eu envie, comme avec un enfant qui vous raconte tout avec ingénuité, de lui donner un gros baiser. Ses paroles ne me donnaient aucun sujet de crainte : car il en ressortait que, une fois débarrassé de Cigogne, quand Dieu voudrait rappeler à lui Maître Osman, c'est moi qui deviendrais Grand Maître.

Non, ce qui m'inquiétait, ce n'était pas que tout cela puisse arriver, mais plutôt l'éventualité que cela n'arrive pas. En lisant entre les lignes du récit qu'avait fait Le Noir, on comprenait que Maître Os man risquait aussi de m'anéantir, moi, et pas seulement Cigogne. La seule pensée d'une telle ignominie suffisait à me faire bondir, à me faire ressentir soudain tous les tourments d'un orphelin, d'un va gabond, d'un apatride. Comme cette pensée, chaque fois qu'elle se présentait à mon esprit, me donnait envie de lui enfoncer ma dague dans le cou, je ne me suis retenu qu'en l'occultant, au fond de moi même, plutôt que de chercher à contester que ces quelques dessins risibles à la manière européenne, pour le compte de son Oncle, puissent nous faire passer pour traîtres ? J'ai pensé aussi que derrière la mort de l'Oncle se dissimulait peut-être aussi quelque manœuvre dirigée contre moi par Olive et Cigogne. J'ai écarté ma dague de la gorge de Le Noir.

« Allons fouiller chez Olive ! ai-je proposé. Si la dernière miniature s'y trouve, on saura au moins de qui avoir peur. Sinon, on le prendra en renfort pour aller surprendre Cigogne chez lui. »

Je lui ai dit qu'il pouvait me faire confiance, et que son poignard suffisait. Je me suis excusé de ne même pas lui avoir offert cette tasse de tilleul. En reprenant par terre la lampe ramassée au café, nos regards se sont portés, lourds de sous-entendus, sur le matelas où je l'avais plaqué. J'ai approché la lampe de son cou, et j'ai dit à Le Noir que cette coupure imperceptible sur sa gorge serait désormais la marque de notre amitié. Il avait même un peu saigné.

Dans les rues, le tumulte causé par la bande d'Erzurum et ses poursuivants continuait, mais personne ne s'est intéressé à nous. Nous sommes vite arrivés à la maison d'Olive. Nous avons frappé, frappé à la porte, puis aux volets de la fenêtre, avec impatience ; il n'y avait sûrement personne, même d'endormi, vu le vacarme que nous faisions. Nous avons eu la même idée au même moment, mais c'est Le Noir qui a dit : « On entre ? »

Avec la lame de son poignard, j'ai fait sauter le fer de la serrure, puis je l'ai glissée entre le montant et la porte, et, en pesant un bon coup, j'ai arraché le reste. À l'intérieur, l'humidité, la crasse accumulée sur plusieurs années, l'odeur de solitude invétérée nous ont surpris. À la lumière de la lampe, on voyait un lit défait, des coussins jetés par terre avec des ceintures, des vestes, deux turbans, des chemises, le dictionnaire persan-turc de Ni'mat-ullah Naqshbandî, un porte-turban, des pièces de tissu, des aiguilles et du fil à coudre, une assiette en cuivre qui débordait de trognons de pommes, des mouchoirs en pagaille, un couvre-lit en soie, des couleurs, des pinceaux, et tout le nécessaire pour peindre ; des pages d'écriture sur un présentoir, des feuilles de papier indien soigneusement coupées, et des œuvres sur papier, que j'ai failli prendre pour les regarder, avant de me raviser.

Le Noir, de toute façon, m'avait précédé dans ma curiosité, et puis je savais que ça ne peut pas porter chance de fouiller dans les affaires d'un artiste moins bon que soi-même. Olive n'a pas tout le talent qu'il s'imagine ; il est seulement ambitieux. Il maquille ses insuffisances en portant aux nues les Classiques. Alors que, en fait, les légendes du temps jadis ne font que donner l'étincelle à l'imagination, et que c'est la main du peintre qui peint.

Pendant que Le Noir fouillait tout de fond en comble, tous les coffres, les boîtes, et jusqu'au panier à linge sale, moi, je ne touchais à rien, et me contentais de regarder les serviettes, le peigne en ébène, un pagne de hammam dégoûtant, un flacon d'eau de rose, une espèce de jupe indienne à motifs ridicules, les manteaux de clergé et une grosse blouse de femme toute rapiécée et sale, un plateau en cuivre, tout cabossé, le mobilier de mauvais goût — un train bien mesquin eu égard aux affaires que brassait Olive — et les tapis crasseux. Soit il était affreusement pingre, soit il avait un vice qui lui coûtait fort cher...

« C'est bien une maison pour un assassin, ai-je dit d'un air entendu. Même pas un tapis de prière. » En fait, ce n'était pas ce que j'avais dans la tête. J'ai réfléchi, et puis j'ai dit : « ... l'intérieur de quelqu'un qui ne sait pas être heureux... » Mais je pensais aussi, un peu tristement, que ce malheur, cette intimité avec le Diable étaient bien utiles au peintre, et pour son art.

« Peut-être d'un homme qui saurait être heureux, mais n'y arrive pas », m'a répondu Le Noir.

Puis il a posé devant moi une série d'images dessinées sur du gros papier de Samarcande et montées sur du carton fort, qu'il venait de sortir du fond d'une grande malle. On pouvait voir entre autres un diable sympathique, tout droit sorti d'une caverne du plus lointain Khurâsân, un arbre, une belle dame, un chien, et cette image, que j'ai dessinée moi-même, représentant la Mort. C'étaient les dessins affichés, chaque soir, au fond du café, derrière le satiriste pendant qu'il racontait ses histoires grossières. Pour répondre à Le Noir, j'ai indiqué comme le mien le dessin de la Mort.

« Il y a dans le livre de mon Oncle des miniatures pareilles, a-t-il dit.

— Autant le satiriste que le propriétaire, ai-je dit, avaient compris l'intérêt de faire dessiner, chaque soir, par un peintre, une image, pour l'accrocher ; nous les peintres, on s'acquittait vite fait de la besogne sur n'importe quelle feuille de papier, le conteur nous demandait deux ou trois suggestions pour fleurir son histoire, ou des plaisanteries du métier, puis il se lançait dans son numéro.

— Pourquoi as-tu donné ce dessin de la Mort, le même que celui que tu as peint pour le livre de mon Oncle ?

— Le conteur nous demandait de dessiner ce qui nous passait par la tête. Mais, cette image, je ne l'ai pas faite comme pour ton Oncle, en m'appliquant pendant des heures ; non, j'ai fait comme il m'a dit, vite fait, à main levée. Les autres aussi ont fait comme ça ; c'était même, avec ce conteur populaire et grossier, une façon de se moquer du livre si mystérieux qu'on faisait pour ton Oncle.

— Le cheval, qui l'a dessiné ? Avec ces naseaux, fendus », a-t-il demandé.

Nous avons approché la lampe pour pouvoir mieux examiner le curieux cheval en question. Il ressemblait bien à celui fait pour le livre de son Oncle, mais plus vite fait, moins soigné et d'un goût commun. Comme si l'artiste, sachant qu'il ne vendra pas cher, s'était non seulement dépêché, mais gardé de s'y appliquer ; et précisément pour cela, forcément, c'était un cheval plus vivant.

« Celui qui saura qui l'a peint, c'est Cigogne, ai-je prononcé. Cet imbécile prétentieux était un pilier du café, vu qu'il ne peut pas vivre sans les potins de ses collègues. Oui, je suis sûr que c'est lui qui est l'auteur de ce cheval. »

56

On m'appelle Cigogne

Le Noir et Papillon sont arrivés à minuit, ils ont étalé les dessins par terre et m'ont demandé de dire qui avait dessiné quoi. Quand nous étions enfants, on jouait à « chacun son turban » ; c'était un peu la même chose : il fallait accoupler les couvre-chefs, les différentes sortes de turbans du hodja, du cavalier, du juge, du bourreau, du comptable et du scribe, qui étaient dessinés chacun sur un bout de papier, avec les noms de leurs propriétaires, inscrits sur d'autres bouts de papier retournés.

Le Chien, j'ai dit que c'était moi qui l'avais dessiné, même si nous avons tous contribué au récit qu'a fait le satiriste, si odieusement assassiné. La Mort, au-dessus de laquelle la lumière de la lampe semblait frissonner, j'ai dit que c'était ce cher Papillon, qui était justement en train d'appuyer un poignard sur ma gorge, tandis que le Diable, je m'en souvenais bien, avait été peint par Olive, qui y avait mis tout son cœur ; mais l'histoire par-dessus était peut-être bien du seul satiriste. L'Arbre, c'est moi qui l'ai commencé, puis les feuilles ont été ajoutées une à une par tous les peintres, au fur et à mesure qu'ils entraient dans le café. C'est nous qui avons fourni l'histoire. Pareil pour le Rouge : une goutte de vermeil était tombée sur une feuille ; le conteur, ce radin, a demandé si on ne pouvait pas en faire aussi un tableau. Nous avons donc fait tomber d'autres gouttes, puis chacun a dessiné dans un coin quelque chose de rouge, en donnant pour le même prix l'histoire qui allait avec : il n'a eu qu'à les dire à notre place. Ce Cheval — bravo à son auteur — était une création d'Olive, de même que Papillon avait fort réussi cette Femme mélancolique, rappelai-je sans hésitation. À ce moment-là, Papillon a écarté de ma poitrine son poignard, et dit à Le Noir que, en effet, il se souvenait maintenant d'avoir peint cette jolie Femme. La Pièce trouvée par terre au bazar, nous y avons tous participé, alors que les Deux Errants, bien sûr, c'était Olive, vu qu'il descend lui-même d'une lignée de derviches. Ils sont d'une secte qui prône non seulement la mendicité, mais de forniquer avec les jolis garçons, même que leur cheïkh Awhâd-ud-Dîn de Kirmân a rédigé, il y a deux siècles et demi, un ouvrage là-dessus, et qu'il affirme dans ses vers avoir vu la Beauté de Dieu dans celle des jolis visages.

Mes frères peintres devaient bien m'excuser pour tout ce désordre, vu qu'ils me prenaient par surprise, et si je ne pouvais leur offrir ni café ni cédrats confits, c'est parce que mon épouse dormait déjà dans la chambre... C'est ce que j'ai pensé à dire, en les voyant se précipiter pour regarder sous les tapis, entre les draps d'Orient et les gilets de Perse, mes ceintures légères en soie des Indes ou en mousseline, fouiller jusqu'au tréfonds nos paniers et nos malles, et les sacs, avec les rubans, jusque sous les mouchoirs, les culottes et les écharpes, et ouvrir chaque page de chaque livre qu'ils trouvaient : ça pouvait m'éviter, vu que, ce qu'ils cherchaient, ils ne le trouvaient pas, justement, et qu'ils risquaient à tout moment de débouler comme ça dans notre chambre, d'être obligé de faire un carnage.

Et pourtant, je dois dire que ça m'a plutôt amusé, de devoir jouer celui qui a peur. L'art du peintre doit prendre en compte chaque aspect de la beauté du moment présent, analyser chaque détail, mais aussi mettre, entre lui et ce monde considéré si gravement, la distance que donne le talent, un détachement ironique, du jeu : comme on recule de quelques pas pour regarder dans un miroir.

J'ai continué de répondre à leurs questions : Oui, le soir de la descente des gars du Hodja d'Erzurum, il y avait foule au café, comme presque tous les soirs ; à l'intérieur, il y avait moi, Olive, Nasir le traceur de lignes, Djamal le calligraphe, deux jeunes apprentis peintres, des apprentis copistes encore plus jeunes, qu'ils traînent toujours avec eux, et puis le plus beau : le petit Rahmi ; enfin plusieurs autres beaux petits gars de l'atelier ; avec ça, un poète, un ivrogne et un opiomane, en tout six ou sept types plutôt clochards en apparence, mais qui avaient réussi à s'incruster dans la place en faisant du charme au patron, qui est un bon bougre, et en se mêlant à la joyeuse foule : quelque chose comme, en tout, une quarantaine de personnes ; et puis que ça a commencé à barder, et qu'il y a eu un vent de panique, tout ce beau monde, tous les curieux, s'est senti dans ses petits souliers, vu qu'ils étaient venus pour le côté olé olé, même que ça n'en menait pas large, et que ça s'est bousculé par la porte de devant et celle de derrière, parce que ça ne serait jamais venu à l'idée de personne d'aller s'interposer bravement pour sauver, soit notre endroit préféré, soit le pauvre conteur, déguisé en bonne femme, en plus !

Est-ce que ça me faisait de la peine ? Je leur ai pas dit non. C'est vrai, quoi ! Moi, Mustafâ l'Artiste, dit encore la Cigogne, j'ai tout donné pour la peinture, toute ma vie. Alors, le soir, moi, j'ai besoin de me retrouver entre collègues, entre frères, quelque part où on peut causer, rigoler, s'amuser, faire des rimes et des jeux de mots risqués — voilà ce que je lui ai dit, moi, bien en face, à ce gros demeuré de Papillon, toujours envieux, avec sa larme à l'œil, et cet air de faire son boudin. Au moins, il a toujours ses yeux, ses beaux yeux comme des papillons, et son petit minois angélique, encore plus sensible qu'à l'époque où on apprenait ensemble.

Et comme ils continuaient avec des tas de questions, j'ai raconté aussi qui était le vieux qu'on avait assassiné, que c'était un conteur qui faisait ce métier en tournant d'une ville à l'autre, et ensuite dans les quartiers, et puis comment, le deuxième soir de son arrivée ici, au café des peintres, on s'était mis à débiner de concert, avec le conteur, et qu'un des peintres, qui avait dû forcer un peu sur le café, a voulu, pour être drôle, accrocher au mur un dessin, un dessin de chien, et comment cette vieille pipelette, en voyant ça, a eu la riche idée de faire parler le chien, et puis comme ça marchait, que ça faisait rire, de remettre ça tous les soirs : se faire prêter un dessin, plus quelques blagues dans le creux de l'oreille, et c'est parti que je t'accouche ! Sans compter que toutes les vacheries qu'il lui balançait, au prêcheur d'Erzurum, non seulement donnaient bien de la joie à nous autres, les peintres, qui autrement passons notre temps à avoir peur des fureurs du Hodja, mais étaient drôlement encouragées par le patron du café, un type d'Andrinople, parce que ça rameutait la clientèle.

Ils m'ont demandé ce que je pensais de ces dessins affichés chaque soir derrière le conteur, du fait qu'on les ait retrouvés au domicile de notre frère Olive, et que j'avais maintenant devant moi. J'ai dit qu'il n'y avait rien à expliquer, que le patron du café était, comme Olive, d'une engeance de derviches, de mendiants, de voleurs, des sales clochards d'étrangers. J'ai simplement dit que le brave Monsieur Délicat, complètement affolé par le prêche, tous les vendredis, les grands mots, les gros sourcils du Hodja, avait sans doute été les dénoncer. Peut-être aussi qu'il avait voulu faire la leçon à Olive, lui dire fais ceci, fais pas cela, et que l'autre, qui ne vaut pas plus cher qu'un patron de café, avait occis notre enlumineur, sans pitié, pas de chance pour lui ! Là-dessus, les gars d'Erzurum, déjà pas contents de ce que Monsieur Délicat leur avait cafté sur le livre de Monsieur l'Oncle, ont dû éliminer aussi celui-là, comme premier responsable, avant de conclure par une expédition punitive contre notre bastringue, ce soir même.

Pendant que Papillon et Le Noir (celui-là, on aurait dit un zombie, tellement il était grave) fouillaient partout, en ouvrant n'importe quel couvercle, et en s'amusant bien à farfouiller dans toutes mes affaires, je me demandais dans quelle mesure ils écoutaient ce que je leur racontais. Quand ils sont arrivés au coffre en noyer peint, et que, là, ils sont tombés sur mon armure, mes bottes, et tout mon barda de campagne, j'ai vu les yeux luisants d'envie sur la tête de ce gros bébé de Papillon. Alors je leur ai rappelé, bien fier, ce que personne n'ignore : que c'est en allant à la guerre, en m'exposant aux balles, aux boulets de canon, devant les forteresses ennemies, que j'ai pu observer les couleurs sur les uniformes des armées infidèles, les tas de cadavres au bord des rivières, les empilements de têtes coupées, et les cavaliers en ligne de bataille, quand ils montent à l'assaut, en armes, bien rangés, et que comme ça je suis le premier, en Islam, à avoir pu peindre, dans les *Livres des Victoires*, des images que j'ai vraiment vues.

Quand Papillon m'a demandé de lui montrer comment on attache une armure, j'ai pas fait de difficultés, j'ai enlevé mon gilet, mon tricot noir bordé en peau de lièvre, ma chemise de dessous, mes chausses et même mon caleçon. Puis, à la lumière du feu dans la cheminée, j'ai mis la tenue qui va sous l'armure, une grande chemise bien propre, en gros drap bien épais pour quand il fait froid comme ça, et des chaussettes en laine, dans mes bottes en cuir jaune, et par-dessus les guêtres en peau de chamois. J'ai sorti la cuirasse de sa housse, je me suis amusé follement, je dois dire, à me faire corseter par ce brave Papillon dans le rôle de valet de chambre, à lui faire serrer mes lanières, aux épaules, bien fort, « allez, mam'zelle Scarlet », et jusqu'en bas du dos. J'ai enfilé les coudières, les gants de fer, serré mon baudrier en crin de chameau, et j'ai terminé par le casque, où sont accrochés mes galons. Là, je leur ai dit fièrement que, maintenant, c'était terminé, qu'on n'avait plus le droit de peindre les armes aussi mal, et les armées toutes pareilles, d'un seul modèle ; que dorénavant, au moins pour les livres ottomans, il fallait compter sur la manière que j'ai mise au point : L'observation, mon petit gars ! du sang, du fer, et des tripes fumantes !

« Un peintre ne peint pas ce qu'il voit, a dit ce petit jaloux de Papillon, mais ce qui est vu par Dieu.

— Ouais... mais Dieu, là-haut, Il voit *aussi* les choses que nous voyons, ai-je objecté.

— Bien sûr que Dieu voit ce que nous voyons, mais Il ne le voit pas de la même façon que nous, a repris Papillon comme s'il me donnait la fessée. Une bataille qui nous confond par une impression générale de chaos, Lui, Il la voit comme deux armées, à la fois aux prises, et rangées face à face. »

Je tenais une réponse toute prête, et je lui aurais volontiers dit : « Et pourquoi pas faire confiance à Dieu, et peindre ce qu'Il nous fait voir, au lieu de ce qu'Il ne veut pas qu'on voie ? » mais j'ai retenu ma langue. Oh, pas à cause des grands coups qu'il s'amusait à donner avec le plat de son poignard contre mon armure et mon casque, en m'accusant d'imiter les peintres d'Occident, mais parce que je calculais que j'avais intérêt à me les mettre dans la poche, ce Le Noir et ce gros imbécile aux beaux yeux, si je voulais contrer Olive, et ses machinations.

Quand ils ont fini par comprendre qu'ils ne trouveraient pas ce qu'ils cherchaient, ils m'ont mis au parfum : il s'agissait d'un dessin, subtilisé par l'assassin, cette ignoble crapule. Je leur ai dit que j'avais déjà été perquisitionné ; qu'un meurtrier aussi intelligent (je pensais à Olive) n'aurait pas manqué de mettre ce genre de preuve en lieu sûr, mais est-ce qu'ils m'écoutaient, au moins ? Le Noir a expliqué en long et en large le coup des naseaux fendus, et que le délai de trois jours accordé à Maître Osman par notre Sultan se rapprochait. Comme je revenais, en insistant, sur cet indice des naseaux fendus, Le Noir m'a dit, les yeux dans les yeux, que si la conclusion de Maître Osman était que ces chevaux étaient d'Olive, c'était moi qu'il soupçonnait, vu mon sale caractère.

À première vue, ils étaient venus chez moi dans l'idée que j'étais l'assassin, et d'en trouver la preuve ; mais la vraie raison, à mon avis, était ailleurs. Ils frappaient à ma porte pour ne pas être seuls, pour savoir quoi faire. Quand j'ai ouvert à Papillon, il avait son poignard qui lui tremblait dans la main. D'abord, ils étaient paniqués à l'idée que le mystérieux et ignoble assassin pouvait s'avérer être un vieux copain, qui leur tend un piège et les égorge en souriant, dans un coin noir ; et puis de savoir Maître Osman d'accord avec le Grand Jardinier et le Grand Trésorier pour les livrer aux tortionnaires, il y avait de quoi les empêcher de dormir ; sans parler des gars d'Erzurum, qui rôdaient encore dans les rues : ça angoisse, ça coupe un peu l'appétit. Voilà pourquoi ils désireraient que je sois leur ami ; mais Maître Osman leur avait pas dit ça. Maintenant, c'était à moi de leur faire plaisir : de leur faire voir bien subtilement que, au contraire, c'était lui qui avait tort.

Mais dire, comme ça, que le Grand Maître déraillait complètement, c'était rentrer dans le lard à cet imbécile de Papillon. On pouvait presque lire, dans les yeux humides, dans les yeux aux longs cils, beaux comme des papillons, de ce gros Papillon qui s'excitait à taper son couteau sur ma cuirasse, la flamme vacillante de son amour pour le Maître. Quand on était jeunes, ça y allait fort, chez les apprentis, forcément : le Maître adoré et son petit chouchou, on était tous jaloux ; eux, que je t'en fiche, ils passaient des heures à se renifler, à se faire des yeux de chiens battus, et Maître Osman proclamait sans pitié que le jeune Papillon avait le poignet le plus souple, et la palette la plus franche. Ce jugement, quoique pas toujours faux, attirait de la part de tous les autres, les envieux, des déluges de jeux de mots, de sarcasmes méchants, de métaphores douteuses sur la plume et la trousse, le pinceau et la rondelle de couleur ! Aussi, je ne suis pas le seul, aujourd'hui, à penser que Maître Osman veut Papillon comme successeur à la tête du Grand Atelier. À force de l'entendre parler à mes collègues de mon côté querelleur, irascible et intransigeant, je me suis fait mon idée sur ce qu'il a dans la tête. Sans compter qu'il me reproche aussi d'être, plus qu'Olive ou Papillon, trop prompt à embrasser la cause de la peinture d'Europe, et que je ne suis pas celui qui contrera les désirs du Sultan sous prétexte que « les Anciens ne peignaient pas du tout comme ça »..., et il n'a pas tort.

Sur ce dernier point, je sais qu'une étroite collaboration avec Le Noir est parfaitement envisageable. Notre nouveau marié, tout fringant, tient absolument à terminer le livre de son Oncle, d'abord pour faire fondre le cœur de la belle Shékuré en lui montrant qu'il prend la place de son défunt père, mais surtout afin de gagner, aussi vite que possible, la faveur de notre Sultan.

Mais je les ai surpris en abordant les choses sous cet angle : en disant que le livre de son Oncle était une merveille incomparable, un signe de la Providence. Ce chef-d'œuvre, mené à bien, en suivant toutes les instructions de feu l'Oncle et les ordres de Sa Majesté, ferait se mordre les doigts à l'univers entier, devant la richesse et la puissance de l'Empire que les peintres ottomans auront su y transposer, avec tant de délicatesse, de maîtrise et de savoir-faire. On s'effraierait de notre force, de notre implacable sévérité, mais aussi — qu'il faille en rire ou en pleurer — de nos larcins délibérés à leur technique minutieuse, à leurs flamboyants coloris, qui seraient admirés par ces Européens avec effarement ; ils finiraient par comprendre ce que peu de souverains ont l'intelligence de voir : que nous sommes *à la fois* dans le monde que nous peignons, *et* très loin de ce monde, là-haut, avec les maîtres de jadis.

Papillon a recommencé à taper sur ma panoplie, comme un gamin qui veut « savoir si c'est une vraie » ; puis il s'est mis à frapper cette fois comme ferait un compagnon d'armes, l'air de tester sa résistance ; enfin il y est allé franchement, comme si, en plus des deux prétextes précédents, et son incurable jalousie reprenant le dessus, il avait voulu me faire mal, y faire des trous. Il faut le comprendre : j'ai plus de talent que lui, il le sait, et Maître Osman aussi ! J'étais d'autant plus fier, d'ailleurs, de cette jalousie que me vouait Papillon, vu ses sublimes dons naturels, qui font de lui un vrai grand peintre Mais moi, je le suis devenu à la force de mon propre pinceau, pas en manipulant celui de Maître Osman ! et cela, que je me dis, aurait dû suffire à lui faire accepter ma prééminence.

Je me suis ensuite emporté, j'ai donné de la voix contre les gens qui voulaient saboter le merveilleux ouvrage commandé par Sa Majesté à feu Monsieur l'Oncle. Maître Osman était notre père, notre maître à tous, certes ; nous avions tout appris de lui. Mais après avoir découvert, lui-même, parmi les trésors du Palais, la preuve qu'Olive était l'assassin, il cherchait maintenant, pour une raison obscure, à le tirer d'affaire. Je leur ai dit qu'à mon avis, si Olive n'était pas chez lui, il était sûrement au couvent abandonné, près de la Porte du Phare ; que si j'avançais cela, ce n'était pas seulement parce que ce couvent de derviches a été jadis un repaire de stupre et de débauche, que le grand-père de notre Sultan a fait heureusement fermer du temps de l'interminable guerre contre les Safavides, mais parce que je me rappelais l'avoir entendu se vanter d'en être le « gardien » ; enfin, s'ils ne me faisaient pas confiance et soupçonnaient quelque entourloupe, ils avaient leur poignard, et pourraient toujours me régler mon compte là-bas.

Papillon m'a assené deux nouveaux coups de surin, si violents qu'ils auraient percé la plupart des armures. Puis il s'est retourné contre Le Noir, qui m'approuvait, et s'est mis à vociférer. Je me suis approché par-derrière, et, passant mon bras, protégé par l'armure, autour de son cou, je l'ai plaqué et désarmé en lui tordant le bras droit. À vrai dire, on n'était ni tout à fait en train de jouer, ni non plus de nous battre. Je leur ai raconté une scène assez semblable dans le *Livre des Rois*, mais que peu de gens connaissent :

« Au pied des monts de Hamaran, alors que les armées de l'Iran et du Touran se faisaient face depuis trois jours, tous leurs soldats en armes et bardés de fer, les Touraniens voulurent savoir qui était le mystérieux guerrier qui tuait chaque jour un de leurs meilleurs guerriers, et ils mirent contre lui en lice l'adroit Shengil », ainsi commençai-je mon récit. « Ce Shengil provoqua en duel le mystérieux chevalier, qui releva son défi ; alors, les armées d'Iran et de Touran, dont les armures scintillaient au soleil de midi, rangées de part et d'autre, retinrent leur souffle : elles virent les deux destriers foncer l'un sur l'autre, à une telle vitesse, que le choc des cuirasses fit jaillir des étincelles, qui grillaient le poil des chevaux. La lutte se prolongea. Le Touranien lançait des flèches, l'Iranien mystérieux maniait l'épée et guidait sa monture avec dextérité , à la fin, saisissant le premier Shengil sur ses arrières, il le fait tomber de son cheval, puis le rattrape comme il s'enfuyait, et, fondant sur lui de tout le poids de son armure, l'empoigne par le cou. Désireux de savoir qui était l'inconnu, Shengil, qui s'avoue vaincu, pose la question qui hantait l'armée de Touran depuis plusieurs jours : “Qui es-tu ? — Pour toi, mon nom est la Mort”, répondit le mystérieux guerrier. Alors, qui était-ce ?

— Le grand Rustam », a répondu Papillon, avec une joie naïve de petit garçon.

Je l'ai embrassé dans le cou. « Nous avons tous trahi Maître Osman. Désormais, avant qu'il nous punisse, nous devons trouver Olive, extraire ce venin, et nous tenir les coudes, pour faire front contre les ennemis héréditaires de la peinture, et ceux qui aimeraient nous livrer vite fait au bourreau. Si ça se trouve, quand nous arriverons au couvent abandonné où Olive se cache, nous réaliserons que l'ignoble assassin n'est pas l'un de nous. »

Le pauvre Papillon ne pipait pas : avec tout son art, son ambition et son aplomb, il était, au fond, comme tous ces peintres qui ne se quittent pas d'une semelle en dépit de leurs haines et de leurs jalousies, paniqué par deux choses : aller en Enfer et rester tout seul ici-bas.

Sur la route de la Porte du Phare, on voyait dans le ciel une étrange lueur jaune, un peu verdâtre, qui n'était pas la Lune. Et cette simple lueur suffisait à conférer, aux grands cyprès nocturnes, aux coupoles, aux murailles, aux maisons de bois et aux quartiers récemment partis en fumée qui formaient le formidable panorama d'Istanbul, l'aspect barbare d'une forteresse ennemie. En arrivant en haut de la colline, nous avons aperçu un incendie, derrière la mosquée de Bajazet.

Dans un noir d'encre, un char à bœufs s'est trouvé là, qui transportait des sacs de farine en suivant la route des remparts : pour deux pièces, on a pu s'installer. Le Noir tenait les dessins près de lui, et restait assis. Je m'étais à peine allongé pour regarder le reflet de l'incendie sur les nuages bas, quand la première goutte de pluie est tombée sur mon casque.

Après un long trajet, notre arrivée dans les parages du monastère fut annoncée par les aboiements frénétiques des chiens que nous avions — car il était minuit et tout le quartier à l'entour était désert — sûrement réveillés. Des lampes se sont allumées à l'intérieur de quelques-unes des maisons de pierre, ce n'est que la quatrième porte où nous frappâmes qui s'ouvrit : un brave homme en bonnet de nuit nous a regardés, à la lueur de sa lampe, comme des revenants et, sans se risquer dehors, car la pluie tombait dru, il nous a indiqué le bâtiment, en ajoutant d'un air malin qu'il fallait se méfier des djinns, des fantômes et des démons.

Nous avons été accueillis par les grands cyprès impassibles, indifférents sous la pluie battante et dans l'odeur piquante de feuilles pourries qui flottait dans le jardin ; en glissant un œil par les planches disjointes, puis par le contrevent d'une sorte de meurtrière, j'ai pu apercevoir, à la lueur d'une bougie, faisant — ou imitant, à notre intention — des gestes de prière, une ombre terrifiante.

57

On m'appelle Olive

Était-il plus convenable d'interrompre ma prière du soir, de me relever pour courir leur ouvrir la porte, ou de les laisser lanterner dehors, sous la pluie, le temps que je finisse ? Quand je me suis rendu compte qu'ils m'observaient, cela m'a un peu distrait, mais j'ai pris le temps d'aller au bout de mes prosternations. Puis j'ai été ouvrir la porte et, en les apercevant — Papillon, Cigogne et Le Noir —, j'ai poussé un cri de joie et serré Papillon dans mes bras, avec effusion.

« Ah, ce qu'il faut en voir, des malheurs ! me suis-je lamenté en appuyant ma tête au creux de son épaule. Qu'est-ce qu'ils veulent de nous ? Pour quelle raison nous tuer, nous ? »

Tous les trois laissaient paraître, encore cette fois, l'habituelle terreur moutonnière des peintres : celle d'être séparés des autres, du troupeau. Même ici dans le couvent, ils restaient encore tout collés les uns contre les autres.

« Ne craignez rien, leur ai-je dit. Nous pouvons nous cacher ici pendant plusieurs jours.

— Notre crainte, c'est que la seule personne à craindre puisse justement se trouver parmi nous, a répondu Le Noir.

— Quand j'y pense, moi aussi, j'ai peur, dis-je. Car j'ai entendu toutes ces choses qu'on raconte... »

Ces choses, c'était la rumeur, émanant de la garde du Grand Jardinier, et parvenue déjà dans la section des peintres, selon laquelle on connaissait le meurtrier de Monsieur Délicat et de Monsieur l'Oncle, et qu'il n'était autre qu'un des miniaturistes embauchés par ce dernier pour illustrer son fameux livre.

Le Noir m'a demandé combien j'avais fait, pour ma part, de miniatures pour ce livre.

« La première que j'ai peinte, ça a été le Diable. Je l'ai fait dans la tradition ancienne des créatures souterraines à l'aspect diabolique qui se rencontrent souvent dans la production des ateliers de la grande époque turcomane du Mouton Blanc. Le satiriste et moi étions de la même voie soufie : c'est pourquoi j'ai créé pour lui le dessin des deux Derviches Errants. Ensuite, j'ai convaincu ton Oncle de l'inclure dans son ouvrage, en faisant valoir qu'ils font partie du paysage des États de l'Empire.

— C'est tout ? » a dit Le Noir.

Quand j'ai répondu : « Oui, c'est tout », il s'est dirigé vers la porte avec le visage, sévère mais content de soi, d'un maître qui vient de prendre la main dans le sac l'un de ses apprentis. Là, il a sorti, à mon intention, un rouleau de feuilles à dessin, intact malgré la pluie, et l'a déroulé devant nous trois comme une chatte dépose un oiseau blessé sous le nez de ses chatons.

Je les avais reconnus tout de suite : les dessins du café, que j'avais pu sauver lors de la descente des hommes du Hodja. Je n'ai pas pris la peine de demander comment ces trois-là s'étaient introduits chez moi pour s'en emparer. Mais nous avons tous trois, chacun l'un après l'autre, Papillon, Cigogne et moi, désigné les dessins que nous avions faits pour le satiriste. De sorte que, à la fin, seul le cheval, le beau cheval solitaire, demeurait, tête baissée, dans son coin. Croyez-moi, je n'avais même pas idée qu'on ait peint un cheval au café...

« Ce n'est pas toi qui as peint ce cheval ? a dit Le Noir du ton du maître qui menace avec sa baguette.

— Ce n'est pas moi, ai-je acquiescé.

— Et celui qui est dans le livre de mon Oncle ?

— Pas moi non plus.

— Pourtant, d'après le style du cheval, on a pu prouver que c'est toi qui l'as dessiné. Et c'est Maître Osman qui l'affirme, a dit Le Noir.

— Mais je n'ai aucun style ! ai-je protesté. Et je ne dis pas cela par mépris de la mode actuelle. Ni pour prouver mon innocence, car, pour moi, affecter un style serait encore pire que d'être un assassin.

— Tu as une singularité qui te distingue tant des anciens maîtres que de ceux d'aujourd'hui », m'a répondu Le Noir.

Je lui ai souri. Pendant qu'il faisait le récit d'événements qui, je crois, vous sont parfaitement connus, j'ai écouté attentivement : la décision conjointe de notre Sultan et du Grand Trésorier de chercher activement le moyen de mettre un terme à tous ces crimes, les trois jours alloués à Maître Osman, la méthode de la suivante, les naseaux figurés de façon originale, et surtout l'extraordinaire privilège octroyé à Le Noir de consulter, au cœur du sérail, les inaccessibles livres du Trésor impérial. Il y a de ces moments dans la vie, dans la vie de chacun de nous, où nous avons conscience de vivre un moment que jamais, plus jamais, nous ne pourrons oublier. La pluie tombait, mélancolique ; et Papillon, mis dans une humeur encore plus chagrine par cette pluie incessante, a saisi comme un fou sa dague, tandis que Cigogne, qui portait une armure couverte de farine, toute blanche dans le dos, entreprenait bravement, lampe à la main, d'explorer l'intérieur du couvent des derviches. En observant les ombres de ces trois artistes, mes frères, qui couraient lentement le long des murailles, je me suis senti tellement d'affection pour eux. Et quel bonheur d'être, moi aussi, un peintre !

« As-tu su apprécier ton bonheur de pouvoir ainsi, à longueur de jour, contempler les merveilles des maîtres anciens, côte à côte avec Maître Osman ? ai-je demandé à Le Noir. Est-ce qu'il t'a embrassé ? a-t-il caressé ton joli visage ? Et, quand il t'a pris par la main, as-tu été impressionné par son talent, par son savoir ?

— Maître Osman m'a montré, à partir des merveilleuses images des maîtres anciens, que tu possèdes un style, m'a-t-il répondu. Il m'a expliqué que ce défaut caché, le style, n'apparaît pas chez un artiste de son propre chef, mais du fait de motivations profondes, enfouies dans sa mémoire. Il m'a aussi appris que ces petits écarts, ces erreurs, ces faiblesses, qui, à une époque, celle de nos maîtres anciens, valaient à leurs auteurs l'opprobre et le mépris et se trouvaient proscrits, refoulés de leur art, vont dorénavant, sous l'influence massive et universelle des peintres d'Europe, gagner peu à peu des lettres de noblesse, comme marque de style, d'originalité. Dorénavant, tous les crétins, soucieux d'étaler avec complaisance leurs ineptes insuffisances, s'attachent à rendre le monde bariolé et fou, un monde brouillé, nettement moins parfait. »

Sa façon de s'écouter, de croire à tout ce qu'il débitait, montrait combien il faisait lui-même partie de ces crétins.

« Maître Osman est-il en mesure d'expliquer pourquoi j'ai toujours, pendant toutes ces années, dessiné les chevaux avec des naseaux parfaitement normaux ?

— C'est à cause des coups qu'il vous a donnés, et grâce à l'amour qu'il vous a prodigué, à vous tous, tout au long de votre enfance. C'est absurde, mais c'est comme cela : vous lui êtes liés, et vous êtes, à ses yeux, tous semblables, parce qu'il a été, pour vous tous, un père et un amoureux. Ce qu'il voulait, ce n'est pas que chacun développe son style, mais contribue à créer le style de son atelier. Et cette ombre, tutélaire et menaçante à la fois, vous a conduits à oublier vos instincts propres, vos différences les plus profondément ancrées, dans la mesure où ils s'écartaient de la norme de ses modèles. Et c'est seulement quand tu as peint pour un autre livre, une commande qui ne devait jamais passer sous les yeux de Maître Osman, que s'est révélé le cheval que tu portais en toi depuis des années.

— Ma défunte mère était bien plus maligne que feu mon père, Dieu ait son âme, ai-je commencé à lui répondre. Un jour, j'étais rentré à la maison en pleurs, fermement décidé à ne plus jamais mettre les pieds à l'atelier, non seulement à cause de la sévérité de Maître Osman, mais surtout de celle des autres maîtres, irritables, durs, et du chef de section qui encadrait notre classe, et qui nous battait à coups de règle. Pour me consoler, ma défunte mère adorée m'a expliqué qu'il y a au monde deux catégories de personnes : ceux que les corrections reçues dans leur enfance écrasent et empêchent pour toujours de s'épanouir, parce que les coups ont réussi a tuer le démon qu'ils portaient en eux ; et les autres, plus chanceux, dont le démon, discipliné et éduqué, reste vivant, malgré les coups. Bien que ces derniers n'oublient jamais les mauvais souvenirs associés à cette éducation, ils finissent — c'est un secret bien gardé que ma mère me disait de ne répéter à personne — par apprendre de ce démon le maniement de la ruse, la connaissance des choses cachées, la façon de se faire des amis, de reconnaître ses ennemis, de prévoir les complots ourdis secrètement contre eux, et j'ajouterais, surtout, à peindre mieux que quiconque. Quand j'échouais à rendre la silhouette élégante d'un arbre, Maître Osman me talochait tellement fort que je voyais soudain apparaître, à travers mes larmes, toute une forêt devant mes yeux. Et quand je n'arrivais pas à repérer assez vite, tout en bas d'une page, un minuscule défaut, il me cognait la tête sèchement avant de mettre dans ma main un miroir, pour nous aider à contrôler le dessin en évitant l'effet de vision habituelle, et il collait sa joue froide contre la mienne, encore brûlante, et me montrait, sur l'image inversée, nouvelle, les défauts miraculeusement révélés, de façon à graver en moi, pour toujours, non seulement l'amour, mais l'exigence du travail bien fait. Et je me souviens d'un matin, à l'aube, où je pleurais de rage au fond de mon lit parce qu'il m'avait, la veille au soir, humilié devant tout le monde d'un grand coup de règle sur le bras, et qu'il est venu poser un baiser si tendre, si passionné à l'endroit meurtri, que j'ai eu le pressentiment exaltant que, un jour, je serais moi aussi un peintre de légende. Mais je n'ai pas peint ce cheval.

— Nous allons, a-t-il dit en désignant Cigogne, chercher la dernière miniature, qui a été volée par ce maudit assassin de mon Oncle. Est-ce que tu l'as vue ?

— Oui. C'est une chose... une chose inacceptable, que ce soit pour notre Sultan, pour nous les peintres attachés à l'ancienne tradition, ou pour quiconque est lié par notre religion », ai-je dit ; puis je me suis tu.

Mes dernières paroles avaient aiguisé son appétit. Il s'est mis, avec Cigogne, à fouiller le couvent dans les moindres recoins, de fond en comble. Plusieurs fois, je me suis joint à eux, ne serait-ce que pour leur faciliter la tâche. Je leur ai indiqué, au cas où ils voudraient l'inspecter, un trou dans un plancher pourri par les fuites dans la toiture, où ils risquaient d'ailleurs de tomber par inadvertance... Je leur ai aussi donné la clef d'une espèce d'oubliette, une minuscule cellule où le Supérieur du couvent avait vécu, trente ans auparavant, avant la dispersion des derviches, qui avait eu le tort de soutenir la révolte des Bektashis. Ils se sont hâtés de s'y faufiler, mais, en voyant que tout un pan de mur était écroulé, exposant l'endroit à une pluie battante, ils ont renoncé à le fouiller.

J'étais à la fois content que Papillon ne les accompagne pas dans leurs investigations, et bien convaincu qu'il serait à leurs côtés en cas de découverte compromettante pour ma personne. Ce qui, en fait, rapprochait Cigogne de Le Noir n'était qu'une commune terreur d'être lâchés par Maître Osman et livrés à la merci des bourreaux, et la nécessité, mise en avant par Le Noir, de serrer les rangs pour pouvoir faire face au Grand Trésorier. J'avais par ailleurs la conviction que Le Noir n'était pas seulement motivé par l'idée de faire un beau cadeau de mariage à Shékuré en découvrant l'assassin de son père, mais aussi par celle d'influer sur l'évolution de la peinture ottomane en la rapprochant de celle de l'Europe — et même de consacrer les sommes allouées par le Sultan pour terminer l'ouvrage entrepris par son Oncle à des imitations pures et simples de peinture italienne (chose qui, plus que sacrilège, me semble du plus haut ridicule). Quant à Cigogne, je voyais, aussi, clair dans son jeu, puisque toutes ses manœuvres ne visaient en fait qu'à se frayer la voie, sans aucun scrupule, vers le poste de Grand Enlumineur en se débarrassant de nous autres et même de ce dernier — et contre le dessein, connu de tous, de celui-ci, de faire de Papillon son successeur à la tête de l'atelier.

Toutes ces méchantes intrigues me bouleversaient, et je suis resté longtemps pensif, en écoutant la pluie qui tombait. Puis, prenant les devants comme un particulier qui fend la foule et la bousculade pour remettre en main propre une requête à son souverain ou au Grand Vizir passant à cheval, j'ai eu brusquement l'inspiration de me rapprocher de Le Noir et de Cigogne. Je les ai conduits, par un obscur passage, à un large portail, qui était l'entrée des anciennes cuisines. Je leur ai demandé s'ils trouvaient, au milieu de ces gravats sinistres, quelque chose ? Non, évidemment. Il n'y avait même pas trace des soufflets, marmites et casseroles où l'on avait, jadis, préparé les repas gratuits, pour les indigents. Je ne m'étais jamais mis en demeure de ranger, de nettoyer cet horrible capharnaüm, où les toiles d'araignée, la poussière et la boue cachaient les crottes de chiens, de chats, ou autres ordures. Un vent venu d'on ne sait où y tourbillonnait par rafales, faisant fléchir la flamme de la lampe qui projetait sur la muraille nos ombres tantôt claires, tantôt obscurcies.

« Vous avez beau chercher, vous êtes bien en peine de trouver mon trésor, n'est-ce pas ? » leur ai-je dit.

M'avançant au milieu des décombres, j'ai épousseté de la main, comme je fais d'habitude, la cendre accumulée sur le couvercle en fer d'un poêle, refroidi depuis trente ans, puis j'ai tiré la poignée en provoquant un grincement sinistre. J'ai approché la lampe de l'ouverture du poêle. Je ne suis pas près d'oublier la façon dont Cigogne, devançant Le Noir, s'est jeté avidement sur les sacs en cuir pour s'en emparer. Il allait les ouvrir sur place, à côté du poêle, mais voyant que Le Noir, qui n'en menait pas large, et moi-même retournions dans la grande salle, il s'est empressé de nous rattraper, grâce à ses longues jambes maigres.

Il se trouva fort désappointé... en ne trouvant, au fond du sac, qu'une paire de chaussettes propres, mon pantalon de toile, mon caleçon rouge, mon plus beau tricot de peau, une chemise de soie, un rasoir, un peigne, et autres babioles. De l'autre sac, plus lourd, Le Noir a pu extraire, une à une, cinquante-trois pièces d'or vénitiennes, des échantillons de feuilles d'or sur lesquels j'avais, au cours des années, fait main basse à l'atelier, mon cahier de modèles, celui que je ne montrais à personne et entre les pages duquel j'avais caché encore quelques feuilles d'or de plus, quelques miniatures obscènes, les unes de moi, les autres récoltées par moi çà et là, à droite et à gauche, une bague montée d'un grenat, souvenir de ma chère maman, avec une mèche de ses cheveux blancs, et mes meilleurs calames et pinceaux.

« Si j'étais l'assassin, comme vous le suspectez, ai-je dit avec fatuité, c'est la miniature que vous cherchez que tu aurais trouvée, au lieu de toutes ces choses.

— Et ces choses, qu'est-ce qu'elles font ici ? a demandé Cigogne.

— Quand les hommes du Grand Jardinier ont fouillé chez moi, de même que chez vous, ils se sont mis dans la poche deux de ces pièces d'or que j'ai passé ma vie à glaner une à une. Je me suis dit qu'ils ne manqueraient pas de revenir, sous prétexte de cet assassin, et j'avais raison. Quant à la dernière miniature, si je l'avais, elle serait ici. »

J'ai eu tort de prononcer cette dernière phrase, mais j'ai senti en eux, malgré cela, un soulagement : qu'ils ne paniquaient plus autant à l'idée que je puisse les égorger dans un coin sombre de ce couvent. Et vous, je vous inspire confiance ?

En fait, c'était maintenant mon tour d'être inquiet : non d'avoir été découvert, par mes collègues et anciens compagnons d'étude, pour un accumulateur, avide d'argent, avare de son or, et collectionneur, au surplus, de miniatures obscènes, même si je regrettais en fait d'avoir montré mon cahier et le reste à mes chers amis peintres, sur la peur du moment. C'est plutôt que, logiquement, il fallait n'être soucieux de rien dans la vie, n'être plus attaché à rien de matériel pour étaler devant tout le monde ses plus intimes secrets.

« N'empêche, a dit Le Noir beaucoup plus tard, il faut nous entendre sur ce que nous dirons sous la torture si jamais Maître Osman, mine de rien, sans nous en avertir, finit par nous livrer au Grand Jardinier. »

Il y a eu un blanc, un moment de flottement et de

découragement. À la lueur de la lampe, Cigogne et Papillon regardaient mon cahier de dessins érotiques. Ils semblaient totalement indifférents ; et même, c'est horrible à dire, ils avaient l'air heureux. Pris d'une envie irrépressible d'aller voir cette image (je me doutais bien de laquelle il s'agissait) je me suis levé et, posté derrière eux, j'ai eu, en voyant cette image, l'émotion de revoir comme une scène de bonheur enfui, surgie du fond de ma mémoire. Le Noir s'était joint à nous. Je ne sais pas pourquoi, mais le fait que nous soyons là tous les quatre à regarder me procurait un apaisement.

« Qu'y a-t-il de commun entre l'aveugle et le voyant ? » a récité Le Noir après un long silence. Faisait-il allusion, en dépit du caractère obscène de l'image, à la noblesse de cette jouissance visuelle que Dieu nous a donnée ? Cigogne, pour son compte, ne captait rien à ces choses-là, vu qu'il ne lit jamais le Coran. Je savais que ce verset était de ceux que les anciens Maîtres de Hérat citaient le plus souvent, en particulier pour répondre aux imprécations des détracteurs de la peinture, ceux qui prétendent qu'elle est contraire à notre foi et que les peintres iront en Enfer, au jour du Jugement dernier. Pourtant, avant ce jour magique, je n'avais jamais entendu Papillon parler comme il l'a fait alors, l'air de rien :

« Je voudrais peindre quelque chose qui montre que l'aveugle n'a rien de commun avec le voyant.

— Qui est aveugle ? Et qui est voyant ? a demandé Le Noir avec naïveté.

— L'aveugle et le voyant n'ont rien en commun, c'est ce que veut dire *wa mâ yastawî-l'âmâ wa-l bâsirûn* », a dit Papillon, avant de réciter :

Il n'y a rien de commun
Entre lumière et ténèbres
Entre la chaleur et le frais
Entre les morts et les vivants.

En repensant à Monsieur Délicat, à Monsieur l'Oncle, et au conteur assassiné pas plus tard que ce soir, j'ai senti un frisson. Les autres avaient-ils aussi peur que moi ? En tout cas, personne ne bougeait. Cigogne tenait encore dans ses mains mon cahier ouvert, mais on aurait dit qu'il ne voyait plus l'image obscène que nous fixions encore !

« J'ai eu le projet de peindre le Jugement dernier », a-t-il dit, avec la Résurrection des morts, et le tri entre les coupables et les innocents. Pourquoi ne pouvons-nous pas peindre notre Saint Coran ? »

Nous dérivions ainsi sur de nouveaux sujets, de même que dans notre jeunesse, dans la salle commune du Grand Atelier, nous relevions parfois la tête de nos pupitres et de nos écritoires, à la façon des maîtres anciens qui reposaient leurs yeux en regardant au loin, pour parler de tout et de rien. De même, nous continuions, à présent, à feuilleter mon cahier, lors de ces anciennes conversations, à bâtons rompus, au lieu de nous regarder, nous avions l'habitude de tourner nos yeux vers la fenêtre ouverte et les lointains. Je ne sais pas si c'est à cause de l'émotion provoquée par le souvenir des jours heureux de mon apprentissage, ou du regret cuisant d'avoir laissé passer tant d'années sans relire le Coran, ou de l'horrible meurtre du satiriste commis ce soir-là au café des artistes, mais, quand mon tour est venu de parler, je me suis troublé, mon cœur s'est emballé, comme saisi d'effroi, et j'ai dit seulement ce qui me passait par la tête à ce moment-là .

« Vous vous souvenez, a la fin de la sourate de *La Vache*, de ces versets qui disent, en substance — et ce sont ceux que je préférerais mettre en images : “Seigneur, ne nous tiens pas responsables de nos oublis et de nos erreurs. Mon Dieu, ne nous charge pas, tels nos pères, d'un fardeau plus lourd que nous ne saurions porter. Donne-nous Ton pardon, et Ta rédemption de toutes nos fautes, de tous nos péchés. Oh, mon Dieu, aie miséricorde.” » Ma voix se brisait et mes larmes, soudain jaillies, m'ont fait honte. Sans doute redoutais-je les moqueries auxquelles nous avions recours, jeunes apprentis, pour dissimuler notre sensibilité.

Je croyais que mes larmes allaient cesser, mais je ne pouvais me retenir et mes sanglots ont duré un long moment. Je sentais en même temps qu'un sentiment de fraternité, de tristesse et de désespoir s'emparait d'eux également. Désormais, dans notre atelier, on peindrait selon la manière des peintres d'Europe, et la manière ancienne, ces livres d'heures auxquels nos vies entières s'étaient consacrées s'enfonceraient, peu à peu, dans l'oubli. Tout finirait, et si les rustres d'Erzurum ne se chargeaient pas de régler notre compte, les bourreaux du Sultan s'en chargeraient. Mais à travers mes cris, mes sanglots, mes soupirs, je tendais l'oreille au battement morne de la pluie, dehors, et j'avais conscience que si je pleurais, c'était peut-être pour autre chose. S'en rendaient-ils plus ou moins compte ? Mes pleurs étaient sincères, et, en même temps, pas tout à fait sincères : je me sentais un peu coupable.

Papillon est venu se mettre tout près de moi et, en posant sa main sur mon épaule, il a commencé à me caresser les cheveux, à m'embrasser sur la joue, à me dire des choses gentilles. Ces démonstrations de tendresse n'ont fait que redoubler mes larmes et mon sentiment de culpabilité. Je ne voyais pas son visage, mais j'ai cru, à tort, qu'il pleurait lui aussi. Nous nous sommes assis.

Nous avons évoqué l'année de notre entrée à l'atelier — nous avions le même âge — et notre désarroi, alors, d'être arrachés à notre mère pour commencer une nouvelle vie. Les coups que nous avons reçus dès le premier jour, la joie des premiers cadeaux apportés par le Grand Trésorier, et les jours de sortie, quand nous rentrions dans nos foyers en courant à toutes jambes. Au début, c'était lui qui parlait, et j'écoutais tristement, mais ensuite, quand Cigogne, puis Le Noir — qui n'a fait qu'un court séjour, à la même époque, comme apprenti — se sont joints à nous, je me suis mis moi aussi à rire et à raconter, en oubliant mes larmes.

Nous nous sommes souvenus des matins d'hiver quand il fallait, levés bien avant le jour, allumer le poêle de la grande salle, pour laver les planchers à l'eau chaude. Et du vieux répétiteur, décédé depuis bien longtemps, qui était si soigneux et à court d'inspiration qu'il ne pouvait, en toute une journée, peindre qu'une unique feuille sur un seul arbre, et qui nous rappelait à l'ordre, quand il nous surprenait à regarder dehors, par la fenêtre ouverte, les feuillages vert tendre des premiers beaux jours en disant, sans jamais nous frapper et pour la énième fois : « Non, pas dehors, ici, sur votre page ! » Nous nous sommes souvenus des pleurs déchirants, à la porte de l'atelier, de cet apprenti un peu chétif qu'on renvoyait dans sa famille avec toutes ses affaires, parce que, à force de trop travailler, il s'était mis à loucher. Ensuite nous avons savouré, à nouveau, notre plaisir morbide à la vue de cette encre rouge répandue d'un encrier brisé (ce n'était pas notre faute) sur une page à laquelle trois peintres avait œuvré depuis six mois (le sujet en était le passage de la rivière Kinik par notre armée en route vers le Shirvan, après qu'elle a paré au risque de famine en occupant la ville d'Eresh pour s'y ravitailler). Nous avons, avec toute la pudeur et le respect d'usage, évoqué aussi nos amours torrides avec une même dame circassienne — tous les trois ensemble, tous trois amoureux. Elle était la plus belle des épouses de ce pacha très vieux qui avait requis nos services pour orner, des images de son opulence, de ses conquêtes et de ses exploits, en imitation de ceux de notre Sultan, les plafonds d'un grand pavillon de chasse. Et puis la bonne soupe aux lentilles des petits déjeuners d'hiver, que nous allions manger sur le pas de la porte, pour éviter que la vapeur n'en ramollisse les papiers ! et ces tristes séparations de nos camarades et de nos maîtres, quand le Grand Maître nous obligeait à voyager pour parfaire notre formation. L'espace d'un instant, l'image adorable, ravissante, de mon cher Papillon à l'âge de seize ans m'est apparue : en train de lisser une feuille, d'un geste vif, avec un polissoir en nacre, et le soleil — c'était un jour d'été — tombant d'une fenêtre sur son avant-bras dénudé, couleur de miel ; puis soudain il arrête son geste mécanique pour examiner, les yeux au plus près de la feuille, un défaut dans le grain du papier ; il passe un ou deux coups de polissoir sur le défaut en question, sa main passant et repassant tandis qu'il reprend sa position initiale, les yeux tournés vers la fenêtre, au loin, perdu dans les images de sa rêverie. Je n'oublierai jamais ce regard, si bref, qui s'est alors posé sur moi, plongeant dans mes yeux avant de s'envoler à nouveau par la fenêtre, comme moi-même, par la suite, j'ai posé mes yeux sur tant d'autres. Ce regard voulait dire une seule chose, que savent tous les apprentis : le temps doit emprunter ses ailes à l'imagination.

58

On m'appellera l'Assassin

Vous m'aviez oublié, pas vrai ? Et pourtant, il m'est impossible de vous cacher plus longtemps ma présence. Car, au fur et à mesure que cette autre voix s'enfle et prend de l'ampleur, cela devient plus fort que moi : je dois lui laisser la parole. Tantôt je résiste à toute force, en me disant que, justement, cela va s'entendre, comme une fêlure, dans le son de ma voix. Tantôt je me laisse aller, mais je crains que ne m'échappe quelque indice de mon autre personnalité, une parole, un mot que vous relèverez, qui me révélera. J'en ai les mains qui tremblent, le front perlé de sueur, et je me dis que ce sont là, sûrement, des preuves supplémentaires.

Pourtant, comme on est bien ici ! Être assis entre camarades, avec mes frères en peinture, cette façon de nous consoler les uns les autres fait oublier les inimitiés, et me rappelle tant de joies, de doux moments depuis vingt-cinq ans, que j'ai comme l'impression que la fin du monde pourrait être arrivée nous nous prêterions aux mêmes chatteries, avec les mêmes yeux embués de larmes, que des femmes dans un harem

J'emprunte cette dernière comparaison à Abû Saîd de Kirmân, auteur d'une histoire des Timourides, et d'historiettes, au passage, sur les grands peintres de Shîrâz et de Hérat. Il y a un siècle et demi, quand le souverain des Moutons Noirs, Shah Djahân, n'ayant fait qu'une bouchée des royaumes et des petites armées des multiples khans et petits seigneurs qui se disputaient l'héritage de Tamerlan, tourna ensuite l'armée turcomane victorieuse contre le Khurâsân, à l'est, après avoir aussi défait Ibrahîm, petit-fils de Shah Rûh, fils de Tamerlan, à la bataille d'Astarâbâd, et enlevé la ville de Gurgân, il poursuivit en direction de Hérat et sa citadelle. Selon la chronique d'Abû Saîd, cette catastrophe, ce coup terrible porté à l'invincible puissance de la dynastie qui s'était déployée, depuis Byzance, non seulement jusqu'à Hérat mais jusqu'en Inde, sur la moitié du monde pendant cinquante ans, fit souffler un tel vent de panique et de destruction que la brillante cité de Hérat retomba, pour ainsi dire, au chaos primitif. Le chroniqueur, après s'être étrangement complu à décrire au lecteur la façon dont Shah Djahân, après avoir impitoyablement éliminé tous les membres de la lignée qui eurent le malheur de se trouver à l'intérieur de la forteresse, fit non seulement sortir de leur harem les épouses de tous ces rois et princes, afin de choisir celles qui iraient rejoindre son propre sérail, mais sépara entre eux les peintres, en leur infligeant l'avanie de passer au service, comme vulgaires apprentis, de ses principaux peintres à lui ; Abû Saîd, donc, fait brusquement dévier le cours de son récit, se détournant du Mouton Noir et de ses Turcomans occupés à exterminer l'ennemi dans ses derniers retranchements, pour décrire, au Grand Atelier, au milieu des calames et des couleurs, l'angoisse des peintres avant l'assaut final, et l'historien de citer leurs noms, un par un, ces noms connus du monde entier, dit-il, et que le monde n'oubliera pas, de ces peintres aujourd'hui tous oubliés, dont il écrit que, à l'instar des femmes du harem royal, ils n'avaient rien trouvé à faire de mieux que s'embrasser en pleurant, en évoquant les jours heureux.

Ainsi, nous-mêmes, comme des femmes de harem éplorées, nous évoquions les manteaux de fourrure, voire les bourses pleines d'or, dont le Sultan, depuis longtemps plus sincèrement épris de nous que de ses concubines, nous gratifiait en retour de nos cadeaux à l'occasion des fêtes, coffrets vernis multicolores, assiettes peintes et miroirs, œufs d'autruche et collages, estampes uniques ou recueils légers, cartes à jouer et, surtout, les livres. Mais où étaient les vieux peintres d'antan, vaillants à l'ouvrage, durs à la peine et contents de peu ? Ceux qui se rendaient, jour après jour, à l'atelier, au lieu de s'enfermer chez soi, par mesquinerie, de peur qu'on surprenne leur savoir-faire, ou de peur qu'on devine qu'ils travaillaient pour l'extérieur. Où étaient-ils, ces peintres de jadis, humblement résignés à passer toute une vie à peindre des rinceaux sur les murailles de palais en miniature, et les aiguilles des cyprès, dont un simple coup d'œil révélait qu'elles étaient toutes différentes, ou, dans les vides de la page, une steppe de buissons rabougris, le remplissage ? Où étaient-ils surtout, les peintres médiocres sans être jaloux qui acceptaient l'arrêt plein d'équité de la sagesse divine, le verdict du talent et de la maîtrise octroyés à certains, tandis qu'eux-mêmes se contentaient d'une pieuse et patiente résignation ? Nous avons évoqué cette galerie de figures bonasses, ces bossus hilares, ces rêveurs imbibés d'alcool, ces excentriques toujours prêts à faire l'éloge de vieilles filles dont personne n'a jamais voulu, dans une tentative de recréer sous nos yeux la cour des miracles de l'Atelier tel qu'il était dans notre jeunesse.

Tiens ! par exemple, le traceur de lignes bigle, qui se calait la langue contre la joue gauche en traçant vers la droite, et à droite en traçant vers la gauche ; et le petit mélangeur de couleurs, tout maigrichon, qui riait tout seul d'un air niais et qui comptait patiemment — une, deux, trois — les gouttes de pigment ; et le vieux doreur qui passait son temps à bavarder à l'étage au-dessous avec les apprentis relieurs, et qui leur expliquait qu'un peu d'encre rouge sur le front fait reculer la vieillesse ; et le maître d'enluminure qui accostait tout le monde, surtout les novices, pour tester sur leurs ongles la consistance de ses mélanges, une fois que tous les siens étaient couverts de peinture ; et, aussi, le gros qui nous faisait rire en se caressant la barbe avec les soies de patte de lapin qui servent à ramasser les restes de poudre d'or : où sont-ils ? que sont-ils devenus ?

Et ces planches à lisser les feuilles, qui finissaient par faire partie de nous-mêmes, et qu'on jetait, pourtant, quand elles étaient usées ; et les longs ciseaux à papier ébréchés à force de servir à nos jeux d'escrime ? Où étaient les écritoires qui portaient des noms de maîtres anciens, pour qu'on puisse les ranger, et l'odeur capiteuse de l'encre de Chine, et le crachotis, discret dans le silence, des cafetières qui débordent ? Où étaient les pinceaux refaits chaque été avec le duvet des oreilles ou les gros poils de la nuque des chatons de notre grosse chatte ; et les grandes feuilles de papier indien qu'on nous distribuait avec largesse pour exercer nos jeunes talents, comme des calligraphes qui se font la main au brouillon pour ne pas rester oisifs ; et l'horrible grattoir à manche de fer, terreur de tout notre atelier, administré exclusivement sur instruction du Grand Maître, et qui servait à extirper les plus grosses fautes ? et le cérémonial d'expiation de ces fautes elles-mêmes ?

Nous sommes aussi tombés d'accord que notre Sultan n'aurait pas dû permettre aux peintres de travailler chez eux. Ah ! et puis le nougat, le soir, en hiver, qui arrivait tout chaud des cuisines du Palais pour nous récompenser après une dure journée passée à travailler à la lumière des bougies et des lampes à huile ! Nous avons ri, les larmes aux yeux, en nous rappelant le vieux maître de dorure égrotant qui ne pouvait plus tenir ni pinceau ni feuille parce qu'il sucrait allégrement les fraises, mais qui tous les mois nous rendait visite à nous, ses apprentis, et nous ramenait de chez sa fille des beignets. Nous avons évoqué, découvertes plusieurs jours après l'enterrement de Memi Le Noir, le Grand Maître d'avant Osman, dans un album sous l'édredon qu'il étalait pour faire sa sieste l'après-midi, dans sa chambre, ces pages merveilleuses.

Nous avons énuméré quelques-unes de nos œuvres préférées, dont nous aurions aimé disposer d'une copie, afin de les regarder à loisir, pour notre plaisir et notre fierté, comme Memi Le Noir : quelqu'un a parlé de cette page du *Livre des Talents* où les ciels, baignés à l'or, rendaient si bien le faste d'une Fin du Monde, non pas à cause de l'or lui-même, mais par sa façon de se répandre uniformément sur les tours, les cyprès, les dômes de ce paysage.

Un autre a parlé de cette image où notre Prophète, saisi en haut d'un minaret par deux anges qui lui chatouillent les aisselles, s'élève, abasourdi, vers la voûte céleste, tout cela dans des coloris si graves, si sérieux, que même des enfants, en voyant cette vision sacrée, ne riraient qu'avec dévotion de cet impromptu chatouillis. J'ai évoqué, pour ma part, une page dédiée au châtiment d'une bande de rebelles délogés de leur repaire escarpé par le Grand Vizir, à laquelle j'avais su conférer une atmosphère d'effroi et de mystère grâce à ce cadre, à cette bordure, où j'avais pris tant de plaisir à mettre en file, soigneusement, toutes les têtes coupées, les peignant une à une dans leurs détails précis, comme des portraits de vrais visages, à la manière des Européens, montrant les fronts noués dans l'instant de la mort, les gorges éclaboussées de rouge, les lèvres tristes, demandant le sens de cette vie, et les narines, désespérément ouvertes, sur leur dernier souffle, alors que les yeux sont déjà fermés.

Ainsi, nous prenions pour prétexte, comme s'il s'agissait de nos propres souvenirs intimes, cette évocation de nos scènes favorites de bataille ou d'amour, pour décrire avec nostalgie nos tours de force les plus subtils, nos trouvailles les plus tape-à-l'œil. Nous avons revu les jardins secrets, où le temps s'arrête pour les amants qui se donnent rendez-vous dans le silence de la nuit, sous le seul regard des étoiles, au milieu des arbres en fleurs et les oiseaux fabuleux ; les sanglantes batailles, effrayantes comme si nous y étions, comme dans un cauchemar où les guerriers pourfendus, les cuirasses de leurs étalons couvertes de sang, les preux magnifiques qui s'étreignent en se poignardant, et les femmes visibles à l'embrasure de leur fenêtre, avec leur petite bouche, leurs mains fines, leurs yeux bridés, leur pose languissante... Et les adolescents, si beaux, si fiers ; les rois pleins de prestance, dont le pouvoir, les palais se sont écroulés, ont disparu à jamais. Tout comme les femmes en pleurs dans les harems de ces rois, nous savions maintenant que nous faisions déjà partie d'une histoire, mais notre histoire, deviendrait-elle une légende, comme la leur ? Pour ne pas prolonger cet horrible parcours des ombres de l'oubli, plus terrifiant encore que celles de la mort, nous nous sommes demandé nos scènes de mort préférées.

J'ai tout de suite pensé au parricide que Satan fait commettre à Dhahhâk le Rieur. Comme cette légende des premiers chants du *Livre des Rois* se déroule peu après la création du monde, tout était si simple que rien ne demandait d'éclaircissement. Si l'on voulait du lait, on trayait une chèvre, et on buvait ; il suffisait de dire « cheval » pour monter dessus et partir au galop ; il suffisait de penser au Mal et Satan se montrait pour faire miroiter tous les charmes d'un parricide. Le meurtre de Mardas, son père arabe, par Dhahhâk s'est vu paré de toutes les grâces de la gratuité, et des splendeurs de cette nuit et de ce jardin où il fut perpétré, de ces cyprès et de toutes ces fleurs illuminées par les étoiles.

Puis nous avons cité le meurtre involontaire de Suhrâb par son père, le légendaire Rustam, au terme d'une bataille entre les deux armées qui dura trois journées. La façon dont Rustam se frappe la poitrine en voyant, à travers ses larmes, le bracelet offert à la mère de son fils, qu'il vient de tuer, nous a tous sincèrement émus.

Pourquoi au juste ?

La pluie continuait à tambouriner sur la toiture

du couvent, et je marchais de long en large, quand j'ai dit, brusquement :

« Soit nous laissons Maître Osman, notre père, nous trahir et nous tuer, soit nous le trahissons nous-mêmes. »

Cela nous a rendus muets d'effroi, non parce que c'était une erreur, mais bien parce que c'était vrai. Je continuais à arpenter la pièce, cherchant désespérément le moyen de faire diversion, de revenir à notre point de départ, et je me suis dit : Raconteleur l'histoire du meurtre de Siyâvûsh par Afrasyâb. Mais c'est encore une histoire de trahison et il en faut plus pour me faire peur. Alors, la mort de Khosrow... mais laquelle ? celle qui est racontée dans le *Livre des Rois*, par Firdawsî, ou la version de Nizâmî, dans le Khosrow et Shirine ? Dans le *Livre des Rois*, ce qui est vraiment terrible, c'est que Khosrow, en pleurs, devine que celui qui entre dans sa chambre est venu pour l'assassiner. Dans un dernier espoir, il appelle son page et lui demande, pour faire sa prière, d'apporter son tapis et de quoi faire ses ablutions ; le page, ne comprenant pas que c'est un appel au secours, s'en va chercher l'eau, le savon, les habits propres. Alors, une fois resté seul avec sa victime, le meurtrier commence par verrouiller la porte de l'intérieur. Dans cette scène des derniers chants du *Livre des Rois*, l'assassin dépêché par les conspirateurs pour exécuter le crime est décrit par Firdawsî de façon à inspirer la nausée : ventripotent, velu, sentant mauvais.

C'est ainsi que je ruminais des paroles qui, comme dans un rêve, refusaient de sortir, et je continuais à aller et venir, quand je me suis aperçu que les autres, comme dans un rêve, complotaient à voix basse derrière mon dos.

Ils se sont jetés tous les trois sur moi, en me fauchant les jambes, de sorte que nous nous sommes tous écroulés par terre, où je n'ai pu me débattre qu'un court moment. J'étais plaqué le dos au sol, eux pesant sur moi : l'un au niveau de mes genoux, l'autre sur mon bras droit. Quant à Le Noir, il se tenait assis à califourchon, entre ma poitrine et mon ventre, ses deux genoux appuyant sur chacune de mes épaules. Je ne pouvais plus bouger. Eux étaient essoufflés, hagards. Je me suis souvenu

J'avais un affreux cousin de deux ans plus vieux que moi — d'ailleurs j'espère qu'on l'a déjà arrêté pour l'attaque de quelque caravane et qu'on lui aura fait sauter sa sale caboche. Comme il sentait bien que j'étais plus savant, plus intelligent et malin que lui, cette saleté me cherchait la bagarre sur n'importe quel prétexte, me forçait à me battre, et, comme il avait rapidement le dessus, il me tenait comme ça longtemps, dans la même position que Le Noir ; pendant que j'étais cloué dos au sol, il me regardait dans les yeux, de la même façon, et laissait un filet de crachat descendre lentement vers mes yeux, en s'amusant de mes efforts pour l'éviter en secouant la tête à droite et à gauche.

Le Noir m'a dit de tout avouer : « Allez, crache ! Elle est où la dernière image ? »

J'étouffais à la fois de fureur et de dépit : d'abord d'avoir usé ma salive en pure perte, pendant qu'ils s'entendaient entre eux, ensuite de n'avoir pas prévu, afin de m'enfuir à temps, que leur jalousie envers moi atteindrait de telles proportions.

Le Noir a menacé de m'égorger si je ne leur donnais pas la miniature tout de suite.

C'est drôle. Je serrais mes lèvres de toutes mes forces, comme si la vérité risquait en effet de s'en échapper. D'un autre côté, je me disais qu'il n'y avait plus rien à faire. S'ils étaient d'accord pour me livrer comme coupable au Grand Trésorier, ils étaient de fait tirés d'affaire. Mon seul espoir était que Maître Osman désigne un autre coupable, apporte un autre indice contradictoire ; et pouvais-je d'ailleurs me fier à ce qu'en disait Le Noir ? Ils pouvaient fort bien me tuer sur place, pour ensuite me faire porter toute la faute.

Au fur et à mesure qu'il appuyait la lame du couteau sous ma gorge, j'ai vu que Le Noir avait peine à cacher son plaisir. J'ai reçu une gifle. La lame s'enfonçait-elle ? Et une deuxième gifle.

J'arrivais à poursuivre la logique suivante : si je me tiens coi, il n'arrivera rien. Cela me rendait encore plus résolu. Ils ne parvenaient plus à dissimuler cette jalousie qui les avait, depuis notre enfance à l'atelier, animés contre moi, parce que je peignais mieux, que mes lignes étaient plus droites, mes couleurs mieux réparties. Je les aimais d'être tellement envieux de moi. J'ai décoché un grand sourire à mes frères adorés.

L'un d'eux — je préfère oublier lequel m'a infligé cet affront — s'est mis à m'embrasser fougueusement sur la bouche, comme une bien-aimée désirée depuis bien longtemps. Les autres, pendant ce temps, approchaient la lumière de la lampe pour mieux voir. Je n'ai pas pu faire moins que rendre son baiser à ce frère si aimant. Après tout, si tout doit finir, que l'on sache enfin que je fais la meilleure peinture. Vous n'avez qu'à vous référer à mon œuvre, que diable !

Là, j'ai pris une méchante gifle : manifestement, mon baiser n'était pas de son goût. Et encore une ! Mais les autres l'ont arrêté. Il y a eu un moment de flottement : Le Noir s'énervait que les deux autres se cherchent des noises. On aurait cru que leur colère n'était pas dirigée contre moi, mais contre le sort qui leur pendait au nez, et qu'ils voulaient absolument se venger du monde entier.

Le Noir a pris un objet dans son sac : c'était une aiguille très pointue. En un clin d'œil, il l'a portée au-dessus de mes yeux, en faisant le geste de l'y enfoncer.

« Il y a quatre-vingts ans, le grand Bihzâd, le peintre des peintres, voyant qu'avec la chute de la ville de Hérat tout allait finir pour lui, s'est vaillamment crevé les yeux afin que personne ne puisse le forcer à peindre autrement. Peu de temps après qu'il eut procédé à cette délicate opération, Dieu a fait descendre, très doucement, une auguste ténèbre sur son serviteur, dont la main accomplissait pieusement miracle sur miracle. L'aiguille vint de Hérat à Tabriz, comme Bihzâd, aveugle désormais et noyant son chagrin dans l'alcool : elle fut offerte, tout comme le très fameux *Livre des Rois*, par Shah Tahmasp au père de notre Sultan. Maître Osman n'avait pas, tout d'abord, compris le sens de ce présent. Mais il a fini par apercevoir la vraie signification, la malveillante logique qui se cache derrière. Et quand Maître Osman a compris aussi que notre Sultan voulait faire son portrait, dans le style des Européens, et que vous tous, vous qu'il chérissait comme la prunelle de ses yeux, étiez de mèche pour le trahir, il a enfoncé cette aiguille dans chacune de ses pupilles, hier soir, dans le Trésor, en hommage à Bihzâd. Alors, dis voir, et si je te crevais les yeux, maintenant, toi le maudit qui as causé la perte de cet atelier auquel il avait voué sa vie ?

— Que tu m'aveugles ou pas, nous n'aurons bien

tôt plus notre place en ce monde. Si Maître Osman perd la vue, ou la vie, et que nous nous mettons à peindre selon nos lubies, nos travers, les caprices de notre nature, comme des Européens, de façon à avoir un style personnel, nous serons nous-mêmes. mais nous trahirons ce que nous sommes. Et si au contraire nous peignons à la manière des Anciens, qui est la seule façon, pour nous, d'être nous-mêmes, notre Sultan, qui s'est déjà détourné de Maître Osman, trouvera d'autres peintres pour nous remplacer. Plus personne n'aura de regard pour nous . uniquement de la pitié. Le saccage du café ne fera qu'envenimer tout cela, car on en fera porter la responsabilité, pour moitié au moins, aux artistes qui ont bafoué un respectable prédicateur. »

J'ai eu beau essayer de leur faire voir qu'il n'était pas dans notre intérêt de nous quereller, c'était vain, car leur terreur les rendait sourds à toutes mes représentations. Dans l'urgence, il leur semblait que, s'ils pouvaient, à tort ou à raison, désigner un coupable avant le matin, ils se sauveraient de la torture et de ce mauvais pas, et que tout, pour notre atelier, rentrerait dans l'ordre, comme avant.

Toutefois, la menace de Le Noir ne plaisait pas aux autres. Et s'il s'avérait que le coupable était un autre, et que notre Sultan apprenne qu'on m'avait crevé les yeux pour rien ? Les deux autres étaient aussi terrifiés par l'intimité si rapide de Le Noir avec Maître Osman que par sa désinvolture quand il en parlait. Ils essayaient d'écarter l'aiguille, que Le Noir, aveuglé de colère, continuait à brandir au-dessus de mes yeux.

Le Noir s'est mis à paniquer en croyant qu'ils cherchaient à s'emparer de l'aiguille pour se retourner contre lui. Il y a eu à nouveau une courte empoignade, mais le mieux que je pouvais faire était de renverser mon front en arrière, le menton en avant, pour tenter d'éviter la pointe, toujours plus proche de mes pupilles.

Et puis tout est allé trop vite pour que je me rende compte. J'ai senti une douleur, vive mais supportable, et un engourdissement dans la tempe droite. Ensuite tout est revenu en place, mais la terreur m'avait envahi. La lampe s'était éloignée, mais j'ai vu avec netteté l'aiguille s'enfoncer à nouveau dans ma pupille gauche. N'étant plus maniée par Le Noir, l'aiguille était cette fois plus habile et précise. En réalisant que l'aiguille avait réellement pénétré dans mes yeux, je suis resté pétrifié, malgré la douleur, lancinante. Toute ma tête a été prise comme dans un étau, mais cela a cessé car l'aiguille s'est retirée. Ils regardaient alternativement l'aiguille, puis mes yeux. On aurait dit qu'ils n'en croyaient pas leurs yeux. Et quand tout le monde a compris ce qui venait de m'arriver, j'ai senti leur bras relâcher leur pression sur les miens.

Je me suis mis à crier, à pleurer, moins de douleur qu'à l'idée de mon sort horrible. Et mes pleurs les rapprochaient de moi, et provoquaient leur malaise : n'étant pas encore aveugle, je pouvais fort bien le voir ! Leurs ombres se mouvaient sur le plafond comme des âmes en peine. J'en étais à la fois content et plus effrayé. J'ai encore hurlé : « Lâchez-moi ! Je vous en supplie !

— Allez, raconte-nous, et vite : comment t'es-tu trouvé ce soir-là avec Monsieur Délicat ? a dit Le Noir.

— C'est lui qui m'a abordé à la sortie du café, alors que je rentrais chez moi. Il était extrêmement inquiet, et fort agité. Il m'a fait pitié. Lâchez-moi et je vous raconterai ensuite. Mes yeux s'affaiblissent.

— Ce n'est pas vrai. Maître Osman voyait encore les naseaux des chevaux juste après s'être crevé les yeux, a dit Le Noir sans fléchir. Si tu nous racontes tout maintenant, au matin tu y verras encore, et tu pourras regarder le monde autant que tu voudras. Regarde, la pluie vient de s'arrêter, il va bientôt faire jour.

— Il m'a dit qu'il voulait me parler, que j'étais la seule personne en qui il avait confiance. Je lui ai dit : "Retournons au café", et, au même moment, j'ai compris qu'il n'aimait pas cet endroit, que, justement, il ne s'y sentait pas en sécurité. Bien que notre compagnon d'étude, notre collègue depuis vingt-cinq ans, Délicat avait suivi une autre voie, s'était complètement détaché de nous. Depuis huit ou dix ans, après son mariage, je ne le voyais plus en dehors de l'atelier, je ne savais même pas ce qu'il faisait. Il m'a dit qu'il avait vu la dernière miniature, et qu'elle contenait un péché si grave qu'aucun de nous ne pourrait s'en remettre. Nous irions tous brûler en Enfer. Il était désespéré, hors de lui-même comme s'il se retrouvait, sans savoir comment, hérétique. "Quelle hérésie ?" lui ai-je demandé. Il m'a alors regardé avec de grands yeux, semblant ne pas croire que je ne savais pas. Je me suis dit que notre ancien camarade avait beaucoup changé, avec l'âge. Il a dit que, dans cette dernière miniature, ton Oncle, le malheureux, avait utilisé sans scrupule la méthode de la perspective ; que les choses n'y étaient pas peintes à la mesure de leur importance au regard de Dieu, mais comme nous les percevons, et comme les peignent les Européens. Premier péché. Le deuxième péché était d'avoir représenté notre

Sultan, calife de l'Islam, de la même taille qu'un chien. Et, troisièmement, Satan aussi, de la même taille, et sous un jour favorable. Mais le comble de l'infamie, de l'idolâtrie, était de vouloir peindre, comme en Europe, le visage de notre Sultan en grandeur nature, avec tous les détails. Comme les païens ! Comme les portraits que font faire les chrétiens, qui ne peuvent s'empêcher d'être des idolâtres, et qu'ils affichent sur les murs pour leur rendre un culte. Monsieur Délicat semblait, grâce à ton Oncle, fort au courant de ces portraits, et savait parfaitement que ce sont des péchés mortels, qui signent l'arrêt de mort de la peinture selon notre foi. Il m'a dit tout cela dans la rue, pendant que nous marchions, puisque nous n'étions pas retournés dans le café, où, disait-il, on bafouait outrageusement Sa Sainteté le Prédicateur, et notre religion. Parfois, il s'arrêtait pour me demander d'un air désemparé s'il était dans le vrai, s'il y avait une solution, ou s'il était vraiment condamné à l'Enfer. Il semblait en pleine crise, dévoré par le remords, mais je me suis dit qu'il n'était pas sincère, qu'il ne croyait pas à ce qu'il disait. Ses grands élancements, tous ses gestes étaient ceux d'un imposteur.

— Comment le sais-tu ?

— Nous connaissons Monsieur Délicat depuis notre enfance Il est très ordonné, calme, discipliné. Incolore. C'est un doreur. Mais l'homme devant moi était bien plus stupide, naïf et crédule que le Délicat que nous connaissions.

— Il fréquentait tout de même beaucoup le prédicateur, a dit Le Noir.

— Aucun musulman ne ressentirait de tels remords de conscience pour un péché involontaire. Un bon croyant sait que Dieu est justice et raison.

qu'il prend en compte les intentions profondes de ses serviteurs. Il faut avoir une cervelle d'oiseau pour croire qu'on va en Enfer en mangeant du porc par erreur. Un vrai croyant sait que les images de l'Enfer servent à effrayer les autres, plutôt que lui. Et c'est justement ce qu'essayait Monsieur Délicat : me faire peur. Monsieur l'Oncle lui avait très bien montré comment s'y prendre. Mais dites-moi, mes chers camarades, est-ce que le sang commence à se figer dans mes yeux ? Est-ce qu'ils ont perdu leur éclat et leur couleur ? »

Ils ont approché la lampe de mon visage et scruté mes yeux avec l'attention compatissante d'un médecin.

« Apparemment, rien n'est changé. »

Je me suis demandé si ces trois-là étaient la dernière image qu'il me serait donné de voir en ce bas monde. Je savais que je n'oublierais jamais cet instant, et, parce que je gardais quelques espoirs malgré tout, j'ai entamé le récit suivant :

« C'est ton Oncle lui-même qui a laissé comprendre à Monsieur Délicat que nous faisions quelque chose d'interdit, en cachant le reste, l'ensemble de la dernière miniature, quand chacun était chargé d'en peindre un seul élément, dans un coin. En donnant à sa peinture des airs de mystère, il semait le soupçon du péché. C'est lui — et non les types du Hodja d'Erzurum, qui n'ont jamais vu un manuscrit enluminé de leur vie — qui a engendré et nourri en nous ces chimères de notre conscience. Or, un artiste qui n'a rien à se reprocher n'a rien à craindre.

— On peut avoir la conscience tranquille et de bonnes raisons d'avoir peur, aujourd'hui, a observé Le Noir, cyniquement. Car s'il est permis à notre art d'être décoratif, notre foi interdit qu'il reproduise l'apparence des choses. Les peintures des anciens maîtres, y compris ceux de Hérat, étaient une forme de décor en marge du texte, d'enluminure, et personne n'y trouvait à redire, car il s'agissait d'exalter l'art du calligraphe. De plus, à combien de personnes en tout est-il donné de voir nos œuvres ? N'empêche que, avec le recours aux méthodes venues d'Occident, notre peinture perd son rôle simplement ornemental, pour devenir franchement descriptive. Et c'est précisément ce que défend le Coran Vénérable, et qui déplaisait tant à notre Saint Prophète. Notre Sultan et mon Oncle le savaient fort bien. Et c'est pour cela qu'il est mort.

— Il est mort parce qu'il avait peur ! ai-je repris. Comme toi, les derniers temps il prétendait que la peinture n'a rien de contraire à notre religion, car c'était justement le prétexte pour les gars du Hodja d'Erzurum, qui cherchaient le moyen de le mettre en contradiction avec le texte du Coran. Ton Oncle et Monsieur Délicat étaient bien faits l'un pour l'autre.

— Et c'est toi qui les as tués, tous les deux ? » a demandé Le Noir.

J'ai bien cru un moment qu'il allait me frapper, et je me suis dit que, après tout, le nouvel époux de la belle Shékuré n'avait pas trop à se plaindre de la mort de son Oncle. Il n'avait donc pas de raison de me frapper, et, de toute façon, ça m'était bien égal maintenant. J'ai donc poursuivi, en insistant :

« En fait, tout autant que d'un livre "à l'européenne" pour le bon plaisir de notre Sultan, il s'agissait, pour ton Oncle, d'une occasion de satisfaire son orgueil, son goût de la provocation, du sulfureux. Il avait gardé de ses voyages en Europe une passion immodérée, sans discernement pour leur peinture, dont il nous rebattait les oreilles à longueur de journée : toi aussi, tu l'as entendu divaguer sur cette perspective, sur ces portraits. À mon humble avis, il n'y avait pas, dans ce livre, de quoi fouetter un chat, ni brûler un hérétique. Et, comme il le savait, il lui fallait, pour le prestige, entourer son Grand Œuvre d'une aura de danger, d'interdit... l'aval, le privilège spécial de notre Sultan, que cela signifiait, lui importait encore davantage que la peinture étrangère. Il est exact que si son projet avait été destiné à être exposé aux regards, sur des murs, ç'aurait été un sacrilège. Mais je n'ai pas le sentiment qu'il y ait, dans aucune de ces miniatures, le moindre sacrilège, le moindre blasphème, la moindre impiété ou même irrévérence. N'êtes-vous pas de cet avis ? »

L'acuité de mes yeux commençait à décliner mais je pus, grâce à Dieu, constater que ma question produisait son petit effet.

« Vous n'avez pas de certitude, n'est-ce pas ? ai-je dit, triomphant. Même si vous êtes persuadés, en votre for intérieur, que l'ombre du blasphème plane en effet sur ces miniatures, vous êtes incapables de le reconnaître et surtout de le faire savoir, car ce serait donner raison aux fanatiques, vos ennemis d'Erzurum, qui veulent à tout prix vous noircir. En outre, vous ne sauriez, en toute bonne foi, vous en tirer blancs comme neige, d'autant que ce serait renoncer au privilège enivrant, à la douteuse satisfaction, d'être initié à un secret d'État, plein de mystère et d'interdit. Savez-vous comment je me suis rendu compte de ma fatuité en agissant ainsi ? Quand j'ai emmené le pauvre Monsieur Délicat à ce couvent de derviches, en pleine nuit, sous prétexte que nous étions gelés, après une longue marche à travers les ruelles. En fait, j'étais content de pouvoir lui montrer que j'étais un descendant des Derviches Errants, et pis, que j'aspirais à le redevenir ! Quand Délicat a pris conscience que j'étais fervent d'une secte fondée sur la pédérastie, la drogue, le vagabondage et autres infamies, je pensais qu'il me respecterait, me craindrait plus encore, que ça lui fermerait son clapet. Évidemment, c'est le contraire qui est arrivé. Cette cervelle d'oiseau, que vous connaissez, n'a pas apprécié cet endroit, et il a eu tôt fait de reprendre à son compte les accusations d'hérésie, déjà mises en avant par ton Oncle. Et voici notre petit camarade, qui, n'arrivant plus à trouver le sommeil, avait commencé par demander "qu'on l'aide", sur un ton larmoyant, et "qu'on le convainque qu'il n'irait pas en Enfer", qui se met, d'un ton menaçant, à dire "que tout ça va mal finir" ; qu'il ne doute pas que le prédicateur d'Erzurum finira par avoir vent de ce qu'on dit de la dernière miniature : "qu'elle outrepasse largement les instructions de notre Sultan", et que ce dernier "ne le pardonnera jamais". Lui faire avaler que tout était en fait clair comme de l'eau de roche, c'était la chose impossible. Au contraire, je le voyais déjà bien parti pour faire gober aux imbéciles fanatisés par le Hodja toutes les inepties de ton Oncle, leur tenir de grands discours en exagérant "les outrages à la religion, les apologies du Malin" et autres calomnies patentées. Inutile de vous rappeler combien tous les petits artisans, pas seulement les artistes, nous envient les attentions, les faveurs de notre Sultan. Ils seront sans doute ravis de pouvoir clamer d'une seule voix : LES PEINTRES SONT DES HÉRÉTIQUES ! Or, vu cette collaboration connue de tous entre Délicat et l'Oncle, cela paraîtra presque vrai. Si je parle de calomnie, c'est parce que je ne croyais rien de tout ce que notre frère Délicat racontait à propos de ce livre et de sa dernière miniature. Je ne voulais rien entendre dire qui puisse jeter de l'ombre sur Monsieur l'Oncle. Je trouvais même fort légitime que notre Sultan l'ait préféré à Maître Osman, et je partageais, dans une certaine mesure naturellement, ses vues sur la peinture européenne. Je pensais sincèrement que nous, les maîtres ottomans, pouvions à notre guise, et autant que nos voyages nous le permettraient, tirer profit de telle ou telle technique européenne, sans pour cela "nous compromettre avec le Diable" ou "ourdir notre propre perte". Tout me semblait facile, ton Oncle, Dieu ait son âme, avait pour moi remplacé Maître Osman, y compris comme père spirituel, dans cette nouvelle vie.

— Ne va pas si vite, a dit Le Noir. Raconte d'abord comment tu as tué Monsieur Délicat.

— Cet acte », je n'arrivais pas à prononcer le mot « meurtre », « je l'ai commis pour nous tous, pour le salut de tout notre atelier. Monsieur Délicat savait qu'il disposait d'une arme redoutable. J'ai prié Dieu de me donner un signe du fait que c'était bien une sale ordure. J'ai été exaucé : en proposant de l'or à Monsieur Délicat, j'ai pu voir l'étendue de sa dépravation. Ces pièces d'or, que vous avez vues, j'ai eu la brillante idée — en fait, une inspiration divine — de dire qu'elles n'étaient pas ici, mais cachées ailleurs. On est sortis. On a marché, erré dans des quartiers malfamés, et je ne savais même pas où nous allions, je ne savais pas quoi faire : j'avais peur, en fait. À la fin, on est passés une seconde fois dans la même rue, et Monsieur Délicat, qui n'avait pas les yeux dans sa poche et qui comme tout doreur savait être attentif aux petites variations, a commencé à avoir la puce à l'oreille. Mais Dieu a mis devant nous une espèce de terrain vague, abandonné depuis l'incendie, et, à côté, un puits. »

Arrivé là, je leur ai dit que je ne me sentais pas capable de continuer ce récit. « À ma place, vous auriez fait la même chose, car vous auriez d'abord pensé à sauver vos frères en peinture », ai-je affirmé avec assurance.

En les entendant acquiescer, j'ai eu envie de pleurer. Je vous dirais bien que c'était de voir que je méritais encore leur compassion, mais ce ne serait pas vrai ; je pourrais aussi dire que j'ai entendu à nouveau le bruit sourd du corps de ma victime s'écrasant au fond du puits, mais ce n'était pas cela non plus ; ou bien, encore, que c'était le souvenir d'avant de devenir un assassin : combien j'avais été heureux, comme tout le monde. Non, c'est que je me suis rappelé — j'ai revu — cet aveugle qui passait dans notre quartier misérable, quand j'étais enfant . il sortait de sous ses guenilles une louche en bois encore plus sale que lui, et se postait près de la fontaine en demandant à la cantonade aux enfants du quartier, qui le regardaient sans s'approcher : « Mes trésors, lequel veut bien aider un pauvre aveugle à boire de l'eau de cette fontaine ? » Et personne ne venait l'aider à remplir sa louche. « Ce serait une bonne, une pieuse action, mes petits ! » disait-il, et la couleur de ses iris se confondait avec celle du blanc de ses yeux.

Cette image, cette ressemblance entre moi-même et ce pauvre type sans yeux, m'a tellement troublé que j'ai avoué avoir tué Délicat, comme ça, sans m'amuser à faire des effets. Ni trop sincère ni hypocrite : j'ai trouvé un juste milieu, la bonne consistance, histoire de ne pas ajouter à mon trouble... et je les ai trouvés disposés à admettre que je n'étais pas venu chez l'Oncle avec l'intention de le tuer. Je tenais à ce que cela soit clair, et je savais qu'ils le savaient, de même qu'ils savaient qu'il me fallait trouver des excuses pour m'absoudre du chef de préméditation, parce que, comme ça, on ne va pas en Enfer !

« Après avoir expédié ce cher Monsieur Délicat chez les anges du Seigneur, ai-je poursuivi d'un ton rêveur, j'ai senti que les dernières paroles de ma victime commençaient à me ronger de l'intérieur. Le sang répandu à cause de cette miniature... la grandissait à mes yeux. Je suis donc allé rendre visite à Monsieur l'Oncle, alors que déjà il s'abstenait d'en recevoir, afin qu'il me laisse voir la dernière image. Non seulement il a refusé, mais il a fait mine de ne pas comprendre. Selon lui, tout était limpide, il n'y avait pas de mystère : rien en tout cas pour justifier un assassinat. Afin de couper court à cette humiliation, et de gagner un peu de considération, j'ai avoué avoir tué et jeté dans un puits le pauvre Monsieur Délicat. Alors là, oui, il m'a pris au sérieux, mais il continuait de m'humilier. Comment un père pouvait-il de la sorte humilier son fils. Le Grand Maître Osman se mettait en colère, il nous frappait, mais ne brisait jamais notre orgueil. Ah, mes frères, en lui faisant faux bond, nous avons commis une grave erreur »

Je souriais à mes chers frères penchés vers moi, attentifs à mes yeux comme on est attentif au paroles d'un mourant. Je les voyais devenir flous et s'éloigner de plus en plus, comme dans le regard d'un agonisant.

« J'ai tué ton Oncle pour deux raisons, ai-je repris. D'abord, parce que, jadis, il a forcé Maître Osman à singer ce peintre, Sebastiano. Ensuite, parce que j'ai eu la faiblesse, à un moment, de lui demander si j'avais un style à moi.

— Qu'a-t-il répondu ?

— Que oui. Et, venant de lui, ce n'était pas un reproche, mais un compliment. Je me souviens d'ailleurs de m'être demandé, assez gêné, si c'était bien un compliment. Pour moi, le style était une tare, un déshonneur, et, dans le doute, je penchais pour le pire. J'abhorrais ce "style", et en même temps j'étais curieux, comme tenté par le Diable.

— Tout le monde aspire à avoir un style, a dit Le Noir d'un ton sentencieux. Et tout le monde voudrait qu'on fasse son portrait, comme notre Sultan.

— Est-ce une maladie incontrôlable ? ai-je demandé. Si ce fléau continue à sévir, il n'y aura plus personne pour faire face aux manières de peindre de l'Occident. »

Mais plus personne ne m'écoutait. Le Noir racontait l'histoire d'un infortuné bey des Turcomans, exilé pendant douze ans jusqu'au fond de la Chine pour avoir trop tôt révélé sa flamme à la fille du shah : n'ayant pas de portrait de la bien-aimée qui hantait ses rêves pendant toutes ces années, il en avait, parmi tant de beautés chinoises, oublié jusqu'à son visage, et les affres de sa passion prenaient le sens d'une épreuve mystique imposée par Dieu.

« Grâce aux lumières de ton Oncle, ai-je repris, nous n'ignorons rien de l'importance des portraits. Si Dieu veut, nous saurons, et nous oserons un jour dire l'histoire de notre vie comme nous l'avons vécue.

— Les histoires sont l'histoire de tout le monde jamais d'une seule personne, a dit Le Noir.

— Et toute image est image de Dieu, ai-je répondu en complétant dans ma langue le vers du poète de Hérat, Hâtifî. Mais, avec cette manière européenne qui se répand, on finira par considérer comme un talent particulier le récit d'histoires de personnages décrits comme s'ils étaient nous-mêmes.

— Tout cela, ce sont les idées du Diable.

— Lâchez-moi, maintenant ! ai-je hurlé de toutes mes forces. Laissez-moi voir le monde pour la dernière fois. »

En les voyant si épouvantés, j'ai repris quelque espoir.

« Tu vas nous montrer cette miniature ? » a redemandé Le Noir.

Je lui ai fait signe que oui, et il m'a lâche. Mon cœur battait.

Vous avez dû depuis longtemps découvrir mon identité, même si pour la forme je continue de la dissimuler. Je ne fais en cela que suivre les maîtres de Hérat, qui cachaient leur paraphe, non pas vraiment pour se cacher eux-mêmes, mais par règle, et par respect envers leurs maîtres. Une chandelle à la main, je me suis frayé une voie, telle une ombre fébrile, à travers les salles obscures et désertes. Ou était-ce la cécité qui déjà obscurcissait ma route ? Combien me restait-il de temps, de jours, de semaines, avant de devenir aveugle ? Mon ombre et moi nous sommes arrêtés au niveau des fantômes qui peuplent les cuisines, et j'ai été prendre, au fond, dans le coin le moins poussiéreux d'un placard, la double page, avant de revenir rapidement sur mes pas. Le Noir, par précaution, m'avait suivi de loin, mais n'avait pas pensé à prendre son poignard.

N'avais-je pas envie de le récupérer, et de lui crever les yeux à son tour, avant de devenir aveugle ?

« Je suis heureux à l'idée de revoir cette image au moins une fois, ai-je murmuré avec fierté. Et je veux aussi que vous la voyiez. »

Sous le halo de la lampe, je leur ai montré la dernière image, cette double page que j'avais prise dans la maison de l'Oncle après l'avoir tué. J'ai vu d'abord dans leur regard un effroi mêlé de curiosité. Toujours secoué de tremblements, je me suis mis de leur côté pour la regarder avec eux ; et puis j'avais la fièvre, que ce fût à cause de mes yeux blessés, ou de l'excitation présente.

Les éléments que nous avions peints séparément — l'arbre, le cheval, le Diable, la Mort, et la femme — étaient, selon leur taille, distribués sur les deux pages de telle façon que, grâce en outre aux dorures qui les encadraient, on avait l'impression de regarder non une image dans un livre, mais le monde par une fenêtre. Au centre de ce monde, à l'endroit où devait se tenir notre Sultan, il y avait mon portrait. J'en étais fier, mais aussi un peu ennuyé, dans la mesure où, malgré des journées d'essais et de retouches, et avec l'aide d'un miroir, je n'avais pas réussi à le faire ressemblant. Néanmoins, je jubilais, non seulement parce que l'image me figurait au centre du monde, mais aussi pour la raison étrange, diabolique sans doute, que j'y paraissais plus profond, complexe et mystérieux que je ne suis en vérité. Et je désirais que mes chers amis perçoivent cette jubilation, la comprennent, et partagent mon enthousiasme : je trônais au centre de tous, comme un roi d'Orient ou bien d'Occident, et c'était Moi. J'en ressentais toutefois autant d'embarras que d'orgueil Mais comme ces deux sentiments se compensaient s'équilibraient, je me délectais du langoureux vertige de ma nouvelle position. Pour mettre le comble à mon plaisir, il manquait seulement que les moindres plis, les moindres ombres ou imperfections sur mon visage ou mes vêtements, jusqu'au détail de la texture de ma barbe ou de mon habit, leurs couleurs dans les moindres nuances, soient rendus avec la précision, la perfection, que permet seul l'art des peintres européens.

Sur les visages de mes chers vieux camarades, penchés tous trois sur l'image, je voyais une expression d'épouvante et de surprise, qui trahissait surtout ce sentiment universel et dévorant de l'envie. Oui, nonobstant leur colère et leur révulsion devant l'abomination du péché, ils enviaient encore ce qui les effrayait.

« Pendant les nuits que j'ai passées ici à contempler cette image à la lueur d'une chandelle, je finissais par me penser abandonné de Dieu, et que le Diable seul pouvait se montrer mon ami. Si j'étais réellement au centre de ce monde — et c'était, quand je voyais cette image, mon souhait le plus ardent —, je me sentirais encore seul, malgré tous ces objets familiers qui m'entoureraient, y compris mes amis les Derviches Errants, et cette femme si semblable à la belle Shékuré, et malgré l'éclat de ce rouge dominant tout l'ensemble. Je ne crains pas d'avoir une personnalité, une individualité, ni de recevoir des prosternations : au contraire, j'en rêve.

— Tu n'as donc aucun repentir ? a dit Cigogne comme quelqu'un qui sortirait du sermon du vendredi.

— Si je me sens proche du Diable, ce n'est pas parce que j'ai tué, mais parce que j'ai mon portrait fait de cette façon. Je pense que si j'ai tué, c'était pour pouvoir peindre ce portrait. Et pourtant, ma solitude, à présent, me terrifie. Car imiter les Européens sans posséder leur maîtrise est encore plus humiliant pour un peintre. Je veux sortir de cette situation. De toute façon, vous savez très bien que je les ai tués afin que tout demeure comme avant dans notre atelier. En tout cas, Dieu au moins le sait.

— Mais cela nous cause bien plus d'ennuis ! » s'est exclamé mon cher Papillon.

Brusquement, profitant de l'inattention de Le Noir occupé à regarder l'image, j'ai saisi le poignet de cet idiot, en enfonçant mes ongles dans sa chair et en le lui tordant d'un coup sec. Il a lâché son poignard, que j'ai ramassé par terre.

« Vous allez devoir trouver autre chose pour vous tirer d'affaire que de me livrer aux bourreaux. » J'ai pointé le couteau vers les yeux de Le Noir, et je lui ai dit, en le menaçant : « Passe-moi l'aiguille à turban. »

Il me l'a donnée de sa main valide, et je l'ai mise dans ma poche, puis je l'ai fixé droit dans ses grands yeux de petit mouton.

« J'ai pitié pour Shékuré, qui n a pu faire autrement que de t'épouser. Si je n'avais pas été obligé de tuer Monsieur Délicat pour vous sauver tous, c'est moi qu'elle aurait épousé, et elle aurait été heureuse. J'étais celui qui comprenait le mieux les histoires que racontait ton Oncle sur les peintres et la peinture d'Europe D'ailleurs maintenant, écoutez-moi bien, pour la dernière fois : il n'y a plus de place, ici, à Istanbul, pour des maîtres miniaturistes comme nous, s'ils veulent vivre dans le respect de leur art et de ce qu'ils sont. Car même si nous nous mettions à l'école des Européens, comme le souhaitaient ton Oncle et notre Sultan, nous en serions empêchés, soit par la clique d'Erzurum et des gens comme Monsieur Délicat, soit par notre propre lâcheté. Si nous persistions dans cette allégeance au Diable, et que nous trahissions résolument la manière et le style de notre peinture pour en singer une autre, ce serait un échec, parce qu'il nous manquerait toujours la technique, les connaissances des Européens, qui m'ont fait défaut, même à moi, quand j'ai essayé de faire mon portrait. L'aspect primitif, même pas ressemblant, de ce que j'ai dessiné m'a fait comprendre qu'il nous faudrait des siècles pour parvenir à leur maîtrise, chose que nous savons tous obscurément. Que ce livre ait été achevé, puis envoyé à la cour du Doge, lui et les peintres de Venise en auraient fait des gorges chaudes, c'est clair. Ils auraient même conclu : “Ces Ottomans ont cessé d'être ce qu'ils étaient, ils ne sont donc plus à craindre.” Si seulement nous pouvions rester dans la voie des maîtres anciens ! Mais personne ne le souhaite, ni Sa Sainteté notre Sultan, ni le gentil Monsieur Le Noir qui se plaint de ne pas avoir un portrait de sa petite Shékuré. Dans ces conditions, mettez-vous au travail et passez donc quelques siècles à singer les Européens. Mettez vos signatures sur vos petits plagiats. Les maîtres de Hérat tâchaient de peindre le monde tel qu'il est vu par Dieu, et se gardaient bien de se montrer originaux, encore moins de signer. Vous, vous serez obligés de signer, pour cacher au contraire votre manque d'originalité. Mais il y a une autre issue. Vous avez peut-être reçu la même invitation, et vous n'en parliez pas : Akbar, Sultan des Indes, rassemble autour de lui, à force d'or et d'obligeance, une cour peuplée des plus grands artistes venus du monde entier. Il n'est pas douteux que le manuscrit, le chef-d'œuvre qui marquera, en fait, le millénaire de l'Hégire sera produit dans son atelier, à Agra, et non ici, à Istanbul.

— Faut-il qu'un peintre devienne un assassin pour monter ainsi sur ses grands chevaux ? » a dit Cigogne.

Je lui ai répondu, sans même y penser : « Il suffit d'être le meilleur. »

Un coq s'est mis à chanter au loin. J'ai ramassé de nouveau mes affaires et mes pièces d'or, mon cahier d'exemples et mes miniatures dans une serviette. Je me suis dit que j'aurais pu les chouriner sur place, l'un après l'autre, en commençant par Le Noir, dont j'avais la gorge juste dessous ma dague... mais je ne sentais que de la sympathie pour mes anciens petits camarades — même pour Cigogne, qui venait pourtant juste de me crever les yeux.

Papillon a fait mine de se lever, mais je l'ai fait rasseoir d'un cri. Puis, jugeant que mes arrières étaient assez couverts, je suis sorti en courant, non sans leur lancer en partant, depuis la porte, ce mot sublime et longuement mûri :

« Ma fuite d'Istanbul ressemblera à celle du grand Ibn Shakir fuyant Bagdad prise par les Mongols.

— Dans ce cas, va vers l'ouest plutôt que vers l'est a dit Cigogne.

— L'est et l'ouest appartiennent à Dieu, ai-je répondu en arabe, comme aurait fait Monsieur l'Oncle.

Mais l'est est l'est et l'ouest est l'ouest a insisté Le Noir.

— Un artiste ne devrait jamais montrer d'orgueil a dit Papillon Il doit se contenter de peindre comme il le sent, et ne pas embêter l'est et l'ouest avec ça.

— Comme c'est bien dit », ai-je répondu à mon cher Papillon, en allant pour lui donner un dernier baiser.

Mais j'avais fait à peine deux pas que Le Noir s'est lancé sur moi. Je tenais d'une main mon or et mes vêtements, et j'avais sous l'autre bras mes œuvres dans leur carton. De sorte que je n'ai pas pu l'empêcher de saisir mon bras qui tenait le poignard. Mais il n'a pas eu tant de chance que cela, car il a trébuché sur un porte-Coran et, au lieu de me maîtriser, il a fini par se raccrocher à moi ! Je l'ai abreuvé de coups de pied, je l'ai mordu aux doigts, tant et si bien qu'il m'a lâché et s'est mis à hurler, croyant que son heure était venue. De fait, il a eu bien mal quand je lui ai écrasé la main sous un de mes pieds ; aux deux autres, j'ai dit : « Personne ne bouge ! »

Ils sont restés où ils étaient. Revenant à Le Noir, je lui ai enfoncé ma lame dans une narine, comme Keykavûs dans la légende, et le sang en a jailli en même temps que les larmes de ses yeux.

« Alors, voyons voir, tu dis que je vais devenir aveugle ?

— La légende prétend qu'il y a des cas où le sang ne coagule pas. Si Dieu est satisfait de ta peinture, Il souhaitera t'avoir auprès de Lui et fera tomber sur tes yeux la nuit. Dès lors, tu ne subiras plus le spectacle hideux de ce monde, car tu jouiras des merveilleuses vues qui s'offrent à Ses yeux. S'Il n'aime pas ta peinture, tu continueras à voir ce monde comme avant.

— Je dois me rendre en Inde pour exercer mon

art, ai-je répondu. Je dois encore à Dieu l'œuvre par laquelle Il pourra me juger.

— Ne nourris pas trop le vain espoir d'échapper à l'influence de l'art européen, a dit Le Noir. Et sais-tu qu'Akbar Khan encourage tous ses artistes à signer de leur nom ? Quant aux techniques de peinture européennes, les jésuites portugais les y ont introduites, comme partout, depuis déjà longtemps.

— Il y a toujours du travail et un asile pour celui qui souhaite rester pur, lui ai-je répondu.

— C'est ça, en étant aveugle, et dans des pays qui n'existent pas ! a claqué Cigogne.

— Pourquoi tiens-tu à rester pur ? Reste ici comme nous, et mêle-toi aux autres ! C'est ce que tu as de mieux à faire », a osé dire Le Noir.

Évidemment, il ne tenait pas à la peinture, son seul bonheur étant la belle Shékuré. J'ai écarté de son nez la pointe rougie de ma dague pour la lever comme un bourreau qui va abattre son sabre sur la tête d'un condamné.

« Je pourrais t'exécuter sur-le-champ, si je le voulais. Mais, pour le bonheur de ta femme et de ses enfants, je vais t'épargner. Jure d'être toujours bon, humain et respectueux avec elle.

— Je le jure.

— Je vous fais mari et femme », ai-je conclu. Et pourtant, mon bras n'en a fait qu'à sa tête, et j'ai abattu sur Le Noir mon poignard, de toutes mes forces.

Au dernier moment, il a bougé, et j'ai moi-même laissé dévier mon poignard, de sorte que le coup l'a atteint à l'épaule, non à la gorge. J'ai contemplé avec terreur l'acte commis par mon bras seul. En retirant la lame de la chair, j'ai vu la plaie s'inonder d'un beau rouge, et j'ai ressenti une honte mêlée d'effroi. Mais je savais que si je devais devenir aveugle d'ici peu, déjà peut-être sur le navire longeant les côtes de l'Arabie, j'aurais au moins cette vengeance de ne plus avoir près de moi mes chers collègues et amis peintres.

Cigogne, persuadé avec raison que c'était maintenant son tour, s'est enfui dans le noir, vers les autres pièces. J'ai commencé par le suivre, en prenant une lampe avec moi, puis j'ai eu peur et je suis revenu sur mes pas. Mon dernier geste a été de dire adieu à Papillon en l'embrassant avec autant de chaleur que l'odeur du sang répandu entre nous le permettait encore. Mais il a vu les larmes couler de mes yeux.

Je suis sorti du couvent au milieu d'un profond silence, interrompu seulement par les gémissements de Le Noir. Et je me suis éloigné, en courant du mieux que je pouvais, à travers le jardin détrempé et les ruelles obscures. Le navire qui devait m'emmener à la cour d'Akbar Khan n'appareillait qu'après le premier appel du muezzin ; alors, je passerais à son bord grâce à une felouque que je trouverais à l'embarcadère. Je pleurais, et je courais en même temps.

En passant, silencieusement, furtif comme un voleur, par le quartier du Palais Blanc, je distinguais à peine, à l'horizon, les premières lueurs de l'aube. Devant la première fontaine, sur la place où je me suis retrouvé, au sortir des ruelles inextricables de cette ville ancienne, se dressait la maison de pierre où j'avais passé ma première nuit, en arrivant à Istanbul, vingt-cinq années avant. Par le portail entrebâillé de la cour, j'ai été jeter un coup d'œil à ce puits où, à l'âge de onze ans, vingt-cinq ans avant, j'avais voulu mourir, de honte, pour avoir commis, dans mon sommeil, le crime de pisser au lit, dans le lit que m'avait si gentiment préparé ce parent éloigné, mon hôte si généreux. En arrivant près de la mosquée de Bajazet, l'échoppe de l'horloger à qui j'ai tant de fois porté les rouages de ma montre à réparer, celle du marchand de verreries, chez qui je me fournissais en bougeoirs de cristal et en flacons de toutes sortes qu'une fois peints, discrètement, je revendais comme vases à fleurs ou carafes à liqueur, à de riches clients, et ce hammam que je fréquentais exclusivement, à une époque, parce qu'il était toujours vide, et bon marché, tous ces lieux m'ont arraché des larmes d'adieu.

À l'emplacement du café, dont les décombres fumaient encore, personne, pas plus que dans la maison où j'avais, du fond du cœur vraiment, souhaité que trouve le bonheur ma belle Shékuré, avec pour nouveau mari ce Le Noir, qui devait être en train d'agoniser, à cette heure. Tous les chiens, les arbres obscurs, les fenêtres aveugles, les tours noires et les fantômes, les silhouettes des dévots maussades qui se pressent au petit matin pour ne pas manquer la prière, tout ce monde qui me toisait toujours d'un air hostile quand, ces derniers jours, j'errais dans les rues d'Istanbul après m'être couvert de sang m'avait semblait-il pardonné, me regardait amicalement, maintenant que j'avais décidé de m'embarquer, de quitter cette ville où j'avais passé ma vie.

Du terre-plein après la mosquée, j'ai contemplé la Corne d'Or. L'horizon resplendissait, mais les flots demeuraient sombres. Deux chalutiers, des navires marchands enveloppés dans leurs voiles, une galère abandonnée, balancés bord sur bord par les vagues cachées, semblaient me dire : « Ne t'en va pas ! »

Était-ce à cause de cette aiguille que mes yeux étaient pleins de larmes ? Je me suis dit : « Pense plutôt à la vie merveilleuse que tu vivras en Inde, grâce aux chefs-d'œuvre que tu produiras ! »

J'ai quitté la route en courant pour couper à travers deux jardins transformés en bourbiers ; à travers les hautes herbes, je me suis glissé dans la vieille maison. C'était cette maison de pierre où, tout jeune apprenti, j'allais, chaque mardi, chercher, sur le pas de la porte, Maître Osman, pour l'accompagner, en portant, deux pas derrière lui, son écritoire et son plumier, ses cartons et sa besace, jusqu'au Grand Atelier. Là, rien n'avait changé ; seuls les platanes avaient grandi, dans la rue et dans le jardin : grandi au point de conférer, à la maison, à cette rue, la splendeur et l'éclat, la richesse du temps de Soliman le Magnifique.

En arrivant à cette rue qui descend jusqu'au port, j'ai cédé au Démon, au désir de revoir, une dernière fois, les contreforts du bâtiment qui loge le Grand Atelier, où j'ai passé toutes ces années. J'ai revu ce chemin où, jeune apprenti, nous marchions avec Maître Osman, moi derrière, lui devant, chaque mardi, et la ruelle des Archers que les tilleuls, au printemps, embaument à vous enivrer ; le four à pain où mon maître achetait son feuilleté à la viande ; le raidillon où s'alignent les cognassiers, les marronniers, et les mendiants du bas-côté ; les portes closes du marché Neuf, et la boutique du barbier que mon maître, chaque matin, passait saluer ; puis le grand jardin vide, où acrobates et saltimbanques, l'été venu, dressent leurs tentes et font leur spectacle ; au pied des remparts décrépis de Byzance, les garnis pour célibataires, qui empestent le renfermé, le palais d'Ibrahîm Pacha, avec ses colonnes serpentines que j'ai dessinées tant de fois, et ses platanes que nous réalisions chacun d'un style différent ; et, en arrivant à l'hippodrome, je suis repassé par les marronniers, où à l'aube les pies jacassent, et les mûriers bruissant de moineaux en délire.

La lourde porte était fermée. Il n'y avait personne derrière, ni sous les arches de la galerie du premier. Je me suis à peine arrêté pour jeter un œil à travers les meurtrières d'où nous avions l'habitude, quand l'ennui pesait trop aux petits enfants que nous étions, de regarder les arbres.

C'est là qu'il m'a apostrophé, de sa voix aigre et criarde. Il disait que la dague que je tenais, avec ces rubis à la poignée, était la sienne, que son neveu, Shevket, l'avait dérobée avec la complicité de Shékuré. Il ne lui en fallait pas plus pour conclure que j'étais de ceux qui, avec Le Noir, avaient forcé sa maison et emmené, de nuit, la belle Shékuré. Cet énergumène vociférait également qu'il s'attendait que les amis peintres de Le Noir, après ce mauvais coup, retournent au Grand Atelier. Et, ce disant, il brandissait une longue épée d'un rouge étrange et lumineux. Je voulais lui dire que c'était un malentendu, mais je n'ai vu que le visage de la colère. Je pouvais y lire qu'il s'apprêtait à se jeter sur moi...

J'ai voulu dire : « Arrête ! »

Mais il a frappé.

Sans avoir le temps de saisir mon poignard, j'avais juste levé ma main qui portait la sacoche.

Elle a volé en l'air. L'épée rouge, d'un seul coup, m'avait tranché la main, puis, sans ralentir, la tête, d'une épaule à l'autre.

J'ai compris qu'il m'avait coupé la tête en voyant mon pauvre corps stupide, abandonné à lui-même, tituber maladroitement, agiter le poignard d'un geste imbécile, et s'écrouler dans la flaque de sang qui jaillissait de mon cou tranché. Mes pauvres jambes continuaient de marcher dans le vide, à se débattre en vain, pathétiques, comme celles de ces chevaux qui agonisent.

De la boue où ma tête était tombée, je ne pouvais voir ni mon assassin ni la sacoche remplie d'or et de miniatures que je voulais encore serrer contre moi-même. Ils étaient du côté de ma nuque, du côté de la pente qui dégringolait vers la mer et l'échelle de la galère, où je n'arriverais jamais. Ma tête ne se tournerait plus vers eux, ni vers cette moitié du monde laissée derrière moi. Ma tête s'est mise à penser à sa guise, et je les ai oubliés.

J'ai donc repris le cours de ma pensée (avant que l'épée ne s'abatte) : « Le bateau va bientôt partir, je dois me dépêcher... », et j'ai pensé à la façon dont ma mère, quand j'étais petit, me disait : « Allez, dépêche-toi ! — Mais maman, j'ai si mal au cou, je ne peux pas bouger ! »

C'est donc cela, mourir.

Je savais pourtant que je n'étais pas encore mort. Mes pupilles percées était fixes sans doute, mais j'y voyais fort bien, les yeux tout grands ouverts.

Ce que je voyais au niveau du sol remplissait toutes mes pensées. La pente de la rue s'élève doucement, tristement. Les bas-côtés, les murs du Grand Atelier ; le toit, le ciel. Sans s'arrêter.

Cette vue, ce moment se sont tant prolongés que j'ai compris que la vision est une espèce de souvenir. J'ai fait la même réflexion que jadis, quand, pendant des heures, je regardais une miniature : en regardant longtemps, on entre dans le temps de l'image regardée.

Le temps, alors, englobait tous les temps.

Comme si personne ne devait me voir, et que, jetées dans la boue, ma tête, mes pensées, déteintes, décolorées, avaient dû rester des années à regarder la rue en pente, les murs de pierre, et, non loin, inaccessibles, les mûriers et les marronniers.

L'ennui et la souffrance que j'ai brusquement pressentis de cette interminable attente m'ont fait souhaiter d'en finir, de passer hors du temps.

59

Moi Shékuré

J'ai passé la nuit dans cette maison où Le Noir nous avait envoyés pour notre sécurité, chez de lointains parents à lui. Impossible de dormir. Les bruits de spectres et de fantômes que faisaient Hayriyé et les enfants en dormant — car nous couchions tous dans le même lit — n'auraient pas suffi à m'en empêcher, mais j'étais constamment sortie de ma somnolence par des visions de cauchemar, poursuivie par une mêlée de femmes et de créatures bizarres aux membres coupés et raccommodés. Vers le matin, le froid m'a réveillée ; après avoir rebordé la couverture sur Shevket et Orhan, je les ai serrés contre moi en embrassant leurs cheveux, et, comme du temps béni où nous dormions tranquilles dans la maison de mon pauvre papa, j'ai prié pour faire au moins un rêve heureux.

Mais je n'ai pas pu me rendormir. Et peu après l'appel à la prière du matin, comme je regardais dans la rue, derrière les volets qui maintenaient notre petite chambre dans la pénombre, j'ai vu en vérité cette image du bonheur qui n'avait jamais cessé de me hanter : un homme, une espèce de fantôme, hâve et épuisé par les combats et les blessures, tenant pour toute épée un bâton à la main, et dont la démarche ne m'était pas inconnue, venait vers moi en me suppliant. Dans mes rêves, je m'éveillais toujours, en larmes, au moment où je rejoignais cet homme et le prenais dans mes bras. Mais en comprenant que cet homme ensanglanté que j'apercevais dans la rue était Le Noir, le cri, d'habitude muet, a jailli de ma gorge et j'ai couru ouvrir la porte.

Son visage était tout meurtri, tuméfié, violacé. Le sang coulait de son nez cassé. Une plaie énorme courait tout le long de son cou, jusqu'à l'épaule. Le haut de sa chemise était déchiré, et entièrement rouge de sang. Comme l'homme de mes rêves, il semblait sourire, sans doute d'avoir réussi, à la fin à rentrer chez lui.

« Entre, lui ai-je dit.

— Réveille les enfants, nous rentrons à la maison.

— Mais tu n'es pas en état !

— Tu n'as plus à avoir peur... C'était Vélidjân le Perse.

— Olive ? Le scélérat... tu l'as tué ?

— Il a pu s'enfuir, en montant sur un navire en route vers les Indes », en disant cela, il détournait le regard, comme s'il était honteux d'avoir failli dans sa tâche.

« Tu t'imagines pouvoir marcher jusqu'à la maison ? On va trouver un cheval. »

Je sentais qu'il allait mourir en route, et j'avais tellement pitié ! — ce n'était pas seulement sa mort, mais le fait qu'il n'avait connu aucun réel bonheur — mais je voyais, dans ses yeux tristes et sombres, qu'à aucun prix il ne voulait mourir dans cette maison étrangère, ni être vu par qui que ce soit en train de mourir dans cet état horrible, et qu'il souhaitait s'éteindre à l'écart. Tant bien que mal, nous l'avons juché sur un cheval.

Sur le chemin du retour, nous suivions en portant nos affaires, et les enfants avaient peur de regarder son visage. Mais Le Noir, du haut de sa monture qui avançait avec peine, a trouvé la force de leur expliquer comment il avait déjoué le méchant assassin de leur grand-père, comment ils s'étaient battus à l'épée. Je vis que cela réchauffait un peu leurs sentiments à son égard, et, moi, je priais Dieu de ne pas le laisser mourir.

En arrivant, Orhan a crié : « On est à la maison ! » et sa petite voix si adorable m'a donné lieu d'espérer que l'ange Azraîl nous prendrait sans doute en pitié, et que Dieu l'épargnerait encore cette fois. Mais, sachant que la cause et l'heure de notre mort restent toujours cachées dans le secret de Dieu, je me suis gardée de nourrir trop d'espoir.

Après l'avoir fait descendre, non sans difficulté du cheval, nous avons monté Le Noir dans la chambre du haut qui a la porte bleue. Hayriyé est allée faire bouillir de l'eau et me l'a apportée. Nous avons ôté ses chaussures, sa ceinture, déchiré tous ses habits et son linge, même le caleçon, en découpant avec des ciseaux la chemise collée aux chairs. J'ai ouvert les volets. En jouant avec les branches de l'arbre, les doux rayons du soleil d'hiver ont envahi la chambre, en se reflétant sur les cruches d'eau, les pots de couleurs et de colle, les encriers, les carreaux de verre à polir et les planches à tailler les calames, pour éclairer enfin le visage de Le Noir, pâle comme la mort, et sa plaie couleur de viande crue et de cerise.

J'ai confectionné des compresses, que j'ai humectées d'eau chaude et savonneuse, afin de nettoyer soigneusement son corps, comme on lave un tapis ancien et très précieux, aussi pleine d'attention, d'amour et de tendresse que pour l'un de mes enfants. Sans appuyer sur les contusions de son visage, en prenant garde d'égratigner sa coupure au bas du nez, j'ai nettoyé, comme l'eût fait un médecin, cette effrayante blessure à l'épaule. Et, comme j'en avais l'habitude en langeant mes petits, je lui parlais en même temps, de tout et de rien, lui chantais des chansons. Il était blessé aussi à la poitrine et sur les bras. Les doigts de sa main gauche portaient la marque violette d'une morsure. Les compresses que je passais sur son corps me restaient pleines de sang dans les mains. Je palpais son torse, son ventre qui cédait doucement sous mes doigts, et, longuement, j'ai regardé sa verge — on entendait les cris des enfants en bas, dans la cour. Pourquoi donc certains poètes comparent-ils cela à un roseau ?

En entendant dans la cuisine cette voix gouailleuse et comploteuse que prend Esther quand elle arrive avec des nouvelles à m'apprendre, je suis descendue, et l'ai trouvée en effet tout excitée ; sans même m'embrasser, elle m'a prise à part pour me raconter : la tête d'Olive avait été découverte dans un sac, avec tous les dessins prouvant sa culpabilité, devant la porte du Grand Atelier. Sans doute avait-il voulu y retourner une dernière fois, avant de partir aux Indes.

Selon les témoins, Hassan l'avait reconnu, et, d'un seul coup de son sabre vermeil, l'avait décapité.

Pendant qu'elle racontait, je me demandais, moi, où était maintenant mon pauvre papa. Pour moi, apprendre que son assassin avait expié me délivrait de toute crainte et, en même temps, me donnait cet apaisement, ce sentiment de justice accomplie que fait éprouver la vengeance. Et lui, que ressentait-il de là-haut ? Le monde m'est apparu soudain comme un immense palais dont les pièces communiquent entre elles par mille portes grandes ouvertes : et nous étions sûrement capables de passer d'une pièce à l'autre par la grâce de la mémoire et de notre imagination. Mais la plupart des gens sont trop paresseux pour faire usage de ce don, et préfèrent rester cloîtrés dans une seule et même pièce.

« Ne pleure pas, ma chérie. Tu vois, tout se termine bien. »

Je lui ai donné quatre pièces d'or. Avec sa grossièreté habituelle, elle les a éprouvées chacune des quatre sous la dent, mais avec une excitation, une joie à la mesure de son avidité.

« Avec toute cette fausse monnaie que ces païens de Vénitiens répandent partout... », a-t-elle dit en souriant.

Quand elle a été partie, j'ai dit à Hayriyé de ne pas laisser les enfants grimper à l'étage, et j'y suis montée moi-même m'y enfermer à double tour, avec Le Noir. Je me suis glissée, avidement, tout contre son corps nu, et j'ai fait, avec moins de désir que de curiosité, et plus d'application que de frayeur, ce que, cette nuit-là où mon père est mort, dans la maison du Juif pendu, il avait voulu me faire faire.

Je ne saurais dire que, de ces comparaisons que font les poètes persans entre cet outil et un calame, comme entre la bouche des femmes et un encrier, le principe me soit bien apparu. Sans doute le sens s'en est-il perdu, dans cet oubli où tombent les choses trop servilement répétées — car s'agit-il de l'exiguïté de la bouche ? du silence mystérieux de l'encrier ? de dire que Dieu est un peintre ? Ou peut-être l'amour, loin de pouvoir être compris, sondé par l'esprit timoré de ceux, comme moi, qui s'accrochent toujours au bastingage de leur courte logique, veut-il que l'on se plonge, que l'on se perde dans l'absurde.

Je vais d'ailleurs vous avouer un secret : à ce moment-là, dans cette chambre qui sentait la mort, cette chose dans ma bouche ne me donnait aucun plaisir. Ce qui m'en donnait, alors que tout ce gros machin palpitait entre mes lèvres, c'était d'écouter le joyeux tapage de mes fils qui jouaient en bas, dans la cour, à se culbuter et à jurer comme des petits diables.

Tandis que ma bouche était ainsi affairée, mes yeux pouvaient voir que Le Noir portait sur mon visage un regard totalement nouveau. Il a dit qu'il n'oublierait plus, désormais, mon visage ni ma bouche. Sa peau sentait comme le papier moisi de certains vieux livres de mon père ; toute la poussière, l'odeur des tentures du Trésor impérial semblaient imprégner ses cheveux. Sans plus me retenir, je me suis mise à toucher ses plaies, ses coupures enflées, ce qui le faisait gémir, et plus je sentais la mort s'éloigner, plus je m'attachais à lui. Comme un vaisseau dont la voilure s'enfle peu à peu sous l'effet du vent, nos ébats ont pris, lentement, de l'allure, et le sillage du navire a mis le cap, hardiment, vers le large et l'inconnu.

Que Le Noir avait déjà longtemps navigué sur ces eaux — en compagnie de Dieu sait quelles femmes de mauvaise vie ! — c'est ce que sa maîtrise du gouvernail — jusqu'en ce lit de mort ! — ne laissait pas ignorer. Et tandis que moi, j'embrassais, je léchais, sans distinction, tant son bras que le mien, tant mes doigts que les siens — ou plus encore, comme s'il y allait de ma vie —, lui, de haut, les yeux à demi clos par l'ivresse confondue du plaisir et de la douleur, semblait chercher du regard sa route, au loin, sur l'océan du monde, et, tenant délicatement mon visage entre ses mains, le considérait tantôt avec émotion, comme une sublime miniature, tantôt comme une vulgaire catin de Mingrélie.

Au moment ultime de volupté, il a poussé un cri — comme ces héros fabuleux qui, sur les scènes où s'affrontent les armées fabuleuses de l'Iran et du Touran, se font trancher par le milieu, d'un coup d'épée —, et j'ai eu peur que tout le quartier ne l'entende. Mais Le Noir, tel un vrai maître de peinture, toujours capable — jusque dans les moments de plus haute inspiration, où il semble que Dieu Lui-même s'empare de son calame — de calculer, sur toute la surface, les lignes de force et les équilibres de la page, gardait en son for intérieur le contrôle de la position où nous étions, et m'a dit dans un soupir :

« Tu n'auras qu'à leur dire que tu passais du baume sur les plaies de leur père ! »

Telle fut la couleur, ce jour-là, dont s'est embelli notre amour nouvellement éclos, encore gêné aux entournures entre l'urgence et la pudeur, l'extase et l'interdit, la vie et la mort ; il en devint aussi l'excuse familière. Pendant les vingt-six années qui suivirent, c'est-à-dire jusqu'à ce matin où, près du puits, son cœur fragile l'a lâché, nous nous sommes aimés, Le Noir et moi, tous les jours à midi, à l'heure où le soleil se glisse entre les volets clos de la chambre au-dessus de la cour d'où montaient, les premières années, les cris joyeux de mes enfants, et nous appelions ça « passer du baume sur les plaies ». De cette façon, mes fils, dont je ne voulais pas irriter la jalousie par la rivalité d'un père maussade et sombre, exigeant et jaloux lui-même, ont continué plusieurs années à passer la nuit dans mon lit. Toute femme intelligente sait d'ailleurs qu'il est bien plus agréable de dormir en tenant dans ses bras ses enfants qu'un mari morose et meurtri par la vie.

Car, contrairement à moi et à mes enfants, Le Noir n'a jamais réussi à être heureux. Sans doute parce que, sa blessure à l'épaule et au cou n'ayant jamais guéri complètement, mon cher époux est resté, comme je l'ai entendu dire parfois, un « infirme ». Cette infirmité, bien que très visible, ne lui rendait pourtant pas la vie difficile. Il m'est même arrivé d'entendre des femmes dire, en le voyant de loin, que c'était un bel homme. Mais son épaule droite restait un peu affaissée, et son cou, tordu de façon bizarre. Certains commérages me sont revenus aussi, selon lesquels une femme comme moi ne pouvait épouser qu'un homme qu'elle domine, et que si l'infirmité de Le Noir était sans doute la cause de sa mélancolie, elle était aussi la secrète raison de notre bonheur.

Comme dans tous les racontars, il y avait aussi du vrai. Et si j'avais quelque dépit de ne pas pouvoir comme Esther prétend que je le méritais, caracoler fièrement à travers les rues d'Istanbul sur le plus beau de tous les chevaux et escortée d'une troupe d'esclaves, de gardes et de servantes, il m'arrivait aussi d'imaginer avec regret un mari portant beau, qui aurait contemplé le monde en vainqueur, et de très haut.

Quelle qu'en soit la raison, Le Noir est toujours resté triste. Souvent, comme je voyais bien que sa mélancolie n'avait pas grand rapport avec son épaule tordue, je me disais qu'un djinn avait dû se nicher dans un coin de son âme, pour lui donner toutes ces idées noires, y compris au beau milieu de nos tendres ébats. Pour apaiser ce djinn, parfois, il buvait du vin, ou bien il regardait des miniatures et de beaux livres, quand il n'allait pas frayer avec les miniaturistes, et courir avec eux après les jolis garçons. Il avait ses phases, et recherchait tantôt la compagnie des calligraphes, des poètes et autres artistes pour leurs bons mots, leurs calembours et leurs jeux obscènes avec leur suite de mignons, tantôt préférant s'absorber dans ses tâches de secrétaire pour le gouvernement de Süleymân Pacha le Contrefait. Quatre ans plus tard, à la mort de notre Sultan, lorsque Sultan Mehmet, qui lui succédait, a délibérément tourné le dos à la peinture, le goût de Le Noir pour celle-ci s'est fait moins ostensible, plus discret : presque comme un secret qu'on garde bien chez soi. Quand il lui arrivait encore d'ouvrir l'un des ouvrages laissés par feu mon père, il regardait, d'un air triste et coupable, certaine miniature de l'époque des Timourides, peinte à Hérat : Shirine s'éprenant du portrait de Khosrow ; et ce n'était plus une sorte de jeu cultivé avec bonheur, par les meilleurs talents, dans l'entourage des grands, mais un plaisir de la mémoire, dérobé à la solitude.

Sultan Mehmet était sur le trône depuis moins de trois ans, quand la reine d'Angleterre lui envoya une horloge merveilleuse, qui contenait une musique actionnée par des soufflets. Il a fallu des semaines pour assembler, sur le versant du Grand Jardin Impérial qui surplombe la Corne d'Or, cette énorme machine et la pompe qui va avec, et les rouages, et les statues et les tableaux du décor, tout ça venu d'Angleterre. Ce spectacle attirait une foule de curieux, certains s'approchant du rivage en caïque, et tout le monde s'extasiait, était ébahi par le manège des figures grandeur nature qui tournaient en cadence au son de la musique — une drôle de fanfare ! — et se dandinaient avec grâce, comme si cette géante, qui battait la mesure et les heures — comme une cloche d'église ! — pour toute notre ville, était l'œuvre de Dieu Lui-même et non de ses humbles servants.

Le Noir et Esther m'ont à plusieurs reprises dit que cette horloge, à force d'épater les badauds et la populace, pouvait légitimement inquiéter le parti des dévots, pour qui elle personnifiait la puissance des païens. À cette époque, où leurs calomnies avaient vite fait le tour de la ville, Sultan Ahmet, son successeur, se réveilla paraît-il au beau milieu de la nuit et, inspiré sans doute par la grâce de Dieu, s'est emparé d'une masse d'armes pour descendre au Jardin Privé, en bas de son harem, et y réduire en miettes l'horloge et ses idoles. Ceux qui rapportent la rumeur ajoutent que, pendant son sommeil, notre Sultan avait eu la vision du visage tout illuminé de notre Saint Prophète, et que celui-ci l'aurait averti : que si notre Sultan permettait à ses ouailles de vénérer des images, voire des imitations effrontées de l'homme rivalisant avec celui créé par Dieu, il s'éloignait clairement des ordres du Très-Haut.

C'est plus ou moins ce que notre Sultan a fait écrire à son dévoué historiographe. Et, pour cette *Crème des Chroniques* à la réalisation de laquelle nos calligraphes ont travaillé à prix d'or, il n'a pas eu recours aux services de ses peintres.

Et c'est ainsi que la rose rouge de l'inspiration, née en Orient puis transplantée à Istanbul, s'est fanée au couchant de ce siècle qui avait vu fleurir tant de peintres de miniatures. Les querelles entre les peintres, les débats à n'en plus finir suscités par l'affrontement entre le style de Hérat et les maîtres venus d'Europe n'ont jamais été tranchés. Car on a cessé de peindre et de dessiner, que ce soit à la mode occidentale, ou à la manière d'Orient. Les peintres ne s'en sont ni indignés ni révoltés ; comme des vieillards qui acceptent sans un mot les attaques de la maladie, peu à peu ils ont accepté la situation, avec tristesse et résignation, sans éclat. Ils se sont désintéressés, n'ont plus songé, tout simplement, aux anciens maîtres de Tabriz, qu'ils vénéraient autrefois, ni aux peintres d'Europe dont ils avaient naguère copié les inventions et les nouveaux modèles avec un mélange d'envie et de haine. La peinture a été quittée abandonnée, comme une maison dont on passe, une nuit, la porte, sans se retourner, en la livrant aux ténèbres de la ville. Sans pitié, on a oublié qu'il fut un temps où l'on voyait notre monde différemment.

Le livre de mon père, malheureusement, est donc resté inachevé. Les pages que Hassan avait éparpillées ont été ramassées et mises au Trésor impérial ; là, un conservateur précis et besogneux les a fait relier avec d'autres enluminures, sans rapport, issues de l'atelier, mais par la suite elles ont été redistribuées dans plusieurs ouvrages. Hassan s'est enfui d'Istanbul, et l'on n'a plus jamais eu de nouvelles de lui. Mais Shevket et Orhan n'ont jamais oublié que c'est leur oncle, et non Le Noir, qui a réglé son compte à l'assassin de mon père.

Deux ans après avoir perdu la vue, Maître Osman est mort, en laissant sa place de Grand Enlumineur à Cigogne. Papillon, qui admirait tout particulièrement le talent de mon défunt père, a, lui, passé le reste de sa vie à peindre des motifs de tapis, de toiles de tentes ou de rideaux, comme la plupart des jeunes peintres qui les ont suivis. Aucun d'entre eux n'a fait mine de voir une grande perte dans la fin de la peinture de livres. Peut-être que cela tient au fait qu'aucun n'a jamais vu ses traits, son visage, exposés en peinture.

Toute ma vie j'ai nourri, au fond de moi, le désir secret, dont jamais je ne me suis ouverte à quiconque, de voir peindre deux choses bien précises :

1. Mon portrait ; mais je sais que tous les efforts mis en œuvre seraient vains, car hélas ! les peintres de notre Sultan, quand bien même ils pourraient me voir dans tout l'éclat de ma beauté, se refuseront toujours à reconnaître qu'une femme soit belle, en peinture, si sa bouche, si ses yeux ne sont pas ceux d'une beauté chinoise. Et s'ils peignaient une Chinoise, à la façon des maîtres de l'ancienne école, peut-être ceux qui la verraient en sachant que c'est moi sauraient discerner mon visage en filigrane sous ses traits chinois. Mais ceux qui vivront après nous, même s'ils savent que mes yeux, en fait, n'étaient pas bridés, n'auront pas les moyens de savoir à quoi je ressemblais. Et comme je serais heureuse d'avoir la consolation, en plus de mes enfants toujours à mes côtés, aujourd'hui que je suis vieille, d'une image de ma jeunesse !

2. Une image du bonheur parfait (ce que Nazim le Blond, du pays de Ran, avait cherché à faire, en poésie). J'ai d'ailleurs mon idée là-dessus : on verrait une mère, avec ses deux enfants ; le plus jeune, dans ses bras, téterait son sein généreux en souriant de béatitude, tandis que le regard de l'aîné, un peu jaloux, croiserait celui de la mère. La mère, sur ce tableau, ce serait moi, et l'oiseau dans le ciel serait

à la fois en vol et fixé dans une éternelle félicité : tout cela dans le style des maîtres de Hérat chez lesquels le temps s'est arrêté. Je sais, ce n'est pas facile.

Mon fils Orhan, qui n'est pas très fin dans le genre raisonneur, m'explique depuis des années que d'une part les maîtres éternels de Hérat ne pourraient pas me peindre comme je suis, et que d'autre part les peintres d'Europe, qui ne cessent de peindre des enfants avec leur mère, sont incapables d'arrêter le temps : et que donc mon bonheur ne pourra jamais être mis en peinture.

Il a peut-être raison. Les gens aspirent au bonheur dans la vie, plutôt qu'à des sourires béats sur de belles images. Les peintres ne l'ignorent pas, et savent que c'est là leur limite. Qu'ils ne font que mettre à la place du bonheur dans la vie celui de la contemplation.

Dans l'espoir que, peut-être, il puisse mettre par écrit cette histoire impossible à mettre en images, je l'ai racontée à Orhan. Je lui ai confié, sans hésitation, les lettres reçues de Hassan et de Le Noir, ainsi que la feuille trouvée sur le corps du pauvre Monsieur Délicat, avec les croquis de chevaux, bien que l'encre en soit barbouillée. Avec son tempérament emporté, sa mélancolie et son sale caractère, il n'a pas peur d'être injuste, surtout avec ceux qu'il n'aime pas. Il ne faudra donc pas vous fier à lui s'il peint Le Noir plus distrait que nature, Shevket plus vilain, notre vie plus pénible qu'elle n'est, et moi plus belle et effrontée que je ne suis en vrai. Car Orhan ne recule, pour enjoliver ses histoires, et les rendre plus convaincantes, devant aucun mensonge.

CHRONOLOGIE

336-330 av. J.-C. Darius roi des Perses. Dernier roi achéménide, vaincu par Alexandre le Grand.

336-323 av. J.-C. Alexandre le Grand conquiert la Perse et arrive jusqu'à l'Indus.

622 Hégire. Le Prophète Mahomet s'enfuit de La Mecque à Médine, point de départ du calendrier musulman.

1010 *Livre des Rois*, le poète persan Firdawsî (935-1020) offre son épopée mythologique et historique au sultan Mahmûd de Ghazna (Afghanistan). Le héros le plus célèbre en est Roustam, équivalent d'Achille en Iran. Le cadre général est la lutte séculaire de l'Iran contre les démons, puis contre les envahisseurs du Nord, appelés « Touran ».

141-1209 Le poète persan Nizâmî de Ganja (Azerbaïdjan) écrit ses cinq épopées romanesques ou *Quintet* : *Le Trésor des Mystères*, *Khosrow et Shirine*, *Leylâ et Majnûn*, *Les Sept Princesses*, et *Le Livre d'Alexandre*.

1206-1227 Règne du souverain mongol Genghis Khan, qui étend son empire jusqu'à l'Europe après avoir envahi la Perse et l'Asie

1258 Prise de Bagdad par Hulagu, petit-fils de Genghis Khan.

1300-1922 Empire ottoman, qui s'étendit jusqu'à la Perse et au Danube.

1370-1405 Règne de Tamerlan, vainqueur, entre autres, des Turcomans et des Ottomans (défaite du sultan Baja zet à Ankara en 1402).

370-1526 Dynastie timouride, époque d'épanouissement de

la culture persane sur toute l'Asie intérieure, autour de Samarcande, Bukhârâ, Hérat, Shirâz et Tabriz. Ces trois dernières villes marquent les grandes étapes de la miniature persane classique avant Istanbul.

1375-1467 La confédération du Mouton Noir réunit les tribus turcomanes de l'ouest de l'Iran et l'Anatolie. Le dernier souverain, Shah Jahân, règne de 1438 à 1467, il est vaincu par Hassan le Long, chef de la confédération rivale du Mouton Blanc.

1378-1502 La confédération rivale du Mouton Blanc règne sur le nord de l'Irak, l'Azerbaïdjan, l'est de l'Anatolie. Hassan le Long règne de 1452 à 1478. Il ne parvient pas à empêcher l'extension vers l'est des Ottomans, mais, après avoir battu Shâh Djahân, il bat aussi le Timurid Abu Saïd en 1468. Son empire s'étend jusqu'à Bagdad et au golfe Persique.

1453 Le sultan ottoman Mehmet le Conquérant s'empare de Constantinople : c'est la fin de l'Empire byzantin. Mehmet fait faire son portrait par Giacoppo Bellini.

1501-1736 Empire safavide en Iran. L'islam shi'ite devient religion d'État et contribue à unifier l'Empire. Tabriz est d'abord capitale, avant Qazvîn, puis Ispahan. Le premier shah safavide Ismaïl règne de 1501 à 1524, après avoir vaincu les Turcomans. Mais le nouvel Empire perse est affaibli sous le règne de Shah Tahmasp I (1524-1576) par la puissance ottomane en plein essor.

1512 Exil du grand miniaturiste Bihzâd de Hérat à Tabriz.

1514 Pillage du palais des Sept-Cieux, résidence d'Ismaïl à Tabriz, par le sultan ottoman Selim le Terrible, après sa victoire de Tchaldiran. Il ramène à Istanbul une inestimable collection de manuscrits et de miniatures.

1520-1566 Le règne de Soliman le Magnifique marque l'Âge d'or de la culture ottomane. Premier siège de Vienne (1529) et reprise de Bagdad aux Safavides (1535).

1556-1605 Règne d'Akbar, empereur des Indes, descendant de Tamerlan et de Genghis Khan. Il crée un grand atelier de miniaturistes à Agra.

1566-1574 Règne du sultan ottoman Selim II. Traités de paix avec l'Autriche et la Perse.

1571 Bataille de Lepante. Malgré cette victoire des chrétiens, Chypre est prise aux Vénitiens par les Ottomans en 1573.

1574-1595 Règne du sultan Murâd III, marqué, de 1578 à 1590, par la guerre avec l'Empire perse safavide. Passionné de livres et de miniatures, il commandite le *Livre des Talents*, le *Livre des Réjouissances* et le *Livre des Victoires*, tous réalisés à Istanbul par les plus grands peintres du temps, dont le célèbre Osman.

1576 Shah Tahmasp offre la paix aux Ottomans. Après des décennies de combats, le Safavide Shah Tahmasp offre au nouveau sultan ottoman Selim II, après la mort de Soliman, de magnifiques présents, en particulier un exemplaire exceptionnel du *Livre des Rois*, plus tard entreposé au palais de Topkapi.

1583 Le miniaturiste persan Vélidjân (Olive), est recruté, dix ans après son arrivée à Istanbul.

1587-1629 Règne du souverain safavide Shah Abbas Ier, qui dépose son propre père Muhammad Khudâbandah. Abbas diminue l'influence des Turcomans en Perse en déplaçant la capitale de Qazvîn à Ispahan. Il conclut la paix avec les Ottomans en 1590.

1591 Histoire de Le Noir et des peintres de la Cour ottomane. Un an avant le millième anniversaire de l'Hégire (en années lunaires), Le Noir revient à Istanbul

1603-1617 Règne du sultan ottoman Ahmet Ier, qui détruisit de ses mains la grande horloge envoyée par la reine Élisabeth.

DU MÊME AUTEUR

Aux Éditions Gallimard

LA MAISON DU SILENCE.

LE LIVRE NOIR (Folio, n° 2897).

LE CHÂTEAU BLANC (Folio, n° 3291).

LA VIE NOUVELLE (Folio, n° 3428).

MON NOM EST ROUGE Prix du Meilleur livre étranger 2002 (Folio, n° 3840).

COLLECTION FOLIO

Dernières parutions

4253. Jean d'Ormesson	*Une autre histoire de la littérature française, II.*
4254. Jean d'Ormesson	*Et toi mon cœur pourquoi bats-tu.*
4255. Robert Burton	*Anatomie de la mélancolie*
4256. Corneille	*Cinna.*
4257. Lewis Carroll	*Alice au pays des merveilles.*
4258. Antoine Audouard	*La peau à l'envers.*
4259. Collectif	*Mémoires de la mer.*
4260. Collectif	*Aventuriers du monde.*
4261. Catherine Cusset	*Amours transversales.*
4262. A. Corréard/ H. Savigny	*Relation du naufrage de la frégate la* Méduse.
4263. Lian Hearn	*Le clan des Otori, III : La clarté de la lune.*
4264. Philippe Labro	*Tomber sept fois, se relever huit.*
4265. Amos Oz	*Une histoire d'amour et de ténèbres.*
4266. Michel Quint	*Et mon mal est délicieux.*
4267. Bernard Simonay	*Moïse le pharaon rebelle.*
4268. Denis Tillinac	*Incertains désirs.*
4269. Raoul Vaneigem	*Le chevalier, la dame, le diable et la mort.*
4270. Anne Wiazemsky	*Je m'appelle Élisabeth.*
4271. Martin Winckler	*Plumes d'Ange.*
4272. Collectif	*Anthologie de la littérature latine.*
4273. Miguel de Cervantes	*La petite Gitane.*
4274. Collectif	*«Dansons autour du chaudron».*
4275. Gilbert Keeith Chesterton	*Trois enquêtes du Père Brown.*
4276. Francis Scott Fitzgerald	*Une vie parfaite* suivi de *L'accordeur.*
4277. Jean Giono	*Prélude de Pan* et autres nouvelles.

4278. Katherine Mansfield — *Mariage à la mode* précédé de *La Baie.*
4279. Pierre Michon — *Vie du père Foucault — Vie de Georges Bandy.*
4280. Flannery O'Connor — *Un heureux événement* suivi de *La Personne Déplacée.*
4281. Chantal Pelletier — *Intimités* et autres nouvelles.
4282. Léonard de Vinci — *Prophéties* précédé de *Philosophie et aphorismes.*
4283. Tonino Benacquista — *Malavita.*
4284. Clémence Boulouque — *Sujets libres.*
4285. Christian Chaix — *Nitocris, reine d'Égypte T. 1.*
4286. Christian Chaix — *Nitocris, reine d'Égypte T. 2.*
4287. Didier Daeninckx — *Le dernier guérillero.*
4288. Chahdortt Djavann — *Je viens d'ailleurs.*
4289. Marie Ferranti — *La chasse de nuit.*
4290. Michael Frayn — *Espions.*
4291. Yann Martel — *L'Histoire de Pi.*
4292. Harry Mulisch — *Siegfried. Une idylle noire.*
4293. Ch. de Portzamparc/Philippe Sollers — *Voir Écrire.*
4294. J.-B. Pontalis — *Traversée des ombres.*
4295. Gilbert Sinoué — *Akhenaton, le dieu maudit.*
4296. Romain Gary — *L'affaire homme.*
4297. Sempé/Suskind — *L'histoire de Monsieur Sommer.*
4298. Sempé/Modiano — *Catherine Certitude.*
4299. Pouchkine — *La Fille du capitaine.*
4300. Jacques Drillon — *Face à face.*
4301. Pascale Kramer — *Retour d'Uruguay.*
4302. Yukio Mishima — *Une matinée d'amour pur.*
4303. Michel Schneider — *Maman.*
4304. Hitonari Tsuji — *L'arbre du voyageur.*
4305. George Eliot — *Middlemarch.*
4306. Jeanne Benameur — *Les mains libres.*
4307. Henri Bosco — *Le sanglier.*
4308. Françoise Chandernagor — *Couleur du temps.*
4309. Colette — *Lettres à sa fille.*
4310. Nicolas Fargues — *Rade Terminus*
4311. Christian Garcin — *L'embarquement.*
4312. Iegor Gran — *Ipso facto.*

4313. Alain Jaubert	*Val Paradis.*
4314. Patrick Mcgrath	*Port Mungo.*
4315. Marie Nimier	*La Reine du silence.*
4316. Alexandre Dumas	*La femme au collier de velours.*
4317. Anonyme	*Conte de Ma'rûf le savetier.*
4318. René Depestre	*L'œillet ensorcelé.*
4319. Henry James	*Le menteur.*
4320. Jack London	*La piste des soleils.*
4321. Jean-Bernard Pouy	*La mauvaise graine.*
4322. Saint Augustin	*La Création du monde et le Temps.*
4323. Bruno Schulz	*Le printemps.*
4324. Qian Zhongshu	*Pensée fidèle.*
4325. Marcel Proust	*L'affaire Lemoine.*
4326. René Belletto	*La machine.*
4327. Bernard du Boucheron	*Court Serpent.*
4328. Gil Courtemanche	*Un dimanche à la piscine à Kigali.*
4329. Didier Daeninckx	*Le retour d'Ataï.*
4330. Régis Debray	*Ce que nous voile le voile.*
4331. Chahdortt Djavann	*Que pense Allah de l'Europe?*
4332. Chahdortt Djavann	*Bas les voiles!*
4333. Éric Fottorino	*Korsakov.*
4334. Charles Juliet	*L'année de l'éveil.*
4335. Bernard Lecomte	*Jean-Paul II.*
4336. Philip Roth	*La bête qui meurt.*
4337. Madeleine de Scudéry	*Clélie.*
4338. Nathacha Appanah	*Les rochers de Poudre d'Or.*
4339. Élisabeth Barillé	*Singes.*
4340. Jerome Charyn	*La Lanterne verte.*
4341. Driss Chraïbi	*L'homme qui venait du passé.*
4342. Raphaël Confiant	*Le cahier de romances.*
4343. Franz-Olivier Giesbert	*L'Américain.*
4344. Jean-Marie Laclavetine	*Matins bleus.*
4345. Pierre Michon	*La Grande Beune*
4346. Irène Némirovsky	*Suite française.*
4347. Audrey Pulvar	*L'enfant-bois.*
4348. Ludovic Roubaudi	*Le 18.*
4349. Jakob Wassermann	*L'Affaire Maurizius.*
4350. J. G. Ballard	*Millenium People.*

4351. Jerome Charyn *Ping-pong.*
4352. Boccace *Le Décameron.*
4353. Pierre Assouline *Gaston Gallimard.*
4354. Sophie Chauveau *La passion Lippi.*
4355. Tracy Chevalier *La Vierge en bleu.*
4356. Philippe Claudel *Meuse l'oubli.*
4357. Philippe Claudel *Quelques-uns des cent regrets.*
4358. Collectif *Il était une fois... Le Petit Prince.*
4359. Jean Daniel *Cet étranger qui me ressemble.*
4360. Simone de Beauvoir *Anne, ou quand prime le spirituel.*
4361. Philippe Forest *Sarinagara.*
4362. Anna Moï *Riz noir.*
4363. Daniel Pennac *Merci.*
4364. Jorge Semprún *Vingt ans et un jour.*
4365. Elizabeth Spencer *La petite fille brune.*
4366. Michel tournier *Le bonheur en Allemagne?*
4367. Stephen Vizinczey *Éloge des femmes mûres.*
4368. Byron *Dom Juan.*
4369. J.-B. Pontalis *Le Dormeur éveillé*
4370. Erri De Luca *Noyau d'olive.*
4371. Jérôme Garcin *Bartabas, roman.*
4372. Linda Hogan *Le sang noir de la terre.*
4373. LeAnne Howe *Équinoxes rouges.*
4374. Régis Jauffret *Autobiographie.*
4375. Kate Jennings *Un silence brûlant.*
4376. Camille Laurens *Cet absent-là.*
4377. Patrick Modiano *Un pedigree.*
4378. Cees Nooteboom *Le jour des Morts.*
4379. Jean-Chistophe Rufin *La Salamandre.*
4380. W. G. Sebald *Austerlitz.*
4381. Collectif *Humanistes européens de la Renaissance.* (à paraître)
4382. Philip Roth *La contrevie.*
4383. Antonio Tabucchi *Requiem.*
4384. Antonio Tabucchi *Le fil de l'horizon.*
4385. Antonio Tabucchi *Le jeu de l'envers.*
4386. Antonio Tabucchi *Tristano meurt.*
4387. Boileau-Narcejac *Au bois dormant.*
4388. Albert Camus *L'été.*
4389. Philip K. Dick *Ce que disent les morts.*

Composition Interligne.
Impression Société Nouvelle Firmin-Didot
à Mesnil-sur-l'Estrée, le 19 décembre 2006.
Dépôt légal : décembre 2006.
1er dépôt légal dans la collection : avril 2003.
Numéro d'imprimeur : 82984.

ISBN 2-07-042817-6/Imprimé en France.

149984